La méthode

Du même auteur

LA MÉTHODE

La Vie de la vie (t. 2)
Seuil, 1980
et « Points Essais » n° 175, 1985

La Connaissance de la connaissance (t. 3)
Seuil, 1986
et « Points Essais » n° 236, 1992

Les Idées (t. 4)
Leur habitat, leur vie, leurs mœurs, leur organisation
Seuil, 1991
et « Points Essais » n° 303, 1995

L'Humanité de l'humanité (t. 5)
L'identité humaine
Seuil, 2001
et « Points Essais » n° 508, 2003

Éthique (t. 6)
Seuil, 2004
et « Points Essais » n° 555, 2006

La Méthode
Seuil, « Opus », 2 vol., 2008

L'Aventure de *La Méthode*
suivi de
Pour une rationalité ouverte
Seuil, 2015

COMPLEXUS

Science avec conscience
Fayard, 1982
Seuil, « Points Sciences » n° 64, 1990

(suite page 409)

Edgar Morin

La méthode

1. La nature de la nature

Éditions du Seuil

ISBN 978-2-7578-4514-1
(ISBN 2-02-005819-7, édition complète
ISBN 978-2-02-004634-3, 1re publication tome 1)

© Éditions du Seuil, 1977

Le Code de la propriété intellectuelle interdit les copies ou reproductions destinées à une utilisation collective. Toute représentation ou reproduction intégrale ou partielle faite par quelque procédé que ce soit, sans le consentement de l'auteur ou de ses ayants cause, est illicite et constitue une contrefaçon sanctionnée par les articles L. 335-2 et suivants du Code de la propriété intellectuelle.

Je serai bien aise que ceux qui me voudront faire des objections ne se hâtent point, et qu'ils tâchent d'entendre tout ce que j'ai écrit, avant que de juger d'une partie : car *le tout se tient et la fin sert à prouver le commencement*. Descartes (*Lettre à Mersenne*).

Toutes choses étant causées et causantes, aidées et aidantes, médiates et immédiates, et toutes s'entretenant par un lien naturel et insensible qui lie les plus éloignées et les plus différentes, je tiens impossible de connaître les parties sans connaître le tout, non plus que de connaître le tout sans connaître particulièrement les parties. Pascal (éd. Brunschvicg, II, 72).

Joignez ce qui est complet et ce qui ne l'est pas, ce qui concorde et ce qui discorde, ce qui est en harmonie et ce qui est en désaccord. Héraclite.

La connaissance isolée qu'a obtenue un groupe de spécialistes dans un champ étroit n'a en elle-même aucune valeur d'aucune sorte. Elle n'a de valeur que dans le système théorique qui la réunit à tout le reste de la connaissance, et seulement dans la mesure où elle contribue réellement, dans cette synthèse, à répondre à la question : « Qui sommes-nous ? »
E. Schrödinger.

Peut-être y a-t-il d'autres connaissances à acquérir, d'autres interrogations à poser aujourd'hui, en partant, non de ce que d'autres ont su, mais de ce qu'ils ont ignoré. S. Moscovici.

Partant des besoins des hommes, j'ai dû me pousser à la science et l'idéal de ma jeunesse a dû se transformer en une forme de la réflexion. Hegel (*Lettre à Schelling*).

La méthode ne peut plus se séparer de son objet.
W. Heisenberg.

INTRODUCTION GÉNÉRALE
L'esprit de la vallée

> *Éveillés, ils dorment.* Héraclite.

> *Pour atteindre le point que tu ne connais point, tu dois prendre le chemin que tu ne connais point.* San Juan de la Cruz.

> *Le concept de science n'est ni absolu ni éternel.* Jacob Bronowski.

> *Je crois personnellement qu'il y a au moins un problème... qui intéresse tous les hommes qui pensent : le problème de comprendre le monde, nous-mêmes et notre connaissance en tant qu'elle fait partie du monde.* Karl Popper.

L'évadé du paradigme

Je suis de plus en plus convaincu que les problèmes dont l'urgence nous accroche à l'actualité exigent que nous nous en arrachions pour les considérer en leur fond.

Je suis de plus en plus convaincu que nos principes de connaissances occultent ce qu'il est désormais vital de connaître.

Je suis de plus en plus convaincu que la relation science ▽ politique

idéologie

demeure, quand elle n'est pas invisible, traitée de façon indigente, par la résorption, dans un terme devenu maître, des deux autres.

Je suis de plus en plus convaincu que les concepts dont nous nous servons pour concevoir notre société — toute société — sont mutilés et débouchent sur des actions inévitablement mutilantes.

Je suis de plus en plus convaincu que la science anthropo-sociale a besoin de s'articuler sur la science de la nature, et que cette articulation requiert une réorganisation de la structure même du savoir.

Mais l'ampleur encyclopédique et la radicalité abyssale de ces problèmes inhibent et découragent, et ainsi la conscience même de leur importance contribue à nous en détourner. En ce qui me concerne, il m'a fallu des circonstances et des conditions exceptionnelles [1] pour que je passe de la conviction à l'action, c'est-à-dire au travail.

1. Je les ai déjà exposées (Morin, 1973, p. 11-14).

La première cristallisation de mon effort se trouve dans *le Paradigme perdu* (1973). Ce rameau prématuré de *la Méthode*, alors en gestation, s'efforce de reformuler le concept d'homme, c'est-à-dire de science de l'homme ou anthropologie.

Sapir avait depuis longtemps fait remarquer qu' « il était absurde de dire que le concept d'homme est tantôt individuel, tantôt social » (et j'ajoute : tantôt biologique) : « autant dire que la matière obéit alternativement aux lois de la chimie et à celles de la physique atomique » (Sapir 1927, *in* Sapir, 1971, p. 36[1]). La dissociation des trois termes individu/société/espèce brise leur relation permanente et simultanée. Le problème fondamental est donc de rétablir et interroger ce qui a disparu dans la dissociation : cette relation même. Il est donc de première nécessité, non seulement de réarticuler individu et société (ce qui fut parfois amorcé mais au prix de l'aplatissement d'une des deux notions au profit de l'autre), mais aussi d'effectuer l'articulation réputée impossible (pire, « dépassée ») entre la sphère biologique et la sphère anthropo-sociale.

C'est ce que j'ai tenté dans *le Paradigme perdu*. Je ne cherchais évidemment pas à réduire l'anthropologique au biologique, ni à faire la « synthèse » de connaissances *up to date*. J'ai voulu montrer que la soudure empirique qui pouvait s'établir depuis 1960, *via* l'éthologie des primates supérieurs et la préhistoire hominienne, entre Animal et Homme, Nature et Culture, *nécessitait de concevoir l'homme comme concept trinitaire individu ▽ société, dont on ne peut réduire ou subordonner un terme à un autre.*
espèce

Ce qui, à mes yeux, appelait un principe d'explication complexe et une théorie de l'auto-organisation.

Une telle perspective pose de nouveaux problèmes, plus fondamentaux et plus radicaux encore, auxquels on ne peut échapper :

— Que signifie le radical *auto* d'auto-organisation ?
— Qu'est-ce que l'organisation ?
— Qu'est-ce que la complexité ?

La première question rouvre la problématique de l'organisation vivante. La seconde et la troisième ouvrent des questions en chaîne. Elles m'ont entraîné en des chemins que j'ignorais.

L'organisation est un concept original si on conçoit sa nature physique. Elle introduit alors une dimension physique radicale dans l'organisation vivante et l'organisation anthropo-sociale, qui peuvent et doivent être considérées comme des développements transformateurs de l'organisation physique. Du coup, la liaison entre physique et biologie ne peut plus être limitée à la chimie, ni même à la thermodynamique. Elle doit être organisationnelle. Dès

---

1. Toute indication entre parenthèses de nom d'auteur, suivi d'une date, renvoie à l'ouvrage répertorié dans la bibliographie en fin de volume, dans l'ordre alphabétique, avec mention de la date de l'édition à laquelle renvoie la note. L'édition originale est seule signalée lorsqu'il est nécessaire de souligner le caractère novateur ou historique des idées incluses dans l'ouvrage cité.

lors, il faut non seulement articuler la sphère anthropo-sociale à la sphère biologique, il faut articuler l'une et l'autre à la sphère physique :

physique ⟶ biologie ⟶ anthropo-sociologie

Mais, pour opérer une telle double articulation, il faudrait réunir des connaissances et des compétences qui dépassent nos capacités. C'est donc trop demander.

Et pourtant, ce ne serait pas assez, puisqu'il ne saurait être question de concevoir la réalité physique comme tuf premier, base objective de toute explication.

Nous savons depuis plus d'un demi-siècle que ni l'observation microphysique, ni l'observation cosmo-physique ne peuvent être détachées de leur observateur. Les plus grands progrès des sciences contemporaines se sont effectués en réintégrant l'observateur dans l'observation. Ce qui est logiquement nécessaire : tout concept renvoie non seulement à l'objet conçu, mais au sujet concepteur. Nous retrouvons l'évidence qu'avait dégagée il y a deux siècles le philosophe-évêque : il n'existe pas de « corps non pensés [1] ». Or l'observateur qui observe, l'esprit qui pense et conçoit, sont eux-mêmes indissociables d'une culture, donc d'une société *hic et nunc*. Toute connaissance, même la plus physique, subit une détermination sociologique. Il y a dans toute science, même la plus physique, une dimension anthropo-sociale. *Du coup, la réalité anthropo-sociale se projette et s'inscrit au cœur même de la science physique.*

Tout cela est évident. Mais c'est une évidence qui demeure *isolée*, entourée d'un cordon sanitaire. Nulle science n'a voulu connaître la catégorie la plus objective de la connaissance : celle du sujet connaissant. Nulle science naturelle n'a voulu connaître son origine culturelle. Nulle science physique n'a voulu reconnaître sa nature humaine. La grande coupure entre les sciences de la nature et les sciences de l'homme occulte à la fois la réalité physique des secondes, la réalité sociale des premières. Nous nous heurtons à la toute-puissance d'un principe de disjonction : il condamne les sciences humaines à l'inconsistance extra-physique, et il condamne les sciences naturelles à l'inconscience de leur réalité sociale. Comme le dit très justement von Foerster, « l'existence de sciences dites sociales indique le refus de permettre aux autres sciences d'être sociales » (j'ajoute : et de permettre aux sciences sociales d'être physiques)... (von Foerster, 1974, p. 28).

Or toute réalité anthropo-sociale relève, d'une certaine façon (laquelle ?), de la science physique, mais toute science physique relève, d'une certaine façon (laquelle ?), de la réalité anthropo-sociale.

---

1. « L'esprit, ne prenant pas garde à lui-même, s'illusionne et pense qu'il peut concevoir et qu'il conçoit effectivement des corps existants non pensés ou hors de l'esprit, quoiqu'en même temps ils soient saisis et existent en lui » (Berkeley, *Principes de la connaissance humaine*, section 23).

Dès lors, nous découvrons que l'implication mutuelle entre ces termes se boucle en une relation circulaire qu'il faut élucider :

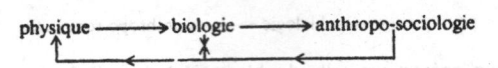

physique ⟶ biologie ⟶ anthropo-sociologie

Mais, du même coup, nous voyons que l'élucidation d'une telle relation se heurte à une triple impossibilité :

1. Le circuit physique-biologie-anthropo-sociologie envahit tout le champ de la connaissance et exige un impossible savoir encyclopédique.

2. La constitution d'une relation, là où il y avait disjonction, pose un problème doublement insondable : celui de l'origine et de la nature du principe qui nous enjoint d'isoler et de séparer pour connaître, celui de la possibilité d'un autre principe capable de relier l'isolé et le séparé.

3. Le caractère circulaire de la relation physique ⟶ anthropo-sociologie prend figure de cercle vicieux, c'est-à-dire d'absurdité logique, puisque la connaissance physique dépend de la connaissance anthropo-sociologique, laquelle dépend de la connaissance physique, et ainsi de suite, à l'infini. Nous avons là non pas une rampe de lancement, mais un cycle infernal.

Nous nous heurtons donc, après ce premier tour de piste, à un triple mur : le mur encyclopédique, le mur épistémologique, le mur logique. En ces termes, la mission que j'ai cru devoir m'assigner est impossible. Il faut y renoncer.

L'école du Deuil

C'est précisément ce renoncement que nous enseigne l'Université. L'école de la Recherche est une école du Deuil.

Tout néophyte entrant dans la Recherche se voit imposer le renoncement majeur à la connaissance. On le convainc que l'époque des Pic de la Mirandole est révolue depuis trois siècles, qu'il est désormais impossible de se constituer une vision de l'homme et du monde.

On lui démontre que l'accroissement informationnel et l'hétérogénéisation du savoir dépassent toute possibilité d'engrammation et de traitement par le cerveau humain. On lui assure qu'il faut non le déplorer, mais s'en féliciter. Il devra donc consacrer toute son intelligence à accroître ce *savoir-là*. On l'intègre dans une équipe spécialisée, et dans cette expression c'est « spécialisé » et non « équipe » qui est le terme fort.

Désormais spécialiste, le chercheur se voit offrir la possession exclusive d'un fragment du puzzle dont la vision globale doit échapper à tous et à chacun. Le voilà devenu un vrai chercheur scientifique, qui œuvre en fonction de cette idée motrice : le savoir est produit non pour être articulé et pensé, mais pour être capitalisé et utilisé de façon anonyme.

L'esprit de la vallée

Les questions fondamentales sont renvoyées comme questions générales, c'est-à-dire vagues, abstraites, non opérationnelles. La question originelle que la science arracha à la religion et à la philosophie pour l'endosser, la question qui justifia son ambition de science : « Qu'est-ce que l'homme, qu'est-ce que le monde, qu'est-ce que l'homme dans le monde? », la science la renvoie aujourd'hui à la philosophie, toujours incompétente à ses yeux pour éthylisme spéculatif, elle la renvoie à la religion, toujours illusoire à ses yeux pour mythomanie invétérée. Elle abandonne toute question fondamentale aux non-savants, *a priori* disqualifiés. Elle tolère seulement qu'à l'âge de la retraite, ses grands dignitaires prennent quelque hauteur méditative, ce dont se gausseront, sous les cornues, les jeunes blouses blanches. Il n'est pas possible d'articuler les sciences de l'homme aux sciences de la nature. Il n'est pas possible de faire communiquer ses connaissances avec sa vie. Telle est la grande leçon, qui descend du Collège de France aux collèges de France.

Le Deuil est-il nécessaire? L'Institution l'affirme, le proclame. C'est grâce à la méthode qui isole, sépare, disjoint, réduit à l'unité, mesure, que la science a découvert la cellule, la molécule, l'atome, la particule, les galaxies, les quasars, les pulsars, la gravitation, l'électro-magnétisme, le quantum d'énergie, qu'elle a appris à interpréter les pierres, les sédiments, les fossiles, les os, les écritures inconnues, y compris l'écriture inscrite sur ADN. Pourtant, les structures de ces savoirs sont dissociées les unes des autres. Physique et biologie ne communiquent aujourd'hui que par quelques isthmes. La physique n'arrive même plus à communiquer avec elle-même : la science-reine est disloquée entre micro-physique, cosmo-physique et notre entre-deux encore apparemment soumis à la physique classique. Le continent anthropologique a dérivé, devenant une Australie. En son sein la triade constitutive du concept d'homme individu ▽ société est elle-même totale-
espèce
ment disjointe, comme nous l'avons vu (Morin, 1973) et le reverrons. L'homme s'émiette : il en reste ici une main-à-outil, là une langue-qui-parle, ailleurs un sexe éclaboussant un peu de cerveau. L'idée d'homme est d'autant plus éliminable qu'elle est minable : l'homme des sciences humaines est un spectre supra-physique et supra-biologique. Comme l'homme, le monde est disloqué entre les sciences, émietté entre les disciplines, pulvérisé en informations.

Aujourd'hui, nous ne pouvons échapper à la question : la nécessaire décomposition analytique doit-elle se payer par la décomposition des êtres et des choses dans une atomisation généralisée? Le nécessaire isolement de l'objet doit-il se payer par la disjonction et l'incommunicabilité entre ce qui est séparé? La spécialisation fonctionnelle doit-elle se payer par une parcellarisation absurde? Est-il nécessaire que la connaissance se disloque en mille savoirs ignares?

Or, que signifie cette question, sinon que la science doit perdre son respect pour la science et que la science doit interroger la science? Encore un problème qui, apparemment, ajoute à l'énormité des problèmes qui nous contraint à renoncer. Mais c'est précisément ce problème qui nous empêche de renoncer à notre problème.

Comment, en effet, céder à l'ukase d'une science où nous venons de découvrir une gigantesque tache aveugle? Ne faut-il pas penser plutôt que cette science souffre d'insuffisance et de mutilation?

Mais alors, qu'est-ce que la science? *Ici, nous devons nous rendre compte que cette question n'a pas de réponse scientifique :* la science ne se connaît pas scientifiquement et n'a aucun moyen de se connaître scientifiquement. Il y a une méthode scientifique pour considérer et contrôler les objets de la science. Mais il n'y a pas de méthode scientifique pour considérer la science comme objet de science et encore moins le scientifique comme *sujet* de cet objet. Il y a des tribunaux épistémologiques qui, *a posteriori* et de l'extérieur, prétendent juger et jauger les théories scientifiques; il y a des tribunaux philosophiques où la science est condamnée par défaut. Il n'y a pas de science de la science. On peut même dire que toute la méthodologie scientifique, entièrement vouée à l'expulsion du sujet et de la réflexivité, entretient cette occultation sur elle-même. « Science sans conscience n'est que ruine de l'âme », disait Rabelais. La conscience qui manque ici n'est pas la conscience morale, c'est la conscience tout court, c'est-à-dire l'aptitude à se concevoir soi-même. D'où ces incroyables carences : comment se fait-il que la science demeure incapable de se concevoir comme praxis sociale? Comment est-elle incapable, non seulement de contrôler, mais de concevoir son pouvoir de manipulation et sa manipulation par les pouvoirs? Comment se fait-il que les scientifiques soient incapables de concevoir le lien entre la recherche « désintéressée » et la recherche de l'intérêt? *Pourquoi sont-ils aussi totalement incapables d'examiner en termes scientifiques la relation entre savoir et pouvoir?*

Dès lors, si nous voulons être logiques avec notre dessein, il nous faut endosser nécessairement le problème de la science de la science.

L'impossible impossible

La mission est de plus en plus impossible. Mais la démission, elle, est devenue encore plus impossible.

Peut-on se satisfaire de ne concevoir l'individu qu'en excluant la société, la société qu'en excluant l'espèce, l'humain qu'en excluant la vie, la vie qu'en excluant la *physis*, la physique qu'en excluant la vie? Peut-on accepter que les progrès locaux en précision s'accompagnent d'une imprécision en halo sur les formes globales et les articulations? Peut-on accepter que la mesure, la prévision, la manipulation fassent régresser l'intelligibilité? Peut-on accepter que les informations se transforment en bruit, qu'une pluie de micro-élucidations se transforme en obscurcissement généralisé? Peut-on accepter que les questions clés soient renvoyées aux oubliettes? Peut-on accepter que

L'esprit de la vallée

la connaissance se fonde sur l'exclusion du connaissant, que la pensée se fonde sur l'exclusion du pensant, que le sujet soit exclu de la construction de l'objet ? Que la science soit totalement inconsciente de son insertion et de sa détermination sociales ? Peut-on considérer comme normal et évident que la connaissance scientifique n'ait pas de sujet, et que son objet soit disloqué entre les sciences, émietté entre les disciplines ? Peut-on accepter une telle nuit sur la connaissance [1] ?

Peut-on continuer à renvoyer ces questions à la poubelle ? Je sais que les poser, tenter d'y répondre, est inconcevable, dérisoire, insensé. Mais il est encore plus inconcevable, dérisoire, insensé de les expulser.

L'a-méthode

Entendons-nous : je ne cherche ici ni la connaissance générale ni la théorie unitaire. Il faut au contraire, et par principe, refuser une connaissance générale : celle-ci escamote toujours les difficultés de la connaissance, c'est-à-dire la résistance que le réel oppose à l'idée : elle est toujours abstraite, pauvre, « idéologique », elle est toujours simplifiante. De même, la théorie unitaire, pour éviter la disjonction entre les savoirs séparés, obéit à une sursimplification réductrice, accrochant tout l'univers à une seule formule logique. De fait, la pauvreté de toutes tentatives unitaires, de toutes réponses globales, confirme la science disciplinaire dans la résignation du deuil. Le choix n'est donc pas entre le savoir particulier, précis, limité, et l'idée générale abstraite. Il est entre le Deuil et la recherche d'une méthode qui puisse articuler ce qui est séparé et relier ce qui est disjoint.

Il s'agit bien ici d'une méthode, au sens cartésien, qui permette de « bien conduire sa raison et chercher la vérité dans les sciences ». Mais Descartes pouvait, dans son discours premier, à la fois exercer le doute, exorciser le doute, établir les certitudes préalables, et faire surgir la Méthode en Minerve armée de pied en cap. Le doute cartésien était sûr de lui-même. Notre doute doute de lui-même ; il découvre l'impossibilité de faire table rase, puisque les conditions logiques, linguistiques, culturelles de la pensée sont inévitablement préjugeantes. Et ce doute, qui ne peut être absolu, ne peut non plus être absolument vidangé.

Ce « cavalier français » était parti d'un trop bon pas. Aujourd'hui, on ne peut partir que dans l'incertitude, y compris l'incertitude sur le doute. Aujourd'hui doit être *méthodiquement* mis en doute le principe même de la

---

1. Je vais plus loin. Peut-on aussi facilement disjoindre sa science de sa vie ? Peut-on se considérer tantôt (scientifiquement) comme objet déterminé et tantôt (existentiellement, éthiquement) comme sujet souverain ? Peut-on sauter plusieurs fois par jour d'une religion objectiviste fondée sur le déterminisme à une religion humaniste du Moi, de la conscience, de la responsabilité, puis éventuellement à la Religion officielle où le Monde trouve créateur et l'homme père et sauveur ? Peut-on se satisfaire de passer du « sérieux » scientifique à des rationalisations philosophiques misérables, puis à l'hystérie politique, et de là à une vie privée pulsionnelle ?

méthode cartésienne, la disjonction des objets entre eux, des notions entre elles (les idées claires et distinctes), la disjonction absolue de l'objet et du sujet. Aujourd'hui, notre besoin historique est de trouver une méthode qui détecte et non pas occulte les liaisons, articulations, solidarités, implications, imbrications, interdépendances, complexités.

Il nous faut partir de l'extinction des fausses clartés. Non pas du clair et du distinct, mais de l'obscur et de l'incertain; non plus de la connaissance assurée, mais de la critique de l'assurance.

Nous ne pouvons partir que dans l'ignorance, l'incertitude, la confusion. Mais il s'agit d'une conscience nouvelle de l'ignorance, de l'incertitude, de la confusion. Ce dont nous avons pris conscience, ce n'est pas l'ignorance humaine en général, c'est l'ignorance tapie, enfouie, quasi nucléaire, au cœur de notre connaissance réputée la plus certaine, la connaissance scientifique. Nous savons désormais que cette connaissance est mal connue, mal connaissante, morcelée, ignorante de son propre inconnu comme de son connu. L'incertitude devient viatique : le doute sur le doute donne au doute une dimension nouvelle, celle de la réflexivité; le doute par lequel le sujet s'interroge sur les conditions d'émergence et d'existence de sa propre pensée constitue dès lors une pensée potentiellement relativiste, relationniste et autoconnaissante. Enfin, l'acceptation de la confusion peut devenir un moyen de résister à la simplification mutilatrice. Certes, la méthode nous manque au départ; du moins pouvons-nous disposer d'anti-méthode, où ignorance, incertitude, confusion deviennent vertus.

Le ressourcement scientifique

Nous pouvons d'autant plus faire confiance à ces exclus de la science classique qu'ils sont devenus les pionniers de la science nouvelle. Le surgissement du non-simplifiable, de l'incertain, du confusionnel, par quoi se manifeste la crise de la science au XXe siècle, est en même temps inséparable des nouveaux développements de cette science. Ce qui semble une régression du point de vue de la disjonction, de la simplification, de la réduction, de la certitude (le désordre thermodynamique, l'incertitude micro-physique, le caractère aléatoire des mutations génétiques), est au contraire inséparable d'une progression dans des terres inconnues. Plus fondamentalement, la disjonction et la simplification sont déjà mortes à la base même de la réalité physique. La particule subatomique a surgi, de façon irrémédiable, dans la confusion, l'incertitude, le désordre. Quels que soient les développements futurs de la micro-physique, on ne retournera plus à l'élément à la fois simple, isolable, insécable. Certes, confusion et incertitude ne sont pas et ne seront pas considérés ici comme les mots ultimes du savoir : ils sont les signes avant-coureurs de la complexité.

La science évolue. Whitehead avait déjà remarqué, il y a cinquante ans, que la science « est encore plus changeante que la théologie » (Whitehead 1926, in Whitehead, 1932, p. 233). Pour reprendre la formule de Bronowski, le concept de science n'est ni absolu, ni éternel. Et pourtant, au sein de l'Institution scientifique règne la plus anti-scientifique des illusions : considérer comme absolus et éternels les caractères de la science qui sont les plus dépendants de l'organisation techno-bureaucratique de la société.

Aussi, si marginale soit-elle, ma tentative ne surgit pas comme un aérolithe venu d'un autre ciel. Elle vient de notre sol scientifique en convulsions. Elle est née de la crise de la science, et se nourrit de ses progrès révolutionnants. C'est du reste parce que la certitude officielle est devenue incertaine que l'intimidation officielle peut se laisser intimider à son tour. Bien sûr, mon effort suscitera d'abord le malentendu : le mot science recouvre un sens fossile, mais admis, et le sens nouveau ne s'est pas encore dégagé. Cet effort semblera dérisoire et insensé parce que la disjonction n'est pas encore contestée dans son principe. Mais il pourra devenir concevable, raisonnable et nécessaire à la lumière d'un nouveau principe qu'il aura peut-être contribué à instituer, précisément parce qu'il n'aura pas craint de paraître dérisoire et insensé.

Du cercle vicieux au cycle vertueux

J'ai indiqué quelles sont les impossibilités majeures qui condamnent mon entreprise :
— l'impossibilité logique (cercle vicieux),
— l'impossibilité du savoir encyclopédique,
— la présence toute-puissante du principe de disjonction et l'absence d'un nouveau principe d'organisation du savoir.

Ces impossibilités sont imbriquées les unes dans les autres, et leur conjugaison donne cette énorme absurdité : un cercle vicieux d'ampleur encyclopédique et qui ne dispose ni de principe, ni de méthode pour s'organiser.

Prenons la relation circulaire :

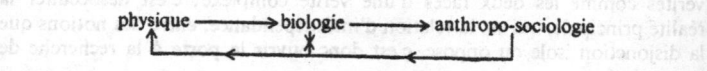

physique ⟶ biologie ⟶ anthropo-sociologie

Cette relation circulaire signifie tout d'abord qu'une science de l'homme postule une science de la nature, laquelle à son tour postule une science de l'homme : or, logiquement cette relation de dépendance mutuelle renvoie chacune de ces propositions de l'une à l'autre, de l'autre à l'une, dans un cycle infernal où aucune ne peut prendre corps. Cette relation circulaire signifie aussi *qu'en même temps que* la réalité anthropo-sociale relève de la réalité physique, la réalité physique relève de la réalité anthropo-sociale. Prises à la lettre, ces deux propositions sont antinomiques et s'annulent l'une l'autre.

Enfin, à considérer sous un autre angle la double proposition circulaire (la réalité anthropo-sociale relève de la réalité physique qui relève de la réalité anthropo-sociale), il ressort qu'une incertitude demeurera quoi qu'il arrive sur la nature même de la réalité, qui perd tout fondement ontologique premier, et cette incertitude débouche sur l'impossibilité d'une connaissance véritablement objective.

On comprend donc que les liaisons entre propositions antinomiques en dépendance mutuelle demeurent dénoncées comme vicieuses et dans leur principe, et dans leurs conséquences (la perte du socle de l'objectivité). Aussi a-t-on toujours brisé les cercles vicieux soit en isolant les propositions, soit en choisissant l'un des termes comme principe simple auquel on doit ramener les autres. Ainsi, en ce qui concerne la relation physique/biologie/anthropologie, chacun de ces termes fut isolé, et la seule liaison concevable fut la réduction de la biologie à la physique, de l'anthropologie à la biologie. Ainsi la connaissance qui relie un esprit et un objet est ramenée soit à l'objet physique (empirisme) soit à l'esprit humain (idéalisme) soit à la réalité sociale (sociologisme). Ainsi la relation sujet/objet est dissociée, la science s'emparant de l'objet, la philosophie du sujet.

C'est dire par là même que briser la circularité, éliminer les antinomies, c'est précisément retomber sous l'empire du principe de disjonction/simplification auquel nous voulons échapper. Par contre, conserver la circularité, c'est refuser la réduction d'une donnée complexe à un principe mutilant ; c'est refuser l'hypostase d'un concept-maître (la Matière, l'Esprit, l'Énergie, l'Information, la Lutte des classes, etc.). C'est refuser le discours linéaire avec point de départ et terminus. C'est refuser la simplification abstraite. Briser la circularité semble rétablir la possibilité d'une connaissance absolument objective. Mais c'est cela qui est illusoire : conserver la circularité, c'est au contraire respecter les conditions objectives de la connaissance humaine, qui comporte toujours, quelque part, paradoxe logique et incertitude.

Conserver la circularité, c'est, en maintenant l'association de deux propositions reconnues vraies l'une et l'autre isolément, mais qui sitôt en contact se nient l'une l'autre, ouvrir la possibilité de concevoir ces deux vérités comme les deux faces d'une vérité complexe ; c'est désocculter la réalité principale, qui est la relation d'interdépendance, entre des notions que la disjonction isole ou oppose, c'est donc ouvrir la porte à la recherche de cette relation.

Conserver la circularité, c'est peut-être, du coup, ouvrir la possibilité d'une connaissance réfléchissant sur elle-même : en effet, la circularité physique ⟶ anthropo-sociologie et la circularité objet ⟶ sujet doivent amener le physicien à réfléchir sur les caractères culturels et sociaux de sa science, sur son propre esprit, et le conduire à s'interroger sur lui-même. Comme nous l'indique le *cogito* cartésien, le sujet surgit dans et par le mouvement réflexif de la pensée sur la pensée [1].

---

1. Autant la méthode de Descartes est disjonctive, autant l'évidence irréfutable du *cogito* constitue la transformation du cercle apparemment vicieux en circularité productrice. Le cercle

L'esprit de la vallée

Concevoir la circularité, c'est dès lors ouvrir la possibilité d'une méthode qui, en faisant interagir les termes qui se renvoient les uns les autres, deviendrait productive, à travers ces processus et échanges, d'une connaissance complexe comportant sa propre réflexivité.

Ainsi nous voyons notre espoir surgir de ce qui faisait le désespoir de la pensée simplifiante : le paradoxe, l'antinomie, le cercle vicieux. *Nous entrevoyons la possibilité de transformer les cercles vicieux en cycles vertueux, devenant réflexifs et générateurs d'une pensée complexe.* D'où cette idée qui guidera notre départ : il ne faut pas briser nos circularités, *il faut au contraire veiller à ne pas s'en détacher.* Le cercle sera notre roue, notre route sera spirale.

L'en-cyclo-pédie

Du coup, le problème insurmontable de l'encyclopédisme change de visage, puisque les termes du problème ont changé. Le terme encyclopédie ne doit plus être pris dans le sens accumulatif et alphabébête où il s'est dégradé. Il doit être pris dans son sens originaire *agkuklios paidea*, apprentissage mettant le savoir en cycle; effectivement, il s'agit d'en-cyclo-péder, c'est-à-dire d'apprendre à articuler les points de vue disjoints du savoir en un cycle actif.

Cet en-cyclo-pédisme ne prétend pas pour autant englober tout le savoir. Ce serait à la fois retomber dans l'idée accumulative et verser dans la manie totalitaire des grands systèmes unitaires qui enferment le réel dans un grand corset d'ordre et de cohérence (ils le laissent évidemment échapper). Je sais ce que veut dire le mot d'Adorno « la totalité est la non-vérité » : tout système qui vise à enfermer le monde dans sa logique est une rationalisation démentielle.

L'en-cyclo-pédisme ici requis vise à articuler *ce qui est fondamentalement disjoint et qui devrait être fondamentalement joint*. L'effort portera donc, non pas sur la totalité des connaissances dans chaque sphère, mais sur les connaissances cruciales, les points stratégiques, les nœuds de communication, les articulations organisationnelles entre les sphères disjointes. Dans ce sens, l'idée d'organisation, en se développant, va constituer comme le rameau de Salzbourg autour duquel pourront se consteller et se cristalliser les concepts scientifiques clés.

Le pari théorique que je fais, dans ce travail, est que la connaissance de ce qui est organisation pourrait se transformer en principe organisateur d'une connaissance qui articulerait le disjoint et complexifierait le simplifié. Les risques scientifiques que je cours sont évidents. Ce ne sont pas tant les

« vicieux » est le je pense que où la pensée tourne en rond en se réfléchissant elle-même à l'infini. Or, en fait, la refermeture du cercle, au lieu d'enfermer la pensée en vase clos, fait surgir d'évidence l'auto-référence, c'est-à-dire l'être-sujet ou *Ego* : JE Et par là même le *cogito* se transforme en irréfutable affirmation d'existence : JE suis

erreurs d'information, puisque j'ai fait appel à la collaboration critique de chercheurs compétents dans des domaines qui m'étaient étrangers il y a encore sept années, ce sont les erreurs de fond dans la détection des problèmes cruciaux et stratégiques. Le parapluie de scientificité qui me couvre ne m'immunise pas. Ma voie, comme toute voie, est menacée par l'erreur, et de plus je vais passer par des défilés où je serai à découvert. Mais, surtout, mon chemin sans chemin risquera sans discontinuer de se perdre entre ésotérisme et vulgarisation, philosophisme et scientisme.

Ainsi donc, je n'échappe pas à la difficulté encyclopédique; mais celle-ci cesse de se poser en termes d'accumulation, en termes de système, en terme de totalité; elle se pose en termes d'organisation et d'articulation au sein d'un processus circulaire actif ou cycle.

Réapprendre à apprendre

Tout est solidaire : la transformation du cercle vicieux en circuit productif, celle de l'encyclopédie impossible en mouvement encyclant sont inséparables de la constitution d'*un principe organisateur de la connaissance qui associe à la description de l'objet la description de la description (et le décryptage du descripteur), et qui donne autant de force à l'articulation et l'intégration qu'à la distinction et l'opposition.* (Car il faut chercher, non pas à supprimer les distinctions et oppositions, mais à renverser la dictature de la simplification disjonctive et réductrice.)

Par là même, nous pourrons approcher le problème des principes premiers d'opposition, distinction, relation, association dans les discours, théories, pensées, c'est-à-dire des *paradigmes*.

Les révolutions de pensée sont toujours le fruit d'un ébranlement généralisé, d'un mouvement tourbillonnaire qui va de l'expérience phénoménale aux paradigmes qui organisent l'expérience. Ainsi, pour passer du paradigme ptoléméen au paradigme copernicien, qui, par une permutation terre/soleil, changeait le monde en nous refoulant du centre à la périphérie, de la souveraineté à la satellisation, il a fallu d'innombrables va-et-vient entre les observations perturbant l'ancien système d'explication, les efforts théoriques pour amender le système d'explication, et l'idée de changer le principe même de l'explication. Au terme de ce processus, l'idée au départ scandaleuse et insensée devient normale et évidente, puisque l'impossible trouve sa solution selon un nouveau principe et dans un nouveau système d'organisation des données phénoménales. L'articulation *physis* ⟶ anthropo-sociologie et l'articulation objet ⟶ sujet, qui mettent en cause un paradigme beaucoup plus fondamental que le principe copernicien, se jouent à la fois sur le terrain des données phénoménales, des idées théoriques, des principes premiers du raisonnement. Le combat se mènera sur tous les fronts, mais la position maîtresse est celle qui commande la logique du raisonnement. En science et surtout en politique, les idées, souvent plus têtues que les faits, résistent au déferlement des données et des preuves. Les faits effectivement se brisent contre les idées tant qu'il n'existe rien qui puisse autrement réorganiser l'expérience. Ainsi, nous expérimentons à chaque instant, en mangeant, marchant, aimant, pensant, que tout ce que nous faisons est à la fois biologique, psychologique, social. Pourtant, l'anthropologie a pu pendant un demi-siècle proclamer diafoiresquement la disjonction absolue entre l'homme (biologique) et l'homme (social). Plus profondément encore, la science classique a pu jusqu'à aujourd'hui, et contrairement à toute évidence, être assurée qu'il n'était d'aucune conséquence et d'aucune signification cognitive que tout corps ou objet physique soit conçu par un esprit humain. Il ne s'agit pas ici de contester la connaissance « objective ». Ses bienfaits ont été et demeurent inestimables puisque la primauté absolue accordée à la concordance des observations et des expériences demeure le moyen décisif pour éliminer l'arbitraire et le jugement d'autorité. Il s'agit de conserver absolument cette objectivité-là, mais de l'intégrer dans une connaissance plus ample et réfléchie, lui donnant le troisième œil ouvert sur ce à quoi elle est aveugle.

Notre pensée doit investir l'impensé qui la commande et la contrôle. Nous nous servons de notre structure de pensée pour penser. Il nous faudra aussi nous servir de notre pensée pour repenser notre structure de pensée. Notre pensée doit revenir à sa source en une boucle interrogative et critique. Sinon, la structure morte continuera à sécréter des pensées pétrifiantes.

J'ai découvert combien il est vain de ne polémiquer que contre l'erreur : celle-ci renaît sans cesse de principes de pensée qui, eux, se trouvent hors conscience polémique. J'ai compris combien il était vain de prouver seulement au niveau du phénomène : son message est bientôt résorbé par des mécanismes d'oubli qui relèvent de l'auto-défense du système d'idées menacé. J'ai compris qu'il était sans espoir de seulement réfuter : seule une nouvelle fondation peut ruiner l'ancienne. C'est pourquoi je pense que le problème crucial est celui du principe organisateur de la connaissance, et ce qui est vital aujourd'hui, ce n'est pas seulement d'apprendre, pas seulement de réapprendre, pas seulement de désapprendre, mais de *réorganiser notre système mental pour réapprendre à apprendre.*

« *Caminante no hay camino* »

Ce qui apprend à apprendre, c'est cela la méthode.

Je n'apporte pas la méthode, je pars à la recherche de la méthode. Je ne pars pas avec méthode, je pars avec le refus, en pleine conscience, de la simplification. La simplification, c'est la disjonction entre entités séparées et closes, la réduction à un élément simple, l'expulsion de ce qui n'entre pas dans le schème linéaire. Je pars avec la volonté de ne pas céder à ces modes fondamentaux de la pensée simplifiante :

— *idéaliser* (croire que la réalité puisse se résorber dans l'idée, que seul soit réel l'intelligible),
— *rationaliser* (vouloir enfermer la réalité dans l'ordre et la cohérence d'un système, lui interdire tout débordement hors du système, avoir besoin de justifier l'existence du monde en lui conférant un brevet de rationalité),
— *normaliser* (c'est-à-dire éliminer l'étrange, l'irréductible, le mystère).

Je pars aussi avec le besoin d'un principe de connaissance qui non seulement respecte, mais reconnaisse le non-idéalisable, le non-rationalisable, le hors-norme, l'énorme. *Nous avons besoin d'un principe de connaissance qui non seulement respecte, mais révèle le mystère des choses.*

A l'origine, le mot méthode signifiait cheminement. Ici, il faut accepter de cheminer sans chemin, de faire le chemin dans le cheminement. Ce que disait Machado : *Caminante no hay camino, se hace camino al andar.* La méthode ne peut se former que pendant la recherche ; elle ne peut se dégager et se formuler qu'après, au moment où le terme redevient un nouveau point de départ, cette fois doté de méthode. Nietzsche le savait : « Les méthodes viennent à la fin » (*L'Antéchrist*). Le retour au commencement n'est pas un cercle vicieux si le voyage, comme le dit aujourd'hui le mot *trip*, signifie *expérience*, d'où l'on revient changé. Alors, peut-être, aurons-nous pu apprendre à apprendre à apprendre en apprenant. Alors, le cercle aura pu se transformer en une spirale où le retour au commencement est précisément ce qui éloigne du commencement. C'est bien ce que nous ont dit les romans d'apprentissage de *Wilhelm Meister* à *Siddharta*.

L'inspiration spirale

Le lecteur, je l'espère, commence peut-être à le sentir : ce travail, bien qu'il ne se donne aucune limite dans sa perspective, bien qu'il n'exclue aucune dimension de la réalité, bien qu'il soit de la plus extrême ambition, ne peut, de par son ambition même, être conçu comme une encyclopédie, dans le sens où celle-ci signifie bilan des connaissances ; mais il peut être conçu comme encyclopédique dans le sens où le terme, retrouvant son origine, signifie mise en cycle de la connaissance. Il ne peut en aucun cas être conçu comme une théorie générale unifiée dont les divers aspects dans les différents domaines se déduisent logiquement du principe maître. La rupture avec la simplification me fait rejeter dans leur principe même toute théorie unitaire, toute synthèse totalisante, tout système rationalisateur ordonnateur. Ceci, déjà dit, doit être malheureusement répété, car les esprits qui vivent sous l'empire du principe de simplification ne voient que l'alternative entre recherche parcellaire d'une part, idée générale de l'autre. C'est ce genre d'alternative dont il faut se débarrasser, et ce n'est pas simple, sinon il y aurait eu depuis longtemps réponse à ce problème dans le cadre du principe de simplification. Il ne s'agit pas enfin de l'improvisation d'une nouvelle science, lancée sur le marché *ready made* pour remplacer la science obsolète. Si j'ai parlé ailleurs (Morin, 1973) de *scienza nuova*, c'est la perspective, l'horizon, ce ne peut être le point de départ. S'il y a science nouvelle, antagoniste à la science ancienne, elle lui est liée par un tronc commun, elle ne vient pas d'ailleurs, elle ne pourra se différencier que par métamorphose et révolution. Ce livre est un cheminement en spirale; il part d'une interrogation et d'un questionnement; il se poursuit à travers une réorganisation conceptuelle et théorique en chaîne qui, atteignant enfin le niveau épistémologique et paradigmatique, débouche sur l'idée d'une méthode, laquelle doit permettre un cheminement de pensée et d'action qui puisse remembrer ce qui était mutilé, articuler ce qui était disjoint, penser ce qui était occulté.

La méthode ici s'oppose à la conception dite « méthodologique » où elle est réduite à des recettes techniques. Comme la méthode cartésienne, elle doit s'inspirer d'un principe fondamental ou paradigme. Mais la différence est précisément ici de paradigme. Il ne s'agit plus d'obéir à un principe d'ordre (excluant le désordre), de clarté (excluant l'obscur), de distinction (excluant les adhérences, participations et communications), de disjonction (excluant le sujet, l'antinomie, la complexité), c'est-à-dire à un principe qui lie la science à la simplification logique. Il s'agit au contraire, à partir d'un principe de complexité, de lier ce qui était disjoint.

« Faire révolution partout » : ainsi parlait Sainte-Beuve de la méthode cartésienne. C'est que Descartes avait formulé le grand paradigme qui allait dominer l'Occident, la disjonction du sujet et de l'objet, de l'esprit et de la matière, l'opposition de l'homme et de la nature. Si, à partir d'un paradigme de complexité, une nouvelle méthode peut naître, s'incarner, cheminer, progresser, alors elle pourrait peut-être « faire révolution partout », y compris dans la notion de révolution devenue aplatie, conformiste et réactionnaire.

L'esprit de la vallée

Ce livre part de la crise de notre siècle et c'est sur elle qu'il revient. La radicalité de la crise de la société, la radicalité de la crise de l'humanité m'ont poussé à chercher au niveau radical de la théorie. Je sais que l'humanité a besoin d'une politique. Que cette politique a besoin d'une anthropo-sociologie. Que l'anthropo-sociologie a besoin de s'articuler à la science de la nature, que cette articulation requiert une réorganisation en chaîne de la structure du savoir. Il m'a fallu plonger dans ce problème fondamental en me détournant de la sollicitation du présent. Mais le présent, c'est cette crise même qui m'atteint, me disperse, me transperce. Le propre objet-sujet de ce livre revient sans cesse sur mon travail pour le dynamiter. Les bruits du monde, des armes, des conflits, des libérations éphémères et bouleversantes, des oppressions durables et dures traversent les murs, me frappent au cœur. Je travaille au milieu de ces oliviers, de ces vignes, dans ces collines, près de la mer, alors qu'un nouveau minuit s'avance dans le siècle; son ordre écrase; son insolence inspire respect, terreur et admiration à ceux qui sont autour de moi, et qui, dans mes silences, me croient des leurs. Je me détourne de l'appel de ceux pour qui je *dois* témoigner, et, en même temps, je cède à l'invite d'une bouteille de vin, d'un sourire ami, d'un visage d'amour...

Pourquoi parler de moi? N'est-il pas décent, normal, sérieux que, lorsqu'il s'agit de science, de connaissance, de pensée, l'auteur s'efface derrière son œuvre, et s'évanouisse dans un discours devenu impersonnel? Nous devons au contraire savoir que c'est là que triomphe la comédie. Le sujet qui disparaît de son discours s'installe en fait à la Tour de Contrôle. En feignant de laisser place au soleil copernicien, il reconstitue un système de Ptolémée dont son esprit est le centre.

Or mon effort de méthode tend précisément à m'arracher à cet auto-centrisme absolu par lequel le sujet, tout en disparaissant sur la pointe des pieds, s'identifie à l'Objectivité souveraine. Ce n'est pas la Science anonyme qui s'exprime par ma bouche. Je ne parle pas du haut d'un trône d'Assurance. Au contraire, ma conviction sécrète une incertitude infinie. Je sais que se croire possesseur ou possédé par le Vrai c'est déjà s'intoxiquer, c'est se masquer à soi-même ses défaillances et ses carences. Dans le royaume de l'intellect, c'est l'inconscient qui se croit toute conscience.

Je sais que nul signe indubitable ne me donnera confirmation ou infirmation. Ma marginalité ne prouve rien, même à moi-même. Le précurseur, comme dit Canguilhem, est celui dont on ne sait qu'après qu'il venait avant. Dans l'anomie et la déviance, l'avant-garde est mêlée à toutes les basses formes du délire... Le jugement des autres ne sera pas non plus décisif. Si ma conception est féconde, elle peut autant être dédaignée ou incomprise qu'applaudie ou reconnue. La solitude à laquelle je me suis contraint est le lot du pionnier, mais aussi de l'égaré. J'ai perdu le contact avec ceux qui n'ont pas entrepris le même voyage et je ne vois pas encore mes compagnons qui existent, sans doute, et qui eux non plus ne me voient pas... Enfin, je travaille comme à un absolu, à une œuvre relative et incertaine... Mais je sais de mieux en mieux que *la seule connaissance qui vaille est celle qui se nourrit d'incertitude et que la seule pensée qui vive est celle qui se maintient à la température de sa propre destruction.*

Ce n'est pas la certitude ni l'assurance, mais le besoin qui m'a poussé à entreprendre ce travail jour après jour, pendant des années. Je me suis senti possédé par la même nécessité évidente de transsubstantiation que celle par laquelle l'araignée sécrète son fil et tisse sa toile. Je me suis senti branché sur le patrimoine planétaire, animé par la religion de ce qui relie, le rejet de ce qui rejette, une solidarité infinie; ce que le Tao appelle *l'Esprit de la vallée* « reçoit toutes les eaux qui se déversent en elle ».

TOME I

La Nature de la Nature

Avertissement du tome I

> *Physis est d'abord le titre d'une question :* « *D'où viennent les choses? Comment naissent-elles et croissent-elles?* » P. Aubenque.

Au départ de *la Méthode*, je pensais pouvoir traiter le problème de l'organisation dans le cadre des idées systémiques (*General Systems Theory*) et cybernétiques. En cours de route, ces idées, de solutions, sont devenues des points de départ, puis finalement des échafaudages, nécessaires certes, mais à démonter après qu'ils nous ont fait monter au concept d'organisation.

A partir d'un certain stade donc, ces idées libératrices m'enfermaient. Je ne pouvais développer leur message qu'en les métamorphosant. Ainsi, comme toujours, les premiers guides de l'évolution deviennent les principaux obstacles à la révolution. Ils résistent à la métamorphose dont ils ont été pourtant les têtards. Il me fut extrêmement difficile de critiquer les notions qui me servirent d'armes critiques pour dépasser d'anciens modes de pensée. Il est aisé de dépasser le passé, mais non de dépasser ce qui fait dépasser le passé. Il me semble maintenant que les idées systémiques et cybernétiques (y compris l'information) sont ici intégrées, c'est-à-dire conservées dans leur sève et leur vérité, mais en même temps provincialisées, critiquées, transformées, complexifiées.

Au lieu d'enfermer l'idée d'organisation dans le système ou dans la machine (cybernétique), j'ai au contraire fait remorquer l'idée de système et de machine par l'idée d'organisation. Ce concept, dont la nature ne pouvait être que physique, m'a fait ressusciter l'idée de *physis*; cette idée signifie que l'univers physique doit être conçu comme le lieu même de la création et de l'organisation.

L'objet premier de ce premier tome est la *physis*. Mais la *physis* n'est ni un socle, ni une strate, ni un support. La *physis* est commune à l'univers physique, à la vie, à l'homme. L'idée — triviale — que nous sommes des êtres physiques doit être transformée en idée signifiante.

Aussi, dans ce tome, j'évoque l'organisation biologique et l'organisation anthropo-sociale, mais toujours sous l'angle de l'organisation physique. A chaque développement du concept d'organisation vont surgir des exemples/références biologiques ou anthropo-sociologiques. Cela semblera tout à fait confusionnel aux esprits pour qui physique, biologie, anthropologie, sociologie sont des essences séparées et incommunicables. Mais ici cela est d'autant plus nécessaire que non seulement tout ce qui est organisation concerne la biologie et l'anthropo-sociologie, mais aussi parce que des problèmes et phénomènes organisationnels, virtuels ou atrophiés au niveau des organisations strictement physiques, se manifestent et se déploient dans leurs développements biologiques et anthropo-sociologiques. C'est dire du même coup que les phénomènes et problèmes biologiques et anthroposociaux nécessitent pour être conçus et compris, une formidable infrastructure organisationnelle, c'est-à-dire physique.

Ce premier tome a énormément travaillé en moi (c'est-à-dire qu'il m'a obligé à beaucoup travailler). Je dois le considérer comme une œuvre à la fois totalement solitaire et totalement solidaire. Solitaire, car, j'ai dû m'y consacrer personnellement de façon intégrale. Solidaire parce qu'il fut stimulé, corrigé, contrôlé par autrui.

A l'origine des idées que j'y développe, je trouve d'abord Henri Atlan qui m'a réveillé de mon sommeil empirique en m'initiant à l'idée de désordre créateur, puis à ses variantes (hasard organisateur, désorganisation/ réorganisation). Atlan m'a introduit à von Foerster, notre Socrate électronique, à qui je suis redevable pour beaucoup de mes idées-sources ; von Foerster m'a fait découvrir Gunther, Maturana et Varela. Chacun à sa façon m'a permis de regarder enfin l'invisible, la notion *auto*, et de réintroduire le concept de sujet. Cela n'exclut pas ma dette à l'égard d'autres auteurs, penseurs, chercheurs, qui se trouvent cités dans ce texte.

J'eus pour collaborateur, ou plutôt interlocuteur principal, John Stewart, biologiste qui s'était jusqu'alors principalement consacré à la génétique des populations. Stewart a effectué la lecture critique du premier jet de ma rédaction (c'est-à-dire les trois tomes), il a lu et critiqué les quatre versions successives de ce premier tome. Ses notes manuscrites couvrent plus de cinq cents pages. Je ne sais plus très bien quelles sont les idées qu'il m'a inspirées, et que je tends à considérer égocentriquement comme miennes (car nous avons tendance à oublier nos inspirateurs), mais je sais que sa contribution fondamentale a été critique, surtout quand elle a été enragée et qu'elle m'a enragé contre lui. Il s'est opéré ainsi une étrange et imprévue coopération conflictuelle ou collaboration antagoniste de lui à moi. Lui, biologiste écœuré, allait vers la sociologie et vers cette réduction en schèmes politico-sociaux qu'on identifie à tort au marxisme ; moi, sociologue écœuré, j'allais non seulement vers la biologie mais vers la *physis ;* il tendait au sociocentrisme, moi au physicocentrisme. Or cet antagonisme était absolument nécessaire, et je dirai que l'amicale inimitié de Stewart me fut providentielle, car je fus contraint dès le départ de nouer le double mouvement

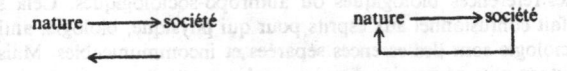

nature ⟶ société   nature ⟶ société

alors que dans mon premier jet il se bouclait au troisième tome. Dès lors, je dus complexifier mon propos à la base (alors que j'avais cru « didactique » d'aller par degrés au nœud gordien).

Non moins providentielle fut l'intervention de Bernard Victorri (assistant de mathématiques à l'université de Lille), à l'avant-dernière mouture de mon manuscrit. Non seulement il m'a fait des critiques « ponctuelles » qui furent toutes nécessaires, mais il m'a amené à repenser et recommencer. Alors que je croyais en être à l'achèvement, il m'a montré que je n'en étais qu'au stade de la chrysalide. Sa maïeutique ou plutôt maïeu-critique me fit accoucher de ce que tout seul je n'aurais pu mener à terme.

Ce manuscrit a bénéficié de la lecture critique, en une première version, de l'homme fait encyclopédie, Claude Gregory, puis en des versions suivantes d'Henri Atlan, Massimo Piattelli, André Bejin, et de ma paulhanienne Monique Cahen.

Annie Kovaks a pris en charge la bibliographie de ce travail. Nicole Philouzat m'a trouvé les ouvrages introuvables et a relu bien des pages. Marie-France Laval a accompli les tâches les plus ingrates concernant et protégeant ce manuscrit, Marie-Madeleine Dusza l'a assistée. Tout cela s'est effectué évidemment dans le cadre du CETSAS (Centre d'études transdisciplinaires) de l'École des hautes études en sciences sociales.

La collaboration de John Stewart et Annie Kovaks n'a pu s'effectuer qu'avec l'aide de la DGRST, dans le cadre de l'action concertée Socio-Écologie. C'est grâce à Lucien Brams, en première et dernière instance, que tout cela a été réalisé, et Lucien intervient encore une fois de façon bénéfique dans mon destin.

Ce travail itinérant, que je considère comme recherche au sens élémentaire et plein du terme, s'est effectué dans le cadre de ma direction de recherches au CNRS (direction signifie non que je dirige des chercheurs, mais que je me dirige moi-même : fabuleux privilège dont je suis conscient). Je conteste l'Institution, mais, pour ma part, j'y ai trouvé une fois de plus, et plus que jamais, le bien suprême : *la liberté*.

*

Certains trouveront que j'abuse de néologismes. A vrai dire, je n'invente pas de nouveaux mots ; je donne verbes et adjectifs à des notions qui n'étaient que substantives, et vice versa.

D'autres (les mêmes) trouveront que j'abuse d'images ou métaphores. Je n'ai aucune gêne à employer des images quand elles me viennent. Rassurez-vous : je sais que ce sont des images.

Dans ce texte, je passe du *je* au *nous*, du *nous* au *je*. Le *je* n'est pas de prétention, il est prise de responsabilité du discours. Le *nous* n'est pas de majesté, il est de compagnonnage imaginaire avec le lecteur.

*

Le premier schème de ce travail a été élaboré à l'Institut Salk (San Diego). La première rédaction a commencé à New York, en septembre 1973. J'ai poursuivi le travail à Paris, Lisbonne, Sintra, Argentario, Orbetello, Figline-Valdarno, Bolgheri, Carniol, Fourneville, Crouy-sur-Ourcq, Saint-Antonin. Je pense particulièrement à ces lieux de long séjour où j'ai trouvé joie et inspiration : *Campo-Fioretti, Castiglioncello de Bolgheri, Le Palagio, La Cabane-de-Carniol, Les Hunières, Le Moulin* : merci à Lodovico Antinori, Anatole Dauman, Claude et Myriam Gregory, Mario Incisa, Mathilde Martinaud-Déplat, Charles et Jocelyne Nugue, Simone et Florence San Clemente.

**Notes complémentaires
pour la seconde édition**

1. J'aurais dû, dans ce tome, mieux préciser la relation et distinction entre « science classique » et « science moderne ».

2. Première partie, 1, « L'ordre et le désordre » :

a) J'introduis, dans cette présente édition, les notions de *Chaosmos* et de *Plurivers*.

b) En ce qui concerne le sens de la notion d'entropie, je crois être en dehors de la polémique introduite par Tonnelat et visant l'identification de l'entropie au désordre. En ce qui me concerne, l'idée d'entropie n'est pas, dans ce texte, une idée physique à quoi je réduis ou ramène l'idée de désordre. C'est une idée thermodynamique qui nous conduit à l'idée physique générale qu'il y a, dans le temps de notre univers, une tendance à la dégradation et à la dispersion, et en ce qui concerne choses et êtres organisés, à la désorganisation.

3. Troisième partie, 2, « La physique de l'information » :

J'ai négligé de considérer l'idée de « moteur informationnel » (Rybak) concernant les « machines vivantes ». Dans le même chapitre, je déplacerai aujourd'hui l'accent de *l'information* sur *la computation* (ce que j'accomplis en *Méthode 2*).

4. Je regrette les lacunes importantes que comporte ma bibliographie. J'essaierai, dès que j'aurai le loisir de revenir sérieusement sur ce tome, de réparer les injustices inconsciemment commises.

5. C'est dire que je n'ai pas procédé à une relecture critique en profondeur pour ce volume. Je me suis borné à apporter des corrections aux diverses erreurs typographiques, grammaticales ou syntaxiques détectées depuis sa parution.

E. M., septembre 1980.

PREMIÈRE PARTIE

L'ordre, le désordre et l'organisation

1. L'ordre et le désordre
(des Lois de la Nature à la nature des lois)

> *Le plus bel arrangement est un tas d'ordures disposées au hasard.* Héraclite.
>
> *... Un ordre avait surgi de la Décadence et du Désordre.* He Xiu.
>
> *Qu'on ne nous parle plus des Lois de la Nature.*
> Léon Brillouin.

I. L'invasion des désordres

> *Je ne me dissimule pas de quelle surprise c'est frapper ton esprit que de t'annoncer la destruction fatale du ciel et de la terre.*
> Lucrèce (*De natura rerum*, livre V).

L'Ordre-Roi [1]

L'ordre, Mot-Maître de la science classique, a régné de l'Atome à la Voie lactée. Il s'est déployé d'autant plus majestueusement que la terre est devenue une petite planète (Galilée, 1610) et que le soleil est rentré dans le giron de la galaxie (Thomas Wright, 1750). De Kepler à Newton et Laplace, il est établi que l'innombrable peuple des étoiles obéit à une inexorable mécanique. Quelques comètes semblent faire du cosmos buissonnier, elles suivent en fait une voie d'avance tracée. La pesanteur des corps, le mouvement des marées, la rotation de la lune autour de la terre, la rotation de la terre autour du soleil, tous phénomènes terrestres et célestes obéissent à la même loi. La Loi éternelle qui règle la chute des pommes a supplanté la Loi de l'Éternel qui, pour une pomme, fit chuter Adam. Le mot de révolution, s'il s'agit des astres et planètes, signifie répétition impeccable, non révulsion, et l'idée d'Univers évoque la plus parfaite des horloges. Jusqu'à l'expérience de Michelson (1881), la merveilleuse machine baigna dans l'huile, c'est-à-dire l'éther...

Cet Univers horloge marque le temps et le traverse de façon inaltérable. Sa texture, partout la même, est une substance incréée (la matière) et une entité indestructible (l'énergie). Les lois de la physique, jusqu'à l'étrange exception du second principe de la thermodynamique, ignorent la dispersion, l'usure

---

1. Ici se concentrent, sous l'égide et le contrôle du concept d'ordre, les notions de déterminisme, loi, nécessité, qui en sont les dérivés ou les applications. La suite de mon travail permettra de justifier cette assertion première.

et la dégradation. L'Univers auto-suffisant s'auto-entretient à perpétuité. L'ordre souverain des Lois de la Nature est absolu et immuable. Le désordre en est exclu, de toujours, à jamais. Seule l'infirmité de notre entendement nous interdit de concevoir dans sa plénitude l'universel, impeccable, inaltérable, irrévocable déterminisme. Mais un démon, comme l'avait imaginé Laplace, capable d'observer tout l'univers à un instant donné et en connaissant les lois, serait capable d'en reconstituer tous les événements passés et d'en prédire tous les événements futurs.

Certes, à l'échelle terrestre, le regard peut être choqué par quelques désordres et aléas, quelques bruits et fureurs. Mais ils ne constituent que l'écume quasi fantasmatique de la réalité. « C'est à la superficie seulement que règne le jeu des hasards irrationnels » disait Hegel. La Vraie Réalité est Ordre physique, où toute chose obéit aux Lois de la Nature, Ordre biologique, où tout individu obéit à la Loi de l'Espèce, Ordre social, où tout humain obéit à la Loi de la Cité.

Pourtant voici que la société des hommes se dégèle, se transforme. Voici qu'après 1789 le mot Révolution signifie, non plus recommencement du même dans le même, mais rupture et changement. Voici qu'on découvre que la Vie, loin d'être fixée une fois pour toutes, relève de l'évolution. L'Univers lui-même — et Laplace lui-même l'avait déjà supposé — semble issu d'une « nébuleuse primitive ». Mais l'idée d'Ordre en sort grandie, adulte : n'est-ce pas le signe que l'Univers est passé irrévocablement des limbes vaporeux à la plénitude de l'Ordre? Que la vie, obéissant à des lois naturelles d'adaptation et de sélection, s'est développée pour aboutir à cet ordre rationnel que symbolise le nom d'*homo sapiens*? Que les sociétés obéissent à une Loi du progrès qui les fait accéder à un Ordre supérieur? Les Lois de l'Évolution et de l'Histoire illustrent et consacrent l'avènement imminent de l'Ordre rationnel. Celui-ci fait ses derniers brouillons, comme un artiste avant son chef-d'œuvre. Les ultimes désordres, sur la petite planète Terre, vont se résorber et se dissiper.

De la dégradation de l'énergie à la dégradation de l'ordre :
le surgissement de la désorganisation

Or soudain, en cours de XIXᵉ siècle, une petite poche de désordre se crée au cœur même de l'ordre physique. D'abord confinée en vase clos, et se nourrissant exclusivement de gaz, elle devient omnivore, gagne de proche en proche, jusqu'à menacer tout l'Univers.

Elle ronge ce qui est devenu l'invariant moteur de la physique et le terme clé de l'ère industrielle : l'énergie. Le premier principe de la thermodynamique reconnaît en l'énergie une entité indestructible, dotée d'un pouvoir polymorphe de transformations (énergie mécanique, électrique, chimique, etc.). Ce principe offre donc à l'univers physique une garantie d'auto-suffisance et d'éternité pour tous ses mouvements et travaux.

Le second principe, esquissé par Carnot, formulé par Clausius (1850), introduit l'idée, non pas de déperdition qui contredirait le premier principe, mais de *dégradation* de l'énergie. Alors que toutes les autres formes d'énergie peuvent se transformer intégralement de l'une en l'autre, l'énergie qui prend forme calorifique ne peut se reconvertir entièrement, et perd donc une partie de son aptitude à effectuer un travail. Or toute transformation, tout travail dégagent de la chaleur, donc contribuent à cette dégradation. Cette diminution irréversible de l'aptitude à se transformer et à effectuer un travail, propre à la chaleur, a été désignée par Clausius du nom d'*entropie*.

Dès lors, si nous considérons un système qui ne soit pas alimenté en énergie extérieure, c'est-à-dire un système « clos », toute transformation s'y accompagne nécessairement d'un accroissement d'entropie et, selon le second principe, cette dégradation irréversible ne peut que croître jusqu'à un maximum, qui est un état d'homogénéisation et d'équilibre thermique, où disparaissent l'aptitude au travail et les possibilités de transformation [1].

L'étonnant est que le principe de dégradation de l'énergie de Carnot, Kelvin, Clausius, se soit transformé en principe de dégradation de l'ordre au cours de la seconde moitié du XIXe siècle, avec Boltzmann, Gibbs et Planck.

Boltzmann (1877) élucide l'originalité énergétique de la chaleur en situant son analyse à un niveau jusqu'alors ignoré : celui des micro-unités ou molécules constituant un système donné. La chaleur est l'énergie propre aux mouvements désordonnés des molécules au sein de ce système, et tout accroissement de chaleur correspond à un accroissement de l'agitation, à une accélération de ces mouvements. C'est donc parce que la forme calorifique de l'énergie comporte du désordre dans ses mouvements qu'il y a une dégradation inévitable de l'aptitude au travail.

Ainsi, tout accroissement d'entropie est un accroissement de désordre interne, et l'entropie maximale correspond à un désordre moléculaire total au sein d'un système, ce qui se manifeste au niveau global par l'homogénéisation et l'équilibre.

Le second principe ne se pose plus seulement en terme de travail. Il se pose en termes d'ordre et désordre. Il se pose du coup en terme d'organisation et désorganisation, puisque l'ordre d'un système est constitué par l'organisation qui agence en un tout des éléments hétérogènes.

Donc l'entropie est une notion qui signifie à la fois :

dégradation de l'énergie
dégradation de l'ordre
dégradation de l'organisation
{ *désordre moléculaire, homogénéisation macroscopique, équilibre thermique, impossibilité de transformation.* }

---

1. Carnot avait montré que, pour obtenir du travail à partir de la chaleur, il fallait deux sources de chaleur, différentes en température, de sorte qu'une fraction de la chaleur puisée à la source chaude puisse se transformer en travail. Dès qu'il n'y a plus cette hétérogénéité calorifique et ce déséquilibre thermique, il n'y a plus d'échanges ou transformations concevables.

Elle signifie en même temps que cette triple dégradation obéit à un processus irréversible au sein des systèmes physiques clos.

Ici encore, Boltzmann développe une approche toute nouvelle : celle de la probabilité statistique. Le nombre des molécules et les configurations qu'elles peuvent prendre au sein d'un système sont immenses, et ne peuvent relever que d'une appréhension probabiliste. Dans cette perspective, les configurations désordonnées sont les plus probables et les configurations ordonnées les moins probables. Dès lors, l'accroissement d'entropie devient le passage des configurations les moins probables aux plus probables [1]. Autrement dit, *le désordre et la désorganisation s'identifient avec la plus grande probabilité physique pour un système clos.*

Clausius n'avait pas hésité à généraliser la portée du second principe à l'ensemble de l'univers qui, conçu comme un Tout disposant d'une énergie finie, pouvait être considéré comme un méga-système clos. Donc, selon sa formule, « l'entropie de l'univers tend vers un maximum », c'est-à-dire vers une « mort thermique » inéluctable, ce qui signifierait, selon la perspective ouverte par Boltzmann, vers la désorganisation et le désordre.

Le deuxième principe fomenterait donc un attentat à l'ordre cosmique. Mais la prophétie de Clausius avait été contestée dans sa prémisse : la légitimité du transfert de la notion de système clos à l'échelle cosmique. Peut-on considérer l'univers non seulement comme clos ou ouvert, mais comme un système? L'inadéquation de l'extrapolation apparaissait évidente en un point essentiel : dans les systèmes clos de la thermodynamique, les états d'ordre/organisation sont à la fois initiaux et improbables. Si l'ordre et l'organisation étaient improbables, comment se fait-il qu'on pouvait dénombrer à l'infini, atomes, molécules, et astres? Comment la progression irréversible du désordre pouvait-elle être compatible avec le développement organisateur de l'univers matériel, puis de la vie, qui conduit à *homo sapiens?*

Du reste, à l'échelle humaine et sociale, la corrosion du second principe était plus que compensée par les bénéfices techniques et scientifiques qui en étaient tirés, bénéfices constituant une victoire de l'ordre scientifique (sous l'aspect de la mécanique statistique) et de l'organisation techno-industrielle sur le désordre calorifique. Le principe de Carnot permettait de calculer les conditions du rendement maximal en travail d'une machine. La formule de Boltzmann permettait désormais de mesurer et prévoir l'évolution du désordre, donc dans un sens de la contrôler. La chimie qui se développe alors intègre l'entropie dans la définition de l'énergie libre, de l'enthalpie libre et de l'affinité chimique. La notion d'entropie contribue au développement de la théorie des machines thermiques et de la thermo-chimie. L'entropie

---

1. Boltzmann définit l'entropie d'un système (variable macroscopique) par rapport au nombre des complexions ou configurations microscopiques que peuvent y prendre les atomes ou molécules, selon la formule :

$$S = K \log P$$

S	K	log P
entropie totale du système	constante de Boltzmann	probabilité thermodynamique

L'ordre et le désordre

apparaît ainsi non comme une régression de l'ordre, mais comme un progrès de la science.

Enfin, Maxwell découvre le talon d'Achille du second principe ; l'expérience imaginaire du « démon de Maxwell[1] » montre que la prédiction d'homogénéisation et d'équilibre peut être démentie, au sein même d'un système clos, c'est-à-dire sans apport extérieur d'énergie au système.

Ainsi donc la corruption du désordre, loin de tout envahir, fut minée logiquement (par le démon de Maxwell) contrôlée scientifiquement (par la théorie de Boltzmann), utilisée productivement (par les machines thermiques) ; elle se dissolvait dans un grand point d'interrogation cosmique dès qu'on voulait l'envisager à l'échelle de l'univers. Elle butait sur l'évidence contraire de l'évolution physique, biologique, anthropologique. L'ordre semblait donc restauré.

Toutefois, comme dans toute restauration, un pilier de l'ordre ancien s'était effondré, et l'idée d'ordre elle-même s'était problématisée. A partir du moment où il est posé que les états d'ordre et d'organisation sont non seulement dégradables, mais improbables, l'évidence ontologique de l'ordre et de l'organisation se trouve renversée. Le problème n'est plus : pourquoi y a-t-il du désordre dans l'univers bien qu'y règne l'ordre universel ? C'est : pourquoi y a-t-il de l'ordre et de l'organisation dans l'univers ? L'ordre et l'organisation, cessant de constituer des évidences ontologiques, deviennent alors problème et mystère : ils doivent être expliqués, justifiés, légitimés.

La question ne concerne-t-elle que les « systèmes clos » ? Nullement, puisque les «systèmes ouverts » travaillent et que tout travail pose le problème de l'accroissement d'entropie. La question donc s'amplifie et se développe : *que sont ces systèmes ouverts ? Comment sont-ils organisés ? Comment évitent-ils la désorganisation ? L'évitent-ils à la longue ?* Comment s'explique l'apparition, l'existence, l'évolution de l'organisation biologique ? Sociale ? Y a-t-il, comme le suggéra alors Bergson[2], qui eut le mérite d'affronter le problème (mais ne sut le poser que dans une alternative manichéenne), une « matière vivante » autre que la matière physique, qui échappe aux atteintes de la dégradation ? Une vertu propre à l'organisation vivante ? Il fallut longtemps attendre pour que ces questions soient tirées de leur léthargie. Entre-temps, l'ordre avait étouffé leur impertinence de son poids écrasant. Il est admirable que ces problèmes aient été étouffés, comme

---

1. Maxwell introduit un petit démon, doué de sens très subtils, dans un récipient de gaz séparé en deux parties, A et B, pouvant communiquer par l'ouverture d'un clapet, et où il y a équilibre thermique, c'est-à-dire entropie maximale. Le démon surveille le mouvement des molécules s'agitant au hasard. Dès qu'une molécule rapide de A se dirige vers B, le démon ouvre le clapet et la molécule passe en B. Dès qu'une molécule lente en B se dirige vers A, le démon ouvre à nouveau le clapet. Ainsi, à la longue, la partie B, remplie des molécules les plus rapides, est devenue chaude, la partie A est devenue froide. Il y a déséquilibre et hétérogénéité ; du travail est possible. Ainsi, le second principe est tourné, sans que le système acquière ou dépense de l'énergie, sans que sa nature physique soit modifiée. Évidemment, on ne peut échapper à la probabilité du second principe qu'avec un être très improbable : un démon.

2. Dans *l'Évolution créatrice*, 1907.

il arrive toujours lorsque la confrontation de deux principes contraires conduit à une tension explosive ou à une totale incohérence; dès lors, le principe culturellement le plus fort annule la question que pose l'autre. Ainsi en fut-il, pendant des décennies, des questions énormes que soulevait la problématique boltzmannienne.

Certes, un partenaire nouveau avait jailli de la boîte close de la thermodynamique : *un principe de dégradation irréversible toujours à l'œuvre partout où il y a travail et transformation dans l'univers.* La percée du désordre était à la fois limitée (dans la poche physique des « systèmes clos ») et illimitée (dans le sens où il accompagne tout travail, même dans un système « ouvert »).

Mais ce désordre jailli dans le sillage du deuxième principe n'est qu'un parasite, un sous-produit, un déchet du travail et des transformations productrices. Il n'a aucune utilité, fécondité. Il n'apporte que dégradation et désorganisation. Sa place est donc dans les latrines de la *physis* et du cosmos. L'ordre peut continuer à régner sur le monde.

Le dérèglement micro-physique

En 1900 soudain, une formidable brèche s'ouvrit dans les fondements micro-physiques de l'ordre. Pourtant l'atome n'avait nullement trahi l'ordre physique en cessant d'être l'objet premier, irréductible, insécable, substantiel : Rutherford l'avait mué en un petit système solaire constitué de particules gravitant autour d'un noyau, aussi merveilleusement ordonné que le grand système astral. L'ordre micro-physique semblait devoir donc être symétrique à l'ordre macrocosmique, lorsque arriva l'accident. Le virus du désordre, nourri par Boltzmann et Gibbs, fit soudain souche micro-physique avec la notion discontinue de quantum d'énergie (Max Planck), et déferla dans les sous-sols de la matière.

Les particules qui apparaissent ne peuvent plus être considérées comme des objets élémentaires clairement définissables, repérables, mesurables. La particule perd les attributs les plus sûrs de l'ordre des choses et des choses de l'ordre. Elle se brouille, se dissocie, s'indétermine, se polydétermine sous le regard de l'observateur. Son identité se disloque, partagée entre le statut de corpuscule et le statut d'onde. Sa substance se dissout, l'élément stable devenant événement aléatoire. Elle n'a plus de localisation fixe et non équivoque dans le temps et dans l'espace. Une délirante bouillie subatomique de photons, électrons, neutrons, protons, désintègre tout ce que nous entendons par ordre, organisation, évolution. Certes, tout rentre dans l'ordre au niveau statistique. Certes, l'atome demeure une entité organisée, un système, dont rend compte un formalisme mathématique cohérent. Donc le désordre demeure dans les bas-fonds microcosmiques. Apparemment, il ne surgit pas à notre échelle d'esprit et de réalité. Est-ce la réalité microphysique qui échappe à notre concept d'ordre parce qu'elle échappe à l'ordre des concepts, ou bien est-ce notre esprit qui n'arrive pas à concevoir cet

L'ordre et le désordre 39

autre ordre, lequel ne peut se passer de ce que nous appelons désordre?

Or ce désordre est présent dans le micro-tissu de toutes choses, soleils et planètes, systèmes ouverts ou clos, choses inanimées ou êtres vivants. Du coup, *il est tout à fait différent du désordre attaché au second principe de la thermodynamique*. Ce n'est pas un désordre de dégradation et de désorganisation. C'est un désordre constitutionnel, qui fait nécessairement partie de la *physis*, de tout être physique. Il fait partie — mais comment donc? — de l'ordre et de l'organisation, tout en n'étant ni ordre ni organisation!

Ainsi donc, le désordre a sonné une seconde fois. Une seconde fois, l'ordre physique n'est plus l'évidence qui supporte toutes choses. Une seconde fois, l'ordre et l'organisation font problème, deviennent énigme. Cette seconde fois, le désordre est un désordre qui, au lieu de dégrader, fait exister. Mais, devenant inconcevable et incompréhensible, il est maintenu et verrouillé dans les sous-sols micro-physiques, et un cordon sanitaire s'établit autour du foyer de troubles, afin qu'il ne puisse contaminer le reste de l'univers.

Le désordre génésique

En un siècle, le désordre s'est infiltré de proche en proche dans la *physis*. Parti de la thermodynamique, il est passé par la mécanique statistique, et a débouché sur les paradoxes micro-physiques. Au cours de ce voyage, il s'est transformé : de déchet du réel, il fait désormais partie de l'étoffe du réel. Mais, de même que le premier désordre est renvoyé aux latrines, celui-ci est jeté aux oubliettes. C'est que l'ordre cosmique impérial, absolu, éternel, continue à régir un univers réglé, sphérique, horloger.

Mais voici qu'à partir des années vingt cet univers se dilate, puis se disperse, puis, dans les années soixante, il se lézarde, se disloque, et soudain tombe en miettes.

Un lever de rideau, en 1923, découvre l'existence d'autres galaxies, qui vont se compter bientôt par millions, chacune grouillant de un à cent milliards d'étoiles. Sans cesse, depuis, l'infini recule à l'infini et le visible fait place à l'inouï (découverte en 1963 des quasars, en 1968 des pulsars, puis des « trous noirs »). Mais la grande révolution n'est pas de découvrir que l'univers s'étend à des distances incroyables et qu'il contient les corps stellaires les plus étranges : *c'est que son extension correspond à une expansion, que cette expansion est une dispersion, que cette dispersion est peut-être d'origine explosive.*

En 1930, la mise en évidence par Hubble du déplacement vers le rouge de la lumière émise par les galaxies lointaines permet de concevoir et de supputer leur vitesse d'éloignement par rapport à nous et fournit la première base empirique à la théorie de l'expansion de l'univers. Les observations qui suivent s'intègrent dans cette théorie qui désintègre l'ordre cosmique. Les galaxies s'éloignent les unes des autres dans une dérive universelle qui semble atteindre parfois des vitesses terrifiantes. En 1965 est capté un rayonnement isotrope qui nous parvient de tous les horizons de l'univers. Ce « bruit de fond » thermique peut être interprété logiquement comme le résidu fossile d'une explosion initiale. Ce message bredouillant, venu du bout du monde, a traversé de dix à vingt milliards d'années pour nous annoncer enfin l'extraordinaire nouvelle : l'Univers est en miettes. Dès lors, les découvertes astronomiques de 1923 à aujourd'hui s'articulent pour nous présenter un univers dont l'expansion est le fruit d'une catastrophe première et qui tend vers une dispersion infinie.

L'ordonnancement grandiose du grand ballet stellaire s'est transformé en sauve-qui-peut général. Au-delà de l'ordre provisoire de notre petite banlieue galaxique, que nous avions pris pour l'ordre universel et éternel, des faits divers inouïs se produisent, qui commencent à s'annoncer sur nos téléscripteurs : explosions fulgurantes d'étoiles, collisions d'astres, tamponnements de galaxies. Nous découvrons que l'étoile, loin d'être la sphère parfaite balisant le ciel, est une bombe à hydrogène au ralenti, un moteur en flammes ; née en catastrophe, elle éclatera tôt ou tard en catastrophe. Le cosmos brûle, tourne, se décompose. Des galaxies naissent, des galaxies meurent. Nous n'avons plus un Univers raisonnable, ordonné, adulte, mais quelque chose qui semble être encore dans les spasmes de la Genèse et déjà dans les convulsions de l'agonie.

Le pilier physique de l'Ordre était rongé, miné par le deuxième principe. Le pilier micro-physique de l'Ordre s'était effondré. L'ultime et suprême pilier, celui de l'ordre cosmologique, s'effondre à son tour. En chacune des trois échelles où nous considérons l'Univers, l'échelle macrocosmique, l'échelle micro-physique, l'échelle de notre « bande moyenne » physique, le désordre surgit pour revendiquer audacieusement le trône qu'occupait l'Ordre.

Mais dès lors se pose un problème insoupçonné, fabuleux. Si l'Univers est diaspora explosive, si son tissu microphysique est désordre indescriptible, si le second principe ne reconnaît qu'une seule probabilité, le désordre, alors comment se fait-il que la Voie lactée comporte des milliards d'étoiles, comment se fait-il que nous ayons pu repérer 500 millions de galaxies, comment se fait-il que nous puissions chiffrer éventuellement à 10^{73} le nombre d'atomes dans l'univers visible? Comment se fait-il que nous ayons pu découvrir des Lois qui régissent les astres, les atomes et toutes choses existantes? Comment se fait-il qu'il y ait eu développement de l'organisation dans le cosmos, des atomes aux molécules, macro-molécules, cellules vivantes, êtres multicellulaires, sociétés, jusqu'à l'esprit humain qui se pose ces problèmes?

Posons le problème, non plus en alternative d'exclusion entre d'une part le désordre, d'autre part l'ordre et l'organisation, mais de liaison. Dès lors la genèse des particules matérielles, des noyaux, des atomes, des molécules, des galaxies, des étoiles, des planètes est indissociable d'une diaspora et d'une catastrophe ; dès lors il y a une relation cruciale entre le déferlement du désordre, la constitution de l'ordre, le développement de l'organisation.

Dès lors surgit un troisième et grandiose visage du désordre, lui-même inséparable des deux autres visages qui nous sont ici apparus : ce désordre, tout en comportant en lui le désordre de l'agitation calorifique et le désordre du micro-tissu de la *physis, est aussi un désordre de genèse et de création.*

Un désordre organisateur ?

Or, nous pouvons aujourd'hui interroger la possibilité d'une genèse dans et par le désordre, en revenant à la source thermodynamique où avait surgi le désordre désorganisateur, et où surgit aujourd'hui l'idée d'un désordre organisateur. C'est que le développement nouveau de la thermodynamique, dont Prigogine est l'initiateur, nous montre qu'il n'y a pas nécessairement exclusion, mais éventuellement complémentarité entre phénomènes désordonnés et phénomènes organisateurs.

L'exemple des tourbillons de Bénard vient même démontrer expérimentalement que des flux calorifiques, dans des conditions de fluctuation et d'instabilité, c'est-à-dire de désordre, peuvent se transformer spontanément en « structure » ou forme organisée.

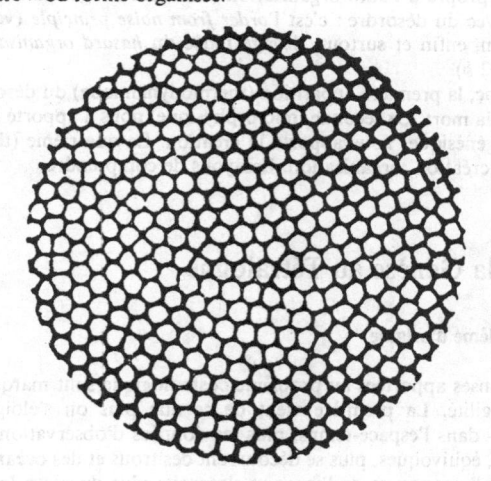

Tourbillons de Bénard

Extrayons quelques éléments de la description des « tourbillons » de Bénard que fait Prigogine : « Nous chauffons une couche liquide par en dessous. Par suite de l'application de cette contrainte, le système s'écarte de l'état d'équilibre correspondant au maintien d'une température uniforme dans la couche. Pour des petits gradients de température, la chaleur est transportée par conduction, mais à partir d'un gradient critique, nous avons en plus un transport par convection. La figure nous donne une photo des cellules de convection photographiées verticalement. Il faut remarquer l'arrangement régulier des cellules, qui ont une forme hexagonale. Nous avons ici un phénomène typique de structuration correspondant à un niveau élevé de coopérativité au niveau moléculaire » (Prigogine, 1972, p. 552-553).

Cet exemple apparemment enfantin a une portée physique et cosmique générale. Il nous montre que déviance, perturbation et dissipation peuvent provoquer de la « structure », c'est-à-dire de l'organisation et de l'ordre à la fois.

Il est donc possible d'explorer l'idée d'un univers qui constitue son ordre et son organisation dans la turbulence, l'instabilité, la déviance, l'improbabilité, la dissipation énergétique.

Bien plus : cherchant à comprendre l'organisation vivante du point de vue de sa machinerie interne, von Neumann découvre, au cours des années cinquante, dans sa réflexion sur les *self-reproducing automata* (von Neumann, 1966) que la grande originalité de l'automate « naturel » (entendez vivant) est de fonctionner avec du désordre. En 1959, von Foerster suggère que l'ordre propre à l'auto-organisation (entendez l'organisation vivante) se construit avec du désordre : c'est l'*order from noise principle* (von Foerster, 1959). Atlan, enfin et surtout, dégage l'idée du *hasard organisateur* (Atlan, 1970 *a*, 1972 *b*).

Ainsi donc, la première apparition (thermodynamique) du désordre nous a apporté de la mort. La seconde (micro-physique) nous a apporté de l'être. La troisième (génésique) nous apporte la création. La quatrième (théorique) lie mort, être, création, organisation. Essayons de comprendre.

II. De la Genèse au Tétralogue

A. Le problème d'origine

Les réponses apportées au problème cosmologique sont marquées par une double fragilité. La première vient de ce que plus on s'éloigne — donc remonte — dans l'espace-temps, plus les données d'observations deviennent incertaines, équivoques, plus se découvrent des trous et des océans noirs, plus l'ombre de l'inconnu et de l'inconçu s'accroît ; plus du coup les hypothèses requièrent le concours actif de l'imagination. Ici surgit la seconde fragilité : les appels à l'imagination sont en même temps des appels à l'imaginaire ; les problèmes d'univers mobilisent, le plus souvent inconsciemment, y compris chez l'astronome, les puissances occultes de mythologisation et de rationalisation (qui, ici, sont *les mêmes*). Dès sa renaissance en notre première moitié de siècle (J. Merleau-Ponty, 1965), la cosmologie a penché vers la « rationalisation » d'ordre, c'est-à-dire vers un univers incréé, auto-suffisant s'entretenant de lui-même à l'infini. Une telle vision, non seulement escamotait l'aporie classique, où l'absence de commencement et le commencement absolu sont l'un et l'autre inconcevables, mais, en éliminant une problématique de genèse, elle éliminait du coup la perspective fondamentale de devenir et d'évolution qui s'était imposée dans toutes les sciences. Cette vision s'est effondrée sous le coup des observations hubbléennes, qui sont devenues le support d'une nouvelle vision.

Cette nouvelle vision peut être considérée au moins sous deux aspects. Celui de l'expansion et celui de l'origine de l'Univers. La théorie de l'expansion, si elle signifie que le cosmos était antérieurement moins dispersé qu'il ne l'est aujourd'hui, n'est généralement plus mise en question. Ce qui est contesté, c'est plutôt la réduction du devenir cosmique à une conception rigide et absolue d'une expansion qui serait partie d'un point zéro et se prolongerait dans la dispersion infinie. De toute façon, les problèmes que posent certaines observations paradoxales (comme la photographie d'une galaxie qui semble rattachée par un pont de matière à un quasar qui devrait être beaucoup plus éloigné qu'elle) ou les contre-hypothèses (comme l'attribution du déplacement vers le rouge de la lumière émise par les galaxies lointaines à une éventuelle « fatigue » photonique), loin d'aller dans le sens du rétablissement de l'ordre ancien, apportent éventuellement du désordre ou de la complexité dans l'expansion.

La théorie du *big bang* est en un sens une conséquence logique de la théorie de l'expansion, qui rebondit jusqu'à l'origine de l'Univers en prenant appui sur la découverte du rayonnement isotrope à 3° K, considéré comme témoin fossile d'une explosion initiale. Mais elle est plus fragile que la théorie de l'expansion, non seulement parce qu'elle couronne un château de cartes hypothétique, mais surtout parce qu'elle repose sur une carence épistémologique.

La théorie du *big bang* suppose qu'un état ponctuel de densité infinie aurait été à la source de l'Univers, qui serait né dans et par un événement explosif.

L'idée d'un point initial, qui concentrerait en un zéro spatial l'infinie densité, ne s'impose pas plus de droit que l'idée d'une entropie négative infinie qui reculerait à l'infini des temps. Elle escamote, comme la théorie de l'état stationnaire de l'univers, mais en sens inverse, l'aporie du commencement. Elle présente, comme solution logique du problème du commencement, une contradiction qui nous oblige à faire coïncider le ponctuel et l'infini. Dans l'ancien univers, l'ordre était le support simple et évident ; la théorie du *big bang* cherche un commencement élémentaire et ponctuel, et ne trouve qu'une aporie. C'est que la recherche de l'origine s'est dégradée en recherche d'un *point* de départ, et que la recherche d'une rationalisation a conduit nécessairement à une irrationalité.

Répétons-le, le problème de l'origine comporte une insurmontable contradiction dans ses termes. Il s'agit, non pas de subir l'aporie en croyant l'éviter, mais de la concevoir de front.

D'où un préalable à toute théorie de l'origine : on ne peut théoriser comme si ce problème n'était pas fondamentalement hypothéqué par nos propres structures mentales. Le premier choix n'est donc pas de théorie, il est dans le mode de constitution de la théorie. Il ne s'agit pas seulement de nous interroger sur nos connaissances, il faut aussi s'interroger sur notre entendement.

Cela va nous entraîner très loin, dans ce travail, on le verra (si on en a la patience). Dans l'immédiat, ici, cela signifie que la contradiction aporétique doit être révélatrice, non seulement de la complexité du problème posé, mais de la complexité logique des fondements de notre univers. Elle nous incite à voir dans l'inconçu inconnu qui précède et déclenche la naissance de notre univers, ni un vide, ni un manque de réalité, mais une réalité non mondaine, et pré-physique [1], source de notre monde et de notre *physis*. Dès lors, il est vain de chercher quelque figuration spatio-temporelle ou logomorphe concernant l'état ou l'étant qui précède notre univers [2].

Venons-en au *big bang* lui-même. Le *big bang* est en fait une sous-notion qui escamote sous une onomatopée de grand boum la problématique d'une formidable transformation. Certes, l'intérêt du *big bang* est de nous évoquer une explosion thermique. Son insuffisance est de réduire l'origine à la seule dimension d'explosion thermique. Il nous faut donc dépasser le *big bang* dans une notion véritablement théorique : la notion de *catastrophe*.

Le terme de catastrophe doit être conçu, non seulement dans son sens géophysique et géo-climatique traditionnel, mais surtout dans celui que lui a donné René Thom (Thom, 1972). Ce sens, associé à une nouvelle conception topologique où le terme de forme prend un sens fort, signifie : changement/rupture de forme dans des conditions de singularité irréductible. L'idée fondamentalement complexe et riche qu'apporte Thom est de lier toute morphogénèse ou création de forme à une rupture de forme ou catastrophe. *Elle nous permet donc de lire dans les mêmes processus désintégration et genèse.* Idée métamorphique, la catastrophe ne s'identifie pas à un commencement absolu et laisse ouvert le mystère de l'inconnu a-cosmique ou proto-cosmique. Elle porte en elle l'idée d'Événement et de cascades d'événements. Loin d'exclure, elle inclut l'idée de désordre et de façon génésique puisque la rupture et désintégration d'une ancienne forme est le processus constitutif même de la nouvelle. Elle contribue à faire comprendre que l'organisation et l'ordre du monde s'édifient dans et par le déséquilibre et l'instabilité.

J'ajoute enfin qu'à la différence du *big bang* qui est un moment ponctuel dans le temps, et devient une cause séparée des processus qui l'ont déclenché et qu'il a déclenchés, l'idée de catastrophe, elle, tout en accueillant l'idée d'un événement explosif, s'identifie à l'ensemble du processus métamorphique de transformations désintégratrices et créatrices. Or ce processus *se poursuit*

---

1. Comme me l'écrit Victorri (notes manuscrites) : « L'idée de lois physiques non éternelles permet de retourner le problème des origines de l'univers : on ne peut peut-être pas l'expliquer parce que toute explication actuelle fait appel aux lois de la physique actuelle qui n'étaient alors pas encore nées. »
2. Qu'il serait anthropomorphe et logocrate de nommer Dieu.

encore aujourd'hui. Aussi nous n'allons pas circonscrire la catastrophe comme un pur commencement. C'est l'origine, explosive ou non, de notre univers, qui fait partie d'une catastrophe, *et celle-ci se poursuit encore aujourd'hui.* L'idée de catastrophe est *inséparable de tout notre univers.*

La complexité originelle

L'acquis irréversible de la révolution hubbléenne est non seulement d'avoir détruit irrémédiablement l'ordre ancien, la machine perpétuelle, le *steady state*, le cosmos trivial et plat, mais surtout de nécessiter un principe complexe d'explication. L'idée simple d'ordre éternel ne saurait être remplacée par une autre idée simple, serait-ce même le désordre. Le vrai message que nous a apporté le désordre, dans son voyage de la thermodynamique à la micro-physique et de la micro-physique au cosmos, est de nous enjoindre de partir à la recherche de la complexité. L'évolution ne peut plus être une idée simple : progrès ascensionnel. Elle doit être en même temps dégradation et construction, dispersion et concentration. Il nous sera impossible, on le verra, d'isoler un maître-mot, de hiérarchiser une notion première, une vérité première. L'explication ne peut plus être un schème rationalisateur. L'ordre, le désordre, la potentialité organisatrice doivent être pensés ensemble, à la fois dans leurs caractères antagonistes bien connus et leurs caractères complémentaires inconnus. Ces termes se renvoient l'un à l'autre et forment comme une boucle en mouvement. Pour le concevoir, il faut beaucoup plus qu'une révolution théorique. Il s'agit d'une révolution de principe et de méthode. La question de la cosmogénèse est donc, en même temps, la question clé de la genèse de la méthode.

B. La désintégration organisatrice

On ne peut échapper à l'idée incroyable : *c'est en se désintégrant que le cosmos s'organise.*

Or cette idée incroyable est la seule qui puisse fournir aujourd'hui la trame d'une théorie plausible de la formation du monde physique. En effet, c'est à partir d'un déferlement thermique que peuvent devenir compréhensibles, par et pour l'astrophysique, sur la base de la physique nucléaire et de l'astronomie d'observation, l'apparition des particules, les nucléo-synthèses, la formation et l'allumage des étoiles, la constitution des atomes lourds.

Le scénario actuellement admis (R. Omnes, 1973; D. W. Sciama, 1970; J. Merleau-Ponty, 1970; H. Reeves, 1968; E. Schatzmann, 1968; J. Heidmann, 1968) n'a pas valeur de certitude, évidemment. Notre connaissance nouvelle de l'univers comporte trop d'inconnu et d'inconçu pour ne pas se trouver bientôt modifiée voire bouleversée. Mais ce qui m'importe ici n'est pas tant le scénario proposé que la nécessité d'un scénario qui rende compte en même temps de la dispersion et de l'organisation, du désordre et de l'ordre. Ce qui va m'intéresser, ce n'est pas le « roman » de l'Univers (encore que l'Univers, en devenant une histoire aléatoire avec *suspense*, ait désormais son incontestable dimension romanesque) : ce sont les choix conceptuels, théoriques, voire logiques et paradigmatiques qui, après l'effondrement de notre ancien monde, vont permettre d'en concevoir un nouveau.

Le scénario de cosmogénèse

Un nuage de photons surgit, se dilate. En se transformant, il va, comme le dit Michel Serres, « faire le monde » (Serres, 1974, p. 61). On évalue à 10^{11} °K. la température initiale de cette nuée ardente qui va se refroidir. Les premières particules s'y matérialisent : électrons, neutrinos, neutrons, protons. Tandis que la température commence à décroître, mais toujours dans une très grande chaleur et densité du nuage, c'est-à-dire dans une formidable agitation thermique, s'opèrent, par rencontres au hasard, les premières nucléo-synthèses où protons et neutrons s'agrègent pour constituer des noyaux de deutérium, d'hélium et d'hydrogène [1]. La cosmogénèse commence donc en micro-genèse.

Cette première micro-genèse (qui se poursuivra au sein des futures étoiles) permet le déclenchement de la macro-genèse galaxique et astrale. En effet les turbulences provoquent des inégalités au sein du nuage qui accroît son volume, et des premières dislocations le fissurent. Dès lors, en chacun de ces premiers fragments, les interactions gravitationnelles attirent les particules en amas ; les accroissements régionaux de densité accroissent la gravité qui à son tour accroît la densité de ces régions ; *le processus schismatique est en même temps un processus morphogénétique :* le nuage craque de toutes parts, se dissocie en proto-galaxies ; les proto-galaxies, sous l'effet des mêmes processus, se brisent à leur tour. Les proto-étoiles se constituent par rassemblements gravitationnels ; l'accroissement de densité accroît l'accroissement de densité ; cette densité devient telle, au cœur des noyaux astraux, que les collisions entre particules se multiplient de façon de plus en plus violente, jusqu'à déclencher des réactions thermonucléaires en chaîne : dès lors l'étoile s'allume. Elle devrait exploser, comme une bombe à hydrogène, mais la ruée gravitationnelle au cœur de l'étoile est de nature quasi implosive, et les deux processus antagonistes s'entre-annulent et se conjuguent en une sorte de régulation mutuelle, qui permet à l'étoile de commencer sa vie, éventuellement longue, jusqu'à l'explosion ou contraction finale.

Désormais, c'est au sein et à partir des étoiles que se déploient l'ordre et l'organisation cosmiques. Les étoiles font régner leur empire gravitationnel dans d'immenses espaces. Elles constituent avec leurs planètes des systèmes horlogers quasi parfaits. Elles sont des machines où s'achève la fabrication

---
1. La physique nucléaire ne peut concevoir la synthèse des premiers noyaux et des éléments chimiques légers (hélium, hydrogène) que dans des états de formation très chauds et denses, donc dans les premiers temps du nuage.

de la matière physique; elles produisent en effet les atomes lourds, dont ceux qui vont constituer les planètes, parmi lesquelles la troisième planète d'un soleil de banlieue qui verra naître un jour des êtres vivants, dont le carbone, l'oxygène, l'azote se sont forgés dans le brasier de l'étoile.

Les transformations du désordre et le désordre des transformations

Ce processus cosmogénétique polymorphe ne peut être compris qu'en faisant appel à des notions qui comportent en elles, chacune à sa façon, l'idée de désordre.

Les matérialisations par formation de particules peuvent être conçues comme « premiers pas vers la qualité et l'organisation » (Ullmo, 1967). Mais elles peuvent être conçues en *même temps* comme une désintégration du rayonnement primitif : l'acte I est aussi un émiettement cosmique, et cette pulvérisation dans le désordre devient la condition des rassemblements, synthèses, liaisons, puis plus tard communications entre les miettes de matière diasporée.

Les nucléo-synthèses, au sein du nuage comme au sein des astres incandescents, sont inséparables de collisions et chocs au hasard. Les formations de galaxies sont inséparables de déchirures et ruptures au sein du nuage, et les formations d'étoiles sont inséparables de déchirures et ruptures au sein de la proto-galaxie. L'allumage des étoiles se fait au point d'explosion, avec risque d'explosion. On voit donc bien que l'idée ruptrice de la catastrophe est essentielle pour concevoir la naissance de l'organisation et de l'ordre cosmiques.

En même temps l'idée de schisme devient une idée consubstantielle à toute morphogénèse. Cette idée clé, que toute morphogénèse est liée à une schismogénèse, s'articule nécessairement sur la théorie catastrophique; ainsi la matérialisation apparaît comme un schisme et une déviation par rapport au rayonnement, puis les amas se constituent comme des schismes par rapport au nuage, par rapport au mouvement de diaspora, par rapport aux autres amas. Les déviations transforment localement le processus de diaspora en processus de concentration. La condensation astrale est une déviance qui rompt et inverse le mouvement de dispersion généralisée sans toutefois y échapper (car la galaxie et l'astre en formation sont emportés dans l'expansion de l'univers); elle travaille avec une force s'accroissant et une vitesse s'accélérant au rassemblement de particules, qui vont devenir étoile. Ici nous pouvons déjà faire intervenir le concept de rétroaction positive (*feed-back* positif) qui signifie accentuation/amplification/accélération d'une déviance par elle-même. La constitution de l'étoile est un accroissement de densité qui s'accroît de lui-même jusqu'à l'allumage, qui déclenche un contre-processus.

Ainsi la genèse de l'étoile peut être envisagée en fonction de la catastrophe qui est la rupture du nuage, laquelle déclenche, en sens inverse du processus général de dispersion, une rétroaction positive (condensation s'auto-accélérant), processus déclenchant une nouvelle catastrophe (allumage) laquelle déclenche une nouvelle rétroaction positive dans le sens explosif; dès lors l'antagonisme de ces deux rétroactions inverses donne naissance à la stabilité flamboyante d'un soleil.

La chaleur

La cosmogénèse est une thermogénèse. La chaleur, qui est ici l'idée énergétique matrice et motrice, associe dans son concept même énergie et désordre, transformation et dispersion.

L'univers naît dans l'extrême chaleur, et la chaleur comporte en elle ces formes de désordre : agitation, turbulence, inégalité des processus, caractère aléatoire des interactions, dispersion.

L'idée d'inégalité est capitale. Le refroidissement général n'est pas homogène : il comporte ses zones d'inégale chaleur et ses moments locaux de réchauffement. Ainsi, une première inégalité dans le refroidissement détermine ces granulations diverses que sont les particules (électrons, protons, neutrons); les températures, encore très hautes dans ce premier état du nuage, sont propres à la synthèse des premiers noyaux et éléments légers, dont l'existence accentue l'inégalité, c'est-à-dire désormais la diversité du tissu matériel de l'univers. Il faut ensuite un refroidissement relatif, lié à l'expansion du nuage, pour que les interactions gravitationnelles deviennent prédominantes et constituent les amas galaxiques et stellaires. Puis il faut un très fort réchauffement, au noyau des étoiles, pour que celles-ci s'allument. Puis il faut le maintien d'une très haute chaleur interne, au sein de ces étoiles, pour que se forgent les éléments chimiques qui vont devenir majoritaires, du moins dans notre système solaire. Puis il faut à nouveau refroidissement pour que, sur l'écorce d'une planète comme la terre, les molécules gazeuses s'agrègent et forment des liquides, des ensembles cristallins; il faut enfin des conditions thermiques adéquates pour que se constituent les molécules et les macro-molécules, bref les matériaux de l'être vivant qui se constitue en machine thermique.

Ainsi, on voit qu'aux très hautes températures correspond ce qui est explosif, mais aussi ce qui est créateur (nucléo-synthèses dans le nuage, constitution des atomes dans les étoiles); au refroidissement relatif correspondent les liquéfactions, solidifications, cristallisations, liaisons moléculaires. Ainsi la cosmogénèse, et cela jusqu'à la biogénèse, est inséparable d'une dialectique capricieuse, complexe et inégale du chaud et du froid.

L'inégalité de chaleur est l'expression d'une inégalité dans les mouvements. Les agitations et turbulences créent les conditions de rencontre (des particules, des atomes), de dissociation (au sein du nuage), de morphogénèse (des étoiles) et les turbulences renaissent au cœur des étoiles dont le feu donne naissance aux atomes. La turbulence a un caractère énergétique qui peut devenir moteur : l'étoile est dans un sens une vaste turbulence qui se

L'ordre et le désordre

concentre, s'intensifie et devient après allumage un moteur sauvage qui alimente une machinerie interne spontanée produisant des atomes et arrosant en énergie photonique son environnement. Nous commençons à entrevoir la possibilité de ce qui auparavant paraissait inconcevable : le passage de la turbulence à l'organisation. Ce qui s'effectue cosmogénétiquement dans la naissance des étoiles correspond à l'idée qu'a fait émerger la thermodynamique prigoginienne (Prigogine, 1968), que des phénomènes organisés peuvent naître d'eux-mêmes, à partir d'un déséquilibre thermodynamique (cf. l'exemple déjà donné des tourbillons de Bénard).

L'inégalité de développement a pour point de départ le caractère thermique de la catastrophe initiale. Dès le départ, et si minime soit-elle, il y a de l'inégalité dans l'émission même du nuage. Or, et c'est cela qui sape en son fondement l'ancienne vision déterministe du monde, qui était une vision de glace et non de feu : tout écart, même infime, qui se constitue en une source émettrice tend à s'accroître et à s'amplifier de façon extraordinaire au cours du procès de diffusion. Les infimes variations qui se produisent dans les toutes premières conditions de dispersion vont conduire aux extrêmes et extraordinaires variétés ultérieures. Ici s'enchaînent de façon génératrice les inégalités thermiques, les inégalités issues des turbulences, les inégalités de rencontre, les inégalités de transformation, les inégalités provoquées par ruptures, dissociations, collisions, explosions. Ces inégalités vont se suramplifier, se surdévelopper à travers les multiples rétroactions positives elles-mêmes inséparables des processus bifaces de schismo-morphogénèse. Et cette étonnante praxis des désordres mêlés (car inégalités, turbulences, agitations, rencontres aléatoires, etc., sont des formes de désordre) est la forge cosmique de l'ordre et de l'organisation, inséparables, on le comprend maintenant, d'une formidable et générale dispersion, inséparables d'un fabuleux gaspillage...

Cette inégalité multiforme est en même temps la matrice de la diversité : petite diversité de trois types de particules matérielles premières permet une grande diversité de combinaisons nucléaires puis atomiques entre ces particules, puis une diversité infinie de combinaisons moléculaires entre les quatre-vingt-douze types d'atomes naturels. Or la diversité, qui ne peut naître en dehors de l'inégalité des conditions et processus, c'est-à-dire en dehors des désordres, est absolument nécessaire pour la naissance de l'organisation — qui ne peut être qu'organisation de la diversité (comme on le voit pour le noyau, l'atome, la molécule) — et pour le développement de l'ordre, inséparable, on le verra, de telles organisations.

Ainsi le désordre nous apparaît comme partenaire et composante de tous les processus cosmogénétiques. Du coup, il nous apparaît comme une notion très riche : il n'y a pas *un* désordre (comme il y avait *un* ordre) mais plusieurs désordres : inégalité, agitation, turbulence, rencontre aléatoire, rupture, catastrophe, fluctuation, instabilité, déséquilibre, diffusion, dispersion, rétroaction positive, *runaway*, explosion.

A la source génératrice de la cosmogénèse, il y a le désordre sous sa forme événementielle de rupture — la catastrophe — et sous sa forme énergétique — la chaleur. Dès lors, les désordres se sont multipliés, dans et par le désordre des transformations et les transformations du désordre, dans et par l'inégalité du développement : le désordre dans les désordres est devenu cosmogénétique.

La naissance de l'Ordre

D'où surgit l'Ordre ? Il naît, en même temps que le désordre, dans la catastrophe thermique et les conditions originales singulières qui déterminent le processus constitutif de l'Univers.

Ces conditions singulières, en tant que déterminations ou contraintes, excluent désormais *hic et nunc* d'autres formes d'univers, orientent et limitent les possibilités du jeu au sein du processus. Ainsi ces déterminations singulières qui sont à la fois contraintes et « règles du jeu » constituent le premier visage de l'ordre général. J'aurai l'occasion d'illustrer ce paradoxe insoutenable dans l'ancienne vision du monde : c'est la singularité et l'événementialité du cosmos qui sont à la source de ses lois universelles ! Elles sont universelles dans ce sens précisément singulier : valables exclusivement pour notre univers. Un autre univers, né dans des conditions différentes obéirait à d'autres « lois ».

Les premières et fondamentales contraintes résultent de la constitution, dans des conditions thermiques extrêmement précises et peut-être très limitées en temps, de particules qui orientent l'univers dans une voie bien définie de matérialité (effectivement, la matière prendra le pas sur le rayonnement dans le nuage cosmique et aujourd'hui seul subsiste de ce rayonnement un écho fossile revenant, des horizons de l'univers, sous forme d'un faible bruit thermique). Chaque type de particules a des caractères singuliers du point de vue de la masse et de la charge électrique. Trois d'entre ces types ont une capacité de durée et de survie très grande : protons, neutrons, électrons. Les singularités propres à ces catégories limitées de particules font effet de contraintes qui limitent les types d'interactions possibles concernant le noyau atomique (interactions fortes et faibles) ou tout corps matériel (interactions gravitationnelles et électro-magnétiques). Dès lors, nous allons le voir, les règles d'interaction vont constituer la clé de voûte de l'ordre cosmique, ses « lois naturelles ».

Ainsi, les conditions génésiques sont des déterminations ou contraintes qui font surgir l'Ordre en même temps que l'Univers. Les déterminations/contraintes vont se préciser et se multiplier avec la matérialisation, où se fixent les possibilités d'interaction entre particules, qui vont constituer la base des processus physiques, dont ceux d'organisation. Dès lors se déploie, à travers les interactions, le jeu ordre ▽ désordre.

organisation

C. Le jeu des interactions

Les interactions sont des actions réciproques modifiant le comportement ou la nature des éléments, corps, objets, phénomènes en présence ou en influence. Les interactions

1. supposent des éléments, êtres ou objets matériels, pouvant être en rencontre ;
2. supposent des conditions de rencontre, c'est-à-dire agitation, turbulence, flux contraires, etc. ;
3. obéissent à des déterminations/contraintes qui tiennent à la nature des éléments, objets ou êtres en rencontre ;
4. deviennent dans certaines conditions des interrelations (associations, liaisons, combinaisons, communication, etc.), c'est-à-dire donnent naissance à des phénomènes d'organisation.

Ainsi, pour qu'il y ait organisation, il faut qu'il y ait interactions : pour qu'il y ait interactions, il faut qu'il y ait rencontres, pour qu'il y ait rencontres il faut qu'il y ait désordre (agitation, turbulence).

Le nombre et la richesse des interactions s'accroissent quand on passe au niveau des interactions, non plus seulement entre particules, mais entre systèmes organisés, atomes, astres, molécules et surtout êtres vivants, sociétés ; plus s'accroissent la diversité et la complexité des phénomènes en interactions, plus s'accroissent la diversité et la complexité des effets et transformations issues de ces interactions.

Les interactions constituent comme un nœud gordien d'ordre et de désordre. Les rencontres sont aléatoires, mais les effets de ces rencontres, sur des éléments bien déterminés, dans des conditions déterminées, deviennent nécessaires, et fondent l'ordre des « lois ».

Les interactions relationnantes sont génératrices de formes et d'organisation. Elles font naître et perdurer ces systèmes fondamentaux que sont les noyaux, les atomes, les astres :

— Les interactions « fortes » lient protons et neutrons, et leur force de liaison, dominant la répulsion électrique entre protons, donne au noyau une cohésion formidable.

— Les interactions gravitationnelles déterminent, opèrent, accélèrent la concentration des galaxies, la condensation et l'allumage des étoiles.

— Les interactions électro-magnétiques lient les électrons aux noyaux, lient les atomes en molécules, et jouent de façon complexe dans tous les processus stellaires.

Une fois que se sont constituées les organisations que sont les atomes et les étoiles, les règles du jeu des interactions peuvent apparaître comme Lois de la Nature. Ainsi les interactions gravitationnelles découvertes par Newton furent interprétées comme nécessités s'imposant à tout corps physique, donc comme lois suprêmes, absolues, éternelles, extérieures aux objets en jeu. En effet, les astres, clés de voûte de l'organisation cosmique, font régner et rayonner leur ordre sur des étendues quasi illimitées. On pouvait certes pressentir dès Newton que les attractions dépendent des masses qui dépendent d'elles. Mais on ne pouvait pressentir que ces lois avaient une genèse. On ne pouvait surtout pas concevoir que ces « lois » coopèrent autant au désordre qu'à l'ordre. Ainsi les « lois » gravitationnelles ont participé à la dispersion cosmique (en contribuant à la dislocation du nuage primitif), et elles l'ont contrecarrée (en déterminant les processus de formation des étoiles). Ainsi cette loi a un pied dans l'organisation, un pied dans la dispersion. *Les Lois de la Nature ne constituent qu'une face d'un phénomène multiface* qui comporte aussi sa face de désordre et sa face d'organisation. Les lois qui régissaient le monde n'étaient qu'un aspect provincial d'une réalité interactionnelle complexe.

L'interaction devient ainsi la notion-plaque tournante entre désordre, ordre et organisation. Cela signifie du coup que ces termes de désordre, ordre, organisation sont désormais liés, *via* interactions, en une boucle solidaire, où aucun de ces termes ne peut plus être conçu en dehors de la référence aux autres, et où ils sont en relations complexes, c'est-à-dire complémentaires, concurrentes et antagonistes. Deux exemples vont m'aider à dégager mon propos.

Le premier illustre le principe nommé *order from noise* par von Foerster (von Foerster, 1960) : je dirai plutôt principe d'organisation par le désordre.

Soit un certain nombre de cubes légers recouverts d'un matériau magnétique, et caractérisés par la polarisation opposée des deux paires de trois côtés qui se joignent en deux coins opposés. On place les cubes dans une boîte que l'on ferme, et que l'on agite. Sous l'effet de l'agitation, les cubes s'associent selon une architecture aléatoire (fantaisiste) et stable. A chaque nouvelle agitation, des cubes rentrent dans le système et le complètent, jusqu'à ce que la totalité des cubes constitue une unité orginale, imprévisible au départ en tant que telle, ordonnée et organisée à la fois.

Les conditions d'une telle construction sont :

a) des déterminations et contraintes propres aux éléments matériels en présence (forme cubique, constitution métallique, magnétisation différentielle) et constituant principes d'ordre ;

b) une possibilité d'interactions sélectives pouvant lier ces éléments dans certaines conditions et occurrences (interactions magnétiques) ;

c) un approvisionnement en énergie non directionnelle (agitation désordonnée) ;

d) la production, grâce à cette énergie, de très nombreuses rencontres parmi lesquelles une minorité *ad hoc* établit les interactions sélectivement stables, qui deviennent, ainsi, organisationnelles.

Ainsi ordre, désordre, organisation se sont co-produits simultanément et réciproquement. Sous l'effet des rencontres aléatoires, les contraintes originelles ont produit de l'ordre organisationnel, les interactions ont produit

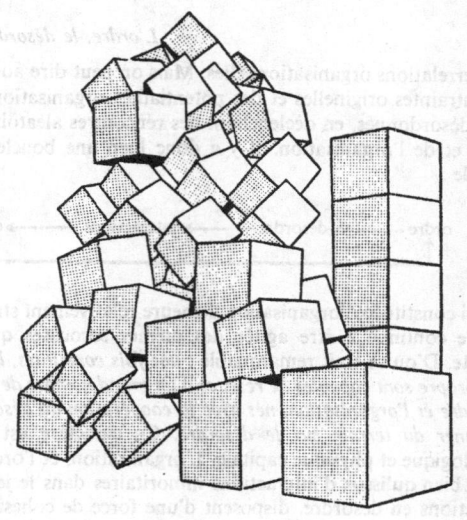

Avant agitations

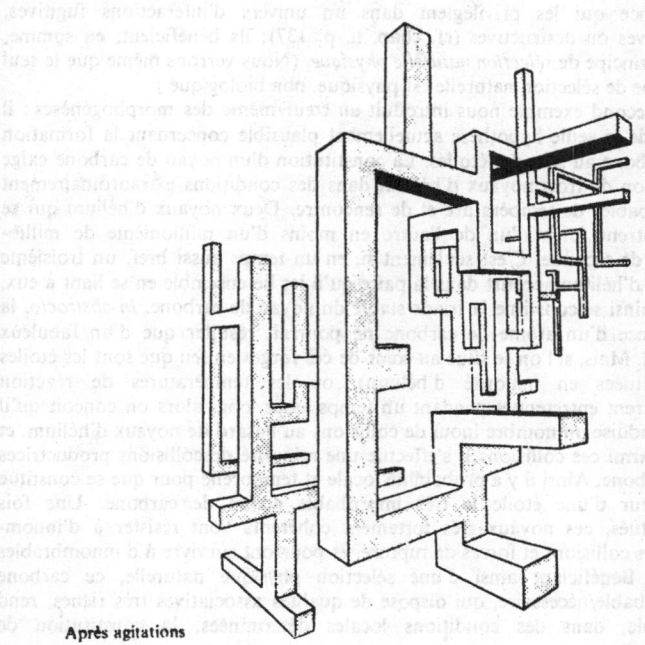

Après agitations

des interrelations organisationnelles. Mais on peut dire aussi que, sous l'effet des contraintes originelles et des potentialités organisationnelles, les mouvements désordonnés, en déclenchant des rencontres aléatoires, ont produit de l'ordre et de l'organisation. Il y a donc bien une boucle de co-production mutuelle :

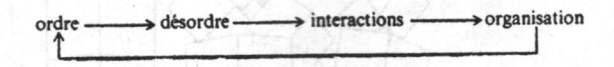

```
ordre ──────► désordre ──────► interactions ──────► organisation
  ▲                                                        │
  └────────────────────────────────────────────────────────┘
```

Ainsi constituée, l'organisation demeure relativement stable, même lorsque la boîte continue à être agitée des mêmes secousses que celles qui l'ont produite. D'où ce trait remarquable : *une fois constitués, l'organisation et son ordre propre sont capables de résister à un grand nombre de désordres.*

L'ordre et l'organisation, nés avec la coopération du désordre, sont capables de gagner du terrain sur le désordre. Ce caractère est d'une importance cosmologique et physique capitale. L'organisation, et l'ordre nouveau qui lui est lié, bien qu'issus d'interactions minoritaires dans le jeu innombrable des interactions en désordre, disposent d'une force de cohésion, de stabilité, de résistance qui les privilégient dans un univers d'interactions fugitives, répulsives ou destructives (cf. chap. II, p. 137); ils bénéficient, en somme, d'un principe de *sélection naturelle physique.* (Nous verrons même que le seul principe de sélection naturelle est physique, non biologique.)

Le second exemple nous introduit au cœur même des morphogénèses : il s'agit de la seule hypothèse actuellement plausible concernant la formation du carbone au sein des étoiles. La constitution d'un noyau de carbone exige la liaison de trois noyaux d'hélium dans des conditions extraordinairement improbables de température et de rencontre. Deux noyaux d'hélium qui se rencontrent fuient l'un de l'autre en moins d'un millionième de millionième de seconde. C'est seulement si, en un temps aussi bref, un troisième noyau d'hélium accourt dans la paire qu'il les lie ensemble en se liant à eux, et qu'ainsi se constitue la triade stable du noyau de carbone. *In abstracto,* la naissance d'un atome de carbone ne pourrait résulter que d'un fabuleux hasard. Mais, si l'on se situe au cœur de ces forges en feu que sont les étoiles (constituées en majorité d'hélium), où les températures de réaction demeurent entretenues pendant un temps assez long, alors on conçoit qu'il s'y produise un nombre inouï de collisions au hasard de noyaux d'hélium, et que parmi ces collisions il s'effectue une minorité de collisions productrices de carbone. Ainsi il y a probabilité locale et temporelle pour que se constitue au cœur d'une étoile le très improbable noyau de carbone. Une fois constitués, ces noyaux très fortement cohérents vont résister à d'innombrables collisions et forces de rupture, et pourront survivre à d'innombrables aléas. Bénéficiant ainsi d'une sélection physique naturelle, ce carbone improbable/nécessaire, qui dispose de qualités associatives très riches, rend possible, dans des conditions locales déterminées, la constitution de molécules d'acides aminés, qui eux-mêmes vont trouver dans les cellules vivantes les conditions à la fois improbables et nécessaires de leur fabrication. Et ainsi, le jeu en forme de boucle :

désordre ⟶ interactions ⟶ ordre ⟶ organisation ⟲

produit, en se transformant et se développant, la chaîne :

hydrogène ⟶ hélium ⟶ carbone ⟶ acides aminés ⟶ protéines ⟶ cellule ⟲

Le grand jeu

Il y a un grand jeu cosmogénésique du désordre, de l'ordre et de l'organisation. On peut dire jeu parce qu'il y a les pièces du jeu (éléments matériels), les règles du jeu (contraintes initiales et principes d'interaction) et le hasard des distributions et des rencontres. Ce jeu au départ est limité à quelques types de particules opérationnelles, viables, singulières et à peut-être seulement quatre types d'interaction. Mais de même qu'à partir d'un très petit nombre de lettres se constitue la possibilité de combiner des mots, puis des phrases, puis des discours, de même, à partir de quelques particules de « base », se constituent, *via* interaction/rencontres, des possibilités combinatoires et constructives qui donneront quatre-vingt-douze sortes d'atomes (les éléments du tableau de Mendeleev), à partir desquels peuvent, par combinaison/construction, se constituer un nombre quasi illimité de molécules, dont des macro-molécules qui, en se combinant, permettront le jeu quasi illimité des possibilités de vie. Le jeu est donc de plus en plus varié, de plus en plus aléatoire, de plus en plus riche, de plus en plus complexe, de plus en plus organisateur. Un principe de variété, déjà présent dans la disposition électronique autour du noyau de l'atome (principe d'exclusion de Pauli), se déploie de plus en plus au niveau des éléments chimiques, des molécules et bien sûr des vivants. A l'échelle astrale il y a la diversité des étoiles, et plus encore : nous avons découvert qu'il n'y avait pas que des soleils d'hydrogène/hélium, mais des étoiles à neutrons, des amas et des rassemblements incroyables, peut-être d'anti-matière. Là encore, le jeu produit de la diversité.

Ainsi se poursuit le jeu du monde. Comme nous le verrons, il permet des développements locaux, insulaires d'ordre et d'organisation, inséparables des développements de la diversité.

D. La boucle tétralogique

Nous pouvons donc dégager de la cosmogénèse la boucle tétralogique :

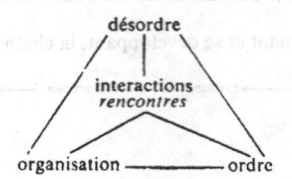

```
              désordre
                 /\
                /  \
          interactions
           rencontres
          /            \
   organisation ——— ordre
```

La boucle tétralogique signifie que les interactions sont inconcevables sans désordre, c'est-à-dire sans inégalités, turbulences, agitations, etc., qui provoquent les rencontres.

Elle signifie qu'ordre et organisation sont inconcevables sans interactions. Nul corps, nul objet ne peut être conçu en dehors des interactions qui l'ont constitué, et des interactions auxquelles il participe nécessairement. La particule, dès qu'elle devient solitaire, se brouille comme objet, semble interagir avec elle-même[1], et de toute façon ne peut se définir qu'en interaction avec son observateur.

Elle signifie que les concepts d'ordre et d'organisation ne s'épanouissent que l'un en fonction de l'autre. L'ordre ne s'épanouit que lorsque l'organisation crée son propre déterminisme et le fait régner dans son environnement (et l'ordre gravitationnel des grands astres peut dès lors apparaître aux yeux éblouis de l'humanité newtonienne comme l'ordre souverain de l'univers). L'organisation a besoin de principes d'ordre intervenant à travers les interactions qui la constituent.

La boucle tétralogique signifie aussi, et cela nous le verrons de mieux en mieux, que plus l'organisation et l'ordre se développent, plus ils deviennent complexes, plus ils tolèrent, utilisent, voire nécessitent du désordre. Autrement dit: ces termes ordre/organisation/désordre, et bien sûr interactions, se développent mutuellement les uns les autres.

La boucle tétralogique signifie donc qu'on ne saurait isoler ou hypostasier aucun de ces termes. Chacun prend son sens dans sa relation avec les autres. *Il faut les concevoir ensemble, c'est-à-dire comme termes à la fois complémentaires, concurrents et antagonistes.*

Enfin, cette relation tétralogique, que j'ai cru pouvoir dégager de la cosmogénèse, doit être placée au cœur problématique de la *physis*. La *physis* émerge, se déploie, se constitue, s'organise à travers les jeux de la

---

1. La notion de *self-field* et de renormalisation des physiciens.

cosmogénèse qui sont ces jeux tétralogiques mêmes [1]. Du coup, on entrevoit que cette *physis* est bien plus ample et riche que ne l'était l'ancienne matière : *elle dispose désormais d'un principe immanent de transformations et d'organisation* : la boucle tétralogique que nous avons vue à l'œuvre.

III. Le nouveau monde : Chaosmos Chaos, Cosmos, *Physis*

Le retour du chaos

Le mythe grec avait dissocié chronologiquement le chaos originaire, sorte de pré-univers monstrueux où Ouranos le furieux copule avec sa mère Gaia et détruit ses enfants, du cosmos, univers organisé où règne la règle et l'ordre. Oubliant Héraclite, la pensée grecque classique opposait logiquement *Ubris*, la démesure forcenée, à *Dike*, la loi et l'équilibre.

Nous sommes héritiers de cette pensée dissociante. De plus, nous avons renvoyé *Ubris* et *Chaos* aux oubliettes. La science classique n'avait que faire d'un chaos originaire dans un univers éternellement et substantiellement ordonné. Elle avait même, au début du XXe siècle, dissous l'idée de cosmos, c'est-à-dire d'un univers constituant une totalité singulière, au profit d'une matière/énergie physique, indestructible et incréée, s'étendant à l'infini. Dans cette physique, comme je l'ai déjà dit, l'idée grecque d'une *physis* riche d'un principe immanent d'organisation avait disparu, le concept d'organisation étant absent.

Or l'astronomie post-hubbléenne a régénéré explicitement l'idée de cosmos en montrant que l'Univers était singulier et original. Je veux montrer ici qu'elle a implicitement réhabilité l'idée de chaos.

Qu'est-ce que l'idée de chaos ? On a oublié que c'était une idée génésique. On n'y voit plus que destruction ou désorganisation. Or l'idée de chaos est d'abord une idée énergétique ; elle porte en ses flancs bouillonnement, flamboiement, turbulence. Le chaos est une idée d'avant la distinction, la séparation et l'opposition, une idée donc d'indistinction, de confusion entre puissance destructrice et puissance créatrice, entre ordre et désordre, entre désintégration et organisation, entre *Ubris* et *Dike*.

Et ce qui nous apparait, dès lors, c'est que la cosmogénèse s'opère dans et par le chaos. *Est chaos exactement ce qui est inséparable dans le phénomène*

---

1. Note manuscrite de Victorri : « ... peu importe au fond de faire démarrer l'Histoire à la boule de feu hypothétique ou de partir des galaxies déjà constituées ; ce qui est important c'est de montrer le caractère *réplicateur* du tétralogue : les premières contraintes associées aux premiers désordres créent les premières organisations par les premières interactions, ce qui crée en retour de nouveaux désordres et de nouvelles contraintes qui à leur tour, etc. Ce processus de réplication du tétralogue réclame pour fonctionner, comme le processus de replication des êtres vivants, de la mort autant que de la vie... »

à double face par lequel l'Univers à la fois se désintègre et s'organise, se disperse et se polynuclée...

Ce qui est chaos, c'est la désintégration organisatrice. C'est l'unité antagoniste de l'éclatement, la dispersion, l'émiettement du cosmos et de ses nucléations, ses organisations, ses ordonnancements. La genèse des particules, des atomes, des astres s'opère dans et par les agitations, turbulences, remous, dislocations, collisions, explosions. Les processus d'ordre et d'organisation ne se sont pas frayé un chemin comme une souris à travers les trous du gruyère cosmique, ils se sont constitués dans et par le chaos, c'est-à-dire le tournoiement de la boucle tétralogique :

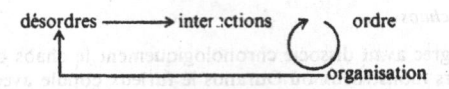

désordres ⟶ interactions   ordre
                              ↻
                          organisation

Héraclite, dans un de ses plus denses aphorismes, a identifié le « chemin du bas » (traduisons : la désintégration dispersive) et le « chemin du haut » (traduisons : l'évolution progressive vers l'organisation et la complexité).

Le cosmos s'est constitué dans un Feu génésique ; tout ce qui s'est formé est métamorphose du feu. C'est dans le Nuage ardent que sont apparues les particules, que se sont soudés les noyaux. C'est dans la fureur du feu que se sont allumées les étoiles et que s'y forgent les atomes. L'idée et image du feu héraclitéen éructant, grondant, destructeur, créateur est bien celle du chaos originel d'où surgit le logos.

Ce qui nous émerveille, c'est justement cette transformation génésique de chaos en logos : c'est que le feu originaire, dans son délire explosif, puisse sans ingénieur ni plans construire, à travers sa désintégration et ses métamorphoses, ces milliards de machines à feu que sont les soleils. C'est que des flux thermodynamiques désordonnés et irréversibles aboutissent à des régulations quasi cybernétiques. C'est que des turbulences aléatoires, qui disloquent le nuage primitif, deviennent, en se formant et transformant en étoiles, les centres souverains d'un déterminisme cosmique, qui, reliant planètes à soleils, a pris l'apparence d'un ordre universel et inaltérable.

C'est, en un mot, que le bouillonnement soit à la source même de toute organisation (*organ* : bouillonner d'ardeur).

Le chaos est bien originaire, je veux dire que tout ce qui est originaire participe de cette indistinction, de cet antagonisme, de cette contradiction, de cette concorde/discorde où on ne peut dissocier « ce qui est en harmonie et ce qui est en désaccord ». De ce chaos surgit l'ordre et l'organisation, mais toujours avec la coprésence complémentaire/antagoniste du désordre.

Mais il ne suffit pas de reconnaître le chaos originaire. Il faut briser une frontière mentale, épistémique. Nous sommes prêts à admettre qu'effectivement l'univers s'est formé dans le chaos, car nous retrouvons par là tous les mythes archaïques profonds de l'humanité. Mais à condition qu'il soit bien entendu que les temps du chaos sont passés et dépassés. L'univers est aujourd'hui adulte. Désormais l'ordre règne. L'organisation est devenue la réalité physique avec ses 10^{73} atomes et ses milliards de milliards de soleils.

Or il faut se rendre à la nouvelle évidence. La Genèse n'a pas cessé. Nous sommes toujours dans le nuage qui se dilate. Nous sommes toujours dans un univers où se forment des galaxies et des soleils. Nous sommes toujours dans un univers qui se désintègre et s'organise du même mouvement. Nous sommes toujours dans le commencement d'un univers qui meurt depuis sa naissance.

C'est cette présence permanente et actuelle du chaos qu'il s'agit de donner à voir, et d'abord en considérant les piliers de ce qui est ordre et organisation : atomes et soleils.

Soleils et atomes

Considérons les deux foyers, piliers, fondements de l'ordre et de l'organisation dans l'univers, l'Atome qui règne sur le microcosme, le Soleil, qui règne sur le macrocosme. L'un et l'autre déploient leur ordre à de très longues distances, l'atome, dans sa sphère d'attraction électronique, le soleil dans sa sphère d'attraction planétaire. Ce sont les deux noyaux durs de ce que nous appelons le réel. Ils sont du reste génésiquement associés : les étoiles se sont constituées à partir d'atomes légers, et les autres atomes se sont constitués dans les étoiles...

L'atome est la brique avec laquelle s'architecture l'univers organisé, ses liaisons constituent les liquides, les solides, les cristaux ; les édifices d'atomes divers sont les molécules, à partir de quoi se construisent des macromolécules, puis, sur notre terre, les cellules vivantes, les organismes, les sociétés, les humains.

Pourtant, au niveau des particules constitutives de l'atome, tout est indistinction et confusion ; la particule n'a pas d'identité logique ; elle oscille entre élément et événement, ordre et désordre. Si nous considérons l'univers à l'échelle micro-physique, l'univers n'est plus qu'une « bouillie d'électrons, de protons, de photons, tous êtres aux propriétés mal définies en perpétuelle interaction » (Thom, 1974, p. 205).

Cette fabuleuse « bouillie » subatomique omniprésente nous indique que le chaos est en permanence sous-jacent comme infratexture de notre *physis*. L'atome est la transformation de ce chaos en organisation. Effectivement, un formalisme mathématique cohérent rend compte de cette organisation. Mais de cette organisation seulement, non des éléments qui la constituent ; ceux-ci continuent à clignoter sur fond d'instabilité, d'indétermination, de désordre. L'organisation du système est descriptible comme ensemble d'interactions, mais où chaque interaction isolément est indescriptible. De plus, il semble bien que l'atome ne soit pas seulement du chaos transformé une fois pour toutes en organisation et ordre, mais qu'il soit en genèse permanente, comme s'il s'auto-produisait et s'auto-organisait sans discontinuer dans le jeu incessant de ses interactions internes [1].

Ainsi l'atome n'annule pas, il porte en lui et transforme, dans son activité interne permanente, le chaos infraphysique. Dans cette transformation surgissent l'ordre, l'organisation, l'évolution, sans pourtant qu'on puisse éliminer le désordre.

Les soleils illustrent de façon éclatante l'inséparabilité des idées de chaos et de cosmos... Nous avons vu quelle étonnante genèse transforme tourbillons de particules en étoiles, comment un amas informe devient une horlogerie de soleils et planètes, comment le feu se transforme en machines à feu, et cela non pas une fois, mais par milliards de milliards de fois.

Les soleils sont de formidables machines [2] à la fois horlogères, motrices, fabricatrices. Ils produisent des atomes lourds, c'est-à-dire de l'organisation complexe, et du rayonnement, c'est-à-dire la manne dont se nourrit la vie. En bref, tout ce qui dans le cosmos est ordre et organisation, tout ce qui produit toujours plus d'ordre et d'organisation a pour source un soleil.

Or, il faut le remarquer inlassablement : cette machine à feu *est en feu*. Le soleil est en flammes. Notre soleil n'éclaire pas comme une lampe. Il crache le feu, il pète le feu, dans une auto-consommation insensée, une dépense folle que n'avait prévu nul traité d'économie cosmique. Son noyau est un pur chaos. C'est une gigantesque bombe à hydrogène permanente, c'est un réacteur nucléaire en furie. Créé en catastrophe, s'allumant à la température même de sa destruction, il vit en catastrophe, puisque sa régulation est faite de l'antagonisme d'une rétroaction explosive et d'une rétroaction implosive. Il va tôt ou tard vers l'une ou l'autre destruction, l'hyperconcentration ou l'ultime gerbe de feu de la nova ou supernova. Ainsi, les milliards de milliards de soleils sont à la fois l'ordre suprême, l'organisation physique admirable, et le chaos volcanique de notre cosmos.

Chaos, Physis, *Cosmos*

L'ordre de la physique classique n'est plus la texture de l'univers. Il s'est rétréci, il a subi les infiltrations et les corruptions du désordre, il est pris en

---

[1]. Notons enfin que des physiciens (d'Espagnat, 1972) ont envisagé la particule comme un aspect pédonculaire, péninsulaire (ou plutôt insulaire dans le sens où l'île communique sous-marinement avec le socle continental) d'une réalité *inséparable*. Dans cette hypothèse, l'univers demeure une entité unique dont toutes les parties communiquent immédiatement les unes avec les autres, c'est-à-dire que « des effets s'y propagent à vitesse infinie et sans être amoindris par la distance » (d'Espagnat, 1972, p. 118). Cette hypothèse nous donnerait un nouveau visage de la relation chaos/*physis*/cosmos : d'un côté nous aurions une unité-tronc physique infra-temporelle et infra-spatiale, d'un autre côté un cosmos dont tous les éléments sont éclatés en particules et dispersés dans l'espace et le temps, et ces deux univers contradictoires seraient le *même*.

[2]. Pour la définition et la discussion de cette notion de machine, cf. seconde partie de ce tome.

sandwich entre deux chaos. Plus encore : fils lui-même du chaos génésique, il est branché sur le chaos micro-physique et le chaos macro-physique. Ces deux chaos, présents, l'un en tout atome, l'autre au cœur de tout soleil, sont d'une certaine façon présents en tout être physique ; la texture de notre petit monde terrestre, biologique et humain, n'est pas dans un isoloir ; elle est faite d'atomes, née dans notre soleil, nourrie de son rayonnement.

L'ancienne matière physique donc se dessèche et se désagrège, tandis que surgit la nouvelle *physis*, fille du chaos. Cette nouvelle *physis* émerge des bouillonnements génésiques, de la bouillie subatomique, des bouillantes ardeurs solaires. Elle est grouillements d'interactions. Le chaos n'est plus seulement un principe génésique, c'est un principe générique permanent, qui s'exprime, dans la *physis* et le cosmos, par la médiation de la tétralogie désordre/interactions (rencontres)/ordre/désordre. Cette tétralogie constitue le principe immanent des transformations, et par là des organisations et des désorganisations, qui manquait à la physique.

Ainsi *physis*, cosmos, chaos ne peuvent plus être dissociés. Ils sont toujours coprésents les uns par rapport aux autres...

Nous commençons à peine, nous n'aurons jamais fini d'interroger la nature du chaos, concept qui moins que tout autre doit être conçu comme concept clair et substantiel, puisqu'il porte en lui indistinction, confusion, contradiction. Le chaos est hors de notre intelligibilité logique, il oblige nos notions antagonistes à se tordre l'une vers l'autre et se nouer l'une en l'autre. C'est dans ce sens qu'Héraclite a pu l'assimiler à Polemos — le Conflit — « père de toutes choses », ce à quoi fait écho René Thom : « Nos modèles attribuent toute morphogénèse à un conflit, à une lutte entre deux ou plusieurs attracteurs » (Thom, 1972, p. 324).

Le conflit n'est qu'une apparence parmi d'autres ; aucune unité des contraires, aucune dialectique ne pourra épuiser le mystère du chaos, c'est-à-dire, du même coup, le mystère de la relation génésique/générique de *Chaos* à *Logos* (le développement discursif de l'ordre et de l'organisation), d'*Ubris* (la démence) à *Dike* (la mesure), d'*Elohim* (la genèse) à *JHVH* (la loi). Le chaos nous renvoie à ce qui est à la fois sous-dimension et surdimension de notre univers, et qui, comme dit François Meyer « parle le langage du délire ». Il nous offre un univers grandiose, profond, admirable contre lequel je vous invite à troquer sans hésiter votre petit ordre horloger, construit par Ptolémée et autour duquel Galilée, Copernic, Newton n'avaient fait que des révolutions, sans y porter la Révolution.

Le nouveau monde incertain

Il nous faut changer de monde. L'univers hérité de Kepler, Galilée, Copernic, Newton, Laplace était un univers froid, glacé, de sphères célestes, de mouvements perpétuels, d'ordre impeccable, de mesure, d'équilibre. Il nous faut le troquer contre un univers chaud, de nuage ardent, de boules de feu, de mouvements irréversibles, d'ordre mêlé au désordre, de dépense, gaspillage, déséquilibre. L'univers hérité de la science classique était centré. Le nouvel univers est acentrique, polycentrique. Il est plus *un* que jamais dans le sens où c'est un cosmos très singulier et original, mais il est en même temps éclaté et émietté. Ce qui constituait le squelette et l'architecture de l'univers devient archipels dérivant dans une dispersion sans structure. L'ancien univers était une horloge parfaitement réglée. Le nouvel univers est un nuage incertain. L'ancien univers contrôlait et distillait le temps. Le nouvel univers est emporté par le temps ; les galaxies sont des produits, des moments dans un devenir contradictoire. Elles se forment, titubent, se fuient, se tamponnent, se dispersent. L'ancien univers était réifié. Tout ce qui était participait d'une essence ou d'une substance éternelle ; tout — ordre, matière — était incréé et inaltérable. Le nouvel univers est déréifié. Ce n'est pas dire seulement que tout y est en devenir ou transformation. C'est dire qu'il est en même temps, à tout moment, en gésine, en genèse, en décomposition. L'ancien univers s'installait dans les concepts clairs et distincts du Déterminisme, de la Loi, de l'Être. Le nouvel univers bouscule les concepts, les déborde, les fait éclater, oblige les termes les plus contradictoires à s'accoler, sans toutefois perdre leurs contradictions dans une unité mystique.

L'ancien univers était-il rationnel et le nouveau irrationnel ? Je viendrai au thème de la rationalité dans le tome III. Le nouvel univers n'est pas rationnel, mais l'ancien l'était encore moins : mécanistique, déterministe, sans événements, sans innovation, il était impossible ; il était « intelligible » mais tout ce qui s'y passait était totalement inintelligible... Comment n'avait-on pas compris que l'ordre pur est la pire folie qui soit, celle de l'abstraction, et la pire mort qui soit, celle qui n'a jamais connu la vie ?

Les deux univers divergents

Avons-nous maintenant vraiment *un* univers ? A vrai dire nous avons une oscillation entre deux univers, aux antipodes l'un de l'autre bien qu'ayant le même tronc, l'un principalement polarisé sur le désordre, l'autre principalement polarisé sur l'ordre et l'organisation.

Le premier univers concevable est d'abord essentiellement un nuage en dispersion.

L'organisé est né par hasard, dans le nombre inouï des interactions entre un nombre inouï de particules, en fonction de contraintes elles-mêmes issues du hasard des événements premiers d'un univers né par accident.

S'il y a, comme on le suppose, 10^{73} atomes dans l'univers, ce chiffre est misérable à l'égard de la poussière particulaire dispersée ou agglomérée. S'il y a des milliards et des milliards de soleils, il faut aussi voir leur solitude infinie, il faut penser à tous ceux qui ont explosé avant de naître, il faut penser que tous devront exploser ou imploser, qu'ils constituent un moment de praxisme dément, une poussée de fièvre déclenchée par cette étrange maladie, la gravitation. La gravitation-Sisyphe a la manie obstinée de rassembler et condenser le dispersé, mais tôt ou tard le condensé, devenu trop brûlant, explose, et tout recommence, mais avec de plus en plus de dispersion. Les soleils sont des êtres aléatoires, des radeaux de la Méduse échappés provisoirement de l'inéluctable naufrage...

La presque totalité de l'univers, dont le volume s'accroît sans cesse, n'existe, si l'on peut dire, qu'à l'état d'inorganisation et de dispersion. Il ne faut jamais oublier que tous les phénomènes organisationnels, dont dépend l'ordre dans le monde — atomes, molécules, astres — sont minoritaires, marginaux, locaux, temporaires, improbables, déviants. Ce sont des petits grumeaux, des parenthèses, des archipels dans l'immense océan probabilitaire du désordre. Certes, on voit qu'à partir d'un petit nombre de ces îlots se dessine une évolution vers plus de complexité organisationnelle (constitution de macro-molécules, d'acides aminés), mais combien minoritaire dans cette minorité de minorités. On sait même que sur une petite planète d'un petit soleil périphérique, une forme organisée d'une complexité inouïe est apparue. Mais elle est née d'un hasard quasi miraculeux : en effet, rien ne suggère l'existence d'une autre vie dans le cosmos, tout suggère que sa naissance fut un événement unique (puisque tous les vivants sont de même constitution moléculaire et s'organisent selon exactement le même code génétique). La vie s'est propagée parce que le hasard l'a dotée du pouvoir de multiplication des cristaux. La vie a progressé grâce au hasard des mutations génétiques. La vie est de toute façon minoritaire dans la *physis* terrestre ; les formes les plus complexes de vie sont minoritaires par rapport aux formes moins complexes ; et cela tandis que la diaspora cosmique continue, que le désordre général s'accroît. Tout se passe comme il est normal dans les fluctuations : plus la déviance est forte, plus elle est minoritaire et provisoire. Le devenir probabilitaire vers le désordre peut s'accompagner d'improbables déviances. Donc la grande diaspora peut tolérer ces déviances dans sa bonasserie statistique, comme de petites récréations. L'organisation est physiquement improbable parce qu'elle est cosmiquement improbable. Tôt ou tard tout se dissipera. Le dernier astre s'éteindra et, avant même qu'il y ait épuisement du rayonnement solaire, la vie, née du limon de la planète terre, sera tournée en *poussière,* dans l'infinie poussière qui aura perdu forme et nom d'univers.

Une conception contraire de l'univers est non moins plausible. Elle part, elle aussi, des mêmes données catastrophiques. Mais c'est justement pour remarquer que l'organisation, qui à l'origine était à l'état zéro, n'a cessé de se développer. Certes, ordre et organisation sont inséparables du désordre, mais n'est-ce pas dire que le désordre s'est mis au service de l'ordre et de l'organisation ? La cosmogénèse produit l'ordre et l'organisation comme phénomènes, non pas déviants, mais centraux de l'univers ; le désordre dispersif devient un halo anomique, de plus en plus étranger à la praxis transformatrice et formatrice. Dans cette perspective où l'ordre et l'organisation se mettent au-devant de la scène, deviennent les acteurs du monde, le nuage nous apparaît comme étant le placenta de leurs développements.

L'océan qui baigne l'archipel organisateur le nourrit. L'univers n'est pas un délire thermique, c'est un chantier forgeron. Ce qui se forge se paie, tout comme ce qui est créateur, par un très grand gaspillage, une dépense inouïe, des échecs. Ce cosmos organisateur/créateur est un Bernard Palissy.

L'organisation est minoritaire, certes. Mais tout souverain est minoritaire et solitaire. L'organisation dispose de la vraie puissance cosmique : *du principe physique de sélection naturelle*. En effet, elle s'auto-maintient, résiste aux aléas, s'auto-développe. Elle dispose de la Loi dans un monde sans loi, et cette Loi se démultiplie en plusieurs lois, dont la loi gravitationnelle à très longue portée qui fait justement d'elle, comme Newton l'avait très bien saisi, la souveraine de l'Univers. La dispersion est *outlaw*.

Certes, dans l'état actuel des connaissances concernant le devenir, la prévision statistique penche en faveur du triomphe final de la dispersion. Mais l'état actuel des connaissances et l'état actuel du devenir sont l'un et l'autre incertains. La statistique n'a pas de sens définitif pour un univers singulier dès l'origine et dont tout se développe singulièrement. Une prévision statistique avant la naissance de l'univers aurait considéré celui-ci comme quasi impossible. Pourtant il est, et son existence a anéanti d'autres possibles, intellectuellement moins improbables. Aujourd'hui l'ordre et l'organisation ont une espérance de vie bien plus favorable qu'était celle du cosmos avant sa naissance : une improbabilité générale s'est transformée en myriades de probabilités locales ; l'ordre et l'organisation demeurent certes statistiquement minoritaires, mais ce que ne dit pas la statistique, c'est qu'ils sont nucléaires. Et un passé sans doute de plus de dix milliards d'années est là pour l'attester : *tout ce qui s'est constitué d'organisateur et de créateur s'est fait en dehors de toute probabilité statistique*. La probabilité statistique perd pied devant tout ce qui est innovation, invention, évolution. C'est pourquoi la probabilité statistique en ce qui concerne l'avenir ne peut qu'être erronée, puisque cet avenir doit être évolutif ; il ne peut qu'être évolutif puisque l'organisation commence à peine ses développements [1].

Ainsi avons-nous deux conceptions qui disposent des mêmes données, des mêmes principes d'explication, mais diffèrent par la disposition de ce qui est satellite et ce qui est central. Pour l'une l'organisation et l'ordre sont déviance et fluctuations provisoires dans la grande diaspora, pour l'autre le désordre est l'écologie nourricière d'un ordre et d'une organisation qui se développent. Pour trancher, à supposer bien sûr que l'hypothèse cosmogénétique commune à ces deux interprétations soit valide, il faudrait un poste d'observation qui puisse contrôler le devenir du monde. Car c'est la suite de

---

[1]. L'idée de mort cosmique déclenche le refus de la mort, qui, inventif, la surmonte de diverses façons. Lupasco suppose qu'il faut coupler notre univers à entropie croissante avec un anti-univers à entropie décroissante (Lupasco, 1962) ; Charon (Charon, 1974) suppose un principe de conservation de l'entropie ; on pourrait aussi songer qu'une évolution métabiotique devrait donner naissance à des archanges de Maxwell, qui terrasseraient le démon de l'entropie par leur art de trier les molécules.

cette histoire cosmique qui nous démontrera si l'organisation et l'ordre étaient un épisode, voire un soubresaut dans le grand désordre, ou si au contraire l'ordre et l'organisation, aventuriers du cosmos, devaient en être les conquistadores.

Mais l'incertitude ne peut être dissipée, parce que personne, même le démon de Laplace, ne saurait disposer d'un point de vue objectif d'où il pourrait discerner l'avenir de l'univers, et par là diagnostiquer son passé. Est-on donc réduit à parier, selon sa pente métaphysique ou hépatique, pour l'une des deux versions d'univers? Mais alors on se détournerait de la seule grande acquisition intellectuelle que nous puissions effectuer. En effet, *la régression de la certitude trompeuse doit nous permettre de lier les deux points de vue antagonistes sur la nature de l'univers en une sorte de vision binoculaire enrichie.*

Notre incertitude nous permet dès lors de considérer ensemble les deux visages divergents du même Janus. La simplicité nous somme de choisir l'un des deux systèmes de référence : ordre/organisation ou désordre. Mais la complexité ne nous démontre-t-elle pas qu'il ne faut surtout pas choisir? Ne devons-nous pas, ne pouvons-nous pas concevoir l'organisation et l'ordre *à la fois* comme déviance et comme norme de l'univers, *à la fois comme improbabilité et probabilité, c'est-à-dire déviance se transformant en norme tout en demeurant déviance, improbabilité se transformant en probabilité locale tout en demeurant improbabilité?* Nous avons vu que schismogénèse — c'est-à-dire déviance — et morphogénèse — c'est-à-dire constitution d'un nucléus organisationnel — étaient liés. Il faut donc voir le phénomène sous ses deux angles, à la fois déviation par rapport à un processus prépondérant, mais aussi constitution d'un nouveau processus qui tend à devenir prépondérant. Toute morphogénèse doit donc être vue comme phénomène de nucléation et de déviance. Cela veut dire que tout est encore ambigu, riche de possibilités dans un sens comme dans l'autre, incertain. Et cette incertitude qui est inévitablement la nôtre, à nous, observateurs périphériques, limités dans nos sens, déformés dans notre intellect, ignorants du plus gros de ce qui se passe dans l'espace et de tout ce qui se déroulera dans le temps, est peut-être aussi, par surcroît, celle de l'univers lui-même, qui ne sait pas encore ce qu'il va lui advenir...

Un autre monde : l'acquis irréversible et l'incertitude

Ces deux mondes antagonistes possibles partent d'un même monde-tronc. Mais celui-ci est-il certain? Il ne peut être certain, mais il est aujourd'hui plausible parce que l'ensemble des sciences physiques, au premier rang la micro-physique et la thermodynamique, convergent pour étayer ou développer les hypothèses suscitées par l'observation astronomique. Il est encore plus profondément plausible à mes yeux pour une autre raison : une fois dégagée la présence du désordre dans la *physis* et que s'impose l'idée d'évolution physique, on est conduit à concevoir un principe complexe d'univers.

Mais, si nous savons bien quel monde est brisé, nous n'avons encore qu'une image très vacillante du nouveau monde. Nous sommes aux débuts de ce nouveau monde. Celui-ci fait ses premiers pas dans l'inconnu. Il porte en lui non seulement l'aporie du commencement, mais le mystère de l'avant-monde, où est tapi un constituant matriciel de notre monde, dont la connaissance nous échappe. Il nous pose l'éventualité d'une pluralité de mondes complémentaires/antagonistes, dont un anti-univers à dominance d'anti-matière, comme, à la suite d'une hypothèse de Dirac, le suggère Lupasco (Lupasco, 1962). Il reste encore tout à penser sur le Hasard, qui peut-être s'inscrit dans une complexité indécidable (Chaitin, 1975), sur le Temps, dont l'irréversibilité peut-être souffre des exceptions ou inversions marginales dans notre univers même, sur l'Espace, que les Grecs avaient nettoyé par le vide, et qui peut prendre de l'être avec une nouvelle topologie (Thom, 1972).

Ainsi, non seulement je n'exclus pas, mais je pressens que la vision du monde devra encore se transformer et se relativiser. *Comme toujours, le changement théorique viendra de la dialectique entre des découvertes stupéfiantes et une nouvelle façon de concevoir les évidences.* Notre monde, comme l'ancien, sera remis en question. Mais, comme l'ancien le fut, *seulement dans le sens de la complexité*. Il pourra donc éventuellement se provincialiser, et devenir, qui sait, un petit avatar d'une métamorphose en chaîne ou/et un petit fragment dans un polypier d'univers. D'ores et déjà, notre univers est en même temps un *plurivers*.

Il n'est pas possible qu'on régresse à la physique simple, au cosmos simple, à l'ordre simple. L'acquis de l'irréversibilité est irréversible. L'acquis de la complexité est insimplifiable. Un univers est mort donc. C'est l'univers qui, depuis Ptolémée, et à travers Copernic, Newton, Einstein, a continué à graviter autour de l'ordre. L'univers qui naît à nos yeux cesse de tourner autour de l'ordre. Certes il conservera à titre provincial de la connaissance acquise sous l'égide du paradigme d'ordre, de même que nous conservons encore de la connaissance acquise au sein de la vision newtonienne, copernicienne, et même ptoléméenne. Mais il ne peut se fonder et s'enrichir que dans l'élucidation de la complexité.

L'acquis véritable du nouvel univers est là : ce n'est pas un univers hubbléen, c'est l'univers que rend possible la rupture hubbléenne. Ce n'est pas une vision d'astronome amateur, c'est une conception de principe. L'acquis véritable, ici, c'est la nécessité du principe de complexité. Cela signifie qu'il n'y a pas permutation d'un terme simple, l'ordre, en un autre terme simple, le désordre. Cela signifie qu'il y a recherche de l'intelligibilité, non dans l'alternative et l'exclusion, mais dans l'interrelation, l'interaction, l'interdépendance des idées d'ordre, désordre, organisation en une « boucle tétralogique » ; non pas dans la disjonction entre les notions de chaos, cosmos, *physis*, mais leur confrontation. C'est dans ce sens que s'esquisse le premier univers complexe...

univers stationnaire
*mouvement perpétuel
cercle vicieux*

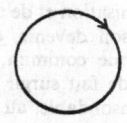

**univers diasporique avec
petits grumeaux temporaires
d'organisation**

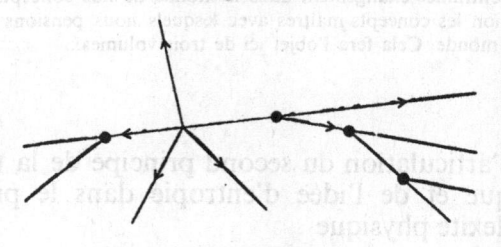

univers incertain

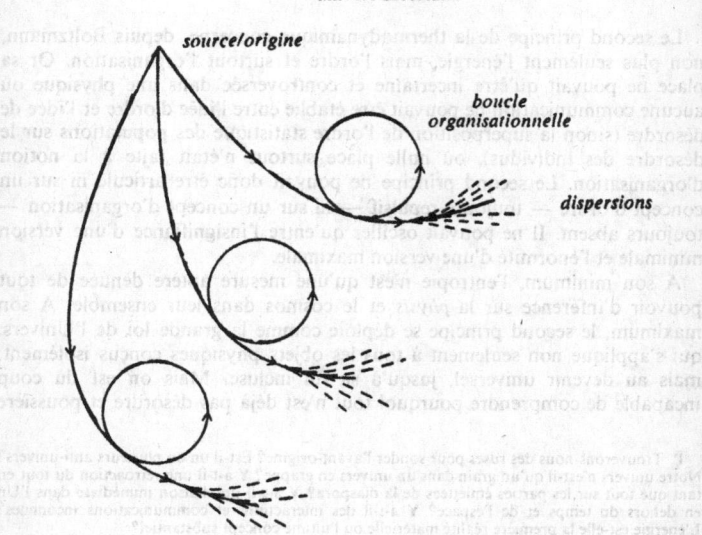

source/origine

*boucle
organisationnelle*

dispersions

J'ai tenté aussi de définir le premier monde ouvert : *Uni-Plurivers*. Le nouveau cosmos apporte à l'observateur une incertitude insurmontable. Devenu acentrique, il ne dispose d'aucun point privilégié d'observation. Devenu double procès d'organisation et de désintégration, il ne fournit aucun axe certain pour y inscrire son devenir, d'où l'inévitable surgissement, à partir du tronc cosmogénétique commun, de deux axes d'univers. Enfin, cette nouvelle vision du monde fait surgir en son cœur même le mystère [1]. Elle s'ouvre sur l'inconnu, l'insondable, au lieu de le refouler, de l'exorciser. Pour la première fois, une vision du monde ne se clôt pas sur elle-même, dans une auto-suffisance explicative. Ce changement de monde nous entraînera beaucoup plus loin que le changement d'une « image » du monde. Il devra entraîner changement dans le monde de nos concepts, et remettre en question les concepts-maîtres avec lesquels nous pensions et emprisonnions le monde. Cela fera l'objet ici de trois volumes...

IV. L'articulation du second principe de la thermodynamique et de l'idée d'entropie dans le principe de complexité physique

Le second principe de la thermodynamique concerne, depuis Boltzmann, non plus seulement l'énergie, mais l'ordre et surtout l'organisation. Or sa place ne pouvait qu'être incertaine et controversée dans une physique où aucune communication ne pouvait être établie entre l'idée d'ordre et l'idée de désordre (sinon la superposition de l'ordre statistique des populations sur le désordre des individus), où nulle place surtout n'était faite à la notion d'organisation. Le second principe ne pouvait donc être articulé ni sur un concept d'ordre — toujours répulsif — ni sur un concept d'organisation — toujours absent. Il ne pouvait osciller qu'entre l'insignifiance d'une version minimale et l'énormité d'une version maximale.

A son minimum, l'entropie n'est qu'une mesure aptère dénuée de tout pouvoir d'inférence sur la *physis* et le cosmos dans leur ensemble. A son maximum, le second principe se déploie comme la grande loi de l'Univers, qui s'applique non seulement à tous les objets physiques conçus isolément, mais au devenir universel, jusqu'à sa fin incluse. Mais on est du coup incapable de comprendre pourquoi tout n'est déjà pas désordre et poussière

---

[1]. Trouverons-nous des ruses pour sonder l'avant-origine? Est-il un ou plusieurs anti-univers? Notre univers n'est-il qu'un grain dans un univers en grappe? Y a-t-il une rétroaction du tout en tant que tout sur les parties émiettées de la diaspora? Y a-t-il une liaison immédiate dans l'Un en dehors du temps et de l'espace? Y a-t-il des interactions et communications inconnues? L'énergie est-elle la première réalité matérielle ou l'ultime concept substantiel?

cosmique, c'est-à-dire pourquoi de l'ordre et de l'organisation se sont constitués et développés.

Je me propose de montrer qu'une telle alternative peut et doit être dépassée, à condition d'enrichir notre conception de la *physis* et de renouveler notre conception du cosmos. Dès lors on peut et doit concevoir le second principe comme l'expression partielle et amputée d'un principe cosmologique complexe, et comme l'expression nécessaire et insuffisante d'un principe physique fondamental qui associe et dialectise ordre/désordre et organisation.

Le premier principe cosmologique et le second principe thermodynamique

Posons le problème d'abord dans sa majesté cosmique. Nous pouvons éliminer maintenant, non tant l'idée que l'univers soit un système « clos » (car on pourrait soutenir qu'il dispose d'une énergie finie, et à ce titre serait « clos »), mais *l'idée de système*. Il nous est désormais apparu que l'univers, bien que sous certains aspects soit *un* et soit un *tout* n'est pas, sous l'angle du devenir où nous l'avons appréhendé, vraiment un système : c'est un apprenti-système qui s'émiette et se morcelle dans le mouvement même où il se constitue, c'est un processus qui, à travers ses avatars, prolifère en polysystèmes et archipels-systèmes (les galaxies, les systèmes solaires), mais qui par là même se trouve dénué de toute organisation systémique d'ensemble.

Du coup, le cadre de référence du deuxième principe ne peut convenir à l'univers, et par là toute universalisation du second principe serait dénaturante. En effet, les développements corrélatifs du désordre, de l'ordre, de l'organisation y seraient inintelligibles. Disons plus : toute généralisation du second principe occulte l'idée génésique clé : le lien fondamental entre la diaspora cosmique irréversible et le développement d'îles et archipels d'ordre et d'organisation.

Toutefois l'idée, formulée par le second principe, d'un accroissement irréversible de l'entropie, semble comme un écho réfracté, à l'intérieur des « systèmes clos », du processus cosmique irréversible vers la dégradation et la dispersion. Dès lors, on peut se demander si le deuxième principe n'est pas, dans un cadre physique circonscrit et dans un cadre épistémique limité et carencé, l'expression de l'un des deux visages du principe cosmologique, celui qui porte en lui désintégration et dispersion.

Le second principe d'une organisation sans principe : l'intégration dans une physis *généralisée*

Revenons maintenant à la résidence originaire du second principe, qui est le système physique où il se définit comme principe statistique de dégradation (de l'énergie), de désordre (des éléments constitutifs), et par là de désorganisation. L'accroissement d'entropie d'un système signifie que le désordre donc la désorganisation ne peuvent que s'y accroître.

Dès que l'on conçoit l'entropie, non seulement comme dégradation ou désordre, mais comme désorganisation, on y introduit la référence à l'organisation. Du coup, la notion d'entropie, tout en y demeurant citoyenne, déborde le domaine de la thermodynamique proprement dite et concerne une théorie de l'organisation. Mais comme il lui manquait et lui manque encore l'appui d'une telle théorie, l'idée d'entropie est demeurée comme suspendue en l'air. Où plutôt l'entropie est à cheval, entre mesure thermodynamique concrète et concept organisationniste fantôme.

Or, il faut rendre vie organisationniste à l'entropie. Peut-être même alors, comme le suggère François Meyer, il nous apparaîtra que « l'expression thermodynamique de l'idée d'entropie n'est qu'un cas moins compréhensif et moins général » (Meyer, 1954, p. 231).

Conçu en termes organisationnels, le concept d'entropie désigne une tendance irréversible à la désorganisation, propre à tous systèmes et êtres organisés. Elle représente une tendance universelle, c'est-à-dire non pas limitée aux trop abstraits « systèmes clos », mais qui concerne aussi les « systèmes ouverts », y compris les êtres vivants. Mais, pour le concevoir, il faut complexifier le cadre d'observation de l'entropie et la notion d'entropie elle-même

Tout d'abord, il faut considérer un système non plus isolément, mais dans un environnement. Dès lors, nous voyons que la formation d'un phénomène organisé, par exemple d'une étoile, correspond à une diminution locale d'entropie — l'amas inorganisé se transformant en un tout organisé — mais cette diminution entraîne, du fait même des transformations organisatrices, un accroissement d'entropie dans l'environnement. Par ailleurs, la thermodynamique des processus irréversibles nous montre que des états organisés, de caractère stationnaire (tourbillons de Bénard), ne peuvent se constituer et s'entretenir qu'au prix d'une forte dissipation d'énergie (accroissement d'entropie dans l'environnement).

On peut dire, de façon la plus générale, et cela inclut l'organisation vivante, que toute régression d'entropie (tout développement organisationnel), ou tout maintien (par travail et transformations) d'entropie stationnaire (c'est-à-dire toute activité organisationnelle), se paie dans et par un accroissement d'entropie dans l'environnement englobant le système. Ce qui signifie, en termes limites, que toute régression locale d'entropie (ou néguentropie) accroît l'entropie *dans* l'univers. Nous avons donc là très exactement l'envers du principe morphogénétique où la dispersion cosmique travaille, en un sens, pour l'organisation. Ici nous voyons que toute organisation travaille aussi en un autre sens pour la dispersion.

L'ordre et le désordre

L'envers et l'endroit

Ainsi le second principe est beaucoup plus qu'un outil statistique et l'entropie beaucoup plus qu'une grandeur mesurable. Mais le second principe n'est pas pour autant la clé de l'univers, et l'entropie n'est pas la seule loi à quoi est vouée l'organisation. Le second principe et l'idée d'entropie doivent toujours être associées, et toujours de façon complexe, à la nouvelle conception de la *physis* et du cosmos. Or on avait toujours isolé le second principe et la notion d'entropie avait été, soit mise au travail dans la chaudière des locomotives, soit enfermée dans le cachot des systèmes clos, soit hypostasiée en loi-maîtresse de l'Univers.

Nous voici en mesure d'articuler le second principe :

organisation/ordre ⟶ désordre

sur le principe cosmo-physique que nous avons formulé ainsi :

désordre ⟶ interactions (associatives) ⟶ ordre/organisation

Ils étaient séparés, cloisonnés, non communicants :

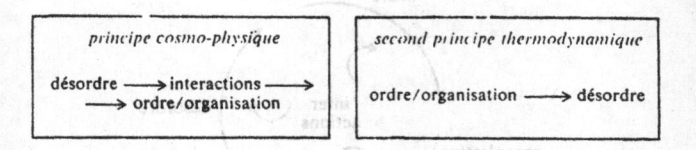

principe cosmo-physique	*second principe thermodynamique*
désordre ⟶ interactions ⟶ ordre/organisation	ordre/organisation ⟶ désordre

Il s'agit de décloisonner l'un et l'autre, l'un par l'autre. Dès lors une absurdité saute : *on voit que le second principe considérait l'ordre et l'organisation comme états initiaux parce qu'il ignorait la séquence précédente* :

désordre ⟶ interactions ⟶ ordre/organisation ⟶ désordre

Mais il est également absurde d'accoler l'une à l'autre deux séquences en une grande séquence qui commencerait par le pur désordre et s'achèverait dans le pur désordre. S'il y a un commencement (catastrophe), il porte en lui de façon indistincte, avec son désordre, le principe d'ordre et la potentialité organisatrice, et l'histoire cosmique commence avec la rotation de la « boucle tétralogique ». Ainsi, le principe cosmophysique est cette boucle même et la séquence du second principe s'inscrit en fait dans la boucle tétralogique en l'enrichissant et la complétant :

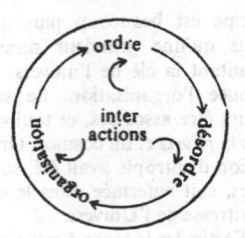

Cette boucle n'est pas un cercle vicieux puisque à travers elle s'opèrent des transformations irréversibles, des genèses et des productions. Cette boucle n'est pas un mouvement perpétuel puisqu'elle est nourrie par une source énergétique initiale — la catastrophe — qui se démultiplie, après les avatars que nous avons vus, en myriades de sources actives : les soleils.

Enfin, et c'est là l'effet spécifique du deuxième principe, qui nous éloigne encore plus radicalement du mouvement perpétuel et du cercle vicieux : il y a toujours déperdition, c'est-à-dire une part de désordre non récupéré qui devient dispersion.

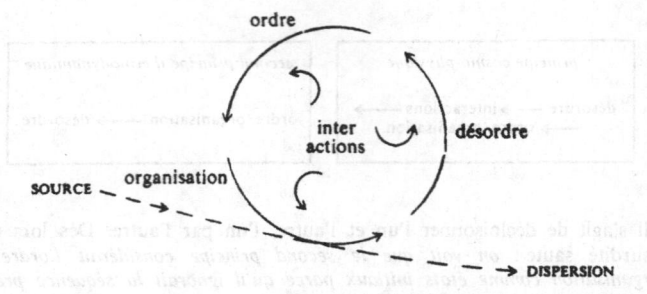

Il s'agit donc d'un circuit irréversiblement spiraloïde, issue de la catastrophe thermique originelle, et qui ne cesse de prendre forme à travers la relation désordre/ordre/organisation [1].

---

1. Ainsi, les formes, avec le temps, perdent leurs contours, deviennent rongées, spongieuses, se disloquent, se désagrègent, mais des formes nouvelles naissent, se développent, se déploient. Les êtres vivants retombent finalement en poussière, mais la vie continue sa marche ascendante. Les parfums s'évaporent et ne se réinvaporent pas (loi de dispersion et de dérive) mais les parfumeurs fabriquent de nouveaux parfums, qui (etc.). Les œufs brouillés ne se débrouillent plus, mais les poules pondent de nouveaux œufs qui (etc.). Ainsi se poursuit la dispersion en même temps que la roue reconstruit, concentre, organise.

L'ordre et le désordre

Celle-ci se trouve enrichie et complexifiée par l'intégration du deuxième principe. Nous voyons en effet désormais que :

a) le désordre produit de l'ordre et de l'organisation (à partir de contraintes initiales et d'interactions) ;

b) l'ordre et l'organisation produisent du désordre (à partir de transformations) ;

c) tout ce qui produit de l'ordre et de l'organisation produit *aussi* irréversiblement du désordre.

On peut maintenant récapituler les insuffisances, les vertus, et le message du second principe.

Insuffisances.

Privé d'un support organisationnel, le second principe est soit confiné dans une thermodynamique close (pré-prigoginienne), soit universalisé en principe statistique abstrait dont le chalut ne pêche que l'océan, car il ne connaît que de la probabilité, et ignore que tout ce qui existe et se crée est de l'improbable devenu nécessaire *hic et nunc*.

Vertus.

— Il a apporté le désordre dans le système clos de la physique classique et fut l'initiateur d'une désintégration en chaîne de l'ordre simplificateur.

— Son universalité n'est pas que lâche et abstraite, elle est aussi radicale, mais sur le plan négatif. Comme dit Michel Serres, « le second principe est universel dans ce qu'il interdit : le mouvement perpétuel » (Serres, 1973, p. 596).

— Il porte la marque de l'irréversibilité temporelle qu'ignoraient jusqu'à lui les lois physiques.

— Il fait surgir en creux le problème de l'organisation et de l'ordre.

Et voici son message.

— *Il y a et y aura toujours, dans le temps, une dimension de dégradation et de dispersion.*

— *Nulle chose organisée, nul être organisé ne peut échapper à la dégradation, la désorganisation, la dispersion. Nul vivant ne peut échapper à la mort. Les parfums s'évaporent, les vins s'éventent, les montagnes s'aplanissent, les fleurs se fanent, les vivants et les soleils retournent à la poussière...*

— *Toute création, toute génération, tout développement, et même toute information* (cf. p. 299) *doivent être payés en entropie.*

— *Aucun système, aucun être, ne peut isolément se régénérer.*

V. Le dialogue de l'ordre et du désordre

Le couple impossible

Maintenant on peut tenter d'examiner la relation ordre/désordre. C'est un problème clé. Les termes d'ordre et de désordre contrôlent, en effet, les notions dérivées ou conséquentes d'une part de déterminisme (liaison entre un ordre simple et une causalité simple) et de nécessité (où le caractère de contrainte inéluctable est mis en relief), d'autre part d'indéterminisme (notion purement privative), de hasard (notion qui met en relief l'imprévisibilité) et de liberté (possibilité de décision et de choix). Comme nous le verrons, le problème de la relation ordre/désordre est de niveau radical ou paradigmatique : la définition d'une telle relation contrôle toutes théories, tous discours, toute praxis et bien sûr toute politique.

Or la relation ordre/désordre a été répulsive, non seulement dans la physique classique, mais dans la pensée occidentale. L'idée d'ordre et l'idée de désordre s'opposent, se nient, se fuient l'une l'autre et toute collision entraîne la désintégration de l'une par l'autre.

La statistique n'a pu que superposer un macro-ordre (au niveau des populations) et un micro-désordre (au niveau des individus) mais sans jamais établir la moindre connexion logique entre ces deux échelles :

macro-ordre (grands nombres, populations)
―――――――――――――――――――――――――――
micro-désordre (individus, particules, micro-états)

Le second principe de la thermodynamique n'a pu formuler qu'une transition univoque de caractère probabilitaire :

ordre (organisation) ⟶ désordre

pendant que l'évolutionnisme biologique et le progressisme social définissaient l'orientation inverse et adverse :

désordre ⟶ ordre (organisation)

mais sans qu'on puisse jamais concevoir logiquement comment pouvaient, je ne dirai même pas communiquer, mais seulement coexister ces deux orientations.

Or, nous avons vu apparaître, de partout, en cours d'examen, des relations intéressantes, multiples, à double sens, troubles, ambiguës, riches entre l'ordre et le désordre. Pour tenter de concevoir la complexité de ces relations, il nous faut considérer la complexité nouvelle de chacun des deux termes.

L'ordre du désordre

Michel Serres s'exclame : « Oui, le désordre précède l'ordre, et seul est réel le premier ; oui, le nuage, c'est-à-dire les grands nombres, précède la détermination et seuls les premiers sont réels » (Serres, 1974b, p. 225). Oui, il y a une promotion du désordre, un découronnement de l'ordre, mais je n'inverserai pas la hiérarchie comme le fait Michel Serres, je déhiérarchiserai plutôt. S'il y a quelque chose de premier, c'est l'état indicible, en termes d'ordre ou de désordre, d'avant la catastrophe. Dès la catastrophe, désordre et ordre naissent quasi ensemble : dès les premiers moments de l'univers, dès le nuage, apparaissent les premières contraintes. *Ce qui est « seul réel », c'est la conjonction de l'ordre et du désordre.*

En effet, la cosmogénèse nous montre que le désordre n'est pas seulement dispersion, écume, bave et poussière du monde en gestation, il est aussi charpentier.

L'univers ne s'est pas seulement construit malgré le désordre, il s'est aussi construit dans et par le désordre, c'est-à-dire dans et par la catastrophe originaire et les ruptures qui ont suivi, dans et par le déploiement désordonné de chaleur, dans et par les turbulences, dans et par les inégalités de processus qui ont commandé toute matérialisation, toute diversification, toute interaction, toute organisation.

Le désordre est partout en action. Il permet (fluctuations), nourrit (rencontres) la constitution et le développement des phénomènes organisés. Il co-organise et désorganise, alternativement et en même temps. Tout le devenir est marqué par le désordre : ruptures, schismes, déviances sont les conditions des créations, naissances, morphogénèses. Rappelons que le soleil, né en catastrophe, mourra en catastrophe. Rappelons que la terre, tout en tournant sagement et régulièrement autour du soleil, a une histoire faite de cataclysmes, effondrements, plissements, éruptions, inondations, dérives, érosions...

Le désordre n'est pas une entité en soi, il est toujours relatif à des processus énergétiques, interactionnels, transformateurs ou dispersifs. Ses caractères se modifient selon ces processus. Nous l'avons vu, il n'y a pas un désordre : il y a plusieurs désordres enchevêtrés et interférents : *il y a désordre dans le désordre. Il y a des ordres dans le désordre.*

On ne peut classer d'un côté les désordres « positifs » générateurs, constructeurs et de l'autre les désordres destructeurs, disperseurs. Si l'on excepte le désordre de poussière, d'où ne ressort plus nul dessin, nul dessein, tous les autres désordres, même le mouvement brownien sont ambivalents : le désordre de feu est porteur de créativité, de synthèse mais aussi de déflagration, de cendres, et de dispersion. Le désordre des ruptures, dislocations, instabilités et schismes est aussi celui des morphogénèses. Certes on peut discerner en de nombreux cas, selon les conditions et les processus, l'opposition entre désordres générateurs et désordres dégénérateurs, mais à la source même des processus, à travers lesquels le cosmos à la fois se désintègre et s'organise, le désordre est de façon ambiguë générateur et dégénérateur à la fois.

Dans le sillage du désordre suit une constellation de notions, dont le hasard, l'événement, l'accident. Le hasard dénote l'impuissance d'un observateur à opérer des prédictions devant les multiples formes de désordre; l'événement dénote le caractère non régulier, non répétitif, singulier, inattendu d'un fait physique pour un observateur. L'accident dénote la perturbation que provoque la rencontre entre un phénomène organisé et un événement, ou la rencontre événementielle entre deux phénomènes organisés.

Ainsi il y a richesse et diversité, polymorphisme, multidimensionnalité du/des désordre(s). Il y a omniprésence, activité permanente, méphistophélique des désordres. Le désordre désormais réclame sa place : toute théorie doit désormais porter la marque du désordre, faire la plus ample place au désordre, devenu principe cosmique à part entière et principe physique immanent. Mais il n'est pas possible, après l'avoir enfermé dans les basfonds du réel, de l'isoler à nouveau pour en faire le nouveau Principe absolu de l'Univers. *Le désordre n'existe que dans la relation et la relativité.*

Le désordre de l'ordre

L'ordre n'est plus roi.

Un ordre est mort : l'ordre-principe d'invariance supra-temporel et supraspatial, c'est-à-dire l'ordre des Lois de la Nature. Ces lois suprêmes étaient en réalité des « lois simplifiées inventées par les savants » (Brillouin, 1959, p. 190), des abstractions prises pour le concret (Whitehead, 1926).

Un ordre s'est rétréci : l'ordre universel, s'étendant sans limite dans le temps et l'espace, est désormais né dans le temps, pris en sandwich dans l'espace entre le chaos micro-physique et la diaspora. Il n'est plus général, mais provincial. Il n'est plus inaltérable, mais dégradable. Toutefois, s'il perd en absolu, il gagne en devenir : il est capable de se développer.

Déchu comme évidence, l'ordre est promu comme problème. Comment est-il né? Comment, parti de zéro, s'est-il développé? Comment le concevoir, malgré, avec et dans le désordre? Comment a-t-il pu nous sembler le seul souverain de l'univers, alors qu'il est si difficile maintenant de justifier son existence?

Pour comprendre l'ordre, il faut faire sa généalogie. Sa naissance est indistincte de celle de l'univers : l'ordre naît avec et dans les conditions initiales singulières de l'univers, ces *boundary conditions* qui délimitent et restreignent le champ des possibles, éliminent les univers digressifs ou transgressifs éventuels, et se constituent ainsi en déterminations négatives ou contraintes. Autrement dit, l'ordre porte la marque irrémédiable des événements initiaux d'un univers singulier! L'ordre, qui émerge donc sous forme de déterminations/contraintes initiales, va se développer à travers matérialisations, puis interactions et organisations. Les déterminations premières se précisent et se multiplient en nécessités conditionnelles avec la constitution des particules matérielles : en effet, parmi toutes les particules possibles ou créées, un nombre restreint, doté de propriétés singulières, est à la fois viable (capable de survie dans un environnement aléatoire) et opérationnel (capable d'interactions productrices d'effets transformateurs). Donc la matérialité et la diversité finie des éléments particulaires vont déterminer différents types d'interactions dont découleront les grandes lois de l'Univers. Ainsi, nous voyons à l'origine des lois : le singulier, l'événement, le conditionnel, l'aléa.

En effet, par un paradoxe inconcevable dans l'ancien ordre, il n'y a de lois générales dans l'univers que parce que celui-ci est singulier, c'est-à-dire que son origine et son originalité constituent des déterminations. Ces lois sont conditionnelles, c'est-à-dire dépendent non seulement des caractères singuliers de l'univers, mais de la nature de ces interactions et des conditions dans lesquelles elles s'opèrent. L'idée était déjà chez Newton pour qui la nature obéit toujours aux mêmes lois dans les mêmes conditions. Mais Newton focalisait sur l'idée de lois, alors que nous devons désormais focaliser sur l'idée de conditions, lesquelles, aléatoires, n'obéissent pas aux lois mais justement les conditionnent. Toute loi dépend, dans un sens, de l'aléa : la rencontre est aléatoire, l'effet est nécessaire. La nécessité de l'effet, ou loi, a un pied dans l'aléa, ou désordre...

L'ordre, ai-je déjà dit, s'épanouit véritablement au stade et niveau de l'organisation. L'ordre, dit Layzer, est « une propriété de systèmes faits de plusieurs particules » (Layzer, 1975). En effet, il trouve pour ainsi dire son plancher après que les interactions « fortes » ont soudé en un noyau stable protons et neutrons ; dès lors, il pourra se consolider et s'étendre après que les interactions électro-magnétiques auront lié électrons à noyaux, constituant les atomes, puis les atomes entre eux, constituant les molécules. Se développant en ordre « chimique », il devient de plus en plus souple, multiple, jusqu'au moment où naîtra l'ordre le plus complexe que nous connaissions : l'ordre biologique.

Mais déjà et depuis longtemps l'ordre a fondé son royaume cosmique dans et par les interactions gravitationnelles qui trouvent leurs foyers dans les étoiles. Dès lors, il rayonne à des distances prodigieuses, devient maître des ballets planétaires, berger des soleils... Comment s'étonner qu'on l'ait cru souverain de l'univers !

Entre astres, atomes, planètes, molécules, etc., se tissent, se multiplient les interactions à travers lesquelles se développent des phénomènes organisés. Les ordres se diversifient, se complexifient, comme on le verra.

Ceci pour dire, de façon ici prématurée, mais déjà nécessaire, que les véritables et multiples développements de l'ordre s'effectuent corrélativement à l'organisation : ordre d'assemblage (structure) ; ordre de contraintes internes et externes ; ordre de symétrie ; ordre de stabilité ; ordre de régularité; ordre de cycle; ordre de répétition; ordre de dédoublement (cristaux); ordre d'échanges; ordre de régulations; ordre d'homéostasie; ordre de contrôle; ordre de commande; ordre de programme; ordre de réparation et de régénération; ordre de reproduction identique; *ordre de multiplication qui est la multiplication dudit ordre.*

Ainsi l'ordre présente un visage intéressant, riche, ambigu, étrange, complètement absent de l'ancienne notion simple, claire, évidente, obtuse.

L'ordre a cessé d'être *un*. Il y a de l'ordre dans l'univers, il n'y a pas *un* ordre. Einstein avait sans relâche et sans succès cherché à unifier les interactions gravitationnelles et électro-magnétiques. Il rêvait à une unique clé de voûte d'ordre. Mais l'unité de l'univers doit être cherchée ailleurs que dans l'ordre. L'ordre d'un cosmos éclaté n'est-il pas nécessairement pluriel, disloqué? Il y a des ordres, c'est-à-dire désordre, dans l'ordre...

L'ordre a cessé d'être éternel. Il est construit, produit, à partir du chaos génésique, et il n'en est pas vraiment détaché, puisque, comme je l'ai dit, nous n'en sommes toujours pas détachés.

L'ordre a cessé d'être extérieur aux choses : il est désormais contextuel, inséparable de la matérialité spécifique des éléments en interactions et de ces interactions elles-mêmes; il est commandé par les phénomènes qu'il commande : chacun des atomes de notre corps dépend d'un ordre gravitationnel, lequel dépend des interactions de chaque atome de notre corps avec son environnement. L'ordre n'est plus roi, il n'est pas esclave, il est interdépendant.

L'ordre a cessé d'être absolu, il est devenu relatif et relationnel. L'ordre est devenu provincial, mais sa zone d'influence, surtout gravitationnelle, s'étend très loin. Il sait, dans et par l'organisation, résister au désordre, gagner sur le désordre.

Il est capable de progrès, et ces progrès le transforment. Plus l'organisation est riche, plus elle est riche en désordres, plus l'ordre comporte du désordre, qui devient un ingrédient de l'ordre organisationnel, lequel devient de plus en plus raffiné, mais aussi régional et fragile... L'ordre vivant est si raffiné et délicat qu'il serait d'une fragilité extrême, si précisément son raffinement ne lui permettait de manipuler le désordre à son profit, et surtout de se régénérer et se réorganiser en permanence.

Ainsi, plus on considère son origine, plus on considère son développement dans le sens de la complexité, plus l'ordre dévoile sa mystérieuse dépendance et bâtardise à l'égard du désordre, avec et contre lequel, comme Jacob avec l'ange, il est en corps à corps à la fois de copulation et lutte à mort. Mais aussi, plus on considère son origine et plus on considère son développement, plus on est frappé qu'en lui, par lui, l'improbabilité inouïe se soit transformée en nécessité et en probabilités, certes conditionnelles, provinciales, mais *réelles* (ce qui nous obligera à complexifier, un peu plus loin, l'idée au cou raide d'improbabilité).

Ainsi, l'ordre, en perdant son caractère absolu, nous oblige à considérer le plus profond mystère qui, comme tous les grands mystères, est recouvert par la plus obtuse évidence : *la disparition des Lois de la Nature pose enfin la question de la nature des lois.* Nous sommes à nouveau renvoyés au tétralogue :

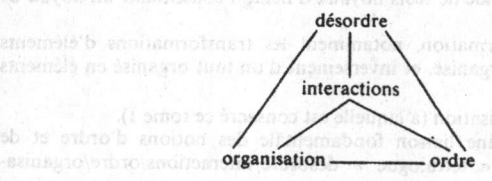

```
              désordre
                 |
            interactions
             /        \
    organisation ——— ordre
```

La co-production de l'ordre et du désordre

L'ordre qui se déchire et se transforme, l'omniprésence du désordre, le surgissement de l'organisation suscitent des exigences fondamentales : *toute théorie désormais doit porter la marque du désordre et de la désintégration, toute théorie doit relativiser le désordre, toute théorie doit nucléer le concept d'organisation.*

On peut certes concevoir le désordre et l'ordre de façon manichéenne dans un univers soumis à ces deux principes opposés ; comme le dit L. L. Whythe, « deux grandes tendances opposées apparaissent dans les processus naturels, l'une vers l'ordre local et l'autre vers l'uniformité du désordre général. La première se manifeste dans tous les processus par lesquels une zone d'ordre tend à se différencier d'un environnement moins ordonné. C'est ce que l'on voit dans la cristallisation, dans la combinaison chimique et dans la plupart des processus organiques. La seconde tendance se manifeste dans le processus de rayonnement et de diffusion, elle mène à une uniformité du désordre thermique. Les deux tendances agissent normalement en sens contraire, la première produisant des zones d'ordre différenciées et la seconde les dispersant » (Whythe, 1949).

Il faut certes opposer, mais aussi lier ces « deux tendances ». Ce qui signifie tout d'abord qu'ordre et désordre ne sont pas des concepts absolus, substantiels. Ils naissent l'un et l'autre ensemble et ont sans doute racine l'un et l'autre, d'une façon évidemment inconcevable, dans l'Avant-Commencement. Ils renaissent sans cesse d'une indistinction génésique ici nommée chaos. Ils sont relatifs et relationnels.

Ils sont relatifs et relationnels l'un à l'autre, et cela introduit la complexité logique au cœur de ces notions : il faut mettre du désordre dans la notion d'ordre ; il faut mettre de l'ordre dans la notion de désordre. A la limite, l'extrême complexité du désordre contiendrait l'ordre, l'extrême complexité de l'ordre contiendrait le désordre. La relation entre ordre et désordre nécessite des notions médiatrices ; nous avons vu apparaître et s'imposer trois notions indispensables pour établir la relation ordre/désordre :

— l'idée cruciale d'interaction, véritable nœud gordien de hasard et de nécessité puisque une interaction aléatoire déclenche, dans des conditions données, des effets nécessaires (comme la rencontre au même millionième de millionième de seconde de trois noyaux d'hélium constituant un noyau de carbone);

— l'idée de transformation, notamment les transformations d'éléments dispersifs en un tout organisé, et inversement d'un tout organisé en éléments dispersés;

— l'idée clé d'organisation (à laquelle est consacré ce tome I).

Il nous faut donc une liaison fondamentale des notions d'ordre et de désordre au sein du « tétralogue » désordre/interactions/ordre/organisation.

La liaison fondamentale doit être de nature dialogique. Je ne pourrai que plus loin véritablement définir ce terme (t. II, chap. VII); disons ici que dialogique signifie unité symbiotique de deux logiques, qui à la fois se nourrissent l'une l'autre, se concurrencent, se parasitent mutuellement, s'opposent et se combattent à mort.

Je dis dialogique, non pour écarter l'idée de dialectique, mais pour l'en faire dériver. La dialectique de l'ordre et du désordre se situe au niveau des phénomènes; l'idée de dialogique se situe au niveau du principe, et j'ose déjà l'avancer (mais je ne pourrai en faire la démonstration que bien plus tard, en tome III) au niveau du paradigme. En effet, pour concevoir la dialogique de l'ordre et du désordre, il nous faut mettre en suspension le paradigme logique où l'ordre exclut le désordre et inversement où le désordre exclut l'ordre. Il nous faut concevoir une relation fondamentalement complexe, c'est-à-dire à la fois complémentaire, concurrente, antagoniste et incertaine entre ces deux notions. Ainsi l'ordre et le désordre, sous un certain angle, sont, non seulement distincts, mais en opposition absolue; sous un autre angle, en dépit des distinctions et oppositions, ces deux notions sont *une*.

Il faut donc concevoir que la relation ordre/désordre est à la fois :

— une (c'est-à-dire indistincte en sa source génésique et en son chaos formateur);

— complémentaire : *tout ce qui est physique, des atomes aux astres, des bactéries aux humains, a besoin du désordre pour s'organiser*; tout ce qui est organisé ou organisateur, travaille, dans et par des transformations, *aussi* pour le désordre (accroissement d'entropie);

— concurrente : sous un autre point de vue, désordre d'une part, ordre/organisation de l'autre sont deux processus concurrents, c'est-à-dire qui courent en même temps, celui de la dispersion généralisée et celui du développement en archipel de l'organisation;

— antagoniste : le désordre détruit l'ordre organisationnel (désorganisation, désintégration, dispersion, mort des êtres vivants, équilibration thermique), et l'organisation refoule, dissipe, annule les désordres.

Ainsi désordre et ordre à la fois se confondent, s'appellent, se nécessitent, se combattent, se contredisent. Cette dialogique est en œuvre dans le grand jeu phénoménal des interactions, transformations, organisations, où travaillent chacun pour soi, chacun pour tous, tous contre un, tous contre tous...

Dès lors, on peut envisager une théorie. Elle partirait, non du zéro, ni du « point » initial, mais, du génésique, du chaos, c'est-à-dire de la boucle tétralogique. Elle devrait, non s'appuyer sur l'ordre ou le désordre comme sur un pilier ontologique ou transcendant, mais produire corrélativement les notions d'ordre, désordre et organisation.

L'improbable et le probable

Ce qui précède ne dissipe pas, mais au contraire révèle le mystère de l'origine conjointe du désordre et de l'ordre. Et pose, sans pouvoir le résoudre, le mystère du devenir de l'ordre et du désordre.

Car le jeu polylogique ordre/désordre/organisation ne peut être considéré comme un jeu perpétuel. C'est un jeu dont les données se transforment, et nous devons considérer les deux orientations antagonistes que prennent les transformations : l'une est le « progrès » de l'organisation et de l'ordre, toujours plus complexes, donc épongeant et englobant toujours plus de désordre dans leur sphère, l'autre, indiquée par la prédiction fatale du second principe, est le triomphe de la dispersion, la mort thermique de l'univers.

Comme nous l'avons vu, l'ordre et l'organisation sont improbables, c'est-à-dire minoritaires, dans la grande diaspora cosmique. Mais cette notion d'improbabilité doit être considérablement assouplie et relativisée.

En effet, si toute naissance d'organisation est improbable, la constitution même d'organisation instaure une transformation des conditions locales où elle s'opère. L'organisation est un phénomène de relative clôture (Varela, 1975), qui est protection contre les aléas de l'environnement ; l'organisation constitue ses propres contraintes, sa propre stabilité, qui peut être très forte (comme pour certains noyaux atomiques) ou très souple, permettant dès lors associations multiples (liaisons électroniques entre atomes constituant molécules) ou échanges (métabolisme de l'être vivant). Autrement dit, l'organisation et l'ordre qui lui est afférent constituent un *principe de sélection* qui diminue les occurrences possibles de désordre, accroît dans l'espace et le temps leurs possibilités de survie et/ou de développement, et permet d'édifier sur fond d'improbabilité générale diffuse et abstraite une *probabilité concentrée locale temporaire et concrète*.

Sur la base d'une telle probabilité locale et temporaire peut s'édifier une nouvelle organisation improbable, minoritaire, qui, bénéficiant du socle organisationnel stable, pourra elle-même constituer sa propre probabilité, et ainsi de suite. Évoquons, de façon tout à fait fugitive, l'organisation vivante. Elle est extrêmement improbable dans son origine (peut-être n'y a-t-il eu qu'une seule cellule-ancêtre de tous les vivants[1]) et elle est improbable en tant qu'organisation physico-chimique. Cette improbabilité tient dans l'agencement des molécules constituant toute cellule et, bien sûr, tout organisme multicellulaire; la probabilité physico-chimique, c'est-à-dire la dispersion des constituants moléculaires, se manifeste enfin à la mort. Or, en dépit de la mort, et au sein de la mort, c'est-à-dire l'écrasante et toujours finalement victorieuse pression de la probabilité physico-chimique, l'organisation vivante a développé ses propres probabilités de survie, mais évidemment dans le cadre extrêmement étroit non seulement des conditions d'existence, de rotation et d'arrosage solaire de la petite planète, mais aussi des conditions atmosphériques, géo-climatiques et écologiques qui lui sont indispensables.

Ainsi, nous voyons qu'il y a, dans l'improbabilité, des trous où s'aménagent des sphères de nécessité, des îlots de probabilité. Il faut donc déréifier l'opposition absolue entre les notions de probabilité et improbabilité. Ces concepts antithétiques, eux aussi, ont leur communication et leur permutation dialectique. Et, bien que nous sachions, en ce qui concerne notre soleil, irrémédiablement promis à la mort, que cette dialectique n'est que provisoire, nous ne savons pas quel est l'avenir cosmique du monde organisé...

Nous sommes ramenés à l'incertitude fondamentale déjà rencontrée : le désordre du monde fait-il partie de l'ordre du monde, ou l'ordre du monde fait-il partie du désordre du monde? Dans le premier cas, la production de l'ordre et de l'organisation constitue le seul et vrai processus, immergé dans un bain de désordre, ayant besoin d'un énorme gaspillage pour se poursuivre, et capable de se poursuivre à l'infini. Dans le second cas, tout ce qui est organisé doit périr, puisqu'il est né, et l'univers en tant qu'ordre et organisation est condamné à mort de par son improbabilité même.

Dans notre incertitude, nous ne pouvons que maintenir les deux orthodoxies contraires, l'une aberrante par rapport à l'autre, et considérer les phénomènes d'organisation à la fois comme noyaux et comme déviances. A nouveau surgit le problème de l'observateur, de son point de vue, de sa logique, de son désir, de sa crainte, des limites de son entendement, incertain de son incertitude même, puisqu'il ne sait si c'est son incertitude qu'il projette sur l'univers ou si c'est l'incertitude de l'univers qui arrive à sa conscience...

Ainsi, le monde nouveau qui s'ouvre est incertain, mystérieux[2]. Il est plus shakespearien que newtonien. Il s'y joue de l'épopée, de la tragédie, de la bouffonnerie, et nous ne savons pas quel est le scénario principal, s'il est un scénario principal, s'il est même un scénario...

---

1. Cette hypothèse sera examinée plus tard (t. II).
2. J'ai introduit, pour cette seconde édition, les deux néo-notions de *Chaosmos* et de *Ph rivers*, qui à la fois cristallisent et parachèvent l'idée de complexité dans la *physis* et le cosmo (Olsson, 1977, *in* bibliographie de *la Méthode 2*, et T. Schneider, 1976, « Univers et Plurivers » *Ark All*, II, 2, p. 57-61).

VI. Vers la galaxie Complexité

Une genèse théorique

Le concept de l'ordre, dans la physique classique, était ptoléméen. Comme dans le système de Ptolémée, où soleils et planètes tournaient autour de la terre, tout tournait autour de l'ordre. Or nous sommes amenés à effectuer en même temps une double révolution, copernicienne et einsteinienne, dans le concept d'ordre. La révolution copernicienne est de provincialiser et satelliser l'ordre dans l'univers. La révolution einsteinienne est de relationner et relativiser ordre et désordre.

Ces révolutions dans le concept d'ordre sont des révolutions dans l'univers. L'univers a non seulement perdu son ordre souverain, il n'a plus de centre. Einstein lui avait ôté tout centre de référence privilégié. Hubble lui retire tout centre astral ou galaxique. Et c'est là la grande révolution méta-copernicienne, méta-newtonienne, qui cheminait souterrainement de Carnot, Boltzmann à Planck, Bohr, Einstein et Hubble. Il n'y a plus de centre du monde, que ce soit la terre, le soleil, la galaxie, un groupe de galaxies. Il n'y a plus un axe non équivoque du temps, mais un double processus antagoniste issu du même et unique processus. L'univers est donc à la fois polycentrique, acentré, décentré, disséminé, diasporant...

Cela est d'importance capitale désormais pour toute théorie de la *physis*. Il ne saurait plus y avoir un concept-maître souverain, dont découlent, dérivent, subsistent tous les autres. Mais la théorie ne saurait tolérer un éparpillement des concepts en désordre. Tout ne se ramène pas au désordre. Mais tout comporte son immergence dans le désordre.

Ce que nous avons vu, au cours de ce premier chapitre, c'est que le fond sur lequel la pensée prend forme est indistinct et impensable : c'est que les concepts-premiers ne sont plus isolés, substantiels, auto-suffisants. Ils sont reliés et relativisés les uns les autres. Nous avons même vu s'opérer le rapprochement, la courbure l'un vers l'autre, et finalement la jonction entre des notions principielles, et qui par principe précisément étaient non seulement disjointes, mais disjonctives, c'est-à-dire : ordre/désordre/organisation, et : chaos/cosmos/*physis*. Nous avons vu se poser de façon complexe le problème de leur association et de leur articulation, qui ne saurait être une juxtaposition ou un assemblage. Nous avons vu même qu'il s'était constitué comme un circuit conceptuel faisant boucle entre :

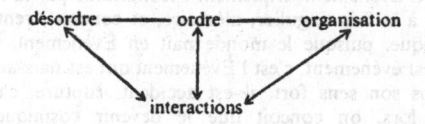

désordre ——— ordre ——— organisation
               |
         interactions

Nous avons vu enfin que l'idée de catastrophe ne saurait être considérée comme un pur commencement, non seulement parce qu'elle plonge dans un « avant » insondable, mais aussi parce qu'elle a besoin, pour prendre son sens, des notions correspondant aux processus qu'elle a générés ; l'idée de catastrophe génésique prend sens donc à travers la « boucle tétralogique » et les idées de chaos/*physis*/cosmos.

Nous aurons donc à interroger, expliciter, développer, l'inter-solidarité complexe de ces notions, c'est-à-dire la base de complexité insimplifiable, irréductible, de toute théorie concernant notre univers physique, c'est-à-dire par conséquent biologique et anthropo-sociologique.

Ce que nous voyons surgir, ici, c'est une sorte de nébuleuse spirale génésique de « conception du monde » dans le sens où ce terme signifie à la fois les principes d'organisation de l'intelligibilité (paradigme, *épistémé*) et l'organisation même de la théorie. Et toute l'aventure de ce travail, au cours de ces trois volumes, sera de poursuivre, développer cette genèse en générativité et productivité — c'est-à-dire : méthode.

Dans la nébuleuse spirale, nous avons vu apparaître, clignotants, ahuris, sortis des enfers et des ghettos de la théorie, ces notions clés que le règne de l'ordre avait chassées hors de la science ; ces notions seront aussi nécessaires à notre interrogation qu'elles seront interrogées par cette interrogation même. Ainsi en est-il des idées d'événement, de jeu, de dépense, de singularité...

Univers naissant

L'ancien univers n'avait pas de singularité dans son obéissance aux lois générales, pas d'événementialité dans ses mouvements répétitifs d'horloge, pas de jeu dans son déterminisme inflexible... L'univers qui naît ici est singulier dans son caractère général même ; le paradigme de la science classique, « il n'est de science que du général », nous obligeait à vidanger la singularité en toutes choses, à commencer par l'univers. Or maintenant, ce qui nous apparaît absurde, ce n'est pas la jonction entre l'idée du singulier et celle du général, c'est au contraire l'alternative qui exclut l'un par l'autre. C'est, nous l'avons vu, la singularité de l'univers qui fonde la généralité des principes et lois qui s'appliquent à sa nature (*physis*) et à sa globalité (cosmos). Ce qui signifie que désormais nous allons pouvoir espérer trouver en toute chose, tout être, toute vie, en même temps que son individualité concrète (singularité) sa générativité et sa génératricité (généralité).

Cet univers naissant naît en Événement, et se génère en cascades d'événements. L'Événement, triplement excommunié par la science classique (puisqu'il était à la fois singulier, aléatoire, et concret), rentre par la porte d'entrée cosmique, puisque le monde naît en Événement. Ce n'est pas la naissance qui est événement, c'est l'Événement qui est naissance, dans le sens où, conçu dans son sens fort, il est accident, rupture, c'est-à-dire catastrophe... Dès lors, on conçoit que le devenir cosmique soit cascade d'événements, accidents, ruptures, morphogénèses. Et ce caractère se répercute sur toute chose organisée, astre, atome, être vivant, qui a, dans son origine et sa fin, quelque chose d'événementiel. Bien plus, des sous-sols de la micro-physique jusqu'aux voûtes immenses du cosmos, tout élément peut nous apparaître désormais aussi comme événement. D'où la nécessité du principe de complexité qui, au lieu d'exclure l'événement, l'inclut (Morin, 1972) et nous pousse à regarder les événements de notre échelle terrestre, vivante et humaine, auxquels une science anti-événementielle nous avait rendus aveugles.

Cet univers naissant est jeu. L'idée de jeu s'était déjà philosophiquement jetée sur le monde (d'Héraclite[1] à Finck, 1960 et Axelos, 1969). Elle a fait son entrée dans la science avec von Neumann (von Neumann et Morgenstern, 1947) dans un secteur restreint et de façon restreinte d'abord, puis s'élargissant (extension de la théorie des jeux à l'évolution biologique) et a connu récemment sa première élaboration intrinsèquement fondée sur la *physis* (Sallantin, 1973). Je ne vais pas entrer ici dans le jeu du jeu. Je veux simplement indiquer qu'on ne peut échapper à l'idée de jeu dans la *physis* dans le sens où cette idée unit en elle d'une part l'idée d'un processus aléatoire à gains et pertes, obéissant à des contraintes et règles et élaborant des configurations, d'autre part l'idée d'une lâcheté dans les articulations des phénomènes organisés, d'un faible serrage à travers quoi s'infiltre et opère le désordre des rencontres, interférences, contaminations, etc.

Cet univers de jeu est en même temps un univers de feu. Le feu est devenu génésique (la catastrophe thermique) et génératif d'ordre et d'organisation (les étoiles, machines à feu en feu), ce qui fait que la chaleur règne en maîtresse dans l'univers, d'autant plus qu'elle accompagne tout travail, toute transformation, donc est inséparable de la moindre activité, organisationnelle ou non. L'univers de feu, en se substituant à l'ancien univers de glace, fait souffler le vent de la folie dans la rationalité classique, qui liait en elle les idées de simplicité, fonctionnalité et économie. La chaleur comporte toujours agitation, dispersion, c'est-à-dire perte, dépense, dilapidation, hémorragie.

La dépense était ignorée là où régnait l'ordre souverain. Celui-ci signifiait, au contraire, économie. L'économie cosmique, physique et politique se fondait sur une loi générale du moindre effort, du moindre détour d'un point à l'autre, du moindre coût d'une transformation à une autre. La vérité même d'une théorie se juge toujours à son caractère économique par rapport à ses rivales, plus dépensières en concepts, postulats, théorèmes.

Or un univers créé et créant par la chaleur, transformé et transformant avec chaleur, nous fait rejeter comme abstraction idéaliste toute conception qui occulterait la dépense, non seulement comme coût, prix, frais, écot, mais aussi comme dissipation, déperdition, déficit. Dès lors même dans l'hypothèse heureuse d'un univers teilhardien qui développe de façon ascensionnelle sa propre richesse, il y a une hémorragie, un gaspillage, un gâchis, dont il

1. « L'univers est le jeu d'un enfant qui joue aux dés... »

faut prendre conscience. Les rencontres produisent plus de destructions et dispersions que d'organisation. Il faut, pour constituer une organisation, pour édifier un ordre, pour maintenir une vie en vie, tant et tant d'agitations « inutiles », tant et tant de dépenses « vaines », tant et tant d'énergies dilapidées, tant et tant d'hémorragies dispersives! Il faut tant et tant de milliards d'agitations pour que se forme un seul noyau de carbone, il faut la déperdition de tant et tant de milliards de spermatozoïdes (180 millions par éjaculation chez *homo sapiens*) pour que naisse un seul être mortel, il faut tant et tant d'efforts sisyphéens pour ne pas se laisser détruire! De quelles pertes, de quels gaspillages, de quel gâchis, de quel prix exorbitant ne faut-il pas payer un atome, un astre, une vie, la moindre once d'existence, un baiser?

Le pensée rationaliste comporte un aspect de démentielle rationalisation dans son occultation de l'absurde dépense. La pensée religieuse expliquait que la « liberté » exigeait le risque, donc permettait la perdition. La pensée rationaliste demeurait aveugle à la déperdition. Il a fallu attendre Georges Bataille pour qu'on découvre enfin cette « part maudite » (Bataille, 1949). Or, voilà une idée déchirante, lacérante, « absurde » qui apparaît, s'impose, et qui ne nous lâchera plus.

Le temps complexe

L'ordre physique ignora l'irréversibilité du temps jusqu'au second principe de la thermodynamique. L'ordre cosmique ignora l'irréversibilité du temps jusqu'en 1965, où l'univers entra dans le devenir. L'éternité des Lois de la Nature fut ainsi liquidée. Il n'y a plus de *physis* congelée. Tout est né, tout est apparu, tout a surgi, une fois. La matière a une histoire.

Mais il est insuffisant de réhabiliter seulement le temps ; le nouvel univers, en naissant, nous en fait découvrir la complexité. Le temps est un et multiple. Il est à la fois continu et discontinu, c'est-à-dire, comme nous l'avons vu, événementiel, agité de ruptures, soubresauts, qui brisent son fil et éventuellement recréent, ailleurs, d'autres fils. Ce temps est, dans le même mouvement, le temps des dérives et dispersions, le temps des morphogénèses et des développements.

Or chacun de ces deux temps avait surgi au même moment, au milieu du XIXe siècle.

Le premier, celui du deuxième principe, entraînait la *physis* vers la dégradation, première rumeur annonçant la grande diaspora cosmique. Le second, au contraire, était celui de l'évolution ascensionnelle, ou progrès. Il avait pénétré la société depuis 1789 et faisait irruption dans la biologie (Darwin, *L'Évolution des espèces*, 1859). Mais le temps biologique allait en sens inverse du temps entropique et, comme ils avaient surgi chacun dans une sphère hermétique à l'autre, on fut aveugle (sauf exceptions dont Bergson) à l'extraordinaire problème que posait leur confrontation (cf

Grinevald, 1975), et ils furent disjoints selon l'alternative classique d'exclusion.

Or nous pouvons briser enfin la schizoïdie entre ces deux temps qui s'ignorent et se fuient l'un l'autre. Ils sont à la fois *un*, complémentaires, concurrents et antagonistes ; ils ont tronc commun, ils sont en symbiose, parasitisme mutuel, et ils luttent à mort...

A ce temps déjà fort complexe, il nous faudra intégrer, quand nous examinerons le problème de l'organisation, le temps des réitérations, répétitions, boucles, cycles, recommencements, et nous verrons que ces temps répétitifs sont nourris et contaminés par le temps irréversible (cf. p. 182, IIe partie, chap. II), de même qu'ils sont perturbés par le temps événementiel ; leur mouvement est toujours spiraloïde et toujours soumis au risque de rupture...

Le grand temps du Devenir est syncrétique (et c'est ce qu'avaient ignoré les grandes philosophies du devenir, à commencer par la plus grande, celle de Hegel). Il mêle en lui diversement, dans ses flux, ses enchevêtrements, ces divers temps, avec des îlots temporaires d'immobilisation (cristallisation, stabilisation) des tourbillons et cycles de temps réitératifs. La complexité du temps *réel* est dans ce syncrétisme riche. Tous ces temps divers sont présents, agissant et interférant dans l'être vivant et bien entendu l'homme : tout vivant, tout humain porte en lui le temps de l'événement/accident/catastrophe (la naissance, la mort), le temps de la désintégration (la sénescence, qui, *via* la mort, conduit à la décomposition), le temps du développement organisationnel (l'ontogénèse de l'individu), le temps de la réitération (la répétition quotidienne, saisonnière, des cycles, rythmes et activités), le temps de la stabilisation (homéostasie). De façon raffinée, le temps catastrophique et le temps de la désintégration s'inscrivent dans le cycle réitératif, ordonné/organisateur (les naissances et les morts sont constitutives du cycle de recommencement, de reproduction). Et tous ces temps s'inscrivent dans l'hémorragie irréversible du cosmos...

Ainsi, dès le départ, le nouvel univers fait surgir, non seulement le temps irréversible, mais le temps complexe.

La nature complexe de la nature

Ainsi donc, autour de la boucle tétralogique se dispose une constellation polycentrique de notions en interdépendance. Cette constellation conceptuelle n'a pas que valeur générale. Elle marque de sa présence tout phénomène, toute réalité qui sera étudiée. Elle constitue le premier fondement de complexité de la nature de la nature. Mais il y aurait, en ce principe de complexité, une grave carence s'il y manquait la présence de celui qui a surgi avec l'incertitude cosmique : l'observateur/concepteur.

VII. L'observateur du monde et le monde de l'observateur

Toute connaissance, quelle qu'elle soit, suppose un esprit connaissant dont les possibilités et les limites sont celles du cerveau humain, et dont le support logique, linguistique, informationnel vient d'une culture, donc d'une société *hic et nunc*.

La science classique avait réussi à neutraliser ce problème : le « savant » — observateur/concepteur/expérimentateur — était toujours, comme un photographe, hors du champ. Les limites de l'esprit étaient supprimées puisque l'esprit était supprimé. Les observations étaient donc le reflet des choses réelles, et toute subjectivité (identifiée à erreur) pouvait être éliminée par la concordance des observations et la vérification des expériences.

La perte de certitude

Le problème cosmologique fut toutefois le premier à se heurter aux limites de l'observateur humain, incapable d'inférer le passé et l'avenir d'un univers pourtant absolument déterministe. Le problème fut résolu, c'est-à-dire escamoté, par le postulat qu'un observateur idéal ou démon, situé en un poste d'observation optime, et détenteur de la formule maîtresse (conçue alors comme un vaste système d'équations différentielles) « embrasserait... les mouvements des plus grands corps de l'univers et ceux du plus léger atome; rien ne serait incertain pour (son intelligence) et l'avenir comme le passé serait présent à ses yeux » (Laplace, 1812).

L'ordre cosmique ne pouvait inventer qu'un observateur abstrait. Seul le désordre pouvait révéler à ses propres yeux l'observateur concret. En effet, alors que l'ordre est précisément ce qui élimine l'incertitude, donc gomme l'esprit humain (car toute certitude subjective se prend pour réalité objective), le désordre est précisément ce qui, chez un observateur, fait surgir l'incertitude, et l'incertitude tend à faire se retourner l'incertain sur lui-même et à s'interroger, et cela d'autant plus que, là où l'ordre est un objectif, le désordre est d'abord tenu pour une carence de subjectivité. Ainsi, devant tout désordre, on se pose inévitablement la question : est-il apparence ou réalité? N'est-il pas la forme provisoire de (notre) ignorance? N'est-il pas la forme irrationalisable d'une complexité hors de portée de notre entendement? Dès lors, le problème non seulement des insuffisances de notre connaissance, mais aussi des limites de notre entendement tend à s'inscrire en toute vision du monde qui fait place au désordre.

L'incertitude, c'est-à-dire le problème des limites de l'entendement de l'observateur/concepteur, et peut-être de l'entendement humain lui-même, est ici amplifiée à l'échelle de l'universalité du désordre. Elle attaque même les fondements de la logique lorsque surgissent les apories qui veillent sur les mystères premiers de l'origine et de la finitude. Enfin, l'incertitude s'implante définitivement dans le discours qui suit la voie de la complexité, où s'accolent d'elles-mêmes des notions qui devraient logiquement s'exclure, à commencer par ordre et désordre. Et par là, sous l'effet révélateur, au sens quasi photographique du terme, de l'incertitude, le visage de l'observateur/concepteur se dessine en surimpression sur l'image infinie du cosmos qu'il contemple.

La perte de Sirius

L'incertitude s'aggrave avec la perte de Sirius, c'est-à-dire la perte irrémédiable de l'idée qu'il puisse exister un point de vue suprême d'où au moins un démon aurait pu contempler l'univers dans sa nature et son devenir. *Dès lors l'absence d'un point de vue objectif fait surgir la présence du point de vue subjectif dans toute vision du monde.* Et nous sommes contraints d'examiner le sujet, de nous retourner sur l'observateur caché et sur ce qui est caché derrière lui. Et nous devons nous poser la question inévitable : qui sommes-nous dans ce monde? D'où observons-nous? Comment concevons-nous, décrivons-nous le monde? Et ces questions ne peuvent être enfermées dans le cadre strictement physique. Il ne suffit pas de dire que nous sommes sur la troisième planète d'un soleil de banlieue à la périphérie d'une galaxie elle-même périphérique dite voie lactée, que nous sommes des êtres constitués d'atomes forgés dans notre soleil ou l'un de ses prédécesseurs. Il faut dire aussi que nous sommes des êtres organisés biologiquement, disposant d'un appareil cérébral très utile pour considérer notre environnement local, mais qui peut très difficilement concevoir l'infiniment petit subatomique et l'infiniment grand macrocosmique. Nous sommes des êtres culturels et sociaux, qui avons développé une activité de connaissance nommée science, et ce sont les développements (progrès et crise à la fois) de cette science qui nous entraînent aujourd'hui à changer d'univers, mais aussi peut-être à changer de science.

Dès lors le problème du sujet qui s'impose à nous n'est pas un problème de « subjectivité » dans le sens dégradé où ce terme signifie contingence et affectivité, c'est l'interrogation fondamentale de soi sur soi, sur la réalité et la vérité. Et cette interrogation fait surgir, non seulement le problème de la détermination bio-anthropologique de la connaissance, mais aussi celui de la détermination socio-culturelle.

Le Rorschach céleste

Le ciel est le grand test projectif de l'humanité. Avec la mort, c'est le catalyseur et cristalliseur souverain des mythologies et religions. L'évacuation des mythes et des dieux n'a pas pour autant vidé le ciel de toutes projections anthropo-sociales, et je ne parle pas ici de la persistance et de la résurgence de l'astrologie (Morin, 1975, p. 149-150) mais bien des théories scientifiques qui s'y sont projetées. L'élimination même du cosmos, en ce début de siècle, au profit d'une étendue physique se déployant à l'infini, correspond même à une mythologie négative, propre à la science classique, qui éliminait les formes et unités globales pour n'ontologiser que des unités élémentaires. Cette apparente absence de conception du monde n'était autre que le triomphe de la conception atomisée du monde. Les polémiques qui par la suite ont opposé la théorie du *steady state* à celle du *big bang* ont été surdéterminées par le conflit séculaire entre la rationalisation laïque, qui tend à constituer un univers auto-suffisant et incréé, et la croyance religieuse, qui a trouvé l'occasion d'une reconquista cosmique en introduisant une pichenette divine dans le déclenchement du *big bang*, et en découvrant dans l'inconcevable et l'improbable infini le nom même du *Deus abscondilus* (cf. le point de vue « laïque », *in* H. Alfven, 1976).

Plus profondément encore, la résistance cosmologique farouche du paradigme statique d'ordre, alors que partout ailleurs tout était depuis un siècle en évolution et soumis au désordre, est sans doute significative. Est-ce seulement parce que la science classique voyait par là s'effondrer la clé de voûte newtonienne sous laquelle elle avait prospéré ? Ne faut-il pas chercher au-delà une relation plus occulte et obscure, entre ordre cosmique et ordre social ?

Il y a dans les sociétés antiques, non seulement un jeu de miroirs, mais une relation récursive entre ordre cosmique et ordre social :

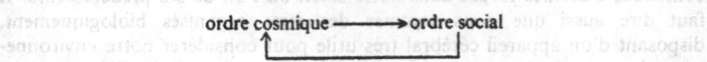

ordre cosmique ⟶ ordre social
          ↑_____|

Ainsi pour se régénérer l'organisation sociale devait obéir, de façon mimétique, par cérémonies, rites et sacrifices à l'organisation cosmique dont elle dépend, mais ces cérémonies, rites et sacrifices étaient eux-mêmes nécessaires à la régénération de l'ordre cosmique. Il ne subsiste, dans nos sociétés, que des formes résiduelles de cette relation. Il n'y a plus de relation directe cosmos-société, mais il y a une relation indirecte, médiatisée notamment par la science, et dont le paradigme d'ordre, tapi dans l'ombre, tient peut-être le fil... Ici, nous ne pouvons que piétiner devant ce problème, mais, si le lecteur a de la patience, il verra en tome III qu'il est loin d'être oublié...

La chaleur contagieuse

De toute façon, l'effondrement de l'ordre cosmique ne peut être dissocié de l'effondrement du principe d'ordre absolu de la science classique et celui-ci de l'effondrement d'un ancien ordre social. A partir du XVIIIe siècle, le développement des sciences physiques, celui des techniques, celui de l'industrie, font partie d'une formidable transformation multidimensionnelle de société. Les sociétés occidentales, au cours du XIXe siècle deviennent de plus en plus « chaudes » (selon l'expression justement thermodynamique utilisée par Lévi-Strauss). La chaleur carnotienne (1824) d'abord périphérique, forme mineure d'énergie, va, nourrie dans les « machines à feu », se répandre dans les soutes de la société, en constituer les chaudières en perpétuelle et croissante activité ; le chauffage social correspond effectivement non seulement à l'industrialisation, c'est-à-dire à l'accroissement et l'accélération de la production, mais à l'accroissement et l'accélération de tous échanges, transformations, combustions, mouvements dans le corps social, y compris l'accentuation de l'agitation brownienne dans les mouvements des individus, leurs rencontres, conflits, amitiés, amours, coïts, circulations, déplacements... Les frémissements, fermentations, bouillonnements, ébullitions, saisissent tous les tissus de la vie économique, sociale, politique... C'est dans et par cette chaleur que s'opère dans la société une « catastrophe thomienne », où la désintégration des formes anciennes et la gestation des formes nouvelles constitue un même processus heurté, antagoniste et incertain. Et c'est dans le même mouvement que la science entre dans sa propre catastrophe transformatrice, avec précisément l'introduction, dans et par la chaleur, de l'agitation et du désordre dans la théorie ; c'est ce mouvement même qui passe par Clausius, Boltzmann, Planck, sème le désordre dans la micro-physique, et enfin secoue le cosmos. Désormais, cette chaleur même, ayant fait éclater l'ancien cosmos, est installée sous sa forme la plus ardente et irradiante à l'origine du monde et au cœur des milliards de soleils !

Et ainsi, il aura fallu que toute la société se mette en chaleur, c'est-à-dire à la fois en chaos et en devenir, il aura fallu qu'elle se fasse de plus en plus chaude, il aura fallu que bien des poutres conceptuelles maîtresses tombent en ruine et en cendres, il aura fallu que la science elle-même soit révolutionnée par la chaleur, pour qu'enfin le monde s'étire, bâille, se désankylose, se mette en mouvement, et enfin plonge dans le devenir, surgisse dans le chaos, s'abreuve de désordres, entre en gésine...

Et ici, comment ne pas être frappé par l'homologie des catastrophes de science, de société, de cosmos ? Par l'étonnante coïncidence entre la crise de l'ordre social et la crise de l'ordre cosmique ? Et même entre la crise du cosmos dans son ensemble et la crise de l'humanité dans son ensemble ? L'un et l'autre devenir semblent souffrir la même radicale ambiguïté. On ne sait si la diaspora cosmique va submerger les archipels organisés ou si ceux-ci vont vers des développements supérieurs qui leur permettront de surmonter la diaspora généralisée. On ne sait si l'humanité est vouée à la dispersion ou trouvera une communication organisatrice ; on ne sait si les aspirations de plus en plus profondes et multiples à une société radicalement nouvelle et autre seront balayées et dispersées... Dans l'un et l'autre cas, la crise de l'ancien ordre est très profonde, mais la nouvelle organisation est incertaine. Dans l'un et l'autre cas, ce qui meurt meurt et ce qui naît ne naît pas. Dans l'un et l'autre cas, le pire est statistiquement probable, mais dans l'un et l'autre cas, tout ce qui a été créateur et fondateur a toujours été statistiquement improbable...

Or je suis incertain même sur la nature de cette incertitude ; est-ce l'incertitude de notre devenir social qui se projette sur le cosmos ? Est-ce un rapide du devenir cosmique qui s'accélère et s'affole localement aujourd'hui dans et par notre devenir anthropo-social ? N'est-ce pas plutôt mon esprit, qui, incertain par nature et par culture, projette ainsi sa propre incertitude et sur la société, et sur le cosmos ? *Et n'est-ce pas, surtout, tout cela à la fois ?*

Ici s'articulent de façon apparemment solidaire et inextricable la dimension cosmique, la dimension anthropo-sociale, et la dimension de conscience propre au sujet.

Le sujet émerge pleinement dans cette conjonction même : le sujet, avec tout ce que ce terme signifie d'insuffisance, de limitation, d'égocentrisme, d'ethnocentrisme, mais aussi de volonté, de conscience, d'interrogation et de recherche, surgit, avec non seulement le désordre, l'incertitude, la contradiction, l'efflarement devant le cosmos, la perte du point d'observation privilégié, mais aussi et simultanément, avec la prise de conscience de son enracinement culturel et social *hic et nunc*.

Et sa première prise de conscience est celle-ci : *ce n'est pas seulement l'humanité qui est un sous-produit du devenir cosmique, c'est aussi le cosmos qui est un sous-produit d'un devenir anthropo-social.*

La connaissance du ciel ne tombe pas du ciel. La conception même de l'univers est en relation de dépendance avec le développement des moyens de production de connaissance — aujourd'hui la science — elle-même en interdépendance avec les développements producteurs de la société. D'où la tendance socio-solipsiste, qui consiste à inverser — c'est-à-dire conserver dans son caractère unilatéral — l'ancien paradigme de la « science objective » et faire de celle-ci seulement une production sociale de caractère idéologique. Or une telle vision, qui conserve très précisément ce que l'ancien paradigme avait de réducteur et simplificateur, ôte tout intérêt au problème de la connaissance, non seulement de l'univers, mais de tout ce qui n'est pas social ; en même temps elle prive la connaissance sociale de tout fondement ; en isolant et absolutisant la sphère anthropo-sociale, elle s'enferme elle-même dans le solipsisme absolu, puisqu'elle cesse de disposer du moindre référent extérieur pour s'étayer.

Or, on ne peut éliminer, pour concevoir la science, le problème des *observations*, qui constituent comme le message cryptique que reçoit de l'univers extérieur l'esprit enfermé en lui-même et dans sa société *hic et nunc*, esprit qui peut trouver en lui-même et dans sa culture, non seulement de l'idéologie d'illusion, mais des idées d'élucidation.

Le problème clé qui est le nôtre se dévoile dès lors : c'est celui du paradoxe, de l'énigme, de la complexité du nœud gordien à double articulation :

1. l'articulation entre l'objet-cosmos et le sujet connaissant où le cosmos englobe et génère le sujet connaissant, lequel apparaît comme un minuscule

et fugitif élément/événement dans le devenir cosmique, mais où en même temps le sujet connaissant englobe et génère le cosmos dans sa propre vision;

2. l'articulation entre l'univers cosmo-physique et l'univers anthropo-social où chacun à sa façon est producteur de l'autre tout en étant dépendant de l'autre.

On voit donc quel est mon premier propos : la recherche de la « nature de la Nature » ne peut se passer de la recherche d'une méthode pour saisir les articulations clés Objet/Sujet, Nature/Culture, *Physis*/Société qu'occultent et brisent les connaissances simples. *L'inconnu, l'incertain, le complexe se situent justement à ces articulations.*

Saurons-nous faire de l'incertitude le ferment de la connaissance complexe? Saurons-nous englober le connaissant dans la connaissance et saisir celle-ci dans son multidimensionnel enracinement? Saurons-nous élaborer la méthode de la complexité? Je le sais : les risques d'échec d'une telle entreprise sont hautement probables...

2. L'organisation
(de l'objet au système)

> *Dans toute la science physique, il n'y a pas une chose qui soit une chose.* James Key.
>
> *L'objet nous désigne plus que nous le désignons.*
> Bachelard.
>
> *Toute réalité est unité complexe.*
> A. N. Whitehead.
>
> *Si je trouve quelque autre capable de voir les choses dans leur unité et leur multiplicité, voilà l'homme que je suis à la trace comme un Dieu.*
> Platon (*Phèdre*).

L'énigme de l'organisation

L'organisation est la merveille du monde physique. Comment se fait-il que d'une déflagration incandescente, comment se fait-il que d'une bouillie de photons, électrons, protons, neutrons puissent s'organiser au moins 10^{73} atomes, que des millions de milliards de soleils grouillent dans les 500 millions de galaxies repérées (et au-delà de deux-trois milliards d'années-lumière, on n'entend plus grand-chose)? Comment du feu ont pu surgir ces milliards de machines à feu? Et bien sûr : comment la vie?

Nous savons aujourd'hui que tout ce que l'ancienne physique concevait comme élément simple est organisation. L'atome est organisation; la molécule est organisation; l'astre est organisation; la vie est organisation; la société est organisation. Mais nous ignorons tout du sens de ce terme : organisation.

Fabuleux problème. Toujours déviante à son origine (catastrophique, schismatique, aléatoire), elle est pour nous ce qui constitue le noyau central de la *physis*, ce qui est doué d'être et d'existence (pour nous les particules non organisées ont à peine de l'être, des clignotements d'existence).

C'est parce qu'il y a organisation que nous parlons de *physis*. Pourtant c'est le concept absent de la physique. L'ordre était la notion qui, en écrasant toutes les autres, avait écrasé aussi l'idée d'organisation. Après les surgissements du désordre et les premiers reflux de l'ordre, nous avons vu enfin l'interaction devenir idée centrale dans la physique moderne. L'interaction est effectivement une notion nécessaire, cruciale; elle est la plaque tournante où se rencontrent l'idée de désordre, l'idée d'ordre, l'idée de transformation, l'idée enfin d'organisation. La physique se convertit à l'idée d'interaction. Mais il reste à faire émerger l'idée d'organisation.

Or celle-ci ne peut prendre forme d'un principe qui serait l'antagoniste complémentaire du second principe de la thermodynamique. La source génératrice de l'organisation, c'est, nous l'avons vu, la complexité de la désintégration cosmique, la complexité de l'idée de chaos, la complexité de la relation désordre/interaction/rencontres/organisation.

Alors qu'il suffit d'élever la température d'un environnement pour qu'un cube de glace fonde, d'agiter des œufs pour qu'ils se brouillent, il ne suffit pas de refroidir l'environnement pour que la glace reprenne sa forme, d'agiter en sens inverse pour que l'œuf se débrouille; l'organisation n'est pas la désorganisation à l'envers. Et c'est aussi en raison de toutes ces difficultés que l'organisation, question fondamentale à laquelle arrivent toutes les avenues de la science moderne, ne pouvait être traitée par la science classique [1]: c'était une question complexe. La réduire à une question simple, c'est désorganiser l'organisation.

La science de l'ordre a refoulé le problème de l'organisation. La science du désordre, le second principe, ne la révèle qu'en creux, *négativement*. La science des interactions ne nous amène qu'à son antichambre. L'organisation est l'absent de la physique, le paradoxe de la thermodynamique, l'énigme des soleils, le mystère de la micro-physique, le problème de la vie. Mais qu'est-ce que l'organisation?

Quelle est cette énigme, dans cet univers de catastrophe, de turbulence, de dispersion, et qui apparaît dans la catastrophe, la turbulence, la dispersion : l'organisation? C'est à cette question que je vais m'appliquer, non dans l'illusion de définir une « force organisatrice » du type « vertu dormitive de l'opium », fausse solution qui épaissit le mystère, mais dans l'intention de reconnaître son mode d'existence et de développement. Ce qui va nécessiter la mise en question préalable de la notion d'objet, qui obstruait de sa masse opaque et homogène l'accès à toute idée de système ou organisation.

I. De l'objet au système; de l'interaction à l'organisation

A. De l'objet au système

La royauté de l'objet substantiel et de l'unité élémentaire

Dans un univers physique que nous connaissons à partir de nos perceptions et de nos représentations, sous les espèces de matière fluide ou solide, de formes fixes ou changeantes, sur notre planète où les apparences sont à l'infini diverses et enchevêtrées, nous appréhendons des objets qui

1. J'entends par science classique celle qui, fondant son principe d'explication sur l'ordre et la simplification, a régné jusqu'au début du XXe siècle, et se trouve aujourd'hui en crise.

nous semblent autonomes dans leur environnement, extérieurs à notre entendement, dotés d'une réalité propre.

La science classique s'est fondée sous le signe de *l'objectivité*, c'est-à-dire d'un univers constitué *d'objets* isolés (dans un espace neutre) soumis à des lois *objectivement* universelles.

Dans cette vision l'objet existe de façon positive, sans que l'observateur/concepteur participe à sa construction par les structures de son entendement et les catégories de sa culture. Il est substantiel; constitué de matière ayant plénitude ontologique, il est auto-suffisant dans son être. L'objet est donc une entité close et distincte, qui se définit en isolation dans son existence, ses caractères et ses propriétés, indépendamment de son environnement. On détermine d'autant mieux sa réalité « objective » qu'on l'isole expérimentalement. Ainsi l'objectivité de l'univers des objets tient dans leur double indépendance à l'égard de l'observateur humain et du milieu naturel.

La connaissance de l'objet est celle de sa situation dans l'espace (position, vitesse), de ses qualités physiques (masse, énergie), de ses propriétés chimiques, des lois générales qui agissent sur lui.

Ce qui caractérise l'objet peut et doit être ramené à des grandeurs mesurables; sa nature matérielle elle-même peut et doit être analysée et décomposée en substances simples ou éléments, dont l'atome devient l'unité de base, insécable et irréductible jusqu'à Rutherford. Dans ce sens, les objets phénoménaux sont conçus comme des composés ou des mélanges d'éléments premiers détenteurs de leurs propriétés fondamentales.

Dès lors s'impose l'explication dite scientifique par ses promoteurs, dite réductionniste par ses contestataires. La description de tout objet phénoménal composé ou hétérogène, y compris dans ses qualités et propriétés, doit décomposer cet objet en ses éléments simples. Expliquer, c'est découvrir les éléments simples et les règles simples à partir de quoi s'opèrent les combinaisons variées et les constructions complexes.

Tout objet pouvant être défini à partir des lois générales auxquelles il est soumis et des unités élémentaires dont il est constitué, toutes références à l'observateur ou à l'environnement sont exclues, et la référence à l'organisation de l'objet ne peut être qu'accessoire.

Au cours du XIXe siècle la recherche « réductionniste » triompha sur tous les fronts de la *physis*. Elle isola et recensa les éléments chimiques constitutifs de tous objets, découvrit les plus petites unités de matière, d'abord conçues comme molécules, puis comme atomes, reconnut et quantifia les caractères fondamentaux de toute matière, masse et énergie. L'atome resplendit donc comme l'objet des objets, pur, plein, insécable, irréductible, composant universel des gaz, liquides et solides. Tout mouvement, état, toute propriété, pouvait être conçu comme quantité mesurable par référence à l'unité première lui étant propre. La science physique disposait donc, à la fin du XIXe siècle, d'une batterie de grandeurs lui permettant de caractériser, décrire, définir un objet quel qu'il soit. Elle apportait à la fois la connaissance rationnelle des choses et l'arraisonnement des choses. La méthode de décomposition et de mesure permit d'expérimenter, manipuler, transformer le monde des objets : le monde objectif !...

Les succès de la physique classique poussèrent les autres sciences à constituer de même leur objet en isolation de tout environnement et de tout observateur, à l'expliquer en vertu des lois générales auxquelles il obéit et des éléments les plus simples qui le constituent. Ainsi la biologie conçut en isolation son objet propre, d'abord l'organisme, puis la cellule quand elle eut trouvé son unité élémentaire : la molécule. La génétique isola son objet, le génome : elle en reconnut les unités élémentaires, d'abord les gènes, puis les quatre éléments-bases chimiques dont la combinaison fournit les « programmes » de reproduction pouvant varier à l'infini. L'explication réductionniste triompha là aussi, semble-t-il, puisque l'on pouvait ramener tous les processus vivants au jeu de quelques éléments simples.

L'effritement à la base

Or c'est à la base de la physique que s'opère un étrange renversement au début du XXᵉ siècle. L'atome n'est plus l'unité première, irréductible et insécable : c'est un système constitué de particules en interactions mutuelles. La particule ne prendrait-elle pas dès lors la place prématurément assignée à l'atome ? Elle semble en effet indécomposable, insécable, substantielle. Cependant sa qualité d'unité élémentaire et sa qualité d'objet vont très rapidement se brouiller.

La particule ne connaît pas seulement une crise d'ordre [1] et une crise d'unité (on suppute aujourd'hui plus de deux cents particules), elle subit surtout une crise d'identité. On ne peut plus l'isoler de façon précise dans l'espace et le temps. On ne peut plus l'isoler totalement des interactions de l'observation. Elle hésite entre la double et contradictoire identité d'onde et de corpuscule [2]. Elle perd parfois toute substance (le photon n'a pas de masse au repos). Il est de moins en moins plausible qu'elle soit un élément premier ; tantôt on la conçoit comme un système composé de *quarks* (et le *quark* serait encore moins réductible au concept classique d'objet que la particule), tantôt on l'envisage comme un « champ » d'interactions spécifiques. Enfin, c'est l'idée d'unité élémentaire elle-même qui est devenue problématique : il n'existe peut-être pas d'ultime ou première réalité individualisable ou isolable, mais un continuum (théorie du *bootstrap*), voire une racine unitaire hors temps et hors espace (d'Espagnat, 1972).

Ainsi, en n'étant plus un véritable objet ni une véritable unité élémentaire, la particule ouvre une double crise : la crise de l'idée d'objet et la crise de l'idée d'élément.

. En tant qu'objet, la particule a perdu toute substance, toute clarté, toute distinction, parfois même toute réalité ; elle se convertit en nœud gordien

---

1. Comme on l'a vu au chap. précédent, p. 38.
2. Et si elle est autre chose qu'onde et particule, comme le prétend Bunge (Bunge, 1975), elle est toujours non réductible au concept classique d'objet.

d'interactions et d'échanges. Pour la définir, il faut faire appel aux interactions auxquelles elle participe et, quand elle fait partie d'un atome, aux interactions qui tissent l'organisation de cet atome.

Dans ces conditions, non seulement l'explication réductionniste ne convient plus pour l'atome, dont aucun des caractères ou des qualités ne peut être induit à partir des caractères propres à ses particules, mais ce sont les traits et caractères des particules qui, dans l'atome, ne peuvent être compris qu'en référence à l'organisation de ce système. *Les particules ont les propriétés du système bien plus que le système n'a les propriétés des particules.* On ne peut comprendre, par exemple, la cohésion du noyau, composé de protons associés et de neutrons stables, à partir des propriétés spécifiques des protons, qui en espace libre se repoussent mutuellement, et des neutrons, qui, très instables en espace libre, se décomposent spontanément chacun en proton et électron.

De même, le comportement des électrons autour du noyau ne saurait découler de leurs mécaniques individuelles. Chaque électron, de par lui-même, tendrait à se placer au niveau énergétique le plus profond, et on devrait s'attendre à ce que tous les électrons se situent simultanément à ce niveau fondamental. Mais, comme l'a montré le principe d'exclusion de Pauli, « c'est là justement qu'agit la contrainte de la totalité, qui limite à deux électrons à spins opposés le nombre maximal d'entre eux qui puisse prendre place au même niveau, et cette exigence a pour effet de remplir bon nombre de niveaux de l'atome, indépendamment du fait qu'ils soient plus ou moins profonds. Bien entendu, l'atome ainsi constitué est qualitativement tout à fait différent de ce qu'il aurait été si chaque électron était allé se loger au niveau le plus bas » (N. Dallaporta, 1975).

Dès lors, l'atome surgit comme objet nouveau, l'objet organisé ou système dont l'explication ne peut plus être trouvée uniquement dans la nature de ses constituants élémentaires, mais se trouve aussi dans sa nature organisationnelle et systémique, qui elle-même transforme les caractères des composants. Or ce système, l'atome, constituant la vraie texture de ce qui est l'univers physique, gaz, liquides, solides, molécules, astres, êtres vivants, on voit que l'univers est fondé, non sur une unité insécable, mais sur un système complexe!

L'univers des systèmes

L'univers des systèmes émerge, non seulement au plancher de la *physis* (atomes) mais aussi à la clé de voûte cosmique. L'ancienne astronomie ne voyait qu'un système solaire, c'est-à-dire une rotation horlogère de satellites autour de l'astre. La nouvelle astrophysique découvre des myriades de systèmes-soleils, ensembles organisateurs qui s'entretiennent d'eux-mêmes par régulations spontanées.

De son côté, la biologie moderne *donne vie* à l'idée de système, en ruinant à la fois l'idée de matière vivante et l'idée de principe vital qui l'une et l'autre anesthésiaient l'idée systémique incluse dans la cellule et l'organisme. Dès lors, l'idée de système vivant hérite simultanément de l'animation de l'ex-principe vital et de la substantialité de l'ex-matière vivante. Enfin, la sociologie avait depuis sa fondation considéré la société comme système, au sens fort d'un tout organisateur irréductible à ses constituants, les individus.

Ainsi donc, de tous les horizons désormais, physiques, biologiques, anthropo-sociologiques s'impose le phénomène-système.

L'archipel Système

Tous les objets clés de la physique, de la biologie, de la sociologie, de l'astronomie, atomes, molécules, cellules, organismes, sociétés, astres, galaxies constituent des systèmes. Hors systèmes, il n'y a que la dispersion particulière. Notre monde organisé est un archipel de systèmes dans l'océan du désordre. Tout ce qui était objet est devenu système. Tout ce qui était même unité élémentaire, y compris et surtout l'atome, est devenu système.

On trouve dans la nature des amas, des agrégats de systèmes, des flux inorganisés d'objets organisés. Mais ce qui est remarquable, c'est le caractère polysystémique de l'univers organisé. Celui-ci est une étonnante architecture de systèmes s'édifiant les uns sur les autres, les uns entre les autres, les uns contre les autres, s'impliquant et s'imbriquant les uns les autres, avec un grand jeu d'amas, plasmas, fluides de micro-systèmes circulant, flottant, enveloppant les architectures de systèmes. Ainsi l'être humain fait partie d'un système social, au sein d'un éco-système naturel, lequel est au sein d'un système solaire, lequel est au sein d'un système galaxique : il est constitué de systèmes cellulaires, lesquels sont constitués de systèmes moléculaires, lesquels sont constitués de systèmes atomiques. Il y a, dans cet enchaînement, chevauchement, enchevêtrement, superposition de systèmes, et dans la nécessaire dépendance des uns par rapport aux autres, dans la dépendance par exemple qui lie un organisme vivant, sur la planète terre, au soleil qui l'arrose de photons, à la vie extérieure (éco-système) et intérieure (cellules et éventuellement micro-organismes), à l'organisation moléculaire et atomique, un phénomène et un problème clés.

Le phénomène est ce que nous appelons la *Nature*, qui n'est autre que cette extraordinaire solidarité de systèmes enchevêtrés s'édifiant les uns sur les autres, par les autres, avec les autres, contre les autres : la Nature, ce sont les systèmes de systèmes en chapelets, en grappes, en polypes, en buissons, en archipels.

Ainsi, la vie est un système de systèmes de systèmes, non seulement parce que l'organisme est un système d'organes qui sont des systèmes de molécules qui sont des systèmes d'atomes, mais aussi parce que l'être vivant est un système individuel qui participe à un système de reproduction, que l'un et l'autre participent à un éco-système, lequel participe à la biosphère...

Nous étions à tel point sous l'emprise d'une pensée dissociative et isolante, que cette évidence n'a, sauf exception, pas été remarquée : « Il n'existe réellement que des systèmes de systèmes, le simple système n'étant qu'une abstraction didactique » (Lupasco, 1962, p. 186). La Nature est un tout polysystémique : il faudra ici tirer toutes les conséquences de cette idée.

Le problème, mis en valeur par Koestler avec l'idée de *holon* (Koestler, 1968), est celui de l'aptitude propre aux systèmes de s'entrarchitecturer, de se construire les uns sur et par les autres, chacun pouvant être à la fois partie et tout.

Lions le phénomène au problème : nous devons interroger la nature du système et le Système de la Nature. Nous pouvons partir de ces remarques initiales : *le système a pris la place de l'objet simple et substantiel, et il est rebelle à la réduction en ses éléments ; l'enchaînement de systèmes de systèmes brise l'idée d'objet clos et auto-suffisant. On a toujours traité les systèmes comme des objets ; il s'agit désormais de concevoir les objets comme des systèmes.* Dès lors il faut concevoir ce qu'est un système.

Présence des systèmes, absence du système

Le phénomène système est aujourd'hui partout évident. Mais l'idée-système émerge encore à peine dans les sciences qui traitent de phénomènes systémiques. Certes la chimie conçoit la molécule *de facto* comme système, la physique nucléaire conçoit l'atome *de facto* comme système, l'astrophysique conçoit l'étoile *de facto* comme système, mais nulle part l'idée de système n'est expliquée ou explicante. La thermodynamique a fondamentalement recours à l'idée de système, mais c'est pour distinguer le clos de l'ouvert, et non pour y reconnaître une réalité propre. L'idée de système vivant végète et ne se développe pas. L'idée de système social demeure triviale : la sociologie qui use et abuse du terme de système ne l'élucide jamais : elle explique la société comme système sans savoir expliquer ce qu'est un système [1].

Ainsi, un peu partout, le terme de système demeure, soit évité, soit évidé. Le système apparaît comme un concept-socle, et comme tel, de Galilée [2] jusqu'au milieu de ce siècle, n'a pas été étudié, réfléchi. On peut comprendre pourquoi : tantôt la double et exclusive attention aux éléments constitutifs des objets et aux lois générales qui les régissent empêche toute émergence de l'idée de système ; tantôt l'idée émerge faiblement, subordonnée au caractère *sui generis* des objets disciplinairement envisagés. Ainsi, dans son sens général, le terme de système est un mot-enveloppe ; dans son sens particulier, il adhère de manière indécollable à la matière qui le constitue : aucune relation n'est donc concevable entre les divers emplois du mot système : système solaire, système atomique, système social ; l'hétérogénéité et des constituants, et des principes d'organisation entre systèmes stellaires et systèmes sociaux est tellement évidente et frappante qu'elle anéantit toute possibilité de lier en une les deux acceptions du terme système.

---

1. La tradition « systémique » en sociologie, de Comte et Pareto à Parsons, tente bien d'expliquer ce qu'est un *système social*, mais non en quoi il appartient à la famille des systèmes.
2. Galilée, dans son *Dialogo dei massimi sistemi*, ne donne pas un mot d'explication sur ce qu'il entend par système.

L'organisation

Ainsi, les systèmes sont partout, le système n'est nulle part dans les sciences. La notion est diasporée, privée de son principe d'unité. Implicite ou explicite, atrophiée ou émergée, elle n'a jamais pu se hisser au niveau théorique, du moins jusqu'à von Bertalanffy. S'agit-il d'une insuffisance de la science ou d'une insuffisance du concept de système? La science a-t-elle besoin de développer une théorie du système, ou est-ce le concept de système qui est non développable théoriquement? Autrement dit : vaut-il la peine de dégager et autonomiser la notion de système? N'est-elle pas trop générale dans son universalité, trop particulière dans ses diversités? N'est-elle pas triviale et seulement triviale?

Il nous faut donc interroger la notion de système. Y a-t-il des principes systémiques à la fois fondamentaux, originaux, non triviaux? Autrement dit : ces principes ont-ils quelque intérêt et pour l'étude des systèmes particuliers, et pour la compréhension générale de la *physis*?

Au cours des années cinquante, von Bertalanffy élabore une *Théorie générale des systèmes*, qui enfin ouvre la problématique systémique. Cette théorie (von Bertalanffy, 1968) s'est répandue tous azimuts, avec des fortunes diverses, au cours des années soixante. Bien qu'elle comporte des aspects radicalement novateurs, la théorie générale des systèmes n'a jamais tenté la théorie générale *du* système ; elle a omis de creuser son propre fondement, de réfléchir le concept de système. Aussi, le travail préliminaire reste encore à faire : interroger l'idée de système.

Première définition du système

Nous avons en cours de route fourni une définition à la volée du système : une interrelation d'éléments constituant une entité ou unité globale. Une telle définition comporte deux caractères principaux, le premier est l'interrelation des éléments, le second est l'unité globale constituée par ces éléments en interrelation. En fait, la plupart des définitions de la notion de système, depuis le XVIIᵉ siècle jusqu'aux systémistes de la *General Systems Theory*, reconnaissent ces deux traits essentiels, mettant tantôt l'accent sur le trait de totalité ou globalité, tantôt sur le trait relationnel. Elles se complètent et se chevauchent sans jamais vraiment se contredire. Un système est « un ensemble de parties » (Leibniz, 1666), « tout ensemble définissable de composants » (Maturana, 1972). Les définitions les plus intéressantes lient le caractère global et le trait relationnel : « Un système est un ensemble d'unités en interrelations mutuelles » (*A system is a set of unities with relationship among them*) (von Bertalanffy, 1956); c'est « l'unité résultant des parties en mutuelle interaction » (Ackoff, 1960); c'est « un tout (*whole*) qui fonctionne comme tout en vertu des éléments (*parts*) qui les constituent » (Rapoport, 1968). D'autres définitions nous indiquent qu'un système n'est pas nécessairement ni principalement composé de « parties », certains d'entre eux peuvent être considérés comme « ensemble d'états » (Mesarovic, 1962), voire ensemble d'événements (ce qui vaut pour tout système dont l'organisation est active), ou de réactions (ce qui vaut pour les organismes vivants). Enfin, la définition de Ferdinand de Saussure (qui était un systémiste plutôt qu'un structuraliste) est particulièrement bien articulée, et fait surtout surgir, en le liant à celui de totalité et d'interrelation, le concept d'organisation : le système est « une totalité organisée, faite d'éléments solidaires ne pouvant être définis que les uns par rapport aux autres en fonction de leur place dans cette totalité » (Saussure, 1931).

En effet, il ne suffit pas d'associer interrelation et totalité, il faut lier totalité à interrelation par l'idée d'organisation. Autrement dit, les interrelations entre éléments, événements, ou individus [1], dès qu'elles ont un caractère régulier ou stable, deviennent organisationnelles [2] et constituent un « four ».

L'organisation, concept absent de la plupart des définitions du système, était jusqu'à présent comme étouffée entre l'idée de totalité et l'idée d'interrelations, alors qu'elle lie l'idée de totalité à celle d'interrelations, les trois notions devenant indissociables. Dès lors, on peut concevoir le système comme *unité globale organisée d'interrelations entre éléments, actions, ou individus*.

De l'interaction à l'organisation

L'aptitude à s'organiser est la propriété fondamentale, surprenante et évidente de la *physis*. C'est pourtant la grande absente de la physique.

Le problème de l'organisation a été refoulé et occulté de la même façon que l'a été le problème du système (évidemment puisque ce sont les deux faces du même problème). Les sciences l'ont rencontré, l'ont partiellement traité, toujours en fonction du point de vue particulier des disciplines. Certaines l'ont pauvrement traité, sous le terme de structure. La physique moderne chemine vers le problème de l'organisation lorsqu'elle transforme les lois de la nature en interactions (gravitationnelles, électro-magnétiques, nucléaires fortes, faibles), mais elle n'a pas encore conçu le passage, la transformation de certaines interactions de caractère relationnel en organisation. Comme souvent, la chose émerge avant le concept, qui attend que sa niche se forme avant de pouvoir l'habiter. Mais désormais l'idée qu'il y a un problème général de l'organisation est « dans l'air ». « Quels que soient les niveaux, les objets d'analyse (de la science) sont toujours des organisations,

---

1. Le terme d'élément, ici, ne renvoie pas à l'idée d'unité simple et substantielle, mais est relatif au tout dont il fait partie. Ainsi, les « éléments » des systèmes dont nous allons parler (molécules, cellules, etc.) sont eux-mêmes des systèmes (qui deviennent dès lors sous-systèmes), ou/et des événements, ou/et des individus (êtres complexes doués d'une forte autonomie organisatrice). Un tout complexe, comme l'être humain, peut apparaître comme élément/événement d'un système social et d'un système de reproduction biologique.
2. Un agrégat est de la diversité non relationnée, donc ne constitue pas un système. Il se peut que des conditions extérieures imposent une certaine unité. Ainsi, on parle de système clos pour un récipient hermétique enfermant un gaz. Mais ce gaz, population de molécules se mouvant et se heurtant au hasard sans établir d'interrelations ne constitue pas un système : il est *dans* un système : le récipient. Dans un système, les interrelations entre éléments/événements ou individus sont constitutives de la totalité, et par là, constituent l'organisation du système.

L'organisation   103

des systèmes » (Jacob, 1970, p. 344[1]); et Chomsky : « La méthode scientifique... s'intéresse aux données non en elles-mêmes mais comme témoignage de principes d'organisation » (Chomsky, 1967). L'idée d'une entité ou unité proprement organisationnelle est suggérée ou se cherche avec le *holon* (Koestler, 1968), l'*org* (Gérard, 1958), l'*intégron* (Jacob, 1971). C'est Henri Atlan qui finalement dégage véritablement le concept en lui-même (Atlan, 1968, 1974).

B. De l'interaction à l'organisation

Je rappelle ce qui était dit en conclusion du chapitre précédent : il n'y a pas, dans la Nature, un principe *sui generis* d'organisation ou organtropie, qui, en *deus ex machina*, provoquerait la réunion des éléments devant constituer le système. Il n'y a pas de principe systémique antérieur et extérieur aux interactions entre éléments. Par contre, il y a des conditions physiques de formation où certains phénomènes d'interactions, prenant forme d'interrelations, deviennent organisationnels. S'il y a principe organisateur, il naît des rencontres aléatoires, dans la copulation du désordre et de l'ordre, dans et par la catastrophe (Thom, 1972) c'est-à-dire le changement de forme. C'est bien cela la merveille morphogénétique où le surgissement de l'interrelation, de l'organisation, du système sont les trois faces d'un même phénomène.

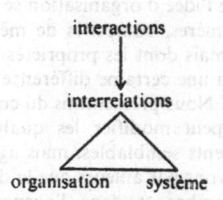

```
              interactions
                  /\
                 /  \
           interrelations
               /      \
              /_____\
       organisation   système
```

Qu'est-ce que l'organisation ? En première définition : l'organisation est l'agencement de relations entre composants ou individus qui produit une unité complexe ou système, dotée de qualités inconnues au niveau des composants ou individus. L'organisation lie[2] de façon interrelationnelle des éléments ou

---

1. L'apposition, à la fois de synonymie et de complémentarité, entre les termes d'organisation et de système, chez François Jacob, indique que les deux termes constituent deux faces du même phénomène, se recouvrant sans être redondants.
2. Les interrelations ou liaisons peuvent aller de l'association (liaison d'éléments ou individus qui conservent fortement leur individualité) à la combinaison (qui implique une relation plus intime et plus transformationnelle entre éléments et détermine un ensemble plus unifié). Les liaisons peuvent être assurées :
   par des dépendances fixes et rigides,
   par des interrelations actives ou interactions organisationnelles,
   par des rétroactions régulatrices,
   par des communications informationnelles.

événements ou individus divers qui dès lors deviennent les composants d'un tout. Elle assure solidarité et solidité relative à ces liaisons, donc assure au système une certaine possibilité de durée en dépit de perturbations aléatoires. L'organisation donc : *transforme, produit, relie, maintient.*

Le concept trinitaire : organisation ▽ système
interrelation

L'idée d'organisation et l'idée de système sont encore, non seulement embryonnaires, mais dissociées. Je me propose ici de les associer, puisque le système est le caractère phénoménal et global que prennent des interrelations dont l'agencement constitue l'organisation du système. Les deux concepts sont liés par celui d'interrelations : toute interrelation dotée de quelque stabilité ou régularité prend caractère organisationnel et produit un système [1]. Il y a donc une réciprocité circulaire entre ces trois termes : interrelation, organisation, système.

Ces trois termes, bien qu'inséparables, sont relativement distinguables. L'idée d'interrelation renvoie aux types et formes de liaison entre éléments ou individus, entre ces éléments/individus et le Tout. L'idée de système renvoie à l'unité complexe du tout interrelationné, à ses caractères et ses propriétés phénoménales. L'idée d'organisation renvoie à l'agencement des parties dans, en, et par un Tout.

La relative autonomie de l'idée d'organisation se vérifie de la façon la plus simple dans le cas des isomères, composés de même formule chimique, de même masse moléculaire, mais dont les propriétés sont différentes parce que et seulement parce qu'il y a une certaine différence d'agencement des atomes entre eux dans la molécule. Nous pressentons du coup le rôle considérable de l'organisation, si celle-ci peut modifier les qualités et les caractères des systèmes constitués d'éléments semblables, mais agencés, c'est-à-dire organisés différemment. Nous savons par ailleurs que la diversité des atomes résulte des variations dans le nombre et dans l'agencement de trois types de particules ; que la diversité des espèces vivantes dépend de variations dans le nombre et l'agencement de quatre éléments bases formant « code » [2].

Ainsi donc, nous avons besoin d'un concept en trois, de trois concepts en un, constituant chacun un visage définissable de la même réalité commune.

La construction de ce concept trinitaire peut être d'intérêt primordial, puisqu'elle concernerait la *physis* organisée que nous connaissons, de l'atome à l'étoile, de la bactérie à la société humaine.

---

1. Ashby faisait remarquer que dès qu'une relation, entre par exemple deux entités A et B devient conditionnelle à une valeur ou un état C, un composant organisationnel est présent (Ashby, 1962).

2. Il semble établi que les séquences de l'ADN du chimpanzé et celles d'*homo sapiens* diffèrent beaucoup plus par l'agencement de grandes unités que par leur ordre de succession de détail

Intérêt primordial ou banalité primaire? On ne voit pas ce qui pourrait se dégager de « commun » d'une confrontation empirique entre molécule, société, étoile. Mais ce n'est pas dans ce sens qu'il faut porter l'effort : *c'est dans notre façon de percevoir, concevoir et penser de façon organisationnelle ce qui nous entoure, et que nous nommons réalité.*

II. L'Unité complexe organisée. Le Tout et les parties. Les émergences et les contraintes

Unitas multiplex

On ne saurait donner du système une identité substantielle, claire, simple. Le système se présente d'abord comme *unitas multiplex* (Angyal, 1941), c'est-à-dire paradoxe : considéré sous l'angle du Tout, il est un et homogène; considéré sous l'angle des constituants, il est divers et hétérogène. Atlan a très bien dégagé le caractère organisationnel de ce paradoxe : l'organisation est un complexe de variété et d'ordre répétitif (redondance); elle peut même être considérée comme un compromis, ou une conjugaison entre le maximum de variété et le maximum de redondance (Atlan, 1974).

La première et fondamentale complexité du système est d'associer en lui l'idée d'unité d'une part, de diversité ou multiplicité de l'autre, qui en principe se repoussent et s'excluent. Et ce qu'il faut comprendre, ce sont les caractères de l'unité complexe : un système est une unité globale, non élémentaire, puisqu'il est constitué de parties diverses interrelationnées. C'est une unité originale, non originelle : il dispose de qualités propres et irréductibles, mais il doit être produit, construit, organisé. C'est une unité individuelle, non indivisible : on peut le décomposer en éléments séparés, mais alors son existence se décompose. C'est une unité hégémonique, non homogène : il est constitué d'éléments divers, dotés de caractères propres qu'il tient en son pouvoir.

L'idée d'unité complexe va prendre densité si nous pressentons que nous ne pouvons réduire, ni le tout aux parties, ni les parties au tout, ni l'un au multiple, ni le multiple à l'un, mais qu'il nous faut tenter de concevoir ensemble, de façon à la fois complémentaire et antagoniste, les notions de tout et de parties, d'un et de divers.

On commence à comprendre que cette complexité ait eu effet allergique sur une science qui cherchait ses fondements précisément sur le réductible, le simple, l'élémentaire. On commence à comprendre que le concept de système ait été contourné, négligé, ignoré. Même chez les systémistes, rarissimes sont ceux qui ont introduit la complexité dans la définition du système. Je l'ai trouvée seulement chez Jean Ladrière : « Un système est un objet complexe, formé de composants distincts reliés entre eux par un certain nombre de relations » (Ladrière, 1973, p. 686). Or, si nous voulons tenter une théorie du système, nous devons affronter le problème de l'unité complexe, à commencer dans les relations entre tout et parties.

A. Les émergences

1. *Le tout est plus que la somme des parties*

Le système possède quelque chose de plus que ses composants considérés de façon isolée ou juxtaposée :
— son organisation,
— l'unité globale elle-même (le « tout »),
— les qualités et propriétés nouvelles émergeant de l'organisation et de l'unité globale.

Notons tout de suite que c'est fort abstraitement que je sépare ces trois termes, car l'organisation et l'unité globale peuvent être considérées comme des qualités et propriétés nouvelles émergeant des interrelations entre parties ; que l'organisation et les qualités nouvelles peuvent être considérées comme des traits propres à l'unité globale ; que l'unité globale et ses qualités émergentes peuvent être considérées comme les produits même de l'organisation.

C'est surtout la notion d'émergence qui peut se confondre avec celle de totalité, le tout étant émergeant, et l'émergence étant un trait propre au tout.

L'idée de totalité est donc ici cruciale. Cette idée qui avait souvent fait surface dans l'histoire de la philosophie s'était épanouie dans la philosophie romantique et surtout chez Hegel. Elle a surgi parfois dans les sciences contemporaines comme dans la théorie de la forme ou *Gestalt* [1]. Du point de vue de la construction du concept de système lui-même, von Foerster a indiqué que la règle de composition des composants en interactions dans la coalition est superaddititive (*superadditive composition rule*) (von Foerster, 1962, p. 866-867). Il importe maintenant de dégager les qualités ou propriétés nouvelles qui émergent avec la globalité.

2. *Les émergences globales*

On peut appeler émergences les qualités ou propriétés d'un système qui présentent un caractère de nouveauté par rapport aux qualités ou propriétés des composants considérés isolément ou agencés différemment dans un autre type de système.

---

[1]. La *Gestalt* a insisté sur l'action de *champ* qui commande la formation de totalités non additives : le tout est différent de la somme des parties, constitue une forme propre, qui s'impose en chaque état ou modification des parties. La *Gestalt*, notamment avec Köhler, a bien vu le caractère physique du phénomène globalitaire — alors que bien des systémistes font du système un concept purement formel ; mais elle n'a pas développé le caractère organisationnel systémique de la forme globale ou *Gestalt*.

Tout état global présente des qualités émergentes. L'atome, on l'a vu, est un système disposant de propriétés originales, notamment la stabilité, par rapport aux particules qui le constituent, et il confère rétroactivement cette qualité de stabilité aux particules labiles qu'il intègre. Quant aux molécules, « la nouvelle espèce apparue n'a aucun rapport avec les constituants primitifs, ses propriétés ne sont nullement la somme des leurs, et elle se comporte différemment en toutes circonstances. Si la masse, la quantité de substance totale reste la même, sa qualité, son essence est toute nouvelle » (Auger, 1966, p. 130-131). Ainsi, le mélange des deux gaz que sont l'ammoniac et l'acide chlorhydrique donne moléculairement du chlorure d'ammonium solide. L'exemple apparemment banal, en fait très complexe, de l'eau nous montre que son caractère liquide (aux températures ordinaires) est dû aux propriétés, non des atomes, mais des molécules de H_2O de se lier entre elles de façon très souple [1].

Les qualités naissent des associations, des combinaisons ; l'association d'un atome de carbone, dans une chaîne moléculaire, fait émerger la stabilité, qualité indispensable à la vie. En ce qui concerne la vie, « il est clair que les propriétés d'un organisme dépassent la somme des propriétés de ses constituants. La nature fait plus que des additions : elle intègre » (Jacob, 1965), et il est clair que la cellule vivante détient des propriétés émergentes (Monod, 1971) — se nourrir, métaboliser, se reproduire.

Ces propriétés émergentes, dont le faisceau est précisément appelé vie, imbibent le tout en tant que tout et rétroagissent sur les parties en tant que parties. De la cellule à l'organisme, du génome au pool génétique se constituent des totalités systémiques dotées de qualités émergentes.

Enfin, le postulat implicite ou explicite de toute sociologie humaine est que la société ne saurait être considérée comme la somme des individus qui la composent, mais constitue une entité dotée de qualités spécifiques.

Il est tout à fait remarquable que les notions apparemment élémentaires que sont matière, vie, sens, humanité, correspondent en fait à des qualités émergentes de systèmes (Serres, 1976, p. 276). La matière n'a consistance qu'au niveau du système atomique. La vie, on vient de le voir, est l'émanation de l'organisation vivante ; ce n'est pas l'organisation vivante qui est l'émanation d'un principe vital. Le sens, que les linguistes cherchent à tâtons dans les profondeurs ou les recoins du langage, n'est autre que l'émergence même du discours, qui apparaît dans le déploiement des unités globales, et rétroagit sur les unités de base qui l'ont fait émerger. L'humain, enfin, est une émergence propre au système cérébral hypercomplexe d'un primate évolué. Aussi, définir l'homme par opposition à la nature, c'est le définir exclusivement en fonction de ses qualités émergentes.

---

1. Les propriétés de l'hydrogène et de l'oxygène (poids atomique, position dans le tableau de Mendeleïev) semblaient devoir faire de H_2O un composé gazeux (dans H_2S, qui reste gazeux aux températures ordinaires, l'atome S est plus lourd que l'atome O).

3. Les micro-émergences (la partie est plus que la partie)

L'émergence est un produit d'organisation qui, bien qu'inséparable du système en tant que tout, apparaît, non seulement au niveau global, mais éventuellement au niveau des composants.

Ainsi, des qualités inhérentes aux parties au sein d'un système donné sont absentes ou virtuelles quand ces parties sont à l'état isolé ; elles ne peuvent être acquises et développées que par et dans le tout. Comme on l'a vu, le neutron acquiert des qualités de durée au sein du noyau ; les électrons acquièrent des qualités d'individualité sous l'effet organisationnel du principe d'exclusion de Pauli. La cellule crée les conditions du plein emploi de qualités moléculaires sous-utilisées à l'état isolé (catalyse). Dans la société humaine, avec la constitution de la culture, les individus développent leurs aptitudes au langage, à l'artisanat, à l'art, c'est-à-dire que leurs qualités individuelles les plus riches émergent au sein du système social. Ainsi, nous voyons des systèmes où les macro-émergences rétroagissent en micro-émergence sur les parties. Dès lors, non seulement le tout est plus que la somme des parties, c'est la partie qui est, dans et par le tout, plus que la partie.

4. La réalité de l'émergence

Les phénomènes d'émergence sont bien évidents, dès qu'on les remarque. Mais ces évidences sont dispersées, singularisées, elles n'ont pas été méditées ni théorisées.

Dans l'idée d'émergence il y a, étroitement liées, les idées de :
— qualité, propriété,
— produit, puisque l'émergence est produite par l'organisation du système,
— globalité, puisqu'elle est indissociable de l'unité globale,
— nouveauté, puisque l'émergence est une qualité nouvelle par rapport aux qualités antérieures des éléments.

Qualité, produit, globalité, nouveauté sont donc des notions qu'il faut lier pour comprendre l'émergence.

L'émergence a quelque chose de relatif (au système qui l'a produite et dont elle dépend) et d'absolu (dans sa nouveauté) ; c'est sous ces deux angles apparemment antagonistes qu'il nous faut la considérer.

a) *Qualité nouvelle.*

L'émergence est une qualité nouvelle par rapport aux constituants du système. Elle a donc vertu d'*événement*, puisqu'elle surgit de façon discontinue une fois le système constitué ; elle a bien sûr le caractère d'*irréductibilité* ; c'est une qualité qui ne se laisse pas décomposer, et que l'on ne peut déduire des éléments antérieurs.

L'organisation

Nous venons de dire que l'émergence est *irréductible* – phénoménalement — et *indéductible* — logiquement. Qu'est-ce à dire? Tout d'abord que l'émergence s'impose comme *fait*, donnée phénoménale que l'entendement doit d'abord constater. Les propriétés nouvelles qui surgissent au niveau de la cellule ne sont pas déductibles des molécules considérées en elles-mêmes. Même lorsqu'on peut la prédire à partir de la connaissance des conditions de son surgissement, l'émergence constitue un saut logique, et ouvre dans notre entendement la brèche par où pénètre l'irréductibilité du réel...

b) *Entre épiphénomène et phénomène.*

Comment situer l'émergence? Elle nous semble tantôt épiphénomène, produit, résultante, tantôt comme le phénomène même qui fait l'originalité du système...

Prenons l'exemple de notre conscience. La conscience est le produit global d'interactions et d'interférences cérébrales inséparables des interactions et interférences d'une culture sur un individu. On peut effectivement la concevoir comme épiphénomène, éclair jaillissant et s'éteignant aussitôt, feu follet incapable de modifier un comportement commandé ou « programmé » par ailleurs (l'appareil génétique, la société, les « pulsions », etc.). La conscience peut aussi très justement apparaître comme superstructure, résultante d'une organisation des profondeurs, et qui se manifeste de façon superficielle et fragile, comme tout ce qui est second et dépendant. Mais une telle description omettrait de remarquer que cet épiphénomène fragile est en même temps la qualité globale la plus extraordinaire du cerveau, l'auto-réflexion par quoi existe le « moi, je ». Cette description ignorerait aussi la rétroaction de la conscience sur les idées et sur le comportement, les bouleversements qu'elle peut apporter (conscience de la mort). Cette description ignorerait enfin la dimension tout à fait nouvelle et parfois décisive que l'aptitude auto-critique de la conscience peut apporter à la personnalité elle-même. La rétroaction de la conscience peut être plus ou moins incertaine, plus ou moins modificatrice. Et, selon les moments, selon les conditions, selon les individus, selon les problèmes affrontés, selon les pulsions mises en cause, la conscience apparaîtra, tantôt comme pur épiphénomène, tantôt comme superstructure, tantôt comme qualité globale, tantôt capable, tantôt incapable de rétroaction...

Ainsi le concept d'émergence ne se laisse pas réduire par ceux de superstructure, épiphénomène, ou même globalité; mais il entretient des relations nécessaires, oscillantes et incertaines avec ces concepts. C'est précisément à la fois son irréductibilité et cette relation imprécise et dialectisable qui l'impose comme notion complexe. Aussi, la seule caractérisation de l'émergence comme superstructure devient dérisoire. L'émergence est trop liée à la globalité, et celle-ci trop liée à l'organisation pour qu'elle puisse être superficialisée.

Nous venons de le voir pour la conscience : celle-ci est une qualité dotée de potentialités organisatrices, capables de rétroagir sur l'être lui-même, de le modifier, le développer. A ce point, il faut abandonner la hiérarchie simple entre infra (texture, structure) et supra (texture, structure) au profit d'une rétroactivité organisationnelle où le produit ultime rétroagit en transformant ce qui le produit.

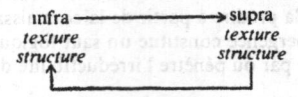

```
infra ──────────→ supra
texture           texture
structure         structure
  ↑_____|
```

Ainsi, l'émergence nous contraint à complexifier nos systèmes d'explication des systèmes. Fruit de l'ensemble organisationnel/systémique, elle peut certes être décomposée en ses éléments constitutifs. Mais comme pour le fruit, cette décomposition la décompose. Comme le fruit, elle est toujours ultime (chronologiquement) et toujours première (par la qualité). Elle est à la fois produit de synthèse et vertu de synthèse. Et, de même que le fruit, produit ultime, est en même temps l'ovaire porteur des vertus reproductrices, de même l'émergence peut contribuer rétroactivement à produire et reproduire ce qui la produit.

5. L'émergence de la réalité

a) La réalité phénoménale.

Les émergences, qualités nouvelles, sont en même temps les qualités phénoménales du système. Comme je l'ai dit, elles sont logiquement indéductibles et physiquement irréductibles (elles se perdent si le système se dissocie). Mais, par là même, elles constituent le signe et l'indice d'une réalité extérieure à notre entendement. Nous retrouverons cette idée sur notre route : le réel est, non ce qui se laisse absorber par le discours logique, mais ce qui lui résiste. Il nous semble donc ici que le réel ne se trouve pas seulement tapi dans les profondeurs de l' « être » ; il jaillit aussi à la surface de l'étant, dans la phénoménalité des émergences.

b) L'architecture matérielle.

Nous l'avons précédemment relevé : la nature est polysystémique. Du noyau à l'atome, de l'atome à la molécule, de la molécule à la cellule, de la cellule à l'organisme, de l'organisme à la société, une fabuleuse architecture systémique s'édifie. Il ne s'agit pas ici de rendre compte de cette architecture, mais d'indiquer qu'elle n'est concevable qu'en introduisant la notion d'émergence.

En effet, les émergences globales du système de base, l'atome, deviennent matériaux et éléments pour le niveau systémique englobant la molécule, dont les qualités émergentes, à leur tour, deviendront les matériaux primaires de l'organisation cellulaire, et ainsi de suite... Les qualités émergentes montent les unes sur les autres, la tête des unes devenant les pieds des autres, et les systèmes de systèmes de systèmes sont des émergences d'émergences d'émergences.

6. *L'émergence de l'émergence*

La notion d'émergence émerge à peine. Et déjà nous en sentons la nécessité polyvalente. Elle nous permet de mieux comprendre le sens profond de la proposition selon laquelle le tout est plus que la somme des parties. Encore qu'organisation et globalité puissent être aussi considérées comme des émergences, on comprend maintenant que ce *plus*, ce n'est pas seulement l'organisation qui crée la globalité, c'est aussi l'émergence que fait fleurir la globalité.

L'émergence nous ouvre une nouvelle intelligence du monde phénoménal ; elle nous propose un fil conducteur à travers les arborescences de la matière organisée. En même temps, elle nous pose des problèmes ; il nous faut la situer de façon complexe dans les relations entre tout et parties, entre structuralité (super, infra-structure) et phénoménalité, ce qui nous impose d'aller plus loin dans la théorie du système.

Par ailleurs, elle nous fait déboucher sur les aspects les plus étonnants de la *physis;* le saut de la nouveauté, de la synthèse, de la création... Cette notion, précisément dans le saut logique et physique des qualités des éléments aux qualités du tout, porte aussi, comme toutes les notions porteuses d'intelligibilité, son mystère. Ce mystère d'émergence, celui-là même de la vie et de la conscience, apparaît déjà « dans le mystère physique de l'atome, de la molécule, ou même d'un circuit en résonance » (Stewart).

Nous pouvons enfin mieux pressentir ce qui tisse et défait nos propres vies. S'il est vrai que les émergences constituent, non des vertus originaires mais des vertus de synthèse, s'il est vrai que, toujours chronologiquement secondes, elles sont toujours premières par la qualité, s'il est vrai donc que les qualités les plus précieuses de notre univers ne puissent être que des émergences, alors il nous faut renverser la vision de nos valeurs. Nous voulons voir ces vertus exquises comme des essences inaltérables, comme des fondements ontologiques, alors que ce sont des fruits ultimes. En fait, à la base, il n'y a que des constituants, du terreau, des engrais, des éléments chimiques, du travail de bactéries. La conscience, la liberté, la vérité, l'amour, sont des fruits, des fleurs. Les charmes les plus subtils, les parfums, la beauté des visages et des arts, les fins sublimes auxquelles nous nous vouons, sont les efflorescences de systèmes de systèmes de systèmes, d'émergences d'émergences d'émergences... Ils représentent ce qu'il y a de plus fragile, de plus altérable : un rien les déflorera, la dégradation et la mort les frapperont en premier, alors que nous les croyons ou les voudrions immortels.

B. Les contraintes : le tout est moins que la somme des parties

Dès que l'on conçoit le système, l'idée d'unité globale s'impose à tel point qu'elle aveugle, ce qui fait qu'à l'aveuglement réductionniste (qui ne voit que les éléments constitutifs) succède un aveuglement « holiste » (qui ne voit que le tout). Aussi, s'il a été très souvent remarqué que le tout est plus que la somme des parties, on a très rarement formulé la proposition contraire : le tout est moins que la somme des parties. Et on n'a nullement songé, à ma connaissance, à lier les deux propositions :

$$S > s_1 \cdot s_2 \cdot s_3 \cdot s_4 \cdot \ldots > S$$
$$S < s_1 \cdot s_2 \cdot s_3 \cdot s_4 \cdot \ldots < S.$$

C'est une formulation de Jacques Sauvan qui m'a fait concevoir la seconde proposition ; je l'ai liée à la première de façon apparemment absurde, c'est-à-dire $S \neq S$ ou $S > < S$, et j'ai cherché le fondement organisationnel du paradoxe.

1. *Les contraintes*

Le tout est moins que la somme des parties : cela signifie que des qualités, des propriétés attachées aux parties considérées isolément, disparaissent au sein du système. Une telle idée est rarement reconnue. Pourtant, elle est déductible de l'idée d'organisation, et se laisse concevoir beaucoup plus logiquement que l'émergence.

Ashby avait noté que la présence d'une organisation entre variables est équivalente à l'existence de contraintes sur la production des possibilités (Ashby, 1962). On peut généraliser cette proposition et considérer que toute relation organisationnelle exerce des restrictions ou contraintes sur les éléments ou parties qui lui sont — le mot est bon — soumis.

C'est en effet lorsque ses composants ne peuvent adopter tous leurs états possibles qu'il y a système.

Le déterminisme interne, les règles, les régularités, la subordination des composants au tout, l'ajustage des complémentarités, les spécialisations, la rétroaction du tout, la stabilité du tout et, dans les systèmes vivants, les dispositifs de régulation et de contrôle, l'ordre systémique en un mot, se traduisent en autant de contraintes. Toute association implique des contraintes : contraintes exercées par les parties interdépendantes les unes sur les autres, contraintes des parties sur le tout, contraintes du tout sur les parties. Mais, alors que les contraintes des parties sur le tout tiennent d'abord aux caractères matériels des parties, les contraintes du tout sur les parties sont d'abord d'organisation.

L'organisation

2. *Le tout est moins que la somme des parties*

Toute organisation comporte des degrés de subordination divers au niveau des constituants (nous verrons que le développement de l'organisation ne signifie pas nécessairement accroissement des contraintes; nous verrons même que les progrès de la complexité organisationnelle se fondent sur les « libertés » des individus constituant le système).

Il y a toujours, et dans tout système, et même chez ceux qui y suscitent des émergences, des contraintes sur les parties, qui imposent restrictions et servitudes. Ces contraintes, restrictions, servitudes leur font perdre ou leur inhibent des qualités ou propriétés. Le tout est donc, dans ce sens, *moins* que la somme des parties.

Les exemples précédemment cités peuvent être lus à l'envers. Une liaison chimique détermine des contraintes sur chaque élément lié, et par exemple l'acquisition de la qualité solide par liaison de deux molécules gazeuses se paie évidemment par la perte de la qualité gazeuse. Mais ces exemples physico-chimiques sont fort peu sérieux et fort peu probants. *C'est en effet là où l'organisation crée et développe des régulations actives, des contrôles et des spécialisations internes*, c'est-à-dire à partir des premières organisations vivantes — les cellules   jusqu'aux organisations anthropo-sociales, que se manifeste avec éclat aussi bien le principe d'émergence que le principe de contrainte.

Ainsi, la régulation de l'activité enzymatique, au sein de la cellule, comporte une contrainte inhibitrice lorsque le produit final d'une chaîne de réactions enzymatiques se fixe sur un site (dit allostérique) d'une enzyme de l'autre bout de la chaîne et bloque en conséquence toutes les réactions qui auraient dû suivre. De même la régulation génétique s'effectue par une molécule spécifique — significativement nommée « répresseur » — qui se fixe sur un gène et l'empêche de s'exprimer. En fait, on le verra, il y a un jeu complexe de blocages/déblocages en circuits, à travers lesquels l'organisation s'effectue par des contraintes qui inhibent à certains moments le jeu de processus relativement autonomes.

Comme nous le verrons, toute organisation qui détermine et développe spécialisations et hiérarchisations détermine et développe des contraintes, asservissements et répressions. Nous savons aujourd'hui que chaque cellule d'un organisme porte en elle l'information génétique de tout l'organisme. Mais la plus grande partie de cette information est réprimée, seule l'infime partie correspondant à l'activité spécialisée de la cellule peut s'exprimer.

Les contraintes qui inhibent enzymes, gènes, voire cellules ne diminuent pas une liberté inexistante à ce niveau, la liberté n'émergeant qu'à un niveau de complexité individuelle où il y a possibilités de choix; elles inhibent des *qualités*, des possibilités d'action ou d'expression. Ce n'est qu'au niveau. d'individus disposant de possibilités de *choix, de décision et de développement complexe* que les contraintes peuvent être destructrices de liberté, c'est-à-dire devenir oppressives. Ainsi ce problème des contraintes se pose-t-il de façon à la fois ambivalente et tragique au niveau des sociétés, et singulièrement des sociétés humaines.

C'est certes la culture qui permet le développement des potentialités de l'esprit humain. C'est certes la société qui constitue un tout solidaire protégeant les individus qui respectent ses règles. Mais c'est bien aussi la société qui impose ses coercitions et répressions sur toutes activités, depuis les sexuelles jusqu'aux intellectuelles. Enfin, et surtout, dans les sociétés historiques, la domination hiérarchique et la spécialisation du travail, les oppressions et esclavages inhibent et prohibent les potentialités créatrices de ceux qui les subissent.

Ainsi, le développement de certains systèmes peut se payer par un formidable sous-développement des possibilités qui y sont incluses.

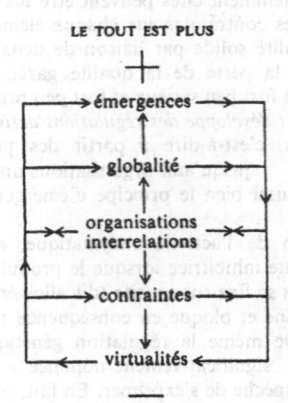

LE TOUT EST PLUS

→ émergences ←
→ globalité ←
→ organisations interrelations ←
→ contraintes ←
→ virtualités ←

ET MOINS QUE LA SOMME DES PARTIES

Sur le plan le plus général, nous débouchons sur une vision de complexité, d'ambiguïté, de diversité systémique. Nous devons désormais considérer en tout système, non seulement le gain en émergences, mais aussi la perte par contraintes, asservissements, répressions. Un système n'est pas seulement enrichissement, il est aussi appauvrissement, et l'appauvrissement peut être plus grand que l'enrichissement. Cela nous montre également que les systèmes se différencient, non seulement par leurs constituants physiques ou leur classe d'organisation, mais aussi par le type de production de contraintes et d'émergences. Au sein d'une même classe de systèmes, il peut y avoir une opposition fondamentale entre les systèmes où prédomine la production des micro et macro-émergences, et ceux où prédomine la répression et l'asservissement.

L'organisation

C. La formation du tout et la transformation des parties

Le système est à la fois plus, moins, autre que la somme des parties. Les parties elles-mêmes sont moins, éventuellement plus, de toute façon autres que ce qu'elles étaient ou seraient hors système.

Cette formulation paradoxale nous montre tout d'abord l'absurdité qu'il y aurait à réduire la description du système en termes quantitatifs. Elle nous signifie, non seulement que la description doit être aussi qualitative, mais surtout qu'elle doit être complexe.

Cette formulation paradoxale nous montre en même temps qu'*un système est un tout qui prend forme en même temps que ses éléments se transforment.*

L'idée d'émergence est inséparable de la morphogénèse systémique, c'est-à-dire de la création d'une forme nouvelle qui constitue un tout : l'unité complexe organisée. Il s'agit bien de morphogénèse, puisque le système constitue une réalité topologiquement, structurellement, qualitativement nouvelle dans l'espace et le temps. L'organisation transforme une diversité discontinue d'éléments en une forme globale. Les émergences sont les propriétés, globales et particulières, issues de cette formation, inséparable de la transformation des éléments.

Les acquisitions et les pertes qualitatives nous indiquent que les éléments qui participent à un système sont transformés, *et d'abord en parties d'un tout.* Nous débouchons sur un principe systémique clé : la liaison entre formation et transformation. *Tout ce qui forme transforme.* Ce principe deviendra actif et dialectique à l'échelle de l'organisation vivante, où transformation et formation constituent un circuit récursif ininterrompu.

III. L'organisation de la différence. Complémentarités et antagonismes

A. La différence et la diversité

Tout système est un et multiple. La multiplicité peut ne concerner que des constituants semblables et distincts, comme les atomes d'un ensemble cristallin. Mais il suffit de cette différence-là pour que se constitue une organisation entre ces atomes, qui impose ses contraintes (sur la disposition de chaque atome) et produise ses émergences (les propriétés cristallines). Toutefois, de tels systèmes sont « pauvres » par rapport aux systèmes, qui des atomes aux soleils, des cellules aux sociétés, sont organisateurs de, dans, par la diversité des constituants.

Ces systèmes ne sont donc pas seulement un/multiples, ils sont aussi un/divers. Leur diversité est nécessaire à leur unité et leur unité est nécessaire à leur diversité.

Un des traits les plus fondamentaux de l'organisation est l'aptitude à transformer de la diversité en unité, sans annuler la diversité (association de protons, neutrons, électrons dans l'atome, associations d'atomes divers dans la molécule, de molécules diverses dans la macro-molécule), *et aussi à créer de la diversité dans et par l'unité*. Ainsi le principe d'exclusion de Pauli impose, au sein de l'atome, une individualisation quantique qui singularise chacun des électrons identiques. L'organisation cellulaire produit et entretient la diversité de ses constituants moléculaires. La constitution d'un organisme adulte à partir d'un œuf est un processus de création intra-organisationnel de millions ou milliards de cellules à la fois différenciées, diversifiées et individualisées (disposant d'autonomie organisatrice). Tout ce qui est organisation vivante, c'est-à-dire non seulement l'organisme individuel, mais aussi le cycle des reproductions, les éco-systèmes, la biosphère illustrent l'enchaînement en circuit de cette double proposition : la diversité organise de l'unité qui organise de la diversité :

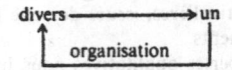

```
        divers ————————→ un
           ↑                |
           |  organisation  |
           └────────────────┘
```

Ainsi la diversité est requise, maintenue, entretenue, voire créée et développée dans et par l'unité systémique qu'elle-même crée et développe.

Il y a certes un problème de relation complexe, c'est-à-dire complémentaire, concurrente, antagoniste entre diversité et unité, c'est-à-dire entre l'ordre répétitif et le déploiement de la variété, que résout, comme l'indique Atlan (Atlan, 1974), la fiabilité de l'organisation, c'est-à-dire son aptitude à survivre. La prédominance de l'ordre répétitif étouffe toute possibilité de diversité interne, et se traduit par des systèmes pauvrement organisés et pauvrement émergents, comme l'a indiqué l'exemple des ensembles cristallins. A l'autre limite, l'extrême diversité risque de faire éclater l'organisation et se transforme en dispersion. Il n'y a pas d'optimum abstrait, de « juste milieu » entre l'ordre répétitif et la variété. A mes yeux, tout accroissement de complexité se traduit par un accroissement de variété au sein d'un système ; *cet accroissement, qui tend à la dispersion dans le type d'organisation où il se produit, requiert dès lors une transformation de l'organisation dans un sens plus souple et plus complexe.* Le développement de la complexité requiert donc à la fois une plus grande richesse dans la diversité et une plus grande richesse dans l'unité (qui sera par exemple fondée sur l'inter-communication et non sur la coercition). Ainsi, en principe, vont de pair les développements de la différence, de la diversité, de l'individualité internes au sein d'un système, la richesse des qualités émergentes, internes (propres aux individualités constitutives) et globales, et la qualité de l'unité globale.

B. Double identité et complémentarité

Dans ces conditions, *l'un* a une identité complexe (multiple et une à la fois). Les parties, ce qui n'a guère été remarqué, ont une *double identité*. Elles ont leur identité propre et elles participent à l'identité du tout. Si différents qu'ils puissent être, les éléments ou individus constituant un système ont au moins une identité commune d'appartenance à l'unité globale et d'obéissance à ses règles organisationnelles.

Dans les sociétés humaines, l'individu a dès la naissance la double identité, personnelle et familiale (il se définit individuellement du reste comme « fils de »); il va, dans et par la culture, développer sa propre originalité individuelle et acquérir corrélativement son identité sociale.

Tout système comporte donc une relation, très variable selon les classes et types de systèmes, entre différence et identité. On peut extrapoler bien au-delà du langage ce que disait Ferdinand de Saussure : « Le mécanisme linguistique roule tout entier sur des identités et des différences, celles-ci n'étant que la contrepartie de celles-là » (Saussure, 1931).

L'organisation de la différence

L'organisation d'un système est l'organisation de la différence. *Elle établit des relations complémentaires entre les parties différentes et diverses*, ainsi qu'entre les parties et le tout.

Les éléments et parties sont complémentaires en un tout. Cette idée est triviale, plate, fausse. L'idée non triviale est : les parties sont *organisées* de façon complémentaire dans la constitution d'un tout. Car elle nous amène à nous interroger sur les conditions, les modalités, les limites et les problèmes que pose cette complémentarité.

La complémentarité organisationnelle peut s'instituer de diverses façons, comme par exemple :

— interactions (interactions gravitationnelles entre astres et planètes constituant un système solaire, interactions électriques entre noyau et électrons constituant un système atomique);

— liaisons instituant une partie commune ; ainsi un ou plusieurs électrons sont communs aux atomes formant molécule ;

— associations et combinaisons d'activités complémentaires (spécialisations fonctionnelles);

— communications informationnelles; dans ce cas, l'identité commune entre les parties, êtres, individus différents peut se borner à la participation à un même code.

C'est au stade biologique que l'organisation de la différence connaît ses développements originaux. Ceux-ci vont suivre deux voies :

— le développement de la spécialisation, c'est-à-dire de la différenciation organisationnelle, anatomique, fonctionnelle des éléments, individus ou sous-systèmes ; une telle organisation est associée à de fortes contraintes et au développement d'appareils de contrôle et commande ;

— le développement des compétences et de l'autonomie des individualités composant le système, ce qui va de pair avec une organisation développant les intercommunications et coopérations internes (Changeux, Danchin, 1976).

Nous aborderons ces problèmes de front en leurs temps et place (t. II). Mais nous devinons qu'il y aura aussi bien combinaisons qu'antagonismes entre ces deux types d'organisation. Nous savons de par notre expérience anthropo-sociale, que l'imposition de spécialisations à des individualités dotées de riches compétences organisatrices réduit et inhibe la diversité qu'a créée le développement organisationnel lui-même.

Dès maintenant, sur le plan des principes systémiques les plus généraux, nous allons voir que l'organisation de la différence, en instituant des complémentarités, crée, ne serait-ce que virtuellement, des antagonismes, que l'apposition porte en elle une potentialité d'opposition.

C. L'antagonisme organisationnel

1. *Interrelation et antagonisme*

Toute interrelation organisationnelle suppose l'existence et le jeu d'attractions, d'affinités, de possibilités de liaisons ou de communications entre éléments ou individus. Mais le maintien des interrelations suppose également l'existence de forces d'exclusion, de répulsion, de dissociation, sans lesquelles tout se confondrait et aucun système ne serait concevable [1]. Il faut donc que, dans l'organisation systémique, les forces d'attraction, affinités, liaisons, communications, etc., prédominent sur les forces de répulsion, exclusion, dissociation, qu'elles inhibent, contiennent, contrôlent, en un mot *virtualisent*.

Les interrelations les plus stables supposent que des forces qui leur sont antagonistes y soient à la fois maintenues, neutralisées et surmontées. Ainsi, les répulsions électriques entre protons sont neutralisées et surmontées, par les interactions dites fortes comportant la présence de neutrons, et plus largement l'ensemble du complexe organisationnel nucléaire. La stabilisation des liaisons entre atomes au sein de la molécule comporte une sorte d'équilibration entre attractions et répulsions. A la différence des équilibres thermodynamiques d'homogénéisation et de désordre, les équilibres organisationnels sont des équilibres de forces antagonistes.

---

1. Comme le dit excellemment Lupasco : « Afin qu'un système puisse se former et exister, il faut que les constituants de tout ensemble, de par leur nature ou les lois qui les régissent, soient susceptibles de se rapprocher en même temps que de s'exclure, à la fois de s'attirer et de se repousser, de s'associer et de se dissocier, de s'intégrer et de se désintégrer » (S. Lupasco, 1962, p. 332).

L'organisation

Ainsi, toute relation organisationnelle, donc tout système, comporte et produit de l'antagonisme en même temps que de la complémentarité. Toute relation organisationnelle nécessite et *actualise* un principe de complémentarité, nécessite et plus ou moins *virtualise* un principe d'antagonisme.

2. L'antagonisme dans la complémentarité

Aux antagonismes que suppose et virtualise toute liaison ou toute intégration se conjuguent des antagonismes que produit l'organisation des complémentarités.

Comme nous l'avons vu, l'organisation des complémentarités est inséparable de contraintes ou répressions; celles-ci virtualisent ou inhibent des propriétés qui, si elles devaient s'exprimer, deviendraient anti-organisationnelles et menaceraient l'intégrité du système.

Ainsi, les complémentarités qui s'organisent entre les parties sécrètent des antagonismes, virtuels ou non; la double et complémentaire identité qui coexiste en chaque partie est de par elle-même virtuellement antagoniste. C'est donc le principe de complémentarité lui-même qui nourrit en son sein le principe d'antagonisme.

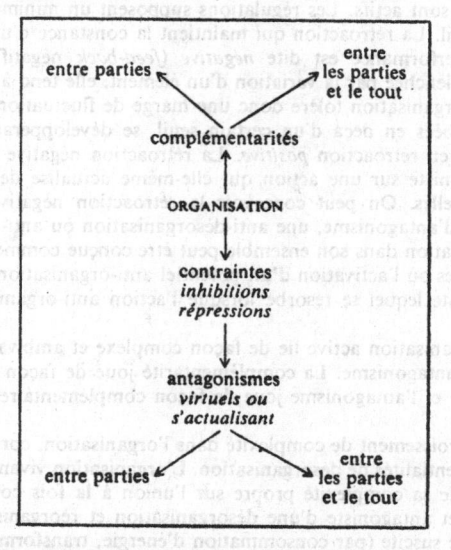

Tout système dont l'organisation est active ou [...]
antagonismes sont actifs. Les régulations supposent un minimum d'antagonisme en éveil, à rétroaction qui maintient la constance d'un système ou
régule une [...] dite négative [...] terme fort
tenant [...] d'un [...] à annuler cette
variation. L'organisation tolère donc une marge de fluctuations qui, si elles
étaient inhibées ou [...] se développeraient de façon
désintégrante ou destructrice [...] la rétroaction négative est donc une
action antagoniste sur une action qui elle-même actualise des forces anti-
organisationnelles. On peut concevoir la rétroaction négative comme un
antagonisme à l'antagonisme, une anti-désorganisation ou une anti-transe-
tion. La régulation dans son ensemble peut être conçue comme un couplage
d'antagonismes: on l'activation d'un anti-organisationnel de telle
sorte [...] lequel se [...] action anti-organisationnelle se
résorbe.

Ainsi, l'organisation active lie de façon complexe et antagoniste comple-
mentarité et antagonisme. La complémentarité joue de façon antagoniste à
l'antagonisme et l'antagonisme joue de façon complémentaire à la comple-
mentarité.

A tout accroissement de complexité de l'organisation correspondent de
nouvelles potentialités [...] d'antagonisme [...] d'où l'on verra
en r. II.] fondées à la fois propre sur l'anti et à la fois complémentaire,
concurrente et antagoniste d'une [...] organisation et (rétro)action inter-
rompues. Elle suscite [...] (auto-)consommation d'énergie, manipulations) dépro-
prées [...]

Tout système présente donc une face diurne émergée, qui est associative, organisationnelle, fonctionnelle, et une face d'ombre, immergée, virtuelle qui en est le négatif. Il y a antagonisme latent entre ce qui est actualisé et ce qui est virtualisé. La solidarité manifeste au sein du système et la fonctionnalité de son organisation créent et dissimulent à la fois cet antagonisme porteur d'une potentialité de désorganisation et désintégration. On peut donc énoncer le principe d'antagonisme systémique : *l'unité complexe du système à la fois crée et refoule de l'antagonisme.*

3. *L'organisation des antagonismes*

Les soleils et les êtres vivants sont des systèmes dont l'organisation intègre et utilise des activités antagonistes. L'étoile est une machine sauvage, un moteur en flammes, qui n'existe et ne perdure, comme nous l'avons vu, que dans et par la conjonction organisationnelle de deux processus antagonistes, l'un de nature implosive, l'autre de nature explosive, *qui à la fois se provoquent, s'entretiennent, s'inhibent, s'entréquilibrent, et dont l'association, à la fois complémentaire, concurrente et antagoniste, devient régulation et organisation.* Dans de telles conditions, les antagonismes ne sont nullement virtuels, ils sont actifs, et non seulement actifs, ce sont eux qui créent la complémentarité organisationnelle fondamentale de l'étoile.

Tout système dont l'organisation est active est en fait un système où des antagonismes sont actifs. Les régulations supposent un minimum d'antagonismes en éveil. La rétroaction qui maintient la constance d'un système ou régule une performance est dite *négative* (*feed-back* négatif), terme fort éclairant : déclenchée par la variation d'un élément, elle tend à annuler cette variation. L'organisation tolère donc une marge de fluctuations qui, si elles n'étaient inhibées en deçà d'un certain seuil, se développeraient de façon désintégrante en rétroaction *positive*. La rétroaction négative est donc une action antagoniste sur une action qui elle-même actualise des forces anti-organisationnelles. On peut concevoir la rétroaction négative comme un antagonisme d'antagonisme, une anti-désorganisation ou anti-anti-organisation. La régulation dans son ensemble peut être conçue comme un couplage d'antagonismes où l'activation d'un potentiel anti-organisationnel déclenche son antagoniste lequel se résorbe lorsque l'action anti-organisationnelle se résorbe.

Ainsi, l'organisation active lie de façon complexe et ambivalente complémentarité et antagonisme. La complémentarité joue de façon antagoniste à l'antagonisme et l'antagonisme joue de façon complémentaire à la complémentarité.

A tout accroissement de complexité dans l'organisation, correspondent de nouvelles potentialités de désorganisation. L'organisation vivante (on le verra en t. II) fonde sa complexité propre sur l'union à la fois complémentaire, concurrente et antagoniste d'une désorganisation et réorganisation ininterrompues. Elle suscite (par consommation d'énergie, transformations) dégradation et désorganisation (désordres qui éveillent les antagonismes, antagonismes qui appellent les désordres) mais celles-ci sont inséparables de ses activités réorganisatrices ; elle les intègre, sans toutefois qu'elles perdent leur caractère désintégrateur. Nous verrons plus loin que les relations à la fois complémentaires, concurrentes et antagonistes sont constitutives des écosystèmes (chap. I, t. II). Nous verrons également comment l'antagonisme organisationnel/anti-organisationnel est au cœur de la problématique des sociétés humaines, où complémentarités et antagonismes sont instables, oscillant sans cesse entre actualisation et virtualisation.

4. *Le principe d'antagonisme systémique*

La théorie des systèmes, bien qu'elle ait considéré de façon simpliste (« holiste ») le concept même de système, a toutefois rencontré souvent l'idée d'antagonisme. « La théorie des systèmes ouverts n'a pas de difficultés fondamentales à inclure harmonie et conflit dans le même système » (Trist, 1970). Von Bertalanffy proclame même, de façon héraclitéenne, que « toute totalité est basée sur la compétition entre ses éléments et présuppose la lutte entre ses parties » (von Bertalanffy, 1968, p. 66). Mais la théorie des systèmes n'a pas formulé le caractère intrinsèquement organisationnel du principe d'antagonisme.

Récapitulons les différents niveaux d'antagonismes qui nous sont apparus :
— au niveau des liaisons et intégrations qui supposent, virtualisent et neutralisent des forces antagonistes;
— au niveau de l'organisation de la différence et de la diversité où les contraintes organisationnelles créent et refoulent des antagonismes;
— enfin au niveau de complexité des organisations actives, donc réorganisatrices; les actions et processus antagonistes interviennent dans la dynamique des interactions et rétroactions internes et externes et, en ce sens, contribuent à l'organisation.

Ainsi l'idée de système n'est pas seulement harmonie, fonctionnalité, synthèse supérieure; elle porte en elle, nécessairement, la dissonance, l'opposition, l'antagonisme.

Formulons donc le principe : *il n'y a pas d'organisation sans antiorganisation*. Disons réciproquement : *l'anti-organisation est à la fois nécessaire et antagoniste à l'organisation.* Pour l'organisation fixe, l'anti-organisation est virtuelle, latente. Pour l'organisation active, l'anti-organisation devient active.

5. *L'anti-organisation et l'entropie organisationnelle*

L'idée d'antagonisme porte en elle la potentialité désorganisatrice.

Or, comme on vient de l'indiquer, la désorganisation est couplée à la réorganisation dans les systèmes stellaires et les systèmes vivants.

Du même coup, de tels systèmes sont sujets aux crises. Toute crise, quelle qu'en soit l'origine, se traduit par une défaillance dans la régulation, c'est-à-dire dans le contrôle des antagonismes. Les antagonismes font irruption quand il y a crise ; ils font crise quand ils sont en éruption. La crise se manifeste par des transformations de différences en opposition, de complémentarités en antagonismes, et le désordre se répand dans le système en crise [1]. Plus est riche la complexité organisationnelle, plus il y a possibilité donc danger de crise, plus aussi le système est capable de surmonter ses crises, voire d'en tirer profit pour son développement.

On ne peut donc concevoir d'organisation sans antagonisme, c'est-à-dire sans une anti-organisation potentielle incluse dans son existence et son fonctionnement.

Dès lors, *l'accroissement d'entropie, sous l'angle organisationnel, est le résultat du passage de la virtualité à l'actualisation des potentialités anti-organisationnelles, passage, qui au-delà de certains seuils de tolérance, de contrôle ou d'utilisation, devient irréversible*. Le deuxième principe de la science du temps veut dire que tôt ou tard l'anti-organisation brisera l'organisation et en dispersera les éléments. Les systèmes dont l'organisation est non active, non réorganisatrice, immobilisent des énergies de liaison, qui permettent de contrebalancer les forces d'opposition et de dissociation. L'accroissement d'entropie y correspond à une dégradation énergétique/organisationnelle, soit que les antagonismes débloquent les énergies, soit que les dégradations d'énergies libèrent les antagonismes. Les systèmes non actifs ne peuvent s'alimenter à l'extérieur en énergie ni en organisation restauratrices. C'est pourquoi ils ne peuvent évoluer que dans le sens de la désorganisation.

La seule possibilité de lutter contre l'effet désintégrateur des antagonismes est active ; par exemple :

— intégrer et utiliser le plus possible les antagonismes de façon organisationnelle,

— renouveler l'énergie en la puisant dans l'environnement et régénérer l'organisation,

— s'auto-défendre de façon efficace contre les agressions extérieures et corriger les désordres intérieurs,

— s'auto-multiplier de façon que le taux de reproduction dépasse le taux de désintégration.

C'est ce que font les systèmes vivants : et la vie a si bien intégré son propre antagoniste — la mort — qu'elle la porte en elle, constamment et nécessairement.

Tout système donc, quel qu'il soit, porte en lui le ferment interne de sa dégradation. Tout système porte en lui l'annonce de sa propre ruine où confluent à un moment donné l'agression externe et la régression interne. La dégradation, la ruine, la désintégration ne viennent pas seulement de l'extérieur, elles viennent aussi de l'intérieur. La mort aléatoire de l'extérieur vient prendre la main de la mort tapie à l'intérieur de l'organisation. Ainsi

1. Sur la notion de crise, cf. Béjin (1976), Morin (1976).

tout système est dès sa naissance condamné à mort. Les systèmes non transactionnels perdurent sans vivre, se désintègrent sans mourir. A demi-vie, seulement demi-mort. Seule la complexité tragique de l'organisation vivante correspond à des êtres qui subissent la plénitude de la mort. Pour eux, l'antagonisme signifie de façon complémentaire, concurrente, antagoniste et incertaine : vie, crise, développement, mort.

IV. Le concept de système

Les objets font place aux systèmes. Au lieu des essences et des substances, l'organisation ; au lieu des unités simples et élémentaires, les unités complexes ; au lieu des agrégats formant corps, les systèmes de systèmes de systèmes.

L'objet n'est plus une forme-essence et/ou une matière substance. Il n'y a plus de forme moule qui sculpte l'identité de l'objet de l'extérieur. L'idée de forme est conservée, mais transformée : la forme, c'est la totalité de l'unité complexe organisée qui se manifeste phénoménalement en tant que tout dans le temps et l'espace ; la forme *Gestalt* est le produit des catastrophes, des interrelations/interactions entre éléments, de l'organisation interne, des conditions, pressions, contraintes de l'environnement. La forme cesse d'être une idée d'essence pour devenir une idée d'existence et d'organisation. De même la matérialité cesse d'être une idée substantielle, une ontologie opaque et pleine enfermée dans la forme. Mais la matérialité ne s'est pas évanouie ; elle s'est enrichie en se déréifiant : tout système est constitué d'éléments et processus *physiques* (y compris, je le montrerai, les systèmes idéologiques) : l'idée de matière organisée prend sens dans l'idée de *physis* organisatrice.

Ainsi le modèle aristotélicien (forme/substance) et le modèle cartésien (objets simplifiables et décomposables), l'un et l'autre sous-jacents à notre conception des objets, ne constituent pas des principes d'intelligibilité du système. Celui-ci ne peut être saisi ni comme unité pure ou identité absolue, ni comme composé décomposable. Il nous faut un concept systémique qui exprime à la fois unité, multiplicité, totalité, diversité, organisation et complexité.

A. Au-delà du « holisme » et du réductionnisme : le circuit relationnel

Nous l'avons déjà dit et répété : ni la description ni l'explication d'un système ne peuvent s'effectuer au niveau des parties, conçues comme entités isolées, liées seulement par actions et réactions. La décomposition analytique en éléments décompose aussi le système, dont les règles de composition ne sont pas additives, mais transformatrices.

Aussi l'explication réductionniste d'un tout complexe dans les propriétés des éléments simples et les lois générales qui commandent ces éléments, désarticule, désorganise, décompose et simplifie ce qui fait la réalité même du système : l'articulation, l'organisation, l'unité complexe. Elle ignore les transformations qui s'opèrent sur les parties, elle ignore le tout en tant que tout, les qualités émergentes (conçues comme simples effets d'actions conjuguées), les antagonismes latents ou virulents. La remarque d'Atlan concernant les organismes vivants s'étend à tous systèmes : « Le simple fait d'analyser un organisme à partir de ses constituants entraîne une perte d'information sur cet organisme » (Atlan, 1972, p. 262).

Il ne s'agit pas de sous-estimer les éclatants succès remportés par la visée « réductionniste » : la recherche de l'élément premier a fait découvrir la molécule, puis l'atome, puis la particule ; la recherche d'unités manipulables et d'effets vérifiables a permis de manipuler, en fait, tous systèmes, par manipulation de ses éléments. *La contrepartie est que l'ombre s'est étendue sur l'organisation*, que l'obscurité a recouvert les complexités, et que les élucidations de la science réductionniste ont été payées par de l'obscurantisme. La théorie des systèmes a réagi au réductionnisme, dans et par le « holisme » ou idée du « tout »[1]. Mais, croyant dépasser le réductionnisme, le « holisme » a en fait opéré une réduction au tout : d'où, non seulement sa cécité sur les parties en tant que parties, mais sa myopie sur l'organisation en tant qu'organisation, son ignorance de la complexité au sein de l'unité globale.

Le tout, dès lors, devient une notion euphorique (puisqu'on ignore les contraintes internes, les pertes de qualités au niveau des parties) fonctionnelle, huilée (puisqu'on ignore les virtualités antagonistes internes), une notion niaise.

Réductionniste ou « holistique » (globaliste), l'explication, dans l'un et l'autre cas, cherche à simplifier le problème de l'unité complexe. L'une réduit l'explication du tout aux propriétés des parties conçues en isolation. L'autre réduit les propriétés des parties aux propriétés du tout, conçu également en isolation. Ces deux explications qui se rejettent l'une l'autre relèvent d'un même paradigme.

---

1. Nous devons à von Bertalanffy en particulier et à la *General Systems Theory* en général d'avoir donné pertinence et universalité à la notion de système, d'avoir considéré le système comme un tout non réductible aux parties, d'avoir abordé en fait certains problèmes organisationnels à travers les notions de hiérarchie, d'avoir formulé la notion de système ouvert J'en viendrai bientôt à l'idée à mes yeux extraordinairement féconde d'ouverture (à condition qu'elle n'occulte pas celle de clôture) et j'examinerai en tome II le problème organisationnel de hiérarchie. Toutefois, la *General Systems Theory* n'a pas théoriquement exploré le concept de système, au-delà de quelques vérités « holistiques » s'opposant schématiquement au réductionnisme ; elle a piétiné dans une taxinomie peu heuristique. L'idée d'unité complexe et l'idée d'organisation y demeurent embryonnaires. L'idée intéressante de *holon* a émergé en marge de la théorie (Koestler, 1968).

L'organisation

La conception qui se dégage ici nous situe d'emblée au-delà du réductionnisme et du « holisme », tout en appelant un principe d'intelligibilité qui intègre la part de vérité incluse dans l'un et l'autre : il ne doit pas y avoir d'anéantissement du tout par les parties, des parties par le tout. Il importe donc d'éclairer les relations entre parties et tout, où chaque terme renvoie à l'autre : « Je tiens pour impossible de connaître les parties sans connaître le tout, non plus que de connaître le tout sans connaître particulièrement les parties », disait Pascal[1]. Au XXe siècle, les idées réductionnistes et « holistes » ne se hissent pas encore au niveau d'une telle formulation.

C'est qu'en vérité, plus encore que renvoi mutuel, l'interrelation qui lie l'explication des parties à celle du tout et réciproquement est en fait invitation à une description et explication récursive : la description (explication) des parties dépend de celle du tout qui dépend de celle des parties, et c'est dans le circuit :

$$\text{parties} \longrightarrow \text{tout}$$

que se forme la description ou explication.

Cela signifie qu'aucun des deux termes n'est réductible à l'autre. Ainsi, si les parties doivent être conçues en fonction du tout, *elles doivent être conçues aussi en isolation :* une partie a sa propre irréductibilité par rapport au système. Il faut de plus connaître les qualités ou propriétés des parties qui sont inhibées, virtualisées, donc invisibles au sein du système, non seulement pour connaître correctement les parties, mais aussi pour mieux connaître les contraintes, inhibitions et transformations qu'opère l'organisation du tout.

Il importe aussi d'aller au-delà de l'idée purement globalisante et enveloppante du tout. Le tout n'est pas seulement émergence, il a, comme nous allons le voir, un visage complexe, et, ici, s'impose l'idée d'un macroscope (de Rosnay, 1975), ou regard conceptuel qui nous permette de percevoir, reconnaître, décrire les formes globales.

Le circuit explicatif tout/parties ne peut, comme on vient de le voir, escamoter l'idée d'organisation. Il doit donc être ainsi enrichi :

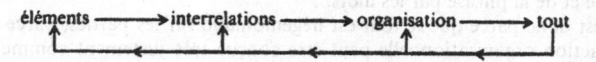

$$\text{éléments} \longrightarrow \text{interrelations} \longrightarrow \text{organisation} \longrightarrow \text{tout}$$

Les éléments doivent donc être définis à la fois dans et par leurs caractères originaux, dans et avec les interrelations auxquelles ils participent, dans et avec la perspective de l'organisation où ils s'agencent, dans et avec la

---

1. Pascal, *Pensées*, éd. Brunschvicg, II, 72.

perspective du tout où ils s'intègrent. Inversement, l'organisation doit se définir par rapport aux éléments, aux interrelations, au tout, et ainsi de suite. Le circuit est *polyrelationnel*. Dans ce circuit, l'organisation joue un rôle nucléant qu'il nous faudra tenter de reconnaître.

Ce circuit, dans un sens, est fermé, il se boucle nécessairement puisque le système est une entité relativement autonome. Mais il faut aussi l'ouvrir, parce que cette autonomie est précisément relative : il nous faudra concevoir le système dans sa relation avec son environnement, dans sa relation avec le temps, dans sa relation enfin avec l'observateur/concepteur.

Ainsi le système doit être conçu selon une constellation conceptuelle où il pourra enfin prendre forme complexe. Nous allons donc considérer maintenant :

la problématique du tout (le tout n'est pas tout),

la problématique de l'organisation,

le *dasein* physique du système (sa situation dans un environnement et dans le temps),

la relation du système avec l'observateur/concepteur.

B. Le tout n'est pas tout

1. *Le tout est plus que le tout*
Le tout est moins que le tout

Le tout est beaucoup plus que forme globale. Il est aussi, nous l'avons vu, qualités émergentes. Il est plus encore : le tout rétroagit en tant que tout (totalité organisée) sur les parties. C'est en tant que totalités organisatrices que l'atome ou la cellule rétroagissent sur les constituants qui les forment et que tout discours rétroagit sur les éléments qui le constituent. Ainsi, pour que les mots prennent un sens défini dans la phrase qu'ils forment, il ne suffit pas que leurs significations soient recensées parmi d'autres dans le dictionnaire, il ne suffit pas qu'ils soient organisés selon la grammaire et la syntaxe, il faut encore qu'il y ait rétroaction de la phrase sur le mot, au fur et mesure de sa formation, jusqu'à la cristallisation définitive des mots par la phrase et de la phrase par les mots.

C'est donc parce que le tout est hégémonique sur les parties, parce que sa rétroaction organisationnelle peut être conçue très justement comme *surdétermination*, que le tout est beaucoup plus que le tout.

Mais le tout ne saurait être hypostasié. Le tout seul n'est qu'un trou (*whole is a hole*). Le tout ne fonctionne en tant que tout que si les parties fonctionnent en tant que parties. Le tout doit être relationné à l'organisation Le tout, enfin et surtout, porte en lui scissions, ombres et conflits.

2. Scissions dans le tout (l'immergé et l'émergent le réprimé et l'exprimé)

Alors que les émergences s'épanouissent en qualités phénoménales des systèmes, les contraintes organisationnelles immergent dans un monde de silence les caractères inhibés, réprimés, comprimés au niveau des parties. Tout système comporte ainsi sa zone immergée, occulte, obscure, où grouillent les virtualités étouffées. La dualité entre l'immergé et l'émergent, le virtualisé et l'actualisé, le réprimé et l'exprimé est source de scissions et dissociations, dans les grands polysystèmes vivants et sociaux, entre univers des parties et univers du tout, voire entre de multiples sphères internes et la sphère du tout lui-même. Aussi, bien qu'il y ait interrelation et interdépendance, il y a non-communication entre ce qui se passe au niveau global du comportement extérieur d'un animal et ce qui se passe en chacune de ses cellules. Aucune des trente milliards de cellules d'Antoine ne sait qu'Antoine dit son amour à Cléopâtre, et Antoine ignore qu'il est constitué de trente milliards de cellules. Un grand empire est un être social qui ignore les besoins, les amours, les souffrances, la faim, la conscience des millions d'individus qui le constituent, et pour ces individus le degré d'existence et de présence de cet être semble être une fatalité extérieure et lointaine. L'idée freudienne de l'inconscient psychique, l'idée marxienne de l'inconscient social, nous révèlent déjà le gouffre sans fond qui s'est ouvert dans l'identité et dans la totalité. Le problème de l'inconscient trouve sa source — et seulement sa source, car on le verra, il n'est pas question dans ce travail de tout réduire en termes systémiques — dans cette scission profonde entre les parties et le tout, entre le monde de l'intérieur et le monde de l'extérieur...

La dualité entre l'intérieur et l'extérieur porte en germe, non seulement la scission entre l'univers du tout et l'univers des parties, mais aussi une scission entre l'univers phénoménal, où le système existe de façon extrovertie, avec ses qualités émergentes, et l'univers introverti de l'organisation, notamment des règles organisationnelles qu'on désigne du nom de structures. Ainsi, le tout phénoménal peut rester à la surface, ignorant l'organisation et les parties, bien qu'il puisse les contrôler globalement et rétroagir sur leurs actions ou mouvements.

Nous rendons compte, à notre façon, de cette dualité lorsque nous distinguons, dans un système, sa « structure » de sa « forme » et notre logique réductionniste tend du reste à réduire, comme simples effets, les caractères phénoménaux aux caractères structurels.

Il y a une grande justesse, en ce qui concerne, non seulement les systèmes sociaux, mais aussi les systèmes biologiques, à les concevoir sous l'angle d'une relation couplée infra/superstructure, où la seconde ignore ou oublie l'autre. Il faut de plus remarquer que la première également ignore et oublie la seconde, et surtout concevoir que cette ignorance mutuelle se situe au sein d'une solidarité indissoluble, où la « superstructure » n'est pas que vague épiphénomène, revenant sur l'infrastructure par une faible rétroaction, mais participe récursivement à la structuration de l'infrastructure. Il nous faut donc concevoir la complexité biologique et sociologique de ce qui, tout en étant fondamentalement un, comporte plusieurs niveaux d'organisation, d'être, d'existence, devient multiple, dissocié, et, à la limite, antagoniste à lui-même.

Le tout insuffisant.

Je viens d'indiquer des problèmes qui ne prennent vie qu'avec la vie, puisqu'ils n'émergent en tant que tels que chez les êtres vivants et sociaux. Du coup, ce sont ces êtres qui, bien qu'on ne puisse les enfermer dans la notion de système, nous permettent de révéler véritablement toutes les richesses et complexités latentes qui se trouvent au sein de cette notion.

Ici, je veux dégager la complexité de l'idée trop souvent homogénéisée de totalité. On n'a vu de la totalité que sa face éclairée, c'est-à-dire la moitié de sa réalité et de son irréalité. La totalité, et je sais que je l'ai indiqué très/trop sommairement, est beaucoup plus, beaucoup moins qu'on le croit. Il y a dans la totalité des trous noirs, des taches aveugles, des zones d'ombre, des ruptures. La totalité porte en elle ses divisions internes qui ne sont pas seulement les divisions entre parties distinctes. Ce sont des scissions, sources éventuelles de conflits voire de séparations. Il est très difficile de concevoir l'idée de totalité dans un univers dominé par la simplification réductionniste. Et, une fois conçue, il serait dérisoire de concevoir la totalité de façon simple et euphorique. La vraie totalité est toujours fêlée, fissurée, incomplète. La vraie conception de la totalité reconnaît l'insuffisance de la totalité. C'est le grand progrès, encore inaperçu et inconnu en France, d'Adorno sur Hegel dont il est le fidèle continuateur : « La totalité est la non-vérité. »

Le tout incertain.

Enfin — et je reviendrai sur cette idée sous un autre angle —, le tout est incertain. Il est incertain parce qu'on peut très difficilement isoler, et qu'on ne peut jamais véritablement clore un système parmi les systèmes de systèmes de systèmes auxquels il est relié, et où il peut apparaître, comme l'a très bien dit Koestler, à la fois comme tout et comme partie d'un plus grand tout. Il est incertain, pour les systèmes de haute complexité biologique, dans la relation individu/espèce, et surtout pour ce monstre trisystémique qu'est *homo sapiens*, constitué par les interrelations et interactions entre espèce, individu, société. Où est le tout? La réponse ne peut qu'être ambiguë, multiple et incertaine. On peut voir assurément la société comme un tout et l'individu comme partie, l'espèce comme un tout et la société ainsi que l'individu comme parties. Mais on peut aussi concevoir l'individu comme le système central et la société comme son éco-système ou son placenta organisateur, et cela d'autant plus que l'émergence de la conscience s'effectue à l'échelle de l'individu, non à l'échelle du tout social. De même, nous pouvons inverser la hiérarchie espèce/individu et considérer l'individu comme le tout concret, l'espèce n'étant qu'un cycle machinal de reproduction des individus. A vrai dire, on ne saurait absolument trancher, c'est-à-dire qu'il faut, non seulement par prudence, mais aussi par sens de la complexité, concevoir que ces termes se finalisent l'un l'autre, se renvoient l'un l'autre en un circuit qui lui est le « vrai » système :

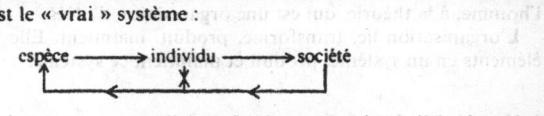

$$\text{espèce} \longrightarrow \text{individu} \longrightarrow \text{société}$$

Mais un tel système est une totalité multiple, une polytotalité, dont les trois termes inséparables sont en même temps concurrents et antagonistes...

Il ressort de ce qui précède qu'à certains moments, sous certains angles, dans certains cas, la partie peut être plus riche que la totalité. Alors qu'un « holisme » simplificateur privilégie toute totalité sur ses éléments et la plus vaste d'entre les totalités, nous savons dès maintenant que nous n'avons pas à privilégier nécessairement toute totalité sur les composants. Nous devons considérer les prix des contraintes dont sont payées les émergences globales, et nous devons nous demander si ces contraintes n'annihilent pas des possibilités d'émergences encore plus riches au niveau des composants. « Le système de contrôle le plus profitable pour les parties ne doit pas exclure la banqueroute de l'ensemble » (Stafford Beer, 1960, p. 16). La banqueroute de méga-systèmes impériaux peut permettre la constitution de systèmes fédéraux polycentriques...

Enfin, nous n'avons pas à privilégier la totalité de la totalité de la totalité. Qu'est-ce que le cosmos sinon une totalité en dispersion polycentrique, dont les richesses sont disséminées en des petits archipels? Il semble bien que « des petites parties de l'univers aient un pouvoir réflexif plus grand que l'ensemble » (Gunther, 1962, p. 383). Il semble même, comme l'indique audacieusement Spencer Brown (1969), que le pouvoir réflexif ne puisse s'effectuer que dans une petite partie à demi détachée du tout, de par la vertu et le vice de son éloignement, sa distance, sa finitude ouverte à l'égard de la totalité... Dès lors il nous apparaît à nouveau que le point de vue de la totalité *seule* est partiel et mutilant. Il nous apparaît non seulement que la « totalité est la non-vérité » mais que la vérité de la totalité est dans (ou *passe par*) l'*individualité* parcellaire. L'idée de totalité devient d'autant plus belle et riche qu'elle cesse d'être totalitaire, qu'elle devient incapable de se refermer sur elle-même, qu'elle devient *complexe*. Elle resplendit plus dans le polycentrisme des parties relativement autonomes que dans le globalisme du tout.

C. L'organisation de l'organisation

L'organisation est le concept crucial, le nœud qui lie l'idée d'interrelation à l'idée de système. Sauter directement des interrelations au système, rétrocéder directement du système aux interrelations, comme le font les systémistes qui ignorent l'idée d'organisation, c'est mutiler et dévertébrer le concept même de système.

L'idée d'organisation est dans ce travail le concept que je reprendrai, développerai, transformerai, du système à la machine, de la machine à l'automate, de l'automate à l'être vivant, de l'être vivant à la société, à l'homme, à la théorie, qui est une organisation d'idées.

L'organisation lie, transforme, produit, maintient. Elle lie, transforme les éléments en un système, produit et maintient ce système.

1. *La relation des relations*

L'organisation, qui peut combiner de façon diversifiée divers types de liaison [1], relie les éléments entre eux, les éléments en une totalité, les éléments à la totalité, la totalité aux éléments, c'est-à-dire lie entre elles toutes les liaisons et constitue *la liaison des liaisons*.

2. *La formation transformatrice et la transformation formative*

L'organisation est à la fois transformation et formation (morphogénèse). Il s'agit bien de transformations : les éléments transformés en parties d'un tout perdent des qualités et en acquièrent de nouvelles ; l'organisation transforme une diversité séparée en une forme globale (*Gestalt*). Elle crée un continuum le tout interrelationné là où il y avait le discontinu ; elle opère du fait un changement de forme : elle forme (un tout) à partir de la transformation (des éléments).

Il s'agit bien de morphogénèse : l'organisation donne forme, dans l'espace et dans le temps, à une réalité nouvelle : l'unité complexe ou système.

Ainsi, l'organisation est ce qui transforme la transformation en forme ; autrement dit, elle forme la forme en se formant elle-même ; elle se produit d'elle-même en produisant le système, ce qui nous fait apparaître son caractère fondamentalement *générateur*.

3. *Le maintien de ce qui maintient*

L'organisation est, en même temps, le principe ordonnateur qui assure la permanence.

La permanence dans l'être des atomes, molécules, astres ne correspond pas

---

1. Rappelons : les liaisons peuvent être assurées par :
   dépendances fixes et rigides,
   — interactions réciproques,
   — constitutions d'éléments communs à deux systèmes associés (devenant sous-systèmes du système constitué),
   — rétroactions régulatrices,
   — communications informationnelles.

L'organisation

à de l'inertie mais à de l'organisation active. L'organisation est morphostatique : elle maintient la permanence du système dans sa forme (*Gestalt*), son existence, son identité.

Cette permanence apparaît à deux niveaux qu'il nous faut à la fois distinguer et lier :

— le niveau structural (règles organisationnelles) et générateur (producteur de la forme et de l'être phénoménal) ;

— le niveau phénoménal, où le tout maintient la constance de ses formes et de ses qualités en dépit des aléas, agressions et perturbations, à travers éventuellement des fluctuations (corrigées par régulations).

Répétons-le : la permanence n'est pas une conséquence d'inertie, de pesanteur, de « force des choses ». Nous avons vu que tout système est menacé par des désordres extérieurs et intérieurs. C'est-à-dire que tout système est aussi une organisation contre l'anti-organisation ou une anti-anti-organisation. Lorsque en plus le système travaille sans cesse, comme le système vivant, il produit par là même de la dégradation et de la désorganisation, donc il doit consacrer une part énorme de son organisation à réparer les dégradations et les désorganisations que provoque son organisation, autrement dit régénérer son organisation. Ainsi la formidable organisation vivante comporte des dépenses, des travaux, des raffinements inouïs voués uniquement à maintenir son maintien, c'est-à-dire à cette tautologique finalité de permanence : survivre.

4. *L'ordre de l'organisation et l'organisation de l'ordre*

La transformation de la diversité désordonnée en diversité organisée est en même temps transformation du désordre en ordre.

Les invariances, constances, contraintes, nécessités, répétitions, régularités, symétries, stabilités, dédoublements, reproductions, etc., se conjuguent en un déterminisme qui constitue l'ordre autonome du système. Cet ordre peut éventuellement rayonner sur une vaste zone, parfois même à de très grandes distances (ainsi notre planète vit sous le règne de l'ordre solaire).

La relation ordre/organisation est circulaire : l'organisation produit de l'ordre qui maintient l'organisation qui l'a produit, c'est-à-dire coproduit l'organisation. Cet ordre organisationnel est un ordre construit, conquis sur le désordre, protecteur contre les désordres : c'est dans le même mouvement que l'ordre transforme l' « improbabilité » de l'organisation en probabilité locale, sauvegarde l'originalité du système, et constitue un îlot de résistance contre les désordres de l'extérieur (aléas, agressions) et de l'intérieur (dégradations, déferlement des antagonismes).

L'ordre organisationnel est donc cette « invariance » ou « stabilité » structurelle (Thom, 1972), stratifiée (Bronovski, 1969), qui non seulement est comme l'armature ou le squelette de tout système, mais permet, sur cette base, d'édifier de nouvelles organisations, qui elles aussi constitueront leur ordre propre, sur lequel s'appuieront à leur tour encore d'autres organisations, et ainsi de suite, permettant donc l'apparition, le déploiement, le développement de systèmes de systèmes de systèmes, d'organisations d'organisations d'organisations...

5. Organisation, ordre et désordre

Le désordre n'est pas chassé par l'organisation : il y est transformé, y demeure virtualisé, peut s'y actualiser, prépare en secret sa victoire.

On ne peut concevoir la naissance de l'organisation en dehors des rencontres aléatoires. Selon la très frappante expression d'Atlan, il y a un « hasard organisationnel ». Mais ce fils bâtard du hasard ou du désordre est anti-hasard, anti-désordre, et constitue un îlot, un isolat que son déterminisme protège contre les désordres extérieurs et intérieurs.

Nous retrouvons dans le cadre systémique, de façon originale, la relation trinitaire :

$$\text{organisation} \diagdown \text{ordre}$$
$$\text{désordre}$$

Le désordre intérieur a deux visages : le premier, potentialisé dans les antagonismes latents, réfréné dans et par les contraintes, nous l'avons nommé ici anti-organisation. Le second est l'entropie. Ces deux visages sont l'un, l'expression organisationniste, l'autre l'expression thermodynamique de la même réalité, celle d'un principe de désorganisation, inhérent à toute organisation, c'est-à-dire à tout système. Ce principe signifie que tout système est périssable, que son organisation est désorganisable, que son ordre est fragile, relatif, mortel.

Nous voyons donc que l'ordre organisationnel est assiégé et miné par le désordre. Dans les systèmes non actifs, fragments de néguentropie créés par rencontre, cet ordre est une sentinelle oubliée et perdue dans le torrent du temps. Dans les systèmes actifs, il refoule sans cesse. Sisyphe infatigable, par la réorganisation permanente, la désorganisation permanente.

Or c'est dans les systèmes fondés sur la réorganisation permanente que le désordre est « détourné », capté (la désorganisation devenant un constituant de la réorganisation), sans être toutefois résorbé ni exclu, sans qu'il ait cessé de porter en lui sa fatalité de dispersion et de mort.

Plus l'organisation devient complexe, plus son ordre se mêle de plus en plus intimement aux désordres, plus les antagonismes, les désinhibitions, les aléas jouent leur rôle dans l'être du système et son organisation.

Ainsi la triade désordre/ordre/organisation prend un caractère original au sein des systèmes. L'ordre organisationnel est un ordre relatif, fragile, périssable, mais aussi, nous le verrons, évolutif et constructif. Le désordre n'est pas seulement antérieur (interactions au hasard) et postérieur (désintégration) à l'organisation, il y est présent de façon potentielle et/ou active.

L'exclusion du désordre caractérisait la vision classique de l'objet physique ; la vision organisationniste complexe inclut le désordre.

L'organisation ne peut s'organiser et organiser qu'en incluant la relation ordre/désordre en elle, non seulement dans la virtualisation/inhibition du désordre, mais aussi, comme il apparaît dans les soleils et dans les phénomènes vivants, dans son actualisation.

6. *La structure de l'organisation et l'organisation de la structure*

La notion de structure, très utile et intégrable dans l'idée d'organisation, ne peut résumer en elle cette idée. La structure est d'autant plus intégrable que c'est sous sa couverture, ou plutôt dans sa gangue que les réalités organisationnelles ont commencé à émerger à la conscience théorique (Piaget, 1970).

C'est en général l'ensemble des règles d'assemblage, de liaison, d'interdépendance, de transformations que l'on conçoit sous le nom de structure, et celle-ci, à la limite, tend à s'identifier à l'invariant formel d'un système.

Déjà, la réduction du système à l'organisation entraînerait une perte de phénoménalité et de complexité. Or, l'organisation est une notion plus complexe et riche que celle de structure. Donc, ni le système phénoménal (le tout en tant que tout, ses propriétés émergentes), ni l'organisation dans sa complexité ne peuvent être déduits de règles structurales. Toute conception seulement structuraliste, c'est-à-dire seulement intéressée à réduire les phénomènes systémiques et les problèmes organisationnels en termes de structure, entraînerait une grande déperdition d'intelligibilité, une perte brute de phénoménalité, une destruction de complexité[1]. En effet, l'idée de structure ne conçoit qu'une conjonction de règles nécessaires manipulant et combinant des unités de base. Elle demeure donc dans la dépendance du paradigme de l'ordre (ici intrasystémique) et des objets simples. Elle est aveugle à l'objet complexe, le système ; elle est aveugle aux relations complexes, et pourtant fondamentales, entre l'organisation et l'anti-organisation...

L'idée d'organisation, par contre, doit se référer nécessairement à l'unité complexe, et, nous le verrons de mieux en mieux par la suite, à un paradigme de complexité ; elle doit être conçue nécessairement en fonction du macro-concept trinitaire système/interrelation/organisation dans lequel elle s'insère ; elle doit être pensée de façon, non réductionniste, mais articulatrice, non simplifiante, mais multiramifiée ; elle comporte de façon nucléaire les idées de réciprocité d'action et de rétroaction ; cette dernière, qui boucle le système sur lui-même en un tout revenant sur ses parties, boucle du même coup l'organisation sur elle-même ; dès lors l'organisation apparaît comme une

---

[1]. Les questions de la structure et du structuralisme seront traitées de front à leur niveau théorique et épistémologique en tome III

réalité quasi récursive, c'est-à-dire dont les produits finaux se bouclent sur les éléments initiaux ; d'où l'idée que l'organisation est toujours aussi, en même temps organisation de l'—↱.

C'est une notion circulaire qui, tout en renvoyant au système, se renvoie à elle-même ; en effet, elle est constitutive des relations, formations, morphostases, invariances, etc., qui circulairement la constituent. L'organisation doit donc être conçue comme organisation de sa propre organisation, ce qui veut dire aussi qu'elle se referme sur elle-même en refermant le système par rapport à son environnement.

7. La clôture et l'ouverture organisationnelles :
il faut qu'un système soit ouvert et fermé

La théorie des systèmes, à la suite de la thermodynamique, oppose les systèmes ouverts (qui effectuent des échanges matériels, énergétiques ou/et informationnels avec l'extérieur) aux systèmes fermés (qui n'effectuent pas d'échanges avec l'extérieur). La théorie des systèmes a tout à fait pertinemment mis en relief l'idée que l'ouverture est nécessaire à l'entretien, au renouvellement, en un mot à la survie des systèmes vivants, mais elle n'a pas vraiment dégagé le caractère organisationnel de l'ouverture, et elle a posé l'idée d'ouverture en alternative d'exclusion avec l'idée de fermeture.

Or nous allons voir qu'ouverture et fermeture, à condition de considérer organisationnellement ces termes, et non seulement thermodynamiquement, ne sont pas en opposition absolue.

Tout d'abord, un système dit « clos » (n'opérant pas d'échanges matériels/ énergétiques) n'est pas une entité hermétique dans un espace neutre. Il n'est ni isolé ni isolable. Des caractères apparemment intrinsèques, comme la masse, ne peuvent être définis qu'en fonction des interactions gravitationnelles le reliant aux corps constituant son environnement. C'est dire que le tissu d'un système, même clos, se fonde sur des relations extérieures ; s'il n'est pas vraiment « ouvert », il n'est pas totalement « fermé ».

Si tout système clos n'est pas vraiment clos, tout système ouvert comporte sa fermeture. On peut même dire : c'est là où il y a véritablement ouverture organisationnelle qu'il y a véritablement fermeture organisationnelle.

Toute organisation, dans le sens où elle empêche aussi bien l'hémorragie du système dans l'environnement que l'invasion de l'environnement dans le système, constitue un phénomène de clôture. Et la clôture organisationnelle est d'autant plus nécessaire que, comme toujours, toute menace intérieure ouvre la porte à la menace extérieure.

L'idée de clôture, elle, apparaît dans l'idée clé de rétroaction du tout sur les parties, qui boucle le système sur lui-même, en dessine la forme dans l'espace ; elle apparaît dans l'idée récursive d'organisation de l'organisation, qui boucle l'organisation sur elle-même. L'une et l'autre accomplissent conjointement l'autonomie de l'unité complexe dans ce bouclage/fermeture, qui, non seulement est compatible avec l'ouverture des systèmes ouverts, mais ne devient boucle active que dans ces systèmes.

Le bouclage des systèmes organisationnellement non actifs (dits clos) n'est pas un vrai bouclage, c'est un blocage. C'est, si l'on peut dire, une boucle bloquée, ou un bloc bouclé. Ce blocage conserve par immobilisation une néguentropie originelle qui va résister plus ou moins longtemps aux forces de désintégration internes et externes. L'organisation est fixe, elle ne travaille pas. Cette fermeture est donc passive.

Par contre les organisations actives des systèmes dits ouverts assurent les échanges, les transformations qui nourrissent et opèrent leur propre survie : l'ouverture leur sert à se re-former sans cesse; ils se re-forment en se refermant, par boucles multiples, rétroactions négatives, cycles récursifs ininterrompus (cf. IIe partie, chap. II). Ainsi s'impose le paradoxe : un système ouvert est ouvert pour se refermer, mais est fermé pour s'ouvrir, et se referme en s'ouvrant. La fermeture d'un « système ouvert » est le bouclage sur soi. Je tenterai de démontrer cette proposition plus loin (p. 197). Ainsi l'organisation bouclée se distingue radicalement de l'organisation bloquée; elle est refermeture active qui assure l'ouverture active, laquelle assure sa propre fermeture :

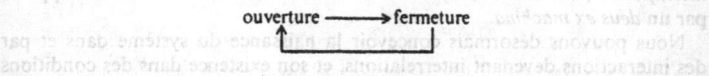

$$\text{ouverture} \longrightarrow \text{fermeture}$$

et ce processus est fondamentalement organisationnel. Ainsi l'organisation vivante s'ouvre pour se refermer (assurer son autonomie, préserver sa complexité) et se referme pour s'ouvrir (échanger, communiquer, jouir, exister...).

Il nous faut donc dépasser l'idée simple de fermeture qui exclut l'ouverture, l'idée simple d'ouverture qui exclut la fermeture. Les deux notions peuvent et doivent être combinées; nécessaires ensemble, elles deviennent relatives l'une à l'autre, l'une et l'autre, comme dans l'idée de frontière, puisque la frontière est ce qui à la fois interdit et autorise le passage, ce qui ferme et ce qui ouvre. Or ce lien ne peut être établi qu'au sein d'un principe organisationniste complexe. Nous verrons du reste que, plus un système est complexe, plus est ample son ouverture, plus est forte sa fermeture.

8. L'orgue

L'organisation est un concept polyphonique, polyscopique. L'organisation lie, forme, transforme, maintient, structure, ordonne, ferme, ouvre un système.

C'est-à-dire qu'elle relie organiquement ce qui lie, forme, transforme, maintient, structure, ordonne, ferme, ouvre le système.

Ce qui nous a amené à considérer l'organisation comme un concept de second ordre ou récursif, dont les produits ou effets sont nécessaires à sa propre constitution : l'organisation est la relation des relations, elle forme ce qui transforme, transforme ce qui forme, maintient ce qui maintient, structure ce qui structure, ferme son ouverture et ouvre sa fermeture; elle s'organise en organisant et organise en s'organisant. C'est un concept qui se boucle sur lui-même, fermé dans ce sens, mais ouvert dans le sens où, né d'interactions antérieures, il entretient des relations, voire opère des échanges avec l'extérieur.

Ces traits sont pertinents, je crois, pour tous systèmes et à ce titre, ils en constituent les universaux organisationnels. Les chapitres et tomes suivants nous en montreront les développements, diversifications et complexifications.

D. Le *dasein* physique : la relation au temps

L'ancien objet physique fut d'abord hors temps. Il était par postulat pérenne, périssable seulement par accident. Le second principe a montré qu'il pouvait, devait se dégrader, qu'il était périssable par nature et probabilité, mais seule sa dégradation devenait temporelle; sa formation demeurait intemporelle, comme si le système était donné de toute éternité ou apporté par un *deus ex machina*.

Nous pouvons désormais concevoir la naissance du système dans et par des interactions devenant interrelations, et son existence dans des conditions extérieures données. Donc tout système physique est un *dasein* (honneur de finitude que l'on croyait réservé à l'homme) — un *être-là*, dépendant de son environnement et soumis au temps.

Tout système physique est pleinement un être du temps, dans le temps, que le temps détruit. Il naît (d'interactions), il a une histoire (les événements externes et internes qui le perturbent et/ou le transforment), il meurt par désintégration. C'est évidemment lorsque la vie prendra forme que naissance et mort prendront un sens fort.

Le temps systémique n'est pas seulement celui qui va de la naissance à la dispersion, c'est aussi celui de l'évolution. Ce qui est évolutif, dans l'univers, ce qui se développe, prolifère, se complexifie, c'est l'organisation.

Un système est évolutif dans son existence puisque, par rapport à ses constituants, il est une forme nouvelle, une organisation nouvelle, de l'ordre nouveau, un être nouveau doté de qualités nouvelles. Il constitue la base de nouvelles morphogénèses, qui utiliseront ses émergences comme éléments primaires.

La modification dans l'agencement de ses constituants peut le faire évoluer. Enfin, et surtout ce sont les interrelations et inter-combinaisons entre systèmes qui seront évolutives. Effectivement, il y a une *évolution de la matière*, comme il est désormais reconnu. Elle va de la constitution des premiers noyaux dans le nuage primitif à la formation des astres et à la formation des atomes au sein des astres; puis, plus localement viennent les molécules et les macro-molécules ; enfin, en un point, peut-être seul, peut-être l'un parmi d'autres dans l'univers, une cellule vivante se crée. Cette évolution de la matière est en fait l'évolution de l'organisation, qui va continuer, après la cellule vivante, avec les organismes, les sociétés et, ultimes nées, les idées, formes noologiques d'organisation...

Le principe de sélection physique

L'idée de rencontres est nécessaire, mais insuffisante, pour comprendre l'évolution de la *physis* organisée, à partir des noyaux atomiques et des concentrations astrales, vers des systèmes de systèmes plus complexes. Il faut comprendre aussi, étant donné l'improbabilité et la fragilité toujours plus grande de ce qui devient complexe, comprendre l'évolution à partir de la consolidation de la fragilité et de l'improbabilité dans et par l'ordre organisationnel, dans et par l'acquisition de qualités émergentes (dont des qualités organisationnelles plus souples, de plus en plus aptes à résoudre des problèmes phénoménaux), dans et par l'aptitude à nouer des relations organisationnelles avec d'autres systèmes. Ainsi l'univers de l'organisation, né au hasard des rencontres, se maintient par ordre, nécessité, mais aussi *qualités*, faisant survivre et perdurer ce qui sinon aurait dû se dissoudre et se disperser.

Tout ce qui se stabilise devient à la fois une citadelle organisationnelle, protégeant le système contre les aléas, et une base de départ pour de nouvelles aventures.

Clôture organisationnelle, stabilité structurelle, ordre interne, permanence ou constance phénoménale constituent une indissociable constellation conceptuelle qui rend compte de la résistance du système aux pressions destructrices de l'intérieur et de l'extérieur.

La sélection ne joue pas seulement pour ce qui résiste passivement, poussivement, imperturbablement aux perturbations et agressions extérieures. Elle joue aussi pour ce qui est complexe, les avantages de la complexité contrebalançant sa fragilité. La résistance aux aléas peut s'effectuer, non seulement par insensibilité aux aléas, mais aussi par réponse aux aléas. Ainsi l'adaptation à l'aléa et l'intégration de l'aléa dans l'organisation vont constituer également une prime de sélection. Ce que l'organisation, en se complexifiant, perd en cohésion et rigidité, elle le gagne en souplesse, aptitude à se régénérer, à jouer de l'événement, du hasard, des perturbations.

De même la sélection ne joue pas seulement pour ce qui est solitaire (les particules et atomes épars dans l'univers), elle joue aussi pour ce qui est solidaire, c'est-à-dire les coalitions, associations, systèmes de systèmes de systèmes. Autrement dit la sélection physique ne joue pas pour une forme d'organisation, elle joue pour des formes très diversifiées d'organisation, elle joue pour l'organisation elle-même. Ce n'est pas seulement par hasard que tout ne s'est pas dispersé au hasard.

E. Au-delà du formalisme et du réalisme : de la *physis* à l'entendement, de l'entendement à la *physis* : le sujet/système et l'objet/système

La notion de système est soumise à la double pression, d'une part d'un réalisme assuré que la notion de système reflète les caractères réels des objets empiriques, d'autre part d'un formalisme, pour qui le système est un modèle idéal heuristique qu'on applique sur les phénomènes sans préjuger de leur réalité.

Le lecteur rencontre ici un problème de fond, qui se pose pour tous phénomènes et objets physiques, perçus et conçus par l'esprit humain. Dans un sens, toute description sur laquelle s'accordent divers observateurs renvoie à une « réalité » objective extérieure. Mais, en sens inverse, la même description renvoie aux catégories mentales et logiques, aux structures perceptives sans lesquelles il n'y aurait pas de description. Ce problème, qui est celui de la connaissance de la connaissance, sera traité de front en son heure (t. III). Toutefois, nous pouvons déjà inscrire la notion de système, non pas dans l'alternative réalisme/formalisme, mais dans une perspective où ces deux termes se présentent de façon à la fois complémentaire, concurrente et antagoniste.

1. *L'enracinement dans la* physis

Tous les systèmes, même ceux que nous isolons abstraitement et arbitrairement des ensembles dont ils font partie (comme l'atome, qui est en outre un objet partiellement idéel, ou comme la molécule) sont nécessairement enracinés dans la *physis*.

Les conditions de formation et d'existence sont physiques : interactions gravitationnelles, électro-magnétiques ; propriétés topologiques des formes ; conjonctures écologiques ; immobilisations et/ou mobilisations énergétiques. « Un système ne peut être qu'énergétique » disait Lupasco ; ce qui est une des façons de dire : *un système est nécessairement physique*. Un système idéal, comme la théorie que je tente d'élaborer, paye son tribut en énergie, provoque des modifications chimico-électriques dans mon cerveau, correspond aux propriétés stabilisatrices et morphogénétiques des réseaux neuronaux...

Enfin, l'inscription de la notion d'émergence, au cœur même de la théorie du système, y est l'inscription du non-réductible et non-déductible, de ce qui donc, dans la perception physique, résiste à notre entendement et à notre rationalisation, c'est-à-dire cet aspect du réel qui est aux antipodes de l'idéel.

Il y a donc, dans la théorie du système que j'esquisse, quelque chose d'irréductiblement lié à la phénoménalité physique par le bas (les interactions originaires et les interrelations qui maintiennent le système), par le pourtour (les seuils physiques d'existence au-delà desquels il se désintègre et se transforme), par le haut (les émergences).

2. Le système est une abstraction de l'esprit

De même que tout système échappe par quelque côté à l'esprit de l'observateur pour relever de la *physis*, tout système, même celui qui semble phénoménalement le plus évident, comme une machine ou un organisme, relève aussi de l'esprit dans ce sens où l'isolement d'un système et l'isolement du concept de système sont des abstractions opérées par l'observateur/concepteur.

Ashby faisait remarquer que « les objets peuvent représenter une infinité de systèmes également plausibles qui diffèrent les uns des autres par leurs propriétés » (Ashby, 1958, p. 274). Qui suis-je? Je peux me concevoir comme un système physique de milliards de milliards d'atomes; un système biologique de trente milliards de cellules; un système organismique de centaines d'organes; un élément de mon système familial, ou urbain, ou professionnel, ou social, ou national, ou ethnique...

Certes, il a été établi des distinctions qui permettent de catégoriser les systèmes. Ainsi on dira :

— *système*, pour tout système qui manifeste autonomie et émergence par rapport à ce qui lui est extérieur;

— *sous-système*, pour tout système qui manifeste subordination à l'égard d'un système dans lequel il est intégré comme partie;

— *supra-système*, pour tout système contrôlant d'autres systèmes, mais sans les intégrer en lui;

— *éco-système*, pour l'ensemble systémique dont les interrelations et interactions constituent l'environnement du système qui y est englobé;

— *méta-système* pour le système résultant des interrelations mutuellement transformatrices et englobantes de deux systèmes antérieurement indépendants.

En fait, les frontières entre ces termes ne sont pas nettes, et ces termes eux-mêmes sont interchangeables selon le cadrage, le découpage, l'angle de prise de vues que l'observateur effectue sur la réalité systémique considérée. La détermination du caractère systémique, sub-systémique, éco-systémique, etc., relève de sélections, intérêts, choix, décisions, qui eux-mêmes relèvent de conditions culturelles et sociales où s'inscrit l'observateur/concepteur. Est système ce qu'un observateur considère du point de vue de son autonomie et de ses émergences (occultant par là même les dépendances qui, sous un autre angle, le définiraient comme sous-système). Est sous-système ce qu'un observateur considère du point de vue de son intégration et de ses dépendances. Et ainsi de suite. Ainsi le même « holon » peut être considéré comme éco-système, système, sub-système, selon la focalisation du regard observateur. Si l'observateur étudie la bactérie *Escherichia coli* de nos intestins en tant que système vivant, l'intestin humain devient l'éco-système nourricier de la bactérie; s'il étudie l'intestin comme système, la bactérie devient un élément plus ou moins parasitaire, intégré dans le fonctionnement dudit système; l'intestin devient sub-système quand évidemment on considère l'organisme dans son entier. *Ainsi, non seulement il n'y a pas de frontière nette entre ces notions (dans la réalité), mais elles sont interchangeables (par l'observateur).*

Elles sont également variables selon les observateurs : une bombe atomique, pour le mécanicien, est la réunion d'éléments solides comportant deux blocs d'uranium; pour l'atomiste, un système de noyaux et de neutrons; pour le chimiste, un système d'atomes d'uranium; pour le ministre, un élément du système de la Défense nationale; et pour tous, la destruction potentielle des systèmes vivants.

Enfin, et ce sont les plus importants, il est des cas où l'incertitude domine toute caractérisation : la société est-elle l'éco-système de l'individu ou celui-ci est-il le constituant périssable et renouvelable du système social? L'espèce humaine est-elle supra-système ou est-elle *le* système? Nous ne pouvons pas sortir de l'incertitude, mais nous pouvons la penser et concevoir le concept homme comme un polysystème trinitaire dont les termes :

$$\text{individu} \underset{\text{société}}{\triangledown} \text{espèce}$$

sont à la fois complémentaires, concurrents et antagonistes. Du coup, cela requiert une construction théorique et une conception complexe du système, c'est-à-dire, encore, la participation active de l'observateur/concepteur.

Il y a donc toujours, dans l'extraction, l'isolement, la définition d'un système, quelque chose d'incertain ou d'arbitraire : il y a toujours décision [1] et choix, ce qui introduit dans le concept de système la catégorie du *sujet*. Le sujet intervient dans la définition du système dans et par ses intérêts, ses sélections et finalités, c'est-à-dire qu'il apporte dans le concept de système, à travers sa surdétermination subjective, la surdétermination culturelle, sociale et anthropologique.

Ainsi le système requiert un sujet, qui l'isole dans le grouillement polysystémique, le découpe, le qualifie, le hiérarchise. Il renvoie, non seulement à la réalité physique dans ce qu'elle a d'irréductible à l'esprit humain, mais aussi aux structures de cet esprit humain, aux intérêts sélectifs de l'observateur/sujet, et au contexte culturel et social de la connaissance scientifique.

Du caractère subjectif du systémisme découlent deux conséquences extrêmement importantes.

La première est un principe d'incertitude quant à la détermination du système dans son contexte et son complexe polysystémique.

La seconde conséquence est un principe d'art. En effet, le découpage systémique peut être soit un charcutage de l'univers phénoménal, qui sera

---

1. « Est système ce dont l'homme-système et l'ingénieur-système ont décidé qu'il serait un système » (Barel, 1976).

L'organisation

débité en systèmes arbitraires, soit au contraire l'art du boucher habile qui découpe son bœuf en suivant le tracé des articulations. La sensibilité systémiste sera comme celle de l'oreille musicienne qui perçoit les compétitions, symbioses, interférences, chevauchements des thèmes dans la même coulée symphonique, là où l'esprit brutal ne reconnaîtra qu'un seul thème environné de bruit. L'idéal systémiste ne saurait être l'isolement du système, la hiérarchisation des systèmes. Il est dans l'art aléatoire, incertain, mais riche et complexe comme tout art, de concevoir les interactions, interférences et enchevêtrements polysystémiques. Les notions d'art et de science, qui s'opposent dans l'idéologie techno-bureaucratique dominante, doivent ici, comme partout où il y a vraiment science, s'associer.

Ainsi, le concept de système requiert le plein emploi des qualités personnelles du sujet, dans sa communication avec l'objet. Il se différencie radicalement du concept classique d'objet. Celui-ci renvoyait, soit seulement au « réel », soit seulement à l'idéel. Le système renvoie très profondément au réel, il est plus réel, parce que beaucoup plus enraciné et lié à la *physis* que l'ancien objet quasi artificiel dans son pseudo-réalisme; en même temps, il renvoie très profondément à l'esprit humain, c'est-à-dire au sujet, lui-même immergé culturellement, socialement, historiquement. Il requiert une science physique qui soit en même temps une science humaine.

3. *Concept-fantôme, concept-pilote*

Le système est donc bien un concept à double entrée : l'une physique, phénoménale, empirique; l'autre formelle, idéelle. Von Bertalanffy est parti d'une totalité phénoménale concrète, l'organisme vivant; il a abouti à une théorie générale des systèmes. A l'inverse, Ashby est parti des systèmes idéaux dont il a fait la typologie. Les deux aspects sont les deux visages du nouveau concept de système. Celui-ci participe des objets phénoménalement localisables et des objets idéaux sans s'identifier totalement aux uns et aux autres. En son cœur organisationnel peuvent se rencontrer l'interrelation physique et la relation propre à la formalisation mathématique.

Le système est physique par les pieds, mental par la tête. Il a besoin d'être conçu logiquement, mais la logique doit partir de la base physique des parties et elle ne peut que béer devant l'émergence.

Dans sa double nature, le système est un concept-fantôme. Comme le fantôme il a la forme des êtres matériels, il en est le spectre; mais comme le fantôme il est immatériel. Il lie idéalisme et réalisme, sans se laisser enfermer dans l'un ou l'autre. En effet, il ne concerne, ni la « forme », ni le « contenu », ni les éléments conçus isolément, ni le tout seul, mais tout cela lié dans et par l'organisation qui les transforme. Le système est un modèle, qui se laisse aussi modeler par les qualités propres à la phénoménalité. L'idée d'organisation est une simulation logique, mais comme elle comporte des éléments a-logiques (antagonisme, émergences), elle est aussi reflet de ce qu'elle simule, qui la stimule.

Aussi, le système oscille entre le modèle idéal et le reflet descriptif des objets empiriques, et il n'est vraiment ni l'un ni l'autre. Les deux pôles d'appréhension antagonistes sont ici complémentaires, tout en demeurant antagonistes. Pour nous, on le verra mieux si on continue à lire ce travail, le système le plus physique est aussi par quelque aspect mental et le système le plus mental est par quelque aspect physique.

C'est dire que le concept de système n'est pas une recette, un wagon qui nous emporte vers la connaissance. Il n'offre aucune sécurité. Il faut le chevaucher, le corriger, le guider. C'est une notion pilote, mais à condition d'être pilotée.

4. La transaction sujet/objet

Le concept de système ne peut être construit que dans et par la transaction sujet/objet, et non pas dans l'élimination de l'un par l'autre.

Le réalisme naïf qui prend le système comme objet réel élimine le problème du sujet ; le nominalisme naïf qui prend le système pour un schème idéel élimine l'objet. Mais il élimine aussi le problème du sujet, puisqu'il considère dans le modèle idéel, non sa structure subjective, voire culturelle, mais sa valeur d'efficacité dans la manipulation et la prévision.

En fait l'objet, qu'il soit « réel » ou idéel, est aussi un objet qui dépend d'un *sujet*.

Par cette voie systémique, l'observateur, exclu de la science classique, le sujet, énucléé et renvoyé aux poubelles de la métaphysique, font leur rentrée au cœur même de la *physis*. D'où cette idée, que nous suivrons à la trace : il n'y a plus de *physis* isolée de l'homme, c'est-à-dire isolable de son entendement, de sa logique, de sa culture, de sa société. Il n'y a plus d'objet totalement indépendant du sujet.

La notion de système, ainsi entendue, conduit donc le sujet, non seulement à vérifier l'observation, mais à y intégrer l'auto-observation.

5. Le système observant et le système observé

Ici intervient une curieuse nouveauté. La relation entre l'observateur et le système observé, entre le sujet et l'objet, peut être enveloppée et traduite en termes systémiques.

En effet, tout système observé dans la nature est lié à un système de systèmes, lequel est lié à d'autres systèmes de systèmes, et, de proche en proche, il se raccorde à la *physis* organisée ou Nature qui est un polysystème de polysystèmes. En même temps, ce système observé est perçu et conçu par un système cérébral, lequel fait partie d'un système vivant du type *homo*, lequel est inscrit dans un polysystème socio-culturel, et, de proche en proche, il se raccorde à tout l'univers anthropo-social.

Ainsi l'observation et l'étude d'un système enchaînent l'une à l'autre *en termes systémiques* l'organisation physique et l'organisation des idées. Le

L'organisation

système observé, et par conséquent la *physis* organisée dont il fait partie, et l'observateur-système, et par conséquent l'organisation anthropo-sociale dont il fait partie deviennent interrelationnés de façon cruciale : l'observateur fait *aussi* partie de la définition du système observé, et le système observé fait *aussi* partie de l'intellect et de la culture de l'observateur-système. Il se crée dans et par une telle interrelation une nouvelle totalité systémique qui englobe l'un et l'autre.

La nouvelle totalité systémique qui se constitue en associant le système-observé et l'observateur-système peut, dès lors, devenir méta-système par rapport à l'un et à l'autre, s'il est possible toutefois de trouver le méta-point de vue, qui permette d'observer l'ensemble constitué par l'observateur et son observation.

On peut avoir une vue simplifiante de cette relation, et réduire à l'extrême soit l'importance de l'observateur, soit celle de la *physis*. Dans le premier sens, l'observateur sera seulement un supra-système, dont la théorie donne à voir les systèmes phénoménaux autonomes.

Dans le second sens, l'accent sera mis sur le caractère idéologique, culturel et social du système théorique (la théorie des systèmes) où s'inscrit la conception d'un système physique.

La relation systémique entre observateur et observation peut être conçue de façon plus complexe, où l'esprit de l'observateur/concepteur, sa théorie, et, plus largement, sa culture et sa société sont conçus comme autant d'enveloppes éco-systémiques du système physique étudié; l'éco-système mental/culturel est nécessaire pour que le système émerge comme concept; il ne crée pas le système considéré, mais il le co-produit et nourrit son autonomie relative. C'est le point de vue que j'adopte ici provisoirement.

On peut et doit aussi aller au-delà dans la recherche d'un point de vue méta-systémique : on ne peut plus échapper au problème épistémologique clé qu'est celui de la relation entre d'une part le groupe polysystémique constitué par le sujet concepteur et son enracinement anthropo-social, d'autre part le groupe polysystémique constitué par l'objet-système et son enracinement physique. Dès lors, il s'agit d'élaborer le méta-système de référence d'où l'on puisse embrasser à la fois l'un et l'autre groupe qui y communiqueraient et s'y entrorganiseraient. C'est dans cette perspective, à la fois impossible et interdite par la science classique, que s'ouvre la voie du nouveau développement théorique et épistémologique; *ce développement nécessite non seulement que l'observateur s'observe lui-même observant les systèmes, mais aussi qu'il s'efforce de connaître sa connaissance.*

Enfin, l'articulation systémique qui s'établit entre l'univers anthropo-social et l'univers physique, *via* le concept de système, nous suggère qu'un caractère organisationnel est fondamentalement commun à tous systèmes. La possibilité de poser, en termes systémiques, aussi bien l'organisation de la *physis* que l'organisation de la connaissance, suppose une homologie organisationnelle préliminaire. Cette homologie permettrait la rétroaction organisatrice de notre entendement anthropo-social sur le monde physique dont cet entendement est issu par évolution. Dans ce sens, l'organisation de la *physis* et l'organisation mentale ne seraient pas absolument étrangères l'une à l'autre (chacune jouant un rôle co-producteur à l'égard de l'autre), sans qu'on puisse pour autant faire rentrer la richesse inouïe de la *physis* dans les cadres systémiques de l'esprit humain, sans que l'on puisse non plus réduire la richesse et l'originalité de l'esprit humain aux principes systémiques premiers examinés dans ce chapitre. Je veux seulement indiquer dès maintenant que *la théorie de l'organisation va concerner de plus en plus, en se développant, et dans son intimité, l'organisation de ma théorie. Nous allons voir que le concept de système se prête à des élaborations théoriques qui permettent de le dépasser. Nous allons voir que la théorie complexe du système transforme le système théorique qui la forme.*

J'espère qu'on l'a compris : il ne s'agit pas ici d'une visée hégélienne cherchant à dominer le monde des systèmes par le Système des Idées. Il s'agit de la recherche de l'articulation, secrète et extraordinaire, entre l'organisation de la connaissance et la connaissance de l'organisation.

V. La complexité de base

A. La complexité de l'unité complexe

La simplification isole, c'est-à-dire occulte le relationnisme consubstantiel au système (relation, non seulement avec son environnement, mais avec d'autres systèmes, avec le temps, avec l'observateur/concepteur). La simplification réifie, c'est-à-dire occulte la relativité des notions de système, sous-système, supra-système, etc. La simplification dissout l'organisation et le système.

Il est nécessaire certes de connaître les principes *simples* d'interactions d'où découlent les combinaisons innombrables, riches et complexes. Ainsi nous savons désormais avec fruit que la grande diversité des atomes, l'infinie diversité des molécules se constitue à partir de combinaisons entre protons, neutrons, électrons, obéissant à quelques principes d'interactions. Nous savons que quelques règles simples permettent l'infinie diversité des combinaisons génétiques des êtres vivants. Nous savons que les principes d'organisation du langage permettent de combiner les phonèmes dans des discours à l'infini. Mais, se contenter de ce type d'explication, c'est escamoter la complexité de départ (le jeu ordre/désordre/interactions) et la complexité d'arrivée : l'organisation complexe de telles combinaisons en systèmes et systèmes de systèmes. Connaître la vie, ce n'est pas seulement connaître l'alphabet du code génétique, c'est connaître les qualités organisationnelles et émergentes des êtres vivants. La littérature, ce n'est pas seulement la grammaire et la syntaxe, c'est Montaigne et Dostoïevski.

L'organisation

Il nous faut donc être capable de percevoir et concevoir les unités complexes organisées. Malheureusement et heureusement l'intelligibilité de la complexité nécessite une réforme de l'entendement.

Unitas multiplex : *le macro-concept*

Il faut tout d'abord être capable de concevoir la pluralité dans l'un. Alors que nous concevons aisément que des atomes s'associent pour former une molécule, que des molécules associées constituent une macro-molécule, nous ne nous sommes pas encore hissés au niveau moléculaire des idées où des concepts s'associent en un macro-concept.

Or nous ne pouvons concevoir l'unité complexe organisée que sous forme d'un macro-concept trinitaire, autour de quoi se dispose toute une constellation satellite. Ce macro-concept :

système ▽ interrelation
organisation

est, répétons-le une ultime fois, indissociable. L'organisation d'un système et le système lui-même sont constitués d'interrelations. La notion de système complète la notion d'organisation autant que la notion d'organisation complète celle de système. L'organisation articule la notion de système laquelle phénoménalise la notion d'organisation, en la liant à des éléments-matériaux et à un tout phénoménal. L'organisation est le visage intériorisé du système (interrelations, articulations, structure), le système est le visage extériorisé de l'organisation (forme, globalité, émergence).

Unitas multiplex : *l'unité de, dans la diversité*

Il est encore plus difficile de penser ensemble l'un et le divers : qui privilégie l'*Un* (comme principe fondamental) dévalue le divers (comme apparence phénoménale); qui privilégie le divers (comme réalité concrète) dévalue l'*un* (comme principe abstrait). La science classique s'est fondée sur l'*Un* réductionniste et impérialiste, qui rejette le divers comme épiphénomène ou scorie. Or sans principe d'intelligibilité qui saisisse l'*un* dans la diversité et la diversité dans l'*un*, nous sommes incapables de concevoir l'originalité du système. Le système est une *complexion* (ensemble de parties diverses interrelationnées); l'idée de complexion nous conduit à celle de complexité quand on associe l'un et le divers. Le système est une unité qui vient de la diversité, qui lie de la diversité, qui porte en lui de la diversité, qui organise de la diversité, qui produit de la diversité. Du principe d'exclusion de Pauli au principe de différenciation et de multiplication biologique, l'organisation systémique crée, produit, maintient, développe de la diversité intérieure en même temps qu'elle crée, maintient, développe de l'unité. Il faut donc saisir l'un et le divers comme deux notions, non seulement antagonistes ou concurrentes, mais aussi complémentaires.

L'Un est complexe

Nous arrivons ici à la question de l'identité complexe. Déjà la réflexion cosmogénésique nous a indiqué que l'*Un* était en miettes (tout en demeurant sans doute *un*); ici la réflexion systémique nous affronte au paradoxe logique de l'*unitas multiplex*. L'unité du système n'est pas l'unité de Un est Un. Un est à la fois *un* et *non-un*. Il y a brèche et ombre dans la logique de l'identité. Nous l'avons vu : il y a non seulement diversité dans l'*un*, mais aussi relativité de l'*un*, altérité dans l'*un*, incertitudes, ambiguïtés, dualités, scissions, antagonismes.

L'Un est devenu relatif par rapport à l'autre. Il ne peut être défini seulement de façon intrinsèque. Il a besoin, pour émerger, de son environnement et de son observateur. Étant donné qu'il fait partie d'une totalité polysystémique, sa définition comme système ou sous-système, supra-système ou éco-système, varie selon la façon dont on le situe parmi d'autres systèmes. Il y a donc effectivement relativité de l'un par rapport à l'autre. Il y a également altérité au sein de l'un. La formule S $\neq$ S nous montre que l'un est autre que l'ensemble des parties considérées en addition ou juxtaposition. De même, toute modification dans l'agencement des mêmes constituants, comme nous l'avons vu, crée un autre système, doté de qualités différentes, bien que rien n'ait changé dans la composition de ces éléments. L'un est double, et multiplement double. Chaque partie a double identité, et le tout lui-même a une double identité : il n'est pas tout et il est tout. Il porte l'unité et aussi la scission.

L'antagonisme dans l'Un

L'inclusion de l'antagonisme au cœur de l'unité complexe est sans doute l'atteinte la plus grave au paradigme de simplicité, et l'appel le plus évident à l'élaboration d'un principe et d'une méthode de la complexité.

L'anti-organisation fait partie de l'organisation, puisqu'il n'y a pas d'organisation qui ne détermine, ne serait-ce qu'à titre virtuel, des antagonismes internes; les organisations les plus complexes comportent même dans leur principe et leur activité des jeux antagonistes. Mais en même temps, l'antagonisme demeure la menace mortelle. L'antagonisme ne peut donc pas être simplifié, c'est-à-dire soit désamorcé et totalement intégré dans l'organisation, soit seulement porteur de désintégration.

C'est Héraclite qui a exprimé avec le sens le plus intense de la complexité le lien complémentaire/antagoniste entre « ce qui est complet et qui ne l'est pas, ce qui concorde et ce qui discorde, ce qui est en harmonie et ce qui est en désaccord ». Depuis, l'idée qui lie complémentarité à antagonisme tout en maintenant leur opposition est sans cesse revenue hanter la pensée

L'organisation

occidentale, de Héraclite à Hegel en passant par Nicolas de Cues (la *coincidentia oppositorum*), et sans relâche la tradition occidentale a exorcisé l'idée d'*antagonisme interne à l'unité*.

L'idée nucléaire, commune à Héraclite, Hegel, Marx est que l'antagonisme, tapi ou œuvrant au cœur de l'Un, joue un rôle non seulement destructeur, mais constructeur. La constructivité de la négativité nous est effectivement apparue dans le chapitre précédent (où le désordre, qui est l'opposé de l'ordre, est nécessaire à son élaboration tout en demeurant destructeur). La négativité de la constructivité nous est apparue dans ce chapitre et s'installe au cœur de la théorie de l'organisation.

L'idée d'antagonisme, dévaluée par ses origines philosophiques et ses dévergondages dialectiques, n'a pas obtenu droit d'entrée dans la pensée scientifique. Toutefois la micro-physique a désormais installé dans l'ombre de chaque particule son anti-particule à la fois donc complémentaire et antagoniste, et elle en est venue à concevoir une anti-matière. Mais l'association de ces termes antagonistes est demeurée liée toujours à leur contexte spécifique. Seul Stéphane Lupasco a osé une théorie de la *physis* fondée sur l'idée d'antagonisme (Lupasco, 1951, 1962); malheureusement l'antagonisme est devenu chez lui un maître-mot, un *deus ex machina*, et la notion, sans cesse répétée et rabâchée, n'a pas été, en tant que telle, développée, relationnée, relativisée.

La cybernétique, nous le verrons, portait en elle un principe interne d'antagonisme (le *feed-back* positif), mais elle l'a atrophié, anesthésié, intégré dans une théorie quasi mécanistique de la régulation; tout ce qui suscite déviances et antagonismes est du « bruit » que le système doit éliminer, alors qu'il s'agit aussi de sa nécessaire part négative. De même la biologie a contourné le principe d'antagonisme, tant dans sa phase organismique d'harmonies et complémentarités que dans sa nouvelle phase cybernético-moléculaire.

Donc, nulle part dans les sciences, l'idée parfois empiriquement reconnue d'antagonisme n'a pu prendre racine.

On voit donc bien le problème : intégrer dans la théorie scientifique une idée qui a préalablement émergé dans la philosophie; ce qui doit entraîner, non seulement la modification de l'idée philosophique en idée scientifique, mais une modification de l'idée de science elle-même. C'est-à-dire une répudiation de l'idée maîtresse de simplification (qui ne pouvait qu'éliminer tout antagonisme en l'Un) au profit d'une idée matricielle de complexité.

La complexité surgit donc au cœur de l'Un à la fois comme relativité, relationnalité, diversité, altérité, duplicité, ambiguïté, incertitude, antagonisme, et dans l'union de ces notions qui sont les unes à l'égard des autres complémentaires, concurrentes et antagonistes. Le système est l'être complexe qui est plus, moins, autre que lui-même. Il est à la fois ouvert et fermé. Il n'y a pas d'organisation sans anti organisation. Il n'y a pas de fonctionnement sans dysfonction...

Les choses ne sont pas que des choses

Il est désormais impossible d'enfermer la richesse des systèmes dans des notions simples et closes. Le nouveau type d'intelligibilité doit pouvoir associer des notions antagonistes et intégrer l'ambiguïté, comprendre la complexité réelle des objets et de leur relation avec la pensée qui les conçoit.

Un univers d'entités se désintègre : celui des unités simples, des objets-choses bien distincts dans un milieu-théâtre, soumis aux lois de l'univers.

Il n'y a plus l'univers homogène et uniforme des objets vêtus de noir. Il y a la diversification interne et externe. Il n'y a plus d'objet substantiel, il y a le système organisé. Il n'y a plus d'unité simple, il y a unité complexe. A l'objet clos se substitue le système à la fois ouvert et fermé. Là où il était clos, il s'ouvre à l'environnement, au temps, à l'évolution, à l'observateur. Là où il était vide, il se ferme organisationnellement. Clos, il garde son autonomie, ouvert, il offre sa possibilité de communiquer et de se transformer.

Les objets et les concepts perdent leurs vertus aristotéliciennes et cartésiennes : substantialité, clarté, distinction... Mais ces vertus étaient des vices de simplification et de dénaturation.

Les objets, on avait fini par l'ignorer, sont très peu objets. L'idée d'objet n'est qu'une coupe, un tronçon, une apparence, une face, la face simplifiante et unidimensionnelle d'une réalité complexe qui prend racine à la fois dans l'organisation physique et dans l'organisation de nos représentations anthropo-socio-culturelles. Les choses ne sont pas seulement des choses, avait dit, un jour, il y a longtemps, Robert Pagès, et cette phrase, qui m'avait marqué, a dû attendre quinze ans avant de pouvoir, enfin, faire fleurir ici, pour moi, sa signification.

B. La complexité de base

On peut maintenant tenter une nouvelle définition du système. La première définition « une interrelation d'éléments divers constituant une entité ou unité globale » portait en elle des richesses, des complexités et des difficultés que ne laissait pas prévoir son évidence triviale, et qui sont apparues en cours de route. Désormais le système, ou unité complexe organisée, nous apparaît comme un concept pilote résultant des interactions entre un observateur/concepteur et l'univers phénoménal ; il permet de représenter et concevoir des unités complexes, constituées d'interrelations organisationnelles entre des éléments, des actions ou d'autres unités complexes ; l'organisation, qui lie, maintient, forme et transforme le système comporte ses principes, règles, contraintes et effets propres ; l'effet le plus remarquable est la constitution d'une forme globale rétroagissant sur les parties, et la production de qualités émergentes, tant au niveau global qu'à celui des parties ; la notion de système n'est ni simple, ni absolue ; elle

L'organisation

comporte, dans son unité, relativité, dualité, multiplicité, scission, antagonisme ; le problème de son intelligibilité ouvre une problématique de la complexité.

Il ne s'agit plus maintenant d'une définition à proprement parler du système, mais d'une recension des traits conjoints et articulables nécessaires pour que le concept de système puisse être *pilote*, c'est-à-dire un guide de lecture pour tous phénomènes d'organisation physiques, biologiques, anthropologiques, idéologiques, y compris le système théorique que je commence à élaborer ici. Cette définition-pilote, concernant le dénominateur commun de tout ce qui est organisé, a donc valeur universelle. *Le système est donc conçu ici comme le concept complexe de base concernant l'organisation.* C'est, si l'on peut dire, le concept complexe le plus simple. En effet *il n'y a plus, il n'y aura plus de concepts simples à la base, pour quelque objet physique que ce soit, ergo pour l'univers.*

Le système est le concept complexe de base, parce qu'il n'est pas réductible à des unités élémentaires, des concepts simples, des lois générales. Le système est l'unité de complexité. C'est le concept de base, car il peut se développer en systèmes de systèmes de systèmes, où apparaîtront les machines naturelles et les êtres vivants. Ces machines, ces êtres vivants sont *aussi* des systèmes, mais ils sont déjà autre chose. Notre but n'est pas de faire du systémisme réductionniste. *Nous allons utiliser universellement notre conception du système, non pas comme le maître-mot de la totalité, mais à la racine de la complexité.*

La complexité, dans notre premier chapitre, a envahi l'univers. Au cours de ce chapitre elle s'est installée au cœur de l'organisation, au cœur du système. Contrairement à l'idée trop simple qui faisait de l'homme le seul être complexe (et cette idée était si simplette qu'elle rendait incapable de concevoir la complexité de l'homme), contrairement à l'idée plus libérale qui accordait la complexité au vivant face à la simplicité de la nature physique, *la complexité est partout*. Au commencement était la complexité : la genèse est l'autre face d'une désintégration. Aux horizons la complexité puisque tous nos concepts se tordent et se courbent dans la relativité cosmologique, tous nos concepts se brisent dès qu'ils sont emportés au-delà de la vitesse de la lumière. A la base même triomphe la complexité : *la matière simple de la physique classique était de l'organisation complexe !* Bien plus, là où l'on croyait tenir l'unité élémentaire simplicissime on voit surgir la plus incroyable de toutes les complexités. Nous avons vu que la particule n'est pas que la particule, et peut-être n'est-elle pas même une particule. A ce niveau, les problèmes de complexité sont non pas atténués, mais aggravés : l'incertitude dans la connaissance, la déréification de la notion d'objet et de matière, l'irruption de la contradiction logique dans la description, l'interaction entre l'objet et l'observateur. La particule n'est peut-être que la phénoménalisation locale d'une complexité inconnue qui nous renvoie au problème de l'être de la *physis*. Ce qui veut dire enfin et surtout qu'au fondement de la *physis* il n'y a pas de simplicité, mais la complexité même. Et pourtant, on continue à demeurer taupes, ignorant que la simplicité de notre cosmos potiche et de notre *physis* postiche viennent de se briser. Nous nous croyions encore sur le roc ferme de la simplicité. Mais notre île est faite de systèmes de systèmes de systèmes. Là aussi règne la complexité. Le système crée de la complexité, maintient de la complexité, développe de la complexité. Il naît et meurt parce qu'il est complexe. Il n'y a donc plus nulle part une base empirique simple, une base logique simple pour considérer le substrat physique. Le simple n'est qu'un moment arbitraire d'abstraction, qu'un moyen de manipulation arraché aux complexités.

C. La complexité à la barre; utilité et insuffisance de plus en plus grandes de la théorie du système

Le système est la complexité de base. Nous allons sur cette base essayer de suivre les développements de la complexité des phénomènes organisés, c'est-à-dire les développements de la diversité dans l'unité, de l'autonomie des individus, des formes d'interrelation de plus en plus souples, des polysystèmes de plus en plus riches et émergents.

Il n'y a pas de développement linéaire de la complexité; la complexité est complexe, c'est-à-dire inégale et incertaine. Il n'y a pas de préexcellence en complexité du macro-système sur le micro-système qu'il intègre : ainsi l'atome est d'organisation beaucoup plus complexe que la molécule; l'organisation des unicellulaires est beaucoup plus complexe que les premières organisations pluricellulaires; les individus humains, par leur aptitude réflexive et leur conscience, sont sur ce plan plus complexes que les sociétés dont ils font partie. Les idées, nées dans les sociétés d'*homo sapiens*, sont encore beaucoup moins complexes, dans leur organisation en systèmes théoriques, que l'organisation du moindre être vivant. Elles sont encore, nous le verrons, très barbares dans leur raideur, balourdise, grossièreté. Et ce à quoi s'essaie ce travail, c'est, en révélant la complexité de la *physis* et de la vie, de complexifier un peu le système des idées, c'est-à-dire de civiliser la théorie et l'intelligence...

Les développements de la complexité vont déborder la notion de système. Ainsi, quand nous allons aborder l'organisation des êtres-machines et des existants, nous verrons que ces êtres et existants, sans cesser d'être des systèmes, sont bien plus que des systèmes. Nous verrons que l'être, l'existence, la vie débordent de toutes parts la notion de système; ils l'enveloppent, mais ne sont pas enveloppés par elle. Nous devinons déjà que réduire la vie à la notion de système, c'est faire de la vie un concept-squelette, nécessaire comme tout squelette, mais sans chair, sans cerveau, sans vie. Il faut parler, non seulement du polysystème vivant, mais des *êtres vivants*, terme évident, pourtant ignoré du vocabulaire systémique et même biologique. Bien que l'être vivant soit système, on ne peut réduire le vivant au systémique. Réduire au système, c'est chasser l'existence et l'être. Le terme

L'organisation

« les systèmes vivants » est une abstraction démentielle s'il fait disparaître tout sens de la vie. Ici, je l'utiliserai, ce terme de « système vivant », mais uniquement pour évoquer l'aspect systémique du vivant, jamais pour ne voir, dans le vivant, qu'un système. Quelle terrifiante pauvreté de ne percevoir, dans un être vivant, qu'un système. Mais quelle niaiserie de ne pas y voir aussi un système. Je sais que mon attitude, si évidente qu'elle me semble, ne sera pas entendue, parce que la plupart de ceux qui me liront obéissent toujours au paradigme de simplification qui enjoint l'alternative là où il faudrait le dépassement par intégration des points de vue opposés. Aussi ma lutte sera difficile, parce qu'elle est à mener sur deux fronts. Je m'emploierai à la tâche, apparemment prud'hommesque, en fait dialectique, de défendre le système et au besoin de le combattre. La théorie du système que je propose est aussi anti-systémique.

Je dirai même plus : plus on dépasse le système, plus on en a besoin. *C'est là où la théorie du système est de moins en moins suffisante qu'elle devient de plus en plus nécessaire.* En effet, la théorie du système s'anime là où il y a jeu actif des interactions, rétroactions, émergences, contraintes, là où les antagonismes entre parties, entre les parties et le tout, entre l'émergent et l'immergé, le structurel et le phénoménal se mettent en mouvement. La théorie du système prend vie là où il y a vie, et son plus grand intérêt théorique se déploie au niveau des sociétés humaines, qu'il serait par ailleurs grossier et mutilant de réduire à la notion de système.

Aussi, il faut bien comprendre que mon propos, bien que intégralement systémique, s'oppose à la plupart des discours systémistes, qui, croyant avoir surmonté le paradigme de simplification en refusant de réduire le système à ses constituants, y succombent en réduisant toutes choses et tous êtres à la notion de système.

L'idée de système est une idée à deux versants : sur un versant, il y a unification et réduction sous le couvert d'un concept-sac général et abstrait ; sur l'autre, l'universalité du système nous invite à transformer notre regard et restructurer notre pensée. Yves Barel l'a fort bien vu et dit : « L'idée de système est une Problématique au sens fort ou exact du terme, c'est-à-dire une façon de découvrir des problèmes qui pourraient ne pas être aperçus autrement. Elle n'a pas, en elle-même, la force de trouver une solution à ses problèmes » (Barel, 1976, p. 7). Il faut aller vers le système-problème, non vers le système-solution. Mon propos n'est pas d'entreprendre une lecture systémique de l'univers ; il n'est pas de découper, classer, hiérarchiser les différents types de systèmes, depuis les systèmes physiques jusqu'au système *homo*. *Mon propos est de changer le regard sur toutes choses, de la physique à* homo. Non pas de dissoudre l'être, l'existence, la vie dans le système, mais de comprendre l'être, l'existence, la vie, avec l'aide, aussi, du système. C'est-à-dire, d'abord, mettre sur toutes choses l'*accent circomplexe !* C'est ce que j'ai tenté d'indiquer : la complexité à la base, la complexité à la barre.

DEUXIÈME PARTIE

Organisaction
(l'organisation active)

1. Les êtres-machines

> *Carnot parle de sa machine, il parle du monde, météores, mers et soleils, il parle des groupes humains, de la circulation des signes.*
>
> Michel Serres.

Au commencement était l'action

Aussi loin que nous pouvons concevoir le passé cosmique, il est mouvements et interactions. Aussi loin que nous puissions concevoir les profondeurs de la *physis*, nous trouvons agitations et interactions particulaires. Immobilité, fixité, repos sont des apparences locales et provisoires, pour certains états (solides), à l'échelle de nos durées et perceptions humaines. La *physis* est active. Le cosmos est actif.

Que signifie action? Action ne signifie pas seulement mouvement ayant une application et un effet. Action signifie, on l'a vu, *interactions*, terme clé et central [1], lequel comporte diversement des *réactions* (mécaniques, chimiques), des *transactions* (actions d'échanges), des *rétroactions* (actions qui agissent en retour sur le processus qui les produit, et éventuellement sur leur source et ou leur cause).

Ces interactions, réactions, transactions, rétroactions ont généré les organisations fondamentales qui peuplent notre univers, atomes et étoiles. Ces milliards et milliards d'êtres ne sont nullement des assemblages d'éléments fixes, des organisations en repos. Ils sont les uns et les autres en activité permanente. Ils sont eux-mêmes constitués d'interactions, de réactions, de transactions, de rétroactions, et, comme on le verra, les rétroactions y jouent un rôle fondamental, surdéterminant, accentuant, inhibant, modifiant, transformant les actions et interactions.

L'atome est un quasi-tourbillon particulier. Tout est turbulences, flux, flammes, collisions, dans le soleil. Tout est en action sous le soleil. La terre tourne, se convulse, craquelle, durcit, mollit, s'humecte, se dessèche, les fonds marins deviennent montagnes, les montagnes arasées deviennent fonds marins; la surface est arrosée, irriguée d'eaux courantes, ceinturée de vents ascendants, descendants, tourbillonnants, et toute vie qui s'immobilise, sur cette terre, devient cadavre.

Donc le fait majeur et fondamental de la *physis* est, non pas seulement

---

[1]. Dont je rappelle la définition : actions réciproques modifiant le comportement ou la nature des actants.

l'idée d'organisation, mais l'idée d'*organisation active*. Les systèmes en repos ou fixes sont seconds et secondaires.

Cela signifie que l'action a créé de l'organisation qui crée de l'action. Cela signifie que des interactions, transformations, générations se font dans l'organisation, par l'organisation et constituent cette organisation. Cela signifie que *les procès sauvages de genèse se transforment en procès organisationnels de production*.

I. Organisation, production, praxis : la notion d'être-machine

Dire qu'une organisation est active c'est dire qu'elle génère des actions et/ou qu'elle est générée par des actions. Du coup, c'est dire beaucoup plus. Le terme devenu organisationnel d'action va remorquer de lui-même une première constellation de notions : praxis, travail, transformation, production.

Tout être physique dont l'activité comporte travail, transformation, production peut être conçu comme machine ; je vais montrer que toute organisation active constitue en fait une organisation de machine. Lorsque j'ai évoqué les étoiles, au chapitre I de la première partie, j'ai dit « machines/moteurs en feu ». Ce n'était pas seulement une image par laquelle je projetais dans le ciel les reflets flamboyants de nos chaudières, creusets et forges. C'était déjà pour suggérer que sa prodigieuse *organisation* faisait d'elle la machine-mère, dont nos machines industrielles terrestres sont les ultimes avortons.

A. Un être physique organisateur

Qu'est-ce qu'une machine? Nous pouvons et devons considérer nos machines artificielles comme des instruments fabriqués (par l'homme, la société) et accomplissant des opérations mécaniques. Nous dissocions généralement ces deux traits, renvoyant l'instrument-machine à *homo faber* et à la société industrielle, la mécanique-machine à la pratique de l'ingénieur.

Toutefois, les progrès effectués par ces machines, notamment avec la cybernétique, dans le sens de l'autonomie opérationnelle, ont permis de s'interroger, non seulement sur ce que produit la machine, mais aussi sur ce qu'elle est. Il était certes évident que la machine est un objet phénoménal. Mais c'est Wiener qui a apporté un nouveau regard en concevant la machine, non pas comme produit social ou instrument matériel, mais comme *être physique organisateur*. Certes, en isolant l'être physique de la machine, il en occultait l'être sociologique ; en dégageant un concept physique autonome, il occultait la totale dépendance de la machine à l'égard de la société qui l'a créée. Mais, dans la limitation et l'insuffisance, pour le meilleur et pour le pire, la première science physique ayant pour objet l'organisation était née.

B. Praxis, Transformation, Production

1. *De l'action à la praxis*

À la différence des actions sauvages qui s'effectuent au hasard des rencontres entre processus séparés, les actions d'un être-machine, même quand elles comportent un caractère aléatoire [1], sont produites en fonction de propriétés organisationnelles. Afin de distinguer les actions/transformations/productions qui s'effectuent dans, par et pour une organisation, des actions/transformations/productions qui s'effectuent seulement dans des rencontres au hasard (ce qui, je le répète, n'exclut nullement par principe le caractère aléatoire des actions au sein d'une organisation) j'appelle *compétence* l'aptitude organisationnelle à conditionner ou déterminer une certaine diversité d'actions/transformations/productions, et j'appelle *praxis* l'ensemble des activités qui effectuent transformations, productions, performances à partir d'une *compétence*. La praxis concerne des actions qui ont toujours un caractère organisationnel, et c'est pourquoi je qualifie de systèmes praxiques ceux dont l'organisation est active. J'ajoute que ce n'est pas en toute innocence que je prends comme notions premières concernant les êtres-machines, et la compétence, et la praxis, termes qui ne semblent devoir relever que de la sphère anthropo-sociale. J'espère montrer qu'on peut et doit donner à ces termes un fondement physique très archaïque. De toute façon, ils sont ici justifiés dans la définition que j'en ai donnée. *Une machine est donc un être physique praxique, c'est-à-dire effectuant ses transformations, productions ou performances en vertu d'une compétence organisationnelle.*

2. *La rénovation de la notion de production*

Produire signifie, au sens premier qui est ici le nôtre : *conduire à l'être et/ou à l'existence*. L'univers des actions sauvages est aussi celui des productions sauvages, où les interactions de rencontre créent, en créant de l'organisation, de l'être et de l'existence.

---

1. Ainsi la production d'atomes de carbone au sein d'une étoile s'effectue de façon extrêmement improbable et on pourrait la considérer seulement comme le fruit de rencontres au hasard s'il n'y avait l'organisation de l'étoile qui provoque sans cesse les collisions entre noyaux d'hélium, comme je l'ai exposé au chapitre I de la première partie (p. 54).

Or ce terme de production s'est considérablement affaibli dans nos machines artificielles, bien que conçues essentiellement pour produire et asservies à la productivité. Ainsi ces machines produisent du mouvement en transformant des énergies chimiques, électriques, atomiques, etc., en énergie mécanique et ce sont des *moteurs*; elles produisent des performances c'est-à-dire des actions ayant forme précise et finalisée, générées en vertu d'une compétence[1]; elles produisent des choses. Mais toutes ces productions sont rétrécies, soit à la fabrication répétitive de biens matériels, soit à la génération de mouvement ou de performances. L'idée de production, devenue prisonnière de sa connotation techno-économique, est devenue antinomique à l'idée de création. Or il faut restituer au terme de production son sens plein et divers. Produire qui signifie fondamentalement, comme on vient de le rappeler, conduire à l'être ou à l'existence, peut signifier alternativement ou simultanément : causer, déterminer, être la source de, engendrer, créer.

Le terme de production, dans ces sens, garde le caractère génésique des interactions créatrices. Ainsi les étoiles et les êtres vivants, sont des êtres poïétiques (j'emploierai le terme de *poïesis* chaque fois que je donnerai une connotation créatrice au terme de production) : ils produisent de l'être et de l'existence à partir de matériaux bruts. La génération d'un être par un autre être est la forme biologique accomplie de la poïesis.

Aussi l'idée de production ne peut être seulement identifiée à l'idée industrielle de fabrication standard. Créer et copier (reproduire un modèle, un programme) sont les deux pôles, opposés et éventuellement liés, du concept de production. L'idée de production doit prendre racine en celles de genèse et de générativité. Ce n'est que dans des formes dérivées qu'elle dégénère, c'est-à-dire, littéralement, cesse d'être générative, pour n'être plus que fabricative.

3. *Transformations et méta-morphoses*

L'idée de transformations, conçue hors organisation, est réduite et morcelée : on parle alors de transformations chimiques, de transformations d'états physiques, de transformations mécaniques (productrices de mouvement). Certes les machines naturelles et même artificielles comportent des transformations à la fois physiques *stricto sensu*, chimiques, énergétiques. Mais il est oublié que l'idée de transformation signifie changement de forme, c'est-à-dire : dé-formation, formation (morphogénèse), méta-morphose, et qu'il faut considérer le terme de forme dans son sens fort, c'est-à-dire de *Gestalt*, globalité d'un système et d'un être. Ainsi une machine est une organisation praxique où les formes se font, se défont et se refont, et dans les

---

1. On verra plus loin que ce n'est pas sans raison que j'extrapole le couple chomskyen compétence/performance, de la linguistique à la théorie de l'organisation productive ou machine (cf. p. 167).

machines vivantes comme dans l'arkhe-machine solaire, le travail de transformation à la fois détruit, construit, méta-morphose.

Une machine peut donc produire, par dissociation, cracking, désagrégation, cisaillement, réduction en éléments, du brut à partir du composé, du moins organisé à partir de l'organisé. Une telle désintégration ou décomposition peut être productive de mouvement, de corps purs, de matières premières qui éventuellement seront affectées à des productions formatives [1].

Dans l'autre sens, et c'est le plus important, les transformations donnent naissance à des nouvelles formes d'organisations. Ainsi une machine peut produire de l'organisé ou de l'organisant à partir du non-organisé, du mieux organisé à partir du moins organisé. Dès lors la transformation apparaît comme *fabrication* (terme qui donne la prépondérance à l'idée de travail organisateur et de multiplication du même) ou comme *création* (terme qui donne la prépondérance à la générativité du système et à la nouveauté du produit). Ici encore, il faut noter que l'idée de création est loin d'être antinomique à celle de production : toute production n'est pas nécessairement création, mais toute création est nécessairement production.

Ainsi l'idée d'organisation praxique ou machine débouche, non seulement sur une fabrication répétitive du même, mais sur la création d'une très grande diversité d'actions, processus, phénomènes, choses, êtres. Elle débouche sur le développement de la variété et de la nouveauté dans l'univers. Nous verrons même que des organisations productives ou machines peuvent produire non seulement d'autres organisations, mais des organisations elles-mêmes productives. Nouvelle étape dans la générativité, les êtres vivants associent la génération poïétique et la copie multiplicatrice du même dans le processus dit de reproduction, c'est-à-dire qu'une organisation productrice peut reproduire sa propre organisation productrice.

Ainsi, les êtres-machines participent au processus d'accroissement, multiplication, complexification de l'organisation dans le monde. A travers eux la genèse se prolonge, se poursuit et se métamorphose, dans et par la production.

4. *Le circuit praxique : praxis ——— travail*
          | |
          transformation ——— production

Les idées de production, travail, transformation, lorsqu'elles entrent dans le champ organisationnel, ne sont plus isolables. L'idée de travail doit être conçue, non plus seulement comme le produit d'une force par déplacement de son point d'application, mais comme activité praxique qui transforme et produit. Elle ne peut être isolée non plus de l'approvisionnement énergétique

---

1. Les seules machines qui produisent exclusivement de la destruction sont les machines de guerre, elles-mêmes produites dans et par nos sociétés historiques. Alors que dans la nature la mort et la destruction viennent en désordre et de façon irrégulière, les machines de mort organisent l'anéantissement, à la commande et sur ordre.

qui permet le travail, ni de la dégradation organisationnelle que provoque tout travail. Donc, elle nous conduira à l'idée d'ouverture et à l'idée de réorganisation, que j'examinerai dans le chapitre suivant.

L'idée de transformation devient réciproque à l'idée de production : une transformation n'est pas seulement le produit de réactions ou de modifications, elle est aussi productrice soit de mouvement (les moteurs) soit de formes et de performances. Les notions de praxis, travail, transformation, production ne sont pas seulement interdépendantes dans l'organisation qui les comporte : elles se transforment aussi l'une en l'autre et s'entre-produisent l'une l'autre, puisque la praxis produit des transformations, qui produisent des performances, des êtres physiques, du mouvement. Cette rotation entre les termes de production et de transformation est bien exprimée dans le *duction* de production, et le *trans* de transformation... La *duction* (circulation et mouvement) devient transformation, et le *trans* conserve et continue l'idée de circulation et de mouvement. Et ainsi nous retrouvons le caractère premier de l'action : le mouvement. Une organisation active comporte dans sa logique même la transformation et la production [1].

5. *L'essor du concept de machine*

Pour nous formuler une première notion de machine, il nous fallait accomplir la révolution wienerienne : considérer la machine comme un être physique. Mais nous voyons déjà que, pour véritablement autonomiser cette notion, il nous faut une autre révolution, qui nous délivre du modèle cybernétique de la machine artificielle.

De même que le concept de production, aujourd'hui mécanisé et industrialisé, le concept de machine est aujourd'hui lourdement grevé par ses rétrécissements et ses pesanteurs techno-économiques. Il dénote seulement, dans son acception courante, la machine artificielle et connote son environnement industriel. Aussi donc, pour bien concevoir la machine comme concept de base, il faut nous déshypnotiser des machines peuplant la civilisation dans laquelle nous sommes immergés. Il ne faut pas être prisonnier de ces images qui surgissent en nous : axes, balances, barres, bielles, boutons, butées, cames, cardans, carters, chaînes, chariots, clapets, courroies, crémaillères, culasses, cylindres, engrenages, hélices, manettes, manivelles, pignons, pistons, ressorts, robinets, rouages, soupapes, tourillons, tringles, tuyères, valves, volants... Ne soyons pas prisonniers de l'idée de répétition mécanique, de l'idée de fabrication standard. Le mot de machine, il faut le « sentir » aussi dans le sens pré-industriel ou extra-industriel où il désignait des ensembles ou agencements complexes dont la marche est pourtant régulière et régulée : la « machine ronde » de La Fontaine, la

---

1. Aussi il serait erroné de définir la machine (sur le modèle des artefacts) comme une organisation mécanique vouée à la production. C'est une organisation active dont la complexité est productive.

machine politique, administrative... Il faut surtout la sentir dans sa dimension poïétique, terme qui conjugue en lui création et production, pratique et poésie. Il ne faut pas gommer la possibilité de création dans l'idée de production. Pensons que l'idée de production dépasse de beaucoup son sens techno-économistique dominant, qu'elle peut signifier aussi, comme je l'ai dit d'entrée : donner existence, être source de, composer, former, procréer, créer. Dans la machine, il n'y a pas que le *machinal* (répétitif), il y a aussi le *machinant* (inventif). L'idée d'organisation active et l'idée de machine (qui l'incarne et la carène) ne doivent pas être vues à l'image grossière de nos machines artificielles (bien que ce soit grâce à la machine artificielle, comme je vais le montrer, qu'elles ont émergé à notre conscience). Il faut songer à la production de la diversité, de l'altérité, de soi-même... Ainsi entendue, dans le sens fort du terme de production, la machine est un concept fabuleux. Elle nous amène au cœur des étoiles, des êtres vivants, des sociétés humaines. C'est un concept solaire; c'est un concept de vie. Les idées clés de travail, praxis, production, transformation traversent la *physis*, la biologie, et viennent fermenter au cœur de nos sociétés contemporaines.

II. Les familles Machines

Je veux maintenant montrer que notre première notion de machine, conçue comme être physique praxique/transformateur/producteur a valeur universelle, c'est-à-dire s'applique (sauf peut-être aux atomes) à toutes les organisations actives connues dans l'univers (qui, elles, sont pourtant toutes constituées d'atomes).

Nous allons voir qu'elle s'applique aux étoiles, aux êtres vivants, aux sociétés.

L'arkhe-machine : le Soleil

Nous n'avions jamais imaginé, nous qui avons tant rêvé en regardant les étoiles, que leur feu fût à ce point artiste et artisan. Nous n'avions jamais songé que boules de feu, elles fussent aussi des êtres organisateurs en activité intégrale et permanente.

Nous n'avions jamais imaginé qu'elles puissent être les machines-mères de notre Univers.

Nous le savons maintenant : les étoiles sont des êtres-machines que la cosmogénèse a fait fleurir par milliards. Ce sont des machines-moteurs à feu et en feu. Moteurs nucléaires, elles transforment le potentiel gravitationnel en énergie thermique. Machines forgeronnes, elles produisent, à partir du moins organisé (noyaux et atomes légers), du plus organisé, c'est-à-dire les atomes lourds dont le carbone, l'oxygène, les métaux.

Machines sauvages, les étoiles sont nées sans *deus ex machina,* à partir d'énormes turbulences, à travers des interactions gravitationnelles, électromagnétiques, puis nucléaires. Elles sont devenues machines, lorsque la rétroaction gravitationnelle a déclenché l'allumage, lui-même déclenchant une rétroaction antagoniste dans le sens centrifuge.

Elles ont existence et autonomie de par la conjugaison de ces deux actions antagonistes dont les effets, s'entre-annulant, effectuent une régulation *de facto.*

Les soleils sont donc pleinement des êtres physiques organisateurs. Ils sont dotés de propriétés à la fois ordonnatrices, productrices, fabricatrices, créatrices. Ils sont bien plus que les centres d'une machine horlogère constituée de planètes. Ce sont à la fois les plus archaïques des moteurs, les plus archaïques des machines, les plus archaïques des systèmes régulateurs. Ils demeurent les plus grands distributeurs d'énergie connus, les plus avancés de tous les réacteurs nucléaires connus, les plus grands fours à transmutations connus, les plus grandioses de toutes les machines connues, toujours supérieurs (dans l'organisation globale) bien que — et parce que — toujours inférieurs (dans l'organisation du détail) aux machines artificielles. Ils offrent le plus admirable exemple d'organisation spontanée : cette fabuleuse machine, qui s'est faite d'elle-même, dans et par le feu, et cela non pas une seule fois par chance incroyable, mais des milliards et des milliards de fois, turbine, fabrique, fonctionne, se régule sans concepteur, ingénieur, pièces spécialisées, sans programme ni thermostat.

Aussi notre Soleil mérite beaucoup plus, beaucoup mieux que les hymnes à Râ et les hommages à Zeus, voués à la puissance énergétique et à l'ordre souverain. Nous devons surtout vouer nos louanges à sa vérité matricielle que Zeus avait occultée, en avalant son épouse, la grande Métis [1].

Protomachines et moteurs sauvages

Le rayonnement solaire et la rotation de la terre déclenchent des flux éoliens, qui, avec les différences de température et les inégalités du relief prennent des directions diverses, parfois contraires, et, de même que la boucle solaire s'est constituée dans et par la rencontre de deux séquences d'actions antagonistes, de même se constituent à partir de rencontres, heurts

[1]. La lecture du travail consacré par Détienne et Vernant à la *mètis* des Grecs, *les Ruses de l'intelligence* (M. Détienne et J.-P. Vernant, 1974), montre que la *mètis,* l'intelligence du *sistemare* et de la *combinazione* qui procède par assemblage et alliage du divers et des contraires a été conçue par la Théogonie hésiodique et la tradition orphique comme « la grande Divinité primordiale, qui, émergeant de l'œuf cosmique, porte en elle la semence de tous les dieux, le germe de toutes choses, et... fait venir à la lumière, en tant que première génératrice, l'univers tout entier dans son cours successif et la diversité de ses formes » (p. 128). Ici, nous avons vu que de l'alliance et la combinaison entre les deux rétroactions ennemies, il naît une Mètis primordiale, l'organisation praxique du soleil.

Les êtres-machines

affrontements, détournements, les formes tourbillonnaires des cyclones. Aux flux éoliens se combinent les flux, évaporations, précipitations aquatiques, et ainsi se constituent les cycles de l'eau qui peuvent être considérés comme des processus machinaux sauvages de caractère thermo-hydro-éolien.

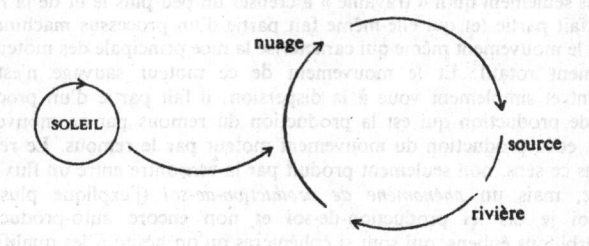

Le cycle mer ⟶ nuage ⟶ pluie ⟶ source ⟶ rivière est fait de l'association en boucle de processus distincts, chacun lié à un contexte propre tout en constituant un moment du cycle. C'est un processus machinal à la fois thermique (évaporation de l'eau de mer et formation du nuage), éolien (transport des nuages), hydraulique (chute de l'eau de la source à la mer) dont la rivière, en creusant un lit, une vallée, transportant et transformant des matériaux, est le moment le plus producteur. Ce cycle, n'étant pas différencié et autonome par rapport à tous les processus qui le constituent, n'a pas véritablement d'être physique, d'existence propre, et c'est pourquoi je dis « cycles ou processus machinaux » et non pas être-machine.

Les tourbillons aériens (cyclones, tornades, typhons) ont existence intense mais éphémère. Les remous aquatiques, comme ceux qui se forment avec quelque durée sur et autour d'une roche sise dans le lit d'une rivière, peuvent, eux, accéder de façon durable à l'existence.

Un remous peut être considéré, non seulement comme un système, mais aussi comme une organisation active et même un moteur sauvage. Il est un système composé d'un très grand nombre d'éléments assemblés et brassés (les molécules d'eau), et constitue une unité globale complexe organisée. Sa forme spiraloïde est constante, bien qu'improbable par rapport au flux qui s'écoule unidirectionnellement ; l'organisation du remous substitue à l'interaction au hasard des molécules au sein du flux indifférencié une répartition spatiale hétérogène et une vitesse différentielle, très rapide au centre, plus lente à la périphérie. Il s'agit bien donc d'un système, de par sa forme globale émergente, son organisation créant de la différence, sa stabilité relative bien qu'il soit traversé par un flux.

Ce système ouvert (il est alimenté par le flux) est intégralement actif : non seulement tous ses éléments sont en mouvement, mais encore son état stationnaire est assuré par l'activité organisatrice du mouvement tourbillonnaire qui sans cesse fait circuler les molécules de l'entrée à la sortie; sans l'action du flux et l'action sur le flux, il se désintégrerait aussitôt.

Certes, forme, organisation, praxis sont quasi indifférenciées dans le remous. Mais il s'agit bien d'un être producteur, d'un moteur sauvage. Ce n'est pas seulement qu'il « travaille » à creuser un peu plus le lit de la rivière dont il fait partie (et qui elle-même fait partie d'un processus machinal); il produit le mouvement même qui caractérise la race principale des moteurs, le mouvement rotatif. Et le mouvement de ce moteur sauvage n'est pas purement et simplement voué à la dispersion; il fait partie d'un processus global de production qui est la production du remous par ce mouvement moteur, et la production du mouvement moteur par le remous. Le remous est, dans ce sens, non seulement produit par la rencontre entre un flux et un obstacle, mais un *phénomène de production-de-soi* (j'explique plus loin pourquoi je dis ici production-de-soi et non encore auto-production). Les tourbillons éoliens, qui sont si éphémères qu'on hésite à les qualifier de systèmes, puisqu'un des caractères du système est sa relative permanence, ont par contre, durant leur brève existence, pleinement les caractères d'un moteur sauvage, dont la sauvagerie précisément se déchaîne dans les renversements, déracinements, soulèvements, broyages, émiettements que produisent sur leur passage les tornades, ouragans et autres cyclones.

Ce sont précisément ces moteurs sauvages — tourbillons et remous dont l'homme a créé la race domestique par le moulin, l'hélice et la turbine. Les premières machines motrices anthropo-sociales ont été les moulins : le moulin à vent (qui transforme un flux aérien en tourbillon) puis à eau (qui transforme un flux aquatique en remous); bien plus tard, dans la même lignée énergétique, mais disposant désormais d'énormes puissances technologiques, sont venues les bien nommées turbines, qui transmettent le mouvement par le moyen d'un arbre. Et ainsi domestiqué et asservi, le tourbillon/remous est devenu pleinement moteur.

Venons-en au plus archaïque et plus troublant moteur sauvage : le feu. Si, pour constituer la machine-soleil, les interactions gravitationnelles, électro-magnétiques et thermonucléaires se sont faites *Métis*, le feu s'est fait moteur de cette *Métis*. Ce feu est régulé par la régulation même de l'étoile, ce qui empêche le moteur d'exploser. Les flammes qui sur terre surgissent en incendie sont fantasques et instables; trop bien alimentées, elles se déchaînent jusqu'à l'embrasement généralisé, l'explosion et, finalement bien sûr, l'extinction; ou bien, privées d'alimentation, elles s'éteignent aussitôt. Mais nous pouvons ici pour l'exemple considérer la flamme domestiquée de la bougie. Si nous focalisons sur la flamme, en considérant la cire comme sa réserve énergétique, la mèche comme un principe d'ordre, alors la flamme nous apparaît comme système et organisation active; ce système se différencie en régions diversement chaudes et colorées; comme dans le remous, le flux énergétique est transformé et cette transformation devient organisationnelle; comme dans le remous l'activité de combustion ne fait pas que dissiper en fumée l'énergie, elle assure à la fois l'état stationnaire et la forme originale de la flamme. Or cette flamme est, comme le remous, un moteur nu, sauvage, qui peut être aussitôt utilisé pour griller, cuire, bouillir. Avant même la domestication de l'eau et du vent, avant même la société historique, avant même *homo sapiens*, l'hominien a su d'abord apprivoiser puis domestiquer le feu, en le régulant par l'approvisionnement en combustible pour chauffer, griller. Puis, l'homme forgeron est apparu, où le couple homme/feu constitue une machine qui transforme et produit. Avec la société sédentaire, *homo sapiens* a vraiment domestiqué le feu, en le fixant dans les foyers; mais il a aussi utilisé ses violences insensées pour incendier et détruire les autres foyers. Ce n'est qu'au XIX⁰ siècle qu'il a enfin réussi à lui mettre la camisole de force — la machine à feu — et qu'il a commencé, désormais avec une formidable efficacité, à asservir et exploiter sa force de travail.

Ainsi nous voyons se dégager des turbulences et des rencontres, les tourbillons d'air, d'eaux, de feu, le plus souvent encore placentaires, inachevés, ouraniens, fantasmatiques, la plupart éphémères et incertains, tous labiles et fragiles. Ils ne peuvent se stabiliser qu'autour ou à partir d'un solide faisant fonction nucléaire d'« invariant ». Mais une fois existants, bien qu'ils aient très peu d'être, ce sont incontestablement non seulement des systèmes mais des moteurs nus, sauvages. Nous sommes tellement habitués à considérer comme moteur le carter et les cylindres, et non ce qui agit à l'intérieur, que nous oublions que le moteur est ce qui « turbine » à l'intérieur. Et ce qui est à l'intérieur a d'abord existé à l'état sauvage, existe toujours à l'état sauvage...

Les polymachines vivantes

L'idée de machine vivante n'est pas nouvelle. La théorie des animaux-machines a été formulée par Descartes, et le matérialisme d'un La Mettrie l'a généralisée à l'homme. Mais cette idée de machine était mécanique et horlogère. Aujourd'hui nous devons concevoir la machine non comme mécanisme, mais comme praxis, production et *poïesis*. Dans ce sens les êtres vivants sont des existants auto-poïétiques (Maturana, Varela, 1972), *formulation où la vie ne se réduit pas à l'idée de machine mais comporte l'idée de machine, dans son sens le plus fort et le plus riche : organisation à la fois productrice, reproductrice, auto-reproductrice*.

Ainsi pouvons-nous concevoir l'être vivant, depuis l'unicellulaire jusqu'à l'animal et l'homme, à la fois comme moteur thermique et machine chimique, produisant tous les matériaux, tous les complexes, tous les organes, tous les dispositifs, toutes les performances, toutes les émergences de cette qualité multiple nommée vie.

L'idée de machine cybernétique s'est glissée dans le sillage de la biologie moléculaire pour devenir en fait l'armature de la nouvelle conception de la vie. La biologie moléculaire s'est emparée du modèle organisationnel de la machine cybernétique pour inscrire les processus chimiques qu'elle mettait à jour. Certes, elle manipulait les notions cybernétiques comme des outils pour envisager les molécules, et non les molécules comme des matériaux pour envisager l'organisation. L'idée de machine n'était à ses yeux que la doublure du nouvel habit moléculaire de la vie. En fait, elle en était devenue le patron. L'intégration de la cybernétique dans la biologie constituait une intégration de la biologie dans la cybernétique. L'être vivant pouvait dès lors, et il le fut, être conçu comme la plus accomplie des machines cybernétiques et même le plus accompli des automates (von Neumann, 1966), dépassant en complexité, perfection et efficacité, déjà dans la moindre bactérie, la plus moderne des usines automatiques (de Rosnay, 1966).

Bien plus : il faut concevoir la vie comme complexe polymachinal. Cela reste généralement inaperçu parce que l'on disjoint une conception organismique de la vie et une conception génético-reproductive. Tantôt, on met en gros plan l'organisme et celui-ci occulte le cycle des reproductions ; tantôt, au contraire, on fait travelling arrière, on embrasse le cycle des reproductions, tandis que l'organisme s'amenuise et disparaît. Or la vie est une combinaison complexe d'un processus machinal cyclique (le cycle génétique des reproductions), à partir de quoi se produisent des êtres-machines, les organismes individuels, eux-mêmes nécessaires à la continuation du cycle machinal sans lequel il n'y aurait pas d'individus. *La vie est donc un procès polymachinal qui produit des êtres-machines, lesquels entretiennent ce procès par auto-reproduction*

```
procès machinal ─────────→ êtres-machines
cycle reproductif              individus/organismes
       ↑_____|
```

Nous voyons du coup que le vivant accomplit et épanouit pleinement l'idée de machine (tout en la débordant existentiellement et la dépassant biologiquement). L'artefact dès lors n'apparaît plus comme le modèle de la machine vivante, mais comme une variété dégradée et insuffisante de machine.

La mégamachine sociale

Les sociétés animales peuvent être considérées, non seulement comme des multimachines (constituées d'individus-machines), mais comme des macromachines sauvages : les interactions spontanées entre individus se nouent en rétroactions régulatrices, et, sur cette base, la société constitue un tout homéostasique qui organise sa propre survie. Certaines sociétés d'insectes (termites, fourmis, abeilles) atteignent un degré d'organisation machinale inouïe et nous apparaissent comme de formidables *automata* (Chauvin, 1974).

Mais c'est dans l'évolution primatique que s'opèrent avec *homo sapiens* deux mutations clés dans le développement machinal des sociétés. La première caractérise les sociétés archaïques. La culture apparaît. Mémoire générative dépositaire des règles d'organisation sociale, elle est source reproductive des savoirs, savoir-faire, programmes de comportement, et le langage conceptuel permet une communication en principe illimitée entre individus membres d'une même société.

Or ce langage, et cela est demeuré inaperçu parce que invisible et apparemment immatériel, est une vraie machine qui ne fonctionne évidemment que lorsqu'il y a locuteur. Ce n'est pas par hasard que j'ai fait appel au couple conceptuel compétence/performance de la linguistique chomskyenne pour caractériser une organisation praxique machinale. Effectivement la machine langagière produit des paroles, des énoncés, du sens, qui eux-mêmes s'engrènent dans la praxis anthropo-sociale, y provoquant éventuellement des actions et des performances. Cette machine langagière joint ces deux qualités productives : la création (*poïesis*) quasi illimitée d'énoncés et la transmission/reproduction quasi illimitée des messages. Elle est machine à la fois répétitive et poïetique. Aussi peut-on dire que *la grande révolution de l'hominisation n'est pas seulement la culture, c'est la constitution de cette machine-langage*, à l'organisation très hautement complexe (la « double articulation » phonétique/sémantique), et qui, à l'intérieur de la machine anthropo-sociale, totalement et multiplement engrenée à tous ses processus de communication/organisation, est nécessaire à son existence comme à ses développements. Ainsi se constitue une arkhe-machine anthropo-sociale qui comporte quelques centaines d'individus ; elle essaime dès lors sur toute la terre, qu'elle couvrira pendant des dizaines de millénaires, et ne mourra qu'anéantie par les sociétés historiques.

La naissance de ces sociétés historiques, de milliers, de centaines de milliers, de millions d'individus constitue une métamorphose organisationnelle aussi considérable en son ordre que le fut la constitution des organismes polycellulaires par rapport aux unicellulaires. On sait que cette transformation, liée à l'agriculture et à la guerre, est marquée par le développement de la machine langagière qui de parlante devient aussi écrivante, l'apparition de l'appareil d'État, de la ville, de la division du travail, des classes sociales hiérarchisées, avec, au sommet, l'élite du pouvoir (rois) et du savoir (prêtres), et à la base la masse des esclaves réduits à l'état d'outils animés c'est-à-dire de machines asservies. Il a fallu la géniale intuition de Lewis Mumford pour percevoir dans la plus accomplie de ces sociétés historiques une formidable *mégamachine* (Mumford, 1973). « L'organisation sociale pharaonique (est) la première machine motrice à une large échelle » (Mumford, I, p. 261). Mumford calcule même que le rendement total de cette machine, allant de 25 000 à 100 000 « hommes-vapeur » est équivalent à celui de 2 500 CV vapeur. « L'acte unique de la royauté fut d'assembler la main-d'œuvre et de discipliner l'organisation qui permit la réalisation de travail à une échelle jamais connue auparavant » (*ibid.*). Pour Mumford, l'invention de cette machine constitue non seulement l'arkhe-type de toutes les mégamachines sociales qui se sont constituées jusqu'à aujourd'hui, mais aussi « le plus ancien modèle en état de fonctionnement de toutes les machines complexes qui vinrent ensuite, bien que l'accent passât lentement des ouvriers humains aux parties mécaniques » (Mumford, I, 1973, p. 251).

La mégamachine, sous la férule de ses appareils (administration d'État, religion, armée) manipule d'énormes masses d'humanité asservie en main-d'œuvre, exécute d'énormes travaux urbains ou hydrauliques, édifie de grandes murailles et de hautes forteresses. Mais tout n'est pas utilitaire ou défensif dans son déferlement producteur. Sont-ce les rêves effrénés de puissance, de gloire et d'immortalité du souverain, est-ce *ubris* du Léviathan, la mégamachine transforme son imaginaire en colonnes et statues géantes, matérialise ses délires, génère des monuments fabuleux, des temples écrasants, des grandes pyramides !...

Au XIXᵉ siècle occidental, une métamorphose intéressante survient au sein des mégamachines sociales : celles-ci deviennent industrielles, créant et développant, d'abord en quelques secteurs, puis dans tout le tissu social (Giedion, 1948), des machines artificielles de prothèse. La machine artefact prend son essor. Elle est donc une production tardive, une portion intégrée et intégrante de la mégamachine sociale ; elle ne peut plus être considérée comme la machine matricielle, le modèle idéal de toutes machines.

Les machines artificielles

On peut donc situer maintenant la machine artificielle : c'est la dernière-née des machines terrestres : elle est née du développement de la mégamachine anthropo-sociale et constitue un des aspects de ce développement.

Toutefois, c'est bien par et dans l'autonomie organisationnelle et la générativité énergétique que les machines artificielles sont proprement machines, c'est-à-dire se distinguent des outils et instruments qui, eux, sont purement appendiciels. Le développement de la générativité énergétique est celui des moteurs. Le développement de l'autonomie organisationnelle est celui de l'automatisme : les deux développements s'entre-conjuguent : les moteurs deviennent automatiques et les automates disposent de leur moteur.

Dans un premier stade, les sociétés historiques ont exploité la force de travail et les compétences productives des moteurs-machines vivants (asservissement des animaux pour le portage et le trait) et humains (esclavagisation puis assujettissement des travailleurs). Ce n'est pas ici le lieu d'essayer de comprendre comment et pourquoi des moteurs et des machines strictement physiques ont été conçus, inventés, utilisés, développés dans l'histoire de l'Occident, du XIIIᵉ siècle à aujourd'hui (Needham, 1969). Je veux seulement situer les machines artificielles par rapport aux autres machines.

Les moteurs tout d'abord. L'invention du moulin est capitale : moulins à vent et moulins à eau produisent et reproduisent le tourbillon, dont l'énergie

Les êtres-machines

sera captée par roue et transmise par arbre. Puis, comme on sait, les moteurs se sont branchés sur toutes les sources de la générativité physique en jouant, non plus seulement sur les tourbillons, mais sur la turbulence et l'explosion. Aussi il se crée un lien tout à fait nouveau entre l'humanité et la nature physique.

En fait, sous le couvert de la captation et l'utilisation des énergies, la machine anthropo-sociale s'est branchée sur les forces génésiques et poïétiques de la *physis*, c'est-à-dire sur ses formes motrices primordiales. Elle les a captées, utilisées, domptées, domestiquées, asservies, reproduites, produites à volonté, et a formidablement développé le contrôle et la manipulation de la puissance.

Dans un sens, le moteur artificiel sert de médiateur entre la mégamachine sociale et les forces machinantes de la *physis*. Dans un autre sens, il s'agit d'une extraordinaire *civilisation* des forces motrices qui, à l'état « sauvage », sont inconstantes, fantasques, labiles, ravageuses. Mais l'autre visage de cette civilisation est barbarie et asservissement. Barbarie, car la violence démentielle propre à l'histoire humaine (Morin, 1973), déjà manipulatrice de la puissance explosive pour massacrer et terroriser, est désormais apte à allumer la violence démentielle des protubérances solaires et des explosions d'étoiles.

Tandis que les moteurs jouent avec le feu, les machines automatisées jouent à la vie. A partir des mécanismes et dispositifs d'horlogerie (XIII° siècle), il s'est développé un automatisme d'opérations de plus en plus précises, délicates et diversifiées, constituant des chaînes se bouclant sur elles-mêmes de façon réitérative ; ainsi on est arrivé aux automates du XVIII° siècle, qui imitent de façon émerveillante les gestes du comportement animal et humain. Cet automatisme horloger s'est développé dans les mécanismes industriels, jusqu'à ce qu'apparaisse un stade nouveau de complexité dans l'automatisme machinal : le stade cybernétique. Dès lors, une commande jusque-là externe devient interne (programme) et organisatrice (ordinateur), et l'automate cybernétique se met à ressembler au vivant, non plus par l'apparence, comme l'automate horloger, mais par l'organisation du comportement.

Ainsi les machines artificielles ont, en même temps que développé leurs compétences productrices, développé leur compétence organisationnelle, et nécessairement leur autonomie. Bien que ce soient les moins autonomes parmi toutes les familles de machines, elles disposent d'une autonomie phénoménale minimale, nécessaire pour la précision des opérations et performances, pour la double résistance, d'une part aux aléas et déterminismes externes, d'autre part aux dégradations et usures internes.

Toutefois, si développée soit-elle, la machine artificielle semble, par rapport aux machines vivantes, à la fois une grossière ébauche et une grossière copie. Bien que des artefacts dépassent aujourd'hui en performances et en computation les machines vivantes, bien qu'il existe désormais des ordinateurs effectuant des opérations intellectuelles surhumaines, la plus perfectionnée et la plus avancée des machines artificielles est incapable de se régénérer, de se réparer, de se reproduire, de s'auto-organiser, qualités élémentaires dont dispose la moindre des bactéries. Ses pièces lui sont fournies de l'extérieur; sa construction a été opérée de l'extérieur; son programme lui a été donné de l'extérieur; son contrôle est contrôlé de l'extérieur. Ainsi construite, ravitaillée, réparée, révisée, programmée, contrôlée par l'homme, elle ne dispose d'aucune *générativité* propre. Elle ne dispose d'aucune *poïesis* propre, d'aucune créativité propre. C'est pourquoi, encore aujourd'hui, le terme de « machinal », conçu en opposition au terme de vivant, signifie la grossièreté et la rigidité de l'organisation et du comportement. De fait la machine artefact demeure une machine pauvre, et insuffisante par rapport aux machines vivantes et aux mégamachines sociales, dont elle dépend directement et étroitement.

Ainsi, considérées en elles-mêmes, les machines artificielles ont certes pu développer de la génératricité énergétique, de la compétence informationnelle, de l'autonomie organisationnelle. Mais elles n'ont pu développer de la *générativité organisationnelle*. Elles n'ont pu vraiment développer que de l'organisation phénoménale, qui produit des produits, *mais non pas de l'organisation générative, qui produit ses moyens de production, et se produit soi même.*

Cela signifie certainement que notre intelligence, si capable dans l'organisation du pouvoir, de la manipulation, de l'asservissement, est incapable de créer ce qui crée, de générer ce qui génère, de concevoir ce qui conçoit. Et voilà tout le problème de mon deuxième tome qui surgit au détour de cette phrase. Cela signifie aussi, et c'est mon propos de maintenant, que nos machines artificielles ne doivent pas être considérées *vraiment* comme des machines, mais comme des fragments de prothèse dans la mégamachine sociale. Leur générativité, bien sûr, elle est dans la société machiniste!

Il était certes légitime de concevoir isolément la machine artificielle comme être physique organisateur. A ce titre la machine artificielle est déjà machine. Mais il lui manque l'infrastructure générative dont disposent toutes les autres machines. En ce qui concerne cette générativité, la machine artificielle n'est plus machine — c'est-à-dire organisation active, productrice, praxique — mais instrument et appendice dans l'être anthropo-social. Aussi, la cybernétique, en révélant l'être physique de la machine, a totalement occulté, non seulement la mégamachine sociale dont elle n'est qu'un moment et un élément, mais aussi le problème clé de la *générativité* organisationnelle, propre à toutes les machines, physiques, biologiques et sociales, sauf aux machines artificielles.

Bien entendu, les carences génératives de la machine artificielle, considérée isolément, ne font plus problème si on conçoit son insertion anthroposociale. Ainsi, elle ne peut se régénérer, se générer, se réparer, se reproduire, mais elle est régénérée, réparée, renouvelée, changée, reproduite au sein des fabriques, usines, ateliers... Elle ne peut qu'accroître son entropie dès qu'elle est née et l'accroît à chaque fois qu'elle fonctionne, mais la néguentropie anthropo-sociale la répare, la restaure, et rétablit l'entropie stationnaire. De

Les êtres-machines

plus, en produisant des objets plus complexes et organisés que les matières premières qu'elle reçoit, elle contribue à produire de la néguentropie sociale, et, bien qu'elle ne soit que fabricative, quand elle produit des objets d'un modèle nouveau, la sève poïétique qui irrigue la société traverse son être et s'exprime en ses productions.

Ainsi, il faut concevoir la machine artificielle dans sa bâtardise et son métissage. C'est dans un sens la dernière-née, la plus pauvre, la plus infirme organisationnellement des machines. Mais, en tant que fragment de la mégamachine qui la produit, la reproduit, la fait évoluer, elle accroît la compétence, la puissance productive et performante, elle développe la praxis de la mégamachine anthropo-sociale. Mais ne voyons pas que les aspects riches et complexes de ces développements ; il nous faut voir aussi que, tout en reflétant, exprimant et prolongeant la créativité sociale, les machines artificielles, dans leur pauvreté et leur rigidité, reflètent, expriment et prolongent une pauvreté et rigidité organisationnelle des sociétés qui les ont produites : celle qui régit leur organisation industrielle par division/spécialisation/asservissement du travail. C'est l'organisation esclavagiste des premières mégamachines historiques qui se prolonge et se développe sur, dans et par l'organisation de l'être physique qu'est la machine artificielle. Ce qui nous fait surgir encore une fois le problème de l'asservissement ; attendons seulement deux chapitres, nous allons commencer à le considérer de front.

Nous pouvons donc maintenant considérer la machine artificielle de façon multidimensionnelle dans sa relation non seulement à la mégamachine sociale considérée en bloc, mais aussi par rapport aux grands appareils sociaux, aux formes et forces motrices de la *physis*, aux formes et forces organisatrices de la vie.

C'est donc par une inquiétante aberration que cette machine fondamentalement dépendante, asservie et asservissante, dénuée de toute générativité et de toute *poïesis* propre, a été promue par la cybernétique comme l'Archétype de toute machine.

Mais ne l'oublions pas : la machine artificielle nous a permis de dégager le concept de machine. Conçue dès lors comme rampe de lancement, et non pas modèle réducteur, elle nous a fait découvrir l'immense et prodigieux univers des machines-soleils, des moteurs sauvages, des machines vivantes et même de la mégamachine anthropo-sociale qui l'a générée. Au cours de voyage, le concept de machine s'est transformé, développé, complexifié, enrichi et, revenant à son point de départ, il rétroagit sur la machine artificielle elle-même. En effet, les machines physiques, biologiques, anthropo-sociales nous sont devenues nécessaires pour concevoir, à la fois dans sa pauvreté et dans sa multidimensionnalité, la machine artificielle, non seulement enracinée dans la société, mais opérant le branchement de la praxis sociale sur la motricité et l'organisation physiques.

III. Le concept générique de machine

1. *Un concept physique et un modèle générique*

Il y a des machines physiques, des machines biologiques, des machines sociales, mais le concept de machine est fondamentalement physique. La preuve en est qu'aux deux bouts de la chaîne des machines, au départ (arkhemachines, moteurs sauvages) et à l'arrivée (machines artificielles), les machines sont purement physiques. Il y a certes une originalité irréductible propre aux machines biologiques et sociales, mais cette originalité est le fruit des développements biologiques et sociaux du principe physique d'organisation active, lui-même fondé sur les potentialités organisationnelles immanentes propres à la *physis*. Mon insistance à inscrire physiquement le concept de machine ne tend nullement, le lecteur doit commencer à le savoir, à réduire ce qui est biologique et anthropologique au physique : il tend au contraire à *réhabiliter le concept dégradé de physique*; il tend à comprendre comment ce qui est biologique, humain, social peut et doit être, en même temps, nécessairement physique. *Et cela non seulement parce que tout ce qui est biologique, humain, social est constitué de « matière » physique. Mais surtout parce que tout ce qui est biologique, humain, social est organisation active, c'est-à-dire machine.*

Ce concept de machine, l'un des plus physiques qui se puissent concevoir, est en même temps une construction intellectuelle complexe. Il ne suffit pas de dire que, comme tout concept en général, comme tout concept organisationnel en particulier, la machine est un concept à double entrée, physique et intellectuelle. On a vu que pour générer ce concept générique à partir de l'idée, plus immédiate et empirique, d'organisation active, il a fallu procéder à des élaborations conceptuelles, à des raisonnements analogiques, homologiques, archéologiques. Il a fallu effectuer un circuit intellectuel :

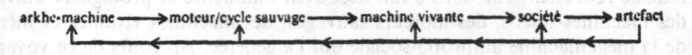

arkhè-machine ⟶ moteur/cycle sauvage ⟶ machine vivante ⟶ société ⟶ artefact

Le concept générique de machine est donc un type idéal construit par mobilisation générale de troupes venues de tous les fronts du savoir. L'observateur/concepteur doit, en opérant cette construction, affronter des problèmes cruciaux. Il doit nécessairement interroger sa conception de la société et sa conception de la science. Il doit enfin et surtout se mettre profondément en cause et en question, s'il veut générer un concept riche et complexe, qui puisse s'appliquer à des êtres et des existants dissemblables sans annuler ces différences, qui puisse respecter l'extraordinaire diversité de l'univers des machines, s'il veut qu'il n'y ait pas confusion entre le soleil, la

Les êtres-machines

poinçonneuse automatique, l'organisme vivant, s'il veut éviter en somme le réductionnisme physique, l'homogénéisation formaliste, l'extrapolation mutilante.

2. Le renversement copernicien

Désormais, pour nous, le concept de machine est un concept générique qui permet de concevoir les divers types ou classes d'organisations actives dont nous avons vu l'extrême diversité, des machines purement physiques (arkhemachines, machines sauvages, machines artefacts), aux machines biologiques et sociales, des machines spontanées aux machines programmées, des machines poïétiques aux machines copieuses, des êtres-machines existentiels aux machines seulement fonctionnelles.

Dès lors, la machine artefact nous apparaît comme un concept pauvre, non seulement par rapport aux machines vivantes, mais aussi par rapport aux arkhe-machines. Il était nécessaire à la gestation du concept de machine, mais insuffisant pour sa génération. C'est une version, non matricielle, mais appendicielle de la machine. C'est même une sous-machine dans le sens où c'est une prothèse dans la mégamachine sociale.

D'où la nécessaire révolution copernicienne dans l'idée de machine. Encore aujourd'hui, l'univers cybernétique tourne autour de la machine artefact. De même que le géocentrisme de Ptolémée permit de concevoir la rotation des planètes, mais sur la base d'une fausse perspective faisant du satellite Terre l'astre royal, de même le cybernétisme, qui fait de l'artefact sa notion solaire, permet de comprendre certains traits propres aux machines, mais en même temps impose un rétrécissement de la vision, une inversion de la perspective, et une occultation de la richesse de l'univers considéré. De fait l'application à l'être vivant du modèle de la machine cybernétique artificielle apporte plus de mutilation et d'appauvrissement que de vertu heuristique. Cette dernière ne peut être que momentanée. *La simplification et la dénaturation technocratique, elles, constituent l'effet durable d'une telle extrapolation réductrice.*

Il faut donc opérer le renversement gravitationnel du concept machine. Le concept qui s'était cru soleil doit devenir satellite. Il faut mettre à la place solaire l'arkhe-machine : il faut mettre le soleil à la place du Soleil. Dès lors, on ne peut plus concevoir l'être vivant à l'image robotique d'une machine cybernétique qui obéit à son « programme ». Il faut repenser l'idée *de machine vivante*.

3. La généalogie des machines

On peut maintenant tenter d'élaborer le concept générique de machine. Générique signifie :

a) qui permet d'établir une généalogie, c'est-à-dire une logique évolutive dans l'univers des machines;

b) qui permet de définir le genre commun dont les transformations, les développements, les dérivations produisent la diversité des types.

Récapitulons la généalogie :

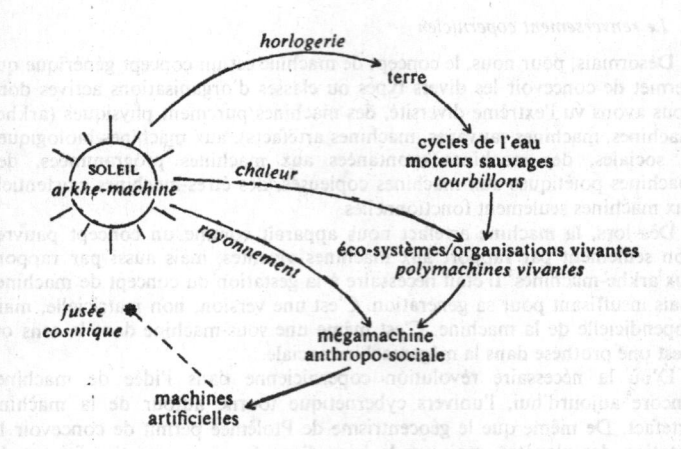

```
                  horlogerie
                  ────────→  terre
                             cycles de l'eau
         chaleur              moteurs sauvages
   SOLEIL  ──────→             tourbillons
arkhe-machine
         rayonnement
                  ──────→  éco-systèmes/organisations vivantes
                             polymachines vivantes
   fusée
 cosmique ·······→  mégamachine
                    anthropo-sociale
          ────→  machines
                 artificielles
```

Ainsi, à la généalogie abstraite et réductionniste :

artefact cybernétique ──────→ machine vivante ──────→ société...

qui de plus tend à ignorer l'arkhe-machine, le moteur sauvage, le cycle machinal, je substitue la généalogie logique et évolutive ;

arkhe-machine ──→ moteur sauvage ──→ machine vivante ──→ société humaine ──→ artefact

4. *La grande famille Machin*

Notre système solaire contient en lui, autour de l'arkhe-machine, un peuple très divers de cycles machinaux, moteurs sauvages, et, sur le satellite terre, des polymachines vivantes, des mégamachines anthropo-sociales, des machines artificielles. Or ce peuple divers et diasporé constitue en fait une grande famille, non seulement par le lien généalogique, mais aussi par les interactions, interdépendances et articulations entre toutes ces machines autour du *Pater familias*.

Le Soleil nous a fait. C'est dans sa fournaise qu'ont été créés l'hydrogène, le carbone, l'azote, l'oxygène, les minéraux dont nous sommes pétris et dont nous nous nourrissons. Il n'a pas de finalité, mais il ne cesse de produire *pour nous* le rayonnement photonique, source de toute vie. Cette finalité, créée

Les êtres-machines 175

rétroactivement par la vie qu'il a créée, devient par là même un sous-produit de son activité.

Notre terre, expectorée, vomie dans un de ses hoquets, est une pièce périphérique de la grande horloge dont il est le centre. Là, la relation thermodynamique source chaude-soleil source froide-terre ouvre la possibilité du travail, des transformations, des productions. Dès lors son rayonnement et la rotation horlogère qu'il commande ont fait naître et entretiennent cycles machinaux et moteurs sauvages. C'est dans ces cycles machinaux ouverts, eux-mêmes inscrits dans le cycle de la « machine ronde [1] » autour du soleil que se sont formés, lovés, encyclés les êtres vivants, machines humides et tièdes, qui s'auto-produisent, reproduisent, multiplient, se diversifient tous azimuts en végétaux et animaux, êtres dont les interactions tissent les polymachines écosystémiques, elles-mêmes constituant ensemble la mégamachine de vie ou biosphère. En même temps et en interrelation apparaissent des processus machinaux collectifs qui vont se développer dans de nombreuses espèces animales en machines sociales. Enfin, il y a quelques milliers d'années s'imposent les formidables mégamachines anthropo-sociales. Des récents développements de ces mégamachines, et en leur sein,

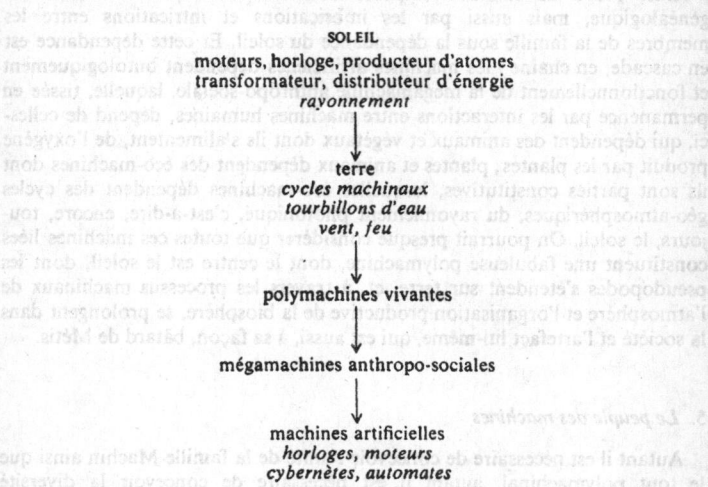

SOLEIL
moteurs, horloge, producteur d'atomes
transformateur, distributeur d'énergie
rayonnement

↓

terre
cycles machinaux
tourbillons d'eau
vent, feu

↓

polymachines vivantes

↓

mégamachines anthropo-sociales

↓

machines artificielles
horloges, moteurs
cybernètes, automates

---

1. La terre elle-même peut être considérée comme une machine/moteur complexe, qui se transforme en transformant ses constituants, se travaille en travaillant à plusieurs niveaux concentriques, depuis son noyau en fusion jusqu'à la surface où la conjonction des mouvements du sous-sol, des eaux, des vents, des variations de température, etc., détermine des activités transformatrices/productrices de tous ordres, et, dans ce sens, la constitution des macromolécules d'acides nucléiques et de protéines, puis la naissance de la vie, puis le déferlement, la diversification, l'éco-organisation de cette vie sont en quelque sorte des sous-produits des activités praxiques de la *machine ronde*.

naissent les machines artificielles, chacune ayant un petit quelque chose qui tient des ancêtres de la famille : moulins et turbines (sur le modèle des moteurs sauvages), horloges (sur le modèle de l'horloge astrale), automates (sur le modèle des comportements animaux).

Voilà donc la maternité/paternité de Métis/Zeus. Notre géniteur hermaphrodite a généré et génère sans cesse toutes les conditions physiques, chimiques, thermodynamiques, organisationnelles, tous les matériaux, toutes les énergies, tous les processus nécessaires à la formation, la perpétuation, le renouvellement, le développement de la vie zoologique, anthropologique, sociologique. C'est donc à partir de lui, sous sa souveraineté et sous sa manne, que sont nées et tournent toutes les organisations actives de la planète Terre, y compris les humains. Nous sommes tous de la famille Machin, entremêlés, enlacés, entrecombinés, enchevêtrés, entre-transformants, symbiotiques, parasitaires, antagonistes, dans un procès qui à la fois s'auto-produit, s'auto-dévore, s'auto-recommence. Nous sommes enfants du soleil, et, pour dire comme Paule Salomon, nous sommes un peu, parfois, enfants-soleils !

Ainsi l'idée de famille s'impose, non seulement par son caractère généalogique, mais aussi par les imbrications et intrications entre les membres de la famille sous la dépendance du soleil. Et cette dépendance est en cascade, en chaîne : les machines artificielles dépendent ontologiquement et fonctionnellement de la mégamachine anthropo-sociale, laquelle, tissée en permanence par les interactions entre machines humaines, dépend de celles-ci, qui dépendent des animaux et végétaux dont ils s'alimentent, de l'oxygène produit par les plantes ; plantes et animaux dépendent des éco-machines dont ils sont parties constitutives, lesquelles éco-machines dépendent des cycles géo-atmosphériques, du rayonnement photonique, c'est-à-dire, encore, toujours, le soleil. On pourrait presque considérer que toutes ces machines liées constituent une fabuleuse polymachine, dont le centre est le soleil, dont les pseudopodes s'étendent sur terre, et, à travers les processus machinaux de l'atmosphère et l'organisation productive de la biosphère, se prolongent dans la société et l'artefact lui-même, qui est aussi, à sa façon, bâtard de Métis.

5. *Le peuple des machines*

Autant il est nécessaire de concevoir l'unité de la famille Machin ainsi que le tout polymachinal, autant il est nécessaire de concevoir la diversité irréductible des différents types de machine et l'autonomie, certes toujours relative, mais aussi toujours réelle, de chaque machine.

La machine est relativement autonome. Les machines sont aussi des êtres et des existants. Aussi, ne noyons pas ces êtres dans la grande totalité : intégrons-les, de façon complexe, dans leur autonomie comme leur interdépendance. Il y a donc un peuple de machines. Comme il y a un peuple de vivants, issu d'un même tronc originaire ; comme il y a un peuple humain, issu de la même souche, *homo sapiens*. Mais, plus encore, ce peuple est divers, et l'unité du concept de machine doit absolument respecter cette diversité ; mieux, il doit s'en enrichir.

Cette diversité, elle se déploie entre deux polarités extrêmes, l'une et l'autre constituées par des machines purement physiques, mais entre lesquelles il y a la vie, l'homme, la société : le pôle des arkhe-machines et des moteurs sauvages d'une part, le pôle des machines artificielles de l'autre.

D'UN CÔTÉ	DE L'AUTRE
la spontanéité (dans l'assemblage, la régulation, l'organisation)	la préconception des éléments, de la constitution, de l'organisation de la machine
existe et fonctionne avec et dans le désordre	ne peut exister ni fonctionner avec désordre
la production de produits extérieurs est un sous-produit	la production de produits extérieurs est la finalité première
production-de-soi (générativité)	pas de production-de-soi
réorganisation spontanée	pas de réorganisation spontanée
poïesis	fabrication
créer	copier

6. *Le concept polycentrique*

On pourrait fixer le concept de machine seulement sur l'un des pôles, c'est-à-dire soit sur la fabrication, soit sur la *poïesis*, soit sur l'artefact, soit sur l'arkhe-machine, et les conséquences en seraient décisives pour notre conception, non seulement de la machine en tant que telle, mais de la vie et de la société.

Si l'artefact est le pôle de référence ou modèle, la machine se définira par la spécialisation maximale de ses composants, la régulation, la fonctionnalité, la finalité stricte, l'économie, le contrôle rigide, le programme extérieur ou intérieur, la production de copies ou reproduction d'objets ou performances selon un modèle préfixé. Ces aspects renvoient à ce qui dans l'organisation biologique ou sociale est fondé sur la division et la spécialisation du travail, la régulation, la fonctionnalité, etc., excluant et occultant tout ce qui est « bruit », désordres, « libertés », a-fonctionnel, excluant enfin surtout tout aspect de créativité.

Si au contraire l'arkhe-machine, c'est-à-dire un peuple de milliards de milliards d'étoiles devient pôle de référence et modèle, alors nous pouvons concevoir des machines sans spécialisation, sans programmes, aux régulations spontanées issues de processus antagonistes, comportant de formidables aléas dans leur existence, un désordre et une dépense inouïs dans leur production (nous l'avons vu pour l'atome de carbone), une absence apparemment totale de finalité, et en même temps une puissance poïétique et génératrice. Dès lors ce modèle renvoie à ce qu'il peut y avoir de désordre, d'aléas, de dépense, de créativité dans les machines vivantes et sociales.

Le concept de machine ne fait pas qu'osciller entre ces deux pôles extrêmes. L'organisation de la machine vivante et l'organisation de la machine anthropo-sociale constituent d'autres et nécessaires pôles de référence. Ce qui veut dire bien entendu que le problème de l'organisation vivante ne peut se résoudre, ni dans le modèle solaire, ni dans le modèle de la machine artificielle, encore que l'un et l'autre puissent l'éclairer. Nous devons donc éclairer les caractères originaux de l'organisation vivante, où créer et copier, les deux antipodes du concept de production, sont étroitement liés dans la reproduction biologique, où le désordre est étroitement lié à l'ordre organisationnel, où il y a à la fois préconception et spontanéité. Enfin, il y a le problème original, non réductible, de la machine anthropo-sociale, mais qui nécessite la théorie préalable de la machine. C'est pour nous aujourd'hui le problème crucial, décisif. Mais, pour le comprendre, on ne peut faire l'économie du grand tour du monde. Et réciproquement, *le voyage dans l'univers physique et biologique des machines ne peut faire l'économie de la problématique anthropo-sociale.* C'est ainsi que se tisse, par navettes, échanges, développement, *le concept nécessairement polycentrique de machine.*

7. *Isoler et relier. Machines et Machines de machines (polymachines)*
Le problème du concepteur

Le problème de l'observateur-concepteur — faut-il déjà dire du sujet? — nous apparaît dès maintenant comme capital, critique, décisif. Il doit savoir à la fois isoler les êtres machines et les relier à un ou des ensembles (polymachines), à une ou des totalités (comme la totalité du système solaire dont font familialement partie toutes les diverses machines qui s'y activent). Il faut isoler pour ne pas noyer dans une soupe-machine l'être, l'existence singulière, particulière, individuelle. Il faut relier, pour ne pas occulter la rétroactivité des totalités et l'extrême complexité des polymachines. Il faut de l'autonomisme, pas d'atomisme : du totalisme complexe, non du totalitarisme. Ceci se pose à tous les degrés, même le moindre. Prenons le remous : il faut l'isoler dans son existence et son organisation propre, mais le situer aussi dans la rivière, dont il fait partie, laquelle elle-même fait partie d'un cycle machinal sauvage. On peut isoler la flamme d'une bougie, très beau petit moteur, sauvage dans sa nudité, civilisé dans sa régularité : c'est que ce moteur sauvage n'existe qu'en fonction de la bougie civilisée, et l'ensemble flamme/bougie constitue un petit polysystème ; alors qu'isolément la flamme est un système énergétiquement ouvert, et la bougie un système clos, ensemble ils constituent autre chose, de multiple et d'ambigu, où la bougie peut apparaître comme la réserve énergétique du système flamme, où la flamme peut être conçue comme le procès de désintégration du système bougie, où la bougie peut être conçue comme une petite machine à produire de la lumière faisant partie de la mégamachine anthropo-sociale. De même, la machine artificielle peut et doit être isolée comme être physique autonome, mais aussi reliée et intégrée comme moment et élément d'une organisation anthropo-sociale. Or, en chacun de ces exemples, nous voyons que la *description de la machine change, et parfois radicalement, selon qu'on change de point de vue.*

D'où le problème de l'observateur/descripteur/concepteur : il doit disposer d'une méthode qui lui permette de concevoir la multiplicité des points de vue, puis de passer d'un point de vue à l'autre ; il doit disposer de concepts théoriques qui, au lieu de fermer et d'isoler les entités (physique, biologie, sociologie), lui permette de circuler productivement. Il doit concevoir en même temps l'individualité des êtres machinaux, les Machines de machines qui les englobent, et les complexes de machines interdépendantes ou polymachines qui les associent. De fait, les développements de la complexité praxique sont polymachinaux. Ainsi la relation polymachinale qui constitue la notion d'homme : individu (être-machine) ; espèce (cycle machinal) ; éco-système (macro-polymachine) ; société (mégamachine). L'idée de polymachine est donc nécessaire, elle respecte la complexité du réel et développe la complexité de la pensée.

L'observateur ne doit pas seulement pratiquer une méthode qui lui permette de passer d'un point de vue à l'autre et concevoir la polymachine ; il a besoin aussi d'une méthode pour accéder au méta-point de vue sur les divers points de vue, y compris son propre point de vue de sujet inscrit et enraciné dans une société. Le concepteur est dans une situation paradoxale : il est lié à une société machiniste où le concept de machine qui l'emprisonne est toutefois nécessaire à l'éclosion du concept complexe de machine. Mais pour une telle éclosion, l'observateur/concepteur doit s'engager dans une problématique où sa vision du monde des machines met en cause à la fois sa vision du monde, la vision qu'il a de la société, la vision qui lui vient de la société.

Nous entrevoyons déjà ici que la richesse, la complexité et la pertinence de notre conception de la machine sont en interdépendance réciproque avec la richesse, la complexité, la pertinence de notre conception de la vie et de la société, et que ces conceptions interdépendantes dépendent aussi des conceptions qui orientent notre savoir et dominent notre société. Aussi l'observateur/concepteur doit réfléchir sur lui-même et songer qu'il lui faudra tôt ou tard envisager un circuit épistémologique, du soleil à la société dont il fait partie, et qui le traversera et l'écartèlera.

En attendant nous pouvons formuler un concept polycentrique de machine, à la fois physique, socialisé et ouvert. Il n'appelle nulle réduction à la machine artefact, nulle réduction quelle qu'elle soit, et il pourra peut-être faire communiquer, à son niveau, physique, biologie, anthropo-sociologie. Ce n'est plus le concept issu de la pensée mécaniciste des XVIIe et XVIIIe siècles, ce n'est pas non plus celui de la cybernétique wienerienne. C'est un concept regradé, et non plus dégradant l'être ou l'existant auquel il s'applique. Il révolutionne l'ancienne notion de machine. Ce nouveau concept, au lieu d'occulter les grands problèmes et mystères, les pose nécessairement :

— Comment des êtres-machines peuvent-ils naître du désordre des interactions et rencontres ?

— Comment peut-il exister des êtres-machines s'organisant d'eux-mêmes, se produisant d'eux-mêmes, se reproduisant d'eux-mêmes ?

— Qu'est-ce que l'être d'une machine et la machine d'un être ?

8. *Les dessous des machines : la production-de-soi*
(poïesis *et générativité*)

Les machines artificielles, conçues isolément, masquent un problème clé : celui de la *poïesis* (elles ne sont que fabricatrices), celui de la générativité (elles sont incapables de se générer et de se régénérer). Pourtant, comme je l'ai déjà dit, elles ne sont dénuées ni de *poïesis* ni de générativité, mais celles-ci viennent de l'extérieur, de l'organisation anthropo-sociale. Or, toutes les machines (physiques, biologiques, sociales) que nous avons vues, à l'exception des machines artificielles, sont dotées de vertus génératives et régénératives internes : elles sont productrices-de-soi, organisatrices-de-soi, réorganisatrices-de-soi, leur *poïesis* s'identifie en premier lieu à la production permanente de leur propre être. Même le remous, ce moteur nu et sauvage, produit en permanence, réorganise en permanence son propre être. L'étoile, en même temps qu'elle produit atomes et rayonnement, produit et réorganise en permanence son propre être à travers une rétroaction ininterrompue du tout sur les actions contraires qui constituent ce tout. L'être vivant, aussi bien en décomposant (les matières organiques dont il s'alimente) qu'en fabriquant des molécules (par combinaisons et synthèses chimiques) produit ses mouvements, ses performances, ses propres composants, leur organisation, et toutes ces productions sont conjuguées dans la production permanente de son propre être, y compris de l'organisation qui produit ces productions.

Aussi ce que nous devons interroger maintenant, c'est ce niveau de générativité et de *poïesis* occulté dans le concept artificiel de machine. C'est tout le problème de l'infrastructure organisationnelle, de la part immergée et obscure dans toute théorie de l'organisation active, dans toute théorie de la

Les êtres-machines

machine. Et du coup, nous sommes amenés à faire surgir une notion inconnue dans la machine artificielle : elle a de l'être, elle n'a pas de *soi*. Le soi naît dans la production et dans l'organisation permanentes de son propre être. Nous voyons donc surgir des profondeurs une nouvelle constellation conceptuelle avec les notions de *poïesis*, de générativité, de boucle rétroactive, de production-de-soi, de soi.

2. La production-de-soi
(la boucle et l'ouverture)

L'être-machine a une activité immergée, invisible parce que inexistante dans la machine artificielle. C'est là où s'opèrent la production-de-soi et la réorganisation-de-soi.

Pour accéder à l'intelligibilité de cette praxis profonde, propre à toute organisation active naturelle, les idées de boucle et d'ouverture sont fondamentales et inséparables.

L'idée de boucle rétroactive a émergé dans et par la cybernétique wienérienne (*corrective feed-back loop*). La notion naît dans et pour l'organisation de performances complexes (couplage d'un ordinateur et d'un radar pour guider la course d'un engin antiaérien en fonction des modifications du trajet de la cible). L'idée a pris une grande ampleur avec le développement des régulations automatiques, où des dispositifs de rétroaction négative annulent les déviances par rapport aux normes assignées aux machines. Mais le développement de l'idée de régulation et de l'idée de correction de déviance ont quasi étouffé l'idée même de boucle.

Comme la machine artificielle ne se génère pas elle-même, la boucle rétroactive n'a pas été conçue, par la pensée cybernétique, comme une idée générative fondamentale : c'est donc une idée à régénérer, à généraliser, à fondamentaliser.

L'idée d'ouverture émerge au niveau organisationnel avec la notion bertalanffyenne de système ouvert. Elle noue l'une à l'autre la problématique thermodynamique et la problématique organisationniste. Mais cette théorie si nécessaire pour concevoir l'écologie de tout phénomène praxique, n'a pas été suffisamment ouverte, ni suffisamment organisationniste, et elle a occulté le problème clé de la refermeture.

Enfin ces deux notions n'ont pas été liées alors qu'elles constituent deux faces d'un même phénomène.

Il faut donc ici dégager, enraciner, développer ces notions de boucle (rétroactive) et d'ouverture (organisationnelle), et les accoupler au cœur de l'organisation active.

La production-de-soi

I. La boucle : de la forme génésique à la forme génératrice. Organisation récursive et réorganisation permanente

> *En ma fin est mon commencement.*
> T. S. Eliot.

A. La boucle : de la rétroaction à la récursion

1. *Du tourbillon à la boucle*

Nous avons vu que la forme rotative est constitutive des moteurs sauvages (tourbillons, remous).

Cette forme naît de la rencontre de deux flux antagonistes qui, interréagissant l'un sur l'autre, s'entrecombinent en une boucle rétroagissant en tant que tout sur chaque moment et élément du processus. Cette boucle constitue ainsi la forme *génésique* du remous ou tourbillon [1].

Cette forme génésique est en même temps la forme type et constante c'est-à-dire *générique* des tourbillons et remous.

Cette forme générique est organisationnelle : elle organise le mouvement centripète et centrifuge du flux ; elle en organise l'entrée, la circulation, la transformation, la sortie. Sans cesse le mouvement rotatif capte le flux, le suce, le détourne, le fait tournoyer, le différencie, l'hétérogénéise, lui imprime la forme spirale, puis l'expulse. Cette forme, qui génère le remous (génésique), lui donne son genre (générique), génère à chaque instant l'organisation qui régénère le tourbillon. La forme est donc non seulement *génésique, générique*, mais aussi *générative*. Et de plus, puisqu'il s'agit de moteurs sauvages, elle est *génératrice* d'énergies cinétiques (que l'homme saura domestiquer et asservir).

Le tourbillon est bouclé, non seulement parce que sa forme se referme sur elle-même, mais parce que cette forme bouclante est rétroactive, c'est-à-dire constitue la rétroaction du tout en tant que tout sur les moments et éléments particuliers dont elle est issue. Le circuit rétroagit sur le circuit, lui renouvelle sa force et sa forme, en agissant sur les éléments/événements qui sinon deviendraient aussitôt particuliers et divergents. Le tout rétroagit sur le tout et sur les parties, qui à leur tour rétroagissent en renforçant le tout. Si le flux et les conditions extérieures de formation du remous ne varient pas au-delà de certains seuils de tolérance, le remous peut perdurer ainsi quasi indéfiniment.

---

1. Les remous se constituent dans le courant des rivières à partir d'un élément solide et fixe qui, jouant un rôle rupteur, provoque par refoulement un contre-flux de sens inverse, lequel se combine au flux de façon qui crée et entretient la boucle rotative.

La forme génésique des galaxies et des étoiles se dessine dans la transformation des turbulences en tourbillons. La forme tourbillonnaire, qui se constitue sous l'effet des interactions gravitationnelles, est animée d'un mouvement centripète et se concentre en un noyau de plus en plus dense et chaud, jusqu'à l'allumage. Dès lors, le mouvement centripète du tourbillon génésique, et le mouvement centrifuge issu de la fusion thermonucléaire s'entre-annulent et s'entre-combinent en une boucle rétroactive qui s'identifie à la forme sphérique de l'étoile. Il demeure certes quelque chose — en tout cas dans notre soleil — des formes tourbillonnaires, notamment dans la rotation différentielle des couches superficielles qui glissent les unes sur les autres par rapport au noyau central, et la périphérie du tourbillon originel se prolonge, transformée et ordonnée, dans la rotation des planètes autour de l'astre central.

La boucle rétroactive de l'étoile, comme celle du remous, est à la fois génésique, générique, générative, c'est-à-dire qu'elle assure la naissance, la spécificité, l'existence, l'autonomie de l'étoile. Comme dans le remous, mais de façon beaucoup plus remarquable, car l'étoile-soleil est un être organisé d'une extraordinaire complexité [1], siège d'innombrables interactions de tous ordres et de multiples activités productrices et motrices, la boucle, née spontanément de l'union devenant complémentaire de deux mouvements antagonistes, assure rétroaction négative et régulation sans nul dispositif informationnel. La boucle ne naît pas d'une rétroaction négative ou d'une régulation. Elle *est* la rétroaction négative et la régulation. A l'origine et au fondement de l'être solaire, il y a la boucle, c'est-à-dire le tout rétroactif, producteur et organisateur-de-soi.

La boucle peut se confondre, sous ses espèces sauvages ou archaïques, avec une forme tourbillonnaire, circulaire, sphérique. Mais l'*idée* de boucle n'est pas une idée morphique, c'est une idée de circulation, circuit, rotation, *processus rétroactifs qui assurent l'existence et la constance de la forme*.

2. *La clé-de-boucle : rétroaction et récursion*

La boucle rétroactive n'est pas une forme, mais demeure liée à des formes rotatives, c'est-à-dire comporte toujours des circuits et/ou des cycles.

C'est un processus clé d'organisation active, à la fois génésique, générique et générateur (d'existence, d'organisation, d'autonomie, d'énergie motrice). Le bouclage rétroactif, dans les exemples précités, est un processus physique (remous, tourbillons), physico-chimique (étoiles) mais non informationnel. Chez les êtres vivants, le bouclage physico-chimique s'opère par la circulation de l'information. C'est du reste sous sa forme communication-

---

1. Au centre du soleil, le noyau, où s'opèrent les réactions thermonucléaires, autour duquel la photosphère est constituée de tourbillons incandescents équivalant à des milliers de bombes à hydrogène, puis la chromosphère, et enfin la couronne.

nelle, avec le premier dispositif cybernétique, que la boucle rétroactive a émergé à notre conscience. Mais cette émergence, au lieu d'extraire de l'ombre l'idée de boucle générative, l'a au contraire immergée encore plus profondément.

En effet, l'idée de boucle se trouve ainsi ramenée à l'idée informationnelle : c'est un dispositif d'élimination de la déviance par correction d'erreur : effectivement, dans les artefacts cybernétiques, il n'y a de boucle qu'informationnelle. Or cette vision occulte le caractère primordial de la boucle et brise ce qu'elle comporte d'activité totalisante et intégrative. Elle est donc superficielle et atomisante. Il faut donc approfondir et désatomiser l'idée de boucle, ce qui nécessite, une fois de plus, une inversion de perspective : la boucle ne procède pas d'une entité nommée « information »; la boucle précède généalogiquement l'information. Il faut introduire l'information dans la boucle, et non pas rétrécir la boucle dans l'information.

Récapitulons les caractères organisationnels de la boucle rétroactive. Dire qu'elle est génésique, c'est dire qu'elle transforme des processus turbulents, désordonnés, dispersés, ou antagonistes en une organisation active. *Elle opère le passage de la thermodynamique du désordre à la dynamique de l'organisation.* Les interactions deviennent rétroactives, des séquences divergentes ou antagonistes donnent naissance à un être nouveau, actif, qui continuera son existence dans et par le bouclage. La boucle rétroactive rend circulaire des processus irréversibles, qui ne cessent pas d'être irréversibles, mais prennent forme organisationnelle; par là elle transforme le disparate en concentrique. Ainsi la boucle devient générative en permanence, liant et associant en organisation ce qui sinon serait divergent et dispersif.

A ce niveau, l'idée de boucle rétroactive se confond avec l'idée de totalité active, puisqu'elle articule en un *tout*, de façon ininterrompue, des éléments/événements, qui, livrés à eux-mêmes, désintégreraient ce tout. Ainsi la totalité active signifie l'immanence et la surdétermination du processus total en et sur chaque processus particulier. Le bouclage est par là même la constitution, en permanence renouvelée, d'une totalité systémique, dont la double et réciproque qualité émergente est la production du tout par le tout (générativité) et le renforcement du tout par le tout (régulation). En effet, le bouclage du tout sur le tout effectue de lui-même régulation, en résorbant sous forme d'oscillations et fluctuations les déviances que provoquent perturbations et aléas. Ainsi toute totalité, dans un système praxique autre que la machine artificielle (qui n'est praxique que dans l'organisation de son fonctionnement, non la génération de son être) prend nécessairement forme de boucle rétroactive.

Une telle totalité peut comporter en son sein d'autres boucles rétroactives qu'elle génère et régénère autant qu'elles la génèrent et la régénèrent. Ainsi la forme vraie d'un être vivant n'est pas tellement celle, architecturale, d'un édifice de composants, elle est celle d'un multiprocessus rétroactif se bouclant sur lui-même à partir de multiples et diverses boucles (circulation du sang, de l'air, des hormones, de la nourriture, des influx nerveux, etc.).

Chacune de ces boucles génère et régénère l'autre. La boucle globale est le produit en même temps que le producteur de ces boucles spéciales. Ici s'impose l'idée de récursion.

La récursion.

L'idée de boucle ne signifie pas seulement renforcement rétroactif du processus sur lui-même. Elle signifie que la fin du processus en nourrit le début, par retour de l'état final du circuit sur et dans l'état initial : l'état final devenant en quelque sorte l'état initial, tout en demeurant final, l'état initial devenant final, tout en demeurant initial. C'est dire du même coup que la boucle est un processus où les produits et les effets ultimes deviennent éléments et caractères premiers. C'est cela un processus récursif : *tout processus dont les états ou effets finaux produisent les états initiaux ou les causes initiales.*

Je définis donc ici comme récursif tout processus par lequel une organisation active produit les éléments et effets qui sont nécessaires à sa propre génération ou existence, processus circuitaire par lequel le produit ou l'effet ultime devient élément premier et cause première. Il apparaît donc que la notion de boucle est beaucoup plus que rétroactive : *elle est récursive.*

L'idée de récursion ne supplante pas l'idée de rétroaction. Elle lui donne plus encore qu'un fondement organisationnel. Elle apporte une dimension logique tout à fait fondamentale à l'organisation active. En effet, l'idée de récursion, en termes de praxis organisationnelle, signifie logiquement *production-de-soi* et *ré-génération.* C'est le fondement logique de la générativité. Autrement dit, récursivité, générativité, production-de-soi, ré-génération et (par conséquent) réorganisation sont autant d'aspects du même phénomène central.

L'idée de récursion renforce et éclaire l'idée de totalité active. Elle signifie que rien isolément n'est génératif (même pas un « programme »); c'est le processus dans sa totalité qui est génératif à condition qu'il se boucle sur lui-même. En même temps l'action totale dépend de celle de chaque moment ou élément particulier, ce qui dissipe toute idée brumeuse ou mystique de la totalité.

L'idée d'organisation récursive va prendre un développement tout à fait remarquable dans l'organisation géno-phénoménale propre à la vie, comme on le verra en tome II. Ici il faut seulement indiquer que le concept de récursion sera le concept solaire à l'égard de quoi le concept de rétroaction sera dérivé et satellité. Ce qui signifie que la planète wienérienne, qui semble soleil, doit être conçue en fonction de l'éclairage foersterien. C'est à von Foerster que l'on doit d'avoir mis au centre des processus auto-organisateurs (vivants) l'idée récursive. Je veux montrer qu'on peut la trouver déjà au niveau d'organisation-de-soi, de réorganisation permanente, de production-de-soi. C'est-à-dire, pas seulement au niveau de l'organisation biologique, mais déjà au niveau de l'organisation des êtres-machines physiques non artificiels.

La production-de-soi

Production-de-soi : le terme signifie que c'est le processus rétroactif/récursif qui produit le système, et qui le produit sans discontinuer, dans un recommencement ininterrompu qui se confond avec son existence.

Régénération : ce terme signifie que le système, comme tout système qui travaille, produit un accroissement d'entropie, donc tend à dégénérer, donc a besoin de générativité pour se régénérer. La production-de-soi permanente est sous cet angle une régénération permanente.

Réorganisation permanente : alors que le terme de régénération prend sens en fonction de la générativité, le terme de réorganisation prend sens par rapport à la désorganisation qui travaille le système en permanence : dès lors, l'organisation phénoménale de l'être même nécessite une réorganisation permanente. C'est à ce niveau de réorganisation permanente que je vais considérer maintenant ce qui constitue la permanence et la constance d'un être doué d'une organisation active.

B. Morphostase et réorganisation permanente

Là où il y a boucle récursive, il n'y a rien qui ne soit en dehors du flux, de la dégradation, du renouvellement. L'organisation elle-même est constituée d'éléments qui sont en transit ; elle est traversée par le flux, la dégradation, le renouvellement. La merveille, le paradoxe, le problème sont que cette activité permanente et généralisée produise des états stationnaires, que le *turnover* ininterrompu produise des formes constantes, que le devenir sans trêve crée de l'être. Comme nous allons le voir, les organisations récursives sont des organisations qui dans et par le déséquilibre, dans et par l'instabilité, dans et par l'accroissement d'entropie, produisent des états stationnaires, des homéostasies, c'est-à-dire une certaine forme d'équilibre, une certaine forme de stabilité, une forme certaine de constance, une véritable morphostase.

1. *L'état stationnaire*

La constance de la flamme d'une bougie, de la forme d'un remous, de la morphologie d'une étoile, l'homéostasie d'une cellule ou d'un organisme vivant sont inséparables d'un déséquilibre thermodynamique, c'est-à-dire d'un flux d'énergie qui les parcourt. Le flux, au lieu de détruire le système, l'alimente, contribue nécessairement à son existence et à son organisation. Bien plus, l'arrêt du flux entraîne la dégradation et la ruine du système.

Il s'agit donc de considérer ces états, qui s'équilibrent dans le déséquilibre ; qui, composés d'éléments instables, sont globalement stables ; qui, parcourus par des flux, sont constants dans leur forme. Le terme de *steady state*, ou état stationnaire de non-équilibre, les définit. Dès lors le problème organisationnel se pose : comment ces formes et ces états stationnaires sont-ils liés au changement et au mouvement?

Il est déjà très remarquable qu'il y ait état stationnaire *bien qu*'il y ait déséquilibre, instabilités, mouvement, changement ; il est tout à fait admirable qu'il y ait état stationnaire *parce qu*'il y a déséquilibre, instabilités, mouvement, changement.

L'invariance relative des formes du système dépend en effet du *turnover* de ses éléments constitutifs. Il faut donc concevoir que la permanence du mouvement entretient l'organisation de la permanence des formes et que cette organisation entretient le mouvement. Dès lors apparaît une relation récursive entre l'organisation et le renouvellement des constituants, y compris des constituants de cette organisation elle-même. De là naît et s'entretient l'état primaire de toute organisation active : l'état stationnaire.

Le système actif ne peut être stabilisé que par l'action. Le changement assure la constance. La constance assure le changement. Toute l'organisation de la constance est vouée à assurer le renouvellement lequel assure la constance. Les deux caractères antinomiques activisme/invariance d'une part, stationnarité/constance de l'autre non seulement concourent l'un à l'autre, mais se co-produisent mutuellement :

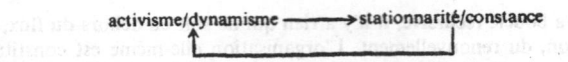

activisme/dynamisme ⟶ stationnarité/constance

Cette idée est tout à fait visible dans le remous, où la forme phénoménale et la boucle générative sont confondues : c'est ce qui est constant qui est en même temps en mouvement. Le mouvement récursif est ce qui transforme l'écoulement dynamique d'un flux en circuit de forme constante, et dès lors chacun des deux termes co-produit l'autre. Le flux est la condition du travail, lequel transforme le flux en organisation productive, non tant la production de quelque objet, mais la production-de-soi, non tant l'organisation de quelque activité distincte, mais l'organisation-de-soi. Le flux nourrit le circuit récursif qui est celui du tout organisateur-de-soi.

L'état stationnaire doit être conçu comme un aspect clé de la production-de-soi, et cela dans les deux sens, le sens de la production, le sens du soi.

Tout d'abord, l'état stationnaire fait partie de l'organisation récursive qui le produit : il n'est pas seulement renouvelé en permanence, il est aussi nécessaire au renouvellement du processus récursif lui-même : il est nécessaire qu'il y ait une constance, une permanence, un *être* en un mot, pour qu'existe l'organisation qui nourrit cet être. L'être, à sa façon, entretient l'organisation qui l'entretient.

Et ici l'aspect ontologique de l'état stationnaire doit d'autant plus être souligné qu'il est communément ignoré. Comme une mayonnaise sous le tournoiement de la batteuse, l'être et l'existence prennent une première consistance, sous l'effet de la récursion, dans et par l'état stationnaire. En effet, à partir du désordre, le mouvement génératif produit un ordre et un déterminisme internes ; à partir de l'improbabilité statistique générale, il produit une probabilité d'existence locale et temporaire. Du même mouvement se créent, se maintiennent et s'entretiennent réciproquement de l'organisation, de l'être, de l'existence. Être, en effet, c'est demeurer constant dans ses formes, son organisation, sa généricité, c'est-à-dire son identité. L'état stationnaire constitue ainsi l'état primaire d'un être doté d'une organisation active. Et, pour l'être vivant, l'homéostasie, complexe d'états stationnaires par lequel l'organisme maintient sa constance, s'identifie à l'être de cet organisme.

L'état stationnaire, dans une physique atomisée sans concept d'organisation comme sans concept d'être, est un état physique particulier. Par contre, nous voyons que, dans une perspective d'organisation récursive, ergo générative, c'est un être, doué de quant-à-soi, qui se forme et s'affermit dans et par l'état stationnaire.

2. La dynamique stationnaire :
méta-déséquilibre, méta-instabilité

Dans ces conditions, on ne peut opposer en alternatives simples équilibre/déséquilibre, stabilité/instabilité : il faut à la fois englober et dépasser ces termes devenant complémentaires sans cesser d'être antagonistes.

En effet, ni la notion thermodynamique (absence de flux) ni la notion mécanique (état de repos résultant de l'égalité des forces antagonistes) d'équilibre, ni la notion de déséquilibre ne sont pertinentes isolément pour l'intelligence du *steady state* et pourtant chacune peut y apporter une part de vérité à condition qu'on parle de *méta-déséquilibre*. Dans cette notion équilibre et déséquilibre s'associent de façon complémentaire (puisque le déséquilibre est nécessaire à la ré-équilibration toujours recommencée de l'état stationnaire) mais demeurent antagonistes. L'idée de méta-déséquilibre est une idée active ; c'est la déséquilibration/rééquilibration, déséquilibre compensé ou rattrapé, la dynamique de rééquilibration.

A la complexification de la relation équilibre/déséquilibre, il faut joindre la complexification de la relation stabilité/instabilité. L'idée de stabilité comporte déjà en elle, non seulement le maintien d'un état défini, mais aussi la propriété de reprendre cet état après de petites perturbations. Dans ce sens, on peut considérer le *steady state* comme un état de stabilité, qui supporte variations et oscillations. Mais c'est oublier que le retour à l'état stable est dans le *steady state*, non pas le retour au repos, mais le produit de l'activité. C'est oublier surtout que le *steady state* comporte l'instabilité comme vertu originelle. Nous l'avons vu : le déséquilibre et l'instabilité sont génésiques, l'organisation active porte en elle de façon indélébile la marque de cette origine ; elle est née des turbulences, heurts, ruptures, antagonismes. Ce trait génésique est devenu générique : les soleils, les remous, les tourbillons contiennent en eux l'affrontement dont ils sont nés.

Dans leur origine, dans leur existence, dans leur permanence, les états stationnaires des êtres-machines portent en eux, comme facteur fondamental de leur ordre et de leur organisation, un facteur fondamental de désordre et de désorganisation.

Ainsi, le *steady state* naît d'une instabilité, s'entretient à travers des instabilités, reconstitue sans trêve une stabilité globale au-delà de l'instabilité. On aurait pu parler de méta-stabilité si le terme n'avait déjà un emploi physique circonscrit. L'idée d'ultra-stabilité (Ashby, 1956) proposée pour exprimer la propriété d'un système de maintenir sa stabilité dans des conditions de stress qui devraient normalement la supprimer, serait ici intégrable, mais insuffisante. Il faut une notion indiquant que la stabilité nouvelle n'est plus une véritable instabilité ni une véritable stabilité : d'où l'idée, que je suggère, de méta-stabilité, qui s'intègre dans l'idée de dynamisme stationnaire [1].

Ce qui est dit ici vaut *a fortiori* pour l'être vivant chez qui l'au-delà de l'équilibre et du déséquilibre, de la stabilité et de l'instabilité, l'unité de l'être et du mouvement s'effectuent dans cet état assuré et fragile, constant et fluctuant : la vie.

Ainsi donc, pour concevoir toute organisation active, toute machine naturelle, il faut coupler de façon centrale les idées d'équilibre et de déséquilibre, de stabilité et d'instabilité, de dynamisme et de constance ; mais ce couplage doit être conçu comme *bouclage,* c'est-à-dire relation récursive entre ces termes formant circuit, où ce qui est généré génère à son tour ce qui le génère.

3. *L'idée de régulation*

L'idée de régulation apparaît dans l'univers des machines artificielles avec la cybernétique ; c'est l'introduction de dispositifs informationnels opérant rétroaction négative par détection et annulation de l'erreur. Elle semble dès lors une des propriétés de l'organisation proprement informationnelle. Pourtant on avait remarqué que des dispositifs de rétroaction négative existaient sur des machines pré-cybernétiques (comme le dispositif à boules dans la machine à vapeur). Toutefois, on n'en tira pas la conséquence théorique que la régulation précède l'information. Or, il faut fonder la régulation, non sur l'information, mais sur la boucle récursive ; celle-ci n'est pas un dispositif perfectionnant l'automatisme, l'efficacité, la fiabilité des machines, elle est générative de l'existence même de l'être. Il faut donc mettre en relief que :

---

1. Ainsi, sans cesse l'organisation ré-équilibratrice, re-stabilisatrice réagit aux perturbations qui surviennent de l'extérieur (variations dans les flux, les forces, les pressions) et de l'intérieur (tendance à la dispersion et la désintégration) et sa réaction se manifeste par de petites fluctuations qui à la fois expriment (déviance) et corrigent (retour à la norme) les perturbations subies.

— les êtres-machines naturels ne peuvent exister sans régulation et que la régulation est un des caractères propres à la rétroaction récursive du tout sur le tout ;
— les arkhe-machines et les machines sauvages ne comportent pas de dispositif spécifique de correction de la déviance et de l'erreur.

La boucle rétroactive n'est donc pas, fondamentalement, le résultat ou l'effet du dispositif informationnel de correction d'erreur ; c'est la boucle rétroactive qui est fondamentale et le dispositif informationnel correcteur est un développement propre au phénomène vivant, qui resurgit, d'une façon seulement régulatrice, au stade cybernétique des machines artificielles.

Comme on l'a vu, la régulation spontanée de l'étoile, fruit de deux processus antagonistes, se confond avec la boucle rétroactive d'un tout formidablement complexe. Cette régulation comporte, en ce qui concerne notre soleil, d'énormes pulsations de très vastes amplitudes, des sursauts, des paroxysmes. Elle comporte de terrifiantes turbulences dans la photosphère. Elle comporte d'énormes désordres. Le remarquable, ce n'est pas tant le caractère grossier d'une telle régulation, menacée par d'énormes désordres qui peuvent faire exploser l'étoile en cours de route, comme nous l'indiquent les miettes de soleil qui parsèment ici et là la carte du ciel. Le remarquable c'est qu'une telle régulation, seulement spontanée, supporte et surmonte de tels désordres. Une fois de plus, ce que nous avons omis d'admirer dans le monde, non seulement biologique et anthropo-social, mais aussi physique, c'est la vertu spontanéiste de l'organisation-de-soi.

Nous sommes trop habitués à chercher et trouver la régulation dans un dispositif de correction d'erreurs et non dans la *poïesis* où le jeu des solidarités et des antagonismes fait boucle. Car la totalité active n'est pas, répétons-le, une transcendance investissant les parties, mais l'ensemble des inter-rétroactions entre parties et tout, tout et parties.

Ainsi, toute organisation active comporte nécessairement une régulation, dans le sens où la rétroaction de la boucle (ou circuit récursif global) tend à annuler les déviances et perturbations qui apparaissent par rapport au processus total et à son organisation ; aussi, cette rétroaction du tout peut être dite *négative*.

Il est clair qu'il y a une distance prodigieuse entre les régulations spontanées de la grande chaudière solaire, indistinctes de la production et réorganisation-de-soi, où le chauffeur, le chauffant et le chauffé sont *le même,* et la régulation de la chaudière de chauffage central à thermostat, qui ne concerne que le fonctionnement de la machine.

Toutefois, même dans ce cas où elle est très circonscrite et apparemment très simple, la régulation est beaucoup plus qu'une correction de déviance propre à un dispositif *sui generis,* ne serait-ce que parce que l'introduction de ce dispositif entraîne la création d'une boucle, non pas seulement entre « sorties » et « entrées » de la chaudière, mais entre celle-ci et des entités de son environnement.

Considérons tout d'abord une chaudière sans thermostat. Elle correspond à une organisation apparemment atomistique du chauffage où sont concernées trois entités distinctes :

alimentation ⟶ chaudière ⟶ local à chauffer

En fait, il y a non seulement flux et transformation d'énergie entre ces trois entités, mais réglages et régulations, celles-ci étant effectuées par des êtres humains.

L'introduction d'un thermostat, disons dans le local à chauffer [1], constitue l'introduction d'un dispositif de régulation dans les relations entre alimentation/chaudière/local. Le thermostat établit une mesure et fixe une norme. Il mesure par la température la chaleur produite dans le local, et lorsque cette température s'abaisse au-dessous du degré requis, l'information ainsi inscrite devient un signal qui déclenche et accroît la combustion jusqu'à ce que la norme soit rétablie.

Or l'introduction de ce dispositif de rétroaction crée en fait un métasystème de type nouveau par rapport aux anciennes interrelations entre les trois entités : le débit de l'alimentation, la combustion dans la chaudière, la température du local sont devenus automatiquement interdépendants au sein d'une nouvelle totalité rétroactive dotée de qualités propres. La boucle n'est pas seulement entre les « informations de sortie » (*output*) qui nourrissent en retour (*feed-back* : nourrir en retour) les « informations d'entrée » (*input*). La boucle est désormais entre l'alimentation, la chaudière, le local, *via* la communication d'informations. Il n'y a plus seulement la machine chaudière, il y a la constitution d'un cycle machinal plus vaste englobant l'alimentation et le local. La boucle constitue en somme une organisation récursive qui se génère d'elle-même, et s'évanouit dès qu'elle s'arrête. Dès lors, la boucle rétroactive comporte et apporte les propriétés organisationnelles suivantes :

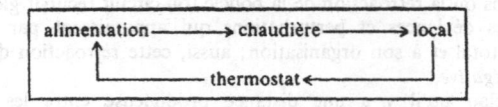

```
alimentation ⟶ chaudière ⟶ local
       ↑                        ↓
       └──── thermostat ←───────┘
```

— l'organisation et l'entretien d'un état stationnaire ;
— l'organisation durable d'un état improbable, par modification du jeu probable des causes et des effets (la probabilité étant à court terme la combustion intempérante, et à long terme l'homogénéisation des températures extérieure et intérieure) ;

1. Je pourrais me borner au thermostat fixé sur la chaudière même, qui règle le chauffage selon la température de l'eau au départ, mais l'intégration du local, sans modifier en rien la nature de l'exemple, le rend plus illustratif.

— l'organisation d'un travail antagoniste à l'homogénéisation des températures, créant et organisant une hétérogénéité thermique ;
— l'établissement d'un déterminisme interne s'opposant aux aléas et perturbations d'origine interne et externe, notamment la conjuration des dangers (incendiaires, explosifs) de surchauffe et des dangers (gel, etc.) de sous-chauffage ;
— l'assujettissement à une norme, un but (cf. plus loin chap. IV de cette partie).

Ainsi la rétroaction négative n'est pas tellement un ajout qui apporte le finish de la correction, et la régulation n'est pas qu'un simple apport de régularité. Ce n'est pas seulement l'organisation de l'efficacité et de la précision automatique dans un fonctionnement. C'est la constitution d'une totalité rétroactive qui se trouve dotée de propriétés organisationnelles propres. Il s'agit même d'une boucle génératrice ! Mais cette boucle génératrice n'est génératrice que de cette totalité rétroactive. Elle n'est génératrice, ni de l'être de la chaudière, ni de la constitution du local, ni du système d'alimentation, ni de la fabrication du thermostat. Cette boucle donc est phénoménale par rapport à ces objets qui sont générés par la mégamachine anthropo-sociale.

Ici éclate la différence avec la régulation propre à l'organisme vivant ou homéostasie. Comme pour le cas du soleil, avec la différence qu'il y a désormais des organes fonctionnels et des dispositifs informationnels, le chauffant, le chauffeur, le chauffé sont le même. Pour l'être vivant comme pour l'être solaire, exister et fonctionner sont non séparables et la régulation concerne l'existence. La machine artificielle peut s'arrêter de fonctionner sans se désintégrer aussitôt. Les autres machines non. La régulation y est donc un aspect de la production-de-soi. Elle en est la face négative, c'est-à-dire annulant les perturbations et les déviances.

4. *L'homéostasie*

L'homéostasie avait été justement reconnue par Cannon (Cannon, 1932) comme l'ensemble des processus organiques qui agissent pour maintenir l'état stationnaire (*steady state*) de l'organisme, dans sa morphologie et dans ses conditions intérieures, en dépit des perturbations extérieures. L'idée cybernétique de rétroaction négative par dispositif informationnel sembla apporter dans les années cinquante l'infrastructure organisationnelle de l'homéostasie. Elle n'apportait en fait que la structure de surface.

C'est qu'il faut concevoir l'homéostasie dans sa plénitude. Celle-ci n'est pas limitée ou subordonnée au maintien d'une température constante (qui ne concerne que les animaux homéothermes). Elle correspond au maintien de toutes les constances internes d'un organisme : pression, pH, teneur en substances variées ; sont également homéostatiques les processus immunologiques par lesquels l'organisme rejette ce qu'il détecte comme étranger. On voit dès lors que l'homéostasie, et par là le complexe de rétroactions négatives qui l'entretient, concerne non pas seulement le maintien de la constance d'un milieu intérieur, mais l'existence intégrale de l'être vivant. A sa façon, Claude Bernard avait perçu que « l'unité des conditions de vie dans le milieu intérieur » se confond avec la vie elle-même, puisqu'elle était pour lui le seul but « des mécanismes vitaux, quelque variés qu'ils soient ». (Claude Bernard, 1865).

Ici réapparaît la ligne de faille qui sépare radicalement la machine artificielle de la machine vivante. En effet, une machine artificielle non régulée peut éventuellement continuer à exister, même si elle ne peut plus fonctionner, alors qu'un être vivant sans homéostasie, c'est-à-dire dénué de son complexe de rétroactions régulatrices, se désintègre en tant que machine et en tant qu'être. La différence entre l'homéostasie vivante et la régulation de machine artificielle révèle deux niveaux de différence organisationnelle. Premier niveau, la machine artificielle résiste à la dégénérescence par la qualité physique des matériaux dont elle est constituée; ces éléments sont choisis et façonnés pour disposer au maximum de fiabilité, robustesse, durée. Par contre, « l'organisme constitué de matériaux très peu fiables », caractérisés par leur extrême inconstance et instabilité, « maintient sa constance dans des conditions qui devraient raisonnablement la perturber profondément » (Cannon, 1932). Bien plus, nous savons que l'organisme est en hémorragie ininterrompue; sans cesse ses molécules se dégradent, ses cellules dégénèrent et sont refabriquées, remplacées. D'où une première différence radicale. La résistance *fondamentale* de la machine artificielle à la corruption s'effectue par la qualité de constituants *non changeants;* la résistance de la machine vivante s'effectue par un *turnover* organisationnel opérant le changement et le remplacement de tous les constituants. La régulation d'une machine artificielle ne concerne que le fonctionnement de la machine. L'homéostasie de la machine vivante est liée à ses processus fondamentaux de réorganisation existentielle.

Wiener disait que l'homéostasie est la « conjonction des processus par lesquels, nous autres, êtres vivants, résistons au courant général de corruption et de dégénérescence » (N. Wiener 1950, *in* Wiener, 1962, p. 260). Il faut aller plus loin et dire que cette résistance est l'autre face de la production de notre existence.

Ici nous apparaît le second niveau de la différence entre les machines artificielles et les machines vivantes. Les produits et les performances de la machine artificielle lui sont extérieurs. La machine artificielle ne produit pas ses propres constituants, elle ne se produit pas elle-même. Or la machine vivante est vouée à la fabrication de ses propres constituants et à sa réorganisation. Cette action auto-productrice et réorganisatrice est permanente et totale (elle concerne le tout de l'être vivant et presque tous ses constituants). On voit donc que vivre est à la fois processus de corruption/désorganisation et processus de fabrication/réorganisation. Mieux : ces deux processus contraires sont indissociables. L'homéostasie est leur lien actif. Elle est constituée par l'ensemble des rétroactions correctrices, régulatrices, par quoi la dégradation déclenche la production, la désorganisation déclenche la réorganisation.

L'homéostasie devient donc inséparable de l'auto-production permanente, de l'auto-réorganisation permanente de l'être vivant. Comme nous le verrons amplement dans le tome II, l'organisation de la vie (ou organisation géno-phénoménale) est en fait un couplage récursif entre une organisation générative et une organisation phénoménale, celle de l'existence individuelle *hic et nunc*. L'homéostasie est le propre de l'organisation phénoménale; elle dépend à ce titre de l'organisation/réorganisation générative à partir de quoi elle se constitue et se reconstitue sans cesse. Mais à son tour l'homéostasie devient nécessaire pour l'action générative qui la constitue. Nous retrouvons encore ici, de façon complexifiée, mais toujours fondamentale, le circuit de la récursion : *l'organisation de la régulation doit être elle-même régulée par la régulation qu'elle crée.* La régulation vivante comporte donc une régulation récursive du régulant par le régulé. En d'autres termes, l'homéostasie, boucle dans une boucle, régénère la boucle qui la génère. Ainsi les gènes produisent et font exister des organismes, qui les produisent et les font exister[1].

5. *De la régulation à la régularité opérationnelle*

Toute boucle récursive a un caractère de recommencement, de réitération, de répétition. Toute régulation a un caractère de régularité. La notion triviale de « machinal », qui nous est venue des machines artificielles, correspond à ces traits secondaires : répétition et régularité. Les machines artificielles se sont fondées sur cette machinalité, pour leurs automatismes de répétition, conformes à la nature même de la production industrielle. Mais elles ont perdu la *poïesis*. Ce sont dans les machines vivantes que se sont développés des cycles et circuits réguliers internes, qui évoquent de fabuleuses usines automatiques, mais qui n'altèrent pas les aptitudes stratégiques, inventives, créatrices du tout en tant que tout.

6. *La réorganisation permanente*

Le paradigme de la machine artificielle, surdéterminé par le paradigme de simplification, dissocie l'idée de régulation et l'idée d'existence, l'idée de boucle et l'idée de générativité, l'idée de rétroaction et l'idée de totalité.

---

1. Nous verrons amplement en tome II combien est complexe la relation entre le génératif et le phénoménal, car, bien entendu, ce qui est phénoménal participe à la générativité, ce qui est génératif participe à la phénoménalité. Ces termes sont absolument confondus dans le remous, par exemple : selon le regard, on peut voir dans le circuit spirale, soit la boucle générative elle-même, soit la forme phénoménale, soit la forme organisatrice, et les trois points de vue sont justes puisqu'ils concernent trois aspects indistincts dans la même forme.

Effectivement, la machine artificielle est un être totalement dissocié entre son fonctionnement et sa constitution. Ce qui est actif dans l'artefact, c'est le fonctionnement; ce qui est bouclé et régulé, c'est le fonctionnement. Par contre, l'être de la machine existe sans la boucle, sans la régulation, sans le fonctionnement. Mais cet être, s'il n'y a plus de fonctionnement possible, cesse d'être machine et devient chose.

L'extrapolation du modèle cybernétique artificiel sur la machine vivante a permis de concevoir l'homéostasie comme régulation informationnelle par rétroaction négative, mais l'homéostasie a été conçue superficiellement, comme qualité ou finalité. Or, il faut la concevoir en fonction de la générativité, où elle apparaît comme le caractère phénoménal de base d'une organisation productrice, régénératrice, réorganisatrice-de-soi.

Ainsi, pour les êtres vivants comme pour les soleils, tourbillons, remous ou flammes, ce qui est stationnaire, constant, régulé, homéostasique est indissociable de ce qui est être, existence, production, régénération, réorganisation-de-soi.

Dès qu'on veut définir le caractère spécifique de l'organisation de tout être-machine, sauf l'artificiel, alors il apparaît que cette organisation est non seulement intégralement active, totalement rétroactive et fondamentalement récursive, mais qu'elle est aussi, toujours *ré-organisation*. La réorganisation est le visage proprement organisationnel de la boucle récursive. Il est étonnant que l'idée de réorganisation permanente n'ait été dégagée que si récemment, et, à ma connaissance, par le seul Atlan (Atlan, 1972 *b*) à partir de la découverte du rôle organisationnel du « bruit ».

Et pourtant c'est une idée à laquelle on arrive par de multiples avenues. L'itinéraire le plus simple est encore celui-ci : toute organisation active travaille, donc produit de la chaleur, donc du désordre qui altère nécessairement tôt ou tard les composants de la machine, donc sous-produit nécessairement de l'usure, de la dégradation, de la désorganisation. D'où la nécessité, pour une machine organisatrice-de-soi, de réorganiser. Or ce problème ne pouvait qu'être occulté dans la machine artificielle, qui est régénérée de l'extérieur, par rénovation, réparation, changement des pièces. Il n'y a donc pas de régénération-de-soi. Il n'y a donc pas de réorganisation intrinsèque.

Or la réorganisation est une nécessité fondamentale de l'organisation active, à ce point que cette organisation se confond avec la réorganisation. Cette réorganisation est permanente, parce que la désorganisation est elle-même permanente.

Ainsi, nous entrevoyons le lien nécessaire et actif entre le *méta* (méta-déséquilibre, méta-instabilité), le *rétro* (les rétroactions organisatrices et la rétroaction du tout sur les parties), le *ré* (la récursion permanente et la réorganisation permanente).

La réorganisation permanente comporte en elle la récursivité à l'infini : l'organisation, nous l'avons vu dans les cas exemplaires du remous, du soleil, de l'être vivant, subit elle-même la désorganisation ; l'organisation doit donc se réorganiser ; comme l'organisation est déjà par elle-même réorganisation, la réorganisation est aussi *réorganisation de la réorganisation.*

Inséparable de la récursion permanente, la réorganisation permanente est du même coup inséparable de la production-de-soi permanente, c'est-à-dire la production toujours recommencée du processus par lui-même et, ainsi, de l'être-machine par son propre processus.

Ici, la réorganisation permanente se dégage comme l'idée plaque-tournante entre ce qui est génératif (la boucle récursive) et ce qui est phénoménal (l'être et l'existant singulier, individuel).

Ainsi donc *les êtres-machines produisent leur propre existence dans et par la réorganisation permanente.* Disons autrement : dans toute organisation active, dans tout système praxique, les activités organisationnelles sont aussi réorganisationnelles, et les activités réorganisationnelles sont aussi des activités de production de soi, lesquelles sont évidemment de régénération. Ces termes sont eux-mêmes dans une relation récursive les uns par rapport aux autres, ils se génèrent les uns les autres dans un circuit interrompu seulement par la destruction et la mort.

Ainsi donc, *l'idée clé-de-voûte ou plutôt clé-de-boucle, qui a visage phénoménal de rétroaction et génératif de récursion*, est d'importance cruciale. Elle lie ensemble morphogénèse et morphostase ; elle lie la naissance, l'existence, l'autonomie de tous êtres-machines. Les machines artificielles n'ont pas leur propre boucle générative, mais elles sont intégrées et emportées dans la réorganisation permanente, la production-de-soi, le mouvement récursif des mégamachines anthropo-sociales de l'ère industrielle...

II. L'ouverture

Seul l'insuffisant est productif.
H. Keyserling.

A. De l'ouverture thermodynamique à l'ouverture organisationnelle, de l'ouverture organisationnelle à l'ouverture existentielle

1. *Du système ouvert à l'ouverture organisationnelle*

La thermodynamique oppose le système ouvert, comportant des échanges matériels/énergétiques avec l'extérieur, au système isolé (ne comportant pas d'échanges matériels/énergétiques avec l'extérieur) et au système fermé (où il peut y avoir échange d'énergie, non de matière avec l'extérieur, comme dans le cas de la terre, qui reçoit de l'énergie solaire sous forme de rayonnement). La distinction entre système isolé et système fermé est inutile à mon propos (qui est de considérer la thermodynamique du point de vue d'une théorie de l'organisation et non l'organisation du point de vue de la théorie thermodynamique) ; je me bornerai à opposer la notion d'ouverture (énergétique/matérielle) à celle de fermeture (énergétique/matérielle).

L'idée de système demeura une enveloppe molle jusqu'à von Bertalanffy ; l'idée de système ouvert demeura enfermée dans la thermodynamique jusqu'à Cannon. Cannon, en dégageant la notion d'homéostasie, définit les « êtres vivants supérieurs » (inutile limitation) comme des « systèmes ouverts présentant de nombreuses relations avec l'environnement » (Cannon, 1932). Mais il fallut von Bertalanffy pour définir par principe comme systèmes ouverts les organismes vivants, précisément parce que ceux-ci ont un besoin vital de puiser matière/énergie dans leur environnement. Dès lors thermodynamique et organisation vivante se trouvèrent plus que liées, apparemment réconciliées : si l'organisation vivante, au lieu d'accroître son entropie, c'est-à-dire se désintégrer, se maintient voire se développe, cela tient à ce qu'elle puise matière et énergie, sans discontinuer, dans son environnement [1]. Dès lors il se constitua une vulgate dans le sillage de la théorie des systèmes, où la définition des êtres vivants comme systèmes ouverts semble résoudre le problème que leur pose le deuxième principe et semble lier de façon harmonieuse thermodynamique et organisme.

Mais on avait oublié du coup que la notion de système ouvert posait des problèmes préalables.

2. *Ouverture et organisation active*

On définit couramment de façon extérieure et behaviorale le système ouvert, comme système qui comporte entrée/importation (*input*) et sortie/exportation (*output*) de matière/énergie. Une telle définition met entre parenthèses ce qui se passe entre entrée et sortie : il y a un *black-out* sur l'activité organisationnelle du système, lequel du reste est ouvertement considéré comme *black-box*.

Il faut donc considérer le caractère organisationnel de l'ouverture. Entrées et sorties sont liées à une activité organisationnelle, donc à une organisation active, c'est-à-dire par là même transformatrice et productrice. L'ouverture est donc ce qui permet les échanges énergétiques nécessaires aux productions et transformations. De plus, toute boucle génératrice, toute production d'états stationnaires ou d'homéostasies, nécessite le flux énergétique, donc l'ouverture.

L'ouverture apparaît ainsi comme un trait nécessaire parmi les traits interrelationnels et solidaires dont la constellation permet de définir les êtres-machines. Il apparaît donc qu'on ne saurait définir les « systèmes ouverts »

---

[1]. L'exemple clé des tourbillons de Bénard montre que les formes d'organisation spontanées, qui surgissent dans des conditions de déséquilibre, « sont créées et maintenues grâce aux échanges d'énergie avec le monde extérieur » (Prigogine, 1972, p. 553). Ce que Prigogine appelle « structures dissipatives » peut donc être aussi nommé système ouvert.

seulement par l'ouverture. Il serait même mutilant de résorber les traits multiples et divers de l'être-machine dans la seule ouverture et dans la notion floue et abstraite de système. L'ouverture n'est pas pour autant un caractère secondaire : elle est fondamentale et vitale, puisqu'elle est nécessaire, non seulement au fonctionnement, mais à l'existence de tous êtres-machines, sauf artificiels.

Ainsi le clivage décisif n'est pas ici ouvert/fermé. Il est actif/non actif. Effectivement l'intégrité d'un système non actif est liée à l'absence d'échanges avec l'extérieur; l'organisation protège son être physique et sauvegarde son capital énergétique dans l'immobilisme, ce qui empêche hémorragie, mais aussi ravitaillement.

3. *Ouverture et fermeture : le lien complexe*

L'opposition principale est entre le fixe et l'actif, non entre l'ouvert et le fermé, d'autant plus que les notions d'ouverture et de fermeture, si elles s'opposent, ne sont pas répulsives, et doivent être toujours liées d'une certaine manière.

Il n'est pas de système absolument clos, il n'est pas de système absolument ouvert. Les systèmes, même thermodynamiquement clos, sont « ouverts » du point de vue des interactions gravitationnelles et électro-magnétiques; à la limite, un système absolument clos, c'est-à-dire sans aucune interaction avec l'extérieur, serait par là même un système sur lequel il serait impossible d'obtenir la moindre information (cf. p. 352). Réciproquement, les systèmes thermodynamiquement ouverts disposent d'une fermeture et refermeture originales. Concevoir l'ouverture, c'est donc concevoir la fermeture qui lui correspond.

4. *La vertu d'ouverture*

Ceci étant dit, il ne s'agit pas d'oublier ou sous-estimer la réalité et l'importance de l'idée d'ouverture. Bien que tout système fermé ait quelque chose d'ouvert et que tout système ouvert ait quelque chose de fermé, bien qu'un système ne saurait se définir seulement par l'ouverture, cette ouverture, d'abord énergétique/matérielle, puis informationnelle/communicationnelle propre aux organisations actives, est quelque chose d'autre et de plus que l'ouverture relationnelle/interactionnelle que comporte tout système quel qu'il soit. Et c'est parce qu'elle est liée à l'idée d'organisation active, c'est-à-dire de production, c'est-à-dire de machine, c'est-à-dire de production-de-soi que l'ouverture est une notion d'importance capitale. Elle apporte une dimension indispensable à l'idée d'organisation active et de machine, à l'idée de boucle récursive. Nous allons voir que l'idée d'ouverture est une idée très grande et très profonde, qui transcende l'idée de système.

Aussi allons-nous parler ici, non de système ouvert mais d'ouverture systémique, organisationnelle, et aussi ontologique, existentielle. Nous allons partir de l'ouverture énergétique/matérielle, puis informationnelle, mais pour l'associer à l'organisation, l'être, l'existence. L'idée d'ouverture, pour ne pas être isolée ou hypostasiée, n'en sera pas rétrécie. Nous allons voir qu'elle prendra une radicalité et une ampleur ignorée dans les théories du « système ouvert ».

5. La reconnaissance de l'ouverture

La distinction entre système ouvert et système clos n'est pas seulement trop simple ; elle occulte ce qui dans la réalité des systèmes et surtout des polysystèmes comporte, ici ouverture, et là fermeture, et, bien que l'idée de système ouvert relie *ipso facto* celui-ci à son environnement, elle risque d'isoler le système ouvert dans un univers clos.

Il nous faut déblayer des équivoques pour accéder aux complexités. Nous allons voir que les systèmes peuvent nous apparaître partiellement clos et ouverts. Que, selon l'angle et le cadrage de la vision, selon le système de référence de l'observateur, le même système peut nous apparaître, soit clos, soit ouvert.

Ainsi, si on définit l'ouverture de façon seulement behaviorale, en fonction des entrées et sorties matérielles-énergétiques, les machines artificielles sont beaucoup plus « ouvertes » que les êtres-machines naturels : elles ont éventuellement triple *input* (l'énergie pour le travail, les matériaux à transformer, le programme à exécuter) et double ou triple *output* (les sous-produits et déchets de transformation, les produits finis, les messages ou signaux concernant leur fonctionnement). Par contre un être vivant, comme la bactérie n'exporte pas de produits finis, ne reçoit pas de programme extérieur, et serait à ce titre beaucoup moins « ouvert ». Or, une telle vision masque le caractère intégralement ouvert de la bactérie, qui a besoin de son alimentation pour ne pas se décomposer, alors que la machine artificielle, de par la fixité de ses assemblages, peut être considérée comme système clos. Elle peut perdurer au jour le jour, sans nulle alimentation, de par la résistance de ses composants et la stabilité de ses articulations fixes. C'est dire que l'ouverture de la machine artificielle n'est que fonctionnelle. Si on la considère seulement au repos, hors de toute activité, la machine artificielle perd non seulement sa vertu d'ouverture, mais aussi sa qualité de machine, et devient une chose. On voit donc apparaître une distinction capitale entre ce qui est ontologiquement et existentiellement ouvert, et ce qui n'est que fonctionnellement ouvert. L'être vivant s'alimente en matière/énergie, pas seulement pour « travailler », mais pour exister. Il travaille à exister, c'est-à-dire à régénérer ses molécules, ses cellules, ergo son être et son organisation qui se dégradent sans trêve. L'être vivant ne peut jamais cesser d'être ouvert, ne peut nulle part échapper au flux.

La machine artificielle nous apparaît désormais, soit comme système

La production-de-soi 201

partiellement fermé (dans sa constitution), partiellement ouvert (dans son fonctionnement), soit (au repos) comme être clos potentiellement ouvrable, ou (en activité) comme être ouvert potentiellement fermable.

Tout change encore si l'on élargit le regard et que celui-ci considère la machine artificielle au sein de la mégamachine sociale qui l'a fabriquée, l'utilise, la répare. Dès lors l'artefact nous apparaît comme *intégralement, mais passivement ouvert* au sein de l'organisation anthropo-sociale.

Donc, une fois encore, fuyons l'alternative simple entre le fermé et l'ouvert. Ici l'opposition rigide n'est pas seulement insuffisante, elle porte la confusion (entre machine vivante et machine naturelle). De même, la réduction du concept d'ouverture à l'import/export occulte la différence radicale entre un système producteur-de-soi et un système généré de l'extérieur.

Il faut par contre :
— toujours définir l'ouverture par son caractère organisationnel (et non par le seul import/export),
— distinguer les types d'ouverture : fonctionnelle, ontologique, existentielle,
— situer le problème dans un ensemble et un contexte où ouverture et clôture apparaissent comme des aspects et des moments d'une réalité à la fois ouverte et non ouverte.

Nous verrons que l'ouvert s'appuie sur le fermé, se combine avec le fermé. Une bougie non allumée est un système clos constitué par un agglomérat de cire et une mèche. Après allumage, elle devient le réservoir alimentant le système ouvert flamme, la mèche devenant un invariant relatif nécessaire à la constance de la flamme. Les remous acquièrent une certaine durée et permanence lorsqu'ils s'ordonnent autour d'un élément fixe et stable, c'est-à-dire matériellement clos, comme la pierre ou l'arche. Ainsi nous avons un relatif « invariant » non actif, mais qui informe l'action ; non praxique, mais qui permet la praxis ; non productif, mais autour duquel le remous opère sa production-de-soi ; il ne se réorganise pas, mais permet la réorganisation, il ne se transforme pas mais permet la transformation. Il est comme le pivot autour duquel tourne la boucle générative. Il est *hermétique* à l'agitation qui l'entoure.

A considérer l'ensemble que constitue le système solaire, en y englobant bien sûr le satellite terre et le phénomène vivant, nous voyons qu'ouverture et fermeture s'y entre-combinent et s'entre-enveloppent. Le système solaire est, thermodynamiquement, un système fermé, mais non isolé à l'égard de la galaxie et du cosmos, dont il reçoit du rayonnement, des « bruits » confus, peut-être des signaux. La vie s'inscrit dans un cycle fermé, la rotation de la terre autour du soleil, mais aussi dans des cycles ouverts dépendant de ce cycle fermé : les cycles de l'eau, de la mer à la source et de la source à la mer : elle crée et développe, en tant que biosphère ou totalité d'êtres vivants formant système, des cycles *ouverts* de transformation chimique (cycle de l'oxygène et du gaz carbonique), des cycles nutriciels ouverts (où, du végétal à l'animal et de l'animal au végétal, par la dévoration, la prédation, le parasitisme, la déjection, la décomposition, la vie se nourrit de la vie); toute espèce est un cycle périodique *ouvert* de reproduction des individus; tout individu comporte en lui des cycles organisationnels ouverts (notamment chez les organismes les plus évolués, du sang, de la respiration, de l'influx nerveux).

Ainsi donc, il faut insérer l'ouverture dans les complexes polymorphes de machines et flux interrelationnés. Il faut de plus reconnaître l'ouverture, c'est-à-dire isoler relativement la notion. Or le remous et la flamme, qui nous ont permis d'isoler presque expérimentalement l'idée de boucle et l'idée de réorganisation permanente, nous permettront également d'isoler la notion d'ouverture.

6. *L'ouverture d'entrée et la dépendance écologique*

Du point de vue thermodynamique, l'étoile, le remous, l'être vivant sont des systèmes également ouverts. Du point de vue écologique, ils sont très inégalement ouverts.

L'étoile est un être-machine, totalement actif, à la fois ontologiquement, existentiellement et fonctionnellement ouvert. Toutefois, elle a ce caractère qui la différencie des moteurs sauvages terrestres comme des êtres vivants : elle ne s'alimente pas dans son environnement : son entrée matérielle/énergétique est à l'intérieur. Ou plutôt elle s'est tout d'abord elle-même « self-prélevée » sur son environnement; son aliment est la substance de son être. *Son* input *est à l'antérieur et à l'intérieur :* c'est l'énorme réserve de matière/énergie accumulée durant la concentration gravitationnelle. Ainsi le flux qui la traverse puis s'en échappe part de l'intérieur. L'étoile mange donc son capital ontologique jusqu'à épuisement. Il ne faut pas sous-estimer l'ouverture de l'étoile parce qu'elle est fermée écologiquement à l'entrée : mais il ne faut pas sous-estimer cette fermeture parce que l'étoile est par ailleurs ontologiquement/fonctionnellement ouverte. L'étoile, du fait qu'elle se nourrit d'elle-même, dispose par là même d'une formidable autonomie : elle ne dépend pas pour chaque instant de son existence d'un environnement aléatoire. Une fois bouclée, elle ne dépend plus, sauf cas rarissimes, de perturbations externes.

Par contre, les machines terrestres, du tourbillon à l'être vivant, de l'être vivant à l'être social, de l'être social à la machine artificielle, sont tous fonctionnellement et écologiquement dépendants, tous (sauf les artefacts) existentiellement éco-dépendants.

Les tourbillons ne sont que boucle et ouverture; les flux qui se transforment en boucles demeurent flux et menacent sans cesse la boucle née de leurs agitations et contrariétés. Ces tourbillons ne sont protégés de leur environnement par aucune membrane, ils sont ouverts de partout; mais cette ouverture de partout est en même temps leur refermeture de partout, c'est la

La production-de-soi

boucle, qui est en même temps ouverture et refermeture permanentes et omniprésentes. Apparemment, il n'y a rien de plus débile que les tourbillons. Ils sont dans la dépendance absolue des flux, ils sont incapables de la moindre transformation chimique, de la moindre production d'objet. Et pourtant ils sont capables de production-de-soi et de réorganisation permanente. Ils sont détenteurs, dans leur nudité extrême, de la générativité à l'état pur. Ainsi l'existence se tisse dans l'extrême dépendance écologique, dans l'ouverture généralisée, étant donné que cette ouverture coïncide exactement, dans sa forme et son mouvement de boucle, avec la refermeture.

Les êtres vivants disposent, par rapport aux remous et aux tourbillons, d'une extraordinaire autonomie d'organisation et de comportement, qui leur permet de s'adapter à l'environnement, voire d'adapter l'environnement à eux et de l'asservir. Mais ils sont dans la même dépendance écologique totale que les remous, puisque leur ravitaillement incessamment nécessaire provient uniquement de cet environnement.

Je vais donc focaliser maintenant sur cette ouverture écologique, commune à tous les existants terrestres, aux remous, aux tourbillons, à nous-mêmes. C'est notre être, notre organisation, notre existence qui sont intégralement éco-dépendants.

Ce qui nous permet d'entrevoir le double et riche caractère que prendra l'organisation vivante, surtout avec le développement des comportements animaux : l'organisation des interactions internes et l'organisation des interactions externes vont constituer les deux faces de l'auto-éco-organisation.

B. La relation écologique

1. *L'autonomie dépendante*

L'ouverture-d'entrée définit à la fois une originalité, une condition d'existence, une viabilité. Elle assure une relation à la fois énergétique, matérielle, organisationnelle et existentielle avec l'environnement.

Les êtres éco-dépendants ont une double identité : une identité propre qui les distingue, une identité d'appartenance écologique qui les rattache à leur environnement. Le tourbillon fait partie du mouvement des vents, tout en ayant son identité propre ; le remous fait partie de la rivière, dont il n'est qu'un moment, et pourtant il a son individualité, par rapport à quoi la rivière devient un environnement ; mais devenue environnement, la rivière fait aussi partie du remous. Toujours, par quelque aspect, un système ouvert d'entrée fait partie de son environnement, lequel fait partie dudit système puisqu'il le pénètre, le traverse, le co-produit.

Alors que nous avons tendance à considérer les frontières essentiellement comme des lignes d'exclusion, le mot frontière, ici, révèle l'unité de la double identité, qui est à la fois distinction et appartenance. La frontière est à la fois ouverture et fermeture. C'est à la frontière que s'effectue la distinction et la liaison avec l'environnement. Toute frontière, y compris la membrane des êtres vivants, y compris la frontière des nations, est, en même temps que barrière, le lieu de la communication et de l'échange. Elle est le lieu de la dissociation et de l'association, de la séparation et de l'articulation. Elle est le filtre, qui à la fois refoule et laisse passer. Elle est ce par quoi s'établissent les courants osmotiques et ce qui empêche l'homogénéisation.

L'environnement n'est pas que co-présent; il est aussi co-organisateur. Considérons le remous : est-ce le flux de la rivière qui organise le remous autour de l'arche ou de la pierre? Est-ce la pierre ou l'arche qui organise le flux devenu tourbillonnant? Est-ce le système remous, constitué par la rencontre entre le flux et la pierre, qui s'organise autour de lui-même? Tout cela à la fois : le flux, l'arche, le processus tourbillonnaire sont co-producteurs et co-organisateurs d'une générativité qui, se bouclant sur elle-même, devient remous.

L'environnement, loin de réduire son caractère co-organisateur, l'accroît chez l'être vivant. Comme on le verra, l'environnement, devenu éco-système, c'est-à-dire une machine spontanée née des interactions entre les êtres vivants d'une même « niche », est beaucoup plus qu'une réserve de nourriture, plus encore qu'une source de néguentropie où l'être puise de l'organisation, de la complexité, de l'information, c'est une des dimensions de la vie, aussi fondamentale que l'individualité, la société, le cycle des reproductions.

Ainsi s'impose l'idée clé : l'environnement est constitutif en permanence de tous les êtres qui s'alimentent en lui; il coopère en permanence avec leur organisation. Ces êtres et organisations sont donc en permanence éco-dépendants.

Mais, par un paradoxe qui est le propre de la relation écologique, c'est dans cette dépendance que se tisse et se constitue l'autonomie de ces êtres.

De tels êtres ne peuvent construire et maintenir leur existence, leur autonomie, leur individualité, leur originalité que dans la relation écologique, c'est-à-dire dans et par la dépendance à l'égard de leur environnement; d'où l'idée alpha *de toute pensée écologisée : l'indépendance d'un être vivant nécessite sa dépendance à l'égard de son environnement.*

2. La transformation de l'environnement

Tout être ouvert agit et/ou rétroagit sur son environnement. Toute activité productrice a des effets multiples, divers, complexes sur l'environnement. La praxis transforme : les exports ne sont pas la restitution des imports; le rendu n'est pas le prélevé. L'extérieur se transforme sous l'effet des actions, réactions, produits et sous-produits.

La plus prodigieuse de toutes les transformations d'environnement qui se puisse concevoir est évidemment celle opérée par les soleils, qui, chacun à partir d'un nuage gazeux, créent et continuent à créer un univers d'une richesse, d'une variété, d'une complexité inouïe.

La production-de-soi

La transformation est double. Un être-machine peut créer du mieux organisé, de l'organisant, c'est-à-dire apporter de la complexité et de l'organisation dans l'environnement. Mais, ce faisant, et nécessairement, il rejette de l'énergie dégradée, des sous-produits, des déchets, et la praxis la plus richement organisationnelle tend, d'une certaine façon qui peut être à la fois complémentaire, concurrente et antagoniste, à réorganiser et à désorganiser son environnement.

Ainsi les êtres vivants transforment leur environnement; en s'autoproduisant, ils nourrissent et co-produisent leur éco-système, tout en le dégradant par leurs pollutions, déjections[1], prédations (animaux), déprédations (humains).

On le voit donc : l'ouverture écologique n'est pas une fenêtre sur l'environnement : l'organisation ainsi ouverte ne s'emboîte pas dans l'environnement comme la simple partie d'un tout. L'organisation active et l'environnement sont, tout en étant distincts de l'autre, *l'un dans l'autre*, chacun à sa manière, et leurs indissociables interactions et relations mutuelles sont complémentaires, concurrentes et antagonistes. L'environnement à la fois nourrit et menace, fait exister et détruit. L'organisation elle-même transforme, pollue, enrichit. Une boucle rétroactive phénoménale va unir l'être vivant à son éco-système, l'un produisant l'autre et réciproquement, comme on le verra (t. II, chap. I). Ce qui débouche sur un problème de fond concernant l'identité et l'intelligibilité de tout ce qui comporte ouverture écologique.

C. L'ouverture de l'ouverture

1. *Réouverture*

Nous pouvons désormais reconnaître l'ouverture comme trait essentiel de toute organisation praxique, de tout être-machine, trait qui prend son ampleur et sa radicalité chez les êtres et existants immergés dans un environnement riche et aléatoire, dont ils dépendent pour le renouvellement continu et total de leurs composants. Dès lors la boucle phénoménale qui se constitue entre l'individu et son environnement est indissociable de la boucle génératrice, qui se nourrit de l'existence phénoménale qu'elle produit. L'ouverture, pour les êtres terrestres praxiques, c'est la double ouverture

---

1. Les pollutions et déjections sont compensées par la manne solaire, qui renouvelle indéfiniment l'énergie nécessaire à la vie, et par l'extraordinaire complexité des éco-systèmes, qui intègrent la dégradation dans des cycles régénérateurs où les déchets deviennent de nouveaux aliments, où le polluant se transforme en nutritif. Ce n'est que lorsque les énormes machines anthropo-sociales outrepasseront les seuils vitaux dans l'exploitation et le massacre des êtres vivants, dans la déjection de résidus industriels et de poisons non biodégradables que la rétroaction désintégrative de la praxis anthropo-sociale sur l'environnement dominera les rétroactions réorganisatrices naturelles.

d'entrée et de sortie sur l'environnement aléatoire, placentaire, nourricier, ennemi, menaçant, c'est l'échange permanent et multiple avec cet environnement, c'est l'organisation interne/externe, générative et phénoménale, liée à cet échange, c'est la dépendance écologique et c'est l'autonomie de l'être individuel, c'est l'existence. Chacun à leur façon, le remous et l'être vivant portent au paroxysme la marque existentielle de l'ouverture.

2. *Le vif de l'objet : le surgissement de l'existence*

L'ouverture, c'est l'existence. L'existence est à la fois immersion dans un environnement et détachement relatif à l'égard de cet environnement. Whitehead a dit fortement : « Il n'y a aucune possibilité d'existence détachée et autonome », et effectivement tout ce qui existe est dépendant. L'existant est l'être qui est sous la dépendance continue de ce qui l'environne et/ou de ce qui le nourrit. Mais il faut en même temps un certain détachement et une certaine autonomie, c'est-à-dire un minimum d'individualité, pour exister. Les êtres vivants vont développer de façon nécessairement complémentaire (bien que concurrente et antagoniste) leur autonomie et leurs dépendances à l'égard de leur éco-système ; plus ils seront complexes, plus ils seront fragiles (car ils multiplient leurs dépendances écologiques), plus ils développeront l'aptitude à lutter contre cette fragilité par la stratégie du comportement, qui deviendra intelligence...

L'existence, c'est la fragilité : l'être ouvert ou existant est proche de la ruine dès sa naissance, il ne peut éviter ou différer cette ruine que par le dynamisme ininterrompu de la réorganisation permanente et le secours d'un ravitaillement extérieur. C'est un *étant* transitif, incertain, qui a toujours besoin de réexister et qui s'évanouit dès qu'il cesse d'être nourri, entretenu, réorganisé, réorganisant... Son existence ne peut qu'osciller entre l'équilibre et le déséquilibre, qui l'un et l'autre le désintègrent.

Ainsi un système ouvert comme le remous ou la flamme porte en lui l'origine du vivre — l'existence phénoménale assurée par l'échange transformateur et réorganisateur avec l'environnement — et l'origine du mourir — la désintégration naturelle et la dispersion des composants. Comme chez le vivant, la mort vient de l'extérieur (la perturbation, l'accident, le tarissement des ressources matérielles/énergétiques fournies par l'environnement) et de l'intérieur (le dérèglement dans le processus réorganisationnel).

Allons plus avant : là où il y a ouverture, la désorganisation est le complément antagoniste de la réorganisation. Tout ce qui est ouvert vit *sous* la menace de mort et *de* la menace de mort. Autrement dit, *toute existence se nourrit de ce qui la ronge*. Ceci nous conduira à l'idée héraclitéenne capitale « vivre de mort, mourir de vie ».

« Vivre de mort, mourir de vie » n'est pas le privilège des seuls vivants. Les étoiles, elles aussi, vivent de leur mort et meurent de leur vie, puisque chaque instant d'existence contribue à épuiser la réserve d'être qui le nourrit. Elles vivent d'agonie. Ce sont des pélicans célestes qui mangent leurs entrailles au lieu de puiser dans leur environnement. Mais par là, la fragilité existentielle de l'étoile est différente de celle du vivant : elle vient principalement de l'intérieur, des flamboyants désordres et aléas du feu, de la furie des ouragans photoniques qui déferlent dans leur sein ; à l'extérieur, l'étoile dispose d'une assez grande sécurité et d'une indépendance certaine à l'égard de son environnement. La dépendance existentielle de l'être vivant, elle, est principalement extérieure : ses besoins vitaux et ses risques mortels viennent de l'environnement.

L'ouverture écologique/existentielle est à la fois la *bouche* par laquelle le vivant nourrit sa propre existence et la *brèche* hémorragique de sa dépendance et de son inachèvement. La bouche est brèche et la brèche est bouche. Toute richesse, dès lors, est fondée sur l'insuffisance, toute satisfaction sur le manque, toute présence sur l'absence, tout présent sur l'imparfait, je veux dire le non-parfait. La consumation, comme l'avait admirablement vu Bataille (Bataille, 1949), exprime à la fois la plénitude de la vie et l'activation de la mort. Les vérités de l'existant sont toujours incomplètes, mutilées, incertaines, puisqu'elles dépendent de ce qui est au-delà de ses frontières. Plus l'existant devient autonome, plus il découvre son insuffisance, plus il regarde vers les horizons, plus il cherche les au-delà. Voilà qui est à l'origine du besoin, de l'inquiétude, de la recherche, du désir, (qui n'est pas une réalité première surgie on ne sait d'où, mais une conséquence de l'ouverture), de l'amour : voilà qui va s'épanouir, s'aggraver, fermenter, s'exaspérer dans la subjectivité humaine, et le mystère de l'existence émergera pleinement en une des tendances ultimes de la philosophie, sous le juste nom d'existentialisme.

La notion de système ouvert concerne donc le *vif de l'objet* (et débouche sur le vif du sujet). Elle concerne toujours un être-là (*dasein*), un « étant » phénoménal, un existant dont l'existence suppose (et s'oppose à) son propre au-delà, suppose (et s'oppose à) sa propre mortalité.

Ainsi le concept d'ouverture n'est pas seulement thermodynamique/organisationnel, il est aussi phénomenal/existentiel. Loin de dissoudre l'existence, il la révèle ; loin de l'enfermer, il s'ouvre sur l'existence.

3. *Conclusion : l'ouverture de l'ouverture*

Il est remarquable que nous, êtres ouverts nous ouvrant sur le monde par notre science, nous ayons, dans cette science même, développé une connaissance qui dissocie, isole, sépare et finalement enferme les objets en eux-mêmes. C'est que ce qui sort de l'ouverture scientifique par laquelle nous nous efforçons de connaître le monde est en même temps le bras de fer de l'expérimentation, qui arrache chirurgicalement l'objet à son environnement et à ses adhérences et, par là même, manipule et asservit. C'est que les disciplines se sont closes sur des objets mutilés. Ainsi la connaissance close a partout détruit ou occulté les solidarités, les articulations, l'écologie des êtres et des actes, l'existence! Ainsi nous sommes devenus aveugles aux ouvertures, tant il est vrai que le plus difficile à percevoir est l'évidence qu'occulte un paradigme dominant.

Ici, nous avons déjà ouvert la notion universelle de système. Nous avons également vu que même dans les systèmes trivialement (c'est-à-dire substantiellement et non organisationnellement) conçus comme « clos », il existe toujours des interactions et interrelations avec d'autres systèmes et avec l'environnement : tout système clos est d'une certaine façon ouvert.

L'ouverture thermodynamique est beaucoup plus radicale. Elle est encore plus profonde que ne l'avaient pensé les découvreurs du « système ouvert ». Ceux-ci n'avaient atteint que les caractères extérieurs du phénomène (*input/output*, état stationnaire). Ils avaient certes dévoilé l'importance capitale de la relation écologique, mais sans en tirer toutes les conséquences. Ils n'avaient pas vu qu'on ne pouvait dissocier l'ouverture de l'organisation active, et cela non seulement au niveau du travail, de la transformation, de la production, mais aussi au niveau génératif de la boucle récursive, de la production-de-soi, de la réorganisation intégrale et permanente. Ils n'avaient surtout pas conçu que la pleine intelligibilité de l'ouverture requiert un paradigme de complexité.

L'ouverture, nous l'avons vu, est une notion à la fois organisationnelle, écologique, ontologique, existentielle. Cette notion de portée multidimensionnelle requiert une réorganisation intellectuelle en chaîne.

L'ouverture est une notion de portée empirique : elle permet de caractériser les traits phénoménaux propres à la relation écologique, elle permet de dégager un caractère fondamental inhérent à toute organisation active ou machine, elle permet de reconnaître le statut particulier des existants écodépendants.

C'est une notion de portée méthodologique : elle nous incite à rechercher autant la relation que la distinction avec l'environnement, plus l'association complexe entre dépendance et autonomie, ouverture et fermeture, que l'alternative entre ces termes; plus la réorganisation que l'organisation, plus la praxis que la structure; de plus, toute conception de système ouvert nous amène à concevoir son éco-système d'inscription et à élaborer un métasystème de référence.

C'est une notion de portée théorique : d'une part, elle permet de lier la théorie de l'organisation à la théorie thermodynamique des phénomènes irréversibles et à la naissante théorie des formes; d'autre part, elle donne un fondement physique et organisationnel à des réalités qui vont dépasser la physique et l'organisation : l'autonomie et l'existence individuelle de l'être vivant.

C'est une notion de portée logique : elle introduit dans le principe d'intelligibilité des êtres la nécessité de lier le constant et le changeant, le mouvant et le stationnaire, l'autonome et le dépendant; et surtout, alors que les entités classiques se définissaient par opposition, séparation et exclusion,

La production-de-soi

elle introduit, au cœur du principe d'identité de l'existant le tiers exclu : l'environnement. Le principe de la relation écologique ouvre définitivement le concept clos d'identité qui isole les objets dans une auto-suffisance, excluant aussi bien l'altérité que l'environnement de son principe. L'être éco-dépendant a toujours double identité car il inclut son environnement au plus intime de son principe d'identité. Je développerai les conséquences capitales de cette proposition (t. II, chap. 1) qui s'allie, de façon complexe (complémentaire, antagoniste) à la refermeture de l'identité sur elle-même.

C'est une notion de portée paradigmatique : elle pousse plus avant la rupture avec le paradigme de séparation et d'isolement qui a dominé la physique et la métaphysique occidentales. Le principe d'intelligibilité classique est atteint. Désormais toute explication, toute élucidation concernant l'être, l'organisation, le comportement, l'évolution des êtres ouverts éco-dépendants (et cela concerne non seulement les êtres vivants, mais aussi les sociétés humaines et nos idées elles-mêmes) ne peut isoler ou exclure l'une par l'autre, soit la logique interne du système, soit la logique externe de la situation (c'est-à-dire les conditions environnementales) ; il faut une explication dialogique et dialectique, liant de façon complémentaire, concurrente et antagoniste les processus intérieurs et extérieurs.

Ainsi l'ouverture est beaucoup plus qu'une fenêtre : c'est une révolution dans le concept de système, lequel est déjà une révolution dans le concept d'objet. Elle apporte, non seulement du dynamisme, mais de la dynamite.

La notion d'ouverture concerne tous les êtres vivants, et, non pas moins, mais encore plus comme on le verra, tout ce qui est humain. Nous, vous, moi, sommes radicalement ouverts. Certes, l'ouverture n'est pas le caractère à quoi on pourrait réduire ou subordonner tous les autres : il faut l'inscrire dans une constellation conceptuelle complexe, mais elle doit inscrire à son tour sa béance dans chaque terme de cette constellation. Aussi comme on le verra dans le second tome de ce travail, il faut opérer les ouvertures fondamentalement nécessaires à la science de l'homme, et cela non seulement en ouvrant les concepts d'individu, société, espèce les uns sur les autres, mais en nous considérant, nous humains, comme race ouverte marquée par la béance existentielle en nos êtres, nos sentiments, nos amours, nos fantasmes, nos idées. Nous le verrons de plus en plus : une théorie ouverte, une *scienza nuova* n'ont pas à rejeter l'existence comme déchet subjectif.

Nous verrons que la transformation qu'opère l'ouverture doit remonter en chaîne toute l'organisation du raisonnement et de la pensée. Nous verrons en tome III que la conception close de l'objet correspond, comme l'a bien indiqué Maruyama (Maruyama, 1974) à une vision du monde classificationniste, analytique, réductrice, unidimensionnelle, manipulatrice, et que l'ouverture appelle une vision du monde complexe. Il s'agit d'ouvrir tous nos concepts, y compris les concepts portant sur les concepts ; il s'agit d'ouvrir tous les sytèmes d'idées, y compris les systèmes d'idées portant sur les systèmes d'idées. L'ouverture thermodynamique a opéré une brèche irrefermable. Cette brèche sera approfondie et amplifiée ici jusqu'à ses plus complètes conséquences, jusqu'à la brèche ultime et irréparable que le théorème de Gödel ouvre dans la logique de la connaissance.

Mais nous n'isolerons jamais l'idée d'ouverture. L'ouverture qu'apporte l'idée d'ouverture doit nous ouvrir aussi sur le problème de *la refermeture sur soi des êtres ouverts*. C'est pourquoi, rompant avec une alternative vicieuse, nous allons désormais envisager l'ouverture dans la relation avec *sa* fermeture.

III Le soi : l'être et l'existence autonomes

> *Tout dans la nature songe à soi et ne songe qu'à soi.*
> Diderot

A. La boucle lie ouverture à fermeture

La boucle récursive est ce qui lie ouverture à fermeture. L'ouverture nourrit la boucle, qui opère la fermeture. Dans l'exemple si pur du remous où la boucle n'est autre que la forme tourbillonnaire elle-même, le mouvement circulaire opère l'introduction et l'expulsion du flux, c'est-à-dire l'ouverture du système ; le même mouvement, qui forme le système, le ferme en dessinant l'ultime cercle-frontière : celui-ci en effet referme son territoire qui devient relativement autonome. Ce qui forme ferme. Ce qui ferme forme. Le circuit spiral du remous est en fait le circuit qui se referme en s'ouvrant et par là se forme et se reforme. La boucle est donc à la fois ouvrante et fermante. C'est dire que l'ouverture et la fermeture doivent être posées, non seulement en termes indissociables, mais aussi en termes récursifs : l'ouverture produit l'organisation de la fermeture qui produit l'organisation de l'ouverture :

ouverture ⟶ fermeture

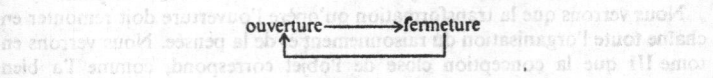

Plus généralement toute boucle (circuit, régulation, récursion) nécessite une ouverture et constitue une refermeture.

Le circuit purement fermé serait un cercle vicieux ; c'est le cercle idéal, irréel, du mouvement perpétuel, radicalement chassé de notre *physis* par le second principe. Le cercle seulement ouvert serait impossible, ce serait la séquence, et non pas la boucle. C'est parce qu'il est ouvert que le cercle fermé n'est pas un cercle vicieux, c'est parce qu'il est fermé qu'il est un cercle. C'est parce qu'il est ouvert — nourri — qu'il est producteur, c'est parce qu'il se referme qu'il existe comme producteur. Or, si nous considérons la boucle fermée/ouverte dans sa nature générative profonde, alors nous voyons que sa production première et fondamentale est de se produire, c'est-à-dire de produire par là même son être et son existence.

Je veux indiquer par là que la boucle productrice-de-soi produit de l'être et de l'existence et que le *Soi est la fermeture originale et constitutionnelle des êtres ouverts*.

B. L'être existentiel

J'ai parlé dès le début d'êtres-machines. Ces êtres, quand ils sont artificiels, sont générés par la mégamachine anthropo-sociale. Mais les autres êtres-machines, physiques ou biologiques, sont générés d'eux-mêmes, selon un processus *sui generis*. La machine naturelle se produit, la machine artefact produit.

L'idée d'être n'est pas une notion substantielle. C'est une idée organisationnelle. Il n'y a pas d'être là où il y a dispersion, il y a émergence d'être là où il y a organisation. Mais l'idée d'être ne prend sa densité phénoménale que là où il y a organisation active, c'est-à-dire autonomie et praxis. C'est pourquoi les machines, même artificielles, sont des êtres.

L'être prend de la consistance avec l'accroissement de l'autonomie organisatrice et de la praxis productive. La production produit non seulement les produits, mais l'être producteur.

Les machines artificielles n'ont toutefois, ni plénitude d'être, ni plénitude d'existence. Il leur manque, pour la plénitude d'existence, la plénitude de l'ouverture écologique ; il leur manque, pour la plénitude d'être, de se générer elles-mêmes.

Ainsi, l'ouverture produit de l'existence ; la boucle générative produit de l'être. Étant donné que toute boucle suppose ouverture, il ne faut pas dissocier la production de l'être et la production de l'existence. L'existence, c'est la qualité d'un être qui se produit sans cesse, et qui se défait dès qu'il y a défaillance dans cette production-de-soi ou régénération. Nous avons vu que la qualité d'existence est très intense là où il y a éco-dépendance, c'est-à-dire là où il y a autonomie dépendante.

Mais il ne faut pas oublier ici la notion tellement évidente et nucléaire qu'elle passe inaperçue ; la notion que le principe d'objet de la science classique occulte totalement : la notion de soi, du Soi.

La production du soi

La générativité peut et doit être conçue comme le circuit où la production produit un producteur qui la produit :

```
production ────▶ producteur
    ▲                │
    └────────────────┘
```

c'est-à-dire le circuit récursif de la production-de-soi :

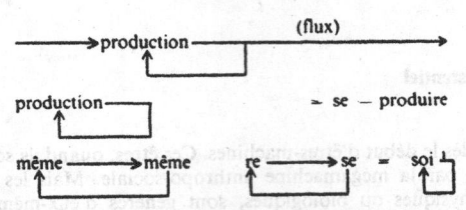

```
         ┌──▶ production ─────────(flux)─────┐
         │        ▲                           │
         │        │                           │
    production    └───────────────────────────┘
         ▲
         │                         ~ se ~ produire
         │
    même ──▶ même        re ──▶ se ──▶ soi
```

La récursion productrice du même sur le même (*re*), se produisant et se reproduisant d'elle-même, fait émerger une réalité d'un ordre tout à fait nouveau qu'exprime le pronom réfléchi *se*, et que substantive le concept de *soi*.

Dire que le soi est une réalité d'un ordre nouveau, c'est dire que la production de son propre être est plus que la production de son propre être : c'est la production d'un être qui a du *soi*, et qui, parce qu'il a du soi, peut produire son propre être. Le soi produit ce qui le fait naître et exister. Le soi est ce qui naît de lui-même, ce qui se retourne sur soi, comme dans le pronom réfléchi *soi*, ce qui revient à soi, ce qui recommence soi (dans la régénération, la réorganisation).

Le principe d'identité ce n'est pas : Soi = Soi. *L'identité surgit, non comme équivalence statique entre deux termes substantiels, mais comme principe actif relevant d'une logique récursive :* Soi⤺

A la différence de l'en-soi des substantialismes philosophiques, cette identité a besoin du tiers (le flux énergétique, la relation écologique, la paternité d'un autre soi), qu'elle inclut et exclut [2] : c'est

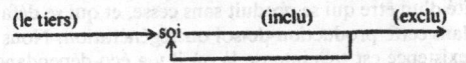

```
 (le tiers)          (inclu)         (exclu)
     └──────▶  soi  ◀─────────────────┘
```

---

1. Cf. le symbole ☐ introduit par Varela dans l'arithmétique de Spencer Brown (Varela, 1975, 1976), et qui désigne, non seulement le caractère d'auto-référence propre au vivant, mais aussi (et c'est là que je radicalise l'idée de Varela) : le *soi*.
2. Ce problème de logique de l'identité sera considéré biologiquement en tome II et logiquement en tome III. Par ailleurs, ce n'est pas encore le lieu ici d'examiner plus avant la relation entre l'identité, c'est-à-dire soi ⟶ , la générativité (être généré par le même) et

l'état stationnaire (avoir de la constance dans son être en dépit des variations et perturbations).

La production-de-soi

Mais c'est déjà presque la finalité immanente du pour-soi, puisque la réorganisation permanente, qui est travail du soi sur soi, est en même temps déjà presque le travail du soi pour soi. Il y a dans le pro de production-de-soi, le germe d'un pour-soi.

Idée importante : le soi n'est jamais immobile; il est toujours animé, toujours animant; d'où peut-être le fait qu'on l'ait nommé *animus* et *anima*.

L'idée de Soi est capitale. Elle constitue la fermeture originale et fondamentale du système ouvert. Elle est l'idée nucléaire de l'autonomie des êtres-machines (non artificiels). Nous sommes avec le soi à la source de ce qui deviendra l'*autos* propre à l'être vivant (auto-organisation, auto-réorganisation; ou plutôt : auto-éco-ré-organisation), notion qu'il faudra mettre au cœur de toute individualité existentielle. Et, de boucle en boucle, nous arriverons à la boucle récursive à la fois la plus fermée et la plus ouverte qui soit : la conscience de l'homme.

Ce qui nous confirme une fois de plus qu'ouverture et fermeture ne doivent pas être posées en exclusion. L'extraordinaire perspicacité de von Foerster, Maturana, Varela (von Foerster, 1976; Maturana et Varela, 1972; Varela, 1975, 1976) pour dégager l'idée d'auto-référence, « d'auto-*poïesis* », de logique close en ce qui concerne les êtres vivants, n'est pas pour autant légitimée à rejeter la notion d'ouverture, qui, tout en lui étant antagoniste, lui est nécessairement complémentaire. Ce que je dis là pour le concept d'*autos* est *ipso facto* valable pour le concept de *soi*.

La constellation

Répétons-le : le soi n'est pas un en-soi, se-suffisant-à-lui-même. Non seulement il n'y a pas de soi sans ouverture, mais l'idée de soi profondément liée à un procès producteur (récursif), et c'est une idée qui doit être posée en constellation avec les idées d'autonomie, d'être, d'existence, d'individualité.

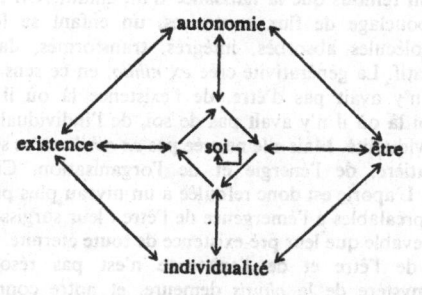

```
              autonomie
                 ↕
   existence ↔  soi  ↔  être
                 ↕
            individualité
```

Cette constellation est inséparable de la constellation générative (boucle récursive, ouverture/fermeture, *poïesis*). Nous découvrons là l'infra-nature immergée, occultée mais indispensable à la théorie des êtres producteurs et conjointement de la production des êtres.

Les machines artificielles ont de l'être (autonomie praxique), une faible existence, les artefacts cybernétiques acquièrent un peu de soi phénoménal (les boucles régulatrices), mais n'ont pas (encore ?) de soi profond. Les processus machinaux, comme le cycle de l'eau de la source à la mer de la mer à la source, n'ont pas encore d'être ni de soi. Les tourbillons ont de l'existence, encore très peu d'être, mais déjà émerge, dans la durée réitérative du remous, un soi fragile. Les soleils, eux, ont plénitude d'être, d'existence, de soi. Avec la vie, le soi devient reproducteur-de-soi (cycle des reproductions) et, dans les êtres individuels, le soi fait place à l'*autos* : auto-organisation, auto-production, auto-référence, d'où naîtra le Moi.

Le principe génératif et le principe ontologique

La théorie des systèmes et la cybernétique, en appliquant les mêmes concepts à des phénomènes de matière, de forme et d'organisation extrêmement variées, ont eu le mérite de désubstantialiser leurs objets. Malheureusement, en désubstantialisant, elles évacuaient l'être, l'existence et l'individualité. D'où la conclusion que certains ont tirée : la cybernétique n'a pas d'objet. Entendons : son objet est purement idéel, c'est-à-dire formel.

Nous voyons ici qu'un organisationnisme, tout en étant radicalement désubstantialisant et « dé-réifiant », peut et doit, à condition de plonger dans la problématique de la *physis*, redécouvrir l'être, l'existence et le soi. C'est parce qu'il nous amène à découvrir la générativité organisationnelle.

Nous retrouvons au cœur de toutes les organisations actives, à l'exception des machines artificielles, la genèse devenue générativité. L'aporie classique où il est également inconcevable que l'être soit créé *ex nihilo* et qu'il existe de toute éternité, est non pas surmontée, mais sans arrêt éclairée, aussi bien par la naissance d'un remous que la naissance d'un enfant. Un remous naît de rencontres et bouclage de flux contraires, un enfant se forme à partir d'atomes et molécules absorbés, intégrés, transformés, dans et par un processus génératif. La générativité crée *ex nihilo*, en ce sens qu'elle crée de l'être là où il n'y avait pas d'être, de l'existence là où il n'y avait pas existence, du soi là où il n'y avait pas de soi, de l'individualité là où il n'y avait pas d'individualité. Mais elle ne crée pas *ex nihilo* en ce sens qu'elle crée avec de la matière, de l'énergie et de l'organisation. Création est ici transformation. L'aporie est donc refoulée à un niveau plus primordial, celui des conditions préalables à l'émergence de l'être : leur surgissement *ex nihilo* est aussi inconcevable que leur pré-existence de toute éternité.

Le mystère de l'être et de l'existence n'est pas résolu, c'est-à-dire escamoté : le mystère de la *physis* demeure, et notre connaissance serait vicieuse, notre méthode serait menteuse si elles nous flytoxaient l'inconcevable. Mais nous pouvons concevoir que dans le même mouvement soient générés par la praxis l'être, par l'ouverture l'existence, par l'organisation l'autonomie, par la récursion le *soi*. Être, existence, soi sont des émergences d'une totalité rétroagissant récursivement sur elle-même en tant que totalité; ce sont en même temps des produits-producteurs de la production-de-soi.

Ainsi le sphinx ontologique du concept de machine sort des profondeurs. Ainsi nous pouvons forger et fonder par *le bas*, par la générativité, une théorie de l'être. Les théories systémiques et cybernétiques vidangeaient l'être, l'existence, le soi, comme sous-produits, déchets subjectifs. Or l'être intégralement machine — ce que n'est pas la machine artificielle — produit récursivement son être existentiel qui le produit; il produit de la densité d'être et de la fragilité d'existence. D'où deux conséquences capitales :

La première est que le repeuplement d'un cosmos et d'une *physis* dévastés par une physique atomisante et chosifiante n'est pas seulement un repeuplement par l'organisation et le système : c'est un repeuplement par des êtres existentiels dotés de quant-à-soi.

La seconde est que ces notions d'être, d'existence, de soi, que nous croyions réservées aux seuls êtres biologiques, sont des notions physiques.

Mais bien sûr, c'est, à notre échelle terrestre, la vie qui développera, et surtout dans et par les développements de l'individu, l'existentialité et l'être; le *soi* deviendra l'*autos*, et enfin, le moi-je.

IV. Le temps ouvert et refermé

Tout système, toute organisation sont soumis au temps. Mais un système fixe, non actif, tant qu'il demeure dans ses formes, se soustrait pour un temps au temps. Il est né dans le temps, le temps le ronge et finalement le désintégrera, mais, dans son repos et son répit, il se trouve en attente, hors temps, puisque le temps ne contribue pas à son existence ni à son organisation.

Par contre, le temps fait partie de la définition interne de toute organisation active. L'activité est évidemment un phénomène dans le temps. Mais le temps, dès qu'il s'introduit dans l'organisation active, devient bifide, se dissocie à l'entrée en deux temps sans cesser de demeurer le même temps et se retrouve un à la sortie. C'est le temps séquentiel, qui effectivement traverse et parcourt le système, et c'est le temps de la boucle, qui se referme sur lui-même. C'est dire que le temps fait doublement partie de la définition de l'organisation active puisqu'il est à la fois temps irréversible et temps circulaire (de Rosnay, 1975, p. 212).

Reconsidérons remous et tourbillons où le temps s'identifie à la fois au flux irréversible et à la forme tourbillonnaire. Dans le même mouvement que le flux se précipite, tournoie et s'écoule dans le remous, le temps ne cesse de le traverser, de s'y enrouler, de s'en échapper. Ce temps travaille pour la génération et la régénération (du remous), mais il travaille aussi pour le désordre : il va entraîner les eaux dans la grande confusion océane, disperser vents et fumées. Une fois encore, les deux visages antagonistes du temps sont un : le temps irréversible et le temps circulaire s'enveloppent l'un l'autre, s'entrelacent et s'entrebrisent, s'entreparasitent : *ils sont le même*. Le temps irréversible et désintégrateur, tout en restant irréversible et désintégrateur, se transforme dans et par la boucle en temps du recommencement, de la régénération, de la réorganisation, de la réintégration.

Et pourtant ils sont distincts : l'un est séquentiel, l'autre est répétitif ; ils sont antagonistes, l'un travaille pour la dissipation, l'autre pour l'organisation. Il y a boucle précisément parce qu'il y a *un double et même temps*, sinon ce serait, soit le cercle vicieux du mouvement perpétuel dans un vacuum absolu, soit la dispersion. La récursion, répétons-le, n'est pas annulation, mais production.

Ce double et même temps est celui du changement et celui de la constance, celui de l'écoulement et celui de la stationnarité, celui de l'homéostase et celui de l'homéorrhèse (car il n'y a pas d'homéostase sans homéorrhèse, comme il n'y a pas d'homéorrhèse sans homéostase). C'est le temps où le recommencement est aussi répétition, où tout instant a double identité :

> *la treizième revient, c'est encore la première*
> *et c'est toujours la même...*

disait justement Nerval, mais qui oubliait que la treizième heure, en même temps que toujours la même, *n'est jamais la même* que la première.

L'unité de ce temps un et double, associé et dissocié, est à l'image du mouvement spiral, à la fois irréversible et circulaire, se retournant sur lui-même, se mordant la queue, se refermant sans trêve dans sa réouverture, se recommençant sans trêve dans son écoulement.

Ce temps spiral est fragile parce qu'il est lié à une improbabilité physique, et parce qu'il est à la merci de la dépendance écologique. Ce n'est pas le temps de la rigueur horlogère, comme celui de la rotation de la terre autour du soleil, qui effectue une ellipse gravitationnelle, et non un bouclage organisationnel. Certes, le temps rotatif de la terre subit d'innombrables petites variations, il peut être perturbé par collision cométaire, il sera un jour brisé par explosion solaire, mais il n'a pas besoin de se régénérer sans cesse et il a peu à craindre de son environnement. Le temps de la boucle régénératrice connaît les aléas, perturbations, défaillances qui sans cesse menacent l'être et l'existence. C'est dire que le temps spiral charrie en lui du temps événementiel. Il est haché de mille petits événements perturbateurs dont il corrige l'effet en produisant des événements de réponse. Il intègre donc de l'événement aléatoire, lequel, au-delà d'un certain seuil d'agression, le désintègre.

La production-de-soi 217

Déjà, la forme archaïque du remous porte en germe la richesse ramifiée et diverse, multiplie et *une,* des différents temps complémentaires, concurrents et antagonistes qui constituent ensemble le Temps de la vie. Le temps de la vie est en effet à la fois le temps des naissances, le temps des développements, le temps des déclins et des morts, et le temps des cycles (depuis le cycle écologique du jour et de la nuit, qui commande les cycles du carbone et de l'oxygène, jusqu'au cycle des saisons, qui commande les cycles des reproductions, en passant par le cycle ininterrompu du métabolisme et de la boucle homéostatique de l'organisme). Et, sans arrêt, au hasard des événements, des accidents hachent les fils du temps cyclique, brisent le devenir du temps du développement : les uns, irrécupérables, entraînent la désintégration mortelle, les autres au contraire stimulent une évolution, ce qui nous ouvre une dimension du temps que nous examinerons en son temps (t. II).

V. Le désordre actif : la désorganisation permanente

Désordres et antagonismes en action

Le désordre est inhibé et virtualisé dans les systèmes non actifs ; il ne s'y actualise que pour les corrompre et les détruire. Par contre le désordre est présent, virulent dans les organisations actives : il est potentiellement destructeur, mais, en même temps, il est toléré jusqu'à un certain degré, nécessaire jusqu'à un certain degré...

Tout est actif dans les organisations actives, y compris le désordre. Ce désordre, il a différents visages : instabilité, déséquilibre, aléa, rupture, antagonismes, accroissement d'entropie, désorganisation. Or nous avons vu que ces traits sont à la fois originaires et constitutionnels. De génésiques, ils sont devenus génériques ; les tourbillons de Bénard naissent d'une instabilité, ils ne peuvent se stabiliser que dans cette instabilité, et produisent leur forme par dissipation d'énergie. Les tourbillons éoliens naissent de la rencontre de deux flux contraires, et ne peuvent subsister que si se maintient leur antagonisme. Les soleils naissent de deux actions antagonistes, dont la combinaison produit leur boucle génératrice et régulatrice. Le remous naît de la présence d'un élément rupteur dans un flux, et cet élément devient le noyau autour de quoi se polarise et s'organise le remous. On peut supposer que la vie soit née, comme le suggère Thom, d'une « lutte de sous-systèmes à effets opposés qui se neutralisent dans la zone optimale d'homéostasie » (Thom, 1974, p. 147) ; elle se maintient, on le verra, à travers désordres, conflits, antagonismes.

Tous ces êtres, tous ces existants perdurent dans et par le déséquilibre et l'instabilité, qui nourrissent le méta-déséquilibre et la méta-instabilité, c'est-à-dire les stationnarités et les homéostasies.

Mieux : chaque terme, chaque action, chaque processus, pris isolément, est désordre ou conduit au désordre. Ensemble, ils font vivre l'organisation, c'est-à-dire la boucle dont la vertu est de combiner et transmuter les désordres en générativité. La boucle se construit avec le désordre, le surmonte, le combat, le refoule, le tolère. L'antagonisme demeure un principe génésique, générique, génératif pour toutes boucles rétroactives et récursives. Les régulations sont nées des jeux antagonistes dans les étoiles et les tourbillons, et l'antagonisme en demeure le moteur et la clé de voûte. L'antagonisme n'est pas pour autant éliminé des régulations informationnelles. Les rétroactions négatives constituent des actions antagonistes aux antagonismes qui les menacent. L'antagonisme est dans un sens indissociable de la régulation qui le corrige et le refoule. Yves Barel remarque fort justement qu'il ne suffit pas de dire que la régulation suppose des processus antagonistes, il faut aussi dire que les processus antagonistes supposent leur régulation (Barel, 1976) : si la régulation disparaît, la machine saute, et les forces, antagonistes au sein du système, deviennent dispersives et dispersées hors système. Ainsi l'antagonisme actif s'inscrit nécessairement dans toute organisation active.

La présence du désordre et de l'antagonisme dans l'organisation active est complexe, c'est-à-dire complémentaire, concurrente, antagoniste et aléatoire à l'égard de cette organisation.

Elle est concurrente dans le sens où l'organisation tolère un certain degré d'aléa et de désordre. Elle est complémentaire dans le sens où l'organisation sous-produit du désordre et se nourrit de désordre ; elle est antagoniste dans le sens où tout développement de ce désordre ruine et désintègre l'organisation. Ainsi :

1. Il y a tolérance de l'organisation à l'aléa et au désordre. Sans cesse, de l'extérieur et/ou de l'intérieur surgissent des perturbations aléatoires, parfois d'énorme amplitude comme les ouragans ou les éruptions solaires, qui sont épongées à travers fluctuations, oscillations, variations.

2. L'organisation sous-produit nécessairement des désordres ; tout travail, toute transformation, c'est-à-dire toute activité dans une organisation où tout est actif, sous-produit de l'usure, de la dégradation qui altèrent les composants, les interrelations entre composants, l'économie du système, et, par là, l'activité organisationnelle sous-produit à la chaîne de la désorganisation en chaîne.

3. Le désordre couve sous la régulation. La régulation refoule en permanence une déviance qui renaît en permanence : c'est dire que, sous la déviance toujours renaissante, c'est le désordre qui couve ; il suffirait d'un blocage, d'un accident, d'une stase temporaire dans la rétroaction négative pour que le procès s'inverse, par débordement des antagonismes, déferlement du déséquilibre et de l'instabilité, jusqu'à la désintégration.

4. La réorganisation se nourrit de la désorganisation. La réorganisation permanente, tout en étant lutte contre la désorganisation permanente, suppose nécessairement cette désorganisation comme condition d'existence et

d'exercice. La désorganisation permanente doit donc être conçue comme le complément antagoniste de l'organisation active, la permanence du désordre renaissant comme un élément de la construction toujours renaissante de cet ordre organisationnel. L'idée centrale de réorganisation permanente donne donc inéluctablement une place centrale à la désorganisation permanente, c'est-à-dire l'activité du désordre.

Ainsi, dans son origine, son existence, sa permanence, l'être praxique porte en lui, de façon complexe (c'est-à-dire devenant coopérative tout en demeurant antagoniste), des formes actives d'anti-organisation, c'est-à-dire intègre, comme facteur fondamental d'organisation, ce qui est aussi facteur fondamental de désorganisation.

L'intégration de la désintégration :
les doubles jeux des rétroactions négatives et positives

La rétroaction positive est accentuation, amplification, accélération d'un processus par lui-même sur lui-même. La rétroaction positive, au sein d'un système régulé par rétroaction négative, ne signifie pas seulement rupture de cette rétroaction, accentuation de la déviance, elle signifie que les forces de désorganisation qui se mettent en mouvement vont s'accélérer, s'accentuer, s'amplifier d'elles-mêmes. Elle signifie que la désorganisation déploie et déchaîne la désorganisation. Ainsi, nourrissant la déviance par la déviance, la rétroaction positive transforme d'abord la déviance en tendance, dont l'accroissement devient invasionnel, brise toute mesure et toute règle (*ubris*), déferle (*runaway*) et finalement désintègre et disperse. Exemple : la rupture dans la régulation spontanée de l'étoile déclenche une rétroaction positive qui aboutit à l'explosion en *nova* ou *supernova* ; la réaction en chaîne dans la bombe à hydrogène ; la décomposition d'abord lente puis s'accélérant en désintégration du cadavre après la mort ; la panique d'une foule, etc.

On voit donc que la rétroaction positive signifie, non seulement la désorganisation, mais le déchaînement de la désorganisation. On voit donc que toute organisation non seulement emprisonne les forces furieuses et dévastatrices qu'elle nourrit, mais aussi nourrit les forces furieuses et dévastatrices qu'elle emprisonne.

Conformément au paradigme de la science classique qui refuse tout rôle au désordre et à la déviance dans le devenir et l'organisation du monde, la cybernétique renvoya aux enfers la rétroaction positive qui non seulement développe, mais déchaîne la déviance de façon dévastatrice.

Toutefois, nous avons vu que les grandes genèses cosmiques se sont effectuées sous le signe de rétroactions positives. Les concentrations gravitationnelles sont des déviances, puis des tendances dans le processus majoritaire de dispersion. Ces concentrations sont énergétiques et, comme l'avait bien vu et dit Pierre de Latil, les *feed-back* positifs « sont les grands créateurs des différences de potentiels, ils sont l'énergie du monde » (de Latil, 1953, p. 187).

Plus encore, les rétroactions positives sont morphogénétiques, puisqu'une rétroaction positive gravitationnelle opère la genèse d'une étoile, et que deux rétroactions positives antagonistes lui donnent vie. Toutefois, il est clair qu'il faut deux rétroactions positives inverses pour que l'effet destructeur de chacune soit annulé, et cette annulation prend forme de rétroaction négative. Il est clair que toute boucle est annulation de rétroaction positive. Donc, nous pouvons, dans cet exemple merveilleux et fondamental, voir d'une part s'actualiser et se déployer, de l'hétérogénéisation énergétique et morphologique à la morphogénèse d'un être organisé, puis à la morphostase d'un être organisateur, toutes les potentialités créatrices de la rétroaction positive ; mais nous pouvons voir en même temps que l'être-machine ne peut survivre qu'en annulant les rétroactions positives.

On pourrait donc croire que, une fois achevée la morphogénèse, les rétroactions positives ne peuvent plus être que destructrices. Ce qui semble évident pour les soleils, pour les remous, pour les machines artificielles.

Toutefois en ce qui concerne les artefacts, des rétroactions positives sont produites volontairement dans des processus moteurs qui doivent atteindre le plus rapidement possible une très grande puissance ; ainsi la poussée des *jets* se déchaîne dans un grondement ubrique ; mais le pilotage peut à chaque instant inhiber la rétroaction positive qu'il a déclenchée. La rétroaction positive fait donc partie d'une organisation qui l'asservit. Enfin et surtout, elle ne concerne qu'une puissance énergétique, et non un phénomène d'organisation.

L'exception ici confirme la règle. Toute constance organisationnelle ne peut se maintenir que par rétroaction négative ou régulation. Toute rétroaction positive qui surgirait spontanément en son sein ne pourrait être que désintégrative. Cela, qui est vrai de l'étoile, est-il vrai aussi de l'être vivant ? Nous allons voir que, dans la sphère biologique, et surtout dans la sphère anthropo-sociale, la rétroaction positive peut, tout en demeurant désorganisatrice mais aussi parce que désorganisatrice, jouer un rôle génésique, c'est-à-dire créateur de diversité, de nouveauté, de complexité. C'est Maruyama qui a réhabilité cette part maudite de la pensée cybernétique (Maruyama, 1963).

Homéostasie et déferlements

Si l'on identifie la vie à l'organisme, alors la vie est sous le signe de la rétroaction négative, de la régulation, de l'homéostasie.

Mais si l'on considère que la vie, c'est la reproduction, alors l'organisation vivante est un processus de multiplication se multipliant à l'infini, c'est-à-dire un véritable *feed-back* positif. Avec la première cellule, la vie a pris le départ pour l'infini. Elle a proliféré sur toute la surface de la terre, s'est enfoncée dans les profondeurs des mers, s'est envolée dans les airs...

Il ne suffit pas de désocculter ce caractère fondamental du phénomène vivant. Il faut unir dans le même concept les auto-régulations et les

La production-de-soi

déferlements, il faut lier et enchevêtrer les jeux des deux rétroactions. L'auto-expansion effrénée de la vie s'effectue à partir d'organismes prodigieusement auto-régulés, et cette auto-régulation s'effectue sur la base d'une prolifération désordonnée. D'où le problème que nous retrouverons sans cesse : la rétroaction positive (reproduction multiplicatrice) agit-elle au service de la rétroaction négative (organismes individuels) ou l'inverse? De fait, il faut considérer le problème, non en alternative, mais en ambiguïté : la rétroaction négative agit au service de la rétroaction positive qui agit au service de la rétroaction négative.

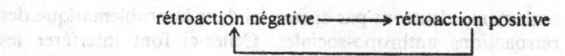

rétroaction négative ⟶ rétroaction positive

L'homéostasie multiplie la croissance qui multiplie l'homéostasie.

Certes la croissance n'est pas illimitée. Elle connaît et subit des quasi-régulations. Toute croissance biologique prend immanquablement la forme d'une courbe en S.

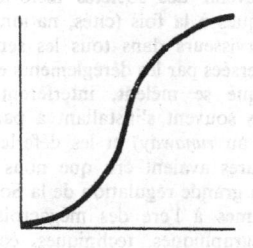

Mais le déferlement reproducteur trouve ses corrections, non en lui-même mais dans les contraintes extérieures[1], c'est-à-dire essentiellement les limitations des ressources disponibles pour la subsistance, et dans les antagonismes de tous contre tous. Ainsi les « corrections », les « régulations » proviennent aussi des relations antagonistes entre mangeurs et mangés, prédateurs et proies, des concurrences entre espèces et individus pour la même nourriture, bref de processus dont chacun est incontrôlé, mais dont l'ensemble devient contrôleur. (Nous examinerons ce problème dans le premier chapitre du tome II : « Le principe écologique et le concept d'éco-système. ») Autrement dit une régulation globale renaît au niveau des éco-systèmes, mais cette régulation s'effectue non seulement à partir des

---

[1]. Comme l'indique la courbe en S, toute croissance, *a fortiori* toute croissance en rétroaction positive trouve tôt ou tard sa modération et/ou sa correction dans l'épuisement énergétique (le sien et/ou celui de son environnement). Aussi bien tout ce qui tend vers l'infini hâte sa fin, et l'*ubris* connaît sa mort dans son triomphe.

complémentarités mais aussi à partir des concurrences, des antagonismes et des raretés... On est très loin des rationalisations et des schèmes artificiels de la cybernétique engeenérale, on est très près du tétralogue génésique désordres/interactions/ordre/organisation.

Ainsi, dès le premier regard, on ne saurait concevoir la vie autrement que comme une étonnante combinaison, à tous niveaux, de rétroactions négatives et positives.

Vers les complexités rétroactives anthropo-sociales

Entrevoyons seulement, n'entrons pas encore ici dans la problématique des régulations et rétroactions anthropo-sociales. Celles-ci font interférer les problèmes de la prodigieuse machine cérébrale d'*homo sapiens-demens* (Morin, 1973), des régulations culturelles, des contraintes et antagonismes propres aux sociétés humaines. Elles nous posent le problème des violences et le problème des libertés, ou plutôt elles nous permettront d'apporter un éclairage organisationnel complexe à ces problèmes que les vulgates politiques et sociologiques tranchent avec leur grossièreté coutumière. C'est évidemment dans le devenir des sociétés historiques, ces mégamachines homéostatiques et ubriques à la fois (cités, nations, empires) commandées par des Appareils asservisseurs dans tous les sens du terme, produisant d'énormes travaux, traversées par les dérèglements et les violences, se vouant à l'entre-destruction, que se mêlent, interfèrent, s'entre-dialectisent les régulations (elles-mêmes souvent s'installant à partir de poussées antagonistes tendant chacune au *runaway*) et les déferlements destructeurs et/ou créateurs. Nos sociauguures avaient cru que nous étions enfin arrivés, au milieu du XXe siècle, à la grande régulation de la Société industrielle. En fait, nous étions, nous sommes à l'ère des mégacroissances exponentielles et surexponentielles démographiques, techniques, économiques. Pis : ce qui nous semblait être le grand régulateur, la croissance industrielle (et qui l'était partiellement et temporellement), ruinait et continue à ruiner civilisations et cultures, déclenchant des crises profondes dans le tuf culturel de notre société et de notre existence, sacrifiant et subordonnant tous développements autres au seul techno-économique, dégradant et menaçant de mort les éco-systèmes vivants et, par rétroaction, l'humanité elle-même... Toutefois, ici comme ailleurs, on ne saurait intelligemment opposer en alternative l'idée d'homéo-stasie (état stationnaire) à l'idée de croissance, l'idée de régulation « sage » à l'idée de devenir « fou ». Même la naïve et terrifiante folie de croire que la croissance industrielle est par essence régulatrice et ordonnatrice portait en elle, mutilée et falsifiée, une grande idée qui reste à développer, celle d'un devenir à la fois ouvert, créateur et auto-régulateur. Il faudrait aujourd'hui songer à une vision homéorrhésique et non plus homéostatique des sociétés modernes ; il faut penser aujourd'hui que les termes de folie/sagesse ne s'excluent qu'à certains niveaux, et non à tous, non aux plus fondamentaux ; il faut penser enfin en termes complexes ces problèmes urgents qui

La production-de-soi

s'imposent à nous. Mais il est trop tôt pour les traiter ici et j'espère qu'il ne sera pas trop tard plus tard. Je dois refréner mon impatience, puisque je n'ai pu entreprendre mon long travail qu'après avoir enfin compris qu'on ne peut, en matière d'idées fondamentales, se hâter que lentement.

Nous voici de plus en plus loin des huilages et fonctionnalités engeénérales. Nous venons de voir que la régulation portait en elle, originairement et nécessairement, un jeu soit larvé, soit déployé d'antagonismes; nous avons vu que, lié à ce jeu, le jeu des rétroactions positives et négatives est complémentaire, concurrent, antagoniste et incertain.

Les doubles jeux du positif et du négatif

Récapitulons les traits opposant les deux types de rétroaction, la positive et la négative :

RÉTROACTION NÉGATIVE	RÉTROACTION POSITIVE
annulation de la déviance	amplification de la déviance
constance	tendance
boucle	séquence
entropie stationnaire	accroissement ou diminution d'entropie
conservation des formes (morphostase)	destruction ou création des formes (morphogénèse)
dike	*ubris*
répétition, recommencement	devenir, dispersion
refoulement des perturbations	crise, dérèglement, accidents

Selon l'entendement classique, ces deux rétroactions ne peuvent que s'exclure l'une l'autre; elles ne peuvent être conçues que de façon disjonctive. Or, comme nous avons commencé à le voir, elles sont associées de façon complexe, c'est-à-dire à la fois complémentaire, concurrente et antagoniste, dans l'univers de la vie et dans l'univers anthropo-social.

La rétroaction positive :
pulsion de mort, pulsion génésique

Ma trop rapide incursion dans la biosphère et l'anthroposphère, certes prématurée et schématique, pose déjà le grand paradoxe : comment se fait-il que le processus destructeur qui va de la déviance *via* l'*ubris* au *runaway* soit aussi le processus nécessaire au développement?

C'est que la rétroaction positive réveille les forces génésiques là où elles s'endorment dans le ronron de la régulation. Nous avons vu que le procès d'où naît l'organisation est

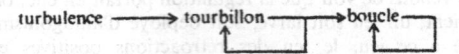

```
turbulence ──→ tourbillon ──→ boucle
                   ↑             │
                   └─────────────┘
```

La rétroaction positive inverse le processus, c'est-à-dire déboucle la boucle, ressuscite des fluidités tourbillonnaires, déboule en turbulences. Dans son mouvement régressif vers le désordre, la rétroaction positive est en même temps une régression vers les potentialités génésiques. C'est pourquoi elle n'est pas toujours, pas nécessairement, pas seulement destructrice. C'est pourquoi les grandes métamorphoses sont toujours liées à des destructurations opérées par rétroaction positive. Ainsi la rétroaction positive réveille la motricité tourbillonnaire, et de formidables énergies entrent en action; elle réveille les déséquilibres et instabilités qui, rappelons-le, sont génésiques, et apportent donc la possibilité de nouvelles formes organisatrices au-delà du déséquilibre et de l'instabilité. Elle crée des tendances à partir des déviances, c'est-à-dire de la diversité et de la complexité potentielles. Il se crée ainsi un processus de déviance/tendance/création de nouveauté/diversité, c'est-à-dire de schismo/morphogénèse. Mais tout cela ne devient véritablement morphogénétique, que s'il se crée une nouvelle boucle, un métasystème, une nouvelle générativité. D'où naîtront une nouvelle homéostasie, une nouvelle régulation, un nouvel ordre organisationnel et une fois de plus, comme toujours, *Dike* sera fille d'*Ubris*.

La rétroaction négative seule est l'organisation sans l'évolution. La rétroaction positive seule est la dérive et la dispersion. Là où il y a évolution, c'est-à-dire devenir, il y a une dialogique complémentaire, antagoniste et divergente entre rétroaction négative et rétroaction positive, *mais dont les véritables héros ne sont pas les rétroactions négatives ou positives en elles-mêmes, mais les vertus génésiques, génératives, métamorphiques*. Il n'empêche : dans tout devenir, la rétroaction positive est en action. Il est tout à fait remarquable que la cosmogénèse, l'évolution biologique, l'histoire des sociétés humaines s'effectuent à travers le déploiement buissonnant des déviances positivement rétroactives, avec tout ce qu'elles peuvent comporter de dispersions, destructions, et parfois en même temps de création et novation.

L'évolution des organisations vivantes, l'histoire anthropo-sociale sont les nouvelles noces destructrices et créatrices entre le désordre et l'organisation. La forme la plus terrifiante du désordre au sein d'une organisation, la rétroaction positive, devient ferment nécessaire des évolutions et onde de choc des révolutions.

VI. La forme génésique et générative

Genèse et générativité

Nous avions dégagé dans le premier chapitre de ce travail le processus génésique :

désordres ⟶ interactions ⟶ ordre ⟶ organisation

Ce processus a maintenant pris forme :

turbulence ⟶ tourbillon ⤴

ou :

interactions turbulentes ⟶ boucle ⤴

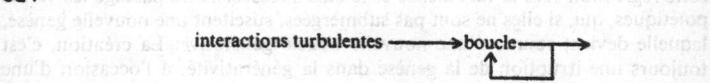

Or la boucle productive-de-soi est en même temps productive d'organisation, d'être, d'existence. Ce qui veut dire qu'être, existence, organisation naissent du non-être, de la non-existence, de la non-organisation, mais non pas *ex nihilo* : elles naissent de ce qu'il faut encore appeler chaos, c'est-à-dire : turbulences, activités en désordre, agitations, oppositions, mouvements contraires, heurts, chocs...

Ainsi, dans et par la boucle (tourbillonnaire, rétroactive, récursive), le chaos se transforme simultanément en être, existence, organisation.

Mais le chaos ne s'évanouit pas totalement.

La présence du chaos dans la boucle, nous l'avons bien vu, c'est la présence active permanente, nécessaire, menaçante du Désordre et de l'Antagonisme. C'est bien ce visage qu'a dévoilé Héraclite sous l'apparent ordre et l'apparente harmonie des sphères, en désignant l'omni-paternité et l'omni-présence de *Polemos*, et après lui, chacun à sa manière, Nicolas de Cues, Hegel, et aujourd'hui Lupasco, Thom reconnaissent, sous l'unité des êtres et des formes, la contrariété et le conflit.

Ce chaos est déjà transmuté par la genèse, qui est la transformation de la turbulence en tourbillon, la transformation des actions contraires en boucle rétroactive, la transformation du dispersif en concentrique, la transformation de l'agitation en motricité. Et, après genèse, le chaos est intégré, contrôlé, inhibé dans la boucle. Le chaos et la boucle sont l'un par rapport à l'autre dans une relation réciproquement surdéterminatrice et dominée. Dès lors, Polemos n'est plus seul, il n'est plus isolable de l'autre visage, matriciel dans la genèse, matriarcal dans la boucle, qui est rassemblement de ce qui semblait promis à la dispersion, ovulation, intégration, et qui inscrit la lutte des contraires dans et pour l'*union*.

D'une certaine façon, le chaos demeure donc présent, transformé et transformateur dans la boucle. D'une autre façon, la genèse y demeure présente. *La générativité est en effet une genèse indéfiniment recommencée, organisée et régulée.* Sans cesse, la boucle générative transforme des interactions en rétroactions, des turbulences en rotations, sans cesse elle produit, dans le même mouvement, de l'être, de l'existence, de l'organisation productive.

Et les processus de genèse se poursuivent, mais transformés en *poïesis* et production dans et par ces organisations-machines. La genèse s'endort, perd toute *poïesis* lorsque le génératif devient purement répétitif, lorsque les régulations ne sont que contrôle et élimination des déviances, lorsque la production n'est que fabricatrice. Mais nous l'avons vu, la genèse peut se réveiller, dans la mutation génétique comme dans la transformation sociale, par dérèglement de la régulation, rupture de la boucle, désorganisation, et cette régression vers la turbulence et le chaos ressuscite au passage les vertus poïétiques, qui, si elles ne sont pas submergées, suscitent une nouvelle genèse, laquelle devient source d'une nouvelle boucle générative. La création, c'est toujours une irruption de la genèse dans la générativité, à l'occasion d'une rupture où soudain flamboie le visage volcanique et vulcanique du chaos... Les soleils, eux, sont profondément poïétiques parce qu'ils portent en leur sein, domptés à peine, les grondements du chaos et les spontanéités génésiques. Ainsi, tout en existant, ils ne font pas seulement que vieillir, ils se transforment, évoluent...

La grande roue

On comprend maintenant pourquoi la forme tourbillonnaire nous a fait signe, partout, dans les cieux galaxiques, dans les remous des airs et des eaux, dans les flamboiements du feu. C'est la forme dans et par laquelle la turbulence se transforme en boucle. Elle porte en elle la présence quasi indistincte du chaos et de la genèse, tout en étant la Forme première de l'être, de l'existence, de l'organisation productrice. Elle tournoie dans l'agitation de flux contraires tout en étant déjà le retour *sur soi* et le moteur-de-soi.

On l'a vu : la forme tourbillonnaire est l'arkhe-forme par laquelle un flux thermodynamique se transforme en être organisateur, depuis les mégatourbillons proto-galaxiques jusqu'aux micro-tourbillons de Bénard qui constituent une forme génésique à l'état pur. S'il y a une forme qui puisse suggérer la conception moderne de l'atome, c'est non pas un système solaire ordonné, mais un tourbillonnement. Le tourbillon est la forme même des genèses stellaires. Cette forme génésique demeure celle d'un grand nombre de galaxies, dites spirales. Elle renaît chaque fois qu'un fluide, sous l'effet de contrariétés, prend forme. Le tourbillon renaît sans cesse dans les airs et dans les eaux, et tous ces cyclones ou remous sont des ébauches, fugaces ou furieuses, de genèse...

Même lorsque la forme tourbillonnaire proprement dite se résorbe pour faire place à sa forme rotative/récursive essentielle, elle laisse sa rémanence, son souvenir, comme dans les mouvements spiraux autour du noyau solaire, après allumage de l'astre. On peut supposer que la vie est née dans les turbulences et les tourbillonnements de la « soupe prébiotique ». Il est frappant, comme on l'a souvent remarqué, que les premiers développements d'un embryon évoquent la forme d'un remous. Plus encore, les analogies de forme, non pas phénoménales, mais organisationnelles entre le remous et le phénomène vivant sont déjà venues à la rêverie, voire à la réflexion biologique : « Sherrington compare les organismes à des remous dans un courant. Nous pouvons élaborer cette analogie et dire que les remous sont les phénotypes, produits par des génotypes consistant en des pierres ou des bancs de sable qui contrôlent la forme des remous... pour que cette analogie soit plus complète, nous avons besoin de quelque chose comme une pierre duplicable, etc. » (Cauns Smith, 1969, p. 58).

La forme tourbillonnaire révèle sa nature essentielle : la rotation récursive. Et, quels que soient les êtres producteurs-de-soi, ce qui demeure à travers toutes les formes, ce qui se développe à travers tous les développements, c'est cette rotation récursive ici appelée *boucle*, comportant ouverture/fermeture, renouvellement/répétition, irréversibilité/retour, motricité/stationnarité, générativité/machinalité. Ce qui va toujours se retrouver dans tous les processus récursifs, ce sont les circuits, les cycles, les réitérations, les recommencements, c'est-à-dire *la roue*. *En somme tout ce qui est existence, tout ce qui est organisation active fait la roue.* Les soleils font la roue, les planètes font la roue, les cyclones font la roue, les remous font la roue, la vie, dans ses cycles multiples et enchevêtrés, fait la roue : boucles homéostatiques, cycles de reproduction, cycles écologiques du jour, de la nuit, des saisons, de l'oxygène, du carbone... L'homme croit avoir inventé la roue, alors qu'il est né de toutes ces roues. Mais sa rouerie a effectivement inventé la roue *solide*, qui n'a pas besoin de se régénérer en permanence, et qui lui a permis d'asservir les machines vivantes (animaux de trait) et de faire des moteurs (moulins, turbines).

Matrices

Notre science avait liquidé toute interrogation sur les formes matricielles privilégiées. Nous avons besoin aujourd'hui de réfléchir sur les formes, dans le sens demandé par Spencer Brown (Spencer Brown, 1972) comme dans le sens demandé par Thom (Thom, 1972). On voudrait aujourd'hui une réflexion sur tourbillon, cercle, roue, boucle récursive... On ne peut, en attendant, que trouver matière à rêverie dans les grandes cosmogonies archaïques, comme la chinoise, la sémitique, la grecque...

L'idée archaïque du Dieu-Créateur *Elohim* n'est nullement exprimée dans l'idée d'*Adonai*, le Dieu-Seigneur, ni dans celle de *JHVH*, le Dieu-Législateur. Le singulier pluriel d'*Elohim* rend compte d'une *unitas multiplex* de génies dont l'ensemble tourbillonnant constitue un *Générateur*. On peut concevoir ces génies, en termes matérialistes, sous forme d'énergies motrices — c'est-à-dire ayant forme tourbillonnaire, ou en termes à la fois magiques et spiritualistes, comme des *esprits* dont l'ensemble constitue l'Esprit créateur, le Souffle, encore le tourbillon donc. Ainsi l'idée d'*Elohim* unit et traduit en elle, de façon indistincte, l'idée de tourbillon génésique, l'idée de puissance créatrice, l'idée de processus organisateur. De même que le tourbillon protosolaire se transforme, une fois la genèse accomplie, en ordre organisationnel d'où émanent les Lois apparemment universelles de la Nature, de même *Elohim* — le Tourbillon thermodynamique — (sans cesser d'être souterrainement *Elohim*) fait place au Dieu-Ordonnateur de la Loi *JHVH*. *JHVH* n'est pas un dieu solaire, c'est un dieu cybernétique. *JHVH* inscrit la Loi, c'est-à-dire institue un dispositif informationnel pour commander-contrôler la machine anthropo-sociale. Il devient le Dieu-Programme.

Le *Yi-king* ou Livre des transformations de l'archaïque magie chinoise apporte l'image la plus exemplaire de l'identité du Génésique et du Générique. La boucle circulaire est un cercle cosmogonique symboliquement tourbillonnaire par le *S* intérieur qui à la fois sépare et unit le *ying* et le *yang*.

La figure se forme non à partir du centre mais la périphérie, et naît de la rencontre de mouvements de directions opposées. Le *ying* et le *yang* sont intimement épousés l'un dans l'autre, mais distincts, ils sont à la fois complémentaires, concurrents, antagonistes. La figure primordiale du *Yi-king* est donc une figure d'ordre, d'harmonie, mais portant en elle l'idée tourbillonnaire et le principe d'antagonisme. C'est une figure de complexité.

tourbillon ⟶ boucle

La production-de-soi

On peut rêver aussi au serpent-qui-se-mord-la-queue, symbole de création cosmique. Mais là où le symbole dégénère, c'est quand l'idée tourbillonnaire et l'idée d'antagonisme se perdent et que le cercle devient l'image de la perfection de l'Un un et du Tout tout. Le cercle pur et clos devient le résidu desséché de la roue tournoyante, le spectre décharné de la boucle. La récursion se trouve défigurée en cercle vicieux, celui de l'impossible mouvement perpétuel. On voit comment la perte d'une dimension dans un symbole (ici la perte de l'ouverture, du désordre), comment la simplification d'une forme complexe, amènent la dénaturation. La façon dont on conçoit le cercle rotatif traduit, soit la complexité génésique et générique de la *physis*, soit la platitude extra-physique [1].

Les cosmogonies laïcisées des présocratiques ont conçu, à travers la thématique du feu, de l'air, de l'eau, la turbulence tourbillonnaire comme genèse et *poïesis*. Il faut tout d'abord comprendre que le feu, l'air, l'eau n'étaient pas, pour les philosophes-mages des îles grecques, des éléments simples ou des principes élémentaires, comme on le croit selon l'optique réductrice rétrospectivement portée sur ces arkhe-physiques : *c'étaient des modalités dynamiques premières d'existence et d'organisation de l'univers.*

Or la chimie moderne n'a voulu voir dans le feu, l'eau et l'air que leur composition et leur état, non leur modalité d'organisation. L'air est devenu un fluide gazeux. L'eau est devenue un composé liquide, et les mystères de l'état liquide sont renvoyés à la mécanique des fluides. Le feu principe grandiose de la cosmologie héraclitéenne, source des transformations forgeronnes et des métamorphoses alchimiques s'est rabougri : « Les livres de chimie, au cours du temps, ont vu les chapitres sur le feu devenir de plus en plus courts » (Bachelard, 1938 *b*). La flamme n'est plus que la combustion d'un composé gazeux qui contient en suspension des particules solides.

Toutefois, en même temps que cette décadence chimique, le feu et le flux connaissaient leur première réhabilitation physique; la thermodynamique rendait vie et unifiait sous sa bannière l'embrasement du feu, le flux liquide, le souffle éolien. Mais elle ne s'intéressait qu'aux forces énergétiques, non aux formes organisatrices.

Il faut aller plus loin, puisque le lien génésique entre thermodynamique et organisation s'est enfin dévoilé, puisque la générativité de la régénération et de la réorganisation permanentes s'engrène sur les procès génésiques, puisque la dynamique organisatrice des cycles liquides et des combustions est dans nos propres êtres. *Aussi il faut concevoir le feu héraclitéen ranimé par Carnot, le tourbillon éloïstique revu par Prigogine, le remous prébiotique à la sauce Oparine comme des modalités génésiques d'existence et d'organisation.*

Nous vivons sous et dans la thermodynamique organisationnelle des feux et des remous. L'être vivant est une machine thermo-hydraulique en

---

1. On peut rêver aussi sur la substitution de l'angle droit à la forme ronde, comme dans les différentes formes de croix, dont la croix gammée nazie. Une telle figuration abandonne ou ignore l'idée de boucle récursive, pour privilégier le centre, poste de commande, de contrôle, de puissance, qui rayonne à travers les axes aux quatre horizons.

combustion lente fonctionnant entre zéro et soixante degrés, constituée à quatre-vingts pour cent d'eau circulante et imbibante, s'auto-consumant et s'auto-consommant sans cesse. C'est certes une machine bien tempérée, polyrégulée, disposant d'un formidable dispositif informationnel. Toutefois, cette machine hyperréglée est traversée par *Ubris*. La vie, et singulièrement la vie humaine, la vie anthropo-sociale, oscille entre la turbulence et l'ordre. Nous oublions trop souvent que notre société régulée et régulatrice a été en ce premier demi-siècle traversée par les déferlements monstrueux de deux guerres mondiales, et plonge, en cet actuel demi-siècle, dans un profond chaos historique. Nous oublions que l'ordre impeccable de nos machines artificielles, entièrement rationalisées, fonctionnalisées, finalisées, œuvre pour *Ubris* et *Thanatos*.

La machinalité dégradée et génératrice d'énergies

Nous pouvons maintenant mieux comprendre la nature de nos machines artificielles.

Ces machines sont évidemment dégradées et dégénérées par rapport aux machines naturelles. Elles ont perdu la *poïesis*, la générativité. Il leur reste du machinal mais non le machinant. Elles produisent mais ne se produisent pas. Elles ne sauraient exister ni fonctionner avec du désordre intérieur. Ce qu'elles ont perdu en création, elles l'ont gagné en ordre, répétition, précision dans la fabrication — c'est-à-dire la multiplication d'objets standards.

Cela signifie que, pour ces machines, l'ordre prime impitoyablement sur la complexité organisationnelle.

Toutefois, en ce qui concerne les moteurs, l'humanité a su asservir et réinventer le tourbillon. Le génie créateur d'*homo faber* s'est porté sur l'exploitation, soit de la générativité de la vie (en asservissant les êtres vivants), soit de la génératricité motrice de la *physis*. L'humanité moderne est capable de réssuciter le chaos créateur des forces génésiques, mais pour les faire devenir génératrices d'énergies productrices ou destructrices. La machine à feu de Carnot ouvre l'ère d'un formidable asservissement du chaos, de la turbulence, de l'énergie de désintégration.

Il est certain que, dans un sens, le développement des artefacts machines et moteurs contribue au développement de la complexité anthropo-sociale. Mais il est non moins certain qu'il va aussi dans le sens du développement de l'ordre impitoyable et de la puissance barbare. Car l'asservissement du chaos est opéré par des forces travaillées par le chaos. L'asservissement de la turbulence est effectué par des forces turbulentes. L'asservissement de l'asservissement est l'œuvre de forces asservies. Les contrôleurs de l'asservissement sont incontrôlés...

Et désormais les forces apparemment contradictoires d'ordre impitoyable et de déferlement ubrique sont nouées et, dans le même nœud, se trouvent mêlées les forces d'émancipation et de développement. Et tout cela forme maintenant tourbillon... Et nous sommes dans l'œil du cyclone... Nous sommes dans l'hésitation, la confusion, la lutte mortelle, entre la grande turbulence désintégrative et la nouvelle genèse de l'être anthropo-social.

Il est extraordinaire, mais il est sans doute éclairant de retrouver, dans leur fondamentalité même et dans leur virulence extrême, ces problèmes physiques clés de chaos, genèse, générativité, noués en nœud gordien enserrant aujourd'hui notre temps, notre société, notre humanité, nos vies.

VII. L'entre-parenthèses

Le lecteur aura sans doute remarqué que je suis demeuré muet, dans ces deux derniers chapitres, sur l'atome, organisation active s'il en est, forme matricielle dont la genèse, commençant avant celle des étoiles (formation des noyaux légers) contribue à celle des étoiles et se poursuit au sein des étoiles.

L'atome est une organisation intégralement active, il n'existe que par les interactions, et que par la rétroaction du tout en tant que tout sur les parties. L'activité permanente de ses constituants produit et entretient son état stationnaire. Tout se passe comme si l'atome se produisait lui-même sans discontinuer, donc comme s'il était doué d'une générativité propre. De fait l'atome semble un être encore génésique. Sa forme n'évoque pas un système solaire ordonné, mais une agitation quasi tourbillonnaire, comportant une part importante d'indétermination pour l'observateur, c'est-à-dire de désordre. Effectivement, il semble à chaque instant sortir du chaos particulaire, où toutes nos notions d'identité, de forme, de matière, défaillent, et effectivement, il est, dans sa production-de-soi permanente, producteur de la première consistance d'être qui prenne micro-physiquement forme. L'être de la *physis*, c'est d'abord l'atome.

Le grand problème que nous pose l'atome par rapport à l'esquisse théorique de l'être-machine que j'ai tentée, c'est celui de l'ouverture. L'atome n'est pas éco-dépendant et à ce titre on pourrait le rapprocher du soleil, dont l'*input* est intérieur. Mais le soleil consomme et dégrade son énergie dans son propre processus machinal, alors que l'atome semble énergétiquement autonome. Bien entendu, il est ouvert dans le sens où il est en interactions multiples avec l'environnement, et il est même très ouvert aux échanges extérieurs : il réagit par émissions aux radiations ; sa ceinture électronique est très transactionnelle, et les molécules sont des atomes associés par des électrons leur appartenant conjointement.

Plus le noyau et sa ceinture électronique sont diversifiés, plus l'atome est ouvert aux échanges, transactions, combinaisons. Mais ces échanges extérieurs modifient l'atome. L'atome n'a pas besoin de tels échanges pour exister. Par contre il effectue d'intenses et multiples échanges intérieurs : les liaisons entre nucléons (protons et neutrons) semblent reposer sur des échanges, entre nucléons voisins, d'une ou plusieurs particules éphémères, les pions, et de particules encore plus éphémères appelées résonances mésoniques. Tout se passe même comme si, dans certains cas, les particules interagissent avec elles-mêmes. Dès lors l'atome nous apparaît comme une endo-machine, une machine introactive pratiquant des échanges internes en permanence, des échanges externes par occasions. S'agit-il d'une boucle seulement close? Ici l'incongruité de tous nos concepts concernant le niveau micro-physique de réalité nous demande de ne pas refermer notre logique sur ce paradoxe de clôture pure. Peut-être les atomes, s'ils ne sont pas « ouverts » sur un environnement, sont-ils ouverts par « en dessous », sur l'inconçu et l'inconnu de la *physis?*

En tout cas il est remarquable qu'un grand ensemble d'atomes formant tout rétroactif à partir de leurs interactions mutuelles puisse constituer une machine ouverte sur un environnement : l'organisme vivant. Celui-ci peut être considéré comme une machine polyatomique à circuits électroniques dont l'état stationnaire, les transformations, les échanges métaboliques se fondent sur et utilisent les propriétés de stationnarité, de transformations et d'échanges de l'atome individuel. Il faut dire plus : l'organisation vivante asservit l'atome, et, le machinisant à son service, l'ouvre sur l'échange extérieur de façon systématique. L'organisme vivant apparaît donc comme une macro-machine qui machinalise l'atome en régulant et productivisant ses transformations. Mais l'organisme vivant n'est macro-machine électronique ouverte que parce que l'atome était déjà une micro-machine électronique ouvrable.

Ainsi l'atome, tout en confirmant l'importance cruciale génésique et ontologique de l'organisation active dans l'univers, tout en ayant les traits essentiels de l'être-machine et de la générativité, nous pose un problème d'ouverture actuellement énigmatique et insoluble. Il nous montre de toute façon que les micro-êtres primordiaux sont des machines d'un type admirablement doué d'autonomie, des endo-machines... Et l'endo-machine, si elle est apparue la première dans notre cosmos, est peut-être la proto-machine?

VIII. Conclusion : la machine d'un être et l'être d'une machine

On est parti de l'idée d'organisation active. Nous avons vu que, dans la nature, l'activité est un phénomène organisationnel total. Tout est actif dans un système actif, et cela d'autant plus qu'il doit maintenir et entretenir des états stationnaires. L'activisme est généralisé : flux, déséquilibre, instabilité, *turnover*, réorganisation, régénération, désordre, antagonismes, désorganisa-

La production-de-soi

tions, bouclage, variations, fluctuations. Tout est interactions, transactions, rétroactions, organisaction.

Or cette activité va beaucoup plus loin que l'idée d'activité. Elle comporte une diversité d'aspects et de conséquences, dont on peut recenser maintenant la liste.

ORGANISATION ACTIVE	
état stationnaire	réorganisation permanente
méta-déséquilibre	échanges matériels/énergétiques avec l'extérieur
méta-instabilité	ouverture/refermeture existentielle
turnover des composants	interactions avec l'environnement
transformations ininterrompues	être existentiel
production	soi (quant-à-soi)
praxis	liaisons avec d'autres systèmes
boucle (rétroaction, récursion, régulation)	naissance, évolution, fin dans un :
cycles et fluctuations	temps irréversible, cyclique, circulaire, événementiel
entropie stationnaire, néguentropie	

Tous ces traits qui définissent ensemble une organisation active doivent se consteller, s'ordonner et s'organiser selon une deux fois double description, laquelle évidemment concerne la toujours même réalité.

La première double description s'effectue en distinguant et unissant la description phénoménale et la description générative. La description phénoménale fait apparaître le riche concept de machine constitué par la constellation interdépendante des idées de praxis/travail/transformation/production. Je dis riche concept, parce que la notion de production n'est pas rétrécie dans l'idée de fabrication, mais peut signifier aussi *poïesis* et création. La description générative a aussi besoin des idées de travail, praxis, transformation, production, mais à ce niveau il s'agit du travail *sur soi*, de la production *de soi*, de la réorganisation *de soi*. Ici prennent la place centrale, non plus la notion proprement dite de machine, mais celle de boucle récursive, comportant ouverture/fermeture. A ce niveau apparaissent les idées clés de production non seulement d'être et d'existence, mais de *son* être et de *son* existence.

La seconde double description distingue et lie absolument les termes de machine d'une part, d'être, d'existence de soi de l'autre.

La liaison est dans l'idée de production (concept-machine)-de-soi (concept ontologique/existentiel)[1]. Le terme de production-de-soi constitue la récursion centrale où chaque terme génère l'autre.

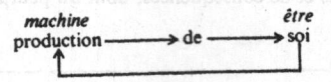

machine production ⟶ de ⟶ *être* soi

C'est la même chose que :

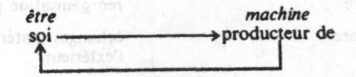

être soi ⟶ *machine* producteur de

La relation être-machine est une relation de dépendance mutuelle, sans qu'il y ait un terme premier par rapport à l'autre :

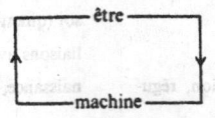

être
↓↑
machine

Ou plutôt il faut dire :

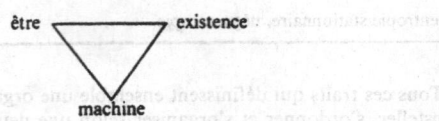

être △ existence
machine

L'être et l'existence sont des « émergences » de la production-de-soi, mais ces émergences constituent par là même les caractères globaux fondamentaux, et récursivement redeviennent premiers.

Dit encore autrement : *l'idée de machine est l'aspect organisationnel concernant les êtres existentiels animés d'un quant-à-soi.*

Il n'y a pas d'une part des êtres existentiels, d'autre part des machines, il y a des êtres existentiels parce que machines, et des machines parce qu'êtres existentiels.

Or cette remarque évidente prend totalement à contrepied la métaphysique et la physique occidentales. Notre métaphysique dominante [1] ne reconnaissait qu'à l'homme la qualité existentielle, et s'interrogeait sur l'être dans les essences, les substances, l'idée de Dieu. La physique, non seulement classique, mais encore moderne, et pas seulement la physique, mais aussi la

1. Car il y a eu toujours aussi l'autre courant, naturiste, panthéiste, romantique.

La production-de-soi

théorie des systèmes et la cybernétique, rejettent l'être existentiel comme déchet et résidu du filtrage qu'elles opèrent sur la réalité. Et le filtrage, qui est évidemment *clarification* c'est-à-dire décomposition de la complexité, ne conserve que la partie rationalisable, idéalisable du réel ; l'être et l'existence sont vidangés. Quant au *soi*, il est totalement inconnu et méconnu.

Ici, nous voyons qu'il s'agit d'une réforme conceptuelle radicale que de lier à la base l'idée de soi, d'être, d'existence, de machine. Et nous en avons la preuve *a contrario* avec la machine artificielle : celle-ci n'est pas pleinement machine (effectivement, elle est un fragment d'une mégamachine qui la génère) ; partiellement achevée, non générative, elle a très peu d'existence, peu d'être, presque pas de soi... Du même coup, nous comprenons enfin le vice méthodologique de base de la cybernétique qui, en ramenant le concept de machine à l'artefact, a raté la générativité et la complexité de l'être-machine, et ne pouvait donc qu'occulter l'existence et le soi.

3. De la cybernétique à l'organisation communicationnelle
(sybernétique)

I. Commande et communication

La cybernétique apparaît au milieu de ce siècle à la fois pour désigner un nouveau type de machines artificielles et formuler la théorie qui correspond à l'organisation, de nature communicationnelle, propre à ces machines.

La communication

La première originalité de la cybernétique a été de concevoir la communication en termes organisationnels. Je considérerai plus loin ce qu'une telle innovation apporte à la théorie de la communication proprement shannonienne. Ici, je veux noter l'innovation opérée sur le plan de l'organisation. La communication constitue une liaison organisationnelle qui s'effectue par la transmission et l'échange de signaux. Ainsi les processus régulateurs, producteurs, performants peuvent être déclenchés, contrôlés, vérifiés par émissions/réceptions, échanges de signaux ou informations.

La communication est économe en énergies et prodigue en compétences; en assurant les interrelations, les interactions, les rétroactions par transmissions de signaux et signes, elle n'use que de très faibles énergies; en développant la variété et la précision des signaux, en multipliant leur intervention *ad hoc*, elle permet la constitution d'une organisation extrêmement souple, adaptable, performante, opportuniste. La communication donc n'étend pas seulement le champ d'existences et de compétences de l'organisation, elle permet des développements multiples.

La seconde originalité de la cybernétique est de lier communication et commande informationnelle. Le mot de cybernétique dont l'origine renvoie à l'idée de gouverne, gouvernail, gouvernement, est dans son principe la théorie de la commande (pilotage et contrôle) des systèmes dont l'organisation comporte communication. Dans cette perspective, l'information communiquée devient *programme :* elle constitue des « instructions » ou

« ordres » qui déclenchent, inhibent, coordonnent les opérations. Dès le départ (couplage d'un ordinateur et d'un radar pour commander la course d'un engin antiaérien) le problème de la commande est posé en termes intra-machinaux. Une commande *automatique* se détermine dans les ordinateurs, machines spécifiques traitant l'information. Cette nouvelle espèce de machines stocke ou « mémorise » de l'information, opère des calculs et des opérations logiques, et sans crainte de frangliciser, puisque le mot est né latin, je désignerai par le terme de *computation* ces opérations qui dépassent le calcul proprement dit. L'ordinateur se développe en devenant capable d'élaborer des stratégies adaptées à des circonstances variables, de contrôler l'application des programmes, de prendre des décisions en fonction de situations problématiques, de percevoir (*pattern recognition*), d'apprendre (*learning*). Alors que les moteurs se sont développés en développant de la puissance énergétique, les ordinateurs se développent en développant de la compétence organisationnelle. Les ordinateurs ont désormais de très grandes aptitudes à organiser des opérations et performances précises, subtiles et compliquées dans des conditions et circonstances changeantes, de contrôler et commander, non seulement des productions matérielles, mais aussi des comportements.

Dès lors, les ordinateurs commandent les machines à partir de leurs compétences informationnelles, et l'intégration d'un ordinateur dans une machine comportant moteur constitue un automate, être-machine auto-mû et apparemment auto-commandé, gouverné, contrôlé.

On peut saisir ici la révolution qui sépare cet automate cybernétique de l'automate vaucansonien. L'ancien automate était animé par un appareil d'horlogerie; le nouveau est animé par un appareil informationnel; le premier était réglé une fois pour toutes; le second est régulé par ses opérations en fonction des circonstances.

C'est ce modèle de la machine cybernétique accomplie ou *automaton* qui s'est appliqué avec le succès que l'on sait à l'être vivant. Celui-ci fut considéré comme une machine commandée, contrôlée, gouvernée par son « programme » inscrit dans l'ADN. Le dispositif des gènes dans le noyau des cellules, l'appareil neuro-cérébral des organismes évolués pouvaient être considérés comme des ordinateurs computant l'information. Désormais les artefacts cybernétiques et les êtres vivants pouvaient être homologués dans la même classe supérieure de machines. La biologie moléculaire avait trouvé dans la cybernétique l'armature où intégrer ses opérations biochimiques; la cybernétique avait trouvé dans la biologie moléculaire la preuve vivante de sa validité organisationnelle. L'euphorie de ces noces entre cybernétique et biologie moléculaire noya quelques problèmes fondamentaux qui se posaient : *a*) au niveau du concept cybernétique lui-même, *b*) au niveau de son application au phénomène vivant.

Le nœud gordien

Le premier problème se pose au cœur du concept cybernétique. Celui-ci a noué en une seule l'idée d'une organisation fondée sur la communication et l'idée d'une organisation fondée sur la commande. Cette liaison semble évidente à considérer toutes nos machines artificielles, mais dans son principe elle était loin d'être évidente et soulevait, longtemps après sa formulation, l'étonnement rétrospectif de son fondateur : « J'ai mis la communication et la commande ensemble, *pourquoi?* »

A vrai dire, Wiener n'a pas seulement mis ensemble la commande et la communication, ce qui s'impose à toute théorie de l'organisation communicationnelle : il a subordonné la communication à la commande, d'où le terme de cybernétique définissant la science nouvelle. De fait, *la cybernétique devenait, non pas la science de l'organisation communicationnelle, mais la science de la commande par la communication.*

Le légitime étonnement de Wiener sur la liaison commande/communication posait le problème de l'organisation dans et par la communication. Son absence d'étonnement sur la domination de la commande montre que s'est imposée à lui l'évidence d'une organisation commandée de façon normative et impérative par une entité supérieure. Ainsi le principe de l'Esprit commandant la Matière, de l'Homme commandant la Nature, de la Loi commandant le Citoyen, de l'État commandant la Société, devint celui de l'Information régnant sur l'Organisation.

Et, de même que dans la mythologie du pouvoir social, c'est toujours Dieu qui parle par la bouche du Monarque, l'Intérêt général qui inspire le Souverain, la Vérité historique qui guide le Parti, de même l'Information devint l'entité souveraine, universelle, véridique, dont l'authenticité est garantie par l'ordinateur, son fidèle servant.

La théorie cybernétique occulte le problème du pouvoir caché sous la commande :

a) au niveau de l'être-machine proprement dit : le pouvoir de l'appareil constitué par l'ordinateur et ses dispositifs d'action, appareil qui non seulement traite l'information, mais transforme de l'information en coercition (programme);

b) au niveau de la matrice anthropo-sociale de l'artefact cybernétique : le pouvoir qui machine la machine, ordonne l'ordinateur, programme le programme, commande la commande.

Considérons d'abord le premier niveau, celui de l'ordinateur et ses dispositifs. Ici le terme français d'ordinateur — qui exprime l'injonction d'ordres autant que la mise en ordre — complète le terme anglo-saxon de *computer* — qui exprime le traitement de l'information. Il s'agit d'un *appareil de commande.*

II. La notion d'Appareil. Asservissement et émancipation

L'automate artificiel fait surgir par le biais, de façon certes déformée et insuffisante, mais concevable en termes d'être et d'organisation, le problème de ce que je vais appeler l'Appareil. Je définis le terme d'appareil comme l'agencement original qui, dans une organisation communicationnelle, lie le traitement de l'information aux actions et opérations. A ce titre, *l'appareil dispose du pouvoir de transformer de l'information en programme, c'est-à-dire en contrainte organisationnelle.*

L'appareil est donc computant (traitant l'information) et ordinant (donnant des ordres, organisant de l'ordre). L'appareil *capitalise* (et l'irruption ici de ce terme est, j'allais dire capitale, je veux dire de première importance, car capitaliser c'est capitaliser des signes), *monopolise* (s'il est unique) et *programmatise* l'information. Concentrant en lui des compétences organisationnelles majeures, il assure le rôle clé d'organisateur de la praxis. Plus il sera développé, plus il sera capable d'assurer des fonctions qui jusque-là semblaient le privilège d'un cerveau : percevoir (*pattern recognition*), apprendre (*learning*), résoudre des problèmes (*solving problems*), plus il multipliera les compétences, les contrôles, les commandes, etc., plus il développera une praxis, non pas seulement interne mais aussi externe, dans l'environnement.

Comme on le pressent, puisque je viens d'évoquer l'appareil neuro-cérébral, la problématique véritablement riche et ambiguë de l'appareil ne s'épanouit qu'au niveau des êtres vivants, et surtout des êtres anthropo-sociaux. Mais l'artefact nous permet déjà de dégager les deux idées liées de façon complexe (complémentaire, concurrente, antagoniste) à la notion d'appareil organisateur : l'idée d'émancipation et l'idée d'asservissement.

L'idée d'appareil, dans le sens que j'ai indiqué, signifie immédiatement émancipation de l'être dans son ensemble à l'égard des aléas et contraintes extérieures : désormais l'appareil peut « penser » la situation ; il peut trouver des solutions ; il peut élaborer des stratégies adaptées aux circonstances ; il peut concevoir des possibilités de choix et prendre des décisions en fonction d'alternatives ; il peut, enfin, déclencher l'action et la réaction. L'appareil ouvre donc la première porte de la liberté qui est : choisir (la seconde étant : choisir ses choix).

A. L'asservissement artificiel

Mais ce qui porte l'émancipation porte aussi l'asservissement. Pour saisir l'idée d'asservissement, il faut partir de l'idée de servo-mécanisme. Le servo-mécanisme est un dispositif qui corrige la correction et re-règle la régulation en fonction des perturbations qui contraignent à modifier l'action (c'est-à-dire modification de la situation, variations affectant le but visé, etc.). Ainsi, en même temps qu'il permet à la machine d'ajuster efficacement son action, en même temps qu'il l'émancipe des contraintes, le servo-mécanisme l'asservit tout entière à l'exécution de l'action, ce qui veut dire à la commande de l'appareil. Il ne peut y avoir aucune autonomie des éléments constitutifs. D'où l'idée vigoureusement dégagée par Albert Ducrocq : « Asservir un système, c'est le commander sans subir sa réaction » (Ducrocq, 1963, p. 110). Formule qu'il faut bien comprendre : ce n'est pas annuler sa réaction, c'est au contraire l'utiliser et l'intégrer pour corriger. Mais la réaction ne doit pas modifier l'exécution de l'ordre donné, ni remettre en question la compétence de l'asservisseur et l'organisation du système. Les communications fonctionnent entre l'asservi et l'asservisseur, mais l'asservisseur impose ses fins, dans et par cette communication.

L'asservissement au niveau de la machine artificielle semble simplement s'effectuer à deux degrés :

1. L'appareil (l'ordinateur et son dispositif d'action) asservit le système producteur ou machine qu'il commande ; il reçoit toutes informations, en retour, des parties sans en subir la moindre réaction antagoniste. Il manipule mais n'est pas manipulé.

2. Le comportement d'une machine asservie asservit sa zone d'action ; cette machine impose sa domination (ordonnatrice et/ou destructrice) à ce qui était, dans son environnement, soit amorphe, soit aléatoire, soit obéissant à un autre ordre organisationnel. On le voit déjà ici, il y a un lien entre les deux asservissements : la maîtrise totale par l'appareil de l'organisation machinale dont il dispose permet à celle-ci d'asservir l'environnement. (Dans ce sens, l'organisation asservie est celle qui asservit. Nous le voyons bien au niveau de l'histoire humaine.)

N'oublions pas maintenant deux autres degrés d'asservissement :

3. L'appareil de l'artefact est lui-même complètement asservi aux et par les êtres anthropo-sociaux qui l'ont conçu, lui ont fourni programme et buts, le contrôlent et le commandent.

4. L'asservissement qu'effectue l'artefact sur son environnement (milieu social et éco-système naturel) rétroagit sur les producteurs humains de cet artefact : une telle rétroaction est au prime abord émancipatrice : les énormes énergies cybernétiquement contrôlées qui se consacrent aux activités productives délivrent le travailleur humain de la part la plus pénible et fastidieuse de son travail, d'où « progrès social », « dignité humaine » et, par série de conséquences bien connues, « élévation du niveau de vie ». Mais ce point de vue ne saurait occulter les contraintes asservissantes qu'impose la « civilisation machiniste » sur la vie quotidienne et les dégradations de qualité de la vie aujourd'hui dénoncées. D'où le thème, nullement illusoire, de « l'homme asservi par la machine », à condition de le situer dans la complexité et l'ambiguïté potentielles de l'émancipation/asservissement et dans une dialec-

tique qui peut conjuguer l'émancipation énergétique à l'asservissement informationnel.

Nous voyons que le problème de l'appareil commence à émerger dans sa complexité. L'appareil est à la fois ce qui est au service d'un tout organisé, c'est-à-dire au service de son fonctionnement, de sa praxis, de sa protection, de son existence, et il est ce qui commande ce tout organisé. L'appareil est à la fois le cerveau-mécanisme (*solving problem*) d'où émancipation, et il impose le servo-mécanisme, d'où asservissement.

Si l'on considère isolément la machine artefact, l'appareil n'est qu'un ordinateur traitant l'information doté d'un dispositif d'action, et l'asservissement ne semble avoir qu'un sens technique. Mais quand on considère la machine artefact dans l'ensemble anthropo-social dont elle fait partie, l'appareil devient un instrument de commande, terme qui traduit son caractère dépendant (à l'égard de l'homme) et impératif (à l'égard de la machine), d'où la nécessité d'interroger la commande *aussi* dans sa dimension anthropo-sociale.

Enfin, s'il est vrai que toute organisation communicationnelle suppose un appareil dans le sens ici défini, alors le problème de la relation entre computation et action, entre émancipation et asservissement, se pose en termes fondamentaux d'organisation et d'existence pour les êtres vivants, et dramatiquement pour les sociétés humaines.

B. La vie des appareils

1. *Servo-mécanismes et cerveau-mécanismes*

Pour bien dégager la notion physique et organisationniste d'appareil, je me vois obligé encore une fois à une incursion, inévitablement schématique et décevante (autant pour moi que pour le lecteur), dans les domaines qui seront traités en tant que tels dans le second tome de ce travail : l'organisation vivante et l'organisation sociale. Et une fois de plus, ce qui est pour moi l'ouverture d'une nécessaire communication conceptuelle semblera confusionniste. (Mais pourquoi m'irriter à l'avance des irritations que je vais susciter? Continuons.)

On peut considérer que la forme fondamentale de toute vie, la cellule, dispose en son noyau d'une sorte de proto-appareil qui rassemble la mémoire principale, constitue un centre de computations et communications, et, en un sens, émet les instructions (le schème ADN-ARN-Protéines est un schème d'asservissement). Toutefois, à la différence des appareils/ordinateurs des machines artificielles, il y a une relation intime, totalement symbiotique et totalement récursive entre le nucléaire et le métabolique, entre les gènes et les autres constituants de la cellule dont l'activité est nécessaire non seulement à la reproduction mais à l'existence des gènes. Donc la relation entre le proto-appareil nucléaire et la cellule, dont il fait partie, est une relation asservissante-asservie complexe au sein d'une unité profonde constituée par l'appartenance mutuelle à la boucle récursive qui produit l'être dont ils constituent chacun un des aspects.

C'est surtout dans la relation cerveau-organisme que la relation cybernétique ordinateur/machine semble naturellement s'imposer. L'ordinateur ayant été assimilé à un cerveau, le cerveau a pu être assimilé à un ordinateur, et on pourrait penser que les organismes multicellulaires disposent tous nécessairement d'un appareil central ou cerveau. Or les végétaux n'ont pas de cerveau, ainsi qu'un grand nombre d'espèces animales. Tout se passe comme si la computation de l'être végétal résultait des inter-communications entre cellules, c'est-à-dire entre proto-appareils nucléaires ; en d'autres termes, les végétaux disposent d'un appareillage polycentrique en réseaux, et non d'un appareil central. D'une façon plus générale, nous devons nous rendre compte que l'organisation vivante a multiplement et diversement exploré la voie acentrique et polycentrique, qui ne comporte pas d'appareil nerveux central. Ainsi, les échinodermes, oursins, étoiles de mer ont des réseaux nerveux, les insectes ont un système ganglionnaire polycentrique. Ce sont les poissons, et à leur suite les reptiles, les oiseaux, les mammifères qui développent un appareil nerveux central et l'appareil des appareils, le cerveau. Mais là encore, plus le cerveau se développe, chez les mammifères, primates, hominiens, plus il devient polycentrique ; plus les relations entre parties sont à la fois complémentaires et antagonistes, plus il fonctionne avec du « bruit », c'est-à-dire du désordre, à la différence de tous les ordinateurs artificiels (Morin, 1973).

Ajoutons que c'est une pure illusion que de considérer l'appareil neuro-cérébral comme le seul appareil informationnel des vertébrés. D'une part ces vertébrés disposent d'un appareil reproducteur sexué. D'autre part, les cellules qui constituent l'organisme disposent d'une large autonomie, et une grande part de la vie de cet organisme est constituée par les interactions entre leurs proto-appareils. L'appareil neuro-cérébral est un épi-appareil par rapport à l'appareil reproducteur ; l'un et l'autre sont en relation d'autonomie relative et de mutuelle dépendance, et ils s'inscrivent dans une relation récursive globale. De même, entre l'appareil neuro-cérébral et le réseau relationnel des proto-appareils cellulaires, il y a relative autonomie (ce qui signifie du même coup que la commande du « cerveau » sur les cellules est partielle et relativement impérative), dépendance mutuelle, et l'un et l'autre s'inscrivent dans la relation récursive globale du tout. Aussi la conception d'un organisme commandé par un appareil central souverain, à la manière de l'ordinateur commandant la machine artificielle, doit être dépassée pour une conception beaucoup plus riche et complexe, à la fois *bipolarisée* (appareil neuro-cérébral/appareil reproducteur), *démultipliée* (dans les connexions entre les milliards de proto-appareils cellulaires), *récursive*, et enfin *intégrée dans une totalité* active qui est l'*individu*.

En effet, le cerveau dépend de l'organisme autant que l'organisme dépend de lui, et il est dans une relation asservissante/asservie à l'égard de l'organisme qui l'irrigue et le nourrit. L'appareil cérébral appartient au tout, et *au niveau du tout le cerveau est indistinct, non pas de l'organisme lui-même, mais de l'individu qui est le « tout » de la relation cerveau/organisme.*

Aussi la relation récursive appareil cérébral/organisme n'est pas seulement asservie/asservissante, elle est :

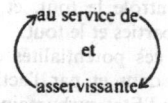

au service de
et
asservissante

et la boucle constitue un tout émergent comme être individuel dépassant et intégrant ces caractères dans son unité de tout. Ainsi, le cerveau-mécanisme n'est pas seulement le plus complexe des servo-mécanismes, comme le dit Victorri, il s'inscrit dans l'unité complexe d'une existence individuelle.

2. *L'ambiguïté. L'appareil, la partie, le tout.*

L'appareil est un concept maître. Absent de nos théories cybernétiques, biologiques et, tragiquement aujourd'hui, sociales et politiques, son absence rend ces théories aveugles ou serves. Je suis persuadé que toute théorie de l'organisation communicationnelle (englobant donc l'organisation de la vie et l'organisation anthropo-sociale) doit se reconstruire en y développant une théorie des Appareils. Une telle théorie doit dès le départ concevoir la différence radicale qui sépare l'appareil ordonnateur de l'artefact et les appareils génétiques et neuro-cérébraux des êtres vivants. Non seulement parce que ces derniers sont, de beaucoup, plus complexes dans leur organisation et leur relation avec l'être-machine, mais aussi parce qu'ils font partie d'un tout *un*, alors que l'appareil de l'automate artificiel est l'instrument de commande de la société qui manipule les machines. Or nous allons entrevoir ici un troisième type de problématique, où la relation partie/tout est brisée, aliénée, par l'hypertrophie d'appareil : celle qui se pose dans nos sociétés historiques. Pour concevoir ce type de problématique, il nous faut recourir à la relation systémique partie/tout ; ou plutôt il nous faut considérer la problématique complexe de la relation partie/tout telle qu'elle est transformée et aggravée par les problèmes fondamentaux que pose l'existence d'un appareil pour toutes organisations communicationnelles.

Déjà j'ai indiqué (p. 125) que la relation tout/partie est ambiguë et peut prendre des formes très diverses, puisqu'il y a en principe conjointement dans le tout une tendance à exploiter les parties et une tendance à les servir, protéger, voire développer. L'appareil apporte une ambiguïté nouvelle. C'est toujours une partie du tout, mais qui développe sa complexité, ses

compétences, ses pouvoirs — et par là même ses libertés — qui seront d'autant plus grandes à l'égard des autres parties que celles-ci de façon complémentaire se trouveront contraintes à se spécialiser et à se subordonner, c'est-à-dire à restreindre leur compétence et leur autonomie. L'appareil est donc une partie qui peut apparaître, simultanément ou alternativement :
— comme le serviteur du tout par rapport aux dangers qui le menacent,
— comme l'exécuteur du tout à l'égard des parties,
— comme la partie qui contrôle le tout, et du coup tend à parasiter, exploiter, asservir à la fois les parties et le tout.

L'histoire humaine déploie ces potentialités de façons complémentaires, concurrentes ou antagonistes, dans et par l'action de l'appareil anthroposocial à double visage, celui de l'État surhumain (bien qu'il soit constitué de par les interactions entre êtres humains, c'est-à-dire appareils neurocérébraux) et celui du Prince lui-même à multiples visages (souverain absolu, déifié, sacralisé, président laïcisé, clan, caste dominante...). Le complexe État-Prince, potentiellement ou réellement, alternativement ou simultanément, est le pilote preneur de décisions, l'organisateur des stratégies et de la praxis du Tout social, le défenseur du Tout contre les périls extérieurs et intérieurs, l'asservisseur des parties par le Tout, l'asservisseur du Tout pour ses fins particulières, l'exploiteur des autres parties et du Tout.

Une telle ambiguïté doit être considérée aussi du point de vue évolutif. La constitution d'une partie en appareil central est, en même temps, l'émancipation de cette partie qui peut développer des potentialités créatrices et organisatrices supérieures, notamment dans l'élaboration de stratégies, et corrélativement l'aptitude à utiliser le désordre et l'aléa. Ce développement permet à l'appareil d'apporter le bénéfice de ses compétences au tout, qui, en tant que tout, devient doté des qualités de l'appareil. Ces bénéfices peuvent rétroagir sur les parties, qui peuvent dès lors épanouir des qualités émergentes. Mais inversement, lorsque le développement des compétences générales de l'appareil s'effectue au prix d'une spécialisation irrémédiable et de la subordination étroite des parties, alors il y a non seulement aggravation de leur asservissement, mais dualité et scission profonde dans l'unité du tout. Ces problèmes, abstraits et formels en eux-mêmes, deviennent existentiels et virulents pour nous, car ce sont nos problèmes anthropo-sociaux clés (que j'aborderai en tome II).

C. L'asservissement de la nature et la « production de l'homme par l'homme »

1. *Les éco-asservissements*

Considérons maintenant le problème de l'asservissement de l'environnement. Tout être vivant tend à asservir la zone où il se nourrit ; dans le règne végétal, des plantes contrôlent leur espace nutriciel en sécrétant une

De la cybernétique à l'organisation communicationnelle

substance qui inhibe la croissance d'autres plantes dans leur voisinage ; c'est évidemment surtout dans le règne animal que se déploie l'asservissement, et précisément dans les espèces qui ont développé corrélativement un appareil nerveux central, une riche stratégie de comportements habiles, précis, rapides, intelligents. Il y a des asservissements dans les éco-systèmes, mais les éco-systèmes ne sont pas asservisseurs par eux-mêmes : ils n'ont pas d'appareil central, ils s'organisent à travers les inter-rétroactions des êtres vivants qui le constituent ; entre ces vivants, il y a, à la fois, parasitismes en chaîne, interdépendances, asservissements mutuels, et tout cela avec coopérations, luttes, compétitions, soumissions.

Ainsi, la relation commande/communication

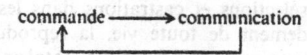

commande ⟶ communication

y est toujours complexe, présentant des caractères complémentaires, concurrents, antagonistes, incertains, rotatifs, aléatoires...

2. L'asservissement de la motricité physique

L'histoire de l'humanité inaugure un nouveau type d'asservissement dans et sur la nature.

Tout commence par un apprivoisement, une domestication et un premier asservissement : l'hominien apprend à entretenir, c'est-à-dire réguler le feu, puis à le faire naître. Le feu sert à protéger, éclairer, griller, cuire, puis forger : il est asservi. Mais le grand asservissement ne se produira que plus tard, quand le feu sera emprisonné, corseté, exploité comme moteur de l'ère industrielle.

Entre les asservissements premiers du feu et son esclavagisation généralisée dans les soutes de la machine anthropo-sociale occidentale du XIXᵉ siècle, il y a la production et l'asservissement des remous et tourbillons (moulins à eau et à vent) aux finalités anthropo-sociales. Ces moteurs sauvages sont désormais encagés, canalisés, déclenchés, inhibés par l'homme. Puis c'est, comme je viens de le dire, le moteur à feu. Puis la machine anthropo-sociale crée des moteurs à partir d'énergies de plus en plus turbulentes, asservit l'explosion, libère, dans un flamboiement de commencement et fin du monde, l'énergie de l'atome, puis commence à l'asservir dans le moteur nucléaire. Ainsi, au terme d'une genèse à l'envers, l'homme brise le noyau de l'atome, c'est-à-dire de la première réalité physique organisée, du premier être physique, et ressuscite la fusion thermonucléaire qui fait naître et entretient les soleils. Ainsi l'histoire de la production de l'homme par l'homme est inséparable d'une recréation et redécouverte des potentialités génésiques de la *physis* pour et par leur asservissement

3. L'asservissement du végétal et l'assujettissement de l'animal

La transformation des flux et turbulences naturelles en motricité asservie n'est qu'un aspect de l'asservissement de la nature. Au-delà du parasitage (asservissement partiel et localisé) et de la symbiose (asservissement mutuel devenant coopération et co-organisation) commence un asservissement multidimensionnel de l'univers vivant qui va de l'exploitation pure et simple des énergies corporelles jusqu'à l'*assujettissement*. L'asservissement de la vie s'effectue principalement par l'asservissement non seulement des processus de reproduction, mais des appareils de reproduction (manipulation et sélection des graines, sélections et castrations dans les élevages animaux). Autrement dit, le fondement de toute vie, la reproduction, est à la fois contrôlé, transformé, manipulé de l'extérieur, totalement asservi aux fins humaines dans toutes les espèces domestiques.

L'assujettissement, c'est l'asservissement de l'être-animal par contrôle/-commande de son *autos*, c'est-à-dire son autonomie cérébrale. Dès lors, l'appareil neuro-cérébral humain asservit d'autres appareils neuro-cérébraux, qui gardent leur compétence et leur autonomie organisationnelle, mais dont toutes les activités sont désormais asservies aux finalités de leur asservisseur. Ici le terme fumeux philosophiquement d'aliénation prend un sens concret : l'*autos* de l'assujetti se trouve aliéné dans l'*autos* du maître. Ce rapport maître/assujetti est beaucoup plus fondamental, complexe et dramatique que le rapport maître/esclave de Hegel. L'*autos* demeure doué de subjectivité, mais celle-ci devient satellite d'un autre sujet assujettisseur; l'intelligence et les aptitudes de l'assujetti peuvent et doivent trouver plein-emploi, mais dans le sens des finalités du maître. L'obéissance peut être imposée par la contrainte (esclavagisation), mais elle peut aussi s'engrammer et prendre valeur de loi, programme, ordre « naturel » chez l'assujetti, ainsi totalement aliéné au service de la loi, du programme, de l'ordre maître.

Du même coup, la formule de l'asservissement social est prête. Elle sera une juxtaposition et/ou combinaison d'assujettissement et d'esclavagisation, d'aliénation et d'exploitation. L'esclavage est lui-même une combinaison d'assujettissement absolu (l'esclave devenant la propriété du maître) et d'un asservissement énergétique (l'exploitation sous contrainte de la force de travail[1]).

Du reste, l'asservissement massif des plantes (agriculture) et des animaux (élevage), l'asservissement des masses énormes d'humanité, et le surgissement

---

[1]. L'entreprise capitaliste de l'ère industrielle, en n'asservissant que la force de travail et ne se souciant plus de s'approprier l'être du travailleur, crée le prolétaire. Mais nombre de pouvoirs modernes d'Appareil découvrent des formules néo-esclavagistes.

de la mégamachine sociale avec son appareil central, l'État, sont concomitants et corrélatifs.

C'est dès l'origine que l'asservissement de la nature rétroagit de façon complexe sur le devenir de l'humanité. La domestication du feu a domestiqué l'homme, en lui créant un foyer, elle l'a barbarisé en l'invitant à détruire par le feu. L'asservissement des turbulences et explosions a permis de civiliser d'énormes forces motrices sauvages, elle a accru la turbulence explosive de l'histoire humaine et créé les conditions d'une auto-destruction généralisée. La culture des plantes a culturisé l'homme en créant la vie rurale et urbaine, elle lui a fait perdre la riche culture archaïque des chasseurs-ramasseurs nomades. L'asservissement du monde animal a créé les modèles de l'asservissement de l'homme par l'homme.

Et aujourd'hui, l'asservissement des artefacts cybernétiques prélude peut-être à un nouveau type d'asservissement informationnel de l'homme par l'homme.

D. L'État-appareil et la mégamachine sociale : le jeu des asservissements et émancipations

La mégamachine anthropo-sociale s'est formée et développée dans et par l'asservissement généralisé des êtres humains. L'asservissement des hommes surgit à ce moment crucial. L'entrée de l'humanité dans l'histoire, c'est l'entrée de l'État asservisseur dans le cœur des sociétés, en même temps que l'entrée de la turbulence et du désordre dans le cours des sociétés. La guerre et la conquête produisent l'asservissement et l'Empire : les ennemis vaincus fournissent les énormes contingents de l'esclavage antique : les ethnies subjuguées deviennent les peuples asservis.

Le formidable asservissement des vivants et des humains est inséparable de la formation d'un appareil d'État, computeur, ordonnateur, décisionnel qui asservit la société et l'organise en mégamachine.

L'État est l'Appareil des appareils, qui concentre en lui l'appareil administratif, l'appareil militaire, l'appareil religieux, puis l'appareil policier. L'appareil administratif impose à toute la société l'organisation « machinale » dans le sens où ce terme signifie règle uniformisée, inflexible « mécanique » ; la religion et l'armée imposent chacune leur machinalité propre, faite dans les deux cas de rituel (prépondérant dans la religion) et de discipline (prépondérant dans l'armée).

L'apparition de l'appareil d'État constitue une formidable métamorphose organisationnelle par rapport à toutes autres sociétés animales, hominiennes, et humaines archaïques. Il existe déjà des mégamachines sociales chez les termites, fourmis, abeilles, mais c'étaient des sociétés sans État ni gouvernement : leur praxis organisationnelle s'effectue à partir des interactions entre les appareils nerveux des individus, et c'est cet ensemble neuro-actif qui constitue comme un gigantesque cerveau doué de mobilité et de mandibules

Par contre, dans l'espèce humaine, la mégamachine sociale n'a pu se constituer qu'avec l'État.

L'appareil d'État à la fois émancipe et asservit. Ce n'est pas seulement l'émancipation de l'homme, mais aussi l'asservissement de l'homme qui s'effectue dans et par la « maîtrise de la nature ». C'est l'asservissement d'une société qui permet l'asservissement de son environnement (les sociétés voisines, le milieu naturel), mais qui développe, dans et par cette barbarie prédatrice, les foyers de civilisation dans l'élite des dominateurs. Dans les sociétés antiques et les « despotismes orientaux », il y a une hiérarchie pyramidale d'asservissement du sommet à la base. Au sommet, le Souverain, Sujet dans le sens égocentrique du terme, règne sur les sujets, dans le sens soumis du terme. Aux niveaux supérieurs de la pyramide, les sujets jouissent d'une certaine reconnaissance subjective et disposent d'assujettis, les asservis ont des serviteurs. A la base règnent l'assujettissement et l'asservissement généralisés. Dans quelques micro-sociétés appelées cités, apparaissent des asservisseurs d'un type nouveau : les hommes libres. Leur assujettissement est lui-même d'un type nouveau : il est dans la relation filiale aux lois et dieux de la cité. La liberté du citoyen est garantie par l'Appareil-Cité dans une aliénation réciproque où la Cité dépend du citoyen électeur/acteur qui dépend de sa Cité. C'est sur le travail servile que s'est fondée la première émancipation de ces « hommes libres ». C'est ce modèle de liberté qui va animer le mouvement des asservis pour leur émancipation.

Enfin, les grandes sociétés historiques, de l'Antiquité à notre temps, fonctionnent toujours entre deux pôles d'organisation, un pôle d'ordre rigide qui émane de l'appareil d'État et plus largement de tout ce qui est pouvoir, un pôle d'anarchie infrastructurelle, c'est-à-dire d'interactions spontanées et spontanément organisatrices. Même (et surtout) là où règne le despotisme d'appareil le plus total et le plus ramifié, il y a l'anarchie souterraine, quasi clandestine quand la société est étouffée par l'appareil, mais qui fait fonctionner la société, et par là nourrit, tout en lui échappant, l'appareil qui l'asservit. Même là où règnent les libéralismes les plus avancés, règne une sphère d'ordre rigide et coercitif. Chaque polarité porte son ambivalence (l'ordre peut être plus ou moins oppresseur ou/et protecteur, il peut garantir des libertés ou/et les interdire, il peut imposer de l'inégalité ou de l'égalité ; le désordre peut être liberté ou/et délinquance, communauté ou/et concurrence impitoyable, spontanéité ou/et brutalité).

Ainsi nous entrevoyons en termes de mégamachine et d'appareils, et bien que de façon encore à la fois schématique et confuse, les conditions complexes, ambiguës, incertaines et dramatiques de la dialectique d'asservissement/émancipation, assujettissement/libération qui caractérise l'histoire humaine. Il ne s'agit pas ici de réduire nos problèmes les plus urgents et virulents en termes d'organisation, machine et appareils. Il s'agit au contraire d'éclairer ces problèmes en introduisant précisément ce qui était absent : l'appareil. Je veux dire que ces problèmes, pour être affrontés, ont, pas seulement certes, mais nécessairement besoin d'une théorie de l'organisation

De la cybernétique à l'organisation communicationnelle 249

communicationnelle qui conçoive le problème de l'appareil. Dès lors, un tel enracinement théorique, loin d'éloigner de notre histoire concrète, y conduit.

Si l'appareil est invisible à ceux qui le subissent, c'est aussi parce qu'une théorie de l'organisation communicationnelle n'a pas encore émergé dans les sciences, ni physiques, ni biologiques, ni anthropo-sociologiques. C'est que la cybernétique, qui pouvait annoncer cette théorie, l'a escamotée. C'est que la théorie de l'appareil requiert une totale réforme de l'entendement sur la base de la complexité organisationniste.

Que le lecteur me comprenne : l'idée d'appareil prend ici son départ, il ne s'agit pas de la brandir en massue, de la manipuler en passe-partout. La notion d'appareil nous demande de commencer à réfléchir *un peu autrement*, comme je commence à réfléchir moi-même, pour mieux comprendre la dialectique asservissement/émancipation, plutôt que de la subir dans la résignation, l'ignorer dans l'arrogance, la nier dans la niaiserie, ou, une fois de plus, croire servir l'émancipation en servant ce qui asservit.

III. Apologie et condamnation de la cybernétique

Au cours de mon discours, je me suis à la fois appuyé et opposé à la théorie cybernétique. Mon point de vue sur la cybernétique est nécessairement double. Je veux dire que la cybernétique apporte, dans son principe même d'intelligibilité, une grave occultation. C'est pour le meilleur et pour le pire que Wiener a isolé l'être physique de la machine. C'est pour le meilleur et pour le pire qu'il dégageait son concept physique autonome, bien que la machine artificielle soit totalement dépendante de la société qui la crée. Aussi vais-je tenter une critique de la cybernétique, qui conserve et permet de développer ses vertus premières, mais à condition, non seulement de détecter et critiquer ses carences, mais d'opérer un renversement dans son concept de machine et un cracking dans son paradigme de commande/communication.

Les vertus cybernétiques ne sont pas seulement d'avoir apporté une gerbe de concepts enrichissants, comme la rétroaction par rapport à l'interaction, la boucle par rapport au processus, la régulation par rapport à la stabilisation, la finalité par rapport à la causalité (cf. plus loin, p. 260), toutes idées désormais indispensables pour concevoir les phénomènes physiques, biologiques, anthropo-sociaux : ce n'est pas seulement d'avoir lié cette gerbe dans et par les idées de commande et de communication, *c'est d'avoir lié tous ces termes de façon organisationnelle et d'avoir ainsi donné naissance à la première science générale (c'est-à-dire physique) ayant pour objet l'organisation.* La cybernétique est la première science qui, depuis l'essor de la science occidentale au XVIIe siècle, ait fondé sa méthode, effectué sa réussite opérationnelle, et se soit fait reconnaître par les autres sciences en envisageant un système physique, la machine, non pas en fonction de ses éléments constitutifs, mais en fonction de ses caractères organisationnels.

Concevoir la machine comme être physique organisé était une pensée fondatrice qui dépassait de beaucoup la machine; c'était introduire l'idée d'organisation, toujours refoulée, occultée, particularisée dans les sciences au cœur de la *physis*. C'était, dans ce mouvement fondateur, enraciner toute organisation-machine (celle de l'être vivant, de l'être humain, de l'être social) dans la *physis* tout en libérant cette *physis* du paradigme d'atomisation/décomposition en éléments simples. Cette révolution, profonde bien que non explicitée, demeura quasi invisible, sauf à la perspicacité de quelques-uns, en premier lieu Gottard Gunther (Gunther, 1962). Enfin, dans le même mouvement, la notion même de machine devenait le concept cadre où pouvait venir s'inscrire, comme on a tenté de le faire ici, la description de l'organisation active.

Certes, Wiener, en se consacrant aux machines cybernétiques, a omis de formuler une théorie de la machine; mais, bien qu'il en faussât la théorie dès le départ, il faisait l'extraordinaire découverte de l'organisation communicationnelle, sans quoi on ne saurait désormais penser ce qui est vivant, humain et social.

Enfin la cybernétique wienérienne a apporté dans ses flancs un potentiel de complexité dont la germination devrait (devra) tôt ou tard ouvrir et faire éclater le cadre cybernétique. Ainsi la rétroaction avait déjà double visage, le négatif et le positif; dès lors, une « seconde cybernétique » (Maruyama, 1963) pouvait se formuler, réhabilitant la rétroaction positive et ouvrant la dialectique des rétroactions. L'idée de finalité et l'idée de boucle, en apportant une première complexification de causalité, ouvraient la voie à la « causalité mutuelle interrelationnée » (Maruyama, 1974) et surtout à la *causalité récursive* (von Foerster, 1974*a*).

Ainsi, il y a une cybernétique fondamentale et fondatrice, riche et heuristique, ce dont ont témoigné la pensée des Wiener, Ashby, les recherches bricoleuses injustement oubliées aujourd'hui de Grey Walter, Ducrocq (avant qu'il ne se consacre, semble-t-il, exclusivement à la vulgarisation), les réflexions qui furent pour moi éveillantes de Sauvan, les développements de Stafford Beer, Boulding, Bateson, Moles, les percées et avancées déjà méta-cybernétiques de Pask, Gunther, von Foerster.

Une telle cybernétique fait éclater d'elle-même les cloisons disciplinaires. Son formalisme ne détruit pas le « réalisme » puisqu'elle s'applique à des êtres physiques, les machines. Elle réhabilite et permet le déploiement de l'imagination analogique, qui saisit les parentés entre les astres, les nuages, les tourbillons, les vivants, les humains. Elle peut intégrer de la diversité dans son unité sans la détruire.

Ceci étant dit, la cybernétique, comme toute théorie, s'est développée sur

De la cybernétique à l'organisation communicationnelle

deux versants opposés débouchant chacun sur une vallée étrangère à l'autre, bien qu'elles portent l'une et l'autre le même nom. Le premier versant est celui du nouveau regard, de la nouvelle dimension, qui apportent des complexités nouvelles en toutes choses ; le second est celui du remplacement d'une simplification par une autre, sous l'empire d'une formule maîtresse qui résout tous problèmes. La cybernétique avait déjà, dans la double vertu de son principe wienérien (le concept de l'être physique-machine et la relation communication/commande) son double vice de méthode qui lui donnait un « mauvais penchant ». Dans ces conditions, les pesanteurs paradigmatiques, technocratiques, sociologiques, entraînèrent le gros de la cybernétique sur le versant de la simplification, de la réduction et de la manipulation.

La cybernétique s'est ainsi moulée dans les cadres de pensée et d'action dominants au lieu de les dominer. Après avoir dépassé, dans le concept de machine, le réductionnisme qui décomposait le tout en ses éléments, elle a développé le réductionnisme qui ramène tous êtres-machines vivants ou naturels au modèle de la machine artificielle. Au lieu d'inscrire la machine artificielle dans sa généalogie (la famille Machin) et sa générativité (la matrice industrielle de la mégamachine anthropo-sociale), elle a fait de l'automate artificiel le modèle universel. Après avoir utilement mis entre parenthèses la société pour concevoir l'autonomie de la machine, elle a gommé, non la parenthèse, mais la société, constituant une théorie apparemment purement physique, en fait purement idéologique.

La cybernétique manque de fondement. Il lui manque un principe de complexité. Il lui manque un substrat d'organisation. Il manque même le concept générique de machine. Wiener nous montre la nécessité d'une théorie de la machine, mais il a oublié d'élaborer cette théorie, tout occupé qu'il était des machines commandées. Il y a, dans la cybernétique, la place du concept de machine, mais elle est vide. En conséquence, la cybernétique, faute de s'arracher à l'orbite engeenérale de la machine artificielle, n'a pu développer la complexité des idées de rétroaction, causalité, finalité, information, communication, qu'elle avait eu le mérite de réunir en un ensemble articulé : elle en a au contraire expulsé les ambiguïtés, refoulant la rétroaction positive, ignorant la dialectique des rétroactions, la causalité complexe, les incertitudes de la finalité ; l'information y signifie purement et simplement programme ; la communication y signifie transmission.

Il manque fondamentalement à la cybernétique un principe de complexité qui lui permette d'inclure l'idée du désordre. C'est pourquoi elle est incapable de concevoir la réorganisation permanente, l'antagonisme, le conflit, et, par là, incapable de concevoir l'originalité des êtres-machines naturels.

Le formalisme cybernétique a le mérite d'unifier sous les mêmes catégories des traits organisationnels propres aux sphères séparées des machines physiques, des machines vivantes, des machines sociales, mais ce formalisme, qui désubstantialise fort justement ce qu'il touche, est incapable de concevoir l'être et l'existence. Il lui.manque le sens existentiel, écologique et organisationnel de l'idée d'ouverture, le sens ontologique de la fermeture (le soi). Il n'y a ni essence (ce qui est un avantage) ni existence (ce qui est une carence) dans la saisie cybernétique de l'être vivant, ce qui devient très grave dès qu'un cybernétisme prétend interpréter et traiter la vie, l'homme, la société. Ainsi la cybernétique donne un squelette d'organisation au vivant, mais lui retire la vie. Incapable d'introduire la vie dans une machine artificielle, une telle cybernétique est trop capable d'introduire son absence de vie dans nos vies individuelles et notre vie sociale, d'où des conséquences à la fois débilitantes sur le plan théorique et éventuellement terrifiantes sur le plan pratique.

En effet, et ici nous rejoignons l'autre carence paradigmatique, la subordination de la communication à la commande, non seulement empêche la cybernétique de concevoir la relation communication/commande dans sa complexité générique, mais la contraint à ne concevoir l'organisation biologique et l'organisation sociale que comme asservissement.

Et c'est sur le problème de la société que convergent en un grand aveuglement les carences de la cybernétique. Le modèle trop abstrait de la machine artificielle est le fruit d'une pratique trop concrète : l'engineering. Mais la cybernétique n'a pas le regard qui lui permette de considérer son enracinement engeenéro-social. Elle devient par là même le pseudopode théorique d'une organisation du travail asservissante et d'une pratique technocentrique, technomorphe et technocratique.

Déjà la cybernétique la plus riche devient d'une insuffisance criante dès qu'elle devient suffisante, c'est-à-dire prétend expliquer tout ce qui est organisation-machine. Or, la cybernétique qui prétend à l'universalité est, non pas transdisciplinaire, mais autocratiquement surdisciplinaire. Elle croit détenir le monopole du savoir de l'organisation et de l'organisation du savoir. C'est une cybernétique qui passe de la pratique bornée de l'ingénieur à l'impérialisme sans borne, (seul le borné a une arrogance sans bornes...). Dès lors, une fois de plus dans l'histoire de l'Occident, le Mutilant se croit Optimisant, l'Abstraction se dit Rationalisation, et la Manipulation se dit Information.

Pis encore, il est né de la cybernétique une vulgate cybernétoïde, où les termes de rétroaction et d'information, devenus maîtres mots, au lieu d'exprimer leur complexité profonde, banalisent les mystères de la nature et les problèmes de la culture. Cette vulgate associe en elle le réductionnisme engeenéral et l'impérialisme pan-cybernétique. Elle conçoit la vie selon les fonctionnalités informatiques de la machine artificielle. Aussi les assauts de cette vulgate sur l'être vivant et l'être social ont pu justement être perçus comme un des aspects du formidable expansionnisme tous azimuts de la pensée technocratique, comme une nouvelle forme industrialisée du réductionnisme qui ramène toujours le complexe au simple (ici la réduction de l'organisation vivante aux principes organisationnels de la machine artificielle), comme une réoffensive du machinisme cartésien, qui, cette fois, non

De la cybernétique à l'organisation communicationnelle

content de se borner à réinvestir l'animal, s'efforce d'annexer l'homme et la société.

Aussi, bien que la défense officielle de la complexité anthropo-sociale coïncide souvent avec l'inconsciente résistance du simplisme isolationniste d'un « humanisme » qui ne conçoit pas la complexité anthropo-socio-biophysique, c'est à juste titre qu'un Georges Friedmann (Friedmann, 1970), un Henri Lefebvre (Lefebvre, 1967), ont dénoncé cybernétisation et « cybernanthrope ».

Nous l'avons déjà vu ici même : le modèle de l'artefact cybernétique, projeté sur la société, est le modèle de l'asservissement intégral, parce qu'intégré. Ce modèle, émancipateur à l'égard de l'énergie, devient asservisseur à l'égard de l'information :

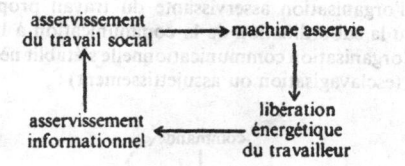

```
asservissement
du travail social    ← →  machine asservie
       ↑
       |
asservissement           libération
informationnel    ←      énergétique
                         du travailleur
```

En effet, une telle cybernétique, étendant la vision d'un ingénieur sur machines à toute la vaste sphère anthropo-sociale, tend et prétend naturellement tout réduire à son modèle de soi-disant rationalité : la machine automatisée, fonctionnalisée, purgée de tous désordres (soi-disant optimisée), finalisée pour la production industrielle. Elle ne peut considérer la société que comme une vaste machine à fonctionnaliser. Comme elle est aveugle à la commande de la commande et à la réalité des appareils, elle ne peut que servir les appareils sociaux dominants, qui se prétendent toujours les Fidèles Porteurs de l'Information/Vérité, Serviteurs du Bien public et de l'Intérêt général. Ainsi, par ces traits réunis, elle peut devenir bientôt l'instrument et la justification de l'asservissement absolu.

Il faut donc opérer un double arrachage, un double changement d'orbite, physique et sociologique, pour le développement d'une science de l'organisation communicationnelle. Il faut révolutionner la cybernétique, c'est-à-dire la dépasser en une sy-cybernétique, pour que celle-ci exprime enfin son message révolutionnaire : la découverte de l'organisation communicationnelle.

IV. Pour une science de l'organisation communicationnelle : la Sy-cybernétique ou Sybernétique

Le paradigme cybernétique, c'est l'union maîtresse des deux concepts de communication et de commande. Il s'agit d'un paradigme, c'est-à-dire de l'association pour tous raisonnements ultérieurs de ces deux concepts jusqu'alors étrangers et indifférents l'un à l'autre. Or cette union ne révéla pas, mais occulta la réalité propre de l'appareil, donc la problématique de la commande. Le paradigme wienérien fut surdéterminé à la fois par le paradigme de simplicité propre à la science classique et par la forme techno-industrielle de l'organisation asservissante du travail propre aux sociétés historiques. D'où la subordination de la communication à la commande, ce qui signifie que l'organisation communicationnelle s'établit nécessairement par l'asservissement (esclavagisation ou assujettissement) :

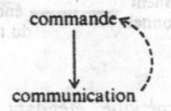

```
        commande
            ↓
      communication
```

L'idée d'une communication devenant organisatrice et devenant créatrice d'informations, c'est-à-dire d'une organisation où la communication commande, est selon ce schéma inconcevable.

En un mot, la commande a occulté la richesse de l'organisation communicationnelle, et l'information a occulté la problématique des appareils. Le pouvoir est caché et la communication est serve.

Le « dépassement » (à la fois critique, intégration, rejet) de la cybernétique nécessite des préalables :

1. la base de complexité physique (le principe et le plein emploi de l'idée du désordre, non seulement comme phénomène désorganisant, mais aussi comme phénomène organisationnel);

2. le développement de l'idée de « boucle rétroactive » en idée d'organisation récursive;

3. le renversement hubbléen du concept générique de machine qui devient polycentrique;

4. la complexification principielle de la relation commande/communication, c'est-à-dire du même coup l'intellection du complexe de relations :
commande/communication
asservissement/émancipation
appareil/organisation/environnement

Dès lors on peut considérer la relation commande/communication dans son caractère corrélativement récursif et complexe propre à l'organisation biologique :

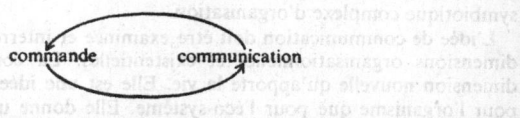

commande ⇄ communication

La diversité des expériences sociologiques peut nous suggérer alternativement, ou oscillatoirement, les schèmes :

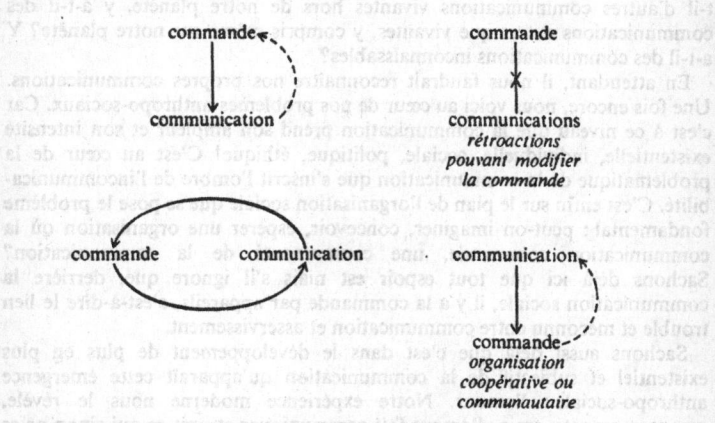

commande ←
↓
communication

commande
✗
communications
rétroactions pouvant modifier la commande

commande ⇄ communication

communication
↓
commande
organisation coopérative ou communautaire

Nous produirons en cours de route des éléments de réflexion pour nous demander s'il est délirant ou sage (ou au-delà de la sagesse et du délire) d'envisager, pour une société humaine, le modèle communicationniste ci-dessus. Mais de toute façon, il nous faudra intégrer dans toute organisation communicationnelle, le problème de l'appareil, qui se posera selon des modalités soit acentriques/polycentriques, soit centriques, soit à la fois centriques/acentriques/polycentriques :

appareil
↓
organisation

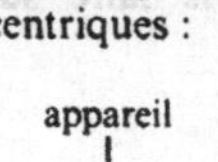

Nous comprenons que de toute façon le dépassement de la cybernétique nécessite, non seulement le développement dans et par la complexité des concepts nouveaux qu'elle a apportés, mais un renversement de la souveraineté de la commande au profit de la communication.

L'idée de cybernétique — art/science de la gouverne — peut s'intégrer et se transformer en sy-cybernétique, art/science de piloter ensemble, où la communication n'est plus un outil de la commande, mais une forme symbiotique complexe d'organisation.

L'idée de communication doit être examinée et interrogée dans toutes ses dimensions organisationnelles et existentielles. La communication est la dimension nouvelle qu'apporte la vie. Elle est une idée capitale, aussi bien pour l'organisme que pour l'éco-système. Elle donne un éclairage riche au problème de l'improbabilité biologique, puisque la communication est la réunion en un ensemble organisé de ce qui sinon devrait se disperser. Existe-t-il d'autres communications vivantes hors de notre planète, y a-t-il des communications autres que vivantes, y compris même sur notre planète? Y a-t-il des communications inconnaissables?

En attendant, il nous faudrait reconnaître nos propres communications. Une fois encore, nous voici au cœur de nos problèmes anthropo-sociaux. Car c'est à ce niveau que la communication prend son ampleur et son intensité existentielle, individuelle, sociale, politique, éthique! C'est au cœur de la problématique de la communication que s'inscrit l'ombre de l'incommunicabilité. C'est enfin sur le plan de l'organisation sociale que se pose le problème fondamental : peut-on imaginer, concevoir, espérer une organisation où la communication commande, une communauté de la communication? Sachons déjà ici que tout espoir est niais s'il ignore que, derrière la communication sociale, il y a la commande par appareils, c'est-à-dire le lien trouble et méconnu entre communication et asservissement.

Sachons aussi déjà que c'est dans le développement de plus en plus existentiel et subjectif de la communication qu'apparaît cette émergence anthropo-sociale: l'amour. Notre expérience moderne nous le révèle, amantes, amants, amis : l'amour fait communiquer et unit ce qui sinon ne se rencontrerait jamais ; la communication fait aimer ce qui sinon ne se connaîtrait jamais... Les ultimes développements de la communication forment le fleuve Amour...

Il nous faudra donc interroger intensément la communication et, partant, considérer ce terme, qu'elle implique nécessairement, que j'ai laissé dans l'ombre de ce chapitre pour le faire surgir dans la partie suivante : *l'information*.

4. L'émergence de la causalité complexe

I. De l'endo-causalité à la causalité générative

Tandis que le principe de déterminisme causal qui commandait la science classique ne cessait de s'assouplir en causalité probabilitaire de caractère statistique, l'idée même de causalité demeurait rigide, linéaire, stable, close, impérative : partout, toujours, dans les mêmes conditions, les mêmes causes produisent les mêmes effets ; il ne pouvait être question qu'un effet désobéisse à la cause ; il ne pouvait être question qu'un effet rétroagissant fasse effet sur la cause et, sans cesser d'être effet, devienne causal sur sa cause devenant son effet tout en demeurant cause.

Or la seule idée de rétroaction affecte, et beaucoup plus profondément qu'il ne le semble au prime abord, l'idée classique, simple, extérieure, antérieure, impériale, de causalité.

La rétroaction renvoie à l'idée de boucle, c'est-à-dire à l'autonomie organisationnelle de l'être-machine. L'autonomie organisationnelle détermine une autonomie causale, c'est-à-dire *crée une endo-causalité*, non réductible au jeu « normal » des causes/effets. Dans ces conditions, il nous faut considérer :

— l'existence d'une causalité qui se génère dans et par le procès producteur-de-soi, que l'on peut appeler causalité générative ;
— le caractère à la fois disjoint et associé, complémentaire et antagoniste, de l'exo-causalité et de l'endo-causalité dans un complexe de causalité mutuelle interrelationnée ;
— l'introduction dans la causalité d'une incertitude interne.

La disjonction entre la cause externe et l'effet

Tout système, en produisant son déterminisme interne, exerce dans son territoire et éventuellement dans ses environs des contraintes qui empêchent certaines causes extérieures d'exercer leurs effets normaux. Alors que les systèmes statiquement organisés résistent de façon passive aux aléas et déterminismes de l'environnement, l'organisation dynamique résiste de façon active : la boucle rétroactive, qui assure et maintient son déterminisme interne, éponge ou corrige les perturbations aléatoires qui menacent l'existence ou/et le fonctionnement du système ; elle réagit par « réponse » qui neutralise l'effet de la cause extérieure. Et, partout où joue la causalité rétroactive, des moteurs sauvages aux êtres vivants, les effets des causes externes sont neutralisés, stoppés, détournés, déformés, transformés. La causalité externe ne peut jouer de façon directe et mécanique, sauf quand son agression dépasse le seuil de tolérance de l'organisation qu'alors elle détruit.

L'annulation de la déviance (rétroaction négative) est le processus même d'annulation des effets issus des causalités extérieures. D'où l'idée, formulée par Bateson (Bateson, 1967), d'une causalité négative qui découle logiquement de l'idée de rétroaction négative, et se développe partout où il y a régulation. Ainsi, l'abaissement de la température extérieure devrait entraîner l'abaissement de la température interne dans la maison ou dans l'organisme vivant. Or cette température interne demeure constante, en dépit des fluctuations extérieures. La cause n'entraîne pas son effet, et l'important devient, du point de vue de la causalité extérieure, *ce qui n'a pas eu lieu*. La rétroaction n'a pas annulé la cause, elle a annulé son effet normal.

L'idée de causalité négative n'a pas seulement le sens d'annulation (de l'effet normal), elle a aussi le sens de causalité inversée ou antagoniste. En effet, le maintien de la température dans la pièce ou dans l'organisme correspond, non à un isolement insensible à la variation extérieure, mais à une activité productrice de chaleur : le refroidissement du milieu déclenche un accroissement de combustion dans la chaudière, stimule chez l'animal homéotherme les centres thermogéniques du thalamus, qui déclenchent la production de chaleur. C'est dire que le refroidissement externe provoque en fait du réchauffement interne. Nous avons donc une causalité qui provoque un effet contraire à celui qu'elle aurait dû provoquer.

Ainsi, la rétroaction négative est capable d'annuler, détourner, transformer, contrarier, voire inverser les effets d'une causalité extérieure.

La causalité circulaire : cause ⟶ effet :

une causalité auto-générée/générative

C'est évidemment parce qu'il se crée un cycle causal bouclé qu'il y a disjonction relative entre la cause externe et l'effet apparu. Il n'y a pas annulation de la cause extérieure, mais production, en relation complexe (complémentaire, antagoniste, concurrente) avec la causalité extérieure, d'une causalité intérieure ou endo-causalité. Aussi Bateson aurait pu insister en même temps sur l'idée de causalité négative (du point de vue extérieur) sur l'idée de causalité positive, c'est-à-dire du caractère actif et producteur de l'endo-causalité.

L'endo et exo-causalité sont différentes de nature. L'endo-causalité est locale et l'exo-causalité générale. L'exo-causalité provient d'un jeu divers de forces, non nécessairement ni principalement organisées ; l'endo-causalité est liée à une organisation active singulière. L'exo-causalité est statistiquement probable. L'endo-causalité est marginale, improbable par rapport aux déterminismes et aléas physiques extérieurs, et elle résiste probablement à cette probabilité par sa récursivité propre. *La causalité circulaire, c'est-à-dire rétroactive et récursive, constitue la transformation permanente d'états généralement improbables en états localement et temporairement probables.*

La causalité extérieure (qui, répétons-le, se confond avec la causalité classique) ne peut rendre compte que des états d'équilibre ou de déséquilibre. Ce n'est qu'avec la causalité circulaire que se constituent des états stationnaires, des homéostasies, qui refoulent la causalité externe hors de la zone bouclée.

Enfin, la boucle rétroactive peut produire des réactions, contre-actions, qui, en annulant l'exo-causalité, protègent et entretiennent l'endo-causalité. L'endo-causalité est ainsi capable de produire des effets originaux.

On voit ici que la carence fondamentale du behaviorisme était d'ignorer, en concevant la réaction comme prolongement mécanique du stimulus, la source causale originale du comportement.

L'endo-causalité implique production-de-soi. Dans le même mouvement que le soi naît de la boucle, naît une causalité interne qui se génère d'elle-même, c'est-à-dire une causalité-de-soi productrice d'effets originaux. Le soi est donc la figure centrale de cette causalité interne qui se génère et se régénère d'elle-même.

Or, cette idée centrale de causalité-de-soi, génératrice d'effets propres, a été doublement étouffée, prise en sandwich entre la causalité extérieure classique et l'idée ressuscitée, grâce à Wiener, de finalité. Comme nous allons le voir, elle est non seulement plus ample et plus profonde que l'idée de finalité, mais elle en est le fondement.

II. Finalité et générativité

Le retour de la finalité (de la téléologie de l'horloger à la téléonomie de l'horloge)

La science occidentale s'était fondée et développée en extirpant tout principe de finalité de son sein.

La finalité fut assez aisément chassée de la physique. Elle fut difficilement et incomplètement évacuée de la biologie. On le comprend : les idées de buts et de fins s'imposaient de toute évidence dans l'ontogénèse, la physiologie, le comportement. L'expérience de Driesch, en 1908, en démontrant que chaque moitié d'un embryon d'oursin coupé en deux finissait par reconstituer un organisme adulte complet, mettait en évidence la domination d'une fin (la constitution de l'organisme adulte) sur les causalités externes. Mais comment comprendre cette finalité de façon non providentialiste? L'idée de finalité, même rincée et désinfectée, dégageait encore une odeur mystico-religieuse. Donc le problème fut refoulé, comme tout problème gênant non résolu. On se persuada qu'action/réaction, stimulus/réponse, qui donnaient la primauté à la causalité physique extérieure, suffisaient à l'étude « objective » de l'organisme.

Alors que la finalité semblait définitivement renvoyée aux oubliettes, y compris dans la biologie, elle revint en grande pompe théorique (Rosenblueth et Wiener, 1950) dans une science intégralement physique, celle des machines cybernétiques.

Il ne s'agissait nullement pour ces fondateurs de faire remarquer que chaque pièce de la machine artificielle et la machine elle-même étaient conçues, construites et utilisées dans des buts précis, définissables et recensables. Ces finalités sont de caractère anthropo-social, et ne concernent pas directement la *physis*. La découverte de Wiener/Rosenblueth était que la *théorie de la machine avait besoin du concept de finalité pour rendre compte de processus physiques qui ne pouvaient être décrits selon la causalité physique classique.* Il était nécessaire de faire appel aux idées finalistes de normes et buts pour rendre compte des états régulés d'une machine, inexplicables selon la causalité ordinaire. Tout ce qui se conçoit dans la machine à partir des notions de programme, communication, contrôle, est inconcevable selon les déterminismes classiques, lesquels ignorent les notions de rétroaction et d'information ; par contre la liaison organique qu'établit Wiener entre information et rétroaction entraîne le recours aux idées de norme, but, finalité.

C'est par le truchement de la cybernétique que la finalité s'est réintroduite au cœur de la théorie fondamentale de la vie. En effet, la cybernétique offrit à la biologie moléculaire, qui avait besoin d'une armature organisationnelle, ses concepts de code, programme, communication, traduction, contrôle, direction, inhibition et, bien entendu, rétroaction. La cellule apparut dès lors comme une fabuleuse usine automatique où chaque opération, chaque fonction avait son but précis, recensable, l'ensemble de ces buts se conjuguant dans la grande finalité : produire, organiser pour vivre. Cette machine vivante apparut donc naturellement comme une *goal seeking machine*, dotée de *purpose behavior*.

La finalité était donc réhabilitée. Mais ce n'était pas celle qui avait été privée de tous droits scientifiques. La finalité « vitaliste » faisait horreur : elle venait du ciel ; la finalité cybernétique fut accueillie à bras ouverts ; elle venait de la technique, sous le label des programmes informatiques, avec totale garantie machiniste. Ce n'était plus l'idée téléologique, issue des desseins généraux de la Providence ; c'était une idée téléonomique, localisée aux machines, dont la machine vivante. Elle n'émanait pas d'un esprit supérieur guidant le monde. Elle surgissait des machineries cellulaires.

La causalité finalitaire

Dès lors la finalité devient non seulement explicable, elle devient explicative, c'est-à-dire causale. La finalité est une causalité intérieure qui se dégage de façon de plus en plus précise, active, déterminante là où il y a information/programme pour commander les performances et les productions. La notion de performance prend figure précisément en fonction de l'idée de but : elle consiste à atteindre un but très déterminé en dépit des perturbations et aléas qui surgissent en cours d'action.

Ainsi les productions, les performances, les régulations dans la machine artificielle ainsi que dans l'organisme vivant sont évidemment finalisés.

La causalité finalitaire est un aspect de l'endo-causalité. Son caractère particulier à l'égard du déterminisme classique est de ne prendre forme qu'une fois le but (l'effet) accompli. Elle peut donc demeurer virtuelle, et invisible tant que l'être ou l'organisme est en repos ou latence, comme le grain de blé enfoui dans la grande pyramide qui, en sommeil pendant quelques millénaires, germe dès qu'on le remet dans des conditions favorables.

La causalité finalitaire, à la différence du déterminisme classique qui n'est que contrainte, exprime activement et praxiquement la vertu de l'endo-causalité : produire de l'autonomie et, au-delà, des possibilités de liberté. Elle est justement ce qui permet de comprendre le développement de stratégies et de décisions, qui n'ont de sens que par rapport à une/des finalités. Dès lors, l'être vivant fait subir à son environnement les effets de ses propres finalités ; l'asservissement peut être conçu dans ce sens comme un débordement de générativité et de finalité dans les territoires de l'exo-causalité. En somme, la causalité finalitaire, qui est en opposition à la causalité extérieure, peut éventuellement asservir cette causalité. Ainsi en est-il de l'homme qui asservit les « Lois de la Nature » elles-mêmes, en imposant sur les déterminismes physiques extérieurs la surdétermination de ses propres finalités.

Le retour de la finalité dans le char de la cybernétique a été triomphal. Inscrite dans la constellation pragmatique des notions de programme/information/rétroaction, circonscrite et fiabilisée en *téléonomie*, elle remplissait les trous béants laissés par la causalité classique. Dès lors, la finalité cybernétique devint la nouvelle tarte à la crème des explications faciles où l'on croit dissiper enfin les énigmes de la vie ; trop faciles parce qu'elles refoulent dans l'ombre le problème originel que la nouvelle idée de finalité devrait au contraire mettre en lumière : à la différence de la machine artificielle, conçue par un être supérieur qui constitue sa providence et lui donne préalablement son programme et ses buts, la machine vivante est issue d'un état inférieur de l'organisation physique, sans *deus pro machina*, ni « information », ni programme : d'où vient le « programme » ? d'où vient l'« information » ? *d'où vient la finalité ?*

La finalité des machines artificielles éclaire sans doute bien des aspects fonctionnels de la super-machine vivante, mais elle en occulte le problème fondamental : celui d'une finalité sans origine finaliste et sans destination intelligible. Nous allons le voir : l'idée de finalité est incontestablement nécessaire ; mais elle est par trop insuffisante.

L'incertitude du bas : la finalité comme émergence

Les machines artificielles sont finalisées avant d'exister. Mais les arkhemachines et les moteurs sauvages existent sans finalité originelle et sans finalité fonctionnelle. Ce sont des interactions non finalisées qui se sont bouclées en rétroactions dans les genèses : l'étoile fonctionne sans dessein préconçu, sans régulation informatique, sans programme, dans et par l'antagonisme devenu complémentaire de processus centrifuges et centripètes. Il n'y a pas de buts dans la machine stellaire. Il n'y a qu'une boucle générative/régénérative dans et par la rétroaction du Tout sur le tout. Toutefois, tout se passe comme si ce bouclage récursif avait pour fin de s'entretenir lui-même. Disons même : une finalité immanente émerge en toute boucle, en tout recommencement, en toute régulation ; chaque moment/élément du processus semble être à la fois la fin du précédent et le moyen du suivant, et tous ces moments semblent mus par la finalité immanente qui serait comme le recommencement perpétuel de la boucle.

Nous sommes donc dans la préhistoire de la finalité. Toute générativité génère une potentialité ou un embryon de finalité : tout Soi devient presque déjà un *pour-Soi*. Mais il n'y a pas encore de finalité. Celle-ci n'émerge véritablement qu'au niveau d'une organisation communicationnelle comportant appareils de computation/contrôle/commande. Ainsi, la machine vivante est véritablement constituée de processus et d'éléments finalisés. Les molécules dans les cellules, les cellules dans les organes, les organes dans l'organisme sont quasi spécialisés en fonction de tâches quasi programmées qui visent à accomplir des buts, et tous ces buts se rejoignent dans le but global : vivre. On peut même dire que cet être vivant qui s'auto-finalise est le produit finalisé de l'acte reproducteur dont il est issu. On peut remonter ainsi de procréation en duplication jusqu'à l'origine de la vie. Mais là, nous retrouvons non seulement la même absence de finalité préalable que pour les machines physiques naturelles, mais surtout ce problème spécifique : comment la finalité naît-elle de la non-finalité ? Comment un processus aléatoire de rencontres et d'interactions entre macro-molécules aboutit-il à une organisation « cybernétique » finalitaire ? Comment des molécules d'ARN ou d'ADN, préalablement non « codées », auraient-elles pu posséder l'information capable de reproduire et contrôler des protéines *avec lesquelles elles n'étaient pas encore associées* ? L'idée d'information, ergo celle de programme, ergo celle de finalité, ne peuvent être antérieures à la constitution d'un premier bouclage proto-cellulaire. Il faut donc écarter toute idée de processus finalitaire avant l'apparition de la vie.

L'émergence de la causalité complexe

L'être vivant, comme le soleil, comme toute machine sauvage, est né à partir d'interactions qui, aléatoires et déterministes, sont les unes et les autres dépourvues de finalité. Il nous faut donc nécessairement imaginer, entre le premier bouclage nucléo/protéiné et la première cellule porteuse d'un « message » informationnel, toute une évolution à travers laquelle les développements organisationnels génèrent des finalités. Dans une telle évolution, les traits organisationnels qui entretiennent la survie de la machine proto-vivante deviennent de plus en plus combinés, adaptés les uns aux autres en fonction de cette survie, et, devenant ainsi fonctionnels, ils deviennent quasi finalisés. C'est donc le développement de la praxis productive-de-soi qui va produire finalement la finalité. La double et coïncidante production (des molécules et de son propre être) va de plus en plus rétroagir pour finaliser le système productif et finaliser les opérations, agencements, éléments, mécanismes, actions qui concourent à cette production. Ce processus est inséparable de la constitution d'un proto-appareil qui apparemment « programme » les opérations en fonction des buts métaboliques et reproducteurs.

Ainsi toute organisation productrice-de-soi porte en germe une production de finalité, qui ne peut émerger qu'avec les développements organisationnels comportant la constitution d'un proto-appareil contrôlant et liant les boucles génératives et les activités phénoménales. La finalité est un produit de la production auto-productive.

Ainsi la finalité biologique, et bien sûr anthropo-sociale, est immergée dans un processus récursif de génération-de-soi dont elle fait partie. Elle est le visage émergé et informationnel de cette génération-de-soi. La finalité est dès lors une émergence née de la complexité de l'organisation vivante dans ses caractères communicationnels/informationnels. Ce n'est pas un caractère préalable à cette organisation. Elle est bien « téléonomique » et non « téléologique ». Alors que la téléologie part d'une intention bien dessinée, la téléonomie baigne dans une zone obscure de finalité immanente, et la boucle récursive est elle-même immergée dans une zone d'interactions physico-chimiques sans finalités, où joue la dialectique désordre/ordre/organisation.

L'incertitude du haut : les fins incertaines du vivre

Les machines artificielles et les machines vivantes ont en commun des finalités pratiques et utilitaires aisément définissables. Toutefois, la non-finalité des origines de la vie se répercute et se reflète dans les fins globales des machines vivantes, et même des machines artificielles.

Ainsi une aile a pour but le vol, ce qui est clair; le vol a pour but le déplacement, ce qui est non moins clair; le déplacement sert à des buts très nombreux et variés (chercher de la nourriture, fuir, migrer, jouer, etc.) et tous ces buts ont un but commun : vivre. Mais si les buts pratiques du vivant sont recensables, le but des buts est incertain. Quelle est la finalité du vivre? On peut encore dégager deux grandes finalités étroitement imbriquées, celle des activités métaboliques, qui se concentrent sur le vivre individuel, celle des activités reproductrices, qui se fixent sur le re-vivre de l'espèce : mais on ne peut ni déterminer laquelle commande l'autre, ni déchiffrer le sens de l'une ou de l'autre...

La machine artificielle n'évite ce problème que jusqu'à un certain point. Paul Valéry disait « artificiel veut dire qui tend vers un but défini et s'oppose par là au vivant ». Effectivement, la machine artificielle est finalisée avant que de naître, tout son être est conçu, dessiné, fabriqué en fonction de finalités anthropo-sociales très définies. Ainsi une usine a pour but de fabriquer des voitures, qui ont pour but le déplacement, lequel sert à des activités qui sont constitutives de la vie de l'individu dans la société et de la vie de la société dans l'individu. Dès lors, les buts ultimes de la voiture — de toute machine artificielle — ne sont pas plus clairs que ceux de la société et de l'individu. Quelle est la finalité de la vie d'un être humain? d'un être social? Ici nous retrouvons la double et trouble finalité du vivre de l'individu, de l'espèce et de la société.

L'évolution vers toujours plus de complexité, jusqu'aux organisations anthropo-sociales, a multiplié les finalités pratiques, mais a rendu de plus en plus incertaines, équivoques, voire concurrentes, antagonistes, les deux grandes finalités, d'une part le vivre, se polarisant sur le jouir de l'individu, d'autre part le travail reproductif de la société et de l'espèce. Certes ces deux finalités sont admirablement complémentaires, mais peut-on subordonner clairement l'une à l'autre? C'est par rationalisation *a posteriori* qu'on donne la primauté à la reproduction, à la survie de l'espèce, et qu'on interprète dans ce sens toutes activités individuelles. Mais on peut aussi renverser la proposition : Lupasco a suggéré de façon très pertinente qu'on ne fait pas que manger pour vivre, on vit aussi pour manger, c'est-à-dire jouir. Plus il y a individualisation, moins il y a coïncidence et harmonie entre le vivre et le survivre, et, chez l'être humain, la recherche de la jouissance va même jusqu'à inhiber les effets procréateurs de la copulation.

A vrai dire, nous pressentons que ces deux finalités biologiques se renvoient l'une à l'autre sans pourtant s'épuiser « fonctionnellement » l'une dans l'autre :

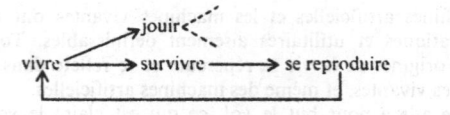

```
                    jouir ←---
                   ↗          ⸜
          vivre ──→ survivre ──→ se reproduire
```

Elles sont entraînées dans la grande boucle rotative et rétroactive de la vie où elles deviennent alternativement ou simultanément fin et moyen l'une de l'autre (vivre pour manger, manger pour vivre, vivre pour survivre, survivre pour vivre, vivre pour se reproduire, se reproduire pour vivre). Mais en même temps, ces deux finalités obéissent chacune à une logique propre : ces deux logiques, inséparables et complémentaires, ont en même temps une potentialité antagoniste présente dans tout phénomène de vie. Et chacune est insuffisante pour définir une finalité pour la vie.

Ici surgit le paradoxe : l'être vivant, la plus fonctionnelle, la plus richement spécialisée, la plus finement multiprogrammée des machines, est par là même la machine la plus finalisée en buts précis dans ses productions, performances, comportements. Mais, en tant qu'être et existant, il est non finalisable dans ses origines premières ni dans ses buts globaux ; la double finalité du vivre individuel et du cycle de reproduction est marquée par une béance et une incertitude... *Ce qui exprime finalement le mieux la finalité du vivant est la tautologie vivre pour vivre ; elle signifie que la finalité de la vie est immanente à elle-même, sans pouvoir se définir en dehors de la sphère de la vie. Elle signifie que le Vouloir-Vivre est une finalité formidable, têtue, frénétique, mais sans fondement et sans horizon, elle signifie en même temps que la finalité est insuffisante à définir la vie.*

*Les incertitudes dans le circuit :
la relativité des moyens et des fins*

Dans la grande boucle rétroactive, tout processus apparaît à la fois comme fin d'un processus antécédent et moyen d'un processus subséquent, et les deux grandes finalités, vivre pour survivre, survivre pour vivre, peuvent être considérées à la fois comme moyen et fin l'une de l'autre.

D'où ce paradoxe qu'avait fort bien remarqué Kant dans la *Critique du jugement :* « Un produit organisé de la nature est celui dans lequel tout est à la fois fin et moyen. »

Certes, dans la rotation (biologique ou sociologique) des moyens/fins, il y a des hiérarchies, des subordinations, où les finalités parcellaires ou locales, au niveau des petites unités ou des organes, sont soumises aux fins du tout. Autrement dit, le tout *asservit* en moyens les fins particulières prescrites aux parties. Mais, nous le verrons dans le second tome de ce travail, il n'y a pas intégration parfaite, à la différence de la machine artificielle, des fins locales aux fins générales, des fins parcellaires aux fins globales. Il y a du « jeu », et cela depuis le niveau cellulaire et organismique jusqu'au niveau anthroposocial, où les phénomènes de jeu deviennent alors actifs et acteurs dans les processus d'évolution. Aussi :

— Des fins complémentaires peuvent devenir concurrentes et antagonistes comme il arrive entre les fins de l'existence individuelle et celles de la reproduction ; au sein même de l'accouplement sexuel, la reproduction et la jouissance, qui peuvent être conçues comme moyen l'une de l'autre (selon qu'on se place du point de vue de l'individu ou de la lignée), peuvent aussi apparaître comme deux finalités complémentaires, qui, à un moment, deviennent antagonistes (conflit entre la recherche de la jouissance et les conséquences de cette jouissance) et leur conflit aboutit éventuellement à l'exclusion d'une finalité par l'autre (contraception).

— Des fins se renversent en moyens : ainsi, la constitution d'êtres multicellulaires, à partir d'une association devenue organique d'unicellulaires, instrumentalise les finalités des cellules, auparavant autonomes, en moyens au service des finalités émergeant du nouvel organisme multicellulaire.

— Des moyens se transforment en fins; ainsi chez *homo sapiens*, les plaisirs gastronomiques et les jouissances érotiques deviennent fins au détriment des finalités alimentaires et reproductrices; la connaissance, moyen pour survivre dans un environnement, devient, chez le pensant devenu penseur, une finalité à laquelle il subordonne son existence.

— Des finalités se déplacent : la cellule nerveuse est une cellule sensorielle qui a migré en profondeur et dont la finalité s'est totalement modifiée; le parlement, né en Angleterre comme institution aristocratique pour contrôler la monarchie, se transforme en institution bourgeoise qui annule le pouvoir de l'aristocratie.

— Des finalités dégénèrent, comme conséquence des transformations, déplacements, permutations de finalités que j'ai évoquées plus haut.

— Et, bien entendu, sans cesse des finalités se créent — à chaque nouveau bouclage, ou à chaque intégration d'élément ou processus nouveau dans la boucle [1] —, et sans cesse des finalités meurent (à chaque transformation ou désintégration de boucle).

Ainsi, même au niveau où elle semble la plus claire, précise et évidente, il y a équivoque, incertitude, possibilité de métamorphose de la finalité.

---

[1]. Des éco-systèmes vivants nous fournissent d'innombrables exemples de productions de quasi-finalités à partir de bouclages liant des processus indépendants : ainsi des finalités mutuelles prennent forme à travers les symbioses et parasitismes qui lient de plus en plus étroitement des espèces devenant interdépendantes. Par exemple les abeilles, attirées par les sucs odorants sécrétés au creux des corolles et par l'accessibilité des anthères, se nourrissent de nectar et de pollen. L'abeille n'a pas pour finalité de disséminer le pollen, ni le pollen de nourrir l'abeille. Du reste d'innombrables insectes fécondent les fleurs sans rechercher le pollen, par le simple fait de circuler dans les corolles. Mais, au cours de l'évolution, le dispositif de reproduction de certaines espèces florales à fécondation entémophile se montre de plus en plus attirant pour les abeilles et de plus en plus adéquat à leur butinage. Avec bien des désordres et des gaspillages, car la dissémination du pollen est un sous-produit de l'activité butineuse de l'abeille et le pollen engrangé est une perte pour la dissémination, une finalité mutuelle émerge : les abeilles font partie du processus de reproduction d'espèces florales qui font partie du processus nutritionnel des abeilles. L'abeille est faite pour l'abeille, la fleur pour la fleur, la fleur et l'abeille sont désormais faites l'une pour l'autre. Chacune est le moyen de la finalité de l'autre tout en opérant pour sa propre fin.

Ainsi le bouclage qui couple deux processus vivants distincts produit aussitôt sa finalité immanente, qui est la continuation, la reproduction, la multiplication de chaque élément constitutif de la boucle et de la boucle elle-même. Chaque moment ou séquence — le vol de l'abeille, le butinage, la transformation en miel, etc. — devient à la fois fin et moyen du processus global. Mais cette finalité est incertaine, fragile et en elle se conjuguent les incertitudes de la circularité, les incertitudes du « bas » et les incertitudes du « haut ».

La finalité incertaine

La réhabilitation wienérienne de la finalité a pu être considérée comme une révolution épistémologique par rapport au behaviorisme (Piaget). Bien plus, elle nous fait comprendre que les sciences humaines et sociales s'agrippaient à l'idée de finalité (Comte, Marx, Tönnies, etc.), non parce qu'elles étaient « arriérées » par rapport aux sciences naturelles, mais parce que l'éradication de toute finalité rendait inintelligible leur objet. Les idées de « projet » doivent être considérées, non comme des résidus idéalistes, mais comme des efforts pour reconnaître une dimension inexpugnable de l'existence individuelle (Sartre) et sociale (Touraine). Le progrès des sciences de la vie et de l'homme ne peut ni ne doit s'effectuer dans la réduction de l'être au comportement (*behavior*), puis dans la réduction de celui-ci à une causalité extérieure.

Ainsi l'idée de finalité s'impose. Mais il faut non seulement tempérer l'enthousiasme piagétien : il faut relativiser et relationner l'idée de finalité.

Même pour les machines artificielles, qui sont finalisées non seulement au niveau de leur organisation physique, mais aussi au niveau des finalités pratiques de la société qui les produit et les utilise, l'idée de finalité devient trouble et incertaine, dès qu'on considère en profondeur leur enracinement anthropo-sociologique. L'idée de finalité n'est évidente, claire, sans faille, pour les êtres vivants, humains, sociaux, comme pour les machines artificielles, que dans la zone médiane des spécialisations fonctionnelles, des programmations, des actions et des performances utilitaires.

L'erreur est, non seulement de réduire l'univers de la vie, de l'homme, de la société, à celui des machines artificielles, elle est aussi de réduire l'univers des machines artificielles aux machines artificielles. L'erreur est dans la rationalisation cybernétique qui ne veut ou ne peut voir dans l'être vivant et dans l'être social qu'une machine huilée et fonctionnelle qui demande à toujours être plus huilée et fonctionnalisée. Cette rationalisation finalitaire devient symétrique à l'ancienne causalité élémentaire, car, comme elle, chasse l'incertitude et la complexité. L'erreur est celle-là même de la pensée technocratique qui a fait de la machine artificielle arbitrairement isolée l'*eidolon* de toute vie, la nouvelle idole, la reine du monde robotisé! La finalité est certes une émergence cybernétique de la vie, mais elle émerge *dans la complexité*. Que ce soit au niveau de l'organisme, de l'individu, de la reproduction, de l'espèce, de l'éco-système, de la société, l'idée de finalité doit être à la fois intégrée et relativisée, c'est-à-dire complexifiée. C'est une notion ni claire ni distincte, mais clignotante. La complexité la démultiplie, mais aussi l'obscurcit. Les buts pratiques, les opérations fonctionnelles, sont clairs et évidents, mais ils s'engrènent dans des finalités de moins en moins claires, de moins en moins évidentes...

Partout où il y a finalité, dans la machine artificielle comme dans l'être vivant, la finalité se dissout aux racines, s'embrume aux sommets. Elle renvoie toujours à de l'infra-finalité, c'est-à-dire aux processus génésiques d'où naissent les productions-de-soi et les êtres-machines. Elle renvoie à de l'extra-finalité, l'existence, cette qualité non rationalisable, qui s'épanouit dans la vie, que la finalité ne peut ni enserrer ni articuler. Elle renvoie à la méta-finalité, où les fins maîtresses sont concurrentes, antagonistes, incertaines, indiscernables, voire inexistantes...

La finalité est une idée ouverte sur son contraire, liée à son contraire. Elle naît de la non-finalité. Elle se dissout par excès de complexité. Elle manque de tout support transcendant. Incertaine à la base, incertaine au sommet, elle est instable, transformable. *La finalité est vraiment une émergence* : elle naît, meurt, se métamorphose. Elle naît avec la boucle qui, en même temps, constitue la finitude de tout être machinal, et, enfermée dans cette finitude, elle est ouverte sur ce qui n'a pas de fin.

III. L'endo-éco-causalité

Piaget pensait que l'introduction de la finalité dans la science constituait une révolution paradigmatique, et résolvait l'ancienne querelle entre déterminisme et finalité. En fait, nous l'avons vu, l'introduction de la finalité doit être subordonnée à celle de générativité (demeurée inaperçue), relativisée et complexifiée.

Il n'y a pas de progrès à substituer une nouvelle simplicité finaliste à l'ancienne simplicité anti-finaliste, et cela d'autant moins que l'anti-finalisme de la science avait précisément pour vertu de refouler et d'exclure le simplisme finalitaire. L'expulsion de la finalité hors de la méthode tifique n'était pas que mutilante : elle stoppait fort utilement pour un temps cette hémorragie de finalité que l'esprit humain sécrète naïvement sur toutes choses, pour leur donner *un sens*.

Le progrès est d'intégrer la finalité dans la causalité intérieure, qui procède de la génération-de-soi, et de concevoir cette causalité générative intérieure — l'endo-causalité —, dans sa relation complexe avec l'exo-causalité. Dès lors, il n'y a pas « résolution d'un conflit » entre finalité et déterminisme classique, il y a le nécessaire maintien d'un conflit au sein d'une relation complexe, c'est-à-dire complémentaire, concurrente et antagoniste, entre endo et exo-causalité. Nous l'avons vu dans l'exemple de la chaudière à thermostat ou de l'homéothermie ; la causalité interne (réchauffement) est complémentaire à la causalité externe (refroidissement) et en même temps antagoniste. Complémentarité et antagonisme apparaissent même comme les deux faces du même phénomène.

L'endo-exo-causalité est, en fait, une « causalité mutuelle interrelationnée » (Maruyama, 1974). Cette causalité mutuelle constitue, par rapport à

L'émergence de la causalité complexe

l'une et l'autre causalité, comme une méta-causalité faite de leur association absolument complémentaire (le principe d'ouverture fait qu'on ne saurait concevoir nulle organisation active sans la co-présence active et intime de la causalité externe).

Au niveau de l'organisation vivante, la relation endo-exo-causale devient une relation auto-éco-causale. C'est dire que l'organisation-de-soi, devenue auto-organisation, est dotée d'une plus grande autonomie, mais aussi d'une dépendance nouvelle à l'égard de l'environnement, devenu éco-système, obéissant lui-même à des formes *sui generis* de causalité générative. Ce qui signifie que les relations entre l'endo et l'exo y atteignent un très haut degré de complexité symbiotique et d'interpénétration, puisque l'éco-système est constitué par ces êtres vivants, qui eux-mêmes se constituent dans et par leurs interactions écologiques. Enfin, indiquons déjà ici que la causalité interne déborde sur l'environnement dans ses produits, ses sous-produits, ses comportements, ses asservissements, mais l'éco-système à son tour rétroagit sur l'asservisseur/pollueur en lui faisant subir de nouvelles dépendances et le contrecoup de ses dévastations.

Aussi la révolution paradigmatique n'est pas dans la repromotion de la finalité, elle est dans le méta-concept d'endo-exo-causalité, qui correspond à l'endo-exo-organisation, laquelle avec la vie devient auto-éco-organisation.

La causalité complexe comporte donc :

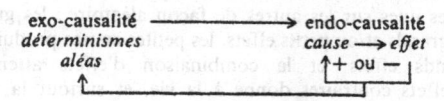

exo-causalité ⟶ endo-causalité
déterminismes   *cause* ⟶ *effet*
aléas   ↑ + ou —

Elle prend son essor et déploie une dialectique combinatoire infinie :

a) *De mêmes causes peuvent conduire à des effets différents et/ou divergents.* En effet, il y a différence et divergence quand la même cause déclenche, ici une régulation ou une réaction qui annule l'effet prévisible, là une rétroaction positive qui l'amplifie. De plus, la rétroaction positive peut elle-même entraîner, soit la ruine du système où elle se développe, soit sa transformation, soit encore de nouvelles morphogénèses par schismogénèses.

b) *Des causes différentes peuvent produire de mêmes effets.* Les causes extérieures diverses qui pourraient entraîner plusieurs systèmes semblables à évoluer de façon divergente se trouvent quasi annulées par le contre-effet des rétroactions négatives sous contrôle informationnel, et les systèmes, bien que déportés ou déviés dans leur processus, obéissent à l'équifinalité [1] qui aboutit aux mêmes effets.

c) *De petites causes peuvent entraîner de très grands effets.* Il suffit d'une coïncidence entre une petite perturbation et une défaillance momentanée,

1. L'équifinalité signifie qu'un système peut, selon les aléas, difficultés, résistances qu'il rencontre, utiliser différentes stratégies pour atteindre un même but, et que plusieurs systèmes semblables peuvent atteindre les mêmes fins par des moyens différents.

mais critique, dans un dispositif de correction pour que se développe, à partir d'une déviance locale, un processus de destructuration ou de transformation en chaîne entraînant d'énormes conséquences.

d) *De grandes causes peuvent entraîner de tout petits effets.* A l'inverse l'effet d'une énorme perturbation peut être quasi annulé au terme d'un travail régulateur et réorganisateur de tout le système.

e) *Des causes sont suivies d'effets contraires.* Ainsi, la cause déclenche une contre-action inverse, comme le refroidissement provoque le réchauffement de l'organisme homéotherme. Dans certains cas, l'effet contraire issu de la contre-action devient le seul et véritable effet de la cause originaire; ainsi le résultat principal d'une maladie surmontée est d'aguerrir et d'immuniser. L'effet final d'une révolution peut être la contre-révolution qu'elle déclenche, comme l'effet final d'un processus réactionnaire peut être la révolution qu'elle déclenche par contrecoup.

f) *Les effets des causes antagonistes sont incertains* (on ne sait si les rétroactions qui l'emporteront seront négatives ou positives).

Ainsi naît et se dégage l'éventail d'une causalité complexe qui ne trouvera que dans la vie (entendue dans son sens plein qui englobe les interactions éco-systémiques et l'évolution biologique), et surtout dans l'histoire des individus et sociétés humaines, son plein épanouissement.

Et sans cesse surgissent des paradoxes de causalité inintelligibles dans l'ancien simplisme du déterminisme mécanique : les causalités interagissent et interfèrent les unes sur les autres de façon aléatoire : les grandes causes produisent de grands et/ou petits effets, les petites causes produisent de petits et/ou de grands effets, et la combinaison d'effets attendus, d'effets inattendus, d'effets contraires donne à la vie, et surtout la vie historico-sociale, sa physionomie propre.

La causalité complexe n'est pas linéaire : elle est circulaire et interrelationnelle; la cause et l'effet ont perdu leur substantialité; la cause a perdu sa toute-puissance, l'effet sa toute-dépendance. Ils sont relativisés l'un par et dans l'autre, ils se transforment l'un dans l'autre. La causalité complexe n'est plus seulement déterministe ou probabilitaire; elle crée de l'improbable; dans ce sens, elle ne concerne plus seulement des corps isolés ou des populations, mais des êtres individuels interagissant avec leur environnement.

La causalité complexe embrasse un complexe de causalités diverses d'origine et de caractère (déterminismes, aléas, générativité, finalité, circularité rétroactive, etc.) et comporte toujours une dualité fondamentale endo-exo-causale. Pour comprendre quoi que ce soit dans la vie, la société, l'individu, il faut faire appel au jeu complexe des causalités internes et externes : les événements internes ne sont pas téléguidés par la logique de l'extérieur, et ne sont pas pilotés par une logique en vase clos. Sauf cas extrêmes, on ne saurait isoler avec certitude ce qui, dans un phénomène nouveau, constitue le « facteur décisif », « l'élément déterminant ». Quand soudain déferle un désordre, une fureur, on peut se demander : est-ce la poussée qui était trop forte? ou la résistance trop faible?

La dialogique, les dialectiques endo-exo-causales ont un caractère aléatoire. C'est dire que la causalité complexe comporte un principe d'incertitude : ni le passé, ni le futur ne peuvent être inférés directement du présent (Maruyama, 1974). Il ne peut plus y avoir d'explication du passé assurée ni de futurologie arrogante : on peut, on doit construire des scénarios possibles et improbables pour le passé et le futur.

Il faut comprendre que la même causalité peut avoir un effet infime, ou au contraire, de par les rétroactions amplifiantes, destructurantes, morphogénétiques qu'elle aura déclenchées, rouler en avalanche dans les siècles des siècles !

5. Première boucle épistémologique
physique ⟶ biologie ⟶ anthropo-sociologie

I. Articulations et communications

La double articulation

La notion de machine n'a pu s'élaborer qu'à partir d'une notion relevant de la praxis anthropo-sociale, qu'il a fallu isoler physiquement, pour l'introduire et la faire voyager dans la *physis* et le cosmos, mais qu'il a fallu réintégrer socialement pour ne pas verser dans l'erreur ontologique irrémédiable : faire de la machine artefact l'archétype de tous les êtres-machines. Il a fallu donc partir de notre société, revenir à notre société, mais il a fallu, au cours de cet *inclusive tour*, à la différence du touriste en charter qui revient inchangé à son point de départ, que la notion de machine travaille sur elle-même, se transforme en se formant. Le concept prodigue, à son retour, portait la brûlure des soleils, les ivresses des tourbillons ; il avait connu la vie, fait la vie. Il ne rentrait pas pour faire retraite, il rentrait pour repartir.

La machine wiénérienne avait bien fait elle aussi un voyage, mais c'était la « petite ceinture », de l'artefact à l'organisme et retour, et sans que s'opère la révolution copernicienne nécessaire, c'est-à-dire la satellisation de l'artefact à la machine vivante, et non le maintien de la machine artificielle au centre solaire.

Au cours de notre voyage, il s'est effectué, je crois, non seulement communications de machines à machines, mais aussi une première double articulation entre les domaines non communicants, non articulés de la physique, de la biologie, de l'anthropo-sociologie.

La première articulation est constituée par le concept générique d'être-machine, qui, comme on l'a vu, embrasse des organisations physiques (les étoiles, les moteurs sauvages), biologiques (êtres vivants, éco-systèmes), et anthropo-sociales (notamment les mégamachines que constituent les sociétés historiques).

La seconde articulation est constituée par l'organisation communicationnelle (sy-cybernétique) qui concerne des êtres physiques (les ordinateurs, les automates artificiels), toutes les organisations biologiques et toutes les organisations anthropo-sociales.

Première boucle épistémologique

La théorie de l'organisation active ou des êtres-machines couvre donc les trois empires de la physique, de la biologie, de l'anthropo-sociologie entre lesquels demeure toujours interdite, parce qu'inconcevable, toute théorisation commune, *si ce n'est réductrice*.

Or il s'agit d'une théorie complexe et polycentrique, qui ne réduit pas les divers êtres-machines au modèle le plus « simple ». Il ne s'agit pas non plus de réduire à l'idée de machine, même complexe et poïétique, tout ce qui est vivant et humain. Et nous savons aussi ici que si l'être et l'existence sont hors d'atteinte des rationalisations, si elles sont hors de portée de toute « explication », elles peuvent et doivent être des catégories absolument reconnues au cœur de la théorie.

Ainsi, il s'agit ici d'un effort d'articulation complexe.

Il s'agit certes, *mais pas seulement*, de fonder le biologique sur le physique et l'anthropo-sociologique sur le biologique.

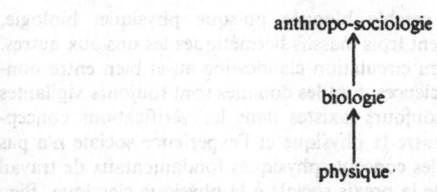

```
         anthropo-sociologie
              ↑
           biologie
              ↑
           physique
```

Il s'agit aussi, mais pas seulement, de concevoir l'organisation physique à l'intérieur de l'organisation biologique, et celle-ci à l'intérieur de l'organisation anthropo-sociologique.

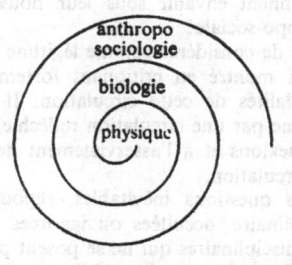

```
   anthropo
   sociologie
     biologie
     physique
```

Il s'agit aussi, mais pas seulement, de concevoir les concepts physiques de machine, production, travail, etc., comme des concepts émanant de notre propre culture et relevant non seulement d'observations sur la « nature », mais aussi de l'organisation de notre mentalité, ce qui renvoie, non seulement à l'organisation de l'entendement humain, mais aussi à la sociologie de la connaissance.

société ⟶ concepts physiques

Il s'agit surtout de chercher un point de vue qui puisse reconnaître et articuler les points de vue ci-dessus exprimés, et établir, à partir de ces articulations, *une circulation constituant boucle*.

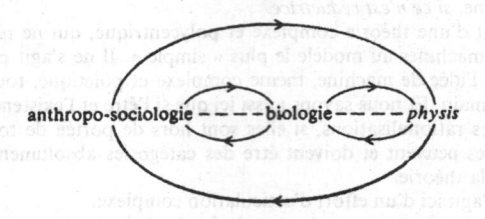

anthropo-sociologie - - - - biologie - - - *physis*

Circulation clandestine et circulation réfléchie

Or une telle circulation semble bloquée puisque physique, biologie, anthropo-sociologie, constituent trois massifs hermétiques les uns aux autres. Mais en fait, il y a toujours eu circulation clandestine aussi bien entre non-sciences et sciences qu'entre sciences dont les douanes sont toujours vigilantes pour l'expérience factuelle, toujours laxistes dans les vérifications conceptuelles. Ainsi, la circulation entre la physique et l'expérience sociale n'a pas cessé, comme en témoignent les concepts physiques fondamentaux de travail et d'énergie qui sont passés de la praxis sociale à la physique classique. Bien mieux : les termes de communication, information, code, programme, message, finalité, ont émigré de l'expérience anthropo-sociale dans la cybernétique des machines artificielles puis, de là, sur l'organisation biologique, et reviennent envahir sous leur nouvelle forme cybernétisée l'organisation anthropo-sociale !

Or il ne s'agit pas de considérer comme légitime *a priori* cette circulation de concepts. Je l'ai montré en critiquant fortement, dans les chapitres précédents, les modalités de cette circulation. Il s'agit de remplacer la circulation clandestine par une circulation réfléchie, de substituer aux raids prédateurs, aux annexions et à l'asservissement de concepts étrangers, un nouveau mode de circulation.

Ici se posent les questions inévitables, repoussées et brisées par le morcellement disciplinaire, occultées ou ignorées par les systémismes ou cybernétismes transdisciplinaires qui ne se posent pas les problèmes de leur propre fondement. On peut poser le problème en alternative simple ; quelle est la légitimité de concepts physiques issus de l'expérience anthropo-sociale ? Ne sont-ils pas naïvement anthropomorphes et sociomorphes ? Quelle est la légitimité de concepts anthropo-sociaux issus de la physique ? Ne sont-ils pas naïvement physicomorphes, c'est-à-dire proposant la réduction des dimensions anthropo-sociales à la seule dimension physique ?

En fait, dès le départ, le problème se pose en termes plus complexes. Car nous devons penser, dès le départ, que tout concept, même le plus physique, est produit par un esprit humain, donc qu'il a toujours un côté anthropomorphe ; que tout ce qui est humain a toujours une réalité physique. Donc, il y a toujours, dans tout concept physique, la co-présence clandestine d'un anthropo-sociomorphisme : dans tout concept anthropo-social, la présence clandestine d'une réalité physique. Le vrai problème dès lors est de tenter de surmonter *la combinaison des deux naïvetés et cécités, celle du physicomorphisme réductionniste et de l'anthropo-sociomorphisme réductionniste, qui règnent conjointement aujourd'hui.*

Nous entrevoyons ici les deux impasses : la première est celle du physicisme abstrait de la science classique pour lequel nous, observateurs anthropo-sociaux, n'avons aucune existence et aucune réalité dans la production de l'objet physique, qui se dévoile de lui-même dans l'expérience et la vérification objectives ; la seconde a pris d'abord la forme de l'idéalisme subjectif (l'esprit du sujet a produit un objet qui n'existe qu'en et par lui), et prend aujourd'hui aussi la forme d'un réductionnisme sociologique, pour qui la seule réalité est notre société *hic et nunc*, qui produit physique et biologie parmi ses idéologies ; c'est également un idéalisme puisque la société humaine se trouve projetée en l'air, dans les nuées, sans substrat, et devient supra-physique et supra-biologique ; comme l'idéalisme subjectif, cette vision s'enferme dans le cercle vicieux du solipsisme, faute de s'ouvrir en boucle sur la réalité extérieure qui la nourrit et la co-organise.

Dès lors, le problème est : comment joindre ce que chacun de ces points de vue comporte de vérité irréductible, sans escamoter ce qu'ils ont de contradictoire ?

Les deux entrées. Le double système de référence

Le paradigme de simplicité nous enjoint une alternative drastique entre le point de vue physicomorphe et le point de vue anthropo-sociomorphe. Or, ici, nous ne pourrons avancer qu'en maintenant les deux points de vue, c'est-à-dire en les considérant à la fois comme complémentaires et antagonistes. Il s'agit donc d'alimenter une réflexion et une élaboration théorique à double entrée. Du coup, le maintien de la double entrée du concept d'être-machine est nécessaire non seulement à l'élaboration, mais à la vitalité même du concept.

L'entrée physique : tout être-machine, être vivant, humain, social inclus, doit être considéré comme être physique. Par là même, nos notions anthropo-sociales de travail, production, praxis, communication (et j'ajoute asservissement/émancipation) doivent être conçues dans leur enracinement physique.

L'entrée anthropo-sociale : nous avons vu que le concept producteur de machine était en fait produit par la société de l'ère industrielle ; nous avons vu qu'il était aberrant d'isoler la machine artefact de sa matrice anthropo-sociale.

Ainsi, ce n'est pas seulement l'idée sociale de machine qui doit se référer à la réalité physique de machine ; c'est aussi l'idée physique de machine qui doit se référer à la réalité de la machine sociale.

La nécessité d'une boucle théorique

Le problème de la liaison entre les deux entrées est donc le problème fondamental. Comment trouver le méta-point de vue, qui puisse considérer ensemble l'une et l'autre entrée, c'est-à-dire comment élaborer le méta-système qui puisse intégrer les deux systèmes de référence nécessaires, le physique et l'anthropo-sociologique ? Or, ici nous pouvons nous laisser guider par ce que nous avons appris précédemment : *le méta-système ne peut être qu'une boucle rétroactive/récursive*, qui non pas annule, mais se nourrit des mouvements contraires sans qui elle n'existerait pas, et qu'elle intègre en un tout producteur. *Dès lors le caractère antagoniste de l'entrée physicomorphe et de l'entrée anthropo-sociomorphe devient, non seulement ce qui fait obstacle à la constitution du méta-système, mais aussi ce qui est nécessaire à cette constitution.*

Ici donc, le problème est de substituer un circuit à la réduction d'un des termes par l'autre, non pas :

physique ⟶ anthropo-sociologie

ou :

physique ⟵ anthropo-sociologie

mais :

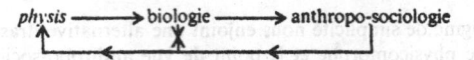

physis ⟶ biologie ⟶ anthropo-sociologie

C'est donc ce circuit récursif, où la socialisation de la *physis* et la physicalisation de la société deviendraient co-producteurs l'un de l'autre, qui devrait constituer le principe de la nouvelle vision théorique. C'est dans et par ce circuit que pourrait se dégager un double enracinement théorique, dans la « nature » et dans la « culture », dans l' « objet », et dans le sujet.

Cette boucle ne peut se construire tout de go, de par la volonté du concepteur/théoricien. Si bouclage il y a, il faudra des tâtonnements au hasard, des essais et erreurs, des aller et retour, des échanges, migrations, transferts, transformations de concepts, il faudra de la chance... Si bouclage il y a, il ne pourra prendre vraiment forme qu'au terme du troisième volume de ce travail. Mais déjà ici j'ai été entraîné dans un circuit productif en suivant dans leur voyage le concept de machine et celui de communication. Je suis déjà tenu de confronter l'enracinement anthropo-social, non seulement de la machine artificielle, mais de tout concept de machine, et l'enracinement physique de la machine anthropo-sociale.

II. La *physis* régénérée

En éliminant de la nature esprits, génies, âmes, la science avait du coup éliminé tout ce qui est animateur, tout ce qui est génératif, tout ce qui est producteur, ou plutôt elle avait concentré toutes ces vertus dans une notion unique : l'énergie.

L'énergie permettait de fonder radicalement la conception anonyme et atomistique du monde, puisqu'elle-même constituait une entité pouvant être décomposée en unités mesurables, puisqu'elle pouvait s'inscrire dans les lois impersonnelles de la nature; elle permettait, devenue la génératrice universelle, de faire l'économie de l'organisation, de l'être, de l'existence.

Paradoxalement en apparence, le XIXe siècle installe la machine physique dans la société et exclut toute idée d'être-machine dans la *physis*. C'est qu'il extrait de la *physis*, par ses machines, pour ses machines, la seule chose qui l'intéresse pragmatiquement : *la génératicité ou force motrice*.

L'énergie est le plus grand concept qu'ait élaboré la science du XIXe siècle, le seul qui n'ait pas été atteint dans la déroute de la physique classique au XXe siècle. C'est une notion qui a nécessité une très longue et difficile élaboration, d'où ses caractères à la fois d'extrême complexité et d'extrême simplification.

C'est une notion en fait complexe. L'énergie est à la fois indestructible (premier principe), dégradable (deuxième principe); polymorphe (cinétique, thermique, chimique, électrique, etc.), transformable (en masse, c'est-à-dire matière). Son principe d'identité est donc complexe puisqu'elle maintient son identité à travers ses métamorphoses, son intangibilité à travers la dégradation.

Or ce concept complexe correspond en fait à une extraordinaire simplification de l'univers physique, dont on a supprimé les formes, les êtres, les existants, les organisations, et même finalement la matière pour ne considérer que l'énergie comme seule entité *réelle*.

Cette notion complexe et simplificatrice est en même temps très abstraite : personne n'a jamais vu de l'énergie. C'est pourquoi la notion d'énergie est le résultat d'une très longue élaboration : pour la construire, il a fallu détruire, c'est-à-dire désintégrer les formes, les organisations, les êtres, les existences.

Or cette notion très abstraite est aussi terriblement concrète. L'extraction et la manipulation de l'énergie passe par la destruction concrète ou l'asservissement concret des formes, êtres, organisations dont elle fait partie. La localisation et la mesure de l'énergie, c'est-à-dire de la force de travail, est ce qui ouvre la porte à la manipulation, la transformation, la puissance illimitée! Ainsi, tandis que, dans la société, machine et énergie vont de pair, l'énergie ignore les organisations et les êtres naturels parce que ce sont les machines artificielles qui extraient et utilisent l'énergie pour l'organisation anthropo-sociale. Ainsi l'énergie, en accomplissant de façon absolue l'atomisation du monde physique, accomplit par là même l'asservissement de la nature par l'homme. Tout progrès dans la manipulation de l'énergie correspond du reste à une régression d'être et d'existence : le cheval-vapeur expulse le cheval-crottin.

Ainsi l'énergie réalise cette merveille du plus grand réductionnisme physique qui se puisse concevoir (puisque toutes les formes, organisations, existences sont réduites à l'entité énergétique) et, dans ce sens, c'est un concept apparemment totalement physicomorphe. Mais ce concept apparemment physicomorphe est en fait intégralement anthropocentrique, et même anthropomorphe puisque l'énergie se définit par l'aptitude à travailler.

L'énergie est un cas typique de ce que Whitehead appelait la concrétude mal placée. Concrète elle l'est : elle correspond à la motricité, à la génératricité, qui sont latentes ou actives en toute organisation, depuis le noyau de l'atome jusqu'au soleil ; concrète est la manipulation de l'énergie et par l'énergie.

Mais la « vraie » concrétude, elle est dans les êtres humains et sociaux, dans les machines motrices et les tourbillons, turbulences, explosions qu'elles produisent. La concrétude naturelle, elle est dans les organisations, les êtres, les existants... Et c'est cette concrétude qui se trouve occultée...

Ici on peut mieux comprendre la difficulté du problème de la relation entre science et idéologie. Le concept d'énergie n'est pas « faux ». J'ai même indiqué que c'était, dans sa simplification même, un concept singulièrement complexe, donc ayant une richesse propre qui n'est pas seulement pragmatique. Ce qui est grave, c'est l'hypostase du concept d'énergie, qui occulte tout ce qui fait obstacle à la manipulation. Ce qui est grave, c'est que la manipulation du concept d'énergie permet de couper les communications, gommer les organisations, ignorer les êtres. L'idéologie de l'énergie est à l'inverse du mythe archaïque. Le mythe archaïque mettait de l'âme dans le tourbillon. L'idéologie atomisante a finalement dévasté l'univers, sur lequel a pu se déployer alors la mythologie de l'homme, seul être, seul existant, seul organisateur, seul animateur, seul créateur. Dans ce sens, le concret d'énergie correspond à l'organisation industrielle de l'asservissement. L'idéologie de l'énergie, ce n'est pas d'ajouter, c'est de retrancher, trancher, scotomiser, occulter.

La réussite formidable de la physique classique ne doit pas nous masquer sa carence de base. Une telle physique n'a pu couvrir la réalité de la *physis* qu'en la désintégrant. Elle n'est pas seulement privée de tout principe d'organisation et de génération : sa logique même détruit organisation et générativité ; on comprend donc que les êtres biologiques ou sociaux, qui sont pourtant des êtres physiques, lui soient totalement inintelligibles.

Or la théorie de la machine généralisée nous permet de repeupler et réanimer la *physis*, en y ressuscitant les êtres, en retrouvant l'existence, en y redécouvrant le soi, en restituant à l'organisation sa vérité génératrice et productrice [1]. La théorie de l'être-machine intègre nécessairement l'énergie, mais ne permet plus de concevoir l'énergie de façon seulement atomistique et isolante. Dans le même mouvement, l'idée de polymachine s'oppose à toute conception isolationniste de la machine, l'idée d'organisation ouverte situe tout être-machine dans une relation organique avec son environnement. L'univers ne s'est pas seulement repeuplé et réanimé, il s'est solidarisé. Il n'en ressort pas une béatification euphorique de la *physis*, présentée comme un paradis d'harmonie. Ce type de vision me désole autant que l'autre me fait horreur. L'une et l'autre expulsent de la *physis* et du cosmos la tragédie infinie de la destruction et de la dispersion, cette dimension shakespearienne, qui n'est pas que dans Shakespeare ni dans la seule histoire humaine, mais qui est l'histoire de chaos/*physis*/cosmos.

Dès lors nous pouvons concevoir une *physis* généralisée, c'est-à-dire concernant directement tout ce qui est organisation, être, donc le phénomène vivant et le phénomène humain. Il faut qu'au départ elle soit complexe (pour ne pas être réductrice) et qu'elle dispose d'un principe génératif. Or les concepts d'organisation active, de boucle récursive, d'organisation-machine montrent qu'il y a dans l'univers, présents dans les êtres-machines, non seulement le principe génésique des rencontres organisatrices, mais le principe de générativité, *poïesis* et production. Une physique généralisée est possible dès lors qu'on conçoit une *physis* générative.

D'autre part, une telle physique doit être complexe, non seulement dans son principe génésique, mais dans sa conception même de l'être-machine. Si la notion de machine est simple, comme celle de l'artefact cybernétique, alors toutes généralisations deviennent dénaturantes et mutilantes. Par contre si elle est complexe, alors il est justifié, en principe, aussi bien de projeter en elle des notions anthropo-sociomorphes, comme production, travail, organisation, machine, que de projeter sur l'être anthropo-social des notions physicomorphes. Autrement dit, l'articulation et le bouclage anthropo-physique nécessitent une complexité généralisée.

Une telle physique pourra être d'autant moins dominatrice ou impérialiste

---

[1]. Au cours d'un colloque sur la notion d'information (Concept, 1965), Ferdinand Alquié avait lancé à Norbert Wiener :
— Une machine n'éprouve pas de douleur !
Et Wiener :
— Ce n'est pas sûr...
Alquié croit s'opposer à une prétention exorbitante du mécanisme. Mais son spiritualisme exprime le même mépris que le scientisme pour un univers physique qui n'est fait que de matière/énergie, et non pas d'êtres existants. Wiener, dans sa repartie (qu'on prendrait trop facilement pour une boutade) indique que si la douleur est une émergence mystérieuse propre à un existant doté d'un quant-à-soi, alors il n'est pas sûr que l'être de la machine, même artificielle, ne puisse éprouver dans ses pertubations sa douleur. Il semblait certain à Aristote que l'esclave était un outil animé, il était certain à Descartes que l'animal n'avait pas d'âme ; Wiener a peut-être mis à côté de la plaque, mais le sens de son propos est très fort : la douleur, de même que l'âme, sont des émergences, propres à des êtres-machines : nous, les vivants, sommes de ces êtres ; il en est, il en naîtra peut-être d'autres...

que sans cesse elle portera en évidence son cordon ombilical qui la relie au concepteur-sujet, et, à travers le concepteur, à l'esprit humain, la culture, c'est-à-dire l'organisation profonde d'une société. Et c'est cela, qui, du coup, pourra permettre de concevoir une *physis* devenant génératrice, à travers évolutions et relais, d'une générativité anthropo-sociale, elle-même génératrice d'une science qui elle-même génère cette *physis*...

III. La vie : poly-super-méta-machine

L'enracinement physique de tout ce qui est vie n'est pas seulement dans le caractère chimique de toutes les opérations d'un organisme, ni bien entendu dans la seule obéissance aux Lois de la Nature, comme celle de la chute des corps. Il est surtout de nature organisationniste : l'appartenance à la famille Machin. *Les êtres vivants peuvent être définis comme des êtres physiques producteurs-de-soi doués de qualités originales dites biologiques*, le terme de biologie renvoyant aux complexités spécifiques de leur organisation et aux émergences globales indissociables de ces êtres en tant que touts. Ainsi, l'idée de machine vivante enracine la vie dans ces catégories fondamentales de l'organisation physique : l'organisation productrice et l'organisation réorganisatrice, l'organisation bouclante et l'organisation ouverte. Donc l'idée de machine vivante, entendue nullement dans le vieux sens horloger et vaucansonien, nullement dans le sens déformé par la cybernétique prenant l'artefact comme modèle, devient d'une importance théorique capitale pour déterminer les relations entre physique et biologie. La vie est une organisation, nous le verrons, super et méta-machinale, super et méta-cybernétique, mais non méta-physique. Elle porte à des niveaux prodigieux — qu'enveloppe, signifie et masque le mot de biologie — les vertus organisationnelles de la réorganisation et production permanentes, les développements existentiels de l'ouverture et du bouclage... Toutefois, et je m'excuse de le rabâcher, mais je dois être vigilant à l'égard des pesanteurs régnantes, il n'est pas question ici de réduire le biologique au physique. Il s'agit de regrader le physique en lui restituant sa vertu, non seulement organisatrice, mais aussi productrice. Il s'agit, du même coup, de fonder l'une des deux bases premières de l'unité des sciences : une *physis* complexe. Il s'agit encore moins de concevoir l'être vivant à l'image robotique et pinocchiesque de l'automate artificiel. Il s'agit plutôt de le concevoir comme un Petrouchka, automate échappé des fils déterministes de l'ancienne physique, qui vit, souffre, aime, meurt, et, une fois mort, redevient poupée remplie de son — je veux dire de matériaux chimiques. Il s'agit bien plus que de considérer l'être vivant comme machine isolée (organisme); il s'agit de concevoir une totalité polymachinale (biosphère) constituée spatio-temporellement d'éco-systèmes, de cycles de reproductions, d'êtres individuels où vont émerger l'affectivité et l'intelligence.

Il s'agit du même coup de concevoir la vie comme super-machine. La vie est super-machine, super-cybernétique, super-automate, parce qu'elle développe, non seulement des caractères atrophiés ou embryonnaires chez les artefacts (régulations, homéostasies, jeux combinés des rétroactions positives/négatives, asservissements mutuels, développements inouïs d'une organisation communicationnelle), mais aussi des vertus inconnues aux autres machines, dont l'*autos* individuel, l'auto-reproduction et l'organisation géno-phénoménale (cf. IIIe partie, chap. II, et t. II).

Cela étant dit et devant être dit, on ne saurait *enfermer* le concept de vie dans celui de machine, ni d'automate. Le concept de vie les contient, les déborde, les dépasse, et c'est lui qui les renferme. Bien que nous ayons pu trouver dans l'organisation physique, non seulement des concepts de base pour l'organisation vivante, mais aussi d'une certaine façon les idées d'être et d'existence, nous ne sommes pas encore dans le vivre, ni organisationnellement, ni ontologiquement, ni existentiellement. La vie est un phénomène métamachinal, métacybernétique et, comme on le verra en tome II, je chercherai la « vie de la vie » au-delà des systèmes, des machines, des automates tout en y incluant nécessairement les idées physiques de système, machine et automate.

Cela à son tour ayant été dit et devant être dit, nous devons considérer combien la vie, tout en étant super-méta-machiniste, est plus près de la *physis* organisante que la machine artificielle pourtant strictement physique. En effet, si les artefacts sont des êtres physiques, ils ont toujours besoin d'un *deus pro machina* anthropo-social qui les conçoive, les fabrique, les biberonne, les lange, les entretienne ; sans sève humaine ni nourriture sociale, ils perdent leurs qualités de machines, se trouvent réduits à l'état de choses, se dégradent et se ruinent. La vie, elle, n'a besoin de nul *deus pro machina*, de nul enveloppement supérieur, de nul souverain suprabiologique pour vivre. La machine artificielle est la fille mongolienne de formidables mégamachines sociales constituées d'êtres à gros cerveaux. La machine vivante est une orpheline, née dans la vase, les remous, les aléas, dans le jeu génésique des interactions au hasard. Nous débouchons ici sur un paradoxe admirable : l'artefact, machine strictement physique, est beaucoup moins physique que l'être vivant. Il a besoin pour naître des médiations organisatrices de la vie, de l'humanité, de la société industrielle. Son placenta est bio-anthropo-social. Alors que la super et méta-machine vivante, elle, est née de processus physiques et rien d'autre. La vie, née de la non-vie, n'a besoin que de la vie pour renaître. De même l'homme, né de la non-humanité, sans démiurge créateur, est plus près, dans ce sens, de la *physis*, que la machine physique qu'il a créée.

Aussi, nous voilà amenés tout à fait hors de l'alternative bien connue qui nous somme de choisir entre le réductionnisme physique et le vitalisme. Ici, au contraire, la plongée dans la *physis* est plus radicale que dans tout réductionnisme physico-chimique, et la reconnaissance de l'irréductible originalité de la vie est d'autant plus fondée qu'elle ne s'oppose plus à la *physis*. Il faut comprendre que la source de ce qui lie (la vie à la *physis*) est aussi la source de ce qui sépare. Pour progresser dans cette idée, nous devrons examiner un terme mystérieux, qui à la fois établit le lien et la séparation; terme déjà évoqué dans ce chapitre, mais non encore traité, et qui nécessitera bientôt examen : l'information.

ARTEFACT	ÊTRE VIVANT
origine : *deus pro machina*; pas d'auto-reproduction	origine : interactions et rencontres physiques, puis cycles de reproduction
rétroactions négatives; rétroactions positives destructrices sauf exception	rétroactions négatives liées dialogiquement à des rétroactions positives; relation complexe positif/négatif
bouclage régulateur, autonomie; automatismes, pas d'auto-réorganisation permanente	bouclage existentiel, automatisme, avec auto-réorganisation permanente
machine fonctionnellement ouverte; dissociation entre l'être, le travail, les tâches, la finalité	machine fonctionnellement et existentiellement ouverte; pas de dissociation entre l'être, le travail, les tâches, la finalité
les fins sont claires, distinctes, extérieures, mais deviennent obscures dès qu'elles se confondent dans les finalités anthropo-sociales	les fins sont obscures, ambiguës, la machine vivante est et n'est pas sa propre fin
le désordre et le « bruit » dégradent la machine	la machine vivante ne peut exister qu'avec désordre et bruit, dans une relation complémentaire, concurrente et antagoniste
être-machine	être existentiel super-méta-machine
objet physique, avec certains traits biologiques et psychiques	sujet objectif (*autos*)
dépendance à l'égard de la méga-machine anthropo-sociale	inséparable d'un tout polymachinal comportant éco-systèmes, cycles de reproductions, interrétroactions individuelles et sociales
la communication dépend de la commande	relation en principe complexe commande/communication

IV. L'articulation anthropo-sociologique

L'articulation psycho-physique :
l'intelligence d'une machine

Le développement des ordinateurs semble s'être fait du physique au psychique en sautant à pieds joints par-dessus le biologique. Les machines, même commandées par ordinateurs, n'ont acquis que quelques traits secondaires de l'organisation vivante. Il est dès lors d'autant plus étonnant que les ordinateurs aient acquis certaines qualités non secondaires de l'esprit humain :

— mémoire (bien que la mémoire de l'ordinateur soit radicalement différente de la mémoire cérébrale),
— computation (non seulement calcul, mais opérations logiques dans le traitement de l'information),
— perception (*pattern recognition*),
— apprentissage (*learning*),
— solution de problèmes (*problems solving*),
— prise de décision (*decision taking*).

Ceci est d'importance théorique cruciale à la fois pour la théorie physique, pour la théorie de la vie, pour la théorie anthropo-sociale.

Tout d'abord, nous nous rendons compte que des opérations clés de l'esprit, des qualités intelligentes, des traits de pensée, relèvent, non seulement d'opérations électroniques, mais de phénomènes d'organisation strictement physiques. Il y a une physique de l'intelligence (Auger, 1966) et j'y reviendrai. Mais cette intelligence, souvent surhumaine par les capacités de computation, n'a ni l'intelligence de la vie, ni la vie de l'intelligence. Ces ordinateurs ne supportent pas le désordre, ne savent traiter ni le flou ni le fou, sont incapables de fantaisie, d'imagination, de créativité. Or ce sont précisément les traits — apparents défauts (présence du flou et du désordre) et qualités éclatantes liées à ces défauts (inventivité, créativité) — qui sont communs à l'organisation vivante et à l'intelligence humaine.

Cela étant dit, il est clair qu'une passerelle désormais relie l'organisation physique de l'ordinateur et l'organisation de l'intelligence humaine. L'ordinateur démontre qu'au moins certaines qualités incontestablement spirituelles relèvent de vertus organisationnistes physiques, qui peuvent opérer sans avoir besoin de l'organisation biologique (bien qu'elles ne soient nées que grâce à l'évolution biologique, d'où sont issus des êtres vivants intelligents créateurs de machines artificielles).

Que certains traits de la pensée puissent exister dans un être purement physique, non seulement non humain, mais non biologique, est d'une portée épistémologique considérable; il n'y a plus cette incommunicabilité totale, cette disjonction absolue entre le monde de l' « objet » physique et celui du sujet pensant (Gunther, 1962, p. 330). Pour la première fois, dans l'histoire de l'Occident moderne, les deux univers à jamais disjoints de l'Esprit et de la Matière, du Sujet et de l'Objet, ont trouvé une communication. L'esprit, du XVIIe siècle au behaviorisme inclus, fut jugé indigne de science par la science, tandis que la métaphysique jugeait la science indigne de l'esprit. L'esprit ne semblait jamais devoir réintégrer une science qui dans son principe même en niait l'existence et l'action. Il est rentré par la galerie des machines, par la porte de service des ordinateurs, pénétrant du coup au cœur même de la physique. Cette rentrée physique fait triompher le vieux matérialisme pour qui il n'existait rien qui puisse être au-dessus de la *physis;* mais en même temps il l'anéantit puisque l'esprit, pour lui, ne pouvait correspondre à aucune réalité organisatrice.

La physique sociale

Le concept de machine nous concerne et nous investit directement, à la fois par l'organisation vivante, puisque nous sommes des êtres vivants dotés d'un appareil neuro-cérébral, par l'organisation même de cet appareil, c'est-à-dire l'organisation de l'esprit (l'esprit étant conçu ici comme la totalité émergente de l'organisation-cerveau), et enfin par l'organisation sociale. Nous avons déjà donné quelques éléments sur l'articulation socio-physique (ou « physique sociale », très différente de celle qu'avait conçue Auguste Comte) dans le chapitre premier de cette seconde partie où a émergé, grâce à Lewis Mumford, le thème de la mégamachine sociale. Le thème de l'État a également émergé dans le chapitre troisième avec la théorie des appareils. J'aborderai de front, en tome II, le problème proprement sociologique de l'organisation.

« *Nous sommes machines* »

Dès lors, un « nous sommes des machines » n'est plus la reprise technocratique, sous l'égide de l'ordinateur, de la réduction cartésienne de l'animal au machinal (entendu au sens mécanique) et de la réduction lamettrique de l'homme à l'animal machinalisé. La parenté entre le machinal et le vivant est à l'inverse de ce qu'avaient cru Descartes et La Mettrie : l'un et l'autre scotomisaient de l'idée de machine tout ce qui était intelligence, esprit, subjectivité. Descartes voulait dégrader l'animal par rapport à l'homme. La Mettrie voulait dégrader l'esprit par rapport à la matière. Or ici nous regardons en même temps la machine, l'organisation physique, sans le moins du monde dégrader l'animal, l'esprit, l'homme. « Nous sommes des machines » est pour l'homme, non la recherche d'une réduction, mais la recherche d'une origination. Cette origination, elle n'est pas dans la machine artificielle, elle est dans la polymachine vivante, elle-même partie du système de la machine solaire. Cette origination, elle est en profondeur dans la *physis* organisatrice. Elle nous renvoie, non à des lois mécaniques, mais à une

Première boucle épistémologique

logique complexe. « Nous sommes des machines » nous enseigne sur l'arrière-fond organisationnel, praxique, producteur, communicationnel de notre être individuel et social.

Du reste, en plongeant dans l'archéologie physique de notre machinalité, nous plongeons du coup dans l'archéologie des notions clés de notre vocabulaire trivial que nous employons sans cesse de façon jamais réfléchie, jamais enracinée, mais toujours molaire : travail, transformation, production, praxis, communication, information, appareil, asservissement, émancipation. Bien plus : comment parler de la production de l'homme par l'homme sans concevoir cet être-machine ?

Enfin, le « nous sommes des machines » nous réintègre dans la famille Machin, je veux dire notre terre et notre soleil, nos vents et nos rivières, nous rallie et nous relie par généalogie au lait de notre nébuleuse, aux genèses élohistiques...

V. La roue : cercle vicieux et boucle productive

Nous sommes des machines — et en même temps c'est nous qui produisons le concept de machine. Ce concept de machine, c'est nous qui l'avons inscrit au cœur de la physique, c'est nous qui avons constitué sa générativité. Ainsi, nous, géniteurs du concept de machine, nous nous considérons comme générés par des machines bio-anthropo-sociales, elles-mêmes générées à partir des vertus productrices/organisatrices, c'est-à-dire machinatrices et machinales, de la *physis*. A nouveau nous rencontrons le grand paradoxe, mais celui-ci s'inscrit dans la nécessité, propre à toute connaissance, de générer des concepts pour concevoir sa propre génération, laquelle vient d'une praxis antérieure au concept qui la désignera. Ici, je dois me concevoir en tant que sujet historiquement et culturellement situé et daté : je projette le concept de machine dans une réalité extérieure et antérieure, non seulement à moi et à ma culture, mais à l'humanité et à la vie elle-même. Or cette question doit être poursuivie ainsi : d'où vient le projetant, d'où vient sa culture, d'où vient sa société, son humanité, sa vie, sinon d'une *physis* dotée de qualités organisatrices où apparaissent les êtres-machines ? Une boucle se forme, où la machine devient co-produite par la pression de l' « objet » (la *physis* organisatrice) sur son observateur/concepteur et par l'expression du sujet (qui puise dans son capital scientifico-culturel). La boucle ne peut se constituer qu'à condition qu'il y ait réflexion critique sur la connaissance et la science elles-mêmes, qu'il y ait possibilité de distanciation critique à l'égard de la société dont on fait partie (société qui est à la fois l'obstacle et le moyen de la prise de conscience du concept complexe de machine). Dès lors, nous pouvons arrimer le concept de machine, et sur la *physis*, et sur notre société, et sur l' « objet », et sur le sujet. Dès lors ce concept de machine d'une part nous fonde et nous confirme rétroactivement dans notre origination physique, d'autre part nous rappelle que son élaboration est inséparable de notre expérience anthropo-sociale *hic et nunc*, laquelle n'est nullement un échafaudage que l'on peut démonter, l'édifice achevé, mais continue à faire corps avec l'édifice lui-même.

Dès lors, l'artefact, qui a cessé d'être le modèle falsificateur du concept de machine, devient la notion plaque tournante, car il participe étroitement, et à notre univers anthropo-social le plus concret et le plus actuel, et à la *physis* dans ce qu'elle a de non biologique et anthropologique. Il est à la fois essentiellement physique, conçu comme être isolé, et essentiellement humain, conçu dans sa matrice anthropo-sociale. C'est donc le moyeu de la rotation conceptuelle, et non le centre idéel de notre propos. Notre propos, c'est au contraire la rotation, le circuit, le cheminement organisateur de la méthode...

Cette rotation nous amène à physicaliser nos notions, puis les socialiser, puis les rephysicaliser, puis les resocialiser, et ainsi de suite à l'infini. Il nous semble que ce soit non pas un cercle vicieux, mais une praxis productive, précisément parce que nous avons vu que la boucle récursive de la production-de-soi, à condition d'être ouverte, c'est-à-dire nourrie, est le contraire du cercle vicieux. Dans cette praxis productrice, les notions de production et de machine tournent et doivent tourner. Ainsi le concept de *production de l'homme par l'homme* est en fait un concept récursif, qui implique et nécessite la mégamachine sociale, qui nécessite et implique l'ouverture nourricière sur la nature biologique et physique, car l'homme se produit lui-même dans la vie et avec de la vie, dans la *physis* et avec de la *physis*. Marx avait élu un concept clé : production. Il avait vu qu'il était en relation « dialectique » avec la « nature », il en avait même exprimé mais non formulé sa nature rotative récursive [1]. Or ici, nous pouvons formuler un peu plus explicitement l'idée déjà présente dans le manuscrit de 1844, que nous sommes des productions de la *physis* en même temps que la *physis* est une production anthropo-sociale. Nous pouvons un peu mieux comprendre, grâce à l'idée récursive, que ces deux propositions contraires, loin de s'annuler, se complètent, mais à condition qu'elles soient intégrées dans une praxis théorique organisatrice/productrice du savoir.

Ici, je le répète, nous ne sommes qu'au début de l'entreprise. Il y aura encore bien des voyages, échanges, élucidations, élaborations à tenter avant de pouvoir opérer l'articulation fondamentale et récursive physico-bio-anthropo-sociologique, et, plus difficile encore, entre le sujet et l'objet.

Il nous manque encore, non seulement de la connaissance, mais de la connaissance de la connaissance (ses conditions, ses caractères, ses déterminations bio-anthropo-sociales) : ce qui nous manque, c'est la notion même de sujet, qui ici n'émerge que de façon ectoplasmique, épiphénoménale. Ce qu'il nous manque c'est une base sociologique, car la sociologie est loin d'être une

---

1. Production de l'homme par l'homme   homme ⟶ production.

science assurée, c'est au contraire, et je pourrais démontrer cette assertion négative, une science qui n'existe pas encore. Pour exister, du reste, elle aurait besoin de se fonder sur une biologie nouvelle, alors que celle-ci n'a encore qu'amorcé sa révolution théorique; une telle biologie, du reste, a besoin, pour accomplir cette révolution théorique, d'une physique elle-même révolutionnée, alors que la physique est encore dans une crise profonde qui la disloque, mais ne la remembre pas encore. Donc les termes qui doivent être articulés par la boucle récursive de la nouvelle connaissance sont loin d'être constitués; pis, ils ont besoin, pour se constituer, que s'opèrent les premiers aller et retour, les premiers circuits, les premières ébauches de bouclage. Donc il n'y a pas ici la formule « boucle » qui remplace une autre formule. La boucle doit se constituer à travers les constructions, reconstructions, articulations où la nouvelle science anthropo-sociale a besoin pour s'organiser de la nouvelle biologie et de la nouvelle physique, lesquelles ont besoin pour s'organiser d'intégrer en elles le point de vue de l'organisation mentale culturelle et sociale du scientifique. Aussi il faudra tenter de faire en sorte que tout progrès dans la théorie de l'organisation physique et dans celle de l'organisation vivante puisse constituer le fondement d'un progrès dans la théorie de l'organisation anthropo-sociale, lequel à son tour puisse faire progresser la connaissance des déterminations anthropo-sociales de la connaissance physique et biologique, et ainsi de suite... L'ampleur de cette tâche est effrayante, mais moins effrayante que le vide barbare dans l'organisation de notre savoir qui se croit le plus avancé : le savoir scientifique.

TROISIÈME PARTIE

L'organisation régénérée et générative

Un des outils les plus puissants de la science, le seul universel, c'est le contresens manié par un chercheur de talent. B. Mendelbrot.

L'information, le plus vicieux des caméléons conceptuels. H. von Foerster.

Nous avons fait fausse route en considérant séparément l'information. Il est indispensable de toujours examiner l'ensemble : information plus néguentropie. L. Brillouin.

L'information, c'est la néguentropie potentielle.
C. de Beauregard.

Que l'entropie soit liée à l'information est la plus grande découverte de l'histoire, en théorie de la connaissance et en théorie de la matière. M. Serres.

1. L'organisation néguentropique

Introduction

Néguentropie. Information. Deux concepts-énigmes. L'un et l'autre ont erré, migré, tantôt salués comme maître-mots, tantôt balayés comme pure mystification, cherchant obscurément à se mettre dans l'orbite d'un concept solaire, mais celui-ci l'organisation demeurant encore ignoré.

Je vais essayer de montrer que l'organisation est ce qui enveloppe et lie l'un à l'autre néguentropie et information.

Nous avions déjà vu qu'il n'y a pas d'entropie sans une organisation préalable ; nous verrons qu'il n'y a pas de néguentropie sans une organisation productrice-de-soi, c'est-à-dire sans « boucle » générative ; nous verrons ensuite qu'il n'y a pas d'information sans une organisation « néguentropique ».

Entropie/Néguentropie : le même, l'inverse, l'autre

En termes de mesure, entropie et néguentropie sont deux lectures, l'une selon le signe +, l'autre selon le signe −, de la même grandeur, comme l'accélération et la décélération pour la vitesse, l'alourdissement et l'allégement pour le poids. Tout système macroscopique peut donc être lu selon son entropie S ou sa néguentropie — S, selon qu'on considère son désordre ou son ordre. Dans ce sens (et à l'inverse d'un compte bancaire), le signe + regarde le débit organisationnel (désorganisation), le signe   regarde le crédit organisationnel.

Toute organisation peut être effectivement considérée comme un îlot de néguentropie. Les organisations non actives et les systèmes dits clos ne peuvent évoluer que dans le sens de l'entropie croissante. Donc seul a un sens le signe +, qui est celui de leur évolution. Mais tout change dès que l'on considère une organisation productrice-de-soi ; en dépit du travail ininterrompu qu'effectue une telle organisation, l'entropie ne va pas du − au + ; elle demeure stationnaire pendant que dure le système ; mais ce bilan stationnaire masque la production d'organisation qui s'effectue à travers la réorganisation permanente. Elle masque même, si l'on considère que le soleil est en état d'entropie stationnaire, que celui-ci, non seulement produit sans discontinuer son propre être, mais produit aussi des atomes lourds et du rayonnement, lequel nourrit, sur notre planète, l'organisation nommée vie.

Plus généralement, ce sont toutes les organisations productrices-de-soi, y compris tourbillons et remous, qui nous posent le problème du renversement, certes local et temporaire, mais réel, du cours de l'entropie. Et c'est surtout la vie qui emprunte de la façon la plus étonnante le sens interdit du   au   , dans ses ontogénèses et phylogénèses aussi bien qu'à chaque instant d'existence des organismes qui, « vivant à la température de leur destruction » (Trincher, 1964), restaurent, fabriquent, remplacent ce qui sans cesse se dégrade.

Pourtant ce caractère paradoxal fut anesthésié pendant près d'un siècle : en effet, l'organisme n'était pas perçu comme système physique ; plus encore : l'infraction permanente que semblait commettre l'être vivant à la loi thermodynamique fournissait la preuve « vitaliste » que les « lois » de la « matière vivante » ignorent les lois dégradantes de la « matière physique ».

Il fallut toute l'insistance du regard physicien de Schrödinger pour qu'enfin le problème de l'organisation vivante soit posé sous l'angle des deux sens de l'entropie (Schrödinger, 1945). Du coup, il se constitue une dissociation entre le négatif et le positif de l'entropie, qui demeure pourtant *une* à la base, et l'idée de néguentropie prend corps. Mais elle prend corps seulement pour tout ce qui relève d'une organisation active. Si l'on demeure dans le cadre des organisations non actives et des systèmes clos, la néguentropie continue à ne pas se différencier de l'entropie, sinon par une lecture en négatif de la même grandeur, lecture qui n'a aucun intérêt parce qu'elle n'indique pas le sens du processus évolutif. Par contre, dans le cadre des organisations actives et productrices-de-soi, la néguentropie prend figure de processus original, qui, tout en le supposant, devient antagoniste au processus d'entropie croissante. Autrement dit, le processus néguentropique renvoie à une toute autre *Gestalt* ou configuration organisationnelle que celle où règne seul le processus entropique, bien que cette configuration produise nécessairement de l'entropie.

Dès lors nous pouvons définir la néguentropie en termes actifs, productifs et organisationnels. En termes statiques, toute organisation est un îlot de néguentropie, mais cet îlot, s'il n'est pas nourri d'organisation générative ou régénéré par de l'organisation active, ne peut que s'éroder à chaque transformation. Le terme de néguentropie est dans ce cas une tautologie qui signifie qu'une organisation est de l'organisation. En termes dynamiques, une organisation est néguentropique si elle est dotée de vertus organisatrices actives, lesquelles, en dernier ressort, nécessitent une boucle récursive productrice-de-soi. Le concept de néguentropie, ainsi entendu, est le visage thermodynamique de toute régénération, réorganisation, production, reproduction d'organisation. Il prend source et forme dans la boucle récursive, cyclique, rotative, qui se recommence sans cesse et reconstruit sans cesse l'intégrité ou/et l'intégralité de l'être machine. Dès lors il y a une relation indissoluble :

NEG (entropie) = GEN (érativité)

NEG
GEN

Or, on ne peut comprendre la dimension active de la néguentropie organisationnelle si l'on demeure dans les termes statiques de la mesure boltzmannienne; à supposer que l'on puisse mesurer l'entropie d'un système vivant pendant un temps T, on n'observerait que des variations oscillant autour d'un état d'entropie stationnaire; or le bilan d'entropie stationnaire, loin de révéler un état zéro, est en fait la somme nulle résultant de deux processus antagonistes, l'un désorganisateur (entropie croissante), l'autre réorganisateur (néguentropie). Elle masque du coup ces deux processus inverses. Ici, le bilan d'entropie stationnaire occulte le processus original et génératif, qui produit et régénère l'état stationnaire. Aussi il nous est nécessaire de distinguer la néguentropie-processus, qui se réfère à une organisation douée de générativité, de la néguentropie-mesure, qui quantifie des états. La néguentropie-processus est un concept qui ne contredit en rien la néguentropie-mesure, laquelle est issue d'un concept évolutif nommé entropie par Clausius pour signifier *régression*. La néguentropie-concept se situe au même niveau évolutif que celui de Clausius, dont elle devient le complémentaire antagoniste (*régression de la régression à travers la régression*). La différence est que la néguentropie-processus n'est pas universelle comme l'entropie; elle ne peut s'installer dans le cadre général du « système »; elle n'a d'existence que dans le cadre spécifique et original des organisations productrices-de-soi. Aussi la néguentropie dont je vais parler est toujours un trait de complexité des êtres-machines [1].

Il y a bien, dans la nature, des *états* néguentropiques hors organisation, comme le déséquilibre entre une source chaude et une sourde froide; mais ces états ne deviennent *processus* néguentropiques que s'il existe des organisations qui utilisent ces états pour leurs productions : ainsi l'état néguentropique du rayonnement solaire sur la surface de la terre devient processus néguentropique avec et par l'organisation végétale qui le transforme pour sa production-de-soi et sa régénération permanente. De même, la néguentropie statique du charbon et du pétrole, qui se mesure en termes de grandeur, ne devient processus néguentropique que par et dans les activités d'extraction, transformation, utilisation anthropo-sociales.

Enfin, on peut dire même que la solution du paradoxe de Maxwell par

---

[1]. Ce que nous avons dit précédemment des machines artificielles vaut pour le problème de la néguentropie. Ces machines sont néguentropiques seulement de façon fonctionnelle si on les considère comme êtres physiques isolés; elles sont néguentropiques intégralement si on les considère comme moments et éléments dans la production-de-soi anthropo-sociale.

Brillouin mérite d'être complétée par l'introduction de l'idée d'organisation néguentropique.

On sait comment Brillouin trouva une solution au paradoxe du démon par lequel Maxwell introduisit la possibilité théorique d'une diminution d'entropie au sein d'un système demeurant « clos »[1]. Il remarqua que le démon a besoin de lumière pour percevoir les molécules, c'est-à-dire d'interactions entre photons et molécules, donc dépense d'énergie. D'où un accroissement d'entropie, invisible, si l'on ne considère que le système contenant le gaz, mais qui se manifeste dans l'ensemble système/environnement. Dès lors, c'est parce qu'il paie son nécessaire tribut d'entropie que le démon peut a) acquérir de l'information sur les molécules, b) transformer l'information acquise en néguentropie.

J'examinerai plus loin le problème de l'équivalence néguentropie/information qui est intrinsèquement lié à cette démonstration. Je veux retenir ici cet aspect du raisonnement : le paradoxe du démon de Maxwell, insoluble dans le cadre du seul récipient, trouve son éclaircissement dans un méta-système intégrant le système-récipient et son environnement, puisque l'intervention de la lumière cesse d'isoler le système récipient. Mais ce qui manque à cette démonstration, c'est la dimension organisationniste. Cette absence occulte le fait que le méta-système est constitué, non seulement par le récipient et son environnement, mais par l'ensemble récipient-démon-environnement. Or ce méta-système est radicalement différent, de par sa nature organisationnelle complexe, du système-récipient primitif. Celui-ci n'était qu'un système clos, en état de non-organisation ; la présence du démon transforme le récipient en une machine artificielle animée par un être-machine néguentropique à l'infini, puisque démon, il ne peut dégénérer. Ainsi est-on passé du royaume de l'entropie croissante (système clos) au royaume de l'organisation générative des êtres-machines et même d'un être-machine idéal. Dès lors la solution du paradoxe de Maxwell comporte, non seulement l'intervention de l'information, mais aussi la transformation d'un système clos en machine générative. Dès lors la néguentropie émerge à la fois comme processus actif et qualité organisationnelle (cf. tableau ci-contre).

L'improbable probable

On peut se demander quel intérêt peut présenter l'idée de néguentropie par rapport à l'idée d'organisation productrice-de-soi, de générativité, de boucle récursive ; on peut se demander en somme si l'idée de néguentropie n'est pas organisationnellement superflue. Je vais essayer de montrer ici qu'elle est tout à fait utile pour mieux comprendre les relations entre organisation active et thermodynamique, pour mieux comprendre la complexité de l'organisation active, pour comprendre la notion d'information, et enfin pour comprendre le sens complexe toujours masqué du mot progrès.

1. Cf. p. 37.

ORGANISATION PRODUCTRICE-DE-SOI PROCESSUS NÉGUENTROPIQUES	ORGANISATION NON ACTIVE PROCESSUS SEULEMENT ENTROPIQUES
dégradation et renouvellement d'énergie	dégradation de l'énergie
transformations et travail nécessaires à l'organisation	transformation et travail dégradant l'organisation, jusqu'à l'impossibilité finale de transformer et travailler
méta-déséquilibre, méta-instabilité	tendance irréversible à l'équilibre
ordre organisationnel (répartition des éléments constitutifs selon l'organisation)	désordre organisationnel (répartition des éléments constitutifs au hasard)
hétérogénéité et hétérogénéisation internes	homogénéisation et homogénéité internes
réorganisation, régénération	désorganisation, dégénérescence
constitution d'une probabilité locale et temporaire	probabilité physique

Tout d'abord, on voit que l'idée de néguentropie inscrit toute organisation productrice-de-soi (donc néguentropique) dans l'improbabilité physique; elle fait mieux ressortir l'improbabilité « en général » de l'activité organisationnelle et la transformation de cette improbabilité générale en probabilité temporaire et locale par cette même activité précisément. Ainsi, chaque moment de l'existence d'un être vivant est improbable du point de vue physique, dans ce sens où chaque événement métabolique ou reproducteur correspond à une occurrence rarissime parmi un nombre immense de possibilités d'interactions entre micro-états moléculaires. L'organisation vivante constitue ses processus fondamentaux avec, par et dans des processus marginaux de l'univers physico-chimique : polymérisation, catalyse, duplication. Et, par là même, elle transforme de l'improbable général (physique) en probable restreint (biologique). La différence entre un chien mort et un chien vivant est que le chien mort retourne à la probabilité physique; il se décompose, ses éléments constitutifs se dispersent. Mais ce chien mort a été vivant, et, entre certains seuils de sécurité, alimentation, etc., il disposait d'une certaine probabilité d'existence. Ainsi, on chiffre démographiquement, pour les vivants, et notamment les humains, leurs probabilités de vie dans le cadre de telle société, telle classe, tel lieu, tel milieu, telle période historique. Et il est bien évident qu'au-delà d'un certain âge dépendant de ces variables, la survie devient de plus en plus improbable, jusqu'au triomphe généralisé de la probabilité physique. Toutefois, si l'être — l'individu — succombe toujours, le cycle de la reproduction multiplicatrice — l'espèce — continue, voire se développe, se construit une zone plus durable et plus ample de probabilité, mais toujours entre certains seuils et certaines conditions énergétiques, géo-thermiques et écologiques. Ainsi l'organisation vivante, qui est l'improbabilité d'une improbabilité, la déviance d'une déviance, la marginalité d'une marginalité, réussit, une fois constituée, à émerger et perpétuer son improbabilité, c'est-à-dire créer des îlots et des réseaux de probabilité dans l'océan du désordre et du bruit. Et c'est l'idée d'organisation néguentropique, qui porte en elle cette idée de remontée, à contre-courant d'entropie, mais aussi, et c'est cela la complexité du concept de néguentropie, en suivant et nourrissant ce courant même.

La complexité dialogique néguentropie/entropie

Entropie et néguentropie, bien que constituant le caractère positif et négatif de la même grandeur, correspondent à des processus antagonistes du point de vue de l'organisation : désorganisation et dégénérescence d'une part, réorganisation et régénération, voire développement et complexification de l'autre.

Les processus, au sein des systèmes clos ou des organisations non actives, correspondent à un concept simple d'entropie, qui ignore tout processus contraire de néguentropie. Mais les processus néguentropiques ne peuvent se passer des processus d'entropie croissante, c'est-à-dire que l'idée de néguentropie est complexe (comportant son antagoniste) et rend complexe du coup le concept global d'entropie (qui inclut les deux processus). Nous le savons désormais : toute néguentropie organisationnelle se paie nécessairement d'un accroissement d'entropie dans un méta-système qui inscrit le système dans son environnement et s'ouvre, au-delà, sur l'univers; nous le savons également : la néguentropie, dans la mesure où elle correspond toujours à une organisation active, c'est-à-dire du travail, ne peut que sous-produire de l'entropie. Aussi, *dès qu'on se place du point de vue de l'organisation néguentropique, l'opposition terme à terme entre entropie et néguentropie ne suffit pas ; il faut nécessairement l'inclure dans une relation complexe, c'est-à-dire non seulement antagoniste et concurrente, mais aussi complémentaire et incertaine.* Il nous faut donc trouver le méta-point de vue qui à la fois englobe la relation néguentropie/entropie et la relation organisation active/environnement (où l'organisation puise de la néguentropie et vidange de l'entropie). Il nous faut du même coup lier la relation néguentropie/entropie qui en est le répondant thermodynamique, à la relation de réorganisation/désorganisation permanente propre aux êtres-machines.

L'organisation vivante produit de la néguentropie à partir, d'une part d'une « génothèque » (information inscrite dans l'ADN), d'autre part des échanges praxiques avec l'éco-système qui constitue la « phénothèque »[1]. Les

---

1. Termes ici empruntés à Boris Ryback, et sur lesquels je reviendrai dans le tome suivant (Ryback, 1973).

protéines, qui jouent le rôle actif de transformations et échanges, sont instables, subissent sans cesse la dégradation (entropie) et sont sans cesse reconstituées par l'action fabricatrice d'enzymes, grâce à l'action informationnelle des gènes, dont l'existence dépend des échanges et transformations des protéines. Ainsi, dans ce circuit récursif, les protéines subissent plus particulièrement les effets de l'entropie, les gènes corrigent plus particulièrement ces effets de par leur rôle informationnel. Admirons que protéine soit l'anagramme d'entropie (de Rosnay, 1966), et que les trois lettres radicales de la générativité soient l'anagramme des trois lettres radicales de la néguentropie :

PROTÉINE = ENTROPIE   GEN = NEG

l'ensemble gène-protéine étant justement *nég-entropique* (incluant le procès d'accroissement d'entropie).

GÈNE + PROTÉINE = NÉGUENTROPIE

La relation néguentropie/entropie ne saurait être clarifiée par une sorte de compartimentation : la néguentropie règne à l'intérieur du système, et vidange à l'extérieur, comme sous-produit de son activité, l'entropie. En fait, et déjà l'idée de désorganisation/réorganisation permanente le fait sentir, la relation nég/entropique est extrêmement intime. Il ne suffit pas de dire que l'organisation néguentropique répond à la dégradation qu'occasionne tout travail, en renouvelant son énergie et en se restaurant en permanence. Il faut comprendre que la relation nég/entropique a, elle aussi, un caractère récursif : le procès même qui combat la désorganisation en renouvelle les causes. Comme la réorganisation permanente est elle-même du travail et de la transformation, elle travaille ainsi également à sa propre désorganisation, laquelle à son tour travaille pour cette réorganisation, et ainsi de suite, dans un cycle infernal qui est en même temps la boucle productrice-de-soi : l'organisation néguentropique suscite ce qu'elle combat ; elle renouvelle le mal qu'elle refoule ; elle ne peut s'arrêter, sous peine de mort.

Et effectivement, à la longue, sous l'effet soit cumulatif, soit brutal d'aléas et de perturbations externes, la régénération dégénère, la réorganisation se désorganise ; ainsi, *on vieillit à lutter contre le vieillissement*. L'être vivant ne meurt pas seulement par accident, il ne meurt pas seulement par fatalité statistique, il est aussi promis à la mort dès sa naissance parce qu'il doit travailler à ne pas mourir.

Le travail à court terme, c'est la liberté ; le travail à long terme, c'est la mort. Il y a tragédie dialectique chez tout être néguentropique. Le soleil, notre méganéguentrope, vit d'agonie, comme nous l'avons vu, en brûlant sa propre substance, son propre être, jusqu'à la mort violente. L'être vivant porte d'une autre façon la tragédie dialectique. Il nourrit sa mort en se développant et s'épanouissant. Cette formidable complexité où entropie/néguentropie, désorganisation/réorganisation, dégénérescence/régénération, vie mort sont aussi intimement, aussi gordiennement liées et mêlées, de façon évidemment complémentaire, concurrente et antagoniste, trouve son expression la plus dense et la plus complète dans la formule d'Héraclite : « Vivre de mort, mourir de vie. »

Toute organisation néguentropique travaille pour sa mort tout en travaillant pour sa vie, mais sait transformer en processus de vie le processus de mort. Comprendre la complexité néguentropique, c'est comprendre la complexité du double enveloppement (comme le *Ying* est enveloppé dans le *Yang* qu'il enveloppe), du double développement, du double enroulement, déroulement, entreroulement de la relation néguentropie/entropie.

Déjà l'examen sémantique nous laisse entrevoir la nature de cette complexité : si entropie fut nommée telle par Clausius pour signifier régression, la néguentropie est la régression de la régression dans et contre cette régression. Ce n'est pas l'inverse manichéen de l'entropie, c'est son inversion, par retournement devenant détournement, mais détournement qui continue à s'inscrire dans le courant, le nécessite et l'alimente... Aussi, contrairement au sentiment de la plupart des physiciens (fort peu hégéliens on s'en doute) qui jugèrent mauvaise la connotation négative du terme concernant un phénomène « positif » comme le développement et le progrès de l'organisation, le mot de néguentropie est excellent : sa négativité est « négation d'une négation », et c'est cela qui fait éclore sa positivité. La négation de la négation n'annule pas ce qu'elle nie, elle le transforme, s'y forme, et aussi s'y déforme. Ainsi la positivité de la vie se fonde sur la négation de ce qui la nie, mais sans pouvoir se passer de ce qui la nie. C'est dire que l'idée de négation de négation constitue, ce que n'avait pas conçu la logique hégélienne, une boucle récursive :

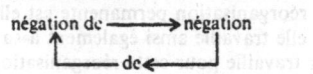

négation de ⟶ négation
↑_____de_____↓

elle nous fait du coup effectuer un saut de complexité par rapport à l'ancienne idée simple d'entropie négative. On est loin ici des substantialismes débiles, des ontologismes épais, des organisationnismes simplistes.

On est loin également de l'idée linéaire et luminaire, en fait obscurantiste, du progrès. Le progrès naît d'une régression de régression et s'effectue à travers régressions. Le progrès ne peut être que néguentropique, c'est-à-dire lié en corps à corps de coït et lutte à mort avec son contraire. L'organisation néguentropique s'inscrit dans le courant du développement et de la complexification de l'organisation, tout en s'inscrivant dans le courant de l'entropie et de la dispersion. Mais ce courant d'organisation, je le répète, retourne et détourne ce dernier en contre-courant, comme un remous ou tourbillon, et je retrouve ici l'imago génésique, la forme matricielle de tout ce qui est organisateur dans la *physis* et le cosmos.

L'organisation néguentropique

Ainsi, toute organisation néguentropique inscrit sa complexité propre dans la boucle tétralogique génésique et dans la relation chaos/*physis*/cosmos.

C'est en effet la boucle :

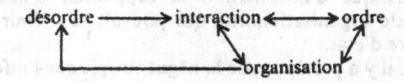

```
désordre ──────→ interaction ←────── ordre
   ↑                  ↓                ↑
   └──────────── organisation ─────────┘
```

que nous retrouvons en activité permanente au cœur même de l'organisation néguentropique. C'est le passage du chaos à la *physis* qui renaît à chaque instant dans la relation gordienne *où l'une se nourrit de l'autre et l'autre de l'une :*

```
réorganisation ──────→ désorganisation
       ↑                      │
       └──────────────────────┘
```

Aussi l'organisation vivante, bien qu'hypermarginale dans l'évolution des phénomènes organisés (qui sait ? elle n'est peut-être apparue sous cette forme qu'une seule fois et sur une seule planète ?), s'inscrit dans ce que *physis* et cosmos ont de plus fondamental dans leur être et leur devenir comme en témoignent les milliards de néguentropes solaires qui rayonnent dans l'indéfinie diaspora.

La préséance : organisation ──→ néguentropie ──→ information

L'organisation néguentropique de la vie nécessite, pour être conçue et comprise, l'introduction de l'idée d'Information. Les êtres vivants peuvent être conçus comme des machines néguentropiques constituées par organisation communicationnelle de réactions chimiques, et comportant un dispositif informationnel universel inscrit dans l'ADN des gènes.

Comme nous allons le voir, la vulgate informationniste régnante tend à subordonner la néguentropie et l'organisation à l'information, conçue comme entité maîtresse de tout ce qui est organisationnel :

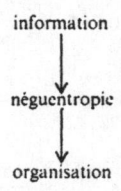

```
information
    ↓
néguentropie
    ↓
organisation
```

Or, et cela nous apparaîtra de plus en plus fortement, l'organisation « informationnelle » des êtres vivants ne doit pas être posée en préalable à leur organisation néguentropique. Au contraire, le caractère néguentropique précède, produit, enveloppe le caractère informationnel. Schrödinger l'avait bien vu. Mais l'idée de néguentropie, qui suscita tant de fièvre et d'intérêt dans les années cinquante-soixante fut oubliée et délaissée. C'est que d'une part l'idée atomistique d'information la supplanta, d'autre part, il lui manqua le contexte organisationniste qui pouvait la définir autrement que comme une mesure d'état.

Or, répétons-le, il y a préséance de la néguentropie sur l'information. Nous ne devons pas oublier ce que nous avons appris ici en regardant les tourbillons, les remous, les soleils : les êtres vivants ne sont pas les seuls, ni les premiers êtres néguentropiquement organisés. La vie n'est qu'une forme particulière de l'organisation néguentropique.

Quant à l'idée de néguentropie, nous avons tenté de montrer ici qu'elle doit être subordonnée à l'idée d'organisation :

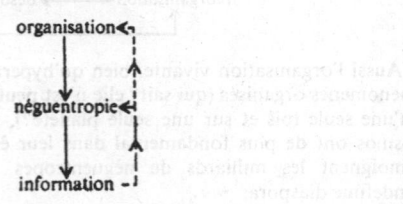

organisation ←┐
      ↕   ┊
néguentropie ←┤
      ↕   ┊
information ─┘

2. La physique de l'information

> *Il faut découvrir l'erreur, et non la vérité.*
> C. Suares.

I. L'information shannonienne

L'entrée dans le monde

L'information est un concept physique nouveau qui surgit dans un champ technologique. A la suite des travaux de Hartley (1928), Shannon détermine l'information comme grandeur observable et mesurable (1948), et celle-ci devient la poutre maîtresse de la théorie de la communication qu'il élabore avec Weaver (Shannon et Weaver, 1949).

Cette théorie est née de préoccupations pratiques. La société Bell cherche à transmettre les messages de la façon à la fois la plus économique et la plus fiable. Aussi le cadre originaire de la théorie est celui d'un système de communications où un émetteur transmet un message à un récepteur à travers un canal donné. Émetteur et récepteur ont par hypothèse un répertoire commun (code qui contient les catégories de signaux utilisables); ainsi le message codé est transmis, de l'émetteur au récepteur, à travers le canal, sous forme de signes ou signaux qu'on peut décomposer en unités d'information dites *bits* (*binary digits*).

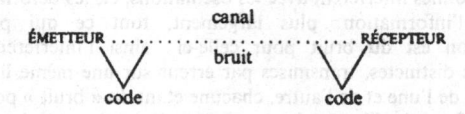

```
                    canal
ÉMETTEUR ........................ RÉCEPTEUR
                    bruit
   code                              code
```

Le *bit* peut être défini comme un événement qui dénoue l'incertitude d'un récepteur placé devant une alternative dont les deux issues sont pour lui équiprobables. Plus les éventualités que peut envisager ce récepteur sont nombreuses, plus le message comporte d'événements informatifs, plus s'accroît la quantité de *bits* transmis.

Il est clair que nul récepteur ne mesure en *bits* l'information obtenue dans un message. Il faut donc faire intervenir dans la relation communicationnelle un personnage nouveau et indispensable : l'observateur, qui dispose de la théorie et mesure l'information, sur la base du calcul binaire, à partir de la probabilité d'occurrence d'un événement par rapport au nombre total des possibilités.

L'information n'est ni dans le mot, ni dans la syllabe, ni dans la lettre. Il y a des lettres voire des syllabes qui sont inutiles à la transmission de l'information que contient le mot : il y a, dans une phrase, des mots inutiles à la transmission de l'information ou des informations que contient la phrase. La théorie appelle *redondance* tout ce qui dans le message apparaît comme surplus. Aussi est-il économique de ne pas transmettre la redondance. Dans les petites annonces ou les télégrammes, étant donné la cherté des signes, on élimine les articles, on abrège les mots, et le message « je suis une jeune fille bien sous tous rapports de religion catholique qui désirerait rencontrer en vue d'un éventuel mariage un jeune homme de préférence catholique ayant une situation stable » peut être aisément raccourci en « j. f. b. s. t. rap. dés. con. j. h. cath. préf. sit. stab. ». On transmet le message « s'il vous plaît » en éliminant comme redondance les lettres en surplus de s.v.p. L'élimination de la redondance permet donc d'économiser le coût, l'espace et le temps dans la transmission d'un message. Mais inversement l'élimination de la redondance rend très fragile le message, réduit à son squelette informationnel, dans ce voyage à travers le « bruit » qu'est la communication.

L'information chemine à travers un canal (fil téléphonique, onde radio, etc.). Or, dans son cheminement, l'information rencontre du « bruit ». Le bruit est constitué par les perturbations aléatoires de toutes sortes qui surgissent dans le canal de transmission et tendent à brouiller le message. Ainsi, dans une conversation téléphonique, les sons sont convertis en oscillations électriques, qui, à l'écoute, sont reconverties en vibrations d'air qui correspondent aux voix originales des locuteurs; or, dans les lignes téléphoniques et les amplificateurs qui jalonnent ces lignes, il y a des mouvements au hasard d'électrons, causés soit par des phénomènes électromagnétiques externes, soit par les amplificateurs eux-mêmes; ces mouvements désordonnés interfèrent avec les oscillations, et, les déformant, tendent à dégrader l'information; plus largement, tout ce qui perturbe une communication est du bruit pour celle-ci : ainsi l'interférence de deux conversations distinctes, transmises par erreur sur une même ligne, dégrade l'information de l'une et de l'autre, chacune étant du « bruit » pour l'autre.

Si on peut formuler l'hypothèse purement idéale d'un canal sans bruit, nul canal physique de communication ne peut échapper à l'hypothèque du bruit, à commencer par l'atmosphère que traversent les ondes radio et le son des paroles. Le problème de la dégradation de l'information par le bruit est donc un problème inhérent à sa communication.

Ici, l'idée de redondance présente une face nouvelle; alors qu'elle apparaît comme un surplus inutile sous l'angle de l'économie, elle devient, sous l'angle de la fiabilité de la transmission, un fortifiant contre le bruit, un préventif contre les risques d'ambiguïté et d'erreur à la réception. Ainsi, la redondance qu'apporte le pléonasme de « surplus inutile » que je viens d'écrire dans la phrase précédente n'est pas nécessairement inutile pour l'expression de mon idée si elle la renforce. On répète souvent les chiffres, numéros de téléphone ou prix d'une marchandise, que l'on communique à un interlocuteur; une communication radio sera répétée, et, si elle est de haute importance informative ou transmise à travers un fort bruit, l'on demandera au récepteur de répéter à son tour le message reçu pour confirmer la correction de l'écoute. Dès lors, l'acheminement de l'information avec le maximum d'économie et le maximum de fiabilité pose le problème d'une utilisation optimale de la redondance.

Ainsi, la notion d'information est nécessairement associée à la notion de redondance et à celle de bruit (nous verrons plus loin de quelle façon intime).

La conception shannonienne de l'information tourne autour du sens du message : en effet, l'utilisation d'un code et d'un répertoire, le besoin de communiquer, les précautions à l'égard du bruit supposent et concernent le sens de ce qui est transmis. Et pourtant le *bit* n'est pas une unité de sens. L'information shannonienne est même tout à fait muette ou aveugle sur la signification, la qualité, la valeur, la portée de l'information pour le récepteur.

Yseut attend le retour de Tristan; elle sait qu'une voile blanche annoncera le retour de son amant, une voile noire sa mort; pour elle les deux branches de cette alternative sont équiprobables. Or que passera-t-il dans l'information shannonienne des alternances d'espérance et de désespoir d'Yseut, de ses émois et de son attente, de l'amour démesuré, du spectre de la mort? Lorsque de la mer infinie une voile surgira, blanche ou noire, l'observateur shannonien facturera : un *bit!*

Voici un poème, *la Rivière de Cassis*. C'est un assemblage original et complexe, donc improbable dans leur succession, de lettres et de mots, et il peut être décompté en un total *n* de *bits*, équivalent au nombre de décisions que devrait prendre le récepteur pour identifier les lettres ou les mots constituant le poème. Toutefois un tel recensement ne nous dit rien sur le sens du poème : celui-ci comporterait la même quantité d'informations si les lettres étaient disposées au hasard, c'est-à-dire devenaient du bruit pur. La quantité d'information ne nous donne même pas une indication sur l'originalité ou la beauté du poème : l'accroissement des *bits* ne nous dit que l'accroissement arithmétique de l'improbabilité, ce qui n'est pas directement lié à la qualité poétique. Un poème qui, à nombre de lettres égal, comporterait un nombre moindre ou plus grand de *bits* ne serait pas pour autant moins ou plus poétique.

Sous cet angle, l'information shannonienne est *insensée* : aveugle sur le sens, l'intérêt, la vérité de l'information, elle peut considérer comme de très grandes quantités d'information des conglomérats de lettres ou mots, assemblés de façon incohérente, mais hautement improbable. Cette carence a été bien sûr remarquée et dénoncée. Je vais tenter de montrer qu'elle n'est pas si grave qu'il le semble, mais qu'elle cache une autre carence, beaucoup plus importante, beaucoup moins remarquée.

La carence de la mesure shannonienne en ce qui concerne le sens, la portée, etc., de l'information n'a nullement gêné l'utilisation de la théorie dans les communications. Pourquoi ? Parce que l'émetteur qui paie pour envoyer un message sait qu'il a quelque chose à dire à quelqu'un capable de comprendre ce qu'il a à dire. Si les caractères d'une page de journal ou de livre sont dispersés puis rassemblés au hasard, nul rédacteur en chef, nul éditeur ne songera à les laisser imprimer tels quels sous le motif que la quantité d'informations ne s'est pas trouvée altérée. *Cela veut dire que le sens fonctionne en dehors de la théorie.* La théorie, elle, est *business like* : elle ne s'intéresse qu'au coût de l'information, tout le reste lui est inutile. Le sens est évacué par la théorie parce qu'il se décide dans la pratique anthropo-sociale. Du reste, la théorie de Shannon a bien posé le cadre relationnel dans lequel le sens de l'information doit être cherché et trouvé. C'est la relation entre l'émetteur du message et le récepteur, relation qui peut être psychologique, affective, professionnelle, etc. La question du sens est donc renvoyée au contexte, c'est-à-dire le méta-système anthropo-social où s'effectue non seulement la communication, mais aussi la production du sens. Donc, l'absence du sens de l'information ne serait pas si grave si la théorie shannonienne, théorie de la qualité physique de l'information, était capable de communiquer théoriquement avec la réalité anthropo-sociale. Or c'est ici qu'apparaît une carence sur laquelle je reviendrai plus loin : la *théorie shannonienne de l'information occulte le méta-système anthropo-social qu'elle suppose et dans lequel elle prend son sens.*

Mais elle demeure toutefois marquée par le caractère néguentropique de l'organisation anthropo-sociale, dont la circulation des messages est un aspect. L'improbabilité attachée à l'information shannonienne traduit, sans jamais l'expliciter, le caractère néguentropique de l'organisation discursive, productrice de sens, qui constitue en fait le message. Comme l'inventaire en *bits* ne reflète que l'improbabilité de cette organisation, et non l'organisation elle-même, il nous rend incapable de discerner la différence, dans un même ensemble improbable d'éléments (lettres, mots), entre une disposition organisée (discours, poème) et une juxtaposition au hasard. Alors qu'elle est extrêmement lucide sur la menace extérieure à l'intégrité de l'information et aux bruits extérieurs, l'information shannonienne est aveugle à tout bruit intérieur au message qui en détruirait le sens. Aveugle au sens, elle ne peut qu'être aveugle à l'insensé.

Ainsi, l'information vient au monde dans le cadre d'une théorie née des développements de la communication humaine dans les sociétés industrielles avancées. Elle se développe comme théorie physique, d'où sa fécondité, mais en occultant son substrat anthropo-social, d'où sa carence. L'information, dans ces conditions, surgit sous une forme discrète, quasi particulière. Toutefois, elle éclaire quelques aspects concernant l'organisation de la communication, lesquels à leur tour jettent des lueurs étranges, ambiguës, sur la nouvelle-née.

La physique de l'information

L'entrée dans la machine

La cybernétique naquit en happant l'information naissante pour l'intégrer dans l'univers des machines. Ainsi Wiener fonda la cybernétique en liant la commande à la communication de l'information. L'information, traitée dans des ordinateurs, devient contraignante et se transforme en *programme*. Certes, il existait antérieurement, dans les machines, des dispositifs avec perforations ou dentelures qui constituaient des programmes de fait. Mais ici, c'est l'information shannonienne qui se programmatise et, par là, acquiert un caractère nouveau. Désormais l'information n'est plus seulement une entité dont on organise le commerce entre partenaires. Elle devient organisatrice et ordonnatrice. Le message-programme a force d'obligation.

Dès lors l'information-programme asservit, contrôle, répartit, stocke, déclenche l'énergie. Elle semble devenue une notion maîtresse. Effectivement, quand on oublie le contexte et la problématique de l'organisation elle-même, quand on n'a comme concepts clés que matière et énergie, alors l'information vient en souveraine dominer ces concepts et les manipuler en esclaves. C'est cette information-là qui va prendre son vol, pour conquérir le monde.

L'entrée dans la physis

L'information semble devoir régenter matière et énergie. Mais cette notion semble supra-physique : l'information n'est pas localisable matériellement, comme la masse et l'énergie, elle n'a pas de dimension : qu'est-elle donc? La vertu première de la théorie shannonienne est de donner à la notion d'information un statut physique à part entière (son vice premier étant son incapacité à concevoir les caractères anthropo-sociaux de l'information).

Effectivement, l'information acquiert les caractères fondamentaux de toute réalité physique organisée : abandonnée à elle-même, elle ne peut évoluer que dans le sens de sa désorganisation, c'est-à-dire l'accroissement d'entropie; de fait, l'information subit, dans ses transformations (codage, transmissions, décodage, etc.), l'effet irréversible et croissant de la dégradation. C'est très explicitement que Shannon définit comme *entropie d'information* la mesure H.

De façon étonnante même, l'équation par laquelle Shannon définit l'information, coïncide, mais en signes inverses, avec l'équation de Boltzmann-Gibbs définissant l'entropie :

SHANNON : $\underset{\text{Information}}{H} = \underset{\text{constante}}{K} \; \underset{\substack{\text{logarithme} \\ \text{népérien}}}{Ln} \; \underset{\substack{\text{états également} \\ \text{probables}}}{P}$

BOLTZMANN : $\underset{\text{entropie}}{S} = \underset{\text{constante}}{K} \; \underset{\substack{\text{logarithme} \\ \text{népérien}}}{Ln} \; \underset{\substack{\text{états également} \\ \text{probables}}}{P}$

Certains, comme Couffignal, ont soutenu que la coïncidence est sans signification : « L'application de la fonction de Shannon à la thermodynamique et à l'information est... un hasard de rencontre d'une même formule mathématique », (*Concept*, 1965, p. 351). Certes, il peut y avoir rencontre de deux équations de probabilité provenant d'univers différents. Mais déjà Brillouin pouvait établir une relation logique entre le H de Shannon et le S de Boltzmann (Brillouin, 1956). En dénouant le paradoxe du démon de Maxwell, Brillouin montre que « l'on peut transformer de la néguentropie en information et de l'information en néguentropie » et que « la décroissance de l'entropie peut être prise comme mesure de la quantité d'information ».

Rappelons que le démon de Maxwell a besoin de lumière pour voir les molécules ; cette dépense d'énergie provoque, a-t-on déjà dit, accroissement d'entropie dans le système global environnement-récipient. Ainsi, premier point de la démonstration, le démon acquiert de l'information qu'il paie en entropie. Second point : l'information acquise sur la vitesse des molécules permet dès lors, par simple opération binaire (ouvert/fermé), sans modifier en rien le mouvement des molécules, d'opérer sélection et choix qui entraînent une diminution d'entropie dans le récipient. Ainsi le démon transforme de l'information en néguentropie.

Plus amplement (Atlan, 1972, p. 186), le démon se comporte en transformateur de néguentropie (celle de l'ensemble du système qu'il constitue avec le récipient), en information (sur la vitesse des molécules), puis en transformateur d'information en néguentropie (dans le récipient). Atlan rétablit la priorité naturelle de l'organisation néguentropique sur l'information : la néguentropie doit d'abord se transformer en information pour permettre ensuite à l'information de se transformer, ailleurs et autrement, en néguentropie. L'équivalence information/néguentropie s'établit au sein de l'organisation néguentropique : elle ne signifie ni identité, ni symétrie.

Ici également, pour comprendre l'information, il est nécessaire de passer du système d'explication où l'entropie est une grandeur univectorielle simple, à un méta-système où l'entropie devient un concept complexe, comportant à la fois processus positif et négatif (devenant complémentaires, concurrents, antagonistes) dans et par les organisations génératives productrices-de-soi.

De fait, Shannon avait conçu le système émetteur/voie/récepteur comme un système fermé, non génératif, et non comme une organisation néguentropique. Il avait vu le principe d'entropie de l'information (dégénérescence), mais non son principe de néguentropie (générativité), lequel effectivement ne peut opérer que dans le cadre de l'organisation néguentropique émetteur/voie/récepteur, qui fait partie évidemment de l'organisation anthropo-sociale. Brillouin a révélé les deux visages de l'information. Costa de Beauregard a insisté sur le caractère néguentropique de l'information (de Beauregard, 1959). Enfin Atlan a mis le doigt sur la génération d'information, qui nécessite l'introduction du désordre, c'est-à-dire du *bruit*, au sein du système. Dès lors, nous pouvons inscrire pleinement l'information dans une *physis* qui comporte son principe immanent d'organisation et son principe de développement néguentropique.

La citoyenneté physique de l'information est d'importance considérable. Désormais une relation *de principe* (je souligne puisque le principe n'a pas encore développé ses potentialités et demeure même souvent masqué) fait communiquer, sur le plan scientifique, ce que la science disjoignait impérativement jusqu'alors : le royaume de la physique et celui de l'esprit.

L'information enracine dans la *physis* ce qui se cherchait jusqu'alors uniquement dans la métaphysique, sous les auspices de l'Idée ou de l'Esprit. Elle devient, non seulement une grandeur physique, mais une notion inconcevable en dehors d'interactions avec énergie et entropie. L'information doit toujours être portée, échangée et payée physiquement : « On ne peut rien avoir pour rien, même une information », disait Gabor, et Brillouin avait ajouté : « Il est surprenant qu'un résultat aussi général soit passé inaperçu » (Brillouin, 1956 ; trad. 1959, p. 162).

L'information s'enracine dans la *physis*, mais sans qu'on puisse la réduire aux maîtres-concepts de la physique classique, masse et énergie. Comme le dit Wiener « l'information n'est ni la masse, ni l'énergie, l'information est l'information. » Et Boulding : « (L'information est la) troisième dimension basique au-delà de la masse et de l'énergie. »

Mais déjà, dans la formulation de Boulding, une trop orgueilleuse solitude grise l'idée d'information. Une fois de plus, une structure mentale atomistique et simplificatrice masque la réalité que précisément l'information doit révéler et qui lui donne son sens : l'organisation. Le concept d'organisation est le concept fondamental qui rend l'information intelligible, l'installe au cœur de la *physis*, brise son isolement, reconnaît sa relative autonomie. Les traits les plus remarquables et les plus étranges de l'information ne peuvent se comprendre physiquement qu'en passant par l'idée d'organisation : si l'information, à la différence de la masse et de l'énergie est de dimension zéro, c'est qu'elle est de nature relationnelle, et le caractère relationnel est un caractère fondamental de l'organisation qui, elle aussi, est de dimension zéro parce que multidimensionnelle ; si l'information est mesurée en fonction de sa probabilité d'occurrence, c'est qu'elle est de caractère événementiel, ce qui correspond à une organisation constituée d'événements et productrice d'événements, c'est-à-dire néguentropique. Donc l'information participe à la sphère de l'organisation néguentropique. Et, effectivement, l'information que captait Shannon concernait un signe anthropo-social, c'est-à-dire une performance événementielle de caractère néguentropique ; un discours humain, c'est-à-dire une parole dont l'organisation est productrice de sens.

Ainsi, concevoir l'information en dehors de l'organisation néguentropique est à la fois une insuffisante reconnaissance de sa réalité physique et une source de confusions et réifications. *Pour concevoir l'information dans sa plénitude physique, il ne faut pas seulement considérer ses interactions avec énergie et entropie ; il ne faut pas seulement considérer ensemble néguentropie et information, il faut considérer ensemble information, néguentropie et organisation, en englobant l'information dans la néguentropie et la néguentropie dans l'organisation*. Dans ce cadre donc, l'information fait partie de l'organisation néguentropique, laquelle seule produit et lit l'information. C'est parce qu'elle participe à l'organisation que l'information subit le désordre et la dégradation physiques; c'est parce qu'elle participe à l'organisation néguentropique qu'elle peut résister à l'accroissement d'entropie en usant de la redondance et qu'elle peut surtout se transformer en néguentropie, ce qui, ignoré par Shannon, fut établi par Brillouin.

C'est enfin parce que l'information est une réalité organisationniste et néguentropique qu'elle a pu être appliquée avec succès, depuis vingt-cinq ans, au phénomène vivant.

L'entrée dans la vie

Alors que l'idée de néguentropie s'apprêtait à s'introduire dans l'organisme vivant (Schrödinger, 1945), elle fut bousculée et déjetée par l'idée d'information qui occupa du premier coup le poste de commande génétique. En effet, Watson et Crick (1951) unirent en une seule et grande découverte l'élucidation de la structure chimique et de la structure informationnelle de l'entité nommée gène.

Les gènes sont portés par la macro-molécule d'ADN agencée en double hélice où sont enchâssées des séquences de nucléotides; ces nucléotides diffèrent entre eux selon la base azotée qui les constitue : adénine, thymine, guanine, cytosine. Ces bases sont analogues aux lettres d'un alphabet à quatre signes qui, s'unissant entre eux, constituent l'équivalent d'un mot : une séquence de plusieurs quasi-mots formant dès lors une quasi-phrase. L'organisation de la molécule chimique porteuse du gène pouvait donc être identifiée à un message codé. On découvrit même dans ce « code génétique » des redondances ou quasi-synonymies. Il apparut alors que l'organisation génétique constituait, comme le langage humain, un système à double articulation, comportant, comme les phonèmes ou les lettres de l'alphabet, des unités discrètes dépourvues de sens (les quatre bases), lesquelles se combinent en des unités complexes analogues aux mots; alors que les mots sont porteurs de sens dans le langage humain, ces quasi-mots, dans l'organisation génétique, sont porteurs apparemment d'instructions et sont dès lors assimilés à un programme. Ainsi donc, ce qui est à la fois le patrimoine héréditaire de l'être vivant, son principe d'organisation et son principe de reproduction est de nature informationnelle.

On ne saurait donc sous-estimer l'importance de l'introduction de l'information dans la théorie biologique. Elle balaya aussi bien les conceptions purement mécanicistes et énergétistes que le mysticisme du « principe vital ».

Du même coup, l'information fait un bond organisationnel formidable en passant de la machine artificielle à la machine vivante. Le « programme » ne *gère* pas seulement le fonctionnement de la machine, il *génère* à la fois la

La physique de l'information

reproduction et l'existence phénoménale de l'être vivant, c'est-à-dire toutes les activités organisationnelles de l'individu et de l'espèce. L'information a donc un caractère *génératif* et anti-dégénérescent (empêchant, retardant le vieillissement et la mort) tout à fait inconnu et ignoré dans la théorie shannonienne. Nous retrouvons à nouveau le problème du lien organisationnel néguentropie/information. Et nous devinons qu'il y a une relation : INF/GEN/NEG.

Mais l'extrapolation pure et simple de la notion shannonienne d'information et de la notion cybernétique de programme apportaient en même temps un obscurcissement au moins égal à leur vertu d'élucidation. En effet, la théorie néo-darwinienne associe le surgissement de caractères nouveaux au sein d'une espèce, au phénomène mystérieux de la mutation génétique. Or la théorie de l'information explique ainsi le phénomène : la duplication de l'ADN peut être conçue comme la copie d'un message, qui, en dépit des précautions, n'est pas absolument à l'abri de toutes perturbations aléatoires ou « bruits » (accident quantique, rayon cosmique perturbant un transfert d'électron); dès lors le bruit provoque une « erreur » dans la copie du message; la plupart du temps l'erreur se traduit par une dégradation dans l'organisation de l'être vivant, ce qui est conforme au théorème de Shannon; mais il arrive parfois, et c'est justement le cas d'une mutation biologique évolutive, que l'erreur provoque un accroissement de complexité organisationnelle. Comment donc le bruit, au lieu de dégrader l'organisation, peut-il, ici, la développer? Un problème béant, fabuleux s'ouvre donc et qui ne peut être traité que par l'introduction du désordre ou bruit au cœur même de la générativité informationnelle, ce qui nécessite une complexification de l'idée et un renouvellement de la théorie de l'information. C'est dans ce sens initiateur que, développant et transformant l'idée foerstérienne d'*order from noise*, Atlan introduisit au cœur de la théorie de l'information, et, par conséquent, de la vie, l'idée du « bruit organisateur » (Atlan, 1970 *a*, 1972 *a*, 1972 *b*).

L'entrée dans le cerveau

L'information régnait sur l'ordinateur. L'ordinateur accomplissant des opérations intelligentes de plus en plus développées, il était naturel que l'on conçoive le cerveau humain comme un ordinateur biologique.

L'information régnait sur la vie. Il était normal qu'elle occupe le poste de commandement de l'organisme : le cerveau.

L'idée d'information devait donc envahir le cerveau humain (d'où elle était sortie...). Mais l'information se perdit dans les steppes de l'Asie mentale. Certes, le cerveau « traitait de l'information », mais non comme un ordinateur. Le *bit* n'aidait pas le cerveau à computer le cerveau. L'information ne pouvait donner la clé de l'organisation hypercomplexe du cerveau humain. Celui-ci garde et même épaissit son mystère. Toutefois, l'information planta son étendard sur le cerveau, et il fut admis qu'elle en devenait propriétaire.

L'entrée dans la société

L'information, issue de la réalité anthropo-sociale, revint sur celle-ci, et commença à infiltrer les sciences sociales. Mais la pénétration demeure difficile et incertaine. Est-ce parce que les idées traversent très difficilement le grand désert qui sépare sciences naturelles et sciences de l'homme ? N'est-ce pas plutôt parce que la notion d'information, bien qu'issue de la communication humaine, avait pris dès le départ une forme et un statut physique clos ?

Certes, on a déjà formulé l'idée que l'information doit être mise au cœur de l'anthropologie (Katz, 1974) et de la sociologie (Buckley, 1967 ; Laborit, 1973). Mais rien ne peut encore progresser vraiment dans le cadre, et d'un concept insuffisant d'information, et d'un concept insuffisant de société. La carence de l'information shannonienne pour concevoir la réalité anthropo-sociale conflue avec la carence des théories sociologiques pour concevoir la réalité de l'information. En effet, les concepts organisationnels de la sociologie n'arrivent pas à se hisser au niveau de l'être-machine, de la production-de-soi, de l'organisation néguentropique. Ils ne peuvent que vomir les *bits*, du reste singulièrement indigestes, car le *bit* est incapable de mesurer quoi que ce soit en organisation sociale. La sociologie découvrit donc l'insuffisance du *bit*. Mais l'Informationnisme découvrit l'insuffisance de la sociologie, et se gonfla de suffisance.

L'empire informationnel

L'information est devenue une notion qui prétend à l'empire sur toutes choses physiques, biologiques, humaines. Elle entend désormais régner de l'entropie à l'anthropos, de la matière à l'esprit. Elle n'accorde pas plus d'importance aux îlots qui ne se laissent pas absorber que le Grand Roi aux petites bourgades grecques qui le narguèrent à Salamine. Ce ne sont que retards locaux à sa souveraineté universelle.

Il est certes légitime que l'information, notion à l'origine non seulement physique, mais mentale et anthropo-sociale (une communication entre émetteurs et récepteurs *humains*), lie un vaste champ qui va de la *physis* à l'esprit, avec pour clé de voûte l'organisation biologique. Mais une liaison véritable ne saurait se fonder sur une étonnante scission, opérée et occultée à la fois par la théorie shannonienne, aggravée par la cybernétisation de l'information en programme, entre d'une part les caractères physiques de l'information, d'autre part ses caractères anthropo-sociaux. L'information triomphante est une information mutilée, unidimensionnalisée, c'est le programme des machines artificielles. Nous avons vu dans un chapitre précédent que la cybernétique avait perverti sa propre théorie en réduisant les machines vivantes au modèle schématique et insuffisant des machines artificielles, alors que ces machines artificielles sont des produits de la

La physique de l'information 311

mégamachine anthropo-sociale. C'est le même type de réduction mutilatrice qui s'est opérée sous le couvert de l'information.

L'information qui prétend au pouvoir suprême est un conquérant barbare. (Tout concept qui prétend au pouvoir suprême est barbare.) Elle a perdu les caractères relationnels et événementiels qui faisaient sa vertu.

La voici isolée. Mais c'est précisément ce qui permet de la réifier, de l'hypostasier, d'en faire une entité capable de tout régenter. Cette réification était en germe chez Wiener. La formule « l'information n'est ni matière, ni énergie, elle est information » avait le mérite d'affirmer l'originalité, la non-réductibilité de l'information. Mais déjà elle portait dans sa tautologie le risque du concept clos, auto-justifié sur lui-même. Par la suite il fut trop facile de tout expliquer, tout ramener à la vertu primordiale d'une Information *deus ex machina*. Ainsi Buckley : « Le fait que des... systèmes soient ouverts, en échange dynamique avec l'environnement, auto-organisateurs et adaptatifs, apprennent, aient des mémoires, soient conscients d'eux-mêmes et poursuivent des buts *dépend de l'unique caractère qu'est l'information* (je souligne) et le processus de sa communication entre les systèmes, leurs composants, leur environnement » (Buckley, 1974).

L'information réifiée est de plus quasi réduite à l'idée de programme, notion impérative dont l'autoritarisme surdétermine l'impérialisme informationniste.

Ainsi l'information devient notion maîtresse, maître-mot. Elle est maîtresse de l'énergie qu'elle manipule, enchaîne, déchaîne (mais qui manipule l'information?). Le programme qui régit la machine est roi (où sont l'homme et la société qui ont constitué le programme?). Le code génétique est le programme qui régit la cellule et par extension l'organisme, la vie (mais d'où vient ce programme? qui l'a formulé? pourquoi a-t-il besoin des produits qu'il fait exécuter pour exister?). L'information régit la société *via* normes, règles, interdits (à condition d'oublier les rapports de domination, exploitation, solidarité entre les groupes qui déterminent autant les règles, normes, interdits qu'ils sont déterminés par ceux-ci).

Ainsi l'information devient impériale précisément en occultant les caractères multidimensionnels, récursifs, rétro-actifs, concrets dans et par lesquels il faut comprendre la machine, la vie, la société. Elle revendique dès lors l'univers, dans la jonction des deux royaumes dont elle se dit héritière. Dans le premier régnait la Matière, dans le second régnait l'Esprit. L'information prétend au premier par son caractère physique, au second par son caractère psychique, à l'un et à l'autre par son aptitude universelle au commandement. Sa vertu, son efficacité sont garanties, prouvées, par la machine et l'ordinateur. Du moment que le *bit* y fonctionne, c'est qu'il a valeur universelle. Tout ce qui est bon pour une machine (artificielle) est bon pour la nature. Tout ce qui est bon pour l'ordinateur est bon pour l'homme.

Une fois de plus, *nous voyons comment une notion au départ élucidante devient abêtissante, dès qu'elle se trouve dans une écologie mentale et culturelle qui cesse de la nourrir en complexité.* Ainsi l'information devient close par retombée alors qu'elle est relation et événement. Elle devient abstraction alors qu'elle est toujours référentielle et contextuelle. Elle devient réductionniste alors qu'elle est une notion complexe liée à une réalité complexe : l'organisation néguentropique.

II. Pour plus ample information

Ce qu'a fait surgir Shannon, ce n'est pas l'information-réponse, c'est l'information-question. Ce qui surgit ici, après ce premier panoramique, c'est la problématique de l'information.

La notion est devenue caméléonesque, puisqu'elle concerne les messages humains les plus divers, les programmes cybernétiques, l'organisation biologique ; puisqu'elle est capable de se métamorphoser en néguentropie, puis de se retransformer en information ; puisqu'elle peut être conçue comme notion radicale, c'est-à-dire générative, à la racine de tous les processus organisationnels de la vie, et aussi comme une notion épiphénoménale, emportée par le vent qui disperse les émissions radio à peine écoutées, les images à peine vues, les journaux à peine lus, les livres oubliés... ; puisque enfin elle se présente tantôt sous l'aspect digital d'une mesure, tantôt sous l'aspect d'un concept souverain qui détient les secrets de la vie, du cerveau, de la société...

Il nous faut donc affronter ce très « vicieux caméléon conceptuel » selon l'expression de von Foerster, et cela à trois niveaux où la problématique est béante :
— celui du *bit*,
— celui de la générativité,
— celui de l'articulation physique/biologique/anthropo-sociologique.

A. Les insuffisances du *bit*

Le *bit* est l'unité élémentaire de mesure convenant à l'information conçue comme grandeur ; la quantité d'information contenue dans un message ou programme peut être évaluée dans le résultat H (du nom de Hartley) de l'équation déjà citée.

1. *Le bit ne mesure rien en dehors de la transmission des signaux*

Voyons les limites de cet instrument de mesure. Tout d'abord « la seule information mesurable est strictement liée à l'acheminement de signaux » (Sauvan). Même dans ce domaine, la mesure est de portée limitée. Elle se tient à un niveau statistique : la probabilité d'occurrence d'unités discrètes. Par là elle neutralise ou plutôt bulldozérise ce qu'ont de spécifique, d'original, d'irréductible ces divers modes informationnels : mémoire, savoir, savoir-faire, règle, norme, programme, fantasme, etc. L'information ainsi uniformément mesurée n'est pas seulement dépourvue de sens : elle est indéterminée.

Quand on transporte l'information hors de la transmission des signaux, la mesure shannonienne disparaît. Certains ont pu penser que l'information mesure l'organisation, étant donné que l'organisation est une divergence par rapport à la distribution au hasard des éléments constitutifs, mais même une organisation informationnelle ne saurait être seulement traduite, c'est-à-dire réduite, en termes d'information. Ainsi l'organisation de l'être vivant est trop complexe pour que la mesure shannonienne non complexe ait précision, pertinence, intérêt (ce qui n'interdit nullement la possibilité d'élaborer une mesure complexe, comme le suggère Atlan). Ainsi, le génome d'*homo sapiens* contient moins de *bits* que celui du blé ou du triton. De même il serait vain de mesurer l'information culturelle ou cérébrale. La numération en *bits* des Tables de la Loi, du Code civil, des pensées de Pascal, du Manifeste communiste n'a de sens ni intrinsèque, ni comparatif. Ce n'est pas la quantité d'information qui importe, c'est l'organisation de l'information. Ainsi, l'originalité de l'organisation générique comme de celle du langage humain, qui est la double articulation, est totalement ignorée par le calcul shannonien. Le *bit* ne peut donc mesurer un degré d'organisation, un degré de néguentropie, un degré de vie, un degré d'intelligence. Il ne peut que révéler la nature événementielle/relationnelle/improbable de l'information, dimension jusqu'alors totalement ignorée.

2. *L'insuffisance digitale*

L'information shannonienne est digitale (*binary digit*), c'est-à-dire relève du calcul binaire par tout ou rien. Cet aspect digital est irréductible : le transfert d'information, comme tout transfert physique, y compris la lumière, a un aspect discontinu. Mais de même que la lumière ne peut se réduire à l'aspect discontinu (corpuscule), on ne peut réduire l'information à son aspect digital. Je pense que le caractère digital, à être considéré seul, réduit l'information à son aspect « particulaire » d'unité discrète ; il semble bien qu'il y ait aussi, complémentaire et antagoniste, une dimension « continue » de l'information, qui serait comme « ondulatoire » par rapport à l'aspect corpusculaire. Les ordinateurs digitaux nous ont appris au moins une chose du cerveau : c'est qu'il ne fonctionne pas comme un ordinateur digital. On peut confier à un ordinateur digital la copie de *la Joconde* : celle-ci, exprimée en points discontinus, comme une image de télévision, sera éventuellement parfaite. Mais Léonard de Vinci ne l'a pas composée de façon uniquement digitale, c'est-à-dire opérant par choix ponctuels. Il a certes vécu des moments de choix et de décisions entre des alternatives, mais ces moments sont mêlés à des *continua*. Nous revoici ramenés au mystère de l'appareil cérébral, dont le fonctionnement n'obéit pas qu'à une logique digitale, mais qui intègre celle-ci dans une polylogique complexe. La digitalisation intégrale de *la Joconde* est un sous-traitement, un sous-produit, à partir d'un modèle qui s'est formé de façon incluant mais dépassant la digitalité.

Ici nous retrouvons le problème paradigmatique de la réduction aux unités élémentaires comptables — ici les unités d'information. Un tel réductionnisme ignore, détruit, scotomise quelque chose d'autre, de continu, de *gestaltique*, *d'analogique*. Il ignore des propriétés qui relèvent de l'action de la totalité en tant que totalité. Thom dit fort bien que toute information est d'abord une forme qu'on ne saurait réduire à sa mesure scalaire (Thom, 1972, p. 164). Non seulement bien des phénomènes bio-psychiques ont une composante mimétique (le mimétisme n'étant nullement limité aux homéochromies et homéotypies de certaines espèces animales), mais plus largement toutes les activités néguentropiques/informationnelles obéissent à une dialogique entre le digital et l'analogique, problèmes sur lesquels je viendrai en tomes II et III. Ceci pour dire que la digitalité, notion indispensable à l'information, est incapable d'en rendre compte à elle seule, et, considérée comme le seul caractère de l'information, devient mutilante.

B. La carence générative

1. L'information shannonienne est toujours dégénérative. Elle ne peut que décroître, de l'émission à la réception. Ce qui a été reçu ne peut jamais être supérieur en informations à ce qui a été émis. L'information shannonienne obéit donc au principe de l'entropie croissante, et ce qu'elle permet, c'est, par un bon usage de la redondance, d'éventuellement retarder l'effet inéluctable du bruit.

L'information shannonienne est toujours pré-générée. Elle surgit armée de pied en cap comme Athéna. On ne peut comprendre ni sa naissance, ni sa croissance. Et pourtant, l'information a dû naître : elle s'accroît dans le monde, donc elle continue à être générée.

Il y a là un problème clé que non seulement la théorie, mais la logique de l'entendement classique empêche de comprendre : comment l'information, pour être générée, a besoin de la non-information, c'est-à-dire nécessairement de la redondance et du bruit !

Il est stupéfiant qu'un problème aussi énorme ait été presque totalement invisible. Seuls quelques-uns, dont von Foerster et Bateson, ont compris le rôle génésique du désordre, et c'est Atlan qui a pleinement posé ce problème en termes informationnels.

2. L'information shannonienne devient génératrice de néguentropie en devenant programme au sein de la machine cybernétique. Brillouin montre même qu'on peut, sur la base shannonienne, poser un principe de

néguentropie de l'information, où l'équivalence entre information et néguentropie permet la transformation de l'une en l'autre. Ce principe ne nie nullement les théorèmes de dégénérativité. Le lecteur sait maintenant que, dans la complexité, il n'y a pas alternative entre ces termes d'entropie et néguentropie, mais à la fois complémentarité, concurrence et antagonisme. Mais c'est dire aussi qu'il faut élaborer une théorie complexe de l'information, ce qui nécessite, on le verra, la mise à jour et l'élucidation de son principe de générativité, qui se pose à nous de façon frontale depuis que l'information a été identifiée au *gène*.

L'information shannonienne s'embrume dès qu'on plonge dans sa générativité (organisation néguentropique) et se désarticule dès qu'on cherche ses propres origines (participation du « bruit » à la genèse de l'information). Ce sont ces zones obscures que, depuis huit ans, Henri Atlan a entrepris d'explorer, et c'est évidemment lui qui m'a éveillé à ces problèmes.

3. L'adoption de la thématique informationnelle dans la théorie de la vie a contribué puissamment au progrès de celle-ci, mais ce progrès aurait dû, pour se poursuivre, enrichir et complexifier la thématique informationnelle.

Ainsi, à partir du moment où gène et information sont identifiés, l'origine de la vie, l'évolution créatrice de millions d'espèces végétales et animales posent de plus en plus instamment le problème de la naissance, de la croissance, du développement de l'information.

La théorie de la vie, pour qui l'idée de code et de programme ont été d'heureuses béquilles, devrait commencer à chercher à marcher sur ses pieds en interrogeant ces notions : la notion de code est très bizarre lorsqu'il n'y a pas de vrai langage, de vrai récepteur et de vrai émetteur ; elle a un petit quelque chose en trop, peut-être un gros quelque chose manquant. La notion de programme est utile, mais insuffisante : d'où vient ce programme sans programmateur ? Que signifie ce programme qui a besoin des produits dont il ordonne la fabrication pour fonctionner et se reproduire ? Quel est ce programme qui peut varier ses réponses dans une même situation ? On le voit : *l'introduction de l'information dans la vie, au lieu d'être seulement une application cybernéto-shannonienne, aurait dû être, devrait être, commence à être (avec le travail d'Atlan, beaucoup plus « révisionniste » qu'il ne le pense) l'occasion d'une révision et d'une complexification de la théorie.*

C. La carence théorique

L'information inoculée dans l'ADN a conservé de la communication humaine l'idée de code ; elle introduit avec l'idée de programme le modèle de la machine artificielle.

Ainsi ce qui est introduit dans le gène, *a)* c'est une idée anthropomorphe de code, *b)* une idée technomorphe de programme, la première excessive peut-être, la seconde insuffisante sans doute. Cette inoculation a eu un aspect heuristique, mais aussi un aspect doublement déformant : on efface de l'information, après trempage cybernétique, toute complexité anthropo-sociale, tout en gardant un schème anthropo-social formel (code, quasi-émetteur, quasi-récepteur); on efface, de l'idée cybernétique de programme, le programmateur et l'insertion de la machine artefact dans la mégamachine sociale, et cette machine abstraite devient le modèle de la machine vivante.

Enfin, ce modèle artificiel revient sur l'organisation du cerveau et celle de la société, oubliant qu'il en était parti, oubliant qu'il en est un petit dérivé particulier, ayant perdu en cours de route tous les constituants anthropo-sociologiques fondamentaux, ayant simplifié et falsifié la théorie de la vie. Et c'est ainsi que l'idée potentiellement civilisatrice d'information, qui aurait permis à la théorie sociologique de se complexifier, est arrivée en barbare.

Ici apparaît le paradoxe théorique crucial. L'information est un concept qui a réussi à établir une liaison organique entre l'univers physique, l'univers biologique, l'univers anthropo-sociologique. Dès le départ, il y eut lien entre théorie physique et cadre anthropo-sociologique. Peu après l'information s'enracina au cœur de la théorie biologique, et la triple articulation sembla donc assurée.

Mais en fait, il n'y a pas encore de véritable articulation; il y a, comme on l'a vu, hégémonisme d'un concept dissocié, simplifié, mutilant.

Or il faut reconsidérer le problème clé de la triple articulation :

physis ─────── vie ─────── anthropo-sociologie

La réalité physique de l'information n'est pas isolable concrètement. Je veux dire qu'il n'y a pas, à notre connaissance et sur notre planète, d'information extra-biologique. L'information est toujours liée aux êtres organisés néguentropiquement que sont les vivants et les êtres métabiotiques qui se nourrissent de vie (sociétés, idées). De plus le concept d'information a un caractère anthropomorphe qui me semble non éliminable. (Il a même eu besoin, pour affirmer sa plénitude néguentropique, du petit démon anthropomorphe de Maxwell.)

On arrive à cette proposition clé : le concept physique de l'information est inconcevable sans le concept biologique et le concept anthropo-sociologique de l'information. On mutile la réalité du concept physique si on prétend totalement l'isoler, puisqu'*il n'existe que dans des êtres physiques qui ont la qualité d'être vivant, et ne développe ses potentialités que dans la communication entre êtres sociaux ayant l'aptitude cérébrale d'échanger des informations.*

D'où la nécessité d'un méta-système théorique, qui, se situant au niveau de la triple articulation, intègre, transforme et dépasse le concept d'information issu de Shannon.

Il ne s'agit pas de rejeter purement et simplement. L'information shannonienne a des vertus clés (relationnalité, événementialité, improbabilité, originalité, et surtout la possibilité de s'articuler à la néguentropie). Mais elle est insuffisante dans sa forme (particulaire/digitale), elle a d'énormes

La physique de l'information

carences, elle risque d'être réifiée .et simplifiée sous sa forme programmatique, et enfin dénaturée sous sa forme vulgatique ou idéologique.

L'information shannonienne n'est que la partie émergée d'un profond iceberg. L'idée dominante qui se dégage de mon interrogation critique est qu'une véritable théorie de l'information ne peut être que méta-informationnelle, c'est-à-dire ne peut se développer qu'intégrée, articulée et « dépassée » au sein d'une théorie complexe de l'organisation. C'est bien dans ce sens qu'est allé naturellement Atlan : de l'information à l'organisation (Atlan, 1974). Ici, je ne peux que me borner à esquisser une problématique de l'information dans les organisations et processus néguentropiques.

III. Généalogie et générativité de l'information

L'information nous apparaît comme un concept complexe, devenu indispensable dès son apparition, mais encore non élucidé ni élucidant. Il s'agit donc, ici d'abord, de tenter de sonder son origine. Le problème de l'origine débouche directement, on va le voir, sur celui de la générativité.

A. La genèse de la générativité : naissance de l'information

La relation d'équivalence néguentropie/information risque de masquer le caractère antécédant et enveloppant de l'organisation néguentropique par rapport à l'information (cf. chapitre précédent, notamment p. 299).

Dès lors, le complexe informationnel (et je dis complexe car l'information suppose circulation, communication, dispositif engrammant, appareil) doit être conçu, non pas à l'origine, mais au terme d'un processus très long et complexe où une organisation néguentropique productrice-de-soi se transforme en cellule vivante.

Il y a une distance organisationnelle extraordinaire entre ce que nous connaissons du départ (la production de nucléotides et d'acides aminés dans des « reconstitutions » en laboratoire de « soupe primitive ») et ce que nous connaissons de l'arrivée (un unicellulaire procaryote comportant un cytoplasme et des gènes inscrits dans un ARN) et cette distance organisationnelle doit correspondre à une très grande distance temporelle, peut-être plus d'un milliard d'années.

Cette période est dite pré-biotique ; elle est conçue généralement comme un processus d'interactions et réactions chimiques entre éléments se rencontrant au hasard dans des conditions favorables (la « soupe primitive » d'Oparine) ; ce processus serait celui de l'association combinatoire de grands assemblages chimiques de plus en plus complexes, qui aboutiraient finalement à une organisation auto-reproductrice dotée des qualités vivantes : la cellule. Une telle conception ignore ou sous-estime la possibilité du surgissement très précoce d'une ou plusieurs organisations productrices-de-soi, de forme tourbillonnaire, et dont les développements et intégrations mutuelles proto-symbiotiques aboutiraient à une organisation communicationnelle-informationnelle. Dès lors l'idée d'une période proto-biotique devient très importante; elle s'interpose entre le pré-biotique et le biotique, les enchaîne et les chevauche l'un l'autre. A partir du moment où l'on prend conscience que la vie ne peut naître de l'apparition miraculeuse de l'information, alors il faut penser que l'information naît de la complexification d'une organisation proto-biotique, qui grâce à cette complexification, va s'organiser en vie.

De même qu'on avait sous-estimé jusqu'aux découvertes préhistoriques de ces dernières années la très longue période d'hominisation (aujourd'hui évaluée à plusieurs millions d'années) qui, d'un petit hominien bipède, va à *homo sapiens*, parce qu'on était incapable de concevoir le paradigme qui permet de relier, et non disjoindre le primate et *homo*, de même la domination de l'information atomisée et de la vie molécularisée empêche de concevoir la très longue période proto-biotique du développement d'une organisation productrice-de-soi, et devenant, en créant son organisation informationnelle, *auto*-organisatrice.

Il faut donc partir, non du paradigme atomisant qui s'efforce de concevoir le montage d'un grand meccano chimique, mais d'un paradigme d'organisation active fondé sur les propriétés récursives, rétro-actives, néguentropiques, de la boucle productrice-de-soi.

Nous savons, depuis la thermodynamique prigoginienne, que des organisations spontanées du type tourbillonnaire se constituent et se maintiennent dans certaines conditions d'instabilité. Étant donné que le système vivant, comme le dit justement Atlan, est un système dont les éléments ne sont pas les composants chimiques, *mais les réactions chimiques entre composants* (Atlan, 1975, p. 95), nous devons donc imaginer que le jeu commence, non seulement par des rencontres et des réactions, mais par la formation de *tourbillons de réactions chimiques*.

Imaginons donc la « soupe tiède » d'Oparine, avec non seulement des oxydations, réductions, acidifications, photo-réactions, mais aussi des flux se heurtant et se combinant en remous. C'est effectivement dans une telle soupe, grouillante, tohu-bohesque, que nous pouvons imaginer que joue la dialectique génésique désordre/interactions/organisation, l'organisation n'étant pas seulement la structure moléculaire des nucléotides et acides aminés, mais déjà des boucles chimiques brassant et encyclant transformations moléculaires en nuées. C'est dans cette danse d'échanges, réactions, transformations que sont entraînées des molécules dotées de propriétés duplicatrices; ainsi se déclenchent des processus multiplicateurs et se multiplient des processus déclencheurs.

Les conditions d'instabilité défont et décomposent les tourbillons mais

La physique de l'information 319

aussi sont favorables aux rencontres. Dès lors nous pouvons envisager, à partir de processus se chevauchant, interférant, se contrariant, des bouclages proto-symbiotiques constituant un être-machine producteur-de-soi de nature nucléo-protéinée. Amusons-nous à ce scénario, puisque notre but est *bit*.

Bouclage proto-symbiotique/parasitaire

Des associations actives se font, se défont, se refont dans le grouillement. Les duplicateurs peuvent très bien opérer comme des virus (lesquels ne sont autre qu'une matrice duplicative) dans un milieu favorable; ils y puisent les éléments de leur propre pullulement en dégradant ce milieu, c'est-à-dire en décomposant les molécules instables qui les « nourrissent ». Ils peuvent se combiner en une relation « parasitaire » avec les molécules réactives, mais pour que celles-ci puissent se reconstituer ou se recomposer, il faut la présence de molécules catalytiques. Voici donc, en une symbiose semi-parasitaire et pré-asservissante un « ménage à trois » : les entités duplicatrices s'associent à des entités catalytiques, qui déclenchent la reconstitution des entités réactives instables.

Cette association proto-symbiotique combine en boucle des mouvements séquentiels d'échanges chimiques (qui dès lors préfigurent les futures activités métaboliques) et de duplications quasi cristallines (qui préfigurent le mécanisme d'auto-reproduction). Ce bouclage, s'il réagit activement contre dislocations et dispersions, est déjà la constitution d'un :

Être nucléo-protéiné producteur-de-soi

La boucle récursive de myriades d'interactions et réactions chimiques qui se constitue est, par sa nature, et sans doute par sa forme, déjà loin du tourbillon aquatique. La production permanente, la réorganisation permanente, sont de nature chimique : la reconstitution des molécules protéinées qui se dégradent; l'alimentation énergétique s'effectue peut-être par photoréactions, c'est-à-dire branchement direct sur le rayonnement solaire. Cette boucle symbiotique est certes fragile. A supposer que la boucle se brise, la symbiose s'effondre, les entités se dispersent. Le duplicateur, qui est l'entité la plus stable (ARN ou ADN), cesse de se dédoubler et se maintient jusqu'à ce qu'il se lie à nouveau, dans ce grouillement et pullulement suractivé de rencontres et interactions, à des entités catalytiques et réactives, avec lesquelles il renoue le ménage à trois.

Dès lors de nouvelles boucles se constituent, dont certaines se renforcent plus que d'autres et ce renforcement se renforce avec l'insertion, à l'occasion de rencontres, de tout élément dont la réaction aura la propriété de stabiliser et renforcer le bouclage.

Renforcement du bouclage

Dès le départ joue une « sélection naturelle » (des molécules intra-muros, je veux dire intra-bouclage) (Eigen, 1971). Effectivement, les molécules les moins sociables, les moins douées sont rejetées à l'écart de la grande aventure. La logique organisationnelle de la boucle joue dès sa formation et à travers ses développements symbiotiques : la rétroaction incessante du tout en tant que tout sur les parties pour demeurer tout *protège les parties qui protègent le tout*. Aussi tout ce qui favorise la survie du tout sera conservé, intégré, développé dans ce processus à la fois sélectif et morpho-stabilisateur.

Ce renforcement de la réitération comporte nécessairement le développement des activités productrices; plus le système intègre des éléments nouveaux, c'est-à-dire de la variété, plus les capacités fabricatrices doivent, *via* catalyse, se diversifier; ainsi la boucle peut s'enrichir d'éléments très divers, les uns de plus en plus aptes aux échanges métaboliques, les autres — les enzymes — de plus en plus précis et opérationnels dans les opérations fabricatrices. Une dynamique de répétition, de réorganisation et de production se complexifie.

Constitution d'un complexe régulateur

Nous avons vu que l'organisation-machine la plus complexe que nous connaissions, celle des soleils, est spontanée, c'est-à-dire non informationnelle. Elle est la résultante globale permanente d'interactions en nombre incroyable, prodigieusement complexes, diverses et divergentes, se complémentarisant dans le contre-balancement des multiples antagonismes. *La régulation et la régénération sont indistinctes du processus total.* Il est licite de penser que l'être proto-biotique nucléo-protéiné organisateur et producteur-de-soi qui s'est constitué puisse très bien, même à un haut stade de complexité, fonctionner sur la base de régulations spontanées, c'est-à-dire une logique récursive/rétroactive d'interactions concurrentes, complémentaires, antagonistes. *A son origine, la vie est un micro-soleil se nourrissant de rayonnement macro-solaire.*

Mais alors que le destin solaire se joue de façon quasi indépendante de son environnement, le destin proto-biotique se tisse à travers les interactions avec l'environnement. Celui-ci le condamne à l'insécurité et à la dépendance. Mais en même temps, si on continue à supposer la « soupe » mijotante, grouillante de rencontres et d'échanges, cet environnement lui fournit de la variété en débauche, en surcroît, ce qui permet à la boucle, lorsqu'elle intègre des éléments fonctionnalisables, de se développer et se complexifier. La complexification interne, c'est-à-dire l'accroissement de la variété des composants et des réactions, est liée à une complexification des échanges avec le milieu : la boucle a incorporé dans le futur cytoplasme des protéines variées et instables, des enzymes aux activités très diversifiées. Le problème de l'organisation du métabolisme se pose donc de façon de plus en plus aiguë. La machine, de plus en plus variée et délicate, serait de plus en plus fragile si cette fragilité ne pouvait être compensée par une organisation régulatrice du métabolisme.

Mais celle-ci est encore fragile, et il faut supposer d'innombrables ruines, ruptures, brisures, c'est-à-dire des re-départs à zéro. Toutefois, il n'y a pas nécessairement toujours re-départ à zéro. Des duplicateurs se tirent d'affaire et recommenceront ailleurs, plus tard. Plus ils auront emporté avec eux de constituants capables d'échanger et produire, mieux ce sera pour leur multiplication. Ainsi, il n'y a pas que les hécatombes de proto-cellules mais il y a aussi les recommencements sélectifs, à partir de duplicateurs qui auront su emporter leur biscuit, puis reconstituer une nouvelle proto-cellule.

Aussi les « échecs » au niveau de la grande boucle peuvent en même temps jouer un rôle sélectif en faveur de petites boucles de duplicateurs parasites/asserviseurs, qui, dans de nouvelles conditions, s'intègrent dans la constitution de nouvelles grandes boucles (dès cette époque peut-être les virus, êtres purement parasites/exploiteurs, se différencient des duplicateurs sociables qui acceptent l'asservissement mutuel, sans quoi il n'y a pas de vie possible).

Mais tout dépend finalement du problème global. Pour que s'accomplisse le saut définitif vers l'organisation vivante, il faut que se constitue une générativité organisée : il faut que les protéines asservies qui nourrissent la duplication des duplicateurs puissent elles-mêmes asservir ces duplicateurs pour qu'ils les reproduisent dans leur duplication, ce qui est de l'intérêt bien compris de ces derniers, puisqu'en les reproduisant ils reproduisent ce qui nourrit leur duplication. *Donc, il faut que la duplication restreinte (du duplicateur) se transforme en réplication généralisée (du tout).* Dès lors se génère et se règle un proto-appareil générateur et régulateur, situé dans les entités les plus stables, les ARN duplicateurs capables désormais de s'auto-reproduire tout en déclenchant la reproduction des éléments dégradables qui leur sont associés.

Le processus d'informationnalisation

Le processus d'informationnalisation ne succède pas à ce que nous venons de dire, il lui est intimement associé. Il s'effectue dans l'interférence prodigieuse des facteurs les uns sur les autres. De même que l'hominisation est un processus total de transformation écologique, génétique, organismique, cérébral, sociologique, de mode de vie, avec création et développement de la technique, de la culture, *où la constitution du langage à double articulation est un aspect à la fois total et partiel de ce processus, de même il faut concevoir la « biotisation » comme un processus de développements interférents inouïs, où surgit le dispositif informationnel à double articulation.*

Récapitulons : la boucle productrice-de-soi se réorganise en extrayant du milieu des éléments chimiques dont elle a besoin pour survivre et en reproduisant ses molécules qui se dégradent. On peut supposer que chaque carence ou déviation rétroagit sur la boucle en une onde d'alerte jusqu'à ce qu'une molécule réagissant spécifiquement à telle déviation ou telle carence déclenche une catalyse. Nous supposons qu'en un premier état du complexe régulateur-régénérateur pré-informationnel, les molécules ainsi réactionnelles sont dans des sites stables, arc-boutés sur une grande échelle d'ARN.

A partir de ces interactions :

$$\text{déviation carence} \longrightarrow \text{stimulus} \longrightarrow \text{réponse}$$
perturbations — *déclenchement d'une catalyse*

se crée un processus cycle stimulus/réponse, où le stimulus médiatisé fait effet d'un signal pour une molécule ou un groupe moléculaire qui répond par un autre signal sur enzyme, lequel déclenche la fabrication.

Ainsi des inter-rétroactions deviennent communicationnelles. Mais il n'y a pas encore un code, pas encore d'information. Patience. Considérons ici la situation où telle alerte, carence ou besoin déclenche telle molécule, laquelle déclenche telle enzyme ; il y a entre-grammatisation mutuelle dès que l'une (la base dans l'ARN) devient signal pour l'autre (l'enzyme) et réciproquement. Ici il faut songer non seulement aux 4 bases d'ADN mais aux 20 radicaux aminés, qui constituent les lettres d'un autre « vocabulaire ». Il faut songer que le « codage » dans l'ARN puis ADN a sa contrepartie dans le « codage » stéréospécifique propre à l'enzyme. Donc une première phase informationnelle se constitue dans une dialectique d'engrammation mutuelle terme à terme.

Cette première double engrammation pré-informationnelle défend et fortifie la machine chimique. Mais, avec les développements de la complexification, les combinaisons entre les bases de l'ARN ne sont pas assez nombreuses pour répondre à la demande protéique et un phénomène de saturation apparaît. Pour comprendre, reprenons l'hypothèse de la formation du langage humain (à double articulation) au cours de l'hominisation, formulée par Hockett et Asher (1964). A un certain développement de la complexité sociale hominienne, vu les besoins accrus de communication, il y eut probablement saturation phonique d'un *call-system*. C'est ainsi, sous la pression d'une demande de variété non satisfaite, qu'a pu se constituer le langage à double articulation, le nôtre, méta-système sémiotique permettant désormais de combiner à l'infini mots et phrases, dotés de sens, à partir de phonèmes devenus unités privées de sens.

On peut imaginer, de même, une pression de variété, émanant des besoins phénoménaux de plus en plus variés et complexes, par le truchement de protéines dont les combinaisons peuvent varier à l'infini, sur un nombre restreint de bases « saturées » qui ne sauraient répondre aux besoins accrus

La physique de l'information

qu'en constituant un méta-système à double articulation, où ces bases, devenant les équivalents de lettres d'un alphabet, pourront à leur tour se combiner à l'infini sur le plan de la seconde articulation.

Il a suffi qu'une fois se constitue, de façon inimaginable, comme tout passage à un méta-système, cette « double articulation », située évidemment dans l'entité duplicatrice, pour qu'elle se reproduise d'elle-même, et que ce « code génétique », lié à la reproduction du tout en tant que tout, assure la multiplication de la vie à l'infini, transformant son improbabilité initiale en forte probabilité terrestre.

Ainsi le « verbe » n'est pas « au commencement ». C'est la fin du commencement (protobiotique).

Dès lors, l'ensemble métabolique est entré dans le circuit reproducteur, l'ensemble reproducteur est entré dans le circuit métabolique. Il s'est constitué une boucle géno⟶phénoménale, à la fois productrice et reproductrice d'un être-machine *auto-(géno-phéno)-éco-ré-organisateur*, dont le complexe génératif constitue un proto-appareil informationnel et le complexe phénoménal une organisation communicationnelle. La genèse de l'information correspond donc à un développement métamorphique d'une organisation néguentropique devenant informationnelle, communicationnelle. L'information, désormais nécessaire à cette organisation, *comme cette organisation lui est nécessaire*, émerge sous forme d'engramme. Elle contient déjà à l'état indistinct et potentiel toutes ses différenciations ultérieures.

De la non-information à l'information

Les conditions généalogiques de l'information sont d'importance théorique tous azimuts, dont celle-ci, que nous avons déjà signalée : l'information naît de la non-information. Cela veut dire :

— l'information naît d'un procès organisationnel néguentropique, qui se développe à partir d'interactions événementielles, aléatoires ;

— l'information naît en même temps que se constitue un complexe *génératif/régénérateur :*

$$NEG \longrightarrow GEN \longrightarrow INF$$

et dès lors elle peut régénérer à son tour ce qui la génère :

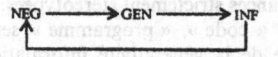

$$NEG \longrightarrow GEN \longrightarrow INF$$

hautement improbable dans son occurrence, l'information, en s'inscrivant sur un complexe générateur de nature duplicative, se multiplie et prolifère. On peut donc concevoir à la fois l'improbabilité de son apparition et la probabilité de sa diffusion.

Et, pour le développement de l'information, la non-information intervient à nouveau, cette fois sous forme de *bruit*, c'est-à-dire de perturbation. Mais ce n'est pas le bruit qui crée la nouvelle information, c'est la conjonction organisation néguentropique/information/interactions/bruit.

B. Archéologie de l'information : re-génération et information générative

1. *Machine et machine. Information et information Programme et programme*

On a pu assimiler les séquences inscrites dans l'ADN à un message, formulé selon un code, constituant un programme. Effectivement, le patrimoine héréditaire est un quasi-message qui se transmet de génération à génération. Mais l'idée de message est un peu trop claire. Ici l'émetteur et le récepteur sont le même qui se dédouble; le message est transmettant et transmis à la fois. Ce trop clair n'est pas si clair.

Code? Effectivement, un quasi-code émerge de la constitution d'un système à double articulation.

Programme? Nous avons vu les justes objections que l'on peut faire à ce terme. Quel est ce programme qui vient, non de l'extérieur et du supérieur, mais de l'intérieur et de l'inférieur? Quel est ce programme qui détermine, non des séquences d'action stéréotypées de façon rigide, mais des variétés aléatoires de comportement?

Certains rejettent même le terme. Toutefois le mot programme n'est pas totalement impertinent : en termes statiques et selon un cadrage rétréci, tout se passe même comme si à partir de l'information codée dans les gènes, émanaient, *via* ARN, des instructions extrêmement précises. Mais nous ne pouvons garder cette idée de programme qu'à condition qu'elle soit intégrée et non intégrante, dominée et non dominante, c'est-à-dire qu'elle soit conçue comme un aspect et un moment de la générativité informationnelle. L'ensemble d'un génome représente plutôt une *compétence organisationnelle* d'où émanent des *stratégies* (pluralité de comportements se développant et se modifiant en fonction des circonstances aléatoires, pour atteindre des finalités), *à l'intérieur desquelles* l'exécution des opérations ponctuelles prend un caractère programmatique, dans le sens où un programme prédétermine *ne varietur* des performances strictement stéréotypées.

Alors, « message », « code », « programme » semblent bien refléter et traduire quelque chose de la générativité informationnelle. Mais ce qu'ils laissent dans l'ombre semble plus fondamental et fascinant que ce qu'ils éclairent.

2. Le complexe génératif et l'appareil informationnel

Pour isoler l'information « générative », il faut d'abord ne pas l'isoler. L'information émerge en même temps qu'un complexe génératif et une organisation communicationnelle. Ce complexe génératif s'organise à partir des molécules duplicatives stables, peut-être ARN avant ADN. Dans les cellules les plus archaïques que nous connaissons, dites protocaryotes, il n'y a pas encore concentration du noyau; le complexe génératif est dispersé, polycentrique. Le complexe génératif est rassemblé en noyau dans les cellules eucaryotes. Comme je l'ai indiqué (deuxième partie, chap. III), on peut considérer le noyau cellulaire comme un proto-appareil informationnel, puisqu'il répond en grande partie à la définition déjà donnée de l'appareil : agencement original qui centralise l'information, la traite et lie le traitement de l'information aux actions : effectivement, le noyau est le principal stockeur de l'information, le principal centre des communications, le principal émetteur d' « instructions »; il constitue la compétence organisationnelle que je viens d'évoquer, capable d'élaborer des stratégies et *a fortiori* de transformer de l'information en « programme ». Mais il y a asservissement réciproque, et plus profondément récursivité, dans la relation entre le proto-appareil informationnel et le cytoplasme. L'appareil organise (générativement) l'organisation (phénoménale) qui à son tour est nécessaire à l'organisation (générative). *Son organisation organise une organisation qui elle-même l'organise.*

Donc, on ne saurait, ni isoler l'information de l'appareil où elle devient forme et action, ni isoler l'appareil du processus récursif global qu'est la vie d'une cellule. On ne saurait donc faire de l'appareil le souverain de la cellule, ni de l'information le souverain de ce souverain. Mais le mystère de la nature de l'information générative n'en est que plus aigu.

3. Le visage de l'information

L'information est inscrite, conservée, protégée dans les gènes. Mais qu'est-ce? L'ADN n'est pas l'information, mais la structuration moléculaire en double hélice dans laquelle s'inscrit l'information. Les quatre bases ne sont pas l'information. L'information, elle, est dans les configurations combinatoires des quatre bases.

Ces configurations sont évidemment non aléatoires et improbables. La relation que chacune établit entre les éléments qui la constituent (bases azotées) est un écart ou une différence par rapport à la répartition probable de ces éléments dans une molécule d'ADN non informée.

L'originalité et l'improbabilité de la mini-configuration informationnelle/génétique correspond, sans plus de ressemblance qu'entre le mot chat et l'être chat, à la maxi-configuration complexe et concrète d'un être vivant. En ce sens, il s'agit bien d'un système de signes, et, de même que le mot chat suscite l'être chat, mais de façon seulement imaginaire, de même ce système de signes est nécessaire à la production et à la reproduction d'un processus réel, de façon non imaginaire, mais praxique.

La merveille est que, signe, l'information permet de re-produire ; relation, elle permet d'organiser ; micro-configuration, elle est nécessaire à la configuration générale ; différence, elle permet de différencier.

Mais il nous manquerait une dimension capitale, si nous oubliions ce caractère clé inhérent à toute production-de-soi : *la dynamique de recommencement*. C'est dans ce sens surtout qu'il faut comprendre le *signe engrammé* ; celui-ci est *Archive*, c'est-à-dire inscription porteuse de la marque de la néguentropie antécédante et cela, en remontant de l'antécédant à l'antécédant, des arkhé-événements fondateurs de tel ou tel caractère de l'organisation présente ou à venir.

Dès lors, le signe nous apparaît comme *gardien (engramme) et source (programme) de néguentropie organisationnelle*. On ne peut lire donc l'information que dans la dynamique du RE-commencement, de la RE-production, de la RÉ-organisation. Elle y est présente à chaque instant, active à chaque opération, sans pourtant s'y consommer ou s'y dilapider, puisqu'elle demeure engrammée, et elle peut servir de façon indéfinie, c'est-à-dire de façon indéfiniment multipliée, voire multiplicatrice (reproduction biologique, puis reproduction d'imprimerie, photo, etc.).

Dès lors nous pouvons commencer à isoler et relier à la fois l'information générative : *c'est la configuration improbable et stabilisée, de caractère engrammatique (signe) et archival, qui, au sein du proto-appareil génératif, est nécessaire à la répétition ou reproduction exacte et à l'infini des processus de régénération et de re-génération.*

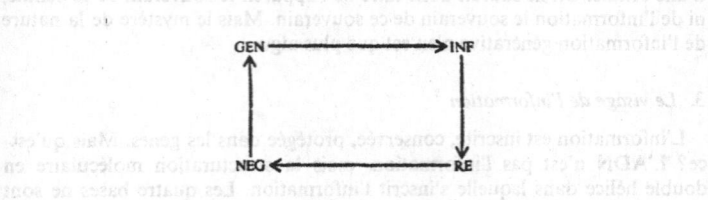

```
GEN ─────────────► INF
 ▲                  │
 │                  ▼
NEG ◄───────────── RE
```

4. *Le recommencement*

Nous avons déjà rencontré le problème clé du RE, dans le recommencement ininterrompu de la boucle récursive, la réorganisation permanente de l'organisation active, la production-de-soi permanente. Nous avons rencontré un autre type de répétition dans la duplication des cristaux. L'information générative est le nœud où se lient la duplication (qui va commander et entraîner la reproduction multiplicatrice des individus) et la dynamique des recommencements. Sa conservation (engramme) permet de toujours recommencer (du moins tant que l'engramme n'est pas altéré), son **activation** (programme) permet au complexe génératif d'orienter et contrôler, au cycle tout entier d'effectuer, de façon *fidèle*, et potentiellement à l'infini : REorganisation permanente ; RE-génération permanente ; RE-production des constituants qui se dégradent ; RE-production périodique de l'être dans son intégralité.

Ce qui recommence n'est nullement le cycle inexorable de la planète autour de son soleil. Aucune loi physique ne le commande. Ce recommencement va même à l'inverse des « lois » physiques, tout en demeurant au sein de la physis. Ce recommencement réitère, ressuscite, régénère un cycle d'événements antécédents improbables et singuliers. Et ainsi la vie continue : elle renaît à chaque instant, c'est-à-dire ressuscite sans trêve des événements passés, mais recombinés et réarrangés dans le cycle présent.

Si l'on regarde l'organisme dans ses activités phénoménales, tout se passe comme si l'engrammation informationnelle des événements producteurs passés constituait une sorte de « mémoire » dans laquelle l'appareil informationnel puise selon les besoins, combinant de façon synchronique des résurrections d'événements qui ont surgi diachroniquement dans le passé. J'y viendrai dans la section suivante. Ici, je veux d'abord éclairer la logique du recommencement en prenant la relation onto-phylogénétique.

Il a été remarqué depuis longtemps que l'ontogénèse d'un individu est comme une récapitulation de la phylogénèse, une sorte de répétition analogique des événements organisateurs du phylum, et cela de façon d'autant plus frappante qu'une ontogénèse longue et complexe correspond à un très riche passé évolutif de l'espèce. Comme cette répétition n'est ni complète, ni exacte, certains ont limité la portée du parallélisme ontophylogénétique. Or ces défaillances dans le recommencement confirment que la transmission et la reproduction de l'information naviguent sur l'océan du bruit ; comme un message qui a beaucoup bourlingué, il s'est appauvri et enrichi à travers les mutations évolutives ; d'où des brouillages, des embrouillages et des rafistolages ; aussi l'ontogénèse, à la lire comme recommencement, comporte des oublis, des défaillances, des résumés, des inexactitudes, des déformations, des chevauchements et recombinaisons. « Il est parfaitement exact que l'embryogénèse récapitule, pour certains organes, des types ancestraux d'organisation embryonnaire... ou même adulte... ; mais pour bien des organes, cette récapitulation ne semble qu'approchée, incomplète ou inexistante » (A. Dollander, 1970, p. 31).

Ceci nous fait comprendre que la relation espèce/individu, contrairement à la conception triviale, n'est pas celle d'un tout et de ses parties, d'un modèle et de ses copies, d'un moule intemporel et général d'où procéderaient les individus singuliers et temporels. L'observateur, à contempler la succession et la multitude d'individus semblables, conçoit un *pattern* d'espèce, mais ce modèle est la projection unidimensionnelle, statique et statistique, dans un entendement abstrait, de la dynamique des recommencements reproductifs.

Ainsi l'être nouveau se forme dans le recommencement, le rebouclage onto-phylogénésique, et une fois formé, il est la résurrection de l'ancêtre fondateur. Il a l'identité de l'ancêtre, c'est-à-dire pour nous l'identité de « son » espèce. Mais, même identique, il est autre parce que son patrimoine informationnel a subi, au cours des reproductions, des variations aléatoires, et que cet individu vit une expérience phénoménale singulière selon une logique auto-référente ; par là, il se distingue de son géniteur comme son géniteur s'est distingué de son géniteur. A travers donc la reproduction, la générativité informationnelle crée de l'altérité dans l'identité, de l'identité dans l'altérité. *La même histoire* — et c'est cela l'identité de l'espèce — se réincarne à travers les histoires différentes voire divergentes des individus. Ce n'est ni l'espèce qui donne de l'existence à l'individu, ni l'individu à l'espèce : ils se donnent réciproquement de l'existence par recommencement, répétition, reproduction.

Cela complexifie du coup l'idée de devenir et d'avenir. Le devenir de l'organisation vivante passe par la récurrence : le Télé, finalité tournée vers le futur, est un retour vers l'Arkhè, qui se trouve catapulté sur le présent. Mais l'avenir n'est pas un « éternel retour ». L'Arkhè n'est pas le modèle inaltérable, comme l'Idée platonicienne : tout recommence *à nouveau*, avec une possibilité de nouveau. Parfois, un événement nouveau entre dans le cycle, qui modifie la boucle (mutation génétique), et ce sont ces événements perturbants qui, en introduisant la transformation dans la récurrence, font l'évolution. Le recommencement est un mouvement spiral, qui s'éloigne de sa source à chaque fois qu'il y revient.

5. *La mnèse générative*

C'est en fonction de la dynamique de recommencement que le signe informationnel prend très fortement son caractère d'archive. Dès lors, *tout se passe comme si la chimie du recommencement obéissait à une alchimie de la remémoration*. Une fois encore, nous ne sommes plus dans le cadre « digital » des instructions programmatiques, nous sommes aussi dans une sorte de re-jeu analogique ou mimétique de ce qui a été déjà joué [1]. Une telle analogie nous suggère, non que l'information soit déjà à proprement parler une mémoire, mais que ce que nous appelons mémoire, et qui suppose notre appareil cérébral, nous permette de mieux concevoir l'organisation de l'appareil génératif informationnel (dont notre cerveau est un développement épi-génétique) dans sa relation avec le passé qu'il conserve, traduit, reproduit, *re-présente*.

Rappelons. Le processus ontogénétique peut être justement conçu comme

---

[1]. C'est pourquoi on peut tenter de comprendre la générativité informationnelle, non tant par assimilation à l'exécution d'un programme, mais par des processus analogues à ceux de la remémoration, processus où du reste se construit ontogénétiquement un quasi-programme qui a des aspects digitaux.

La physique de l'information

une répétition de ce qui a déjà été vécu, une re-production d'un organisme à l'*image* de l'organisme générateur, qui lui-même était à l'image, etc. Autrement dit, la re-production est la *production d'un double phénoménal et matériel, une copie réelle de l'original*.

Dans ce sens, l'ontogénèse peut être conçue comme une remémoration organisatrice et productrice. Mais quel rapprochement peut-on faire avec la mémoire mentale?

Certes, les archives informationnelles de l'être vivant sont inscrites chimiquement dans l'ADN d'un appareil nucléaire, et nos archives mentales sont inscrites chimiquement dans les neurones d'un appareil cérébral, mais deux différences fondamentales sautent aussitôt aux yeux :

1. la mémoire de notre appareil cérébral est principalement fournie par les événements qui surviennent dans notre vie phénoménale, alors que la mémoire générative, aveugle à ces événements, est fournie par les événements organisateurs d'un passé antérieur à l'individu;

2. la remémoration mentale est imaginaire : elle ressuscite une image, un *eidolon* d'un événement ou d'une forme physiques; la compétence praxique de l'acte mental de remémoration est pour nous [1] totalement nulle. Par contre, la « remémoration » génétique est praxique et nullement « imaginaire ».

Or c'est dans cette extrême différence qu'apparaît l'extraordinaire ressemblance : *notre mémorisation mentale et la remémoration générative sont l'une et l'autre productrices d'un double, mais dans le premier cas, ce double est imaginaire, dans le deuxième cas, le double est un acte, un produit, un être réels*.

Rappelons d'abord que l'analogie entre l'information mémorisée de notre cerveau et l'information archivée de notre appareil génétique va plus loin que la seule engrammation chimique. Dans l'un et l'autre cas, ce qui est inscrit n'est pas un « fait », sa représentation, son « image », son modèle, ce qui est inscrit est un signe, « une sténo », une marque de rappel de l'événement. Notre mémoire cérébrale ne met pas en boîte des « perceptions », elle engramme des signes, en connexion avec d'autres inscriptions mnémoniques, rappelant d'autres événements. Dans l'un et l'autre cas, l'image ici, le « modèle » là, n'y sont que virtuellement. Il faut, dans l'un et l'autre cas, qu'il y ait activité de tout l'appareil, pour qu'il y ait re-génération; nous l'avons vu en ce qui concerne l'information génétique; en ce qui concerne la remémoration mentale, il faut l'activité de tout l'appareil cérébral; non pas de tous les milliards de neurones qui le constituent, *mais de son activité de tout en tant que tout*. Car l'engramme ne *contient* pas l'image-souvenir. L'image se reforme lors de la remémoration, où l'ensemble psycho-cérébral se souvient, grâce à la trace engrammée. Ce souvenir est une résurrection ou re-production imaginaire de l'événement souvenu, selon des processus encore

---

[1]. Je n'exclus pas la possibilité pour d'autres êtres, d'autres vies, la possibilité d'une mnémopraxie, comme dans le beau film de Twardovski, *Solaris*.

inconnus, mais où à mon sens se combinent processus analogico-mimétiques et processus digitaux. Il s'agit bien de la ressuscitation présente de l'événement, en copie non réelle, mais imaginaire.

Comme la reproduction génétique, la mémoire cérébrale reproduit ce qui sinon serait retombé dans l'oubli ou dispersé, c'est-à-dire qu'elle re-génère de l'improbable, du déviant, de la néguentropie, mais seulement sous forme d'image.

Le souvenir est une duplication d'événement, sous forme d'image. Cette image souvenue est de même nature que l'image perçue : un cerveau, animal ou humain, ne perçoit jamais, à partir de stimuli transmis par les sens, qu'une image, une représentation des événements ou des choses. *C'est cette image perçue qui s'engramme, puis redevient image.* Ainsi, la remémoration traduit la potentialité générative de notre cerveau : transformer le réel phénoménal en image, et reproduire, re-générer cette image.

Les deux reproductions, l'imaginaire (mentale) et la praxique (génétique) éclairent bien la nature de l'information générative : celle-ci est à la fois conservation/enregistrement (engrammation, archive) et résurrection/reproduction : l'empreinte devient alors matrice, lorsque l'appareil et la totalité néguentropique entrent en jeu. Dès lors *la machine à fabriquer des doubles est à l'œuvre*. Mais, alors que la machine génétique reproduit de l'être et de l'existence, la machine cérébrale reproduit le « double » spectral, le *ghost*-fantôme des êtres, événements, choses (Morin, 1970). La remémoration mentale est une régénération intégrale, mais intégralement imaginaire.

Nous sous-estimons, à l'état de veille, la force de cette duplication imaginaire. Elle est comme mise en sourdine par le fait que notre conscience traite l'image comme une non-réalité, non comme un double de la réalité. Mais en fait, l'image-souvenir est de force égale à la représentation perceptive, ce qui est mis en évidence dans les cas limites d'hallucination, où l'image mentale dispose de la présence et de l'existence réelle, ainsi que dans les expériences de stimulation par électrodes de certaines régions cérébrales, qui font surgir le souvenir avec une virulence hallucinatoire et une précision quasi perceptive (Delgado, 1972).

Ainsi, dans la remémoration psychique, il y a bien une *duplication*. Mais alors que, dans la reproduction biologique, le double est physique et prend vie autonome hors de son géniteur, la copie du souvenir mental ne peut survivre hors du souvenant. La remémoration cérébrale peut donc être considérée *comme une forme dégénérée de reproduction ou comme une forme dégradée de régénération*. Mais c'est aussi un développement métamorphique de l'information générative, dans un domaine et un règne nouveaux, qui avec l'homme va soudain s'épanouir, celui de l'imaginaire et de l'idéel! Et, de même que le neurone est une cellule dégénérée, qui a perdu le pouvoir praxique de se reproduire, mais grâce à quoi on peut computer, penser, imaginer, rêver, de même l'existence d'une mémoire mentale qui engramme l'expérience phénoménale vécue par un individu dans son *Umwelt* et la régénère par le souvenir apporte des possibilités néguentropiques fabuleuses.

La physique de l'information 331

Car l'information remémoratrice de l'esprit demeure régénérative; elle demeure reproductive; elle demeure donc de l'information générative, mais dans ce champ nouveau de génération et de production : l'idéel et l'imaginaire.

6. *La multiplication*

Le même engramme sert à plusieurs répétitions. Il a donc vertu de multiplication. La duplication se poursuit : les dupliqués se dupliquent à leur tour et ainsi de suite : la duplication est multiplicative. Chaque double reproduit est reproducteur, c'est-à-dire possède les vertus génératives de l'original. Il y a donc une potentialité multiplicatrice indéfinie dans le principe même de l'information générative; c'est ainsi que la vie s'est répandue sur terre. L'histoire humaine, de l'apprentissage à l'écriture (qui a déjà valeur multiplicative, avant l'imprimerie, en fonction du nombre de ses lecteurs), puis surtout de l'imprimerie à la radio, au cinéma, à la télévision saura multiplier la multiplication informationnelle en même temps qu'elle saura la diversifier.

7. *La mémothèque*

Quittons maintenant la reproduction génétique et considérons l'organisation même de l'existence phénoménale d'un être cellulaire. Ici encore les idées d'archive et de mémoire sont éclairantes. Les archives informationnelles constituent une *mémothèque* où l'appareil puise diversement selon les besoins et problèmes qui lui sont signalés et qui concernent les réorganisations, productions internes, comportements, etc. ; c'est-à-dire toutes activités phénoménales. L'appareil suscite dès lors des remémorations partielles ou ponctuelles, qui, de par leur nature praxique, déclenchent les actions ou productions répondant aux besoins ou problèmes. Dans le cas de la fabrication interne de molécules nouvelles en remplacement des molécules dégradées, tout se passe automatiquement et prend la forme programmatique. Quand il s'agit d'un ensemble d'activités complexes, l'appareil puise dans sa mémothèque en fonction des stratégies et combinaisons qu'il élabore pour les adapter aux circonstances, et la mémothèque devient mnémo-praxie, en produisant ce qui convient aux stratégies qu'elle co-élabore.

Ainsi, le visage de l'information générative s'éclaire quelque peu quand on éclaire son caractère archival. Mais ce caractère archival a besoin d'être éclairé lui-même dans et par la praxis du proto-appareil nucléaire (et réciproquement), et la praxis de cet appareil ne peut être éclairée qu'en relation avec la praxis totale de l'être. L'information solitaire, livrée à elle-même n'est plus de l'information, mais une provisoire déformation, ou un mythe d'informaticien.

Le visage primordial où émerge l'information et que fait émerger l'information a justement pour nom gène : générativité! C'est dans l'interaction active entre l'information, l'appareil, l'être conçu comme totalité récursive, que l'information devient générative et l'organisation néguentropique. Alors l'archive devient verbe, et le verbe se fait chair.

8. *La générativité événementielle*

Nous avons vu qu'il y a une différence de principe entre la répétition des lois générales physico-chimiques et la répétition de recommencement de toute production-de-soi, c'est-à-dire de toute organisation néguentropique. Le remarquable est que l'organisation informationnelle organise le recommencement qui la fonde par la production d'*événements* organisateurs; elle suscite des événements précisément pour annuler ou contrecarrer les événements perturbateurs, qui sans cesse arrivent de l'extérieur ou surgissent de l'intérieur. Ainsi, de façon paradoxale, l'invariance de l'anatomie, de la physiologie, des modèles de comportements sont maintenues uniquement par des événements réorganisateurs, producteurs, régénérateurs. Une originalité de l'organisation informationnelle, par rapport aux autres organisations néguentropiques, est dans la production fonctionnelle d'événements organisateurs et ordonnateurs. La différence fondamentale entre le cycle de rotation de la terre autour du soleil et le cycle de la reproduction biologique, est que la répétition du premier, si elle produit des événements sur terre, n'est pas produite par des événements générateurs, alors que la répétition du second est le produit d'une régénération événementielle.

De même que l'improbable est, dans et par l'organisation néguentropique, transformé en probable local et temporaire, de même le caractère proprement événementiel de l'événement génératif (son improbabilité, la surprise et la déviance qu'il constitue) est transformé en caractère élémentiel, c'est-à-dire nécessaire et orthodoxe pour cette organisation : l'événement devient élément, sans pourtant cesser d'être un événement. D'où ce double visage de la générativité informationnelle : elle garde le caractère événementiel de l'information shannonienne, mais l'événement a changé de caractère, provisoirement et localement, sans toutefois changer de nature. Il a désormais double visage, c'est-à-dire visage complexe.

Comme nous le verrons (t. II) la vie, et au-delà l'homme, la société, sont des prodigieuses constructions d'événements, ce sont des châteaux et des palais faits de tourbillons d'événements. L'organisation informationnelle reproduit les arkhè-événements passés, déclenche sans cesse des événements organisateurs, producteurs, des événements-performances et, plus elle se complexifie, plus elle est apte, comme nous le verrons, à intégrer et utiliser de l'événement perturbateur. Nous avions déjà vu que tout ce qui est physiquement ordre et organisation avait, sous un certain angle, un caractère d'événement. Ici la relation est extrêmement intime, ininterrompue. L'être vivant, issu d'événements singuliers en chaîne, est un organisme constitué d'événements, un individu voué à vivre une vie événementielle, et il se reproduit événementiellement : de tout cela naît l'*ordre* de la vie, la *logique*

La physique de l'information

du vivant, les *lois* biologiques. Et effectivement, on peut parler de lois génétiques, démographiques, écologiques, organismiques, behaviorales. Et les Sociétés humaines, également événementielles de texture, non seulement obéissent à des lois sociologiques, mais produisent des lois qui se font obéir.

Ainsi nous voyons se dégager cette propriété remarquable : *l'information générative génère de l'événement, ne génère que de l'événement, mais le transforme en ordre et organisation, sans qu'il cesse pourtant d'être événement.*

9. *Le caméléon conceptuel*

Il n'y a pas que le mot de code pour exprimer la nature de l'information ni le mot de programme pour en exprimer la générativité. Il ne s'agit pas de rejeter ces termes. Il s'agit de ne pas s'y enfermer. Le programme seul masque la stratégie, la compétence, l'appareil, la totalité récursive; il masque la dynamique de recommencement, la régénération, la réorganisation. S'il n'y avait que l'idée de programme dans la générativité, il n'y aurait pas, il n'y aurait jamais eu de vie. Celle-ci est un génodrame, c'est-à-dire une représentation, à chaque fois aléatoire, qui se re-joue, se re-vit, se remémore, dans un développement où se mêlent et s'interpénètrent à la fois le rituel inexorable, la *commedia dell'arte*, la récitation convaincue du texte. C'est dans ce procès qu'il faut situer le jeu de l'information, et non dans les assemblages et manipulations de la machine artificielle. L'information dans sa nature générative n'est pas facile à cerner. Elle est polyscopique; elle est déjà, dans sa radicalité, caméléone. Elle change insensiblement de couleur selon la conjoncture où elle se trouve, selon le regard de l'observateur : signe, engramme, programme, archive, mémoire sont des aspects, certains encore embryonnaires, tous encore indistincts les uns des autres.

Déjà nous voyons s'ébaucher d'autres visages : savoir, puisque dans la mémothèque se trouve inscrit le savoir qu'une lignée a d'elle-même et du monde; savoir-faire, puisque sa praxis comporte méthodes, techniques, stratégies qui permettent à un être vivant de se construire et de vivre. Ces divers aspects et d'autres encore vont se différencier, se déployer dans et à partir de l'appareil informationnel épigénétique le plus étonnant qui soit : le cerveau humain.

IV. L'information circulante

Les êtres vivants sont organisés de façon communicationnelle. On ne peut dissocier l'activité phénoménale d'une cellule du processus de communication, où la circulation d'éléments chimiques joue le rôle de quasi-signaux, déclencheurs ou inhibiteurs selon le circuit ADN/ARN/protéines.

Il faut songer que la moindre cellule comporte des milliards d'unités moléculaires, et que la communication entre ces unités, entre sphère générative et sphère phénoménale (qui s'entrechevauchent) se confond avec l'activité permanente de réorganisation, production, échange, transformations d'une formidable micro-usine chimique qui serait sans cesse occupée à produire ses bâtiments, ses machines et son personnel. La communication de l'information déclenche ou inhibe des fabrications et transformations qui entretiennent et produisent l'unité, l'hétérogénéité, l'homéostasie, l'originalité, l'improbabilité, *la vie* de l'être cellulaire.

L'information est donc « circulante » (Laborit, 1975), dans l'organisation phénoménale. Elle se développe, selon des modes nouveaux, avec la constitution d'organisme multicellulaire, où, avec la complexification, interfèrent divers réseaux de communication (sanguin, nerveux). La communication n'est pas seulement intra-organismique. Tout être vivant, y compris l'unicellulaire, interprète comme signaux des événements de l'environnement. Dès le départ il y a :

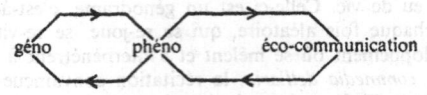

géno ⇄ phéno ⇄ éco-communication

D'abord très embryonnaire, la communication avec l'extérieur, l'éco-communication, va se développer. Les organismes de plus en plus évolués, les êtres de plus en plus cérébralisés vont de plus en plus discerner les événements d'un éco-système de plus en plus divers, et traduire de plus en plus d'événements en informations concernant nourriture, danger, etc. Ainsi l'être phénoménal — l'individu — puisera ses informations dans une *écothèque* complémentaire, concurrente et antagoniste à sa *géno-mémothèque*. Avec l'apparition et le développement de la communication sexuelle et de la communication sociale, les individus eux-mêmes émettront des signaux pour indiquer leur présence, chercher leur partenaire ou congénère, les avertir des risques ou chances qui surviennent.

Les communications sociales se développent un peu dans toutes les branches évolutives et surtout chez les insectes, fourmis, termites, abeilles. Le cerveau, appareil épi-génératif, véritable machine à capter, stocker, traiter l'information, se développe chez les vertébrés, poissons, oiseaux, mammifères. Les éco-systèmes, c'est-à-dire les unités complexes spontanément organisées à partir des interactions entre êtres vivants peuplant une niche écologique (cf. en t. II, chap. 1), deviennent des univers communicationnels extraordinairement complexes.

Ainsi les multiples développements interfèrent de la vie (développements des individus, de leur appareil cérébral, de leurs comportements; développement et complexification de la sociabilité et des sociétés, développement et complexification des éco-systèmes) constituent un formidable et multiple développement de la communication.

La physique de l'information

Les supports et les systèmes de communication se multiplient et se complexifient. Les signaux émis ou échangés ne sont plus seulement chimiques, mais sonores, visuels, chromatiques, gestuels, mimiques, rituels. La communication n'a plus une valeur seulement contraignante d'incitation ou d'inhibition ; elle transmet aussi des appels, des suggestions, des alertes.

Comme l'information devient de plus en plus captée par l'ennemi devenant de plus en plus intelligent, comme l'ennemi extrait de nos traces, marques, odeurs, etc., des informations pour nous repérer, alors se développent conjointement le camouflage, le leurre, la ruse, et l'art de détecter le camouflage, le leurre, la ruse. L'information devient désormais équivoque et ambivalente : elle avertit et trahit ; elle informe éventuellement celui qu'il ne faut pas informer : l'ennemi, le concurrent. Grand « progrès » dans l'histoire de la vie ; l'entrée de la tromperie dans la communication. Désormais la victoire n'appartient plus seulement à la force et à l'adresse, mais aussi à la ruse, puis au mensonge (*homo sapiens*). Le mensonge humain, en se sociologisant, en s'idéologisant, s'épanouit, fructifie, triomphe, puisqu'il est paré des vertus de la vérité. Plus l'univers sera informationnalisé, plus il en sera ainsi, jusqu'à ce que la sursaturation de mensonge et d'hypocrisie déclenche une inversion de la tendance, comme je veux l'espérer.

Plus la communication se développe, plus l'information se multiplie, plus elle est dépensée, dispersée aléatoirement à tous les horizons, à la recherche d'un récepteur espéré et souvent inconnu.

Ainsi l'information circulante se répand, se multiplie, se polymorphise dans un circuit phéno-éco-organisationnel de plus en plus vaste, de plus en plus divers, de plus en plus aléatoire, de plus en plus complexe.

Il faut bien comprendre qu'information générative et information circulante sont liées, je veux dire que l'information circulante est de l'information générative transformée, ayant forme signalétique, circulant grosso modo selon le schéma shannonien, avec cet addendum correctif que souvent il n'y a pas d'émetteur, mais que le récepteur extrait des informations de l'environnement en transformant les événements que fournit l'éco-système en signes ou signaux que son appareil cérébral traite dès lors de façon *ad hoc*.

L'information générative et l'information circulante peuvent être transformées l'une en l'autre, mais la transformation d'une information circulante ou signalétique en information générative n'est possible que si elle rencontre un appareil capable de l'enregistrer et la traiter.

L'information générative est beaucoup mieux protégée du bruit que l'information circulante. L'information génétique est emmagasinée dans les très stables chaînes nucléaires de l'ADN ; l'information cérébrale est stockée par marque chimique stable ; l'information anthropo-sociale est stockée dans livres, bandes magnétiques, eux-mêmes protégés contre altérations et périls. Par contre, l'information circulante doit voyager à travers nuages, à travers bruits. Aussi les problèmes classiques de la transmission dans le bruit, c'est-à-dire de la non-arrivée (ignorance) et de la mauvaise arrivée (erreur) de l'information voyageuse sont des *problèmes vitaux*.

Les bruits qui interviennent dans la circulation intracellulaire et intra-organismique de l'information sont sources d'erreurs qui, s'accumulant, conduisent à la sénescence et la mort. Les éco-systèmes sont des sarabandes de vrais et faux bruits, de fausses informations qui induisent en erreur mieux que les bruits. Les problèmes vitaux de l'erreur sont bien sûr des problèmes mortels. Or, la vulnérabilité à l'erreur, talon d'Achille de toute organisation vivante, lui aurait été fatale, si la vie n'avait disposé de la ruse d'Ulysse, c'est-à-dire de l'aptitude à traiter l'erreur à sa table, à jouer avec elle, à l'induire en erreur.

La générativité et la circulation sont deux moments de l'information. Dans la circulation, l'information peut être opérationnelle, c'est-à-dire se transformer en néguentropie, mais à condition qu'un appareil génératif lui offre les conditions de cette transformation : *seule une information bien reçue ou une erreur bienvenue peuvent se transformer en néguentropie*.

La générativité et la circulation sont deux moments de l'information. C'est dire, en d'autres termes, que le problème de l'information, de toute information, doit être situé dans le contexte de la totalité géno-phénoménale des êtres néguentropiques/informationnels *où l'organisation est toujours un phénomène de communication, où la communication est toujours un phénomène d'organisation*.

Il faut situer le problème de l'information, dans le circuit non seulement géno-phénoménal, mais aussi géno-phéno-écologique. L'information et la communication se sont déployées, du cycle reproductif à l'individu, de la cellule à l'organisme, de l'individu à la société, au sein des éco-systèmes grouillants où tout et tous se rencontrent. En se développant, loin de sa double échelle originaire, l'information tend à se *libéraliser*, c'est-à-dire à perdre de sa force de contrainte ; elle tend à se complexifier — jouer stratégiquement avec l'ambiguïté, l'erreur, user de ruse ; elle tend à se diversifier (savoir, savoir-faire, normes, règles, interdits) ; elle tend à essaimer, se disséminer, se diasporer... Jusqu'à l'apparition de l'énorme cerveau d'*homo sapiens*, d'un nouveau type de société, dotée d'un complexe génératif informationnel propre (la culture), enfin de l'énorme appareil d'État des Mégamachines sociales de l'ère historique.

V. Le déploiement anthropo-socio-informationnel

S'il est un domaine où se marquent bien à la fois une continuité évidente et un formidable changement entre l'univers biologique et l'univers anthropo-social, c'est bien celui de la communication et de l'information.

En effet, à considérer le champ anthropo-social, on est frappé de ces caractères innovateurs :

1. Un appareil cérébral d'une hypercomplexité inouïe, comprenant plus de vingt milliards de neurones, disposant d'une mémoire énorme, doté de potentialités logiques, constructives, imaginatives, oniriques prodigieuses. Ce n'est pas seulement un super-ordinateur traitant de l'information (beaucoup de ses performances computationnelles sont moindres que celles des ordinateurs). C'est un appareil dont les possibilités génératives imaginaires et idéelles sont potentiellement universelles. C'est comme une machine de Turing capable de tout produire et reproduire, non pas biologiquement, mais noologiquement (des idées, des rêves, des fantasmes, des mythes) et, avec l'aide des mains, technologiquement (des outils, des machines, des objets, des habitations, des monuments).

2. Un langage à double articulation, le seul système à double articulation qui se soit constitué dans l'histoire et le développement de la vie hors du code génétique. Les aptitudes de l'esprit humain et les possibilités qu'offre le langage permettent de construire à l'infini des édifices noologiques très variés et complexes, récits, discours, mythologies, théories, idéologies, etc.

3. Une structure sociale géno-phénoménale, soit la première et la seule parmi toutes les sociétés vivantes à s'être constitué un complexe générateur/régénérateur de sa propre complexité : la culture.

Dans les sociétés humaines les plus archaïques (sur tous ces problèmes, cf. Morin 1973, p. 87-91, 98-100, 181-189), la culture constitue un complexe génératif informationnel quasi procaryote, c'est-à-dire ne disposant encore d'aucun *nucleus* institutionnel ; elle est répandue dans tous les cerveaux des membres de la société, ses arcanes étant, eux, plus ou moins accumulés, concentrés chez certains (les anciens, le roi/chef, le prêtre/sorcier).

La culture est effectivement le complexe génératif matriciel qui perpétue la néguentropie, la complexité, l'originalité, l'identité de chaque société en se transmettant de génération en génération, c'est-à-dire en se reproduisant de façon quasi invariante à travers les cerveaux. L'anthropologie culturelle n'avait pas réussi à donner l'unité d'une organisation générative à ce qu'elle présentait comme un bric-à-brac de savoirs, règles, prohibitions, etc. Or, étant donné ce que nous avons dit du caméléonisme de l'information, à la fois une et diverse, nous pouvons comprendre que la culture est pour la société archaïque sa mémothèque et sa génothèque, sa source de néguentropie, fournissant les informations pour toutes opérations techniques, pratiques, sociales, mythiques. Ainsi la culture archaïque est mémoire collective des *savoirs* (concernant l'environnement, le climat, la faune, la flore, le monde, l'homme) ; des *savoir-faire* (les techniques de chasse, fabrication des outils, construction de maisons, préparation de repas, opérations magico-religieuses) ; des *règles, normes* et *interdits* qui régissent l'organisation de la société et sont des guides de codage ou programmes pour les comportements individuels et collectifs.

4. Le formidable surgissement de l'appareil d'État propre à la mégasociété historique. Cette métamorphose par rapport aux sociétés archaïques est pour l'organisation anthropo-sociale l'équivalent de deux métamorphoses

biologiques clés : le passage de la cellule procaryote à la cellule eucaryote et le passage de l'unicellulaire à l'organisme multicellulaire.

L'appareil d'État et ses appareils dépendants (armée, religion) s'entrenoyautent. Des appareils provinciaux et locaux se disposent en satellites. Puis les appareils vont surgir et pulluler dans la vie économique (banques, *staffs* d'entreprises, trusts, holdings) et politique (appareils de parti), jusqu'à la très moderne symbiose de l'appareil du Parti et de l'État.

Il demeure toutefois, relativement indépendant de l'Appareil, un nuage culturel (des us, coutumes, savoirs, croyances, visions du monde) et il se crée des sphères culturelles avec des aspects professionnels et spécialisés. Mais l'appareil d'État concentre en lui la puissance générative des règles sociales. (Tous ces problèmes, ici évoqués au passage du concept d'information, seront considérés de front dans le tome II.)

5. Le développement d'agglomérations urbaines où le jeu de la communication informationnelle s'effectue de façon de plus en plus stochastique ; la pression du développement des échanges et interactions y entraîne la création de l'écriture, du calcul, de la copie manuscrite, de la poste, puis de l'imprimerie, du livre, du journal, de la rotative, de l'offset, du télégraphe, du téléphone, du cinéma, de la radio, du disque, de la bande magnétique, de la télévision, etc.

L'évolution moderne comporte un véritable déferlement informationnel : elle crée des supports et des véhicules de plus en plus variés, multiplie l'information de façon quasi illimitée et instantanée pour un coût d'énergie de plus en plus restreint [1].

Et, dans ses ultimes avatars, l'information devient diasporée et dégradée. En effet, il y a d'une part multiplication d'« informations » au sens journalistique du terme, dont aucune en principe ne porte trace explicite d'injonction ou d'inhibition, c'est-à-dire qui ne servent apparemment à rien d'autre qu'à « informer » (bien entendu, à un niveau statistique et global de telles informations s'insèrent dans l'organisation de la société, mieux, dans son système culturel de normes, valeurs, intérêts, etc.) ; d'autre part, il y a multiplication de néguentropie ludique, romanesque, fabulatrice, etc., à travers les média. Ces pullulements informationnels se répandent, sans comporter nécessairement des effets, sans même comporter nécessairement de récepteurs, ils peuvent purement et simplement se disperser, s'évanouir et, même reçus, s'oublier aussitôt après absorption... Combien de mots, discours, chants, poèmes, fables ainsi dispersés dans les éthers de la planète terre ? Certes, répétons-le, ce système de communication fait partie de l'organisation sociale et correspond à des stratégies de disséminations, qui, comme toutes disséminations, jouent sur le hasard et comportent un énorme déchet par dispersion.

---

[1]. « Toute la vie moderne repose sur la possibilité de multiplier les informations pour un prix minimum » (Brillouin, 1959, p. 154).

La physique de l'information

On peut se demander si, au-delà d'un certain seuil, la multiplication fabuleuse des informations ne provoque pas un accroissement d'entropie interne qui déborde l'accroissement de la néguentropie informationnelle. Certes, cette multiplication d'informations devrait en principe contribuer à accroître la variété, donc la complexité d'une organisation fondée sur la communication. Mais à condition qu'il puisse y avoir précisément communication, articulation, entre les myriades d'informations qui se déversent en trombe. Mais supposons qu'il y ait surcharge en hétérogénéité et en nombre, qu'il n'y ait plus coordination ni articulation dans l'énorme nuage de *bits* s'entre-agitant comme les molécules d'un gaz, alors la diversité se transforme en dispersion, désordre, incohérence, absurdité. C'est peut-être ce qui se passe dans notre société, avec ces quanta d'informations plus nombreux que le sable des plages et que les gouttes de l'océan, qui jaillissent en myriades des livres, journaux, magazines, radios, télévisions ; qui s'entrecroisent et se culbutent de façon brownienne, tombent en pluie, s'évaporent et se diasporent. Le plus gros de cette nébuleuse, non seulement se dissout en bruit, mais y compris dans l'énorme masse des « informations » au sens journalistique, *fait du bruit*, c'est-à-dire noie, désarticule, confusionne toute possibilité de comprendre le monde et la société. Dès lors, on peut se demander si ce bruit n'est pas notre bruit de fond sociologique, pire, *si ce n'est pas le bruit qui monte de notre culture, celle-ci étant déjà décomposée, nécrosée, en de larges tissus génératifs* [1].

Et l'on comprend que Shannon ait détecté l'information dans ce secteur de la communication moderne soumis de façon apparemment inexorable à l'accroissement d'entropie. La théorie shannonienne a subi le poids de son propre contexte : *elle saisissait l'information en son point le plus éloigné de la générativité.*

Toutefois, l'information la plus diasporée, la plus libre de toute contrainte ou suggestion, la plus dégradée, peut encore se régénérer, si elle rencontre le contexte néguentropique *ad hoc*. De même que ces photons qui soudain choquent un électron et se transforment en le transformant, de même une information diasporée peut soudain frapper une idéologie en son point de rupture et radio-activer un processus intellectuel. C'est souvent une ultime goutte d'information qui brise les vases ! Voici tous ces films, vus, consommés comme divertissement ; ils ont produit de la néguentropie imaginaire, ils ont entretenu des fantasmes, ils nous ont permis de vivre par procuration, et puis il n'en reste que quelques souvenirs résiduels. Mais voici ce film de petits vagabonds bandits orphelins, que j'ai vu à l'âge de quatorze ans, dans la salle vide de la Bellevilloise : il a détourné le cours de mes rêves et l'a orienté vers la révolution...

---

1. Tandis que l'information se transforme en « bruit » dans ce qu'on appelle les informations, les redondances propagandistes éliminent l'information comme bruit. Elles excluent effectivement comme bruit parasitaire tout ce qui est événement, nouveauté, surprise : il ne se passe jamais rien d'autre que le schéma prévu par la doctrine et la confirmation de sa propre vérité.

La sphère noologique

La sphère noologique, constituée par l'ensemble des phénomènes dits spirituels, est un très riche univers qui comprend idées, théories, philosophies, mythes, fantasmes, rêves. L'idée isolée et le grand système théorique, le fantasme et le mythe ne sont pas « irréels ». Ce ne sont pas des « choses » de l'esprit. Ils sont *la vie* de l'esprit. Ce sont des êtres d'un type nouveau (P. Auger, 1966; J. Monod, 1970), des existants informationnels, de zéro dimension, comme l'information, mais qui ont les caractères physiques fondamentaux de l'information et même certains caractères biologiques puisqu'ils sont capables de se multiplier en puisant de la néguentropie dans les cerveaux humains, et, à travers eux, dans la culture qui les irrigue; nos esprits et plus largement nos cultures sont les éco-systèmes où ils trouvent, non seulement aliment, mais chance, risque.

Les grands systèmes théoriques sont des organisations d'idées concaténées, hiérarchisées, dotés de leur générativité et de leur régulation propres, capables donc de se régénérer et de résister aux agressions extérieures. Les idéologies peuvent demeurer en latence, ou en déviance, tapies dans un petit isolat minoritaire; mais soudain la rupture d'une rétroaction négative ou tout autre événement favorable permet leur multiplication épidémique.

Telle idée, dans sa rencontre opportune avec tel esprit, va provoquer de façon inattendue une mutation idéologique. Telle idée s'introduit dans le patrimoine culturel, et son insertion modifie en chaîne tout un dispositif idéo-générateur, qui, se réorganisant de façon nouvelle (comme un ADN après mutation génétique), modifie par là même tout un aspect de l'être phénoménal de la société.

De même que la vie présente des êtres très divers, depuis les virus jusqu'aux éléphants, depuis les séquoias millénaires jusqu'aux éphémères, de même il est des fantasmes qui se disloquent sitôt formés et des grandes mythologies religieuses qui perdurent des millénaires, si fortement enracinées dans le tuf anthropo-social qu'elles y puisent régulièrement de la néguentropie, en dépit des transformations radicales de la société. A l'opposé, le rêve et le fantasme sont tourbillonnements de néguentropie imaginaire, qui se dispersent quasi aussitôt en vapeurs. C'est précisément parce qu'il est d'une diversité extrême, très peu porteur de redondance (d'où le caractère mystérieux, sibyllin de chaque information qu'il apporte), que le rêve est éphémère, que sa variété s'écroule en désordre dans le mouvement de son édification, qu'il se dissipe en bruit, et même au réveil, quand on s'en souvient, nous semble le plus souvent n'être que du bruit, un assemblage au hasard d'images incohérentes...

Toutefois, c'est à la rencontre antagoniste/complémentaire de l'imaginaire et de l'idée que jaillit l'imagination. Et c'est l'imagination qui, dans et par la turbulence fantasmatique, invente et crée. Brillouin a dit justement : « La pensée (imaginante) crée de l'entropie négative » (Brillouin, 1962, p. 220). Le bouillon de culture de la création est le bouillonnement onirique où

La physique de l'information

s'entrechoquent pulsions, obsessions, souvenirs, idées, désirs. C'est même parfois dans le grand sabbat onirique que naît l'idée cherchée en vain dans les dures veilles. La pensée est toujours bipolarisée entre le noyau dur où sont cristallisés ses paradigmes et l'ébullition imaginaire...

Le monde fou du fantasme se dissout sans cesse ; mais il a alimenté les grands mythes, les dieux, les esprits des religions archaïques et historiques, qui sont comme de l'imaginaire paradigmatiquement cristallisé, que régénèrent sans cesse rites et consécrations. Ces mythes et religions ne sont pas que « superstructures », *ils font partie du tissu physique et praxique des sociétés*.

Enfin, depuis l'apparition des mégamachines sociales, le fantasme et le mythe ont déferlé, enivrant les esprits, déchaînant les conquêtes ; les dieux se sont combattus avec furie par humains interposés — et *l'Iliade* est bien plus profondément véridique, comme livre d'histoire, que les traités qui nous font l'économie des dieux ou qui ont l'économie pour dieu. Sans cesse de l'imaginaire ou du rêve se métamorphosent en néguentropie d'or, de diamant, de marbre, de bronze, deviennent palais, mausolée, tour. Quelques délires survivent dans le désert d'Égypte, puisqu'une formidable puissance énergétique les a transformés en pyramides de pierres. Une part énorme de la praxis sociale prend forme de rites, cultes, cérémonies, funérailles. L'ère bourgeoise n'est pas que prosaïque, la fureur onirique s'est investie dans l'argent, le profit, et rejoint les délires millénaires d'ambition et de pouvoir. Les obélisques renaissent encore plus hauts, dans les tours Eiffel et les *World Trade Center*.

Le rêve a programmé la praxis sociale, ce qu'ignorent les naïfs pour qui l'économie n'est que de l'économie et le rêve n'est que du rêve ; ils ignorent les transmutations de la néguentropie, les conversions de l'imaginaire au « réel », du « réel » à l'imaginaire, du fantasme à la praxis (l'avion) de la praxis au fantasme (le cinéma). La société manipule moins bien ses mythes que ses mythes ne la manipulent. L'imaginaire est au cœur actif et organisationnel de la réalité sociale et politique. Et, quand, en vertu de ses caractères informationnels, il devient génératif, il est dès lors capable de programmer le « réel », et, se néguentropisant de façon praxique, *il devient le réel* (Castoriadis, 1975).

L'univers d'information

La sphère noologique, ultime avatar, nous permet enfin de concevoir dans son unité, sa pluralité, sa plénitude le concept d'information.

L'information peut être *décomposée* en *bits*, mais elle *compose* des êtres et existants informationnels : êtres vivants, appareils génératifs, êtres noologiques.

De la thermodynamique où surgit l'entropie négative, à la culture où fleurit la poésie sublime, des bases azotées de nucléotides inscrits dans la double échelle désoxyribonucléique, jusqu'aux rêves et fantasmes de l'esprit humain, on voit se déployer l'unité, la diversité, le caméléonisme de l'information.

Mais partout, chez l'être vivant, dans les éco-systèmes, dans la société animale, et enfin dans l'univers anthropo-socio-noologique, c'est le même concept physique fondamental, et c'est le même caractère fondamental : *l'équivalence potentielle entre néguentropie et information* au sein ou à partir d'êtres organisés géno-phénoménalement.

L'information peut toujours se transformer en organisation néguentropique, mais seulement dans la sphère d'une organisation néguentropique informationnellement organisée qui peut réciproquement transformer de la néguentropie en information.

L'information, même oubliée et perdue, peut, à condition de demeurer inscrite, se régénérer, si elle trouve l'appareil génératif *ad hoc*. Si l'on retrouve l'inscription perdue, si l'on reconstitue le code, comme Champollion déchiffrant les hiéroglyphes grâce à la pierre de Rosette, alors le message, endormi pendant des millénaires, s'éveille. Les manuscrits de la mer Morte revivent; les inscriptions des Mayas parlent. Et, ces textes arrachés à la mort vont même connaître une nouvelle vie, une nouvelle néguentropie, en entrant dans nos bibliothèques, en étant reproduits, imprimés, traduits, photocopiés, commentés. Sur un mode nouveau, celui de la culture historique (et non plus celui de la croyance mythique), le même processus continue : *celui de la transformation d'information en néguentropie et de néguentropie en information.*

VI. La petite et la grande relationalité

Rappelons : il ressort dès Shannon que l'information n'est ni une chose, ni un concept purement formalisateur. L'information est un concept physique relationnel; c'est dans ce sens qu'elle a zéro dimension. L'erreur ontologique est de localiser l'information dans le signe qui l'inscrit ou le signal qui la véhicule. La grande vertu de la théorie shannonienne est d'avoir défini l'information comme une relation événementielle en situation. Elle prend existence dans la relation émetteur/récepteur au moment de l'acte de réception. Elle prend existence dans l'événement régénérateur, c'est-à-dire la relation active entre le gène, le complexe génératif, l'activité cellulaire tout entière.

L'information est donc toujours activement relationnée et relationnante. Elle n'est un concept auto-suffisant et clos que dans l'idéologie informationniste. En fait, c'est le moins clos des concepts qu'on ait ici rencontrés. D'où les énormes difficultés pour tenter d'en discerner la forme. Il a fallu la relationner, non seulement aux notions d'organisation et de néguentropie, mais aussi à celle d'appareil, et interrelationner entre elles ces notions. En dehors de cette multi-relationnalité, l'information est, soit mesure d'une improbabilité creuse, soit entité creuse. Pour comprendre l'information, nous devons faire osciller cette notion entre la totalité active de l'organisation

La physique de l'information

néguentropique, ou alors elle s'embrume et se noie, et l'engramme ou le *bit*, ou alors l'information se dessèche et perd vie.

La relation information ⟶ néguentropie / organisation

Résumons-nous : La notion d'information ne prend son assise et son sens que par rapport à la notion d'organisation néguentropique. Il ne suffit pas seulement de considérer ensemble information et néguentropie, il faut considérer ensemble information/néguentropie et organisation, la néguentropie toujours par rapport à de l'organisation, l'information toujours par rapport à la néguentropie.

- L'information ne circule pas seulement dans une communication organisée, elle circule dans une communication qui a toujours un caractère organisationnel ; et surtout l'information n'est pas que communicationnelle, elle est aussi générative au sein d'un complexe génératif. L'information doit donc être conçue au sein d'une organisation à double caractère, génératif et phénoménal.

Rappelons donc :

1. L'organisation néguentropique précède généalogiquement l'information.

2. L'organisation néguentropique devient informationnelle lorsqu'il se constitue en elle un complexe ou appareil génératif comportant engramme/archive et compétence stratégique/programmatique qui permette la répétition/réorganisation, ressuscitation/reproduction.

3. Dès lors il se constitue une organisation géno-phénoménale, à caractère informationnel/communicationnel, dont nous avons vu les prodigieux développements biologiques (organismiques, écologiques, sociétaux) et anthropo-sociaux.

L'organisation informationnelle permet l'utilisation, la manipulation, la transformation, le contrôle, etc., de plus en plus complexe, précis et économique de l'énergie. Si une organisation communicationnelle dépense beaucoup d'énergie parce que néguentropique (réorganisation permanente) la même organisation en économise beaucoup parce que informationnelle, car l'information, non seulement fixe de très petites énergies pour se conserver, mais en consomme de très faibles pour circuler, et ses contrôles permettent de doser les énergies mises en jeu. L'économie de la communication contrebalance la dépense de la néguentropie.

4. L'information ne peut être active et reproductive que dans l'activité d'un appareil génératif. Cet appareil génératif ne peut être actif et reproductif que dans l'activité globale de l'organisation communicationnelle. Il y a donc, non seulement interdépendance, mais relation récursive entre information ⟶ appareil ⟶ organisation du tout. L'information est ce qui permet à la néguentropie de régénérer l'organisation qui permet à l'information de régénérer la néguentropie. Ainsi, dans le double circuit

géno-phénoménal, l'information a, pour se régénérer et pour se reproduire, besoin des produits qu'elle génère.

5. L'information a toujours besoin d'une organisation néguentropique pour avoir existence et effet. Une inscription n'existe comme *information* que si elle est lue. La lecture d'une signalisation routière nécessite une activité minimale de l'esprit du lecteur (dépense énergétique, activité néguentropique) et un éclairage minimal, lumière du soleil de jour, éclairage de phare la nuit, c'est-à-dire une source d'énergie. Dire : *une inscription a besoin d'être éclairée et lue*, n'est pas aussi trivial qu'il y paraît : le texte que vous lisez a besoin de la lampe, de vos yeux, de votre esprit pour que ce qui est inscription d'information devienne information sur l'inscription.

6. L'information permet à l'organisation néguentropique de créer de la néguentropie ou d'accroître son information.

7. Toute information dégénérée peut être régénérée si elle trouve tête déchiffreuse et matrice générative. Dit autrement :

— « l'information est en tout état de cause de la néguentropie potentielle » (C. de Beauregard, 1963) ;

— l'information est toujours potentiellement générative.

8. La grande équivalence néguentropie/information n'est donc pas une relation d'identité, mais une relation de transmutabilité mutuelle dans des conditions énergétiques/organisationnelles/néguentropiques données.

La transformation de l'information en néguentropie veut dire que le développement de l'information permet le développement toujours plus complexe de la néguentropie et vice versa.

La transformation de la néguentropie en information a permis d'abord l'archivage, puis a permis la mémoire, l'enregistrement de tout savoir, de tout savoir-faire, jusqu'à l'expérience scientifique qui « représente une transformation de néguentropie en information » (Brillouin, 1959, p. 110).

9. L'engramme, le code constituent les aspects discontinus qui permettent de considérer et manier des unités d'information. Sous cet angle, l'information n'a qu'un seul aspect : discontinu, discret, digital. Or, conçue dans son activité relationnelle, l'information prend un caractère continu et présente des aspects analogiques/mimétiques tout à fait rebelles à l'atomisation digitale. Il en est aujourd'hui pour l'information comme il en était de la lumière à l'ère newtonienne, où le caractère corpusculaire, seul conçu, en excluait le caractère ondulatoire.

La relation information ⟶ appareil

Répétons-le : on ne peut concevoir d'organisation informationnelle sans se référer à un *appareil* génératif. Comme il vient d'être dit, « l'organisation devient informationnelle quand il se constitue en elle un appareil génératif », et « l'information ne peut être active et reproductive que dans l'activité d'un appareil génératif ».

La physique de l'information

Une seconde fois, surgit le problème, toujours crucial, de l'appareil. C'est exactement le même problème qui nous est apparu lors de l'examen de l'organisation communicationnelle. Et c'est justement en hypostasiant l'information que la cybernétique occulte l'appareil. Je l'ai une première fois envisagé, (chap. III, deuxième partie) plutôt sous l'angle de la communication. Ici je l'envisage plutôt sous l'angle de l'information.

L'appareil, c'est l'agencement original qui concentre et *capitalise* en lui la mémoire, la computation, la programmation, l'élaboration de stratégies de l'organisation *du tout en tant que tout*; son aptitude à transformer l'information en programme, c'est-à-dire en action, centralise en lui un pouvoir de contrainte organisationnelle.

Nous avons vu que l'appareil émerge chez les êtres cellulaires. Chez les protocaryotes, il y a polycentrisme et non encore concentration des opérations informationnelles. Une relative centralisation s'effectue avec la formation du noyau, et, on peut considérer, comme je l'ai soutenu précédemment, que le noyau des eucaryotes constitue un proto-appareil. Dans ce proto-appareil cellulaire, l'organisation de la vie phénoménale (métabolisme, échanges) et l'organisation de la reproduction y sont indifférenciées.

Bien des organismes multicellulaires, comme les végétaux, s'auto-organisent sans appareil neuro-cérébral ni même réseaux nerveux; cette auto-organisation est le produit des interactions entre les innombrables proto-appareils des cellules qui constituent ces êtres végétaux. C'est dans le règne animal, et très nettement dans la lignée issue des poissons et qui va aux reptiles, oiseaux, mammifères que se constituent deux appareils différenciés, l'un, l'appareil sexuel, strictement génératif, voué à la reproduction, l'autre, l'appareil neuro-cérébral, appareil épi-génétique ou, selon le vocabulaire ici proposé, géno-phénoménal. Phénoménal, parce que voué aux problèmes phénoménaux de l'individu et notamment l'organisation de ses relations avec l'environnement; *géno* parce qu'il est apte à générer, régénérer de l'information, transmuter néguentropie en information, information en néguentropie, capable évidemment d'élaborer des stratégies de comportement. Nous savons que cet appareil neuro-cérébral va prodigieusement développer ses compétences chez les mammifères et les primates, jusqu'à l'apparition de l'appareil hypercomplexe : le gros cerveau d'*homo sapiens*, comportant plus de vingt milliards de neurones.

Les sociétés archaïques, et c'est leur originalité fondamentale par rapport aux société animales, se sont constituées un *complexe génératif*, la culture, qui existe et fonctionne à partir des interactions entre les appareils cérébraux des individus constituant une société donnée. L'événement capital, inséparable de la formation des mégamachines sociales, est celui de la constitution d'un appareil géno-phénoménal central : l'État, puis le surgissement et le développement, dans la vie sociale, de multiples appareils géno-phénoménaux au sein des organisations militaires, religieuses, puis économiques (banques, *staffs* d'entreprises, holdings, trusts) et sociales. Un événement clé de l'histoire mondiale est, avec la naissance du parti social-démocrate allemand, à la fin du siècle dernier, l'apparition du premier *appareil* de parti moderne.

Or, et je n'ai pas pu m'empêcher de le signaler déjà, s'il y a développements de l'organisation communicationnelle et formations puis développements d'appareils de la sphère biologique à la sphère anthroposociale, ces relations entre appareil d'État et société sont de nature tout à fait différentes de celles qui, dans la totalité récursive intégrée de la cellule, lient le proto-appareil nucléaire au cytoplasme. Dans une mégasociété (empire, nation), il n'y a plus de Tout Un comme dans la cellule ou l'organisme; il y a des êtres humains dont chacun, même asservi aux tâches mécaniques ou spécialisées d'exécution, dispose des mêmes compétences stratégiques et créatrices que celles des maîtres et dirigeants; il y a des groupements hétérogènes, ethnies, classes, disposés selon des relations de hiérarchie, d'oppression, de subordination. Dès lors, tout appareil social monopoliste, et au premier chef l'appareil d'État, pose un problème social et politique clé, de puissance, de pouvoir, de domination, de servitude.

Tout pouvoir d'État dispose du pouvoir programmateur/ordinateur sur la société (pouvoir de régler, légiférer, décréter), du pouvoir stratégique (élaborer et décider les politiques à suivre) et du pouvoir de commande/contrôle. L'État dit « totalitaire » va plus loin : il concentre en lui la mémoire officielle (le pouvoir d'écrire l'Histoire du passé et de dicter l'histoire du présent), le contrôle de tous les moyens d'expression et de communication de l'information; le monopole du savoir véridique au moins en ce qui concerne la sociologie et la politique, éventuellement en matière de science et d'arts; le contrôle direct de tous appareils économiques et autres.

Ainsi, il y a une problématique en chaîne des appareils sociaux tout d'abord, des appareils monopolistes plus particulièrement, de l'appareil central d'État très singulièrement, et enfin de l'appareil central hypermonopoliste d'État dit totalitaire, qui réalise le stade suprême dans la capitalisation monopoliste de l'Information.

Cette problématique est doublement masquée, et en sa base proprement sociologique, et en sa base organisationnelle cybernétique : la théorie sociologique ignore l'organisation communicationnelle et le pouvoir informationnel; la cybernétique et la théorie de l'information révèlent enfin le pouvoir de l'Information (l'Information « maîtresse de l'énergie »), mais occultant les appareils, elles occultent le pouvoir des appareils et le pouvoir par les appareils [1].

L'idée clé que le pouvoir est dans la production doit être lue et comprise,

---

1. Comme nous le verrons en tome II (socio-organisation), il ne faut pas poser en alternative le pouvoir anonyme des appareils (l'État, le parti, le trust) et le pouvoir concret des individus ou groupes occupant les postes de pouvoir (rois, chefs, directeurs). *Ils se possèdent l'un l'autre* : les possédants et maîtres sont instruments du pouvoir anonyme, lequel est aussi leur instrument. Cette relation récursive oscille entre deux pôles : à un pôle, le « caprice » ou « l'arbitraire » du puissant qui manipule son pouvoir; à l'autre pôle, c'est le pouvoir anonyme de l'Appareil qui « possède » au sens quasi thaumaturgique du terme le Mandant qui l'incarne.

non pas dans le sens restreint, économiste du terme de production, mais dans son sens organisationniste/informationnel. Ce n'est pas le pouvoir sur les « moyens » de production, c'est le pouvoir sur la production de la production, c'est-à-dire la générativité sociale : ce n'est pas seulement la propriété des choses, des biens : la maîtrise est dans la maîtrise des moyens de maîtrise ; l'asservissement des moyens d'asservissement ; le contrôle des moyens de contrôle : *le pouvoir informationnel d'appareil.*

On voit ici la justesse et l'erreur de Marx. Marx cherchait ce qui dans la société était générateur, et c'est avec une rectitude admirable qu'il avait mis en avant, anthropologiquement, la notion d'*être générique,* et sociologiquement la notion de *production.* Mais le seul fondement qu'offrait la physique de l'époque était de nature énergétique : le travail ; de même, il avait vu dans la société le pouvoir de classe, non le pouvoir d'appareil.

Or, la théorie de l'Appareil géno-phénoménal d'une Société conçue comme organisation informationnelle/communicationnelle ne peut que renouveler et enrichir le problème sociologique de la domination et du pouvoir. Elle nous amène à détecter le problème clé de la monopolisation de l'information. Le pouvoir est monopolisé dès qu'un appareil, et par là même une caste ou classe d'appareil monopolise les formes multiples d'information, lie directement le pouvoir et le savoir (qui règne détient la vérité), le bâton de commandement au sceptre, le sacré au politique. L'exploitation et la domination coïncident avec la relégation des exploités et dominés aux tâches purement énergétiques d'exécution, à leur exclusion de la sphère générative/programmatrice. Ils n'ont droit qu'aux signaux les informant de ce qu'ils doivent faire, penser, espérer, rêver.

VII. La petite et la grande relativité

A. La petite relativité : Information/Redondance/Bruit

1. *L'absolu et le relatif dans le cadre shannonien*

Information, redondance, bruit, sont distincts et antinomiques dans le cadre de la théorie shannonienne : la communication d'une information d'un récepteur à un émetteur disposant l'un et l'autre d'un répertoire et d'un code commun.

Ainsi le message « bons baisers », en tibétain, est du bruit à mes oreilles tout en représentant de l'information tibétaine. La langue chinoise, qui est de la redondance pour huit cent millions de Chinois, dont elle constitue le code commun, est pour moi du bruit. On voit donc bien qu'information et redondance se brouillent en bruits dès qu'il n'y a plus de code commun entre récepteur et émetteur, puisque la clé de leur distinction réside dans ce code.

Quant au bruit, il concerne non seulement des désordres « objectifs » comme le bruit thermique, mais aussi des phénomènes, éventuellement organisés, qui ne sont pas des perturbations que par rapport à un message donné. Deux communications interférentes peuvent constituer du bruit l'une pour l'autre. A l'écoute de ma radio, la friture est du bruit physique, mais les interférences entre messages multiples émis sur la même longueur d'onde provoquent un brouillage mutuel qui affecte chacun d'eux. De même, lorsque deux conversations différentes se rencontrent sur la même ligne téléphonique, elles se dégradent l'une l'autre.

Ainsi donc, hors d'un cadre relationnel où le *quid*, le *quod*, le *hic et nunc* sont très délimités et déterminés, les notions d'informations, redondance, bruit, perdent leurs clartés et distinctions, se brouillent, voire permutent.

Il faut ajouter une autre forme de relativité qui apparaît même entre détenteurs communs de ce code qu'est le langage ordinaire. Prenons deux militants A et B de partis adverses, qui suivent à la télévision un débat entre leurs leaders respectifs. Chacun de ces parfaits militants sait que toute observation honnête sur la réalité politique confirme l'analyse et l'action de son parti, infirme tout ce qui vient du parti adverse, et que tout ce qui conteste son parti est ignoble calomnie. Aussi, pour A, le message de son leader sera redondance dans le sens qu'il confirme l'excellence de sa cause ; le message du leader ennemi lui sera à la fois redondance (n'apportant rien de nouveau) et bruit (bavardages, inepties, erreurs), bruit qui aura en même temps la fonction redondante de confirmer son hostilité au parti de B. Il en sera exactement de même pour B, mais à l'inverse. On peut certes calculer en *bits*, en fonction de l'occurrence des phonèmes, l'information émise par l'un et par l'autre leader, mais l'information reçue, en fait, est quasi nulle dans la situation non imaginaire que je viens d'évoquer. Ceci nous indique qu'en fait les situations réelles de communications ne dépendent pas seulement de ce code et de ce répertoire commun, qu'est le langage : ils dépendent aussi d'un autre type de code, lié à l'idéologie, laquelle dépend d'une paradigmatologie, *toujours implicite, toujours cachée, toujours présente et toujours dominante*. Dans les situations réelles, la logique même du récepteur est intermittente ; il peut passer d'une logique empirico-rationnelle à une logique magico-affective ; son décodage peut varier, du décodage de la lettre au décryptage du sens caché, etc.

Certes, information, redondance, bruit, demeurent des notions clairement définissables dans les communications et informations simples, comme : « Arriverai vol 807 Air France mardi 12 » ou « Mère décédée », mais dès qu'on arrive aux vraies communications, où les êtres, en même temps qu'ils communiquent, ne communiquent pas, où les perturbations viennent d'ailleurs que du « canal », mais de la culture, de la personnalité, du complexe d'idéologie, de logique, de magie, etc., noué en chaque esprit, dès qu'on n'oublie pas que tout message humain porte en lui une multiplicité complexe de messages potentiels, que tout message est en fait multi-connoté et multi-décryptable, enfin que la connotation, et non la dénotation, peut

La physique de l'information

être le vrai message, alors information, redondance, bruit, s'embrument, perdent leur clarté et leur distinction. La communication complexe, pour s'opérer de façon optimale, nécessite que les interlocuteurs disposent du même savoir, participent à la même vision du monde, obéissent à la même logique et à la même structure paradigmatique. C'est du reste ce qui se passe en fait dans l'organisme vivant : chaque cellule, même spécialisée, dispose intégralement du même message génétique que toute autre cellule. C'est pourquoi la communication s'y effectue de façon optimale et complexe. Mais chez les êtres humains, un tel optimum deviendrait anti-optimal, car il supprimerait l'ambiguïté et le malentendu dans la communication, qui sont une des premières sources de progrès et d'inventions — tout en demeurant sources d'erreurs et de régressions. C'est bien cette fécondité générale du malentendu qu'illustre, sur le plan même du développement scientifique, et précisément, de la théorie de l'information, la phrase de Mendelbrot citée en exergue de ce chapitre : « Un des outils les plus puissants de la science, le seul universel, c'est le contresens manié par un chercheur de talent », l'esprit du « chercheur de talent » étant évidemment l'appareil génératif nécessaire pour que le « bruit » se transforme en création.

Ce que nous venons de dire ne contredit pas le cadre shannonien; il le situe. Information/redondance/bruit ont effectivement un sens absolu dans une situation relative. Mais, à considérer le caractère limité et pauvre des conditions qui permettent de définir sans équivoque les trois termes, on est amené à inverser la vision, et le plus important, pour une théorie complexe de l'information, devient la relativité des concepts d'information/redondance/bruit. Cette relativité est fondamentale; leur distinction claire n'est que locale et conditionnelle.

2. *La relativité de l'information organisationnelle*

Quand on isole le code génétique du circuit organisationnel et du devenir temporel, alors information/redondance/bruit ont un sens clair et distinct : l'information renvoie à un « message »; la redondance renvoie aux synonymies et ponctuations que comporte le message, plus largement à l'organisation du message, qui est la même, *ne varietur*, pour toutes les cellules d'un organisme et tous les organismes d'une espèce et, plus largement encore, au « code » génétique lui-même, qui est commun à tous les êtres vivants de la bactérie à l'éléphant.

En ce sens, l'organisation que produit l'activité informationnelle, en devenant probable *hic et nunc*, se manifeste pour un observateur *hic et nunc* essentiellement par ses traits de répétition, régularités, reproductions, multiplications et semble obéir à un *pattern* invariant, celui de l' « espèce ». Ainsi, ce qui sous l'angle de la production néguentropique, de la réorganisation permanente, se perçoit essentiellement comme organisation informationnelle et demeure comme tel événementiel, singulier, improbable, se perçoit, sous l'angle extérieur de l'observation dans un cadre spatio-temporel donné, comme une organisation essentiellement redondante. D'où une relativité, selon le cadre de référence, entre information et redondance.

La reproduction peut être envisagée sous une face comme un phénomène de redondance (multiplication du même) et sous une autre face comme un procès de transmission de l'information. Elle peut et doit aussi être considérée sous l'angle du bruit : la dissémination se confie au hasard, aux vents, aux forces de dispersion, c'est-à-dire au « bruit », d'où du reste un formidable gaspillage. Ainsi, une fois encore, on voit, en déplaçant l'angle de vue de l'observateur, les notions d'information/bruit/redondance s'amollir, s'embrumer, s'osmotiser, se relativiser dans le même phénomène.

Le problème du bruit prend une ampleur encore plus paradoxale quand on s'interroge : d'où naît l'information? Comment s'accroît-elle?

L'origine de l'information nous renvoie à la règle universelle de la collaboration du désordre à la naissance et au progrès de l'organisation. Comme j'ai tenté de l'envisager, l'information est née du développement aléatoire d'une organisation néguentropique constituée de réactions chimiques (ce qui laisse intact le mystère de son émergence). Une fois née et engrammée au sein d'un complexe génératif, l'information n'a pu s'accroître et se développer qu'avec la collaboration des aléas et du désordre, c'est-à-dire du « bruit ». Et c'est bien ce que nous révèle de façon à la fois aveugle (car elle ne peut l'expliquer) et aveuglante (car elle en fait le phénomène central et évident) la théorie génétique : la mutation, par quoi arrive une modification héréditaire, donc un changement évolutif, ne peut se concevoir que comme la conséquence d'un « bruit » (rayon cosmique, accident quantique, autre cause inconnue) provoquant une « erreur » dans la copie du message héréditaire au moment de la duplication. *Ainsi l'information ne peut naître qu'à partir d'une interaction entre une organisation générative et une perturbation aléatoire ou bruit. Ergo l'information ne peut se développer qu'à partir du bruit.* Bien entendu, il faut toujours, à la naissance d'une information, une aptitude organisationnelle de caractère néguentropique, qui se « dépasse » elle-même en transformant l'événement en nouveauté, l'« erreur » en « vérité ».

Corrélativement, il faut supposer que, sous l'effet du bruit, comme l'indique Atlan (Atlan, 1972), la redondance se transforme en variété. Ceci peut être considéré comme l'expression informationnelle d'un principe très général : *toute complexification organisationnelle se traduit par un accroissement de variété au sein d'un système* : l'accroissement de variété peut être conçu comme un début de dispersion, qui se contrebalance par une organisation plus souple et plus complexe.

Tout progrès de l'information générative se traduit par un progrès de diversité et hétérogénéité, par apparition et épanouissement de nouveauté, là où il y avait répétition du même. Ainsi on entre dans un nouveau cycle relativiste : sous l'influence déclencheuse du « bruit », une complexification informationnelle transforme de la redondance en variété et cette variété se trouve inscrite et intégrée aussitôt dans le procès de la répétition (et devient, pour l'observateur extérieur, une apparente redondance). On voit donc qu'il nous faut dialectiser l'ensemble de la relation bruit/information/redondance, dans un procès où le bruit n'est pas seulement destructeur, mais éventuellement coopérateur, où la redondance, sous l'effet du bruit, peut soit se dissoudre en bruit, soit se transformer en variété et information.

Ainsi, à considérer son devenir, l'information naît dans le bruit, navigue dans le bruit, meurt du bruit, en bruit, et sous une autre face émerge en brisant de la redondance, puis se stabilise en relative redondance. Donc, il n'y a pas seulement relativité entre information/redondance/bruit, *ces notions s'entre-génèrent*, ce qui se comprend aisément dès qu'on les désubstantialise et qu'on les plonge dans l'organisation néguentropique, où se posent et se résolvent les paradoxes de leur mutuelle relativité.

3. *La redondance et le bruit relativisés*

La relativité de l'information par rapport à la redondance et au bruit signifie, du même coup, la relativisation de ceux-ci.

La redondance peut sembler un concept très pauvre si, se bornant à désigner tout ce qui est ordre répétitif, elle confond dans un enveloppement global la régularité répétitive des lois physicochimiques et la régularité répétitive des phénomènes biologiques, qui, non seulement ne sont pas réductibles aux premiers, mais leur sont, en un sens, antagonistes. Mais le concept devient plus intéressant s'il indique que l'organisation ne peut progresser que par paliers stabilisés, les paliers de stabilisation néguentropiques étant maintenus par les activités permanentes de réorganisation et régénération. Ainsi entendue, la redondance nous indique que *le nouveau ne peut s'inscrire que sur du déjà connu et du déjà organisé;* sinon le nouveau n'arrive pas à être du nouveau et retourne au désordre. Elle indique du même coup que l'inscription durable du nouveau permet la constitution d'une nouvelle redondance, laquelle est prête à son tour à accueillir un nouveau nouveau.

Le bruit, de son côté, devient un concept enrichi. Son aspect pauvre et confusionniste englobe tous les désordres, quels qu'ils soient, perturbant la communication de l'information. Mais cet aspect, de confusionniste, devient relativiste dès que l'on comprend qu'il est utile de disposer d'un concept qui inclut, non seulement les désordres « objectifs » ou absolus (comme le bruit thermique), mais tout ce qui, même non désordonné, constitue une perturbation aléatoire par rapport à une organisation informationnelle donnée.

Plus intéressant encore est de découvrir que le bruit, qui détruit l'information, est aussi un ingrédient nécessaire à sa génération. Enfin, nous allons de mieux en mieux découvrir (t. II) que tout ce qui est organisation vivante fonctionne *malgré, contre et grâce au bruit.*

B. La grande relativité : l'observation et l'observateur

La petite relativité information/redondance/bruit, que nous venons de voir, parachève la ruine de l'observateur idéal du déterminisme laplacien, non seulement à l'échelle de l'univers, mais à celle des observations locales, puisque information, redondance, bruit, sont instables, transformables, permutables en fonction de l'angle d'observation et du savoir de l'observateur.

Nous allons voir que l'observateur est beaucoup plus physiquement envahi qu'on avait pu le croire :
— au niveau de la relation entre la connaissance de l'organisation et l'organisation de la connaissance,
— au niveau de la praxis transformatrice que constitue toute observation.

1. La connaissance de l'organisation et l'organisation de la connaissance

Le désordre de l'ignorance et l'ordre de la connaissance.

L'entropie, qui avait révélé un certain nombre de caractères étonnants propres aux objets physiques, dévoile avec Brillouin, quand elle se lie à l'information, un ultime caractère, mais qui concerne le sujet humain : l'entropie devient le manque d'informations d'un observateur sur le système qu'il considère ; à l'entropie maximale correspond l'ignorance maximale. Autrement dit, l'entropie, dans son acception la plus classique, mesure :
— non seulement le désordre ou absence d'organisation au sein d'un système physique,
— mais du coup la décroissance des possibilités d'information d'un observateur sur son observation ; *l'entropie devient donc la mesure de notre ignorance.*

L'entropie signifie ignorance ; inversement, l'information fait régresser le désordre dans un esprit : en effet, le *bit* transforme, dans l'esprit d'un observateur/récepteur, un désordre pur (une équiprobabilité d'occurrence entre deux événements) en ordre pur, et c'est cet ordre qui est appelé *savoir*. Cet apport d'ordre lui permet de compléter, d'enrichir, voire de complexifier sa vision du monde.

Pendant que l'observateur mesure le réel, le réel donne la mesure de l'esprit de l'observateur.

Dès lors se pose la question épistémologique : est-ce que ces deux aspects de l'entropie/information, l'un psychique, renvoyant à l'observateur, l'autre physique, renvoyant à l'objet, sont réciproques? Est-ce que l'absence de toute possibilité d'informations dans l'esprit d'un observateur reflète le désordre réel du monde ou seulement les limites de son entendement? La question va désormais courir...

Le principe d'équivalence.

Pour comprendre la correspondance entre l'organisation de la connaissance et la connaissance de l'organisation, il faut tout d'abord se remémorer que la relation néguentropie/information est non d'identité, mais d'équivalence dans le cadre d'une organisation néguentropique *ad hoc*. Dès lors, il ne s'agit plus de chercher le « reflet » du réel dans l'esprit de l'observateur, ni le « reflet » de l'esprit dans le réel : l'organisation de la connaissance est peut-être une traduction, mais non pas le « reflet » de l'organisation physique. Il s'agit de chercher la nature de l'éventuelle transaction qui s'effectue, *via* le principe d'équivalence néguentropie/information, entre le physique et le psychique.

Or ce principe d'équivalence ne peut véritablement être conçu que si nous concevons la *physis* selon la relation « tétralogique » fondamentale désordre/interactions/ordre/organisation. *Dès lors il y a correspondance et traduction possible* entre le jeu physique :

désordre/interactions/ordre/organisation (physique)

et le jeu psychique :

bruit/information/redondance/organisation (psychique)

Ainsi le bruit est pour l'observateur, psychiquement de l'ignorance (et par là de l'inconnu, du mystère), physiquement du désordre ; la redondance est pour l'observateur, psychiquement de la certitude, physiquement de l'ordre (invariance, loi, répétition, *pattern*, régularité, stabilité) ; l'information est pour l'observateur, psychiquement, du savoir acquis à partir des événements, de la connaissance arrachée au bruit, et physiquement le jeu événementiel et diversement aléatoire des interactions.

Et, de même que le jeu physique trouve et produit son organisation dans les systèmes physiques, le jeu psychique trouve et produit son organisation dans les systèmes théoriques. De même qu'il y a, dans la tétralogue physique, sans cesse permutations et transformations, (de l'organisation en désordre, du désordre en organisation, etc.) de même, dans le tétralogue bruit/redondance/informations/systèmes d'idées, il y a permutations et transformations : l'information naît à partir d'interactions entre organisation et bruit, fait naître de la redondance au sein d'une organisation *ad hoc*, meurt en bruit comme cette organisation elle-même. Des connaissances réputées certaines — de la redondance — peuvent être bouleversées et se désintègrent en bruit sous l'irruption de connaissances nouvelles, à partir de quoi se forme une nouvelle redondance ; ainsi, la théorie se brise et une autre théorie émerge ; de la connaissance se transforme en ignorance dans le mouvement même où de l'ignorance se transforme en connaissance...

Un progrès de la connaissance n'est pas seulement une conquête de l'information sur le bruit, de la redondance sur l'information. Le progrès de la connaissance opère en fait une redistribution de la redondance, de l'information, du bruit. La découverte d'une grande « loi » naturelle, par exemple, permet d'accroître la redondance, en intégrant un grand nombre d'informations dans un déterminisme et un *pattern* assurés ; elle permet d'arracher de nouvelles informations à l'incertitude des phénomènes ; elle réduit donc le domaine du bruit ou ignorance ; mais en même temps, la grande découverte fait s'écrouler des pans entiers de redondance (désintégration du système de Ptolémée opérée par la révolution copernicienne, puis relativisation du système de Copernic opérée par la relativité einsteinienne, etc.), elle fait surgir de « nouveaux problèmes », c'est-à-dire de nouveaux secteurs d'ignorance. Paradoxalement même, j'y reviendrai, les plus grands progrès de la connaissance moderne consistent en découvertes de limitations infranchissables de la connaissance ! Donc on devine que le progrès de la connaissance ne peut être que le progrès dialectique du certain, de l'incertain et de l'inconnu, que le progrès de la connaissance est en même temps le progrès de l'ignorance. Ce qui est vrai de toute organisation l'est aussi de l'organisation de la connaissance : plus elle est complexe, plus elle est apte à accueillir et intégrer du désordre. La théorie complexe permet d'embrasser et articuler, dans sa vision du monde, à la fois le désordre, l'ordre et l'organisation, c'est-à-dire bruit, redondance et information. On est loin de l'idéal purement redondant du déterminisme absolu.

Les traducteurs noologiques.

Nous venons de voir qu'il y a bien un principe d'équivalence, non seulement entre information et néguentropie, mais aussi entre le jeu psychique des catégories bruit/information/redondance/organisation (de la connaissance) et le jeu (physique) des catégories désordre/interactions/ordre/organisation. Ce principe nous permet donc d'envisager des transactions et traductions psycho-physiques.

Ici il faut faire intervenir les médiateurs noologiques ou idées ; ces êtres informationnels opèrent les traductions de l'ordre physico-thermodynamique à l'ordre psycho-informationnel et vice versa, notamment entre la connaissance de l'organisation et l'organisation de la connaissance. Ainsi la *physis* peut être traduite en idées ; ses organisations et enchaînements physiques se traduisent en enchaînements d'idées qui, en se bouclant sur eux-mêmes, constituent des systèmes théoriques. Ces systèmes informationnels sont *ipso facto* des organisations néguentropiques. Ils sont physiques en ce sens qu'ils sont liés aux micro-états et aux processus physiques de nos cerveaux, lesquels sont des appareils génératifs. Ainsi nos idées sur le réel ne sont ni un reflet du réel dans le cerveau, ni un pur reflet des schèmes de nos cerveaux, ce sont des êtres informationnels médiateurs qui permettent la communication et la traduction de la *physis* à la *psyche* et inversement ; comme tout ce qui est traduction, les opérations idéologiques sont soumises à l'erreur ; certains même ne sont qu'erreurs... Mais les êtres noologiques sont aussi indispensables à nos esprits que les bactéries de nos intestins sont nécessaires à la transformation des aliments.

2. La transformation physique et la praxis de l'observation

Nous avons maintenant constitué la structure d'accueil à la grande découverte de Brillouin, qui inclut l'observateur dans une transformation physique et l'observation dans une praxis psychique : *toute relation d'observation est une relation praxique, où de la néguentropie peut se transformer en information et de l'information en néguentropie.*

Brillouin (1956) a dégagé le caractère transformateur, non seulement de toute expérimentation, mais de toute mesure. Il découle en effet du principe de néguentropie de l'information que toute observation comportant mesure modifie physiquement le système global que constituent le phénomène mesuré, le dispositif de mesure, l'observateur; l'information se fait payer, donc ce simple coût modifie déjà la réalité physique.

La physique classique en posant comme entités non communicantes l'observateur et l'observation, avait ignoré le rôle des expériences de mesure dans la définition du phénomène. Bien entendu cette incidence pouvait être négligée étant donné le coût infinitésimal de l'information dans ces expériences, du moins jusqu'à l'apparition de la micro-physique. Mais il ne suffit pas de considérer uniquement le problème en menue monnaie d'énergie et d'entropie. Il faut envisager les conséquences théoriques et pratiques de la transaction qui s'est opérée.

Le prix de l'information.

La première conséquence théorique et pratique concerne le prix de l'information. Tout ce qu'on gagne en information (psychique) peut se gagner en organisation (biologique, anthropologique, noologique, sociologique), mais se paie quelque part en désordre (physique). Tout accroissement de l'information accroît donc et l'organisation, et le désordre dans le monde.

A supposer que nous voudrions une observation exhaustive sur un objet, nous serions entraînés dans la spirale infinie des interactions auxquelles participe cet objet et dont il procède; s'il s'agit d'un être vivant, il faudrait saisir les myriades d'interactions entre les micro-états constitutifs et les myriades d'interactions écologiques qui leur sont associées, ce qui dépasse en complication toutes possibilités de conception pour un esprit humain (Ashby). En termes brillouiniens, une observation exhaustive nécessite une information infinie, laquelle requiert une énergie infinie, laquelle coûterait une néguentropie infinie, ce qui entraînerait la dilapidation de tout l'univers. Niels Bohr disait qu'il faudrait, à la limite, tuer un chien pour savoir comment il vit (Bohr, 1958). Brillouin aurait pu dire qu'il faudrait mobiliser une telle quantité d'énergies, de connaissances et d'organisation pour savoir comment ce chien vit, que l'univers, et le chien avec, en serait désintégré.

La connaissance portée à l'absolu est auto-destructrice. Cette proposition vaut pour toute observation, toute science, concernant tout objet, tout phénomène, tout être, et bien sûr l'univers dans son ensemble [1].

Le problème des limitations de notre connaissance ne pourra être abordé de façon frontale qu'après examen des conditions bio-anthropo-sociologiques de la connaissance (t. III). L'important ici est l'éclairage original que Brillouin apporte à ce vieux problème en liant, de façon gordienne, l'enracinement physique de la connaissance à un enrichissement de la connaissance (qui devient une notion à la fois physique et psychique), et à une limitation de la connaissance (qui perd toute prétention à l'exhaustivité). Je me bornerai seulement ici à indiquer qu'il faut compléter l'éclairage physique par l'éclairage psychique symétrique : l'enracinement psychique de la connaissance nous apporte aussi ses limitations et ses incertitudes, qui viennent évidemment des limites bio-anthropo-psycho-socio-culturelles propres à toute connaissance ; parmi ces limites, nous pouvons distinguer maintenant celle qui est inhérente au caractère informationnel de la connaissance : elle vient du fait que *le réel ne prend corps, forme et sens que sous forme de messages qu'interprète un observateur/concepteur.* Nous n'avons de la réalité que des traductions, jamais la v. o. Il y a donc une incertitude originale, typiquement « informationnelle » sur la réalité de notre réalité et sur ce qui, dans la Réalité, est sans forme ni informations, c'est-à-dire intraduisible en messages...

Nous sommes de fait condamnés à ne connaître qu'un univers de messages, et, au-delà, rien. Mais nous avons du même coup le privilège de lire l'Univers sous forme de messages. Ces messages, c'est nous qui les fabriquons, sous le coup d'impulsions dont nous ignorons la vraie nature, bien que nous ayons un code pour les nommer. Ces messages crépitent sur nos téléscripteurs mentaux ; ils sont brouillés, interférents, avec du fading, des trous noirs ; nous cheminons, nous errons, dans la forêt des symboles, « qui nous observent avec des regards familiers »...

L'observation-praxis.

Le caractère praxique de la relation d'observation entraîne des conséquences capitales.

On croyait, on continue à croire que l'expérience scientifique connaît son objet en l'isolant, c'est-à-dire en le soustrayant au « bruit » provenant de son environnement. Elle provoque certes un relatif isolement en inhibant certaines interactions, mais *elle provoque, de par elle-même, de nouveaux types*

---

[1]. Et cela nous confirme, par voie de conséquence, que la meilleure organisation n'est pas l'organisation parfaite, purement redondante, s'il en était, c'est l'organisation imparfaite, qui comporte ses ombres, ses carences, son désordre fondamental, mais qui sait comment vivre avec le désordre, le contre-parasiter, qui sait en somme s'organiser dans la relation et la relativité incertaines, loin de l'absolu.

La physique de l'information 357

d'interactions. Aussi l'expérience scientifique n'est pas seulement une opération d'abstraction, c'est-à-dire d'isolement d'un phénomène hors de son réel contexte (ce qui occulte les interactions écologiques qui font partie du phénomène), c'est le déclenchement d'un nouveau type d'interactions entre le phénomène et cette fois l'expérimentateur, interactions dont il demeure inconscient. L'expérience soustrait donc un objet à son contexte physique réel, un être à son écologie biologique réelle, mais l'introduit dans un nouveau contexte réel, de caractère anthropo-sociologique, dont les idées abstraites sont partie intégrante.

Les objets expérimentés vont être intégrés de force dans les catégories de l'expérimentateur. Les êtres vivants, mouches, cobayes, rats, chiens, chimpanzés vont subir d'horribles tortures et mourir dans d'indicibles souffrances (ce qui sera tout à fait négligé dans l'observation, et occulté dans la théorie). Et surtout, d'expérience en expérience, la science expérimentale produit une information transformable qui permet le développement de cette manipulation universelle qu'on appelle technique.

Brillouin nous introduit à la racine praxique de la science occidentale, qui se fonde sur la mesure et sur l'expérience, et constitue par là une production d'informations qui est loin d'être neutre.

La proposition de Brillouin concerne l'information acquise par la mesure et l'expérience. Ne peut-on la généraliser à toute observation, toute connaissance, même lorsqu'elle ne comporte ni expérience ni mesure? En effet, toute observation sur le monde, qui s'accompagne de pensée et de réflexion, correspond à des modifications dans les micro-états cérébraux et, corrélativement, à des réarrangements et réagencements dans nos systèmes d'idées qui, en tant qu'êtres informationnels, sont aussi des êtres physiques. Ceci est négligeable énergétiquement, *mais non organisationnellement* : les modifications neuro-noologiques étant en même temps des transformations dans les idées et théories, lesquelles peuvent déclencher des modifications dans l'action et le comportement, on débouche sur des transformations en chaîne d'information en néguentropie et de néguentropie en information, dans la praxis culturelle et sociale.

Ainsi, toute information, toute connaissance, toute idée, conformément au principe d'équivalence et de générativité de l'information, comporte, non seulement une mini-modification physique, mais aussi, éventuellement, une potentialité de développements praxiques en chaîne, à travers des transformations d'information en néguentropie, de néguentropie en informations, et ainsi de suite. Un mot bien placé, dit au bon moment, peut faire naître ou s'écrouler un monde.

Ainsi il n'y a et n'y aura jamais d'observateur pur (il est toujours lié à une praxis transformatrice); pas de connaissance absolue (elle devrait être payée d'un prix infini qui la détruirait). Mais, avec la perte de l'absolu, nous faisons un gain en communication et en complexité. Car ce qu'établit Brillouin de positif et de nouveau, c'est le circuit de communication entre le physique et le psychique, la possibilité de traduction/transformation du psychique/informationnel au physique/thermodynamique/organisationnel. Cette communication est donc du coup inséparable d'une praxis dialectique entre l'observateur et l'observation. Certes, en établissant la relation, Brillouin établit la relativité, c'est-à-dire aussi l'incertain et l'aporétique. Mais, et nous le reverrons souvent, incertitude et aporie peuvent et doivent constituer des progrès de la connaissance complexe, ceux-ci ne pouvant se fonder, si l'on y réfléchit, que sur les régressions de la connaissance simple. Ce que nous entrevoyons donc déjà, à travers cette relation traductrice, transductrice, transformatrice, relativisante, entre le psychique et le physique, entre l'observateur et son observation, c'est une première émergence de la relation entre le sujet et l'objet, car toute connaissance, chez un observateur, est à la fois subjective (auto-référente), renvoyant à sa propre organisation intérieure (cérébrale, intellectuelle, culturelle) et objective (hétéro-référente), renvoyant au monde extérieur. Nous pouvons donc entrevoir que *ce n'est jamais en excluant le sujet qu'il faut chercher l'objet, que ce n'est pas hors de la praxis, mais dans une méta-praxis qui est à nouveau une praxis, qu'il faut chercher la connaissance, que ce n'est jamais hors du bruit qu'il faut chercher la complexité.*

C. La relativité généralisée et la boucle de la connaissance physique

La théorie de l'information, et par là toute théorie de la connaissance, peut être considérée comme un appendice de la théorie physique puisque toute information peut être traduite en termes physiques d'entropie/néguentropie. Mais on peut retourner la proposition et considérer toute science physique comme un appendice de la théorie de l'information, puisque l'univers physique se lit, pour l'observateur/concepteur, en termes de redondances (invariances, lois, régularités), informations (incertitudes et improbabilités diverses) et bruit (aléas, contingences, désordres).

La traduction désormais possible entre configurations physiques et configurations symboliques ouvre la question : la réalité première de la connaissance est-elle dans le caractère matériel des configurations physiques ou dans le caractère idéel des configurations symboliques ? Atlan a posé le problème dans son intensité aporétique : « Les symboles dits abstraits ne seraient que des symboles plus généraux que ceux qui constituent les micro-états physiques d'un système..., c'est-à-dire que tout symbole abstrait devrait pouvoir être ramené à un ensemble de micro-états physiques... Cela ressemble à une profession de foi du matérialisme le plus extrême, mais comme les micro-états physiques sont eux perçus comme symboles, on se trouve poussé vers les positions à la fois du matérialisme et de l'idéalisme le plus purs, ce qui nous semble d'ailleurs l'état le plus compatible avec la volonté de prendre en considération *tous* les aspects de notre expérience du monde » (H. Atlan, 1972, p. 185).

La physique de l'information

Plutôt que de poser le problème en termes d'alternative idée/matière, nous pouvons tenter de lier en boucle ces deux propositions antagonistes :

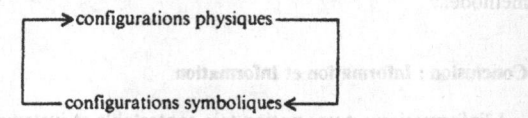

```
    ┌──→ configurations physiques ──┐
    │                                │
    └── configurations symboliques ←─┘
```

On peut d'autant mieux concevoir cette boucle que toute information, quelle qu'elle soit, est traduisible en termes physiques, lesquels, quels qu'ils soient, sont traduisibles en termes informationnels.

Nous avons donc un complexe rotatif à double entrée :
— l'entrée physico-thermodynamique du phénomène,
— l'entrée psycho-informationnelle de l'observateur/concepteur.

La première est référente à l'objet ; la seconde est référente au sujet. Les catégories du sujet et de l'objet communiquent donc tout en demeurant antagonistes :

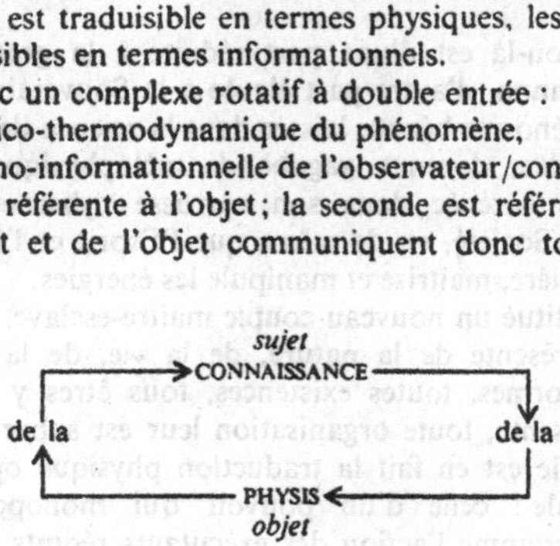

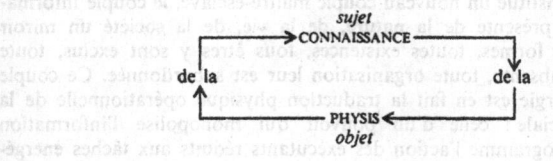

```
              sujet
      ┌──→ CONNAISSANCE ──┐
      │                    │
  de la                  de la
      │                    │
      └──── PHYSIS ←──────┘
              objet
```

Toute connaissance de la physique renvoie donc à une physique de la connaissance ; cela risquerait de tourner en rond à l'infini, si ce mouvement même n'amenait à la recherche du méta-système où l'observateur s'observe observant son observation, c'est-à-dire observe du même coup la relation organisationnelle et praxique qui se crée entre lui et cette observation.

Du coup, s'impose à nous une fois encore, et plus fortement qu'auparavant, la nécessité fondamentale d'une connaissance à double foyer, l'objet et le sujet, d'une connaissance en boucle où la connaissance physique nécessite autant la connaissance anthropo-sociale que celle-ci la connaissance physique. Et, de même que tout objet doit être intégré dans sa réalité physique, tout sujet doit être intégré dans sa réalité anthropo-sociale ; l'intégration de l'observateur dans une communauté scientifique, loin de neutraliser le sujet et d'annuler la subjectivité (comme dans la science classique où le consensus des scientifiques a valeur d'objectivité), au contraire le situe dans une culture et une société. Et bien entendu la réalité anthropo-sociale a elle-même besoin d'être intégrée dans l'évolution biologique, laquelle a besoin d'être intégrée dans l'évolution organisationnelle de la *physis*, laquelle renvoie à nouveau à l'observateur-sujet, et ainsi de suite...

Et ainsi la relation récursive première liant la physique de la connaissance à la connaissance de la physique nous appelle à nouveau à l'impossible et fabuleux voyage spiral, où nous avons tous les risques de tourner en rond et de nous disperser, mais où nous voyons la seule chance de produire la méthode...

Conclusion : Information et Information

L'information est une notion très contestable et justement contestée quand elle constitue l'ultime conquête et accomplissement du paradigme de simplification.

Cette information-là est d'une part réduite à la grandeur que mesure l'équation de Shannon, d'autre part élevée à la Souveraineté physique. Elle prétend occuper l'énorme béance laissée dans la science depuis l'expulsion de l'Esprit et de l'Idée, devenus vagabonds métaphysiques. Dès lors cette Information-reine, carénée dans son carrosse cybernétique, explique la Nature, la Vie, la Société, et, de même que l'Esprit et l'Idée dominaient et pétrissaient la matière, maîtrise et manipule les énergies.

Ainsi s'est constitué un nouveau couple maître-esclave, le couple information-énergie. Il présente de la nature, de la vie, de la société un miroir abstrait : toutes formes, toutes existences, tous êtres y sont exclus, toute complexité est absente, toute organisation leur est subordonnée. Ce couple information/énergie est en fait la traduction physique opérationnelle de la domination sociale : celle d'un pouvoir qui monopolise l'information générative et programme l'action des exécutants réduits aux tâches énergétiques.

Tel est le versant sur lequel se répand et se développe l'information informationniste, que je nomme ainsi parce qu'elle ferme l'Information sur elle-même pour en faire une notion close, première, terminale. C'est le versant de la simplification/manipulation non seulement techno-scientifique, mais aussi socio-politique. C'est sur l'autre versant que j'ai tenté d'accueillir et irriguer une information issue de la même source, mais devenue autre.

Il y a même inversion de perspective entre les deux versions d'information. Là, l'organisation est une notion informationnelle ; *ici, c'est l'information qui est une notion organisationnelle*. Là, l'information s'articule à une thermodynamique qui ignore l'organisation ; ici, l'information s'inscrit dans la dialectique thermodynamique/organisation. Là, l'information règne intemporellement sur la *physis ;* ici, l'information surgit tardivement et localement dans l'histoire de l'organisation.

Là, l'information confirme la vision atomisante où elle s'inscrit. *Ici, elle s'inscrit, non seulement dans un relationnisme et une relativité, mais dans le principe de la boucle.* C'est effectivement dans l'organisation récursive productrice-de-soi que j'ai inscrit l'information. D'où cette définition originelle : *ce qui, à partir d'un engramme ou signe, permet de générer ou régénérer de la néguentropie au contact, dans le cadre ou au sein d'une organisation néguentropique* ad hoc.

La physique de l'information

Dès lors, l'information est inséparable de l'activité de la totalité en tant que totalité. Toutefois, elle ne se noie pas dans une confusion holistique. Au contraire, *elle devient l'un des concepts constellés dans l'idée d'organisation néguentropique géno-phénoménale de nature informationnelle/communicationnelle*. Dès lors l'information devient inséparable d'un complexe génératif qui prend forme d'*appareil*. Nous verrons dans le tome suivant comment l'information est nécessaire, non comme concept suprême, mais comme concept lié, pour comprendre l'organisation géno-phénoménale de la vie ou auto-(géno-phéno)-éco-ré-organisation.

L'information qui n'est ni mythe ni *bit*, c'est-à-dire devenue complexe, est très difficile à saisir puisqu'elle ne peut plus être véritablement isolée ni immobilisée. Elle oscille entre le pas-grand-chose (un signe, un signal) et la plaque tournante; elle est très difficile à saisir parce qu'elle participe à la fois à la discontinuité digitale et à des *continua* dont certains sont de caractère analogique : elle est très difficile à saisir dès qu'on plonge dans sa radicalité, puisqu'elle ne peut se dissocier de l'appareil où elle est inscrite, lequel ne peut se dissocier de l'ensemble géno-phénoménal; elle est très difficile à saisir parce qu'elle se métamorphose : latente sous forme d'engramme, elle s'actualise sous forme de signaux; elle peut être archive ou programme, savoir ou savoir-faire; elle peut se transmuter en néguentropie (organisation, action, performance) qui peut se retransmuter en information; elle peut se disperser et s'évanouir, elle peut se conserver indéfiniment, elle peut dégénérer et se régénérer dans les conditions *ad hoc* (appareil génératif, source d'énergie, tête liseuse, etc.). Elle est très difficile à saisir parce que, née du bruit, elle peut créer de la redondance, *via* l'organisation, et meurt en bruit... Elle est très difficile à saisir en somme parce qu'il nous faut courir après ses sauts et ses transformations. Mais elle est aussi très difficile à saisir parce que c'est une notion physique qui n'a pas d'existence en dehors de la vie, et qui ne se déploie que dans et par la sphère anthropo-sociale. Elle est enfin très difficile à saisir parce qu'elle est inséparable d'un observateur/concepteur...

La complexité de l'information et la difficulté à l'isoler sont liées. Les incertitudes et les confusions sont toujours les premières épreuves que doit subir la complexité qui se cherche; plus encore, la complexité ne se libérera jamais totalement de l'incertitude, elle n'accédera jamais à l'univers des idées claires et distinctes, puisque au contraire elle a quitté cet univers pour celui du clair dans l'obscur, de l'obscur dans le clair, du multiplement relationné, du non totalement séparable et isolable, du toujours ouvert... Aussi nous sommes, avec l'information complexe, en un nœud gordien théorique indémêlable et crucial. Il y a, dans les caractères caméléonesques, polyscopiques, métamorphiques qui grouillent sous le concept d'information, des richesses énormes qui voudraient prendre forme et corps. Bien qu'encore peu élucidé et élucidant, ce concept est déjà indispensable, et les lacunes et incertitudes qu'il comporte nous conduisent non à le rejeter, mais à l'interroger.

Pour le comprendre, il faut exorciser les ombres platoniciennes, aristotéliciennes, cartésiennes qui tournent encore dans l'inconscient du concept d'information. L'idée d'information est proche de l'idée platonicienne de réminiscence, certes, mais l'Idée platonicienne est une forme éternelle au-dessus du temps, des aléas, des phénomènes, alors qu'il s'agit, dans la générativité informationnelle, d'une réminiscence d'événements fondateurs, nés d'aléas, dans le cours du temps, au cœur des phénomènes : aux origines, il y a non pas l'immarcescible Idée et son Ordre parfait, mais les interactions en désordre de la boucle tétralogique. De même il y a opposition entre l'information aristotélicienne, moule redondant imposé à la matière amorphe, et l'information qui participe à un processus complexe de génération des formes, ici encore, dans le désordre et le bruit.

Enfin, l'information post-brillouinienne s'inscrit à contre-pied du dualisme cartésien, qui avait écartelé la pensée occidentale, entre d'une part le scientisme physique, où tout était réduit à de soi-disant propriétés matérielles, et d'autre part l'idéalisme ou spiritualisme métaphysique, qui prenait en charge tout ce qui correspondait à l'organisation et à l'information, mais de façon surnaturelle, tout ce qui correspondait à la complexité, mais de façon simpliste. Or l'émergence même du concept d'information au cœur de la *physis* appelle soudain l'inversion du mouvement qui disjoignait dans des univers répulsifs le principe (matérialiste) physique et le principe (idéaliste) psychique; il faudra la plus haute énergie théorique pour que, de leur collision, les deux principes se désintègrent l'un et l'autre, et que, de cette désintégration, naisse un nouveau concept de *physis*.

En attendant, nous devons poser l'information comme *concept à double foyer et à multiples entrées*.

Nous l'avons vu : l'information complexe a nécessairement double foyer, l'un physique qui est celui de l'objet, l'autre, psychique, qui est celui du sujet. C'est à partir des échanges entre ces deux foyers qu'il peut y avoir traduction, transformation (de néguentropie en information et vice versa), praxis.

En même temps, l'information est un concept à multiples entrées : physique (entropie, néguentropie, organisation), biologique (géno-phéno-éco-organisation communicationnelle), anthropo-sociologique (appareil cérébral d'*homo sapiens*, culture, idées, langage, société). Son fondement est physique; son *arkhe* est biologique, son épanouissement et sa diversification sont anthropo-sociologiques. Dès lors nous pouvons inscrire l'information *à la fois* dans une petite boucle (appareil génératif, organisation géno-phénoménale informationnelle/communicationnelle) et dans une grande boucle (physico-bio-psycho-anthropo-sociologique).

C'est alors, et alors seulement que le concept d'information peut déployer ses ailes, et, de l'entropie à l'anthropos, de l'objet au sujet, traverser l'univers, non pas pour le subjuguer, mais pour en reconnaître le mystère.

Alors que l'idéologie informationniste prétend tout expliquer, l'information complexe à la fois révèle et apporte du mystère. Elle apporte du mystère, comme tout concept complexe, qui éclaire et non pas masque ce qui dans la réalité est inaccessible, inconcevable et indicible. L'information, qui nous ouvre l'univers de la communication, nous y enferme au sens où nous apprenons que nous sommes aveugles à l'incommunicable...

En même temps, l'information nous amène au seuil d'un mystère qui, lui, est peut-être élucidable. C'est le mystère de la relation entre in-formation et forme. Il y a une formidable zone d'ombre entre d'une part l'engramme/archive, qui est un signe arbitraire (localisé chimiquement dans l'ADN nucléique et dans le neurone cérébral) et d'autre part la résurrection intégrale d'une forme existentielle, soit sur le mode de la reproduction génétique, soit sur le mode de la remémorisation mentale. Comme ni l'être nouveau n'est déjà préformé, ni le souvenir n'est mis en boîte comme une photo, la résurrection et la régénération des formes nous demeurent incompréhensibles. Il nous manque une dimension, un ordre de réalité inconnus. Il nous manque cette « thermodynamique des formes » nécessaire, selon Thom, à une véritable théorie de l'information (Thom, 1974, p. 179). Plus largement, il nous manque cette science des formes, dont une fois de plus nous ressentons le besoin, déjà diversement signalé par d'Arcy Thomson (1917), le Gestaltisme, Spencer Brown (1972), Thom lui-même (1972).

Toutefois, en dépit de ses difficultés et de ses carences, l'information complexe nous permet déjà d'entrevoir l'importance de deux catégories de problèmes fondamentaux pour toute organisation biologique, qui s'aggraveront et s'amplifieront encore dans la sphère anthropo-sociale.

Le premier problème est celui de l'erreur. Toutes les conceptions pré-informationnelles de l'organisation vivante et de l'organisation anthropo-sociale sous-estimaient la radicalité de l'erreur qui semblait n'être qu'un simple épiphénomène dans un univers où tout s'organise et agit seulement en fonction des « besoins » et des « intérêts ». Or les besoins et les intérêts peuvent se tromper, quand l'organisation est fondée sur la communication de signaux et sur l'archivage d'informations.

L'erreur est le problème clé pour tout ce qui est informationnel/communicationnel, c'est-à-dire pour une organisation et une action dont la première nourriture est l'information. L'erreur dans la stratégie des anticorps comme dans la stratégie des guerres, est ce qui perd et ce qui tue, sauf quand une erreur sur l'erreur devient salvatrice. Et déjà commence à se dessiner le premier visage de l'idée de vérité, qui est la contre-erreur (cf. t. III). Ainsi entendue, l'idée de vérité, bien que et parce que bio-dégradable, devient vitale.

Le second problème clé est celui de l'Appareil. L'appareil génératif est inconcevable tant qu'on ne conçoit pas l'organisation informationnelle/communicationnelle. Or nous pressentons qu'une théorie des appareils peut nous aider à éclairer un problème politico-social clé. Ici éclate l'ultime opposition avec l'informationnisme : celui-ci, non seulement occulte l'Appareil, mais contribue à toute domination d'appareil, et ne peut sécréter comme idéal sociologique qu'une société « informationnelle », où l'information, sous couvert de rationalité et fonctionnalité, commande la communication. Par contre, la vision complexe de l'information nous amène à espérer en une société communicationnelle, où l'information opère *pour* la communication[1].

Concluons : comme les idées d'organisation active, d'être-machine, de production-de-soi, de boucle récursive, de néguentropie, auxquelles, une fois née, elle participe de façon indisssociable, l'information méta-brillouinienne fait partie de la nouvelle génération de concepts, les concepts complexes à multiples entrées, à deux foyers, qui nous permettent peut-être d'articuler ce qui sinon est disjoint, répulsif, hermétique. Je suis persuadé que le combat à armes différentes qui va maintenant opposer ce type de vérité qu'est l'articulation complexe à ce type d'erreur qu'est la disjonction simplifiante se situe au niveau paradigmatique où va se jouer *aussi* l'avenir de l'humanité.

1. C'est dans ce sens communicationnel (« auto-gestionnaire ») que se développent les idées de Laborit, en dépit de leur intitulé informationniste (Laborit, 1973).

CONCLUSION
De la complexité de la Nature à la nature de la complexité

> *Ce monde, notre vaste et terrible univers, voici que pour la première fois nous en faisons partie.* **Carl Sagan.**
>
> *Le simple est toujours le simplifié.* **Bachelard.**

I. La Nature de la Nature

De l'univers enchanté à l'univers atomisé

L'univers dit « animiste » était peuplé de génies et d'esprits conçus de façon anthropo-zoomorphe, et les êtres humains étaient conçus de façon cosmomorphe, c'est-à-dire faits de l'étoffe même de l'univers. Cette vision « enchantée » reconnaissait — mythologiquement — la présence de générativité, d'êtres animés et animants, d'existants au sein de l'univers, et impliquait une communication en boucle entre la sphère de la *physis*, la sphère de la vie, la sphère anthropo-sociale :

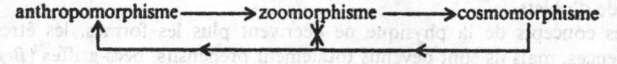

anthropomorphisme ⟶ zoomorphisme ⟶ cosmomorphisme

La physique occidentale n'a pas seulement désenchanté l'univers, elle l'a désolé. Plus de génies, plus d'esprits, plus d'âmes, plus d'âme ; plus de dieux ; un Dieu, à la rigueur, mais *ailleurs* ; plus d'êtres, plus d'existants, à l'exception des êtres vivants, qui habitent certes dans l'univers physique, mais relèvent d'une autre sphère. La physique en fait peut se définir privativement : ce qui n'a pas de vie. La Nature est renvoyée aux poètes. La *physis* est renvoyée, avec le cosmos, chez les Grecs.

L'aventure de la physique classique peut et doit être vue sous l'angle de son admirable ambition : isoler les phénomènes, leurs causes, leurs effets ; arracher à la Nature ses secrets ; expérimenter pour substituer à l'affirmation et à la rationalisation la preuve et la vérification. Mais en cours de route, des glissements et permutations de finalités se sont opérés : le moyen — la manipulation — est devenu aussi fin et, en manipulant pour expérimenter on a expérimenté pour manipuler ; les sous-produits du développement scientifique — les techniques — sont devenus les produits socialement principaux. En arrachant à la Nature ses secrets, la physique a dénaturé l'univers. La réduction et la simplification, nécessaires aux analyses, sont devenus les moteurs fondamentaux de la recherche et de l'explication, occultant tout ce qui n'était pas simplifiable, c'est-à-dire tout ce qui est désordre et organisation.

Le principe de simplification a régné sur l'univers. Les choses ont été totalement et par principe isolées de leur environnement et de leur observateur, privés l'un et l'autre de toute existence, sinon perturbante. La concordance des observations élimina l'observateur, et l'isolement expérimental élimina l'environnement perturbateur. Les choses devinrent objectives : des objets inertes, figés, inorganisés, des *corps* mus toujours par des lois extérieures. De tels objets, privés de formes, d'organisation, de singularité sont, à ce degré d'abstraction, terriblement irréels ; mais on a prise sur eux, par la mesure et l'expérience, et cette action est terriblement réelle.

La simplification progressa par réductions multiples et successives ; l'idée de corps se réduisit à l'idée de matière, qui devint la substance du monde physique, alors qu'il s'agit d'un aspect, d'un moment réifié de la *physis*, toujours lié à de l'organisation (les particules isolées n'étant qu'à peine matérielles). La matière fut enfin réduite à l'unité réputée élémentaire, ultime, insécable : l'atome. A la fin du XIXe siècle, l'univers physique est homogénéisé, atomisé, anonymisé.

Cet univers a perdu sa réalité, mais cette physique est réaliste dans ses mesures, opérations, manipulations. La *poïesis* a été renvoyée à la poésie, mais la physique peut se passer de générativité depuis qu'elle a enfin, en tout élément matériel isolé, dégagé et manipulé sa génératricité : l'énergie. Dès lors la nouvelle générativité de l'univers physique devient la manipulation anthropo-sociale. La science et la technique génèrent et gèrent, en dieux, un monde d'objets.

Les concepts de la physique ne décrivent plus les formes, les êtres, les existences, mais ils sont devenus totalement préhensifs, becs-griffes (*Begriff*), permettant précisément de tout manipuler en objets. Ils ne sont pas anthropomorphes, mais ils sont anthropocentriques, puisqu'ils permettent la domination de l'homme sur l'univers. La science est totalement inconsciente du caractère praxique, métaphysique, anthropocentrique de sa vision de la sphère physique. Le docteur Jekyll ignore qu'il est Mr. Hyde.

Or aujourd'hui cet univers émietté est en crise. Cet univers objectif a perdu ses objets premiers, qui se sont dilués dans le chaos micro-physique ; cet univers homogène a perdu son unité, il dérive en trois continents, sans aucune communication conceptuelle, l'univers mégaphysique d'une part, l'univers micro-physique de l'autre, et entre les deux, comme sur un tapis volant, privé désormais de toutes bases, la « bande moyenne » à l'échelle de nos perceptions et observations. Cet univers matériel a perdu son fondement. Ainsi la science reine n'a pas seulement désintégré et la Nature, et la *physis*, elle a désintégré son propre terrain, elle ne connaît que des formules mathématiques. Mais elle continue à progresser dans la manipulation. Aussi la crise énorme de la vision du monde est occultée par la réussite énorme de la praxis scientifique.

Pourtant, c'est de la crise de cette science que sortent les nouvelles données et notions qui nous permettent de reconstruire un nouvel univers. Comme nous le verrons, les notions qui mettent en crise la vision simplifiante de l'univers sont celles-là mêmes qui permettent de concevoir un univers complexe. Les notions qui anéantissent une physique anéantissante permettent de régénérer une *physis* générative.

La physis *régénérée*

C'est à partir de la crise de la physique classique, mais dans un cadre conceptuel enfin régénéré (et je m'en explique en deuxième partie de cette conclusion) que nous pouvons régénérer un univers qui ne soit pas pour autant l'ancien univers « enchanté ». C'est un univers réunifié, dont l'unité est plus profonde que l'ancienne homogénéisation de la physique classique, puisque c'est l'unité de cosmos, *physis* et chaos, unité de singularité, de genèse, de générativité, de phénoménalité. Cet univers demeure Un, bien qu'éclaté, multiple, polycentrique, et divers ; il produit de lui-même désordre, ordre, organisation, dispersion et diversité. L'unité de l'univers est donc l'unité complexe. Cet univers n'exclut pas le singulier par le général, n'exclut pas le général par le singulier : l'un au contraire inclut l'autre : l'univers produit ses lois générales à partir de sa propre singularité. C'est un univers enrichi : la matière n'est pas l'essence ultime de cet univers, elle est un aspect, qui prend consistance avec l'organisation. C'est un univers réanimé, en mouvement, en action, en transformation, en devenir. Il n'est rien dans l'univers qui ne soit temporel, il n'est aucun élément, depuis la particule jusqu'au composant le plus stable d'un système stable, qui ne puisse être conçu comme événement, c'est-à-dire quelque chose qui advient, se transforme, disparaît. Le cosmos lui-même est un Événement, qui se poursuit en cascades d'événements où sont surgi les particules, se sont formés les atomes, où s'allument les soleils, meurent les étoiles, naît la vie. Toute organisation active est un entrelacs d'événements désorganisateurs et d'événements réorganisateurs. L'organisation communicationnelle/informationnelle n'est faite que d'événements qu'elle produit, capte, utilise, ressuscite... *L'événement*, comme dit Whitehead, *est l'unité des choses réelles*. C'est l'unité concrète que donne la nature non l'unité abstraite que donne la mesure. L'univers de l'ancienne physique ne pouvait supporter le temps, où plutôt celui-ci ne pouvait lui apporter rien d'autre que dégradation. Le nouvel univers est consubstantiel à un temps riche et complexe : ce n'est ni le temps simple de la dégradation, ni le temps simple du progrès, ni le temps simple de la séquence, ni le temps simple du cycle perpétuel. Il est, de façon à la fois complémentaire, concurrente et antagoniste, tous ces temps divers, tout en demeurant le Même. L'Histoire rentre dans l'univers : celui-ci a *une* et *des* histoires, qui par milliards se font et se défont dans les étoiles et les galaxies.

Cet univers enfin est doué de générativité ; c'est-à-dire que les rencontres et interactions entre ses événements/éléments, dans notre espace-temps, permettent de concevoir, avec le nécessaire ingrédient du désordre, la constitution d'ordre, les morphogénèses organisatrices d'êtres et d'existences, les développements diversificateurs et complexificateurs. D'où le « tétralogue » ou « tétragramme » formulé au chapitre 1 :

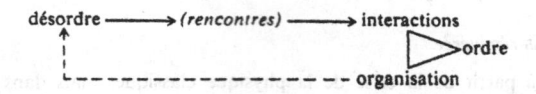

```
désordre ──────→ (rencontres) ──────→ interactions
   ╎                                    ▷ ordre
   └──────────────────────────── organisation
```

Ce tétralogue n'est pas la loi en quatre articles de l'univers ; ce n'est pas la traduction du nom imprononçable, du chaos inconcevable ; c'est l'assemblage des notions récursivement liées, *dont on ne peut se passer* si l'on veut concevoir, non seulement l'idée d'être, d'existence, de matière, mais l'émergence même du réel. C'est dire, du même coup, que tout a besoin d'être généré, même le réel, même le cosmos, même l'ordre ; que tout ce qui agit, c'est-à-dire dépense, a besoin d'être régénéré. Les anciennes mythologies savaient que l'univers a besoin d'être régénéré, et leurs rites s'efforçaient de contribuer à cette régénération. L'ordre majestueux de Newton et de Laplace est, nous le savons maintenant, sans cesse généré et régénéré par les formidables chaudières solaires. C'est dire enfin que tout ce qui est génésique, générateur, créateur ne saurait se passer du désordre. Le désordre est inéluctable, irréductible. De même que l'on ne peut dissocier chez l'homme son visage d'*homo demens* de son visage d'*homo sapiens*, de même — et ce n'est pas fortuit — on ne peut dans le cosmos dissocier ses caractères « déments » (chaos, hémorragie, gaspillages, déperditions, turbulences, cataclysmes) de ses caractères « sages » (ordre, loi, organisation). Les premiers n'ont peut-être pas besoin des seconds, mais les seconds ont toujours besoin des premiers. Tout ce qui se crée et s'organise dépense, dissipe. L'univers est plus shakespearien que newtonien ; ce qui s'y joue est à la fois une bouffonnerie sans nom, une fable féérique, une tragédie déchirante, et nous ne savons pas quel est le scénario principal...

La physis *généralisée*

Nous disposons désormais d'un principe immanent d'organisation, proprement physique. Du coup la *physis* retrouve la plénitude générique que lui avaient reconnue les présocratiques. C'est cette *physis* réanimée et régénérée qui peut être *généralisée*, c'est-à-dire réintroduite en tout ce qui est vivant, en tout ce qui est humain.

De la complexité de la Nature à la nature de la complexité

Cette généralisation, nous avons vu qu'elle s'effectue avec les développements évolutifs de l'organisation. Nous avons suivi la logique génésique dont l'un des fils conduit à la vie :

> Au commencement était l'Action
> puis vint l'interaction
> puis vint la rétroaction
> puis vint l'organisation

BOUCLE	
production-de-soi	→ avec la régulation
être existence	→ avec la production

Puis vint l'information et la
communicaction
c'est-à-dire l'organisation
géno-phénoménale
où le Soi devient *Autos*
ou l'être et l'existence
deviennent *Vie*

Dès le départ se dessine un principe d'évolution buissonnante, par schismo-morphogénèse, où se constituent des rameaux, déviants par rapport à la branche dont ils se dégagent, qui deviennent normes nouvelles et d'où surgiront de nouvelles déviances. Dès le départ se développe une dialectique de l'improbable et du probable, et la vie va apparaître quelque part dans ce buissonnement, fruit d'une chaîne organisationnelle construisant ses paliers de probabilité à partir d'autant d'improbabilités, ses règles de normalité à partir d'autant de déviances, ses foyers centraux à partir d'autant de marginalités.

Comme nous l'avons vu, l'organisation active nourrit une improbabilité physique qu'elle transforme en probabilité locale et temporaire. Ainsi se créent, se perpétuent des quasi-lois régionales et temporaires : on peut parler, biologiquement, de « lois » génétiques, démographiques, écologiques, organismiques, behaviorales ; elles sont, dans leur caractère statistique, de probabilité inégale les unes par rapport aux autres, mais elles permettent, dans de nombreux domaines, prévision et prédiction. De même, nous le verrons, la société humaine comporte ses lois, les unes implicites, découlant de son organisation même, les autres émanant explicitement de l'appareil faiseur et sanctionneur de lois — l'État. Or, nous l'avons vu, la répétition biologique, la régularité sociologique relèvent, non d'une même loi physique universelle comme la loi de la chute des corps, mais de leur générativité et leur régénération propres, *où la répétition de l'improbable* devient de la régularité probabilitaire *hic et nunc*.

La vie n'est pas seulement un développement de l'organisation physique. Elle est un phénomène physiquement intégré. L'enracinement physique de la vie, dans le cadre de l'ancienne physique, était trivial et insignifiant : c'était son obéissance aux lois concernant les mouvements et les corps. Ici nous voyons qu'il s'agit d'une intégration, nourrie par le tétralogue désordres/interactions/ordre/organisation, dans la logique de l'organisation et de la production-de-soi. La vie, avant d'être conçue en termes biologiques, doit être conçue en termes physiques et thermodynamiques (Prigogine, 1947; Trincher, 1965 : Morowitz, 1968; Katchalsky, 1965) comme polymachine. La polymachine complexe nommée vie se présente, sous un angle, comme être-machine (individu), sous un autre angle cycle machinal dans le temps (reproduction), sous un autre angle complexe polymachinal dans l'espace (sociétés, éco-systèmes, biosphère). L'organisation de la vie est de caractère éco-dépendant, d'où l'extrême fragilité de ses conditions d'existence, l'extrême qualité de son organisation qui lui permet de s'informer et communiquer, et son extrême solidarité avec tous les phénomènes physiques dont elle dépend.

La biosphère est une fabuleuse totalité de phénomènes et d'êtres à la fois complémentaires, concurrents, antagonistes. Cette biosphère n'est pas seulement sous la dépendance géo-climatique de l'écorce terrestre. Elle est sous la dépendance et dans la citoyenneté du Grand-Être Moteur-Machine, et elle intègre en elle, en les machinisant, des myriades d'organisations atomiques.

Il est tout à fait insuffisant de considérer l'univers solaire seulement comme matrice écologique où la vie s'alimente d'un rayonnement photonique qui nourrit les plantes, qui nourrissent les herbivores, qui nourrissent les carnivores, dont les cadavres nourrissent le sol, qui nourrit les plantes que nourrit le soleil... La vie est plus profondément encore solarienne. Elle est solarienne, tout d'abord parce que tous ses constituants ont été forgés dans le soleil, et se sont rassemblés, sur une planète crachée par le soleil, sous l'effet du rayonnement ultraviolet et des orages électromagnétiques d'origine solaire. Elle est solarienne surtout parce qu'elle est la transformation d'un ruissellement photonique, issu des formidables tournoiements et tourbillons solaires, en un tourbillon électronique bouclant en machines productrices-de-soi des milliards et milliards d'échanges entre atomes issus du soleil. A ce titre, la vie en général et l'être vivant en particulier ne sont pas seulement perdus dans un recoin de banlieue cosmique, entre micro et méga-physique; ils font partie d'un continuum actif où se nouent en tourbillons l'Être solaire méga-physique et un peuple micro-physique innombrable, lui-même fils du soleil. Nous sommes un petit bout appendiciel du soleil qui, après trempage marin, mijotage chimique, décharges électriques, *a pris vie.*

Ainsi la vie peut et doit nous apparaître sous deux aspects physiques, selon l'angle de vue de l'observateur/concepteur. D'une part, elle est une pointe avancée dans l'évolution de l'organisation active qui, en devenant informationnelle-communicationnelle, franchit une frontière et devient vie, sous forme d'êtres-individus auto-organisateurs. D'autre part, elle nous apparaît comme l'émergence autonomisable à la surface de l'écorce terrestre, d'une formidable solidarité solarienne, où des myriades de boucles s'enchaînent les unes aux autres, depuis les boucles solaires jusqu'aux boucles inter-atomiques, dans une formidable polymachinerie micro-méso-méga-physique. Les deux visions, qui s'excluent l'une l'autre quand on obéit au principe de simplification, se nécessitent l'une l'autre dans la vision complexe. Elles témoignent conjointement de l'enracinement et de l'intégration physique de la vie. Aussi, avant même d'aborder la complexité biologique *sui generis* (t. II), il était nécessaire d'apporter dans la corbeille de la vie naissante ce que lui volent toujours vitalistes et réductionnistes : une extraordinaire *complexité physique*, non seulement celle d'un être-machine/informationnel/-communicationnel, mais aussi celle de la connexion cosmique et celle de la connexion micro-physique, où la vie, alors, et alors seulement, prend existence à la fois autonome et solarienne.

Nous pouvons donc lier la préhistoire organisationnelle de la vie, la dimension physique de la vie, l'enracinement solarien de la vie. Tout cela était complètement occulté du temps de la biologie close (vitalisme), et le demeure encore aujourd'hui quand on considère la vie seulement sous l'angle des processus physiques classiques et selon le seul cordon ombilical chimico-moléculaire. Le vrai cordon ombilical tourbillonne de remous en remous, remonte vers le soleil. Née dans un placenta marin, la vie cesse d'être orpheline. Elle a un Hermaphrodite père/mère, qui la nourrit du miel rayonnant de ses entrailles; elle est cousine d'êtres physiques innombrables, les uns éphémères, comme les tourbillons éoliens, les remous liquides, les flammes, les autres à souffle très long comme les étoiles...

Nous avons pénétré à l'intérieur physique et dans la matrice physique de la vie. Mais la vraie vie est encore absente. A partir du premier être vivant, le devenir de l'organisation change d'orbite, la qualité d'existence change de nature. Il ne s'agit pas seulement de généraliser les concepts physiques ici avancés, il faut une génération de nouveaux concepts. La vie n'est pas l'accroissement ou la multiplication des qualités physiques, elle est leur passage à un nouveau palier. Si nous allons retrouver nos acteurs désordre/organisation/ordre, un nouveau jeu commence, où interviennent de nouveaux acteurs. Il nous faudra donc une méta-théorie, une méta-physique, non dans le sens extra-physique où ce terme est conçu, mais dans le sens du *méta* qui signifie à la fois dépassement et intégration.

La nature physique de l'homme

L'être humain n'est pas physique par son corps. Il est physique par son être. Son être biologique est un système physique. Nous sommes des super-systèmes, c'est-à-dire que nous produisons sans cesse des émergences. Nous sommes des super-systèmes ouverts, c'est-à-dire que nul être vivant n'a plus de besoins, de désirs et d'attentes que nous. Nous sommes des systèmes refermés à l'extrême, nul n'est aussi clos en sa singularité incommunicable. Nous sommes des machines physiques. Notre être biologique est une machine thermique. Cet être-machine est lui-même un moment dans une mégamachine qu'on appelle société, et un instant dans un cycle machinal qu'on appelle l'espèce humaine. En notre société se pose de façon humaine, c'est-à-dire inhumaine, le problème crucial de tout être-machine : l'organisation du travail. Nous sommes engagés dans une praxis productive ininterrompue, produisant nos vies, nos outils, nos villes, nos monuments, nos mythes, nos idées, nos rêves... Nous sommes des êtres organisés de façon communicationnelle/informationnelle, et c'est dans notre société que se pose de façon humaine/inhumaine, centrale et tragique, le problème de l'Appareil et le problème de l'asservissement. Comme tout vivant, nous sommes un peu de l'existence solarienne, et dès l'allumage de notre conscience, nos cultes ont adoré le soleil. Nous sommes les enfants du soleil, ce chaos fait machine qui, crachant ses flammes, pétant le feu, promis à la déflagration, recommence sans interruption son cycle régulateur, institue son ordre, l'ordre planétaire qui l'entoure de sa rotation sage et impeccable. Le soleil nourrit notre ordre, nourrit la répétition machinale de nos reproductions et régénérations, nourrit l'ordre de la société. En même temps, il nourrit nos délires, nos avatars, les désordres de l'homme *sapiens/demens*, les désordres de la société et de l'histoire. L'hémorragie irréversible de son rayonnement nourrit notre devenir.

J'ai dit que le cosmos est comme l'homme, *sapiens/demens*. C'était dire que l'homme *sapiens/demens* était proche de ce qui est génésique et générique dans le cosmos. L'homme *sapiens* est l'être organisateur qui transforme de l'aléa en organisation, du désordre en ordre, du bruit en information. L'homme est *demens* dans le sens où il est existentiellement traversé par des pulsions, désirs, délires, extases, ferveurs, adorations, spasmes, ambitions espérances tendant à l'infini. Le terme *sapiens/demens* signifie, non seulement relation instable, complémentaire, concurrente et antagoniste entre la « sagesse » (régulation) et la « folie » (dérèglement), il signifie qu'il y a sagesse dans la folie et folie dans la sagesse.

Bien plus, c'est au moment où l'humanité a apparemment décollé de la nature, c'est-à-dire à partir des sociétés historiques qui, nées il y a quelques milliers d'années en Asie, se sont répandues sur le globe sous forme de nations et d'empires, c'est dans ce départ vers ce qui semble le plus humain dans l'humain, le plus social dans le social, le plus intellectuel dans l'intellect que soudain se déclenche un déferlement thermodynamique. Le tétralogue :

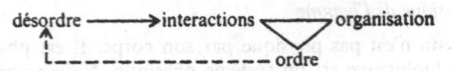

désordre ⟶ interactions ⟶ organisation
            ⟶ ordre

reprend sa pleine activité volcanique.

Après des dizaines de milliers d'années de régulation (société archaïque), l'histoire est comme l'irruption du désordre physique dans la répétition biologique. L'histoire humaine apparaît comme une grande turbulence cosmogonique, Niagara d'événements, torrent tumultueux de destructions et de production, une praxis folle, une dépense inouïe d'énergie, avec transmutations incroyables, de la néguentropie imaginaire à la néguentropie praxique. Conquêtes, invasions, constructions, mises à sac, mises à feu, asservissements, massacres, grands travaux, désirs fous, haines et fureurs, excès existentiels, pestilentiels, et, dans ce délire, tandis que toujours, partout, les machines désirantes et délirantes continuent à produire et se reproduire, ce sont les idées, être informationnels proliférants, qui sont les plus folles, les plus barbares, mythes, croyances, idéologies, religions.

Or, ce déchaînement n'a pu s'effectuer que dans et par l'existence et l'action de ce qui devrait être le régulateur et le stabilisateur, l'appareil d'État. L'irruption de la Raison d'État n'est pas seulement celui de la rationalité hégélienne ou wébérienne, c'est celui de l'*ubris* de puissance et d'asservissement.

L'histoire humaine a quelque chose de barbare, d'horrible, d'émerveillant, d'atroce qui évoque la cosmogénèse. Comme pour la cosmogénèse, on peut méditer à l'infini sur l'ambiguïté d'un processus où mort, ruptures, désintégration, gaspillages, destructions irréparables ont un tronc commun, et en même temps un antagonisme inexpiable, avec les naissances, les développements, les métamorphoses. La référence à la cosmogénèse nous indique sans doute que l'histoire humaine est génésique. Le chaos et l'*ubris* se sont réveillés en elle : tout se passe comme si, depuis l'émergence des mégamachines historiques, avait commencé une nouvelle genèse monstrueuse, ouranienne... Nous sommes encore dans l'anthropogénèse, nous sommes dans une sociogénèse incertaine, l'âge de fer planétaire, et non déjà aux portes de l'âge d'or. Or nous savons déjà, après avoir plongé dans l'organisationnisme physique, que notre tragédie se joue de façon centrale au niveau de l'organisation communicationnelle/informationnelle de la société, celui de l'organisation du travail et celui de l'asservissement, celui de la puissance et de la nature des appareils géno-phénoménaux, au premier chef l'appareil d'État. Nous savons de plus, après exploration dans le problème de l'information, que l'erreur et l'ignorance pèsent et vont peser plus fort que la force dans le destin de l'humanité.

Ainsi, le voyage apparemment insensé aux genèses des genèses, aux horizons des horizons, à l'organisation des organisations, nous ramène, comme par boomerang, au point de départ même de notre interrogation et de notre passion pour l'être et le devenir de l'humanité.

Il nous faut donc concevoir la sphère anthropo-sociologique, non seulement dans sa spécificité irréductible, non seulement dans sa dimension biologique, *mais aussi dans sa dimension physique et cosmique*. Dès lors, la Nature se remembre et reprend vie. La Nature, ce n'est pas seulement *physis*, chaos et cosmos ensemble. La Nature c'est ce qui relie, articule, fait communiquer en profondeur l'anthropologique au biologique et au physique. Il nous faut donc retrouver la Nature pour retrouver notre Nature, comme l'avaient senti les romantiques, authentiques gardiens de la complexité durant le siècle de la grande Simplification. Dès lors, nous voyons que la nature de ce qui nous éloigne de la Nature constitue un développement de la Nature, et nous rapproche au plus intime de la Nature de la Nature. *La Nature de la Nature est dans notre nature. Notre déviance même, par rapport à la Nature, est animée par la Nature de la Nature.*

Mais la Nature de la Nature ne saurait se refermer sur nous et nous engloutir.

La physis *ouverte*

Au moment où la *physis* complexe réanimée, régénérée, générative, devenant par là même généralisée, enveloppe et englobe toutes choses, y compris le devenir anthropo-social, y compris l'esprit humain, et, précisément parce qu'elle est complexe, il s'ouvre en elle une brèche irrefermable. Effectivement, dès le départ de notre voyage dans la *physis*, dès le surgissement du désordre, l'observateur a surgi et est demeuré présent. Cet observateur, dans sa vision, son langage, ses concepts, son savoir, sa culture, sa société, englobe à son tour la *physis* qui l'englobe.

Nous avons vu à de multiples niveaux que nul concept physique ne peut être totalement isolé de la sphère anthropo-sociale :

a) Les concepts fondamentaux d'organisation, système, machine, actualisent un bon nombre de leurs potentialités aux niveaux biologiques et anthropo-sociaux ; donc un éclairage rétroactif du bio-anthropo-sociologique au physique est nécessaire pour bien dégager ces concepts physiques.

b) Un concept physique comme l'information ne peut être conçu en dehors de l'être biologique où il prend forme et de l'être anthropo-social où il développe ses potentialités.

c) Nul concept physique ne peut être radicalement abstrait de son concepteur, de même que nul phénomène physique ne peut être radicalement abstrait de son observateur.

Le problème classique et fondamental, posé par le fait qu'il n'y a pas de « corps non pensés » (Berkeley), est ici présent. Il est encore trop tôt pour l'aborder de front. Mais nous ne pouvons plus échapper à son resurgissement moderne au cœur de la science. Le retour de l'observateur est une découverte scientifique capitale du XXe siècle. Non seulement il n'y a plus d'observateur privilégié dans les univers d'Einstein, de Bohr, de Heisenberg, de Hubble, mais nous avons vu, en systémique, en organisationnisme, en *physis*, que la position de l'observateur, son angle de prise de vue, son cadrage, déterminent la nature de l'observation et modifient le phénomène observé. Nous avons vu qu'une incertitude inexpugnable demeure quant à la nature réelle d'un concept de base comme le désordre. Nous avons vu que tout observateur est limité par sa situation *hic et nunc* dans un univers incertain et ambigu.

Ce monde, qui a échappé depuis longtemps au modèle déterministe de Laplace, nous interdit même de rêver à un observateur idéal (démon), un point d'observation idéal, un code d'interprétation idéal. Enfin Brillouin nous a fait renoncer à l'idée d'une observation, non seulement exhaustive,

De la complexité de la Nature à la nature de la complexité 375

mais qui ne comporte pas sa praxis. Mais l'observateur des physiciens, de Heisenberg à Brillouin, demeurait un observateur abstrait, et *pas encore un sujet humain doté d'un esprit connaissant, immergé dans une praxis scientifique, intellectuelle, culturelle, sociale.*

d) Dès lors émerge, dans l'hinterland de l'observateur, en même temps que l'idée de sujet, l'idée de praxis sociale. Toute connaissance est une praxis physique qui est en même temps une praxis anthropo-sociale. Nos concepts physiques ne sont pas seulement liés à une vision du monde, ils s'inscrivent dans une praxis anthropo-sociale liée à cette vision du monde. Il n'y a donc plus de connaissance physique purement « désintéressée » ni purement physique.

Le renversement

Aussi, c'est au moment où tout peut rentrer dans la *physis* généralisée, y compris la science sociale et la science de l'esprit, que cette *physis* bascule de son propre mouvement dans la science sociale et dans la science de l'esprit ; non seulement elle ne peut se clore sur elle-même et devenir auto-suffisante, mais elle sait qu'elle n'existe et ne prend forme que dans un esprit humain qui la conçoit, et fait partie d'une praxis anthropo-sociale.

Autrement dit, c'est au moment où la science de l'homme devient une science physique que la science physique devient une science de l'homme. La simplification ne peut qu'exclure l'une de ces propositions au profit de l'autre. Il s'agit au contraire de s'élever à un méta-système de pensée où ces deux propositions deviennent complémentaires tout en demeurant concurrentes et antagonistes, où chacune soit relativisée et critiquée par l'autre dans une confrontation, des échanges, et finalement une « boucle » récursive puisque chacune de ces propositions, si on la suit à fond dans la logique de sa complexité comme ici j'ai suivi la physique, exige la proposition antagoniste.

Nous avons vu que la thermodynamique est inséparable de la révolution industrielle, que la cybernétique, née dans les salves antiaériennes de la Seconde Guerre mondiale, correspond à une nouvelle génération de machines artificielles, que l'information naît des télécommunications de la Bell Company, que ces déterminations historiques et sociales ne sont pas neutres. Nous avons vu que ce n'est pas seulement l'idée de machine sociale qui doit se référer à l'idée physique de machine, c'est aussi l'idée physique de machine qui doit se référer à la réalité du machinisme dans la mégamachine sociale. Plus amplement, plus fondamentalement, le lien que nous avons pu découvrir entre la carence conceptuelle de la physique et son triomphe comme mesure et manipulation, en nous révélant le visage occulté de la manipulation, au cœur même de concepts comme l'énergie, nous oblige à lier l'idée de science, apparemment la plus désintéressée, la plus universelle, la plus objective de toutes, à la praxis historique du monde occidental.

Et cela, loin d'annuler l'observateur/concepteur, l'oblige encore plus à se considérer comme *sujet*, c'est-à-dire à se demander quel jeu il joue, où il se situe dans et par rapport à sa société, de quels moyens il dispose pour la concevoir et *se* concevoir. Il ne s'agit certes pas ici de transmuter l'ancien physicisme en un sociologisme, de substituer à l'ancienne vulgate imbécile de la science pure, qui aveuglait le scientifique sur la praxis sociale opérant en lui, une nouvelle vulgate débile qui balaie les idées vérifiables comme produits idéologiques du capitalisme. Dans ma perspective on ne peut plus passer d'une simplification à une autre. On est contraint à la complexité, c'est-à-dire au dur travail d'élaboration d'une science désormais à double ou multiple entrée (dont toujours une entrée physique et une entrée anthropo-sociologique), à double foyer (l'objet et le sujet).

Première spirale

C'est dans ce sens qu'au cours de ce premier volume, je me suis efforcé d'effectuer des échanges productifs entre *physis* et anthropo-sociologie, à travers un premier bouclage, un premier cheminement spiral. Il en est résulté, me semble-t-il, un double et solidaire apport de complexité :

1. Un apport de complexité de la sphère physique à la sphère biologique et à la sphère anthropo-sociologique. Nous avons tout d'abord découvert en nous, êtres vivants, humains, sociaux, une dimension, une profondeur, une ampleur physique insoupçonnées qui, en termes désormais tout à fait modernes, restituent à la *physis* la place qu'elle avait dans le *De natura rerum* [1]. Nous avons découvert notre *lien* physique central (solarien) et notre *lieu* physique périphérique.

Bien plus : la *physis* enrichie apporte à la science anthropo-sociale des concepts de base à la fois mieux fondés et plus complexes que ceux dont elle disposait, et elle lui permet de complexifier ses concepts triviaux. Ainsi, l'idée de système est devenue à la fois fondatrice et complexe. Les idées de travail et d'asservissement trouvent leur fondement. Le concept inconnu (ou seulement politicien) d'Appareil émerge dans sa puissance formidable. A vrai dire, l'apport central est celui-ci : *nous découvrons que pour commencer à concevoir l'idée d'organisation vivante et a fortiori l'idée d'organisation anthropo-sociale, il nous faut un formidable et insoupçonné soubassement conceptuel, une très complexe infrastructure ou infratexture théorique concernant l'idée physique d'organisation*. Ainsi, ce voyage qui semblait nous transporter aux fins fonds de la *physis* nous conduisait en fait aux fondements de toute théorie anthropo-sociale; cette apparente excursion aux antipodes du présent concerne en fait nos problèmes les plus actuels. Comme dans tout mouvement de boucle, ce qui nous éloigne du point de départ est en même temps ce qui nous en rapproche.

2. Un apport de complexité anthropo-sociologique à la théorie physique :
— par l'éclairage anthropo-social des concepts physiques de désordre, système, organisation, machine, information;

1. Lucrèce, *De la Nature des choses de la Nature*.

— par la possibilité d'un examen critique de ces concepts autrement que par les seules vérifications empiriques et logiques,

— par l'insertion permanente de l'observateur/concepteur, et par là même, bien qu'encore de façon floue et incertaine, du sujet dans toute observation/conception de l'objet.

3. *Un apport mutuel de complexité.* Si étrange, confusionnel que cela ait pu apparaître à beaucoup, si superficiel que cela m'apparaisse à moi-même, les exemples biologiques, anthropologiques et sociologiques que j'ai donnés au cours de mes développements sur les notions d'organisation, ouverture, machine, information, etc., avaient double fonction : d'une part, ils permettaient d'éclairer des concepts dont la complexité ne se déploie pleinement qu'aux niveaux bio-anthropo-sociaux, d'autre part, ils permettaient d'indiquer que ces concepts nous concernent et peuvent contribuer à l'élucidation de notre sphère anthropo-sociale. En même temps, cela traduisait mes efforts pour donner à ces concepts le double ou multiple fondement, la double ou multiple entrée qui leur était nécessaire, et pour ébaucher, à travers va-et-vient, les mouvements circulaires devant former boucle.

4. *La production de complexité par la complexité.* Enfin et surtout, c'est dans ces mouvements circulaires que surgit l'apport de la complexité à la complexité, c'est-à-dire le processus aux multiples visages où la complexité perçue, reconnue, intégrée empiriquement *est en train de se transformer en principe.*

II. La complexité de la complexité

La complexité s'impose d'abord comme impossibilité de simplifier; elle surgit là où l'unité complexe produit ses émergences, là où se perdent les distinctions et clartés dans les identités et les causalités, là où les désordres et les incertitudes perturbent les phénomènes, là où le sujet-observateur surprend son propre visage dans l'objet de son observation, là où les antinomies font divaguer le cours du raisonnement...

La complexité n'est pas la complication. Ce qui est compliqué peut se réduire à un principe simple comme un écheveau embrouillé ou un nœud de marin. Certes, le monde est très compliqué, mais s'il n'était que compliqué, c'est-à-dire embrouillé, multidépendant, etc., il suffirait d'opérer les réductions bien connues : jeu entre quelques types de particules dans les atomes, jeu entre 92 types d'atomes dans les molécules, jeu entre quatre bases dans le « code génétique », jeu entre quelques phonèmes dans le langage. Je crois avoir montré que ce type de réduction, absolument nécessaire, devient crétinisant dès qu'il devient suffisant, c'est-à-dire prétend tout expliquer. Le vrai problème n'est donc pas de ramener la complication des développements à des règles de base simple. *La complexité est à la base.*

Nous l'avons vu, il n'y a plus nulle part, ni dans la micro-physique, ni dans la macro-physique, ni même dans notre bande moyenne mésophysique, une base empirique simple, une base logique simple. Le simple n'est qu'un moment arbitraire d'abstraction arraché aux complexités, un instrument efficace de manipulation laminant une complexité. La genèse est complexe. La particule est hypercomplexe (et non plus l'élément enfin simple). L'organisation est complexe. L'évolution est complexe. La *physis* est insimplifiable et sa complexité défie totalement notre entendement dans son origine, sa texture infra-atomique, son déploiement et devenir cosmique.

C'est dire que *tout* est complexe : la démonstration de complexité physique vaut *ipso facto* pour la sphère biologique et la sphère anthropo-sociale, et dispense d'y faire la démonstration.

La complexité émerge, avons-nous dit, comme obscurcissement, désordre, incertitude, antinomie. C'est dire que cela même qui a provoqué la ruine de la physique classique construit la complexité de la *physis* nouvelle. C'est dire du même coup que le désordre, l'obscurcissement, l'incertitude, l'antinomie fécondent un nouveau type de compréhension et d'explication, celui de la pensée complexe.

Comme nous l'avons vu, la pensée complexe se forge et se développe dans le mouvement même où un nouveau savoir sur l'organisation et une nouvelle organisation du savoir se nourrissent l'un l'autre :

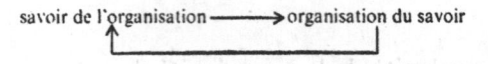

savoir de l'organisation ⟶ organisation du savoir

La réorganisation conceptuelle

Le repeuplement organisationnel de la *physis* a entraîné un repeuplement conceptuel. Des termes anémiés ou trivialisés se sont musclés, développés : organisation, système ; des notions chassées ont été réhabilitées et promues : désordre, événement, être, existence ; d'autres, introduites par la cybernétique, la théorie des systèmes, la théorie de l'information ont été examinées, épouillées, vitaminées ; elles se sont enrichies par détechnocratisation, elles ont pris leur sens en se liant à la notion centrale d'organisation : travail, entropie, néguentropie, information. Des concepts se sont construits d'eux-mêmes : le concept de production-de-soi, celui de boucle récursive/générative, d'être-machine. D'autres ont fait éclater la chrysalide cybernétique qui les emprisonnait : l'idée d'organisation communicationnelle/informationnelle et l'idée d'Appareil génératif. Ces concepts ne se sont pas constitués en entités closes. Ce ne sont pas des notions simples se surajoutant à d'autres notions simples. Ils sont d'un autre ordre. Ce ne sont pas des concepts spatiaux encerclant un domaine : ils dessinent des lignes de force, ils n'isolent pas des essences : ils font jouer des relations ; ils interagissent entre eux. Aux concepts atomisants se sont substitués des macro-concepts liant en eux des notions jusqu'alors distinctes voire antagonistes (je traduis ces liaisons par le signe /). Il s'est même constitué des chaînes ou constellations conceptuelles inséparables : ainsi la seule notion d'*organisaction* ou organisation active comporte *ipso facto* les notions clés suivantes : production/transformation/-praxis, être-machine, production-de-soi, boucle récursive/générative, ouverture/refermeture, existence... A la base de la *physis*, il n'y a pas un concept premier, souverain, mais un processus conceptuel producteur en boucle.

Ces concepts ont au moins une double identité. Ils sont toujours ouverts sur un *Umwelt*, un environnement qui leur est *éco* et qui leur fait écho. Ils sont toujours ouverts sur un au-delà, un *méta* dont ils sont de moins en moins dissociables lorsqu'ils sont de plus en plus complexes. Nous verrons de plus en plus que la dimension écologique doit être présente dans toute observation et toute pensée, que tout doit être écologisé, et que tout doit être vu en méta-système et méta-perspective.

Ces concepts à double identité (l'identité écologique et l'identité interne) sont aussi des concepts à double/triple entrée : physique, biologique, anthropo-sociologique, comme nous l'avons vu pour toutes les notions organisationnelles clés : système, machine, information. L'information est particulièrement remarquable : c'est un concept physique qui n'apparaît (du moins dans l'état actuel de notre savoir) qu'avec l'être vivant et qui ne se déploie qu'au niveau anthropo-social.

Ces concepts à multiples entrées sont aussi tous des concepts à double foyer : ils comportent tous le foyer-objet et le foyer-sujet (l'observateur/concepteur).

Désormais, les objets ne sont plus seulement des objets, les choses ne sont plus des choses ; tout objet d'observation ou d'étude doit désormais être conçu en fonction de son organisation, de son environnement, de son observateur.

Une telle jonction de notions jusqu'alors disjointes nous fait approcher du noyau principal même de la complexité qui est, non seulement dans la liaison du séparé/isolé, mais dans l'association de ce qui était considéré comme antagoniste. La complexité correspond, dans ce sens, à l'irruption des antagonismes au cœur des phénomènes organisés, à l'irruption des paradoxes ou contradictions au cœur de la théorie. Le problème de la pensée complexe est dès lors de penser ensemble, sans incohérence, deux idées pourtant contraires. Ce n'est possible que si l'on trouve, *a*) le méta-point de vue qui relativise la contradiction, *b*) l'inscription dans une boucle qui rende productive l'association des notions antagonistes devenues complémentaires.

Ainsi pouvons-nous voir se dessiner un principe de pensée *dans la transformation d'une disjonction ou alternative, irréductible sur le terrain de la pensée simplifiante, en liaison ou unité complexe.*

A chaque étape de notre cheminement, nous avons rencontré ce problème. A chaque étape, nous avons dû associer des concepts répulsifs, articuler des concepts disjonctifs. Ce ne fut pas un jeu de l'esprit sur des concepts ornementaux. Ce fut une nécessité d'intelligibilité concernant des concepts primaires et fondamentaux. Ainsi :

- Désordre/Ordre, Désordre/Organisation (et cela sans discontinuer, pour tout problème d'ordre et d'organisation, avec la médiation nécessaire des termes d'interactions/rencontres);
- Chaos/*Physis*, Chaos/Cosmos;
- Un/Multiple, Un/Divers, Un/Complexe (la notion de diversité avait toujours été annihilée par le principe d'ordre de la science classique; le divers était toujours l'épiphénomène qui devait se dissoudre au profit de l'uniforme);
- Singulier/Général, Individuel/Générique (nous avons vu que le paradigme « il n'est de science que du général », qui excluait toute individualité et toute singularité, doit être radicalement dépassé : l'objet premier de toute science, le monde, est singulier dans son origine, dans sa globalité, dans ses développements, et c'est cela qui fonde la généralité des Lois de la Nature, lois universelles de notre Univers singulier);
- Autonomie/Dépendance, Isolement/Relations (ainsi, nous devons à la fois mettre l'accent sur l'individualité autonome et isolable d'un être existentiel, et en même temps sur le fait qu'il est un moment/événement/élément dans un système de système de système, dans une polymachine, elle-même reliée organisationnellement à son environnement, lui-même relié organisationnellement à son environnement et ainsi de suite; d'où la nécessité, de *méthode,* de relier et d'isoler à la fois, j'y reviens un peu plus loin);
- Événement/Élément ;
- Organisation/Anti-Organisation, Organisation/Désorganisation (*via* Réorganisation);
- Constance (ou Invariance)/Changement (états stationnaires, homéostasies) et, à la suite :
- Équilibre/Déséquilibre (Méta-déséquilibre), Stabilité/Instabilité (Méta-instabilité);
- Cause/Effet, Causalité/Finalité ;
- Ouverture/Fermeture ;
- Information/Bruit, Information/Redondance ;
- Normal/Déviant ;
- Central/Marginal ;
- Improbable/Probable (tout ce qui est organisationnel, depuis la formation des étoiles jusqu'à la naissance de la vie, de la naissance de la vie à l'apparition d'*homo sapiens,* et la suite, peut être considéré à la fois comme déviance devenant centrale, marginalité devenant normale, improbabilité générale se transformant en probabilité locale et temporelle).

Il n'est pas suffisant, pour concevoir le principe de complexité, d'associer des notions antagonistes de façon concurrente et complémentaire. Il faut considérer aussi le caractère même de l'association. Ce n'est pas seulement

De la complexité de la Nature à la nature de la complexité 381

une relativisation de ces termes les uns par rapport aux autres ; c'est leur intégration au sein d'un méta-système *qui transforme chacun de ces termes dans le procès d'une boucle rétroactive et récursive.*

La boucle, ici, est en fait une poly-boucle faite du bouclage des boucles fondamentales :

désordre ⟶ interactions ⟶ ordre
organisation

chaos ⟶ *physis*
cosmos

complémentarité ⟶ concurrence
antagonisme

identité ⟶ altérité

sujet ⟶ objet

Il nous faudra concevoir la nature du bouclage de ces boucles, ce que j'essaierai au stade proprement épistémique de ce travail (t. III).

Dès maintenant, l'idée de boucle porte en elle le principe d'une connaissance ni atomistique, ni holiste (totalité simplifiante). Elle signifie qu'on ne peut penser qu'à partir d'une praxis cognitive (boucle active) qui fait interagir productivement des notions stériles quand elles sont disjointes ou seulement antagonistes. Elle signifie que toute explication, au lieu d'être réductionniste/simplifiante, doit passer par un jeu rétroactif/récursif qui devient générateur de savoir. La boucle se substitue au maître-mot creux, souverain, premier, terminal ; ce n'est pas un maître-mot (à moins de réifier la boucle en formule, c'est-à-dire la faire verser dans la simplification) : *c'est une médiation nécessaire, c'est l'invite à une pensée générative.*

La boucle se génère en même temps qu'elle génère ; elle est productrice-de-soi en même temps qu'elle produit. Ce n'est pas un cercle vicieux puisqu'elle puise sa nourriture (informations) dans l'observation des phénomènes, c'est-à-dire un éco-système phénoménal (son écothèque) et qu'elle est animée par l'activité cognitive du sujet pensant (sa « génothèque »). C'est une boucle ouverte qui se referme, et par là peut se développer en spirale, c'est-à-dire produire du savoir...

En deçà de la boucle, rien : non pas le néant, mais l'inconcevable et l'inconnaissable. En deçà de la boucle, pas d'essence, pas de substance, même pas de réel : le réel se produit à travers la boucle des interactions qui produisent de l'organisation, à travers la boucle des relations entre l'objet et le sujet.

Ici s'opère un grand changement de base. Il n'y a plus d'entité de départ pour la connaissance : le réel, la matière, l'esprit, l'objet, l'ordre, etc. Il y a un jeu circulaire qui génère ces entités, lesquelles apparaissent comme autant de moments d'une production. Du coup, il n'y a plus d'alternatives inexorables entre les entités antinomiques qui se disputaient la souveraineté ontologique : les grandes alternatives classiques, Esprit/Matière, Liberté/Déterminisme s'endorment, se résidualisent, nous semblent obsolètes. Nous découvrons même que le matérialisme et le déterminisme, qui se payaient au prix de l'exclusion de l'observateur/sujet et du désordre, sont aussi métaphysiques que le spiritualisme et l'idéalisme. *Le vrai débat, la véritable alternative sont désormais entre complexité et simplification.*

Or, de même que la simplification constitue un principe fondamental qui fonde la connaissance sur la disjonction et l'opposition entre les concepts primaires d'ordre/désordre, sujet/objet, soi/environnement, de même la complexité constitue un principe fondamental qui associe nucléairement ces concepts primaires en boucle. *Or, les relations fondamentales d'exclusion et/ou d'association entre concepts primaires, c'est-à-dire les alternatives et associations préliminaires constituent précisément les paradigmes qui contrôlent et orientent tout savoir, toute pensée, et par là toute action (puisque le savoir est transformateur et transformable).* C'est au niveau du paradigme que changent la vision de la réalité, la réalité de la vision, le visage de l'action, que change en somme la réalité. Nous découvrons donc que la complexité se situe, non seulement au niveau de l'observation des phénomènes et de l'élaboration de la théorie, mais à celui du principe ou paradigme.

Le caractère original du paradigme de complexité est qu'il diffère, de par sa nature intrinsèque, du paradigme de simplification/disjonction, et que cette extrême différence lui permet de comprendre et d'intégrer la simplification. En effet, il s'oppose absolument au principe absolu de simplification, mais il intègre la simplification/disjonction devenue principe relatif. Il ne demande pas de repousser la distinction, l'analyse, l'isolement, il demande de les inclure, non seulement dans un méta-système, mais dans un processus actif et générateur. En effet, relier et isoler doivent s'inscrire dans un circuit récursif de connaissance qui ne s'arrête ni ne se réduit jamais à l'un de ces deux termes :

isoler ⟶ relier

Le paradigme de complexité n'est pas anti-analytique, n'est pas anti-disjonctif : l'analyse est un moment qui revient sans cesse, c'est-à-dire qui ne se noie pas dans la totalité/synthèse, mais qui ne la dissout pas. L'analyse appelle la synthèse qui appelle l'analyse, et cela à l'infini dans un procès producteur de connaissance.

On voit donc que le paradigme de complexité est de structure différente de tous les paradigmes de simplification conçus ou concevables, physiques ou métaphysiques. Il ne crée pas seulement de nouvelles alternatives et de nouvelles jonctions. Il crée un nouveau type de jonction, qui est la boucle. Il crée un nouveau type d'unité, qui n'est pas de réduction, mais de circuit.

Il est difficile de comprendre la complexité, non parce qu'elle est compliquée (complexité n'est pas complication), mais parce que tout ce qui relève d'un nouveau paradigme est très difficile à concevoir. Ce ne sont pas les raffinements de pensée qui sont difficiles à comprendre quand on part d'un principe évident, c'est la base évidente d'un autre principe. Tout paradigme nouveau, *a fortiori* un paradigme de complexité, apparaît toujours comme confusionnel aux yeux du paradigme ancien, puisqu'il accole ce qui était d'évidence répulsif, mélange ce qui était d'essence séparé, et brise ce qui était irréfragable par logique. La complexité déroute et désarçonne parce que le paradigme régnant rend aveugle aux évidences qu'il ne peut rendre intelligibles. Ainsi l'évidence que nous sommes à la fois des êtres physiques, biologiques et humains est occultée par le paradigme de simplification qui nous commande, soit de réduire l'humain au biologique et le biologique au physique, soit de disjoindre ces trois caractères comme des entités incommunicables. Or le principe de complexité nous permet de percevoir cette évidence refoulée, de nous en émerveiller et de chercher une intelligibilité non réductrice.

La complexité, dans ce sens, exhume et réanime les questions innocentes que nous avons été dressés à oublier et mépriser. C'est dire qu'il y a plus d'affinités entre la complexité et l'innocence qu'entre l'innocence et la simplification. La simplification est une rationalisation brutale, non une idée innocente (aussi loin que nous remontons dans la mythologie archaïque, nous ne trouvons jamais une idée simple, toujours un mythe complexe). La vertu du Sermon sur la montagne, de l'innocent rousseauiste, de l'idiot dostoïevskien, du simple d'esprit pouchkinien qui pleure dans Boris Godounov, c'est d'être hors du règne de l'idée abstraite, laquelle, néguentropiquement faible, est sous la ligne de flottaison de la moindre réalité vivante : ces innocents expriment la plus riche complexité communicationnelle que la vie ait pu faire surgir, celle de l'amour. Contrairement à la pensée abstraite imbécile qui disqualifie l'amour : l'amour est complexité émergente et vécue, et la computation la plus vertigineuse est moins complexe que la moindre tendresse...

La complexité nous rend sensibles à des évidences énormes : l'impossibilité d'expulser l'incertitude de la connaissance. L'irruption conjointe du désordre et de l'observateur, au cœur de la connaissance, apporte une incertitude, non seulement dans la description et la prévision, mais quant à la nature même du désordre et la nature même de l'observateur. Le problème de la complexité n'est ni d'enfermer l'incertitude entre parenthèses, ni de s'y enfermer dans un scepticisme généralisé : il est d'intégrer en profondeur l'incertitude dans la connaissance et la connaissance dans l'incertitude, pour comprendre la nature même de la connaissance de la nature. Déjà, nous découvrons les horizons, c'est-à-dire cet infini mystère d'où émerge ce que nous appelons le réel. De même que l'incomplétude et l'imperfection sont nécessaires pour concevoir l'existence même du monde [1], de même ce sont l'inachèvement, l'incomplétude, la brèche, l'imperfection au cœur de notre savoir qui rendent concevable son existence et son progrès. Seul l'insuffisant est productif, pour reprendre le mot de Kayserling.

La complexité est un progrès de connaissance qui apporte de l'inconnu et du mystère. Le mystère n'est pas que privatif; il nous libère de toute rationalisation délirante qui prétend réduire le réel à de l'idée, et il nous apporte, sous forme de poésie, le message de l'inconcevable.

La voie

Nous ne sommes qu'aux débuts de la connaissance complexe et de la reconnaissance de la complexité. Au terme de ce premier tome, nous avons envisagé essentiellement l'entrée physique du savoir de l'organisation et de l'organisation du savoir, nous avons seulement pu dégager une première affirmation universelle de complexité et une première détection du noyau principiel ou « paradigmatique » de la complexité. Nous venons juste d'effectuer un double bouclage :

physis ⟶ anthropos   objet ⟶ sujet
  ↑   ↑

Nous venons juste d'effectuer une première spirale. Nous voyons désormais se poser des questions clés, qui n'ont même pas encore été effleurées ici. Ainsi, nous ne sommes pas encore armés pour examiner le concept même de sujet; il nous faudra tout d'abord reconnaître ce que signifie, pour et dans un être vivant l'*autos*; mais nous devinons déjà que subjectivité ne signifie plus nécessairement ni principalement contingence, sentimentalité, erreur, et que le concept de sujet comporte un noyau logique et organisationnel. Nous ne sommes pas non plus armés pour envisager les structures bio-anthropologiques de la connaissance. Nous ne savons encore rien de l'organisation noologique elle-même. Nous ne savons encore rien de ce tuf paradigmatique où prennent forme première l'organisation des idées et l'organisation de la société. Enfin et surtout, la connaissance anthropo-sociologique, dont le rôle devient ici capital, puisqu'elle devient la référence nécessaire à tout concept scientifique, est encore inexistante. Comment découvrir l'inconscient social dans la conscience scientifique? Comment décrypter la société dans l'observateur? La nécessaire conscience critique à l'égard de la société ne peut être critique que si elle est elle-même ouverte à la critique et comporte sa

---

1. L'Univers déterministe était une machine apperemment parfaite animée par un mouvement perpétuel. Or une machine parfaite ne peut être que parfaitement imparfaite; sa pauvreté est telle qu'elle ne peut ni exister ni engendrer car pour être généré et générer, il faut de l'aléa, toujours; elle ne peut ni transformer, ni produire, car transformer c'est dégrader, c'est-à-dire produire de l'imperfection. La perfection est la preuve de l'inexistence du monde déterministe et l'imperfection une preuve de l'existence du monde aléatoire.

propre critique. Et nous arrivons au problème personnel, auquel nul ne peut échapper, y compris et surtout l'auteur de ces lignes : comment s'auto-analyser [1] ?

A nouveau la pluralité, l'immensité et la difficulté des problèmes me disent que je me suis fixé une mission impossible. Mais je vois de mieux en mieux qu'il ne s'agit pas de les résoudre de façon accumulative. Je vois de mieux en mieux qu'il ne faut pas viser à édifier une tour de Babel du savoir, mais un principe producteur de connaissance ou *méthode*.

De l'anti-méthode vers la méthode

Où en sommes-nous? La méthode, au départ, était de l'anti-méthode : c'était justement d'oser partir, en dépit du ricanement, pas seulement extérieur, mais aussi, le pire, intérieur. C'était d'avoir pour seul viatique ce dont il est impossible de faire la preuve, même à soi-même : de la curiosité, de la passion, de l'ouverture, et au moins le *sentiment* de la complexité. La méthode n'a pris visage que de façon négative, en creux, dans la résistance aux maîtres-mots, à la pensée close, à la réification idéaliste où l'idée tient lieu de réel, à la rationalisation, à toute réduction, y compris bien sûr la réduction spiritualiste de la « gnose de Princeton » (Ruyer, 1974). Elle a pris visage en découvrant et circonscrivant le visage et la profondeur paradigmatique de l'ennemi : la simplification.

D'autres épreuves sont venues, qui n'apparaissent pas dans ce volume, récrit trois fois, à travers lesquelles s'est livré un combat décisif (de Sisyphe?). En effet, les notions systémiques, cybernétiques, informationnelles, qui me permettaient de dépasser une ancienne façon de pensée, comportaient en elles une nouvelle simplification dont je ne mesurais pas au début la profondeur. Il ne s'agissait pas seulement, comme je le croyais au départ, de dissocier deux systémismes, deux cybernétiques, deux informationnismes, les premiers « ouverts » et « féconds », les seconds « engeénéraux » et « technocratiques ». Il fallait ne pas se laisser enfermer dans des notions qui, libératrices dans un premier stade déconstructeur, devenaient emprisonnantes au stade reconstructeur. Il fallait comprendre que le péril est justement dans ce qui apporte une libération provisoire. Il fallait comprendre que c'étaient les notions mêmes de système, cybernétique, information qui devaient être dépassées par le mouvement même qui m'y avait fait passer. Cela, je n'ai pu le faire seul ; il m'a fallu la critique permanente de Stewart, la maïeutique ultime de Victorri, et c'est cette maïeu-critique qui m'a fait assumer pleinement *mon* principe de complexité. Dans ce cheminement

---

[1]. Je peux renvoyer le lecteur désireux de s'informer sur ma relation à la subjectivité à de précédents essais d'auto-examen (*Autocritique*, 1958 ; *Le Vif du sujet*, 1969) ce qui ne me dispense pas d'un nouvel effort pour m'auto-analyser en fonction de ce travail même. Je ne vois pas encore sous quelle forme je le ferai, car d'une part je ne veux pas encombrer ce travail avec ma subjectivité, d'autre part je tiens à ne pas *me* soustraire personnellement à une exigence requise par sa logique même.

spiral qui n'est pas encore méthode, mais où se secrète la méthode, j'ai compris de plus en plus fortement que tout ce qui ne porte pas la marque du désordre et du sujet est insignifiant et mutilant, et cela concerne aussi la cybernétique, le systémisme, l'informationnisme, dans leur fonctionnalisme rationalisateur, leurs machines, leur programme, leur information, que le bruit dérègle et dégénère toujours. J'ai compris radicalement que tout ce qui ne porte pas la marque du désordre élimine l'existence, l'être, la création, la vie, la liberté, et j'ai compris que toute élimination de l'être, de l'existence, du soi, de la création est de la démence rationalisatrice. J'ai compris que l'ordre seul n'est que bulldozérisation, que l'organisation sans désordre est l'asservissement absolu. J'ai compris qu'il faut craindre, non le désordre, mais la crainte du désordre, non le sujet mais la subjectivité débile qui se prend pour l'objectivité. J'ai compris que les théories les plus riches et audacieuses, les plus porteuses de complexité ont versé dans leur contraire parce qu'elles étaient retombées dans l'orbite gravitationnelle du paradigme de simplification.

La première base positive de la méthode est dans la première affirmation universelle de complexité. *Le problème est désormais de transformer la découverte de la complexité en méthode de la complexité.*

Or, nous n'en sommes qu'aux préliminaires. Ce que nous avons acquis, c'est quelques idées-guides. L'idée que tout concept, toute théorie, toute connaissance, toute science doit désormais comporter double ou multiple entrées (physique, biologique, anthropo-sociologique), double foyer (objet/sujet) et constituer boucle. L'idée que le bouclage n'est pas un amarrage, mais une transformation. La constitution d'un champ nouveau de savoir ne se constitue pas en ouvrant ses frontières, comme le croient les naïfs, il se constitue en transformant ce qui génère les frontières, c'est-à-dire les principes d'organisation du savoir. Et c'est à l'exploration, la reconnaissance, la reconstruction à ce niveau principiel ou paradigmatique que se situe véritablement mon effort.

Nous entrevoyons dès maintenant qu'il s'agit de mettre en œuvre une pensée comportant sa propre réflexivité, qui conçoit ses objets, quels qu'ils soient, en s'incluant elle-même. La science classique était incapable de se concevoir comme objet de science, et cela parce que le savant était incapable de se concevoir comme sujet de la science. Désormais, nous ne pouvons concevoir de science où la science ne devienne objet de science, c'est-à-dire se réfléchisse : science ⟶ et par là réfléchisse sur ses limites, son environnement, sa praxis.

Désormais nous devons poser en termes de science ce principe qu'on pourrait croire seulement « philosophique » : *ce n'est jamais en écartant le connaissant qu'on va vers la connaissance complexe.* La connaissance devient ainsi nécessairement une communication, une boucle, entre une connaissance (d'un phénomène, d'un objet) et la connaissance de cette connaissance. C'est à partir de l'idée de boucle et de méta-système qu'il nous faudrait concevoir une connaissance qui produise en même temps son auto-connaissance.

Ce mode de connaître, de penser, qui peut-être se dégagera du principe naissant de complexité, sera nécessairement un nouveau mode d'agir. Nous l'avons déjà vu, ne l'oublions jamais : *le savoir transforme et nous transforme;* c'est toujours une praxis informationnelle/néguentropique, ergo une praxis anthropo-sociale. D'où le principe qui pourra pleinement se développer en tome III : *ce n'est pas en dehors de la praxis que se constituera un nouveau savoir, mais dans une méta-praxis qui sera encore une praxis.*

La connaissance complexe ne peut être opérationnelle comme la science classique. Mais l'opérationnalité de la science classique est en fait une opérationnalité de manipulation. Du XVIIᵉ siècle à nos jours, il s'est constitué une boucle praxique où la vérification expérimentale est autant au service de la manipulation que la manipulation au service de la vérification :

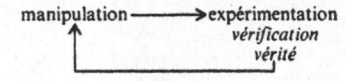

$$\text{manipulation} \longrightarrow \text{expérimentation}$$
vérification
vérité

La manipulation, devenue technique, devient de plus en plus autonome par rapport à la science, de plus en plus dépendante par rapport aux Appareils sociaux. Ainsi une véritable succion de finalité s'opère au profit de la manipulation. Or, et je voudrais que le lecteur commence à s'en douter, le paradigme de simplification ouvre la porte à toutes les manipulations. Je suis désormais persuadé que toute connaissance simplifiante, donc mutilée, est mutilante, et se traduit par une manipulation, répression, dévastation du réel dès qu'elle est transformée en action, et singulièrement en action politique. *La pensée simplifiante est devenue la barbarie de la science. C'est la barbarie spécifique de notre civilisation. C'est la barbarie qui aujourd'hui s'allie à toutes les formes historiques et mythologiques de barbarie.*

Disons dès maintenant qu'une science complexe n'aura jamais à se valider par le pouvoir de manipulation qu'elle procure, au contraire. Mais, si elle ne débouche pas sur des actions manipulatrices, elle débouche nécessairement sur de l'action. Or, en enrichissant et changeant le sens du mot connaître, la complexité nous appelle à enrichir et changer le sens du mot action, lequel en science comme en politique, et tragiquement quand il veut être *libération,* devient toujours de façon ultime *manipulation* et *asservissement.* Nous pouvons entrevoir qu'une science qui apporte des possibilités d'auto-connaissance, qui s'ouvre sur de la solidarité cosmique, qui ne désintègre pas le visage des êtres et des existants, qui reconnaît le mystère en toutes choses, pourrait proposer un principe d'action qui, non pas ordonne mais organise, non pas manipule mais communique, non pas dirige mais anime.

FIN DU TOME I

Bibliographie

Il aurait été logique de réunir la bibliographie de la Méthode au terme du tome III. Il m'a semblé toutefois nécessaire d'indiquer déjà ici les titres qui intéressent particulièrement ce tome I. Il me faut donc signaler que des ouvrages importants, en ce qui concerne l'ensemble de mon travail, ne sont pas encore mentionnés ici.

Ackoff (R. L.), 1971, « Towards a system of systems concepts », *Management Science*, vol. 17, n° 11.

Ackoff (R. L.), Churman (C. W.), Arnoff (E. L.), 1957, *Introduction to operations research*, Wiley, New York, trad. fr. 1960, *Éléments de recherche opérationnelle*, Dunod, Paris.

Alfven (H.), 1976, « La cosmologie, mythe ou science », *La Recherche* 69, juillet-août, p. 610-616.

Angyal (A.), 1941, *Foundations for a science of personality*, Harvard University Press, Cambridge (Mass.).

Apostel (L.), Mandelbrot (B.), Morf (A.), 1957, *Logique, Langage et Théorie de l'information*, PUF, Paris (Bibliothèque scientifique internationale : études d'épistémologie génétique).

— 1961, « Logique et cybernétique », *Les Études philosophiques* 2, p. 191-214.

Arcy Thomson (d'), 1917, *On growth and form*, Cambridge University Press, Londres.

Ashby (W. R.), 1952, *Design for a brain*, Chapman and Hall, Londres.

— 1956, *An introduction to cybernetics*, Chapman and Hall, Londres; trad. fr. 1958, *Introduction à la cybernétique*, Dunod, Paris.

— 1958, « General systems as a new discipline », *General Systems Yearbook* 3, p. 3-6.

— 1962, « Principles of the self-organizing system », in *Principles of self-organization* (H. von Foerster, G. W. Zopf, éd.), Pergamon Press, New York.

Ashby (W. R.), Grey-Walter (W.), Brazier (M. A.), Brain (R.), 1952, *Perspectives cybernétiques en psychophysiologie* (trad. de l'anglais), PUF, Paris.

Atlan (H.), 1970 *a*, « Rôle positif du bruit en théorie de l'information appliquée à une définition de l'organisation biologique », *Annales de physiologie biologique et médicale* 1, p. 15-33.

— 1970 *b*, « Flux d'énergie et organisation biologique. La biologie théorique contre les dogmes de l'évolution chimique », *Sciences* 68, septembre-octobre.

— 1972 *a*, *L'Organisation biologique et la Théorie de l'information*, Hermann, Paris.

— 1972 *b*, « Du bruit comme principe d'auto-organisation », *Communications* 18, p. 21-35.

— 1974, « On a formal definition of organization », *Journal of Theoretical Biology* 45, 1974, p. 1-9.

— 1975, « Organisation en niveaux hiérarchiques et information dans les systèmes vivants », in *Réflexions sur de nouvelles approches dans l'étude des systèmes*, Centre d'édition et de documentation de l'école nationale supérieure des techniques avancées, Paris.

Attali (J.), 1976, « L'ordre par le bruit. Le concept de crise en théorie économique », *Communications* 25, p. 86-100.

Auger (P.), 1966, *L'Homme microscopique*, Flammarion, Paris.

Axelos (K.), 1969, *Le Jeu du monde*, éd. de Minuit, Paris.

Bachelard (G.), 1938 a, *La Formation de l'esprit scientifique. Contribution à une psychanalyse de la connaissance objective*, Vrin, Paris.

— 1938 b, *La Psychanalyse du feu*, Gallimard, Paris (*Psychologie* 7).

— 1966, *Le Nouvel Esprit scientifique*, PUF, Paris.

Barel (Y.), 1973, *La Reproduction sociale*, Anthropos, Paris.

— 1976 a, « L'idée de système dans les sciences sociales », *Journée A. F. CET*, 21 avril 1976, A. F. CET, Paris.

— 1976 b, « Le rapport humain à la matière », IPEPS-CNRS, Grenoble, Paris (ronéotypé).

Bataille (G.), 1949, *La Part maudite. Essai d'économie générale*, éd. de Minuit, Paris.

Bateson (G.), 1967, « Cybernetic explanation », *The American Behavioral Scientist*, avril, p. 29-32.

— 1972, *Steps to an ecology of mind*, Ballantine, New York.

Beer (S.), 1960 : « Below the twilight arch », *General System Yearbook*, p. 16.

Beishon (J.), Peters (G.), 1972, *Systems behavior*, Harper and Row, Londres.

Bejin (A.), 1976, « Crises des valeurs, crises des mesures », *Communications* 25, p. 39-71.

Benedic (D.), 1974, « La causalité dans les systèmes complexes et sa modélisation par les hypergraphes », *Thomson CSF*, Paris, ronéo.

Berkeley (G.), 1770, *Principles of human knowledge*; trad. fr. 1969, *Œuvres choisies*, t. II, *Principes de la connaissance humaine*, Aubier, Paris.

Bernard (C.), 1865, *Introduction à l'étude de la médecine expérimentale*, J. B. Baillière, Paris.

Berrien (F. K.), 1968, *General and social system*, Rutgers University Press, New Brunswick (New Jersey).

Bertalanffy (L. von), 1956, « The theory of open systems », *General System Yearbook*.

— 1968, *General systems theory. Essays on its foundation and development*, Braziller, New York; trad. fr. 1973, *Théorie générale des systèmes : physique, biologie, psychologie, sociologie, philosophie*, Dunod, Paris.

Bohr (N.), 1958, *Atomic physics and human knowledge*, Wiley, New York; trad. fr. 1964, *Physique atomique et Connaissance humaine*, Gonthier, Paris (Bibliothèque Médiations 18).

Bonner (J. T.), 1952, *Morphogenesis; an essay on development*, Princeton University Press, Oxford.

Bonsack (F.), 1961, *Information, Thermodynamique, Vie et Pensée*, Gauthier-Villars, Paris.

Boudon (R.), 1968, *A quoi sert la notion de « structure »?*, Gallimard, Paris.

Boulding (K. E.), 1953, *The organizational revolution*, Harper and Row, New York.

— 1956, « General system theory. The skeleton of science », *in* W. Buckley (éd.), 1968, *Modern systems research for the behavioral scientist*, Aldine, Chicago, p. 3-10.

Brillouin (L.), 1956, *Science and information theory*, Academic Press, New York; trad. fr. 1959, *La Science et la Théorie de l'information*, Masson, Paris.

— 1959, *Vie, Matière et Observation*, Albin Michel, Paris (Science d'aujourd'hui).

— 1962, « Information and imagination theories », *in* M. C. Yovits, G. T. Jacobi, G. D. Goldstein, *Self organizing systems*, Spartan Books, Washington, p. 220.

Bronowsky (J.), 1969, « New concepts in the evolution of complexity », *American Association for the advancement of science*, Boston.

Buckley (W.), 1967, *Sociology and modern systems theory*, Prentice Hall, Englewood Cliffs (N. J.).

— 1968, éd., *Modern systems research for the behavioral scientist*, Aldine, Chicago.

— 1974, « Théorie des systèmes et anthropo-sociologie », *in* Edgar Morin, Massimo Piattelli-Palmarini, *L'Unité de l'homme. Invariants biologiques et Universaux culturels*, Le Seuil, Paris, p. 619-632.

Bibliographie

Bunge (M.), 1973, *Philosophy of physics*, D. Reidel Publ. Co., Dordrecht; trad. fr. 1975, *Philosophie de la physique*, Le Seuil, Paris.

Cacopardo (R.), 1975, « La teoria generale dei sistemi nel pensiero di von Bertalanffy », *Studi Organizzativi*, vol. VII, n° 3-4, p. 51-90.

Cannon (W. B.), 1932, *Wisdom of the body*, Norton, New York.

Castoriadis (C.), 1971, « Le monde morcelé », *Encyclopaedia Universalis*, Paris, vol. 17, p. 43-73.
— 1975, *L'Institution imaginaire de la société*, Le Seuil, Paris.

Cauns Smith (A. C.), in C. B. Waddington, 1969, *Towards a theoretical biology*, Aldine, Chicago, t. I.

Cellerier (G.), Papert (S.), Voyat (G.), 1968, *Cybernétique et Épistémologie*, PUF, Paris.

Chaitin (G. J.), 1975, « Randomness and mathematical proof », *Scientific American*, vol. 232, n° 5, mai, p. 47-52.

Chambadal (P.), 1963, *Évolution et Applications du concept d'entropie*, Dunod, Paris.

Changeux (J. P.), Danchin (A.), 1976, « Stabilisation of developing synapses as a mechanism for the specification of neuronal networks », *Nature*, vol. 264, décembre p. 705-712.

Chapin (N.), 1971, *Computers : a system approach*, Van Nostrand, New York.

Charon (J. E.), 1974, *Théorie unitaire. Analyse numérique des équations*, Albin Michel, Paris.

Chauvin (R.), 1974, « Les sociétés les plus complexes chez les insectes », *Communications* 22, p. 63-72.

Cherry (J. C.) éd., 1961, *Fourth London Symposium on information theory*, Academic Press, New York; Butterworth and co, Londres.

Chomsky (N.), 1967, *Language and mind* [trois conférences prononcées à l'université Berkeley (Calif.) en janvier 1967]; trad. fr. 1969, *Le Langage et la Pensée*, Payot, Paris.

Churchman (C. W.), 1968, *The systems approach*, Delta Books, New York.
— *Le concept d'information dans la science contemporaine*, 1965, éd. de Minuit, Paris (Les cahiers de Royaumont, *Philosophie* 5).

Costa de Beauregard (O.), 1963, *Le Second Principe de la science du temps; entropie, information, irréversibilité*, Le Seuil, Paris.

Couffignal (L.), 1963, *La Cybernétique*, PUF, Paris.

Cowan (J. D.), 1969, « Some remarks on neurocybernetics », in M. Marois (éd.), *Theoretical physics and biology*, North Holland publ., Amsterdam, p. 65-73.

Dallaporta (N.), 1975, « Les crises de la physique contemporaine », *Diogène* 89, p. 76-95.

Darwin (Ch. R.), 1859, *On the origin of the species, by means of natural selection or the preservation of favoured races in the struggle for life*, Murray, Londres; trad. fr. 1921, *L'Origine des espèces*, A. Costes, Paris.

Delgado (J. M. R.), 1972, *Le Conditionnement du cerveau et la liberté de l'esprit*, Dessart, Bruxelles.

Détienne (M.), Vernant (J. P.), 1974, *Les Ruses de l'intelligence, la « métis » des Grecs*, Flammarion, Paris.

De Witt (B. S.), 1970, « Quantum mechanics and reality », *Physics today*, vol. 23, n° 9, p. 155-165.

Dode (M.), 1965, *Le Deuxième Principe de la thermodynamique*, Société d'éditions de l'enseignement supérieur, Paris.

Dollander (A.), 1970, *Éléments d'embryologie*, Flammarion, Paris.

Ducrocq (A.), 1963, *Le Roman de la matière. Cybernétique et Univers*, Julliard, Paris.

Eigen (M.), 1971, « Self-organization of the matter and the evolution of biological macromolecules », *Naturwissenschaft*, vol. 58, n° 465.

Einstein (A.), Born (M.), 1972, *Correspondance 1916-1955*, Le Seuil, Paris.

Elsasser (W. R.), 1966, *Atom and organism, a new approach to theoretical biology*, Princeton University Press, Princeton; trad. fr. 1970, *Atome et Organisme, nouvelle approche d'une biologie théorique*, Gauthier-Villars, Paris.

Émery (F. E.) éd., 1970, *Systems thinking*, Penguin, Harmondsworth (Education Series).
Espagnat (B. d'), 1965, *Conceptions de la physique contemporaine. Les Interprétations de la mécanique quantique et de la mesure*, Hermann, Paris.
- 1971, *Conceptual foundations of quantic mechanisms*, Benjamin, Menlo Park (Calif.).
- 1972, « L'événement problème : contingence et nécessité. L'événement et la physique », in *Communications* 18, p. 116-121.
L'événement, Communications 18, 1972.
Fast (J. D.), 1961, *Entropie. La Signification de la notion d'entropie et ses Applications scientifiques et techniques* (trad. du néerlandais), Dunod, Paris (Bibliothèque scientifique Philips).
Ferenczi (S.), 1929, *Thalassa, Katasztrófák a nemi éler fejlödésében*, Pantheon Kiadás, Budapest ; trad. fr. 1962, *Thalassa, Psychanalyse des origines de la vie sexuelle*, Payot, Paris.
Fink (E.), 1960, *Das spiel als weltsymbol*, Kohlhammer, Stuttgart ; trad. fr. 1966, *Le Jeu comme symbole du monde*, éd. de Minuit, Paris.
Firsoff (V. A.), 1967, *Life, mind and galaxies*, Oliver and Boyd, Londres ; trad. fr. 1970, *Vie, Intelligence et Galaxies*, Dunod, Paris.
Foerster (H. von), 1957, « Basic concepts of Homeostasis », *Homeostatic mechanisms*, Brookhaven Symposia in Biology, n° 10, p. 216-242.
- 1960, « On self-organizing systems and their environments », *Self-Organizing Systems*, Pergamon, New York.
- 1962, « Communication amongst automata », *American Journal of psychiatry* 118, p. 865-871.
- 1973, « On constructing a reality », in W. F. E. Preiser (éd.), *Environmental design research*, vol. 2, Hutchinson and Ross, Dowden.
- 1974 a, éd., *Cybernetics of cybernetics, or the control of control and the communication of communication*, Biological computer Laboratory University of Illinois, Urbana, Illinois.
- 1974 b, « Notes pour une épistémologie des objets vivants », in Edgar Morin, Massimo Piattelli-Palmarini, *L'Unité de l'homme. Invariants biologiques et Universaux culturels*, Le Seuil, Paris, p. 401-416.
Foerster (H. von), Zopf (G. W.), éd. 1962, *Principles of self-organization*, Pergamon Press, New York.
Forrester (J.), 1969, *Principles of systems*, Wright Allen Press, Cambridge.
Friedmann (G.), 1970, *La Puissance et la Sagesse*, Gallimard, Paris.
General Systems Yearbook, 1956-1976.
Georgescu-Roegen (N.), 1971, *The entropy law and the economic process*, Harvard University Press, Cambridge (Mass.).
Gérard (R. W.), 1958, « Concepts in biology » *Behavioral Science* 2, avril, p. 95-103.
Gérardin (L.), 1975, « La théorie des systèmes », Paris (ronéotypé).
Giedion (S.), 1948, *Mechanization takes command : a contribution to anonymous history*, Oxford University Press, Londres.
Glandsdorff (P.), Prigogine (I.), 1971, *Structure, Stabilité et Fluctuations*, Masson, Paris.
Grinevald (J.), 1975, « Le progrès de l'entropie », *colloque de l'Association internationale des sociologues de langue française, Sociologie du progrès*, Menton, 12-17 mai 1975.
- 1976 a, « La révolution carnotienne, thermodynamique, économie et idéologie », *Revue européenne des sciences sociales et Cahiers Vilfredo Pareto*, t. XIV, 1976, n° 36, p. 39-79.
- 1976 b, *Réflexions sur la technologie de la puissance*, faculté de droit de l'université de Genève, Genève (ronéotypé).
Grodin (F. S.), 1963, *Control theory and biological systems*, Columbia University Press, New York.
Guillaumaud (J.), 1971, *Norbert Wiener et la Cybernétique*, Seghers, Paris.
Gunther (G.), 1962, « Cybernetical ontology and transjunctionnal operations », in Yovits, Jacobi, Goldstein (éd.), *Self-organizing systems*, Spartan Books, Washington.

Hall (A.), Fagean (R.), 1956, « The definition of a system », *General Systems Yearbook*.

Heisenberg (W.), 1969, *Der teil und das ganze*, R. Piper et Co. Verlag, Munich ; trad. fr. 1972, *La Partie et le Tout*, Albin Michel, Paris.

Hockett (C. F.), Asher (R.), 1964, « The human revolution », *Current Anthropology* 5, p. 135-147.

Huant (E.), 1967, *L'Application de la cybernétique aux mécanismes économiques*, EME, Paris.

Hutten (E. H.), 1970, « Physique des symétries et théorie de l'information », *Diogène* 72, p. 3-26.

Jacob (F.), 1965, *Leçon inaugurale faite le vendredi 7 mai*, Collège de France, Paris.
— 1970, *La Logique du vivant*, Gallimard, Paris.

Jacquard (A.), 1974, *Génétique des populations humaines*, PUF, Paris.

Jakobson (R.), 1970, « Relations entre la science du langage et les autres sciences », in *Tendances principales de la recherche dans les sciences humaines et sociales*, Mouton, La Haye, p. 504-544.

Jordan (N.), 1973, « Some thinking about system », *in* S. L. Opner (éd.), *Systems analysis : selected readings*, Penguin Books, Harmondsworth (Midd.), p. 53-86.

Jordan (P.), 1948, *Die physik und das geheimnis des organischen lebens*, Frier, Vieweg, Braunschweig ; trad. fr. 1959, *La Physique et le Secret de la vie organique*, Albin Michel, Paris.

Katchalsky (A.), Curran (P. F.), 1965, *Non equilibrium thermodynamics in biophysics*, Harvard University Press, Cambridge (Mass.).

Katz (S.), 1974, « Anthropologie sociale culturelle et biologie », *in* Edgar Morin, Massimo Piattelli-Palmarini, *L'Unité de l'homme. Invariants biologiques et Universaux culturels*, Le Seuil, Paris, p. 515-552.

Keys (J.), 1971, *Only two can play this game*, Cat Book, Cambridge.

Klir (G.) éd., 1973, *Trends in general system theory*, Harper, New York.

Koestler (A.), 1967, *The ghost in the machine*, Hutchinson, Londres ; trad. fr. 1968, *Le Cheval dans la locomotive*, Calmann-Lévy, Paris.

Kuhn (T. S.), 1962, *The structure of scientific revolution*, University of Chicago Press, Chicago (Ill.) ; trad. fr. 1972, *La Structure des révolutions scientifiques*, Flammarion, Paris.

Laborit (H.), 1973, *Société informationnelle. Idées pour l'autogestion*, éd. du Cerf, Paris.
— 1974, *La Nouvelle Grille*, Laffont, Paris.

Ladrière (J.), 1973, « Système », *Encyclopaedia Universalis*, Paris, vol. 15, p. 686.

Laplace (P. S.), 1812-1825, *Théorie analytique des probabilités*, t. V, Courcier, Paris.

Laszlo (E.), 1972, *The system's view of the world*, Braziller, New York.
— 1973, *Introduction to systems philosophy*, Harper, New York.

Latil (P. de), 1953, *La Pensée artificielle. Introduction à la cybernétique*, Gallimard, Paris.

Layser (D.), 1975, « The arrow of time », *Scientific American*, vol. 233, n° 6, décembre, p. 56-69.

Lefebvre (H.), 1967, *Position : contre les technocrates*, Gonthier, Paris.

Leibniz (G. W. von), 1666, *Dissertatio de arte combinatoria*, J. B. Fikium, Leipzig.

Lewin (K.), 1935, *Dynamic theory of personality*, Macmillan, New York.

Luckmann (T.), Berger (P.), 1967, *The social construction of reality*, Doubleday, New York.

Lupasco (S.), 1951, *Le Principe d'antagonisme et la Logique de l'énergie. Prolégomènes à une science de la contradiction*, Hermann, Paris.
— 1962, *L'Énergie et la Matière vivante. Antagonisme constructeur et logique de l'hétérogène*, Julliard, Paris (réed. 1974).

Lwoff (A.), 1969, *L'Ordre biologique*, Laffont, Paris.

Mackay (D.), 1969, *Information, mechanism and meaning*, MIT Press, Cambridge (Mass.).

Maruyama (M.), 1963, « The second-cybernetics : deviation-amplifying mutual causal processes », *American Scientist* 51, p. 164-179 et 250-256.
— 1974, « Paradigmatology and its application to cross-disciplinary, cross-professional and cross-cultural communication », *Cybernetica*, vol. 17, p. 136-156, 237-281.
Marx (K.), 1844, *Manuskripte aus dem Jahre 1844*; trad. fr. 1937 par J. Molitor, *Œuvres philosophiques*, t. VI, *Économie et Philosophie, Idéologie allemande* (1re partie, Les manuscrits de 1844), Alfred Costes, Paris.
Maturana (H.), Varela (F.), 1972, *Autopoietic systems*, Facultad de Ciencias, Universitad de Santiago, Santiago du Chili (ronéotypé).
Merleau-Ponty (J.), 1965, *Cosmologie du XXe siècle. Étude épistémologique et historique de la cosmologie contemporaine*, Gallimard, Paris.
— 1970, « Les bases de la cosmologie moderne », *La Recherche* 1-2, juin, p. 143-148.
— 1971, *Les Trois Étapes de la cosmologie*, Laffont, Paris.
Mesarovic (M. D.), 1962, « On self-organizational systems », in *Self-organizing systems* (Yovits, Jacobi éd.), Spartan Press, Washington.
— 1964, éd., « Views on general systems theory », *Systems Symposium 2d*, Case Institute of technology, 1963; proceedings, J. Wiley and sons, New York.
— 1968, éd., *Systèm theory and biology*, Springer Verlag, New York.
— 1970, éd., *Theory of hierarchical multilevels systems*, Academic Press, New York.
Meyer (F.), 1954, *Problématique de l'évolution*, PUF, Paris.
— 1974, *La Surchauffe de la croissance, essai sur la dynamique de l'évolution*, Fayard, Paris.
Miller (J. G.), 1955, « Toward a general theory for the behavioral sciences », *The American Psychologist*, 10 septembre, p. 513-531.
— 1965a, « Living systems : basic concepts », *Behavioral Science*, vol. 10, n° 3, juillet, p. 193-237.
— 1965b, « Living systems : structure and process », *Behavioral Science*, vol. 10, n° 4, octobre, p. 337-379.
— 1971, « The nature of living systems », *Behavioral Science*, vol. 16, n° 4, juillet, p. 277-301.
Milsum (J. H.) éd., 1968, *Positive feed-back, a general systems approach to positive/negative feedback and mutual causality*, Pergamon, Oxford.
Moles (A.), 1964, *Méthodologie vers une science de l'action*, Gauthier, Paris.
Monod (J.), 1970, *Le Hasard et la Nécessité*, Le Seuil, Paris.
Morin (E.), 1962, *L'Esprit du temps. Essai sur la culture de masse*, t. II, *Nécrose* (éd. 1975), Grasset, Paris.
— 1970, *L'Homme et la Mort*, Le Seuil, Paris.
— 1972a, « L'événement-sphinx », *Communications* 18, p. 173-192.
— 1972b, « Le retour de l'événement », *Communications* 18, p. 6-20.
— 1973, *Le Paradigme perdu : la nature humaine*, Le Seuil, Paris.
— 1976, « Pour une crisologie », *Communications* 25, p. 149-163.
Morowitz (H. J.), 1968, *Energy flow in biology*, Academic Press, New York.
Moscovici (S.), 1968, *Essai sur l'histoire humaine de la nature*, Flammarion, Paris.
Munford (L.), 1971, *The myth of the machine, The Pentagon of power*, Secker and Warburg, London; trad. fr. 1974, *Le Mythe de la machine*, Fayard, Paris.
Nambu (Y.), 1976 « The confinement of quarks », *Scientific American*, novembre, p. 48-60.
Naville (P.), 1963, *Vers l'automatisme social? Problèmes du travail et de l'automation*, Gallimard, Paris.
Needham (J.), 1969, *The Grand titration, science and society in east and west*, G. Allen and Unwin, Londres; trad. fr. 1973, *La Science chinoise et l'Occident, le grand titrage*, Le Seuil, Paris.
Neumann (J. von), 1958, *Computer and the brain*, Yale University Hepsa Helly Silliman memorial lectures, Yale University Press, New Haven.
— 1966, *Theory of self-reproducing automata*, University of Illinois Press, Urbana (Ill.).

— 1968, « The general and logical theory of automata », *in* W. Buckley, *Modern systems research for the behavioral scientist*, Aldine, Chicago, p. 97-107.
Neumann (J. von), Morgenstern (O.), 1947, *Theory of games and economic behavior*, Princeton University Press, Princeton.
Omnes (R.), 1973, *L'Univers et ses Métamorphoses*, Hermann, Paris (« Savoir »).
Optner (S. L.) éd., 1973, *Systems analysis. Selected readings*, Penguin, Hardmondsworth.
Papert (S.), 1967, « Épistémologie de la cybernétique », *in* J. Piaget, *Logique et Connaissance scientifique*, Gallimard, Paris, p. 822-840.
— 1967, « Remarques sur la finalité », *in* J. Piaget, *Logique et Connaissance scientifique*, Gallimard, Paris, p. 841-861.
Pask (G.), 1961, *An approach to cybernetics*, Hutchinson, Londres.
Pattee (H. H.), éd., 1966, « Natural automata and useful simulations : proceedings », *Symposium on fundamental biological models*, Stanford University, 1965, Macmillan, Londres.
Piaget (J.), dir. de publ., 1967, *Logique et Connaissance scientifique*, Gallimard, Paris (Encyclopédie de la Pléiade).
— 1967, *Biologie et Connaissance*, Gallimard, Paris.
— 1970, *Le Structuralisme*, PUF, Paris.
Pizzorno (A.), 1973, « L'incompletezza dei sistemi », *in* F. Rositi (éd.), *Razionalita sociale e tecnologie dell'informazione*, Communita, Milano.
Prieto (L. J.), 1966, *Messages et Signaux*, PUF, Paris.
Prigogine (I.), 1947, *Étude thermodynamique des phénomènes irréversibles*, Dunod, Paris.
— 1968, *Introduction à la thermodynamique des processus irréversibles*, Dunod, Paris.
— 1972, « La thermodynamique de la vie », *La Recherche* vol. 3, n° 24, juin, p. 547-562.
Pugh (D. S.), 1971, *Organisation theory*, Penguin, Harmondsworth.
Quastler (H.) éd., 1953, *Essays on the use of information theory in biology*, University of Illinois Press, Urbana.
Rapoport (A.), 1968 *a*, « General systems theory », *International encyclopaedia of the social sciences*, vol. 15. The Free Press, New York, p. 452-458.
— 1968 *b*, « Introduction », *in* W. Buckley (éd.), *Modern system research for the behavioral scientist*, Aldine, Chicago.
— 1970, « La théorie moderne des systèmes; un guide pour faire face aux changements », *Revue française de sociologie*, n° spécial, p. 23-46.
Reeves (H.), 1968, « Cosmogonie », *Encyclopaedia Universalis*, Paris, vol. 5, p. 8-10.
Robinet (A.), 1973, *Le Défi cybernétique. L'Automate et la Pensée*, Gallimard, Paris.
Rosen (R.), 1968, « On analogous systems », *Bulletin of Mathematical Biophysics* 30, p. 481-492.
Rosenblueth (A.), 1970, *Mind and brain, a philosophy of sciences*, MIT, Cambridge (Mass.).
Rosenblueth (A.), Wiener (N.), 1950, « Purposeful and non-purposeful behavior », *Philosophy of Science* 17, p. 318-326.
Rosnay (J. de), 1966, *Les Origines de la vie*, Le Seuil, Paris.
— 1970, « Systèmes sociaux en temps réel », *Études et Documents du Comité national belge de l'organisation scientifique*, n° 355.
— 1975, *Le Macroscope, Vers une vision globale*, Le Seuil, Paris.
Rothstein (J.), 1962, « Information and organization as the language of the operational viewpoint », *The philosophy of science*, vol. 29, n° 4, p. 406-411.
Ruyer (R.), 1954, *La Cybernétique et l'Origine de l'information*, Flammarion, Paris.
— 1974, *La Gnose de Princeton : des savants à la recherche d'une religion*, Fayard, Paris.
Rybak (B.), 1973, « Logique des systèmes vivants », *Encyclopaedia Universalis*, Paris, vol. 15, p. 687-697.
Sagan (C.), 1973, *The cosmic connection : an extraterrestrial perspective*, Doubleday,

New York; trad. fr. 1975, *Cosmic connection ou l'Appel des étoiles*, Le Seuil, Paris.
Sallantin (X.), 1973, « Introduction à la théorie du sens » (texte présenté le 22 février 1973 devant le groupe Quadrivium), *Internationales Futuribles*, 52, rue des Saints-Pères, 75007 Paris, ronéotypé.
Sapir (E.), 1971, *Anthropologie*, éd. de Minuit, Paris (« Points »); trad. de Edward Sapir, 1927, *Selected writings of Edward Sapir in language, culture and personality*, éd. par David Mandelbaum, University Press of California, Berkeley.
Saussure (F. de), 1931, *Cours de linguistique générale*, Payot, Genève.
Sauvan (J.), 1958, « Système métastable à états stationnaires multiples. Hypothèse épigénétique du comportement instinctif », *2ᵉ Congrès international de Cybernétique*, Namur, 3-10 septembre 1958, Association internationale de Cybernétique, 13, rue Basse Marcelle, Namur.
— 1966, Méthode des modèles et connaissance analogique, *Agressologie*, t. VII, n° 1, p. 9-18.
Schatzman (E.), 1968 *a*, « Astrophysique », *Encyclopaedia Universalis*, Paris, vol. 2, p. 696-699.
— 1968 *b*, *La Structure de l'univers*, Hachette, Paris.
Schlanger (J.), 1971, *Les Métaphores de l'organisme*, Vrin, Paris.
Schrödinger (E.), 1945, *What is life?* Cambridge University Press, Cambridge.
— 1959, *Mind and matter*, Cambridge University Press, Cambridge.
Sciama (D. W.), 1970, « La renaissance de la cosmologie d'observation », *La Recherche* 1-2, juin, p. 149-160.
Sebeok (A.), 1968, « Comment un signal devient signe », *in* E. Morin et M. Piatelli-Palmarini, *L'Unité de l'homme. Invariants biologiques et Universaux culturels*, Le Seuil, Paris, p. 64-70.
Serrano (M. M.), 1975, « Aplicacion de la teoria y el metodo sistematico en ciencias sociales », *Revista española de la opinion publica* 42, octobre-décembre, p. 81-102.
Serres (M.), 1968, *Hermès I. La communication*, éd. de Minuit, Paris.
— 1971, « Çe qui est écrit dans le code : I. Les métamorphoses de l'arbre; II. Vie, information, deuxième principe », *Critique* 289, p. 483-507 et 290, p. 579-606.
— 1972, *Hermès II. L'interférence*, éd. de Minuit, Paris.
— 1974 *a* : *Hermès III. La traduction*, éd. de Minuit, Paris.
— 1974 *b*, « Les sciences », in J. Le Goff et P. Nora (dir. de publ.), *Faire de l'histoire*, 2ᵉ partie (Nouvelles Approches), Gallimard, Paris, p. 203-228.
— 1975, *Feux et signaux. Zola*, Grasset, Paris.
— 1976, « Le point de vue de la bio-physique », *Critique* 346, p. 265-277.
— 1977, « Boltzmann et Bergson », *Hermès IV : La Distribution*, éd. de Minuit, Paris, p. 127-142.
Shanin (T.) éd., 1972, *The rules of the game*, Tavistock, Londres.
Shannon (C. E.), Weaver (W.), 1949, *The mathematical theory of communication*, University of Illinois Press, Urbana.
Silverman (D.), 1970, *The theory of organization*, Heinemann, Londres.
Simon (H. A.), 1969, *The Science of the Artificial*, MIT, Cambridge (Mass.).
Simondon (G.), 1964, *L'Individu et sa Genèse physico-biologique. L'Individuation à la lumière des notions de forme et d'information*, PUF, Paris.
Skyvington (W.), 1976, *Machina sapiens*, Le Seuil, Paris.
Spencer Brown (G.), 1972, *Laws of form*, Bantam books, New York.
Stanley Jones (D. et K.), 1960, *The kybernetics of natural systems*, Pergamon Press, Londres; trad. fr. 1962, *La Cybernétique des êtres vivants*, Gauthiers-Villars, Paris.
Sternheimer (J.), s. d., « Théorie des systèmes hiérarchiques », fasc. 1, « Introduction, systèmes hiérarchiques, la courbe de population », *Activités des groupes expérimentaux*, université Paris VII, ronéotypé.
Stroudze (Y.), 1973, *Organisation, Ant-organisation*, Mame, Tours.
— *Sur les théories des systèmes : aperçus et tendances actuelles*, in *Systema*, 1974, Paris, ronéotypé.

Thom (R.), 1972, *Stabilité culturelle et Morphogénèse. Essai d'une théorie génétique des modèles*, Édiscience, Paris.
— 1974, *Modèles mathématiques de la morphogénèse : recueil de textes sur la théorie des catastrophes et ses applications*, Union générale d'éditions, Paris.
Touraine (A.), 1965, *Sociologie de l'action*, Le Seuil, Paris.
Trincher (K. S.), 1964, *Biology and information. Elements of biological thermodynamics* (trad. américaine 1965), Consultant Bureau, New York.
Trist (E.), 1970, « Organisation et système. Quelques remarques théoriques se rapportant plus particulièrement aux recherches d'Andras Angyal », *Revue française de sociologie*, n° spécial 1970, sur l'analyse de systèmes en sciences sociales (I), p. 123-139.
Ullmo (J.), 1967, « Les concepts physiques », in Jean Piaget, *Logique et Connaissance scientifique*, Gallimard, Paris, p. 623-706 (Encyclopédie de la Pléiade).
Umpleby (S. A.), 1973, *The revolution that fizzled : the lack of impact of cybernetics on political science*, Computer-based Education Research Laboratory, Urbana (Ill.), ronéotypé.
Varela (F. G.), 1975, *The grounds for a closed logic*, Department of anatomy University of Colorado medical School, 4200 East 9th Avenue, Denver, Colorado 80220.
— 1976, « The arithmetic of closure », to be presented at the *3rd european Meeting on cybernetics and systems research*, in Vienna, Austria, on april 24, 1976.
Verney (D.), Vallet (C.), Calvino (B.), Moulin (T.), 1973, « Relateurs arithmétiques et systèmes ouverts », *VIIe Congrès international de Cybernétique*, 10-15 septembre, Namur, Association internationale de Cybernétique, Namur.
Waddington (C. H.), éd., 1969-1971. *Towards a theoretical biology*, Aldine, Chicago, 4 vol.
Whitehead (A. N.), 1926, *Science and the modern world*, University Press, Cambridge (Mass.) ; trad. fr. 1930, *La Science et le Monde moderne*, Payot, Paris.
— 1929 a, *The function of reason*, Princeton University, Press, Princeton ; trad. fr. 1969, *La Fonction de la raison et Autres Essais*, Payot, Paris.
— 1929 b, *Process and reality : an essay in cosmology*, Macmillan, New York.
— s. d., *Essays in science and philosophy*, Philosophical Library, New York.
Whyte (L. L.), 1949, *Unitary principle in physics and biology*, Holt, Londres.
Wiener (N.), 1948, *Cybernetics*, Hermann, Paris.
— 1950, *The human use of human beings : Cybernetics and society*, Doubleday, New York ; trad. fr. 1962, *Cybernétique et Société*, Union générale d'Éditions, Paris.
Wilden (A.), 1972, *System and structure. Essays in communication and exchange*, Tavistock, Londres.
Wilhelm (R.), éd., 1968, *Yi-King ou le Livre des transformations*, Médicis (Lib.), Paris.
Young (O. R.), 1964, « A survey of general systems theory », *General Systems Yearbook* 9, p. 61-80.
Yovits (M. C.), Cameron (S.), éd., 1960, *Self-organizing system*, Pergamon, New York.
Yovits (M. C.), Jacobi (G. T.), Goldstein (G. D.), 1962, *Self-organizing systems*, Spartan Books, Washington.
Zadeh (L. A.), Polak (E.), 1969, *Systems theory*, Mc Graw-Hill, New York (Electronic Series).

Table

INTRODUCTION GÉNÉRALE
L'ESPRIT DE LA VALLÉE

L'évadé du paradigme, 9. — L'école du Deuil, 12. — L'impossible impossible, 14. — L'a-méthode, 15. — Le ressourcement scientifique, 16. — Du cercle vicieux au cycle vertueux, 17. — L'en-cyclo-pédie, 19. — Réapprendre à apprendre, 20. — « Caminando no hay camino », 21. — L'inspiration spirale, 22. — L'esprit de la vallée, 23.

TOME I
La Nature de la Nature

Avertissement du tome I   27

PREMIÈRE PARTIE
L'ORDRE, LE DÉSORDRE ET L'ORGANISATION

1. L'ordre et le désordre (des Lois de la Nature à la nature des lois)   33

I. L'invasion des désordres   33

L'Ordre-Roi, 33. — De la dégradation de l'énergie à la dégradation de l'ordre : le surgissement de la désorganisation, 34. — Le dérèglement micro-physique, 38. — Le désordre génésique, 39. — Un désordre organisateur?, 41.

II. De la Genèse au Tétralogue   42

A. Le problème d'origine   42

La complexité originelle, 45.

B. La désintégration organisatrice   45

Le scénario de cosmogénèse, 46. — Les transformations du désordre et le désordre des transformations, 47. — La chaleur, 48. — La naissance de l'Ordre, 50.

C. Le jeu des interactions   51

Le grand jeu, 55.

D. La boucle tétralogique   56

III. **Le nouveau monde : Chaosmos, Chaos, Cosmos, *Physis***   57

    Le retour du chaos, 57. – Soleils et atomes, 59. — Chaos, *Physis*, Cosmos, 60. — Le nouveau monde incertain, 61. — Les deux univers divergents, 62. — Un autre monde : l'acquis irréversible et l'incertitude, 66.

IV. **L'articulation du second principe de la thermodynamique et de l'idée d'entropie dans le principe de complexité physique**   68

    Le premier principe cosmologique et le second principe thermodynamique, 69. — Le second principe d'une organisation sans principe : l'intégration dans une *physis* généralisée, 69. — L'envers et l'endroit, 71.

V. **Le dialogue de l'ordre et du désordre**   74

    Le couple impossible, 74. — L'ordre du désordre, 75. — Le désordre de l'ordre, 76. — La co-production de l'ordre et du désordre, 79. — L'improbable et le probable, 81.

VI. **Vers la galaxie Complexité**   83

    Une genèse théorique, 83. — Univers naissant, 84. — Le temps complexe, 86. — La nature complexe de la nature, 87.

VII. **L'observateur du monde et le monde de l'observateur**   88

    La perte de certitude, 88. — La perte de Sirius, 89. — Le Rorschach céleste, 89. — La chaleur contagieuse, 90.

2. L'organisation (de l'objet au système)   94

    L'énigme de l'organisation, 94.

I. **De l'objet au système; de l'interaction à l'organisation**   95

  A. *De l'objet au système*   95

    La royauté de l'objet substantiel et de l'unité élémentaire, 95. — L'effritement à la base, 97. — L'univers des systèmes, 98. — L'archipel Système, 99. — Présence des systèmes, absence du système, 100. — Première définition du système, 101. — De l'interaction à l'organisation, 102.

  B. *De l'interaction à l'organisation*   103

    Le concept trinitaire : organisation ⇄ système, 104.
                                   interrelation

II. **L'Unité complexe organisée. Le Tout et les parties. Les émergences et les contraintes**   105

  Unitas multiplex, 105.

  A. *Les émergences*   106

    1. Le tout est plus que la somme des parties, 106. — 2. Les émergences globales, 106. — 3. Les micro-émergences (la partie est plus que la partie), 108. — 4. La réalité de l'émergence, 108. a) *Qualité nouvelle*, 108. b) *Entre épiphénomène et phénomène*, 109. — 5. L'émergence de la réalité, 110. a) *La réalité phénoménale*, 110. b) *L'architecture matérielle*, 110. — 6. L'émergence de l'émergence, 111.

B. *Les contraintes; le tout est moins que la somme des parties* 112

   1. Les contraintes, 112. — 2. Le tout est moins que la somme des parties, 113.

   C. *La formation du tout et la transformation des parties* 115

III. L'organisation de la différence. Complémentarités et antagonismes 115

   A. *La différence et la diversité* 115

   B. *Double identité et complémentarité* 117
   L'organisation de la différence, 117.

   C. *L'antagonisme organisationnel* 118

   1. Interrelation et antagonisme, 118. — 2. L'antagonisme dans la complémentarité, 119. — 3. L'organisation des antagonismes, 120. — 4. Le principe d'antagonisme systémique, 121. — 5. L'anti-organisation et l'entropie organisationnelle, 122.

IV. Le concept de système 123

   A. *Au-delà du « holisme » et du réductionnisme : le circuit relationnel* ... 123

   B. *Le tout n'est pas tout* 126

   1. Le tout est plus que le tout. Le tout est moins que le tout, 126. — 2. Scissions dans le tout (l'immergé et l'émergent, le réprimé et l'exprimé), 127. *Le tout insuffisant*, 128. *Le tout incertain*, 128.

   C. *L'organisation de l'organisation* 129

   1. La relation des relations, 130. — 2. La formation transformatrice et la transformation formatrice, 130. — 3. Le maintien de ce qui maintient, 130. — 4. L'ordre de l'organisation et l'organisation de l'ordre, 131. — 5. Organisation, ordre et désordre, 132. — 6. La structure de l'organisation et l'organisation de la structure, 133. — 7. La clôture et l'ouverture organisationnelles : il faut qu'un système soit ouvert ou fermé, 134. — 8. L'orgue, 135.

   D. *Le dasein physique : la relation au temps* 136
   Le principe de sélection physique, 137.

   E. *Au-delà du formalisme et du réalisme : de la* physis *à l'entendement, de l'entendement à la* physis; *le sujet/système et l'objet/système* 138

   1. L'enracinement dans la *physis*, 138. — 2. Le système est une abstraction de l'esprit, 139. — 3. Concept-fantôme, concept-pilote, 141. — 4. La transaction sujet objet, 142. — 5. Le système observant et le système observé, 142.

V. La complexité de base 144

   A. *La complexité de l'unité complexe* 144
   Unitas multiplex : le macro-concept, 145. — *Unitas multiplex* : l'unité de, dans la diversité, 145. — L'Un est complexe, 146. — L'antagonisme dans l'Un, 146. — Les choses ne sont pas que des choses, 148.

   B. *La complexité de base* 148

   C. *La complexité à la barre ; utilité et insuffisance de plus en plus grandes de la théorie du système* 150

DEUXIÈME PARTIE

ORGANISACTION
l'organisation active

1. Les êtres-machines   155

Au commencement était l'action, 155.

I. Organisation, production, praxis : la notion d'être machine   156

A. Un être physique organisateur   156

B. Praxis, Transformation, Production   157

1. De l'action à la praxis, 157. — 2. La rénovation de la notion de production, 157. — 3. Transformations et méta-morphoses, 158. — 4. Le circuit praxique : praxis————travail, 159. — 5. L'essor du concept de machine, 160.
transformation————production

II. Les familles Machines   161

L'arkhé-machine : le Soleil, 161. — Protomachines et moteurs sauvages, 162. — Les polymachines vivantes, 165. — La mégamachine sociale, 166. — Les machines artificielles, 168.

III. Le concept générique de machine   172

1. Un concept physique et un modèle générique, 172. — 2. Le renversement copernicien, 173. — 3. La généalogie des machines, 173. — 4. La grande famille Machin, 174. — 5. Le peuple des machines, 176. — 6. Le concept polycentrique, 177. — 7. Isoler et relier. Machines et Machines de machines (polymachines). Le problème du concepteur, 178. — 8. Les dessous des machines : la production-de-soi (*poïesis* et générativité), 180.

2. La production-de-soi (la boucle et l'ouverture)   182

I. La boucle : de la forme génésique à la forme génératrice. Organisation récursive et réorganisation permanente   183

A. La boucle : de la rétroaction à la récursion   183

1. Du tourbillon à la boucle, 183. — 2. La clé-de-boucle : rétroaction et récursion, 184. *La récursion*, 186.

B. Morphostase et réorganisation permanente   187

1. L'état stationnaire, 187. — 2. La dynamique stationnaire : méta-déséquilibre, méta-instabilité, 189. — L'idée de régulation, 190. — 4. L'homéostasie, 193. — 5. De la régulation à la régularité opérationnelle, 195. — 6. La réorganisation permanente, 195.

II. L'ouverture   197

A. De l'ouverture thermodynamique à l'ouverture organisationnelle, de l'ouverture organisationnelle à l'ouverture existentielle   197

1. Du système ouvert à l'ouverture organisationnelle, 197. — 2. Ouverture et organisation active, 198. — 3. Ouverture et fermeture : le lien complexe, 199. — 4. La vertu d'ouverture, 199. — 5. La reconnaissance de l'ouverture, 200. — 6. L'ouverture d'entrée et la dépendance écologique, 202.

B. La relation écologique — 203

   1. L'autonomie dépendante, 203. — 2. La transformation de l'environnement, 204.

   C. L'ouverture de l'ouverture — 205

   1. Réouverture, 205. — 2. Le vif de l'objet : le surgissement de l'existence, 206. — 3. Conclusion : l'ouverture de l'ouverture, 207.

III. Le soi : l'être et l'existence autonomes — 210

   A. La boucle lie ouverture à fermeture — 210

   B. L'être existentiel — 211

   La production du soi, 212. — La constellation, 213. — Le principe génératif et le principe ontologique, 214.

IV. Le temps ouvert et refermé — 215

V. Le désordre actif : la désorganisation permanente — 217

   Désordres et antagonismes en action, 217. — L'intégration de la désintégration : les doubles jeux des rétroactions négatives et positives, 219. — Homéostasie et déferlements, 220. — Vers les complexités rétroactives anthropo-sociales, 222. — Les doubles jeux du positif et du négatif, 223. — La rétroaction positive : pulsion de mort, pulsion génésique, 223.

VI. La forme génésique et générative — 225

   Genèse et générativité, 225. — La grande roue, 226. — Matrices, 228. — La machinalité dégradée et génératrice d'énergies, 230.

VII. L'entre-parenthèses — 231

VIII. Conclusion : la machine d'un être et l'être d'une machine — 232

3. De la cybernétique à l'organisation communicationnelle (sybernétique) — 236

I. Commande et communication — 236

   La communication, 236. — Le nœud gordien, 238.

II. La notion d'Appareil. Asservissement et émancipation — 239

   A. L'asservissement artificiel — 239

   B. La vie des appareils — 241

   1. Servo-mécanismes et cerveau-mécanismes, 241. — 2. L'ambiguïté. L'appareil, la partie, le tout, 243.

   C. L'asservissement de la nature et la « production de l'homme par l'homme » — 244

   1. Les éco-asservissements, 244. — 2. L'asservissement de la motricité physique, 245. — 3. L'asservissement du végétal et l'assujettissement de l'animal, 246.

   D. L'État-appareil et la mégamachine sociale : le jeu des asservissements et émancipations — 247

III. Apologie et condamnation de la cybernétique — 249

IV. Pour une science de l'organisation communicationnelle : la Sy-cybernétique ou sybernétique — 254

4. L'émergence de la causalité complexe — 257

I. De l'endo-causalité à la causalité générative — 257
La disjonction entre la cause externe et l'effet, 257. — La causalité circulaire : cause ⟶ effet : une causalité auto-générée/générative, 258.

II. Finalité et générativité — 259
Le retour de la finalité (de la téléologie de l'horloger à la téléonomie de l'horloge), 259. — La causalité finalitaire, 261. — L'incertitude du bas : la finalité comme émergence, 262. — L'incertitude du haut : les fins incertaines du vivre, 263. — Les incertitudes dans le circuit : la relativité des moyens et des fins, 265. — La finalité incertaine, 267.

III. L'endo-éco-causalité — 268

5. Première boucle épistémologique : physique ⟶ biologie ⟶ anthropo-sociologie — 272

I. Articulations et communications — 272
La double articulation, 272. — Circulation clandestine et circulation réfléchie, 274. — Les deux entrées. Le double système de référence, 275. — La nécessité d'une boucle théorique, 276.

II. La *physis* régénérée — 277

III. La vie : poly-super-méta-machine — 280

IV. L'articulation anthropo-sociologique — 283
L'articulation psycho-physique : l'intelligence d'une machine, 283. — La physique sociale, 284. — « Nous sommes machines », 284.

V. La roue : cercle vicieux et boucle productive — 285

TROISIÈME PARTIE

L'ORGANISATION RÉGÉNÉRÉE ET GÉNÉRATIVE

1. L'organisation néguentropique — 291
Introduction, 291. — Entropie/Néguentropie : le même, l'inverse, l'autre, 291. — L'improbable probable, 294. — La complexité dialogique néguentropie/entropie, 296. — La préséance : organisation ⟶ néguentropie ⟶ information, 299.

2. La physique de l'information — 301

I. L'information shannonienne — 301
L'entrée dans le monde, 301. — L'entrée dans la machine, 305. — L'entrée dans la *physis*, 305. — L'entrée dans la vie, 308. — L'entrée dans le cerveau, 309. — L'entrée dans la société, 310. — L'empire informationnel, 310.

II. Pour plus ample information — 312

A. Les insuffisances du bit — 312

1. Le *bit* ne mesure rien, en dehors de la transmission des signaux, 312. 2. L'insuffisance digitale, 313.

B. La carence générative — 314

C. La carence théorique — 315

III. Généalogie et générativité de l'information — 317

A. La genèse de la générativité : naissance de l'information — 317

Bouclage proto-symbiotique/parasitaire, 319. — Être nucléo-protéiné producteur-de-soi, 319. — Renforcement du bouclage, 320. — Constitution d'un complexe régulateur, 320. — Le processus d'informationalisation, 321. — De la non-information à l'information, 323.

B. Archéologie de l'information : re-génération et information générative — 324

1. Machine et machine. Information et information. Programme et programme, 324. — 2. Le complexe génératif et l'appareil informationnel, 325. — 3. Le visage de l'information, 325. — 4. Le recommencement, 326. — 5. La mnèse générative, 328. — 6. La multiplication, 331. — 7. La mémothèque, 331. — 8. La générativité événementielle, 332. — 9. Le caméléon conceptuel, 333.

IV. L'information circulante — 333

V. Le déploiement anthropo-socio-informationnel — 336

La sphère noologique, 340. — L'univers d'information, 341.

VI. La petite et la grande relationalité — 342

La relation information ⇌ néguentropie, 343.
                      organisation

La relation information ⇄ appareil, 344.

VII. La petite et la grande relativité — 347

A. La petite relativité : *Information/Redondance/Bruit* — 347

1. L'absolu et le relatif dans le cadre shannonien, 347. — 2. La relativité de l'information organisationnelle, 349. — 3. La redondance et le bruit relativisés, 351.

B. La grande relativité : l'observation et l'observateur — 352

1. La connaissance de l'organisation et l'organisation de la connaissance, 352. *Le désordre de l'ignorance et l'ordre de la connaissance*, 352. *Les traducteurs noologiques*, 354. *Le principe d'équivalence*, 353. — 2. La transformation physique et la praxis de l'observation, 355. *Le prix de l'information*, 355. *L'observation-praxis*, 356.

C. La relativité généralisée et la boucle de la connaissance physique — 358

Conclusion : Information et Information — 360

CONCLUSION
DE LA COMPLEXITÉ DE LA NATURE À LA NATURE DE LA COMPLEXITÉ

I. La Nature de la Nature 365
De l'univers enchanté à l'univers atomisé, 365. — La *physis* régénérée, 367. — La *physis* généralisée, 368. — La nature physique de l'homme, 371. — La *physis* ouverte, 374. — Le renversement, 375. — Première spirale, 376.

II. La complexité de la complexité 377
La réorganisation conceptuelle, 378. — La voie, 384. — De l'anti-méthode vers la méthode, 385.

Bibliographie 391

Sociologie
Fayard, 1984
Seuil, « Points Essais » n° 276, 1994

Arguments pour une Méthode
Colloque de Cerisy (Autour d'Edgar Morin)
Seuil, 1990

Introduction à la pensée complexe
ESF, 1990
Seuil, « Points Essais » n° 534, 2005

La Complexité humaine
Flammarion, « Champs l'Essentiel » n° 189, 1994

L'Intelligence de la complexité
(en collab. avec Jean-Louis Le Moigne)
L'Harmattan, 2000

Intelligence de la complexité
Épistémologie et pratique
(codirection avec Jean-Louis Le Moigne)
(Actes du colloque de Cerisy, juin 2005)
Éditions de l'Aube, 2006

Destin de l'animal
Éd. de l'Herne, 2007

ÉDUCATION

La Tête bien faite
Seuil, 1999

Relier les connaissances
Le défi du XXIe siècle
Journées thématiques
conçues et animées par Edgar Morin
Seuil, 1999

Les Sept Savoirs nécessaires à l'éducation du futur
Seuil, 2000
et « Points Essais » n° 761, 2015

Enseigner à vivre
Manifeste pour changer l'éducation
Acte Sud/Playbac, 2014

ANTHROPOLOGIE FONDAMENTALE

L'Homme et la Mort
Corréa, 1951
Seuil, nouvelle édition, 1970
et « Points Essais » n° 77, 1976

Le Cinéma ou l'Homme imaginaire
Minuit, 1956

Le Paradigme perdu : la nature humaine
Seuil, 1973
et « Points Essais » n° 109, 1979

L'Unité de l'homme
(en collab. avec Massimo Piattelli-Palmarini)
Seuil, 1974
et « Points Essais », 3 vol., n° 91-92-93, 1978

Dialogue sur la nature humaine
(en collab. avec Boris Cyrulnik)
Éditions de l'Aube, 2010
et « L'Aube poche essai », 2012

Dialogue sur la connaissance
Entretiens avec des lycéens
Éditions de l'Aube, « L'Aube poche », 2011

Penser global
L'humain et son univers
(préface de Michel Wievorka)
R. Laffont, 2015

NOTRE TEMPS

L'An zéro de l'Allemagne
La Cité universelle, 1946

Les Stars
*Seuil, 1957
et « Points Essais » n° 34, 1972*

L'Esprit du temps
*Grasset, 1962 (t. 1), 1976 (t. 2)
Armand Colin, nouvelle édition, 2008*

Commune en France
La métamorphose de Plozévet
*Fayard, 1967
LGF, « Biblio-Essais », 1984*

Mai 68
La brèche
*(en collab. avec Claude Lefort
et Cornelius Castoriadis)
Fayard, 1968, réédition 2008
Complexe, nouvelle édition
suivie de* Vingt ans après, *1988*

La Rumeur d'Orléans
*Seuil, 1969
et « Points Essais » n° 143, édition complétée avec*
La Rumeur d'Amiens, *1982*

De la nature de l'URSS
Fayard, 1983

Pour sortir du XXe siècle
*Seuil, « Points Essais » n° 170, 1984
édition augmentée d'une préface sous le titre*
Pour entrer dans le XXIe siècle
Seuil, « Points Essais » n° 518, 2004

Penser l'Europe
Gallimard, 1987
et Folio, 1990

Un nouveau commencement
(en collab. avec Gianluca Bocchi et Mauro Ceruti)
Seuil, 1991

Terre-Patrie
(en collab. avec Anne Brigitte Kern)
Seuil, 1993
et « Points Essais » n° 643, 2010

Les Fratricides
Yougoslavie-Bosnie 1991-1995
Arléa, 1996

L'Affaire Bellounis
(préface au témoignage de Chems Ed Din)
Éditions de l'Aube, 1998

Le Monde moderne et la Question juive
Seuil, 2006
repris sous le titre
Le Monde moderne et la Condition juive
« Points Essais » n° 695, 2012

L'An I de l'ère écologique
Tallandier, 2007

Où va le monde ?
Éd. de L'Herne, 2007

Vers l'abîme ?
Éd. de L'Herne, 2007

Pour et contre Marx
Temps présent, 2010
Flammarion, « Champ Actuel », 2012

Comment vivre en temps de crise ?
(en collab. avec Patrick Viveret)
Bayard, 2010

La France une et multiculturelle
Lettres aux citoyens de France
(en collab. avec Patrick Singaïni)
Fayard, 2012

Notre Europe
Décomposition ou métamorphose ?
(en collab. avec Mauro Ceruti)
Fayard, 2014

Au rythme du monde
Un demi-siècle d'articles dans *Le Monde*
Presses du Châtelet, 2014

L'Europe à deux visages
Humanisme et barbarie
Lemieux éditeur, 2015

Avant, pendant, après le 11 janvier
Pour une nouvelle écriture collective de notre roman national
(en collab. avec Patrick Singaïni)
Éditions de l'Aube, 2015

Vivement le monde à venir
*(en collab. avec Nicolas Hulot
et Patrick Viveret)*
La Compagnie des philosophes, 2015

Pour une crisologie
Éd. de l'Herne, 2016

POLITIQUE

Introduction à une politique de l'homme
Seuil, 1965
et « Points Politique » n° 29, 1969
et « Points Essais » n° 381, nouvelle édition, 1999

Le Rose et le Noir
Galilée, 1984

Politique de civilisation
(en collab. avec Sami Naïr)
Arléa, 1997

Pour une politique de civilisation
Arléa, 2002

Ma gauche
Si j'étais président…
Bourin éditeur, 2010

La Voie
Pour l'avenir de l'humanité
Fayard, 2011
Pluriel, 2012

Le Chemin de l'espérance
(en collab. avec Stéphane Hessel)
Fayard, 2011

VÉCU

Autocritique
Seuil, 1959, 2012
et « Points Essais » n° 283, réédition avec nouvelle préface,
1994

Le Vif du sujet
Seuil, 1969
et « Points Essais » n° 137, 1982

Journal de Californie
Seuil, 1970
et « Points Essais » n° 151, 1983

Journal d'un livre
Inter-Éditions, 1981

Vidal et les siens
*(en collab. avec Véronique Grappe-Nahoum
et Haïm Vidal Sephiha)*
*Seuil, 1989
et « Points » n° P300, 1996*

Une année Sisyphe
(Journal de la fin du siècle)
Seuil, 1995

Pleurer, Aimer, Rire, Comprendre
1ᵉʳ janvier 1995 – 31 janvier 1996
Arléa, 1996

Amour, Poésie, Sagesse
*Seuil, 1997
et « Points » n° P587, 1999*

Mes démons
*Stock, 2008
Seuil, « Points Essais » n° 632, 2009*

Edwige, l'inséparable
Fayard, 2009

Mes philosophes
*Meaux, Germina, 2011
Pluriel, 2013*

Journal
Vol. 1 1962-1987
Vol. 2 1992-2010
Seuil, 2012

Mon Paris, ma mémoire
*Fayard, 2013
Pluriel, 2014*

Mes Berlin
1945-2013
Le Cherche Midi, 2013

TRANSCRIPTIONS DE L'ORAL

Planète, l'aventure inconnue
(en collab. avec Christophe Wulf)
Mille et une nuits, 1997

À propos des sept savoirs
Pleins Feux, 2000

Reliances
Éditions de l'Aube, 2000

Itinérance
Arléa, 2000
et « Arléa poche », 2006

Nul ne connaît le jour qui naîtra
(en collab. avec Edmond Blattchen)
Alice, 2000

Culture et barbarie européennes
Bayard, 2005

Mon chemin
Entretiens avec Djénane Kareh Tager
Fayard, 2008
Seuil, « Points Essais » n° 671, 2011

Au péril des idées
Les grandes questions de notre temps
Dialogue
(en collab. avec Tariq Ramadan)
Presses du Châtelet, 2014

Impliquons-nous
Dialogue pour le siècle
(en collab. avec Michelangelo Pistoletto)
(dir. Philippe Cardinal et Harry Jancovici)
Actes Sud, 2015

IMPRESSION : NORMANDIE ROTO IMPRESSION S.A.S. À LONRAI (61250)
DÉPÔT LÉGAL : AVRIL 2014. N° 118526-4 (2001948)
IMPRIMÉ EN FRANCE